D1727575

A. H. Tammsaare
Rückkehr nach Wargamäe

ANTON HANSEN
TAMMSAARE

RÜCKKEHR NACH WARGAMÄE

ROMAN

1989
Gustav Kiepenheuer Verlag
Leipzig und Weimar

Übersetzung aus dem Estnischen von
Eugenie Meyer
Titel des Originals TÕDE JA ÕIGUS

ISBN 3-378-00285-9

I

Als der einsame Wanderer mit seiner Traglast über der Schulter – es waren lange Gummistiefel, die über seine Brust baumelten, und ein Bündel auf dem Rücken – Wargamäe erreichte, tauchte der Mond schon am Horizont auf, er wurde röter und röter, als fange er auf seinem Himmelsweg allmählich Feuer. Vom Feld Wargamäes aus betrachtet, fiel nur noch ein mattes Licht über den Hügel, und in diesem blassen Schein stieg unser Wanderer den Hang hinauf, wobei er sich rechts vom Wege hielt und direkt über das Stoppelfeld schritt, auf dem hier und da Getreideschober Schatten warfen.

Der Wanderer ging zwischen den Schobern hindurch dem Gipfel des Hügels zu. Dort mußten die alten knorrigen Kiefern stehen – dahin wollte er. Doch statt der Kiefern fand er nur einen großen Steinhaufen, der sogar die Stümpfe bedeckte. Auf diesen Steinhaufen setzte sich der Mann und nahm das Bündel von der Schulter, so als sei er endlich am Ende seines langen nächtlichen Weges angelangt. Er nahm die Mütze ab, wischte sich den Schweiß von der Stirn und ließ sich vom lauen Wind die Haare zausen, dabei horchte er auf ein Rauschen, das aber ausblieb. Er blickte auf den verlöschenden Mond und murmelte: »Er verschwindet hinter Jôesaare. Von hier aus finde ich mich zurecht.«

Doch als er sich, nachdem er lange genug gesessen hatte, von den Steinen erhob, erwies sich das Gehen als durchaus nicht so einfach. Zuerst geriet er in Kartoffelfurchen, wo sich die Füße im Kraut verfingen; dann stieß er im Dunkeln an eine Steinmauer, die er nicht kannte, und als er hinübergeklettert war, stand er vor einem Staketenzaun, der ihm ebenso fremd war. Doch auch diesen überstieg er mit seiner Bürde und setzte seinen Weg nach alter Erinnerung fort, hier und da über Steine und Bülten stolpernd. Schließlich gelangte er auf einen Kahlschlag, wo es nach Fichtenharz roch. Er blieb stehen. ›Also waren sie schon so groß, daß es sich lohnte, sie zu fällen‹, überlegte er in Gedanken. Jetzt wandte er sich etwas nach links und ging weiter in der Hoffnung, bald auf einen Lattenzaun zu stoßen, über den er zu klettern gedachte. Doch statt dessen stand plötzlich quer vor ihm eine dunkle Masse. Der Mann verhielt einen Augenblick, gleichsam überlegend oder sich an etwas erinnernd, wandte sich dann um und ging einige Schritte zurück, blieb wieder nachdenklich stehen, ging in der Dunkelheit umher und suchte etwas, blieb erneut stehen und sagte laut, als spräche er zu jemandem, der wegen der Dunkelheit nicht zu sehen war: »Auch die Eberesche ist nicht mehr da, die Vater statt der Juss-Fichte gepflanzt hatte.« Und um seiner Sache ganz sicher zu sein, ging der Mann noch einmal hinter der Kate auf und ab auf der Suche nach einer längst entschwundenen Zeit.

Schließlich trat er vor die Kate, fand die bekannte Türklinke, drückte sie nieder und zog daran – die Tür war offen. Er trat in den Vorraum, öffnete die Tür mit dem Guckloch und faßte leise nach der inneren Stubentür –, auch diese war weder verriegelt noch verschlossen. Der Mann stieg mit seiner Last über die hohe Schwelle und legte sie neben dem großen Ofen nieder. Dann tastete er nach der Leiter, die auf den Ofen führen mußte, und als er sie fand, setzte er sich auf die untere Sprosse, die leise knarrte. Kaum war das geschehen, fragte die Stimme eines alten Mannes aus der Dunkelheit: »Wer ist da gekommen, einer von uns oder ein Fremder?«

Der Ankömmling zuckte zusammen.

»Wohl doch einer von uns«, erwiderte er nach einiger Zeit zögernd.

»Aber an der Stimme erkenne ich dich nicht«, meinte der Alte aus der Dunkelheit: »Kommt mir zwar bekannt vor, jedoch ...«

»Wirst sie wohl kennen«, sagte der Ankömmling, »hast sie nur lange nicht mehr gehört.«

Jetzt herrschte in der stockfinsteren Stube eine Weile Schweigen. Dann bewegte sich der Alte auf seinem Lager, wobei das Bett knackte, und fragte unsicher, fast etwas erregt: »Bist du es etwa, Indrek?«

»Ich bin es, Vater«, klang es von der Leitersprosse am Ofen.

»Deshalb also habe ich mehrere Nächte hintereinander von dir geträumt«, sagte der Vater. »Habe nachgedacht, was mit dir noch passieren könnte ..., ob es mit dir zu Ende gehe ... Ach, also bist du es! Bleibst du länger?«

»Wahrscheinlich längere Zeit«, erwiderte Indrek.

»Und bei mir in der Kate?«

»Wenn du erlaubst, Vater«, sagte Indrek kleinlaut.

Der Vater bewegte sich wieder auf seiner Schlafstelle, so daß das Bett knarrte, und sagte dann: »Junge, ich habe in Wargamäe nichts mehr zu verbieten oder zu befehlen.«

»Nicht einmal in der Kate?« fragte Indrek.

»Nicht einmal hier«, bestätigte der Vater. »Ich habe alles weggegeben, um wenigstens vor dem Tode einmal frei zu sein. Der Mensch ist doch ein sonderbares Wesen, wenn er etwas besitzt, so ist er der Sklave seines Besitzes. Wozu soll aber einer wie ich noch an etwas gefesselt sein? Fesseln brauchen die Jungen, denn sonst kommen sie auf dumme Gedanken. Ein Junger ist wie ein unersättliches Tier, das mit gierigen Augen umherläuft. Doch ein alter Mensch, was kann er noch? Gar nichts! Er hat keine scharfen Augen, keine hellen Ohren mehr. Meine Ohren sind, Gott sei Dank, gut geblieben, denn ich habe dich schon gehört als du dich der Kate nähertest – tapp, tapp, tapp! Doch warum bist du nicht gleich hereingekommen? Warum hast du dich noch einmal entfernt? Was hast du gesucht?«

»Ich habe die Eberesche gesucht, die du statt der Juss-Fichte gepflanzt hattest«, erwiderte Indrek.

»So, so«, sagte der Vater in Gedanken. »Du erinnerst dich sogar noch an Juss.«[1]

»Die Kiefern stehen auch nicht mehr auf dem Hügel«, sagte Indrek, als suche er nach einem anderen Gesprächsthema.

»Wer hat dir das gesagt?« fragte der Vater interessiert.

»Ich selbst habe sie oben gesucht, fand jedoch statt Kiefern nur einen Haufen Steine«, erklärte Indrek.

»Richtig, richtig«, wiederholte der Vater, »die Kiefern sind nicht mehr da, nur noch ein Haufen Steine. Ich habe zwar gebeten, laßt sie stehen bis zu meinem Tode – sie waren nämlich alle schon verdorrt –, doch nein, Sass legte sie alle um. Ich bin hingegangen, um es mit eigenen Augen zu sehen, und habe gesagt, sie könnten wenigstens eine zu meiner Freude dort stehen lassen, wo sie mein ganzes Leben lang gestanden haben. Sie versprachen es mir auch, doch später habe ich gesehen, daß sie alle abgesägt worden sind. Und damit keine Spur von den alten Kiefern bleibe, wurden Steine auf die Stubben gefahren. Die Jungen lieben heute die Alten nicht, wahrscheinlich haben sie sie auch früher nicht gemocht. Auch die Alten lieben die Jungen nicht so recht, und so leben sie nebeneinander, als seien sie unfreundliche Nachbarn. Mich berührt das nicht mehr, denn wer brauchte noch meine Liebe, ich bin ja auf der Welt überflüssig, alter Plunder, im Wege. Auch diese Kate hätte man schon längst abgerissen und die Stelle überpflügt, wenn ich mit meinen alten Knochen nicht im Wege

[1] Der erste Mann von Indreks Mutter, der sich an dieser Fichte erhängt hatte.

wäre. Bisher haben sie es noch geduldet, wollen mal sehen, ob sie bis zu meinem Tode warten werden oder ob noch vorher ein Umzug kommt. Sag doch selbst, Indrek, du bist in der Welt herumgekommen, hast mehr gesehen, was ist die Liebe eines alten Mannes wie ich wert, wer braucht sie noch?«

»Es wird auch deine Liebe auf der Welt noch gebraucht, Vater«, sagte Indrek.

»Auf Wargamäe nicht«, widersprach der Alte.

»Vielleicht braucht man sie auch auf Wargamäe«, meinte Indrek.

»Nein, lieber Sohn, mich und meine Liebe braucht niemand mehr. Wenn ein Mensch etwas sein will, muß er auch etwas leisten. Was aber leiste ich? Welchen Wert hat das, was ich tue? Ich trage Reisig in den Fluß, damit das Wasser nicht fließen kann. Einst ärgerte ich mich, wenn andere Hindernisse bauten, jetzt tue ich es selbst. Wenn ich alte Sperren aus dem Fluß herausziehen würde, das wäre etwas anderes, doch das tue ich ja nicht. Ich erkläre, daß ich auf diese Weise Fische fange, doch es gab Zeiten, da sagte ich, eher sollen alle Fische im Fluß bleiben, als daß Gestrüpp hineingeworfen wird und das Strömen des Wassers behindert. Damals wurden in Wargamäe Gräben gestochen, der Boden entwässert, damit der Wald wachsen könne, jetzt warten alle, daß der Staat die Gräben zieht. Auch ich hatte einst den Gedanken, wie es wäre, wenn jemand es übernehmen würde, den Wargamäe-Fluß zu reinigen, damit das Wasser richtig abfließen und der Fluß um ein paar Fuß sinken könnte ...«

»Aber diese Zeit kann doch jetzt kommen«, unterbrach ihn Indrek.

»Wenn meine alten Augen das noch sehen würden!« seufzte der Wargamäe-Andres aus tiefstem Herzen.

»Vielleicht werden sie es sehen«, meinte Indrek, und

plötzlich durchzuckte ihn ein Gedanke, der ihm eine neue Lebensaufgabe zu weisen schien und sein erstarrtes Herz frisch durchwehte. Richtig! Wie wäre es, wenn er versuchen würde, seine Bekanntschaften in der Stadt zu nutzen, und in Wargamäe und Umgebung für den Gedanken der Reinigung und Regulierung des Flusses zu werben! Wenn er alle abgelegenen Waldhöfe und auch entfernte Dörfer, die ihre Wiesen unterhalb Wargamäes am Flußufer haben, abschreiten und allen dasselbe sagen würde: Man müßte den Wasserspiegel des Flusses senken, damit Wiesen, Sümpfe und Moore fest und trocken werden. Am Flußufer könnte dann statt des starren Riedgrases zartes, saftiges Wiesengras oder auch Waldklee und Wicke wachsen. In zehn Jahren würde man die vormals weichen und schwankenden Böden nicht mehr wiedererkennen. Sumpfwiesen werden zu Kulturwiesen, aus Gestrüpp wird dichter Wald, aus dem Wald rauschender Urwald. Die Männer selbst müssen sich rühren, müssen zusammenkommen, sich beraten und einen Entschluß fassen, müssen eine Eingabe machen, falls nötig, auch mehrere Eingaben.

»Wenn meine Augen das noch sehen würden«, wiederholte der Vater, während Indrek sich seinen Gedanken hingab, »dann würde auch ich zum Fluß gehen und anfangen, den Schutt herauszuholen, den andere und auch ich hineingetragen haben. Ich wäre dann der glücklichste Mensch auf Erden, denn meine Zeitgenossen sind schon alle nicht mehr. Hundipalu Tiit, Aaseme Aadu, Kingu Priit, Ämmasoo Villem, Rava Kustas und Kuksaare Jaan sind tot, obwohl sie alle jünger waren als ich. Nur Vihukse Anton lebt noch, doch er soll noch verträumter sein als früher, und die Dinge dieser Welt berühren ihn nicht mehr. Auch Kassiaru Jaska ist noch am Leben, doch er wohnt jetzt in der Stadt, ist dort Hausbesitzer. So daß eigentlich nur ich es noch bin, dessen Augen es sehen würden, sollte man anfangen, den Wargamäe-Fluß zu reinigen.«

»Aber Pearu lebt doch auch noch?« fragte Indrek dazwischen.

»Ja, auch er atmet noch«, sagte Andres, »mit ihm ist aber nicht mehr viel los. Ich habe ihn schon lange nicht mehr gesehen, habe aber gehört, daß er täglich auf den Tod warten soll. Vergangenen Winter, als der schreckliche Schneesturm war, verbreitete sich das Gerücht, Pearu sei gegangen – gestorben gerade während des Sturmes. Ich und auch alle anderen sagten dann, das habe auch dieser schreckliche Sturm bedeutet – er holte Pearus Seele. Wie sich aber später herausstellte, soll Pearu damals wohl zwischen Tod und Leben geschwebt haben, aber Gott hat ihn doch nicht geholt, er wollte noch nicht, und so lebt er bis heute. Die Beine machen nicht mehr mit, und der Rücken soll auch schmerzen – wahrscheinlich weil man ihn einmal, noch in guten Tagen, tüchtig verprügelt hat; solche Sachen machen sich im Alter immer bemerkbar. Er läßt es mit mir auf eine Kraftprobe ankommen, wer früher unter die Erde kommt – er oder ich. Doch um die Reinigung des Wargamäe-Flusses hat er sich niemals gekümmert. Etwas anderes wäre es, wenn Tiit noch leben würde. Doch der lebt nicht mehr. Und sollte er noch leben, so, wie er vor dem Tode war, hätte er nichts mitbekommen, denn er wurde schwachsinnig. Verstehst du, Sohn, ein so kluger Mensch wie Tiit wird plötzlich schwachsinnig: sieht und hört nichts, beachtet niemanden, antwortet auf keine Fragen, erkennt keinen. Erkennt einfach niemanden, mach was du willst. Ich überlege mir heute noch, was konnte er heimlich Böses getan haben, daß Gott ihn so schwer strafte.«

»Vielleicht sollte es keine Strafe sein«, sagte Indrek.

»Also glaubst du, daß es eine Gnade Gottes sei, wenn ein kluger Mensch den Verstand verliert?« fragte der Vater.

»Wer weiß«, erwiderte Indrek, und jetzt herrschte eine Weile Stille in der Dunkelheit. Schließlich sagte der Vater: »Vielleicht stimmt es auch. Für Tiit könnte es eine Gnade gewesen sein, daß er nicht mehr gehört und gesehen hat, wie sein jüngster Sohn als Deserteur und Vaterlandsverräter erschossen wurde. Dann muß man aber fragen: Wie konnte ein solcher Vater wie Tiit einen Vaterlandsverräter zum Sohn haben? Was für eine Strafe Gottes war das? Oder ist es mit den Menschen ebenso wie mit dem Wald: nach dem Nadelwald kommt Laubwald, nach dem Laubwald Nadelwald?

»Vielleicht ist es so«, stimmte Indrek zu. »Die Eltern sind Patrioten, die Kinder Halbdeutsche, die Väter häufen Vermögen an, die Söhne verschwenden es und werden zu Bettlern, eine Generation arbeitet, die andere faulenzt.

So unterhielten sich Vater und Sohn in der dunklen Stube über Gott und die Welt, dabei hatten beide gleichzeitig das Gefühl, als müßten und wollten sie von etwas ganz anderem reden. Der Vater lenkte auch die Worte zuweilen in die entsprechende Richtung, aber Indrek gelang es stets, das Gespräch wohlweislich abzubiegen. Schließlich fragte der Vater direkt: »Höre mal, Indrek, ich habe mich mit dir schon eine Weile wie mit einem vernünftigen Menschen unterhalten, sag, ist es wahr, was die Zeitung von dir schreibt?«

»Ich habe nicht gelesen, was die Zeitungen von mir schreiben«, erwiderte Indrek, »doch wahrscheinlich schreiben sie die Wahrheit, Vater.«

»Dann bist du ja ein Mörder, Indrek«, sagte der Vater.[1]

»Ja, Vater«, erwiderte Indrek.

»Warum verhaften sie dich dann nicht?« fragte der Vater.

»Ich weiß es nicht«, antwortete Indrek, und es klang hoffnungslos.

[1] Vgl. dazu den Band ›Karins Liebe‹.

»Hilf Himmel!« rief der Vater. »Früher gab es so etwas nicht. Seit dem Krieg scheinen alle den Verstand verloren zu haben. Alle! Auf dem Lande und in der Stadt!«

»Nein, sie sind der Meinung, daß ich den Verstand verloren habe, daß ich ein bißchen verrückt geworden bin«, sagte Indrek.

»Ich merke jedenfalls nicht, daß du verrückt bist«, meinte der Vater.

»Vater, ich bin nicht so verrückt, daß man es merkt, mein Irresein oder meine Krankheit ist anders, falls sie überhaupt vorhanden ist.«

»Glaubst du denn selbst daran, daß du verrückt geworden bist?« fragte der Vater.

»Nein, Vater«, erwiderte Indrek. »Doch vielleicht ist gerade das ein Zeichen meiner Verrücktheit oder Krankheit. Die anderen behaupten das sogar. Sie sagen: Wenn ein Mensch noch begreift, daß er beginnt, den Verstand zu verlieren, dann ist es nicht so gefährlich, wenn er es aber nicht mehr begreift, dann steht es ganz schlimm mit ihm. Und mit mir steht es so: ob verrückt oder krank, ich selbst merke es nicht.«

»Ich kann dich auch nicht verstehen«, sagte der Vater. »Was ist denn das für eine Verrücktheit oder Krankheit, die der Mensch selbst nicht merkt, die andern dagegen schon?«

»Ich will versuchen, es dir zu erklären, Vater, doch nimm es mir nicht übel, wenn ich von Dingen rede, die du nicht hören möchtest. Nehmen wir zum Beispiel Jesus Christus. Uns wurde beigebracht, daß er Gottes Sohn sei.«

»Aber das ist er ja auch«, unterbrach ihn der Vater.

»Gut«, war Indrek einverstanden. »Jesus Christus war Gottes Sohn, starb am Kreuz und erlöste die Welt und die Menschen. Aber Vater, es gibt Menschen, die zwar glauben, daß Jesus Christus unter Pontius Pilatus am Kreuz gestorben ist und gelitten hat, die aber verneinen, daß er Gottes Sohn gewesen sei. Sie sagen: Er war ein Mensch wie wir alle. Er war vielleicht viel besser, gerechter und frommer als andere Menschen, war ein so seltener Mensch wie in mehreren tausend Jahren nur einer geboren wird, aber er war dennoch nur ein Mensch.«

»So daß sie damit sagen wollen, daß wir alle nicht erlöst seien?« fragte der Vater erregt.

»Das wohl auch«, fuhr Indrek fort, »doch es geht nicht darum, die Sache ist viel komplizierter. Sagt man, daß Christus nur ein Mensch gewesen sei, dann gibt es nur eins von beiden: Entweder er ist als ein Betrüger gestorben, oder ...«

»Sohn, von Christus sollte man nicht so sprechen, mag er Gottes Sohn oder ein Mensch gewesen sein«, unterbrach ihn hier der Vater.

»Richtig, Vater, das sollte man nicht«, gab Indrek zu. »Sagen wir es denn folgendermaßen: Christus starb als Mensch, doch er selbst glaubte fest, daß er als Gottes Sohn sterbe. Begreifst du, Vater! Er war ein Mensch, hielt sich aber für den Sohn Gottes, und deshalb fingen auch andere an, ihn für Gottes Sohn zu halten.«

»Ich glaube, daß er wirklich Gottes Sohn war«, beharrte der Vater.

»Sehr gut, Vater, doch diejenigen, die das nicht glauben, was sollen die von Christus halten? Was soll man von einem Menschen halten, der da glaubt, daß er Gottes Sohn sei, und der versucht, auch andere davon zu überzeugen?«

»Gibt es denn auf der Welt einen solchen Menschen, der glauben würde, daß er Gottes Sohn sei?«

»Wahrscheinlich gibt es solche«, meinte Indrek. »Auf jeden Fall bin ich einem Menschen begegnet, der selbst daran glaubte und versuchte, auch mich davon zu überzeugen, daß er König von Polen sei.«

»Wenn ein einfacher Mensch so etwas glaubt, dann ist er doch verrückt«, meinte der Vater.

»Ja natürlich, Vater, er ist aber noch verrückter, wenn er sich für den Sohn Gottes hält. Denn auf einem Königsthron zu sitzen ist leichter, als am Kreuz zu sterben und die Welt zu erlösen, nicht wahr? Und wenn ein Mensch das dennoch von sich glaubt, dann muß er schon sehr krank sein. Der Kopf nämlich muß krank sein. Natürlich, Vater, könnte man auch so sagen, daß es vielleicht auf der Welt Menschen gibt oder falls es sie heutzutage nicht gibt, daß es sie früher gegeben hat oder später geben wird, solche Menschen nämlich, die an Kopf und Herz so krank sind, daß sie sich tatsächlich für Gottes Sohn halten und so die Welt erlösen können ...«

»Mein Sohn, jetzt fängst du an, dummes Zeug zu reden«, unterbrach ihn der Vater.

»Nicht wahr, Vater, und gerade solcher Reden wegen sagt man mir, daß ich ein Mörder werden wolle, ohne es im mindesten zu sein. Doch höre, Vater, rede ich wirklich so dummes Zeug? Du weißt doch, was Christus vom Glauben gesagt hat: Wenn du zu diesem Berge sagtest, hebe dich hinweg und wirf dich ins Meer, dann wird es geschehen. Und wie hat Christus Lazarus zum Leben erweckt? Er stank doch schon. Nun, und jetzt sage ich dir: Wenn der Glaube das vermag, warum soll er nicht noch Größeres vollbringen? Warum kann er schließlich nicht auch ein einfaches Menschenkind zum Gottessohn machen, der die Welt erlöst, wenn nur dieses Menschenkind einen genügend großen und festen Glauben hat? Verstehst du, Vater – einen genügend großen und festen Glauben!«

Daraufhin herrschte eine Weile Schweigen, dann sagte der Vater mitleidig: »Indrek, mein Sohn, schlimm steht es mit dir. Ob du schon ganz verrückt bist, das weiß ich nicht, doch ist die Sache mit dir nicht in Ordnung. Du redest Dinge, die eine Sünde gegen den Heiligen Geist sind, und das wird weder in dieser noch in jener Welt vergeben. Die große Gelehrsamkeit bringt dich zum Faseln. Wenn ich dich anhöre, kommen mir die Worte deiner toten Mutter in den Sinn. Sie hat immer gesagt, daß du unser Sündenkind seist. So nannte sie dich, wenn sie sich wegen Juss, der sich erhängt hatte, quälte. Und jetzt fange auch ich an, zu glauben, daß du, Indrek, wirklich unser Sündenkind bist, denn deine Mutter war schon erpicht darauf, Bäuerin auf Wargamäe zu werden, als ihr erster Mann Juss noch lebte, und ich begehrte sie zur Frau, als sie noch dem anderen gehörte. Vielleicht, daß ich diesem anderen Manne, nämlich dem Katen-Juss, den Tod auch ein wenig wünschte, so daß er hinging und sich wegen meines und seines Weibes, wegen deiner Mutter böser Begierde erhängte. Wenn ich daran denke – und es ist so –, dann muß ich vor meinem Tode bekennen, daß deine Mutter recht hatte, und nicht ich, und daß auch Krôôt, meine erste Frau, recht hatte, die bei ihrer Ankunft auf Wargamäe sagte, daß der Moordamm ein Moordamm bleiben und niemals zu einer festen Landstraße würde. Ich glaubte, daß er es werde, doch er ist es bis zum heutigen Tage nicht geworden. Vielleicht haben auch die Wargamäe-Kinder recht, die bestrebt sind, von hier fortzukommen …«

»Vater, ich bin doch nach Wargamäe zurückgekehrt, und ich habe schon lange gedacht, mag kommen und geschehen, was da wolle, und wenn die ganze Welt für mich zu eng werden sollte, in Wargamäe wird sich für mich dennoch ein Platz finden«, unterbrach Indrek den Vater.

»So haben meine Kinder noch niemals von Wargamäe gesprochen«, sagte der Vater tief bewegt. »Ich weiß nicht, ob dir diese Worte aus reinem Herzen kommen oder nur, weil du beginnst, verrückt zu werden, doch mein altes Herz wird leicht, und ich fühle mich wieder ganz jung, wenn ich solche Worte aus dem Munde meines Sohnes höre.«

Doch die Freude des Vaters dauerte nicht lange, und sein Herz wurde wieder schwer, sowohl wegen Wargamäe als auch wegen seines Sohnes, denn der sagte: »Wargamäe ist ein Ort der Zwangsarbeit, doch der Mensch kommt ohne Zwangsarbeit nicht aus. Der Mensch versteht es nicht, ohne Zwangsarbeit zu leben, sei sie nun freiwillig oder erzwungen. Ich wollte, daß andere mich zur Zwangsarbeit verurteilen, doch sie taten es nicht: Sie meinten, ich brauchte sie nicht. Und so bin ich denn freiwillig gekommen, zu dir, Vater, denn du hast deine besten Jahre hier wie ein Zwangsarbeiter verlebt.«

»Nein, mein Sohn«, widersprach der Vater, »ich bin auf Wargamäe keinen einzigen Tag Zwangsarbeiter gewesen.«

»Doch, Vater«, sagte Indrek, »das ist gerade die richtige Zwangsarbeit, bei der sich der Mensch selbst frei fühlt. Zu einer solchen Zwangsarbeit bin auch ich jetzt gekommen.«

»War es nötig, dazu Wargamäe aufzusuchen?« fragte der Vater vorwurfsvoll und beleidigt.

»Gerade dazu, Vater«, erwiderte Indrek schlicht. »Dir erscheint es natürlich sonderbar und unverständlich, dennoch ist es sehr natürlich. Wir dort in der Stadt sind alle ein wenig wie Kälber, die plötzlich aus dem Stall hinausgelangen und in erster Begeisterung sich einen Durchfall angaloppieren. Glaube mir, Vater, wir alle in der Stadt, oder wenn nicht alle, so die meisten, kranken an Leib und Seele. Doch wie lange lebt man so? Wie lange kann man so leben? Nicht sehr lange. Deshalb sind auch alle bald am Ende. Glaube nicht, daß es nur mir so geht. In diesem Falle wäre das Unglück nicht groß. Doch es sind viele, sehr viele! Es kommt zum Bankrott, zur Wechselfälschung, zu Mord, Raub, Ehebruch, der eine wird Vagabund oder Gauner, der andere Falschspieler, Dieb oder Einbrecher, der eine verführt junge Mädchen, verschachert die eigenen Kinder, der andere verkauft sich selbst. Und was das schlimmste ist: die so leben, als wären sie ehrliche Menschen, und damit noch prahlen, sind die widerlichsten und ekelhaftesten. Solche, die das ganze Land ausplündern und auch von Wargamäes Zwangsarbeitern den letzten Groschen herauspressen, die schlagen sich prahlerisch auf die stolzgeschwellte Brust und schreien aus voller Kehle, daß sie die Retter der Welt und der Menschen seien. Um mich vor solchen und vielen anderen, vor allem aber vor mir selbst zu retten, bin ich zu dir gekommen, Vater, um über mich und die andern zur Klarheit zu gelangen.«

»Mein Sohn, mein alter Kopf kann das, was du redest, nicht fassen«, sagte der Vater, »aber wenn du das Bedürfnis hattest, nach Wargamäe zu kommen, dann bleib auch hier. Nur überlege ich, ob es richtig ist, daß du als Zwangsarbeiter kommst und daß auch ich hier als Zwangsarbeiter gelebt haben soll. Ich habe angefangen, Wargamäe zu lieben, und mit dieser Liebe werde ich auch sterben, das fühle ich.«

»Was ist Liebe und was ist Zwangsarbeit?« fragte Indrek. Doch das begriff der alte Vater überhaupt nicht. Er meinte, daß ein Mensch bei vollem Verstand das auch nicht begreifen könne. Deshalb sagte er kein Wort mehr, und nachdem er eine Weile schweigend gesessen hatte, kam ihn ein süßes Gähnen an und erinnerte daran, daß es an der Zeit sei, ein Morgenschläfchen zu machen. Deshalb wies er auch dem Sohn eine Schlafstelle zu – er hieß ihn die Leiter hinauf auf den Ofen klettern, wo er einen Strohsack vorfinden werde. Er gab ihm sogar Anweisung, wie er den Sack schütteln solle, um eine weichere Schlafstätte zu haben. Doch Indrek brauchte den Sack nicht zu schütteln, er zog sich nicht einmal richtig aus, warf nur den Rock ab und fiel auf den ertasteten Sack.

»Was ist Liebe und was ist Zwangsarbeit?« murmelte er nochmals im Halbschlaf.

II

In der Morgendämmerung öffnete Indrek die Augen, denn er hörte eine Frauenstimme sagen: »So, hier sind Brei und Milch, iß gleich, sonst wird es kalt.«

»Ich habe heute einen Gast, was könnte man ihm wohl geben«, erwiderte der Vater.

»Wo hast du ihn denn?« fragte die Frauenstimme.

»Oben auf dem Ofen, wo denn sonst, eine andere Schlafstelle habe ich nicht«, erklärte der Vater.

Bei diesen Worten richtete sich Indrek auf, um hinunterzuschauen, und sah zwei heraufblickende Augen, die sich mit Tränen füllten, als die Frau den oben sitzenden Mann erkannte und gleichsam erschrocken ausrief: »Lieber Himmel, du, Indrek!«

»Ich, Maret«, erwiderte Indrek schlicht und kletterte die Leiter hinunter.

»Bist du aber alt geworden«, sagte Maret zu Indrek, als er unten war, wo das kleine viereckige Fenster etwas mehr Licht einließ als oben auf dem Ofen.

»Wir werden alle alt«, sagte Indrek und wandte sich von den Augen der Schwester ab, die immer noch voll Tränen standen.

»Ich bin bald der einzige Junge auf Wargamäe«, versuchte der Vater zu scherzen, der sich am Fenster schon an sein Essen gemacht hatte.

»Ja, der Vater scheint tatsächlich jünger geworden zu sein, seit er in der Kate lebt«, sagte Maret überzeugt.

»Nun, dann werde ich vielleicht auch wieder jünger, wenn ich einige Zeit beim Vater in der Kate gelebt habe«, versuchte Indrek ebenfalls zu scherzen. Doch Maret nahm seine Worte bitter ernst, denn sie fragte: »Willst du wirklich hierbleiben?«

»Das will ich wirklich«, erwiderte Indrek.

»Aber du hast doch Kinder, wer erzieht sie denn?« fragte Maret vorwurfsvoll.

»Was bin ich schon für ein Erzieher, Schwester?« fragte Indrek traurig.

»Herrgott!« stöhnte Maret und wandte sich ab, denn jetzt liefen ihr die Tränen in Strömen. »Ist das alles schrecklich!«

»Weißt du, Maret, sprechen wir nicht mehr davon, sprechen wir niemals mehr davon«, bat Indrek. »Versuchen wir statt dessen zu leben. Versuchen wir besser zu leben als bisher, denn ein Tag besseren Lebens ist mehr wert, als von einem Jahr schlechten Lebens zu reden.«

»Was willst du denn tun, wenn du hier bleibst?« fragte Maret.

»Wird sich denn für mich in Wargamäe keine Arbeit finden?« antwortete Indrek mit einer Gegenfrage.

»Du bist doch an unsere Arbeit nicht gewöhnt«, sagte Maret.

»Ich werde mich schon wieder an sie gewöhnen«, meinte Indrek.

»Du hast doch eigentlich niemals in Wargamäe gearbeitet«, sagte Maret, als versuche sie, dem Bruder klar zu machen, wie sinnlos es für ihn sei, nach Wargamäe zu kommen, um Arbeit zu suchen.

»Indrek sagt, er sei nach Wargamäe zur Zwangsarbeit gekommen«, mischte sich jetzt der Vater in das Gespräch der Kinder.

Als sie diese Worte hörte, blickte die Schwester den Bruder mit weit aufgerissenen Augen an. Und als begreife sie plötzlich in vollem Maße den traurigen Sinn der Worte des Vaters, brach sie in Tränen aus. Oder empfand sie ihre eigene Arbeit hier auch als Zwangsarbeit und beweinte ihr eigenes Schicksal?

»Weine nicht, Maret«, sagte Indrek wehmütig, »ich habe

gemeint, daß die Zwangsarbeit auf Wargamäe dennoch leichter sei als der Tod, deshalb kam ich.«

Darauf antwortete die Schwester eine Weile nichts, doch bei diesen Worten versiegten plötzlich ihre Tränen. Sie wischte mit dem Zipfel ihrer Schürze über die Augen und sagte gleichsam getröstet: »Ach, so hast du das gemeint.«

»Ja, so«, bestätigte Indrek.

»Dann ist es natürlich gut, daß du uns nicht vergessen hast«, sagte Maret beinahe froh.

»Nun, siehst du, Schwester, alles ist in bester Ordnung«, versuchte Indrek zu scherzen.

Mit diesem Scherz war das Gespräch für diesmal abgeschlossen. Denn der Vater hatte sein Frühstück beendet, und das erinnerte daran, daß wohl auch Indrek essen wollte. Hierauf lief Maret so eilig davon, als fürchte sie, sich zu verspäten. Inzwischen begann Indrek, Vorbereitungen zu treffen, um in den Wald zu gehen, denn er wollte, bevor er sich nach Arbeit umsah, alte bekannte Stellen aufsuchen, Bäume und Sträucher, in deren Mitte er aufgewachsen war, sich gefreut, gejauchzt und geträumt hatte. Denn die langen Jahre, die seitdem verflossen waren, hatten der Vergangenheit ein verklärendes Schönheitssiegel aufgedrückt.

»Wirst du deine Langschäfter anziehen?« fragte der Vater.

»Zuerst wollte ich es, doch jetzt habe ich es mir anders überlegt. Meine Stiefel sind zwar wasserdicht, aber bei Dornen und Reisig halten sie vielleicht doch nicht stand«, erwiderte Indrek.

»Am günstigsten wären Pasteln, doch ob deine Füße Wasser vertragen«, überlegte der Vater. »Du darfst nicht vergessen, daß es schon Herbst ist, und du wirst durch Wasser stapfen müssen, die Sümpfe sind nicht mehr so trocken, wie sie einmal waren.«

»Es hat doch schon einige Wochen nicht geregnet«, kam Indrek mit Gegenargumenten. »Oder vielleicht hier?«

»Das nicht«, sagte der Vater, »doch du wirst ja gehen und selbst sehen, das ist besser als meine Erklärungen.«

»Ich würde dann doch Pasteln vorziehen, wenn ich sie irgendwoher bekommen könnte«, entschied sich Indrek.

»Nimm meine«, sagte der Vater. »Ich habe sie kürzlich geflickt, nur die linke Sohle ist etwas abgelaufen, ich muß sie erst ausbessern.« Mit diesen Worten machte er sich sofort an die Arbeit.

Etwa gegen zehn Uhr war Indrek für die Wanderung bereit. Auch heute wehte wie in den vergangenen Tagen ein lauer Südwestwind und trieb leichte Wolken am diesigen Himmel vor sich her. Die Sonne schien wie durch grauen Dunst, und die dahinziehenden Wolken verdeckten sie zuweilen fast völlig, als wollte es jeden Augenblick anfangen zu regnen, um dann tagelang zu gießen, doch immer wieder tauchte die helle Sonnenscheibe zwischen den Wolken auf und schwamm auf dem dunstigen, blassen Stückchen Himmel dahin, um bald darauf von neuem hinter einer Wolke zu verschwinden. Das ging schon Tage und Nächte so, und es schien, als würde es endlos so weitergehen.

»Die Sumpfbirke verfärbt sich schon«, bemerkte Indrek, vor der Kate stehend, während der Vater auf einem Klotz saß und die Pastel ausbesserte.

»Auch die Weißbirke wird schon bunt«, sagte der Vater. »Manche Espe steht wie in Feuer getaucht.«

Als Maret mit dem Essen in die Kate kam, hatte Indrek die Pasteln an den Füßen.

»Wirst du dich so nicht erkälten, die Füße werden doch naß«, sagte die Schwester besorgt.

»Tut nichts, es sind doch die Füße eines alten Hirten«, erwiderte Indrek. Er wollte vom ersten Tage an dieselbe Lebensweise führen wie vor langer Zeit, als er von Wargamäe geschieden war. Es kümmerte ihn nicht, daß er sich inzwischen selbst und daß sich auch alles andere verändert hatte.

»Wohin willst du zuallererst gehen?« fragte der Vater, als Indrek die Tür der Kate öffnete.

»Ich hatte die Absicht, zuerst zum Fluß zu gehen«, versetzte Indrek.

»Dahin führen jetzt neue Wege, die alten sind schon längst zugewachsen«, erklärte der Vater.

»Ich werde die alten Wege gehen«, sagte Indrek.

»Also durch Gestrüpp und Reisig.«

»Wenn durch Gestrüpp, dann eben durch Gestrüpp«, erwiderte Indrek und ging zur Tür hinaus.

Kaum war er einige hundert Schritt gegangen, kamen ihm unwillkürlich die Worte des Vaters in den Sinn, die er vorhin in der dunklen Kate gesprochen hatte: Es ist wohl mit den Menschen ebenso wie mit dem Wald – dem Nadelwald folgt Laubwald, dem Laubwald Nadelwald? So war es tatsächlich überall am Feldrand: Wo Erlen sein mußten, standen Fichten, wo Fichten gewesen waren, erhob sich ein Birkenhain, dort wo einst verschiedenes Buschwerk und Wacholder wuchsen, reckten sich schlanke Tannen zum Himmel.

Natürlich war das eine ganz gewöhnliche Erscheinung, doch Indrek erschütterte sie fast bis auf den Grund der Seele. Er fühlte im Herzen einen schmerzhaften Druck, so daß er unwillkürlich stehenbleiben mußte. Sogar der Geruch der Erde hatte sich verändert, als passe er sich den Pflanzen an. Als Indreks Blick zufällig auf seine Pasteln und Fußlappen fiel, erschienen sie ihm plötzlich lächerlich. Es dünkte ihn, als sei er deshalb in Pasteln und Fußlappen an diesen alten Stellen erschienen, um sich wie damals zu fühlen. Doch wozu soll der Mensch unverändert bleiben, wenn der Wald und selbst der Boden sich bis zur Unkenntlichkeit verändern? Wozu zum Unveränderten streben, wenn die ganze Welt sich ständig verändert und erneuert?

Und doch, als Indrek zum Moor kam, wo er von Bülte zu

Bülte sprang, bis der Fuß strauchelte und ins Loch einer Rinderspur abrutschte, aus dem schmutziges Wasser bis zu den Knien hinauf spritzte, erstand plötzlich vor seinem inneren Auge alles so, wie es vor Jahrzehnten gewesen war: das Läuten der Herdenglocken, das Bellen der Hunde, das Blöken der Lämmer, die zwischen den Bülten ihre Mütter aus den Augen verloren hatten, die Stimmen der Vögel, der laue Wind und die warme Sonne. Vor allem Sonnenwärme und Vogelgesang, als sei hier einst ständiger Frühling gewesen.

Die Vision und das durch sie erweckte Gefühl waren so lebhaft, daß Indrek auf einer Bülte stehenblieb, als würde er auch jetzt noch die Frühlingswärme spüren und den Vogelgesang hören. Doch allmählich nahmen die Augen eine ganz fremde Umgebung wahr, er erblickte Sumpfbirken, deren Laub schon herbstlich gelb wurde, und merkte, daß der Vogelgesang verstummt war. Nur daß ein Fuß im Pastel naß war und der andere trocken, wie es ihm auch schon vor Jahrzehnten passiert war. Und er erinnerte sich, wie er dann zuweilen den Versuch gemacht hatte, festzustellen, wie lange er eigentlich mit einem nassen und einem trocknen Fuß gehen könne. Stundenlang lief er dann von Bülte zu Bülte, von Anhöhe zu Anhöhe, wobei er mit dem nassen Fuß ins Wasser oder in Schmutz trat und den trocknen Fuß immer trocken zu halten suchte.

Gedankenlos begann er auch jetzt das gleiche Spiel. Doch es gelang ihm nicht lange, denn der trockne Fuß glitt ihm bald auch ins Wasser, und zwar so gründlich, daß er viel höher durchnäßt wurde als der andere. Erstaunt blickte sich Indrek um, was es denn für eine Stelle sei, die so verborgenes, tiefes Wasser enthalte. Und es gab auch Grund zum Staunen: sein Fuß war in ein Loch abgeglitten, das ein Rest des berüchtigten Grabens war, in dem der Niederhof-Pearu vor langer Zeit das Wasser gestaut und die Weide des Oberhof-Andres überflutet hatte. Er begründete es damit, daß er seine nordwestliche Wiese berieseln müsse. Nach emsigem Suchen fand Indrek noch andere ebensolche Löcher, die in einer Reihe über Wargamäe nach Jôesaare führten. Bei ihrer Betrachtung krampfte sich sein Herz schmerzlich zusammen. Nur soviel war also von der Lebensader und dem Tummelplatz der Mühen und Sorgen der Bewohner von Wargamäe übriggeblieben!

Dennoch, zum Staunen gab es hier eigentlich nichts. In Wargamäe geschieht ja nichts anderes, als schon unzählige Male in der weiten Welt geschehen ist. Völker und Kulturen entstehen und vergehen, und die Nachkommen wühlen in Staub und Ruinen ihrer Vorfahren, hochmütig und stolz auf die Tiefgründigkeit ihrer Interessen und ihren unauslöschlichen Wissensdurst. Doch wie die Altvorderen weder großes Interesse noch Hochachtung für ihre Kultur bezeugten, so sind auch den Nachkommen ihre Wohnstätten und Lebensquellen völlig gleichgültige Dinge, die sie um jeder unbedeutenden Laune oder geringen Begierde willen in Staub und Asche oder in Ruinen verwandeln können, damit auch ihre Nachkommen Grund hätten, in irgend etwas zu wühlen und sich damit zu brüsten.

Rein instinktiv kehrte Indrek um und ging an den Löchern entlang die Strecke zurück, die er gekommen war. Er wollte mit eigenen Augen die frühere Wiese Pearus sehen, die irgendwann einmal so viel Sorge und Not, schlaflose Nächte und Verdruß bereitet hatte. Doch anstelle der Wiese fand Indrek nur einen vom Vieh zertrampelten Sumpf mit wenig Gras, einigen verkrüppelten Kiefern, schwächlichen Birken und Grauweidenbüschen, die nicht einmal einem Hirten Holz für eine Rindenflöte hätten liefern können. Denn es gibt in Wargamäe keinen solchen Dummkopf, der nicht wüßte, daß man von einer Grauweide überhaupt keine Pfeife machen kann, weil ihre Oberfläche knotig ist, und wenn man die Rinde abzieht, bricht sie.

Indrek suchte auch die Stelle auf, wo Pearu einen so festen Damm errichten wollte, daß ihn der Hirte des Nachbarhofes nicht zerstören könnte, doch auch von diesem Unternehmen des starken Mannes waren nirgends Spuren zu finden. Alles war verschwunden, als sei es nie gewesen. Natürlich, falls man hier anfangen würde zu graben, dann wäre man vielleicht auf einen Pfahl oder auf den Stein gestoßen, mit dem der Oberhof-Matu vor langer Zeit nach Pearu geworfen hatte. Doch Indrek trug keinen Spaten bei sich, und wenn er auch einen gehabt hätte, hätte er nicht mit Ausgrabungen begonnen, denn dazu war der Wargamäe-Graben nicht alt genug. Indrek stand nur tatenlos da, inmitten der Sumpfbirken, deren Blätter der Herbst bereits gelb färbte, stand und träumte in einer unerklärlichen Wehmut vor sich hin, als beginne er am hellichten Tage den Verstand zu verlieren. Aber sein Verstand war klar, nur in seinem Inneren brach eine große, weite Welt zusammen, verschwand völlig. Seine eigene Welt, voll Freude und Trauer, Hoffnungen und Träumen.

Jede Bülte, jeder Hügel, jede Birke, Kiefer, jeder Wacholder und jeder Busch hatte sich verändert, selbst eine bestimmte Spillbaum-Familie fand er dort nicht mehr, wo er sie suchen ging. Und er meinte, daß alles sich verändern, auswachsen könne, während er – der Spillbaum – blieb und bleiben würde, denn er will wachsen, fest und zäh werden, um gegen die Messerschneide wie Knochen und Horn zu bestehen, und deshalb wächst er sacht und vorsichtig. Man kann jahrelang warten, bis aus dem Spillbaum eine Stakete wird, eher wird man des Wartens überdrüssig, als daß der Spillbaum gewachsen ist. Und jetzt war er an der alten Stelle überhaupt nicht mehr zu finden, nicht einmal der Hügel, an dessen Südseite sich früher die Bülte befand, auf der der Spillbaum wuchs. So blieb Indrek nichts anderes übrig, als enttäuscht weiterzugehen. Dennoch verließ ihn die Hoffnung nicht, irgendwo etwas Bekanntes zu finden. Die Schlange der Erinnerungen nagte an seinem Herzen.

Indrek stapfte eine Weile weiter durch das nasse Buschwerk, als kurz vor ihm Birkhühner mit lautem Knattern aufflogen – lauter junge Hähne, schon befiedert und im schwarzen Gewand der Erwachsenen, in dem sie schon im nächsten Frühjahr irgendwo auf einer Lichtung oder Bergwiese zum Balzspiel erscheinen werden. Dieses Knattern kam ihm plötzlich so bekannt vor, als hätte er es erst gestern gehört. Und als er horchend stehenblieb, bemerkte er vor sich eine alte vertrocknete Sumpfkiefer, deren Wipfel abgebrochen war und in der Nähe der Bruchstelle einen vermoderten Aststumpf aufwies. Aus irgendeinem Grunde fesselte diese vertrocknete Kiefer Indreks Aufmerksamkeit. Sie erschien ihm bekannt, und deshalb trat er näher an sie heran. Wenn es die ist, so muß sie weiter unten starke Aststümpfe haben, auf die man beim Klettern den Fuß setzen kann.

Richtig, die Aststümpfe waren da, doch so vermodert, daß Indrek sie mit Leichtigkeit vom Stamm abbrach. Gerade dieses Abbrechen der Aststümpfe verblüffte Indrek. Der Gedanke, daß diese alte verkrüppelte Kiefer hier so viele Jahre gestanden hatte, ohne daß ihr jemand wenigstens soviel Interesse bezeugt hätte, daß er zumindest so im Vorübergehen ihre vermoderten Aststümpfe abgebrochen hätte, kam ihm wie ein großes Lebensrätsel vor. Einmal war dieser vermoderte Rest die berühmte einästige Kiefer gewesen. Man kletterte oft an ihr empor und wiegte sich auf ihrem einzigen Ast, denn der war frisch und stark und trug jedes Jahr eine Menge grüner, nach Harz duftender Zapfen.

Auf diesem Ast hatte nicht nur Indrek geschaukelt, sondern auch alle anderen Jungen, die er kannte, denn die

Wurzeln der Kiefer ragten auf der einen Seite etwas aus dem Moorboden heraus, und deshalb eignete sie sich zum Schaukeln weit besser als irgendeine andere Kiefer in Wargamäe, vielleicht auch auf der ganzen Welt. Und wenn auf ihrem Ast gerade kein Junge schaukelte, so saß dort eine Kuhstelze mit hellgelber Brust, oder es stieg von ihr eine Sumpflerche zum Himmel empor und ließ sich bald wieder singend zwischen ihren harzigen Zapfen nieder. Oh, sie konnte viele Male von dem grünen Kiefernzweig aufsteigen und immer wieder singend dorthin zurückkehren, als sei er es, der die Triller der Lerche entfessele. Und jetzt war diese Kiefer vermodert, und keiner kümmerte sich um sie, so, als sei sie überhaupt nicht vorhanden. Nicht einmal Tiere kamen hierher, um den Hals an ihrem Stamm zu reiben, denn sonst würde sich irgendwo an der Borke schwarzer, weißer oder roter Haarflaum finden.

Indrek versuchte die Kiefer abzubrechen, wie er es mit ihren Aststümpfen getan hatte, doch der Stamm hielt stand. »Sumpfkiefer«, murmelte Indrek und ging sie mit seiner ganzen Kraft an, denn aus irgendeinem Grunde wollte er sie unbedingt brechen. Doch alle seine Anstrengungen waren vergeblich. Selbst die Wurzeln der Kiefer schienen erneut in der Erde festgewachsen zu sein. Schließlich versuchte Indrek, auf die Kiefer zu klettern, um festzustellen, ob der frühere Schaukelast noch fest oder vermodert sei. Auch das gelang ihm nicht. Dann begann er einen passenden Schlagstock zu suchen, mit dem er den Ast erreichen könnte. Ein Stück weiter ab fand er eine dünnere vertrocknete Kiefer, die er abbrach und mitnahm. Damit begann er auf den Schaukelast zu schlagen, doch der brach nur an der Spitze ab, der dickere Teil widerstand.

Eine ganze Weile mühte sich Indrek mit der alten Kiefer ab, ehe er bemerkte, daß er die rechte Hand am Ast verletzt hatte. Da warf er den Schlagstock weg, blickte noch einmal auf die vertrocknete krumme Kiefer und meinte: »Tot ist sie, ein Kadaver, doch stärker als ein lebender Mensch. Ein Beil oder eine Säge müßte man holen.« So sprach er zu sich, als er, das Blut aus der verletzten Hand saugend, weiterging, und es kam ihm überhaupt nicht in den Sinn, sich zu fragen, warum er sich an diese Sumpfkiefer mit Beil oder Säge machen wollte.

Jetzt wanderte er planlos durch das Moor, das ihm fremd vorkam. Und er vergaß den Graben völlig, wo einst Wasser gestaut, um den gestritten und mit dem geprahlt worden war. Er suchte vergeblich den Winterweg, auf dem sich einst bei Schnee Heufuhren bewegten, wobei am Rande des Buschwerks Strohhalme und Heu liegenblieben, so daß in der Nacht Hasen herauskamen, um ihren Hunger zu stillen, und zur Erinnerung lange Spuren und runde Kügelchen hinterließen. Überall war nur Gebüsch, Gestrüpp und Wald, der stellenweise so dicht war, daß er völlig die Sonne verdeckte.

Plötzlich stieß Indrek auf einen Stacheldrahtzaun und schaute ihn an, als sehe er eine Erscheinung. Stacheldraht, hier! Ja, er war einfach von Baum zu Baum gezogen worden und verlief so bis zum immer dichter und höher werdenden Wald. Folglich eine Grenze, meinte Indrek und folgte dem Stacheldraht.

Da erinnerte er sich daran, wie der Küster und der Schreiber sich einmal um Mitternacht am Fluß über patriotische Fragen gestritten hatten: Der Küster hätte hier am Fluß gern Chorlieder aus der Gegend von Jôesaare gehört, das wäre seiner Ansicht nach die richtige Poesie, der Schreiber aber meinte, schon das wäre Poesie, wenn er mitten in der Nacht dreimal nach seinem Kescher im Fluß suche. Arme Männer! Wenn sie jetzt hier wären, könnten sie sehen, daß die wahre Poesie ein Stacheldraht ist, der von einem lebendigen Baum zum anderen führt.

Als Indrek ans Flußufer gelangte, spürte er, wie sein Mund, ja sein ganzer Körper und seine Seele zu lachen begannen: hier war alles so, als habe er es erst vor wenigen Tagen verlassen. Nur die vereinzelt dastehenden schwarzgrauen Scheunen schienen sich mehr zur Erde zu ducken, und das Rauschen war stiller geworden: die Hechte plätscherten nicht mehr im Röhricht auf der Jagd nach ihren kleineren Brüdern, und das Geschnatter der Enten war nirgends mehr zu hören. Nur verspätete Schwalben schwirrten umher und schrien, als erkannten sie den versandeten Graben und den Stacheldraht nicht. Schnell, schnell suchten sie Nahrung für ihre Kinder, damit sie möglichst kräftig für den Flug nach dem Süden werden.

Indrek versuchte, seine Stimme zu erheben und zu rufen, doch der Fluß und die Scheunen blieben stumm: die Scheunen waren voll Heu und gaben keinen Widerhall. Aber irgendwann einmal hatten sie alle sein Jauchzen erwidert – alle – die nähern lauter, die weitern leiser, sie antworteten, als seien sie lebendige Wesen. Die frühere Traurigkeit übermannte Indrek, Trauer der Einsamkeit und Verlassenheit. Es schien ihm, als schrien auch die Schwalben nur deshalb, weil sie von den Kameraden hier zurückgelassen worden waren.

Einem inneren Drange folgend, ging Indrek zum Fluß hinunter, wo früher ein Wehr gewesen war. Und als er es auch jetzt noch vorfand, überquerte er den Fluß und lief weiter durch die Wiesen zum Weiden- und Birkendickicht, wo es in alten Zeiten Hirsche, Rehe und Auerhähne gegeben hatte. Hier tappte er wie blind umher, fand jedoch keine Spur von Hirschen oder Rehen. Nur Auerhähne sah er.

Die Sonne neigte sich schon dem Abend zu, als Indrek irgendwo am Feldrand herauskam, ohne richtig zu wissen, wo er sich befand. Später stellte sich heraus, daß es Hundipalu war, und sofort erinnerte er sich deutlich daran, wie er vor vielen Jahren einmal mit Tiit auf einem Birkenstumpf gesessen und große, wichtige vaterländische Angelegenheiten erörtert hatte.

Jetzt gab es keinen Tiit mehr in Hundipalu, und auch seine Nachkommen waren bis auf den letzten von hier fortgezogen. Auch hier war alles fremd wie in Moor und Sumpf. Es war, als seien die gesamte Umgebung und das ganze Leben ein Trugbild und eine wertlose Illusion. Zum ersten Male empfand Indrek mit solcher Klarheit, was für eine Illusion das Leben ist und wie schrecklich einsam der Mensch in der Welt dasteht. Und wie eine Woge erfaßte tiefe Trauer sein ganzes Wesen.

Ein junger Mann kam über den Feldweg geradelt, erblickte Indrek, sprang vom Rad und fragte, woher Indrek komme und ob er Viehglocken gehört habe. So kamen sie ins Gespräch, und Indrek fragte, ob es hier zu Lande noch Hirsche gebe.

»Hier gibt es keine mehr«, sagte der junge Mann prahlend. »Wenn einer hierher kommt, muß er sterben. Jetzt hat jeder Mann sein Gewehr, und dem entgeht kein Hirsch. Sollten wir uns zurückhalten, Wilderer bringen sie doch zur Strecke. Dann schon lieber wir selbst, wenn auch heimlich.«

»So«, sagte Indrek.

»Das ist Kultur«, meinte der junge Mann selbstbewußt. »Seit wir selbständig sind, macht die Kultur schnelle Fortschritte, das schreibt auch die Zeitung.«

»Ja, schneller, als das Wild sich vermehren kann«, sagte Indrek.

»Aber natürlich, ein Tier kommt doch nicht gegen die Klugheit des Menschen an«, pflichtete ihm der Bursche bei, wünschte einen guten Abend, schwang sich aufs Rad und jagte davon, um zu horchen, ob irgendwo Viehglocken zu hören seien.

»Kultur, Kultur«, wiederholte Indrek und wandte sich wieder zum Fluß, um die Brücke zu erreichen. »Stacheldraht und Gewehr«, fügte er nach einer Weile hinzu.

An der Brücke angelangt, blieb er stehen und betrachtete die großen Steine, die noch an derselben Stelle lagen, an die Hundipalu-Tiit sie vor Jahrzehnten gesetzt hatte. »Ist das auch Kultur?« fragte sich Indrek und zweifelte daran, denn Kultur bedeutete stets die Vernichtung von irgendwas oder irgendwem. Nein, nein, diese Steine sind keinerlei Kultur, es sind nur Steine, die dem Menschen ermöglichen, trockenen Fußes über das Wasser zu gelangen.

III

Als Indrek am Abend nach Hause kam, fragte ihn der Vater: »Wie weit bist du denn gegangen?«

»Bis zum Feld von Hundipalu«, erwiderte Indrek.

»Was hast du denn da gesucht?« staunte der Vater. »Dort wohnen doch jetzt fremde Leute.«

»Fremde Leute, aber an der Brücke Tiits bekannte Steine«, sagte Indrek.

»Natürlich, es sind Tiits Steine«, bestätigte der Vater wehmütig und fragte dann: »Hast du noch alte heimatliche Stellen wiedererkannt?«

»Eine Kiefer habe ich wiedererkannt«, erklärte Indrek.

»Habe ich dir nicht gesagt«, meinte der Vater, »daß alles anders geworden ist. Aber eine Kiefer hast du doch wiedererkannt?« staunte er.

»Ja, eine habe ich wiedererkannt«, bestätigte Indrek, »obwohl sie schon verdorrt ist.«

»Hast du auch die alten versandeten Gräben des Kätners Madis wiedererkannt?« forschte der Vater.

»Da ist nichts zu erkennen, sie existieren nicht mehr«, sagte Indrek.

»Ja, die existieren nicht mehr«, bestätigte der Vater, »und deshalb will ich mich in jener Richtung gar nicht umschauen. Dort nahm einmal mein Leben in Wargamäe seinen Anfang, und jetzt ist alles eher zu Ende gegangen, als ich es schaffte, unter die Erde zu kommen. Meine Arbeit und mein Werk sind vor mir begraben worden. Weißt du, Indrek, was das für einen Menschen bedeutet?«

»Ich weiß es, Vater«, erwiderte Indrek.

»Lieber wäre ich, wie der alte Madis, ohne Beine geblieben. Das wäre für mich sogar besser gewesen, dann hätte ich das alles nicht mit eigenen Augen ansehen müssen«, meinte der Vater.

»Sind die Spaten des alten Madis noch vorhanden?« fragte Indrek.

»Ach die, mit denen er die Gräben gestochen hat?« fragte der Vater verständnislos.

»Ja, eben die«, bestätigte Indrek.

»Die Bültenspaten habe ich noch in diesem Frühjahr auf dem Boden gesehen, von den anderen aber weiß ich nichts. Doch wozu brauchst du sie?« staunte der Vater.

»Wozu?« wiederholte Indrek die Frage. »Ich habe dir doch gesagt, daß ich nach Wargamäe zur Zwangsarbeit gekommen bin.«

»Willst du etwa anfangen, die Arbeit des alten seligen Madis fortzusetzen?«

»Ich könnte es versuchen«, erwiderte Indrek gleichsam scherzend und fügte erklärend hinzu: »Deshalb habe ich ja meine hohen Gummistiefel mitgebracht.«

Darauf erwiderte der Vater lange Zeit nichts. Schließlich sagte er wie zu sich selbst: »Mein alter Kopf begreift wohl in dieser Welt nichts mehr. Was würde wohl Hundipalu-Tiit sagen, wenn er deine Worte hören könnte, denn gerade er war es ja, der am meisten darauf drängte, daß ich dich zuerst zum Schreiber und dann in die Stadt gehen ließ. Und jetzt kommst du von selbst zurück, willst an die Stelle des seligen Madis treten. Oder kommen alle zurück, wenn sie älter werden?«

»Vielleicht kommen alle«, meinte Indrek.

»So daß auch Andres[1] zurückgekommen wäre, wenn Gott ihn länger am Leben gelassen hätte?« fragte der Vater.

»Wer weiß, vielleicht wäre auch er gekommen«, meinte Indrek. »Denn dem Menschen geht es wie dem Waldtier: soviel er auch umherläuft, im Alter kommt er doch zurück.«

»Aber mein Vater sagte immer, daß Raubtiere nicht zurückkommen«, widersprach der alte Andres. »Der Luchs, dieses Aas, läuft Dutzende von Werst davon. Ebenso der Marder.«

»Und wenn sie Hunderte oder Tausende von Werst weglaufen«, sagte Indrek halb scherzend, »zurück kommen sie doch; wenn nicht sie selbst, dann ihre Jungen, denn die Welt ist rund, und wir alle sind nur Umherirrende und ziehen größere oder kleinere Kreise. Man sagt, sogar ganze Völker kehren an den alten Ort zurück, kehren aus den steinernen Städten zur Mutter Erde zurück.«

»Aber verrückt ist das schon, daß es alle so eilig haben, davonzulaufen«, klagte der Vater. »Da ist mein letzter Sprößling Sass. Wie habe ich ihm zugeredet und ihm ans Herz gelegt, hierher zu kommen, in Wargamäe zu bleiben und alles in die eigenen Hände zu nehmen – aber nein, er will nicht, lieber zieht er in der Welt umher und schachert mit Butter und Eiern, mit Kalbs- und Fuchsfellen. Und mir blieb nichts anderes übrig, als diesen anderen Sass zu rufen, der bei der Kirche den Menschen Särge, Schränke und

[1] Der älteste Bruder Indreks, der zum Militärdienst ging und verschollen blieb.

Kommoden zimmerte. Ich rief Marets Mann mit dem verkrüppelten Bein und übergab ihm Wargamäe, so daß, wenn ich von hier verschwinde, auch mein Name verschwinden wird. Das Blut bleibt, der Name nicht. Aber Marets Sass lebt auch in Wargamäe so, als würde er neben der Kirche den Menschen Särge zimmern: Er fragt ständig, bevor er eine Arbeit beginnt, was sie ihm einbringen werde. Für Särge haben die Menschen keine Liebe, selbst dann nicht, wenn sie ein verkrüppeltes Bein haben, wie Sass, und deshalb meint er, daß man auch Wargamäe nicht zu lieben brauche. Felder und Grünland, die mag er vielleicht noch, aber nicht Sümpfe und Moore. Ich versuche wohl, es ihm zu erklären, und sage, lieber Mann und teurer Schwiegersohn, du brauchst die Sümpfe und Moore nicht zu lieben, sondern das, was man aus ihnen machen kann. Es ist genau wie mit den Särgen: der Mensch scheut wohl den Sarg, nicht aber die Bretter, aus denen er gemacht wird. Doch glaube, Sohn, ich rede zu tauben Ohren. Denn er sagt, daß er weder den Sarg scheue, noch die Bretter liebe, sondern das Geld begehre, das für die Särge gezahlt wird. Na, was machst du mit einem solchen Menschen in Wargamäe.«

Nachdem genug geredet worden war, wollte Indrek wissen, an welchem Ende des Bodens der Vater den Bültenspaten des verstorbenen Madis gesehen hatte. Er ging und holte ihn herunter. Bei näherer Betrachtung stellte sich aber heraus, daß das vorher so feste Birkenholz vermodert und die Schneide des Spatens völlig verrostet war.

»So ist es nun mal mit den alten Zeiten und Dingen«, sagte der Vater, der neben Indrek stand. »Vorbei!«

Und plötzlich betrachtete Indrek seinen Vater heute zum ersten Mal genauer: zusammengesunken, eingeschrumpft, mit eingeknickten Knien stand er vor der Kate, als sei er hier, sich den Umständen anpassend, kleiner geworden. Die Kleider waren ihm zu groß und schlotterten an seinem

Körper. Der Hals dünn und zwischen die Schultern gesunken. Die Hände mit ihren festen, knorrigen Fingerknochen unnatürlich groß, die Arme lang, als sollte aus dem Oberhof-Andres ein Verwandter des Affen werden, wenn er genügend lange lebte. Die Augen waren klein geworden, doch schimmerte in ihnen noch immer dieses unbeugsame Stahlgrau, das in ihnen geglüht hatte, als er zusammen mit seiner ersten Frau Krôôt hierher gekommen war. Die Gesichtshaut fast aschgrau und in tiefen Falten, das Haar jedoch hatte seine Farbe behalten.

›Wo kann ich Spaten bekommen?‹ überlegte Indrek, während er von dem Spaten des alten Madis ein vermodertes Stück nach dem anderen abbrach.

»Sass wird dir schon Spaten besorgen, wenn aus dir ein Grabenstecher wird«, sagte der Vater. »Wenn du selbst nicht bei ihm vorsprechen willst, kann ich es ja tun. Und ob ein Bültenspaten jetzt gleich so wichtig ist, du könntest ja mit dem Reinigen der alten Gräben beginnen.«

Also ging der Vater bald darauf, auf seinen Stock gestützt, den Berg hinauf zur Familie, während Indrek allein in der Kate zurückblieb. Er fühlte sich beinahe wie ein Aussätziger, der sich von Gesunden fernhalten muß, wenn in ihm noch ein Funke Ehrlichkeit und Anständigkeit geblieben ist. Wenn einem aber der Aussatz nicht nur in den Körper, sondern auch in die Seele eingedrungen ist, dann kümmert man sich um nichts mehr, sondern steckt die anderen links und rechts an.

Natürlich, der Vater erhielt auf dem Hof Spaten – sogar zwei, doch ein Bültenspaten fehlte, es wurde aber versprochen, ihn vielleicht schon bis morgen zu beschaffen, falls man ihn unbedingt brauche. Doch Sass hatte für Indrek einen ganz anderen Vorschlag, einen weit besseren und einträglicheren, wie er meinte. Indrek solle anfangen, auf dem Acker die großen Steine auszugraben, denn Sass will diese Steine zerschlagen und aus ihnen Ställe bauen. Die Güter sind aufgeteilt, die Ställe niedergerissen und fortgeschleppt, jetzt sei es an der Zeit, daß auch wir anfangen steinerne Ställe zu bauen – steinerne Ställe und statt der Zäune Mauern, die für die Ewigkeit bestimmt sind.

So meinte Sass. Doch Indrek blieb seinem Vorhaben treu: Er wollte in den Sumpf gehen und Gräben stechen, denn dort war der Boden weicher und das Wasser näher, die Menschen aber waren ferner, vor denen er aus der Stadt geflohen war. Er versuchte sogar, vor sich selbst zu fliehen, und meinte, daß es ihm im Moor besser gelinge als auf dem Acker.

Am nächsten Morgen schulterte er die Spaten und ging schon früh in den Sumpf. Der Vater trat vor die Kate, um ihm nachzublicken, er stand auf den Stock gestützt und rief ihm nach, wie es denn mit dem Mittagessen werden solle. Indrek erwiderte, er habe ein Stück Brot eingesteckt und man brauche deshalb für Mittagessen nicht zu sorgen.

»Wenn du hungrig wirst, komm nach Hause«, rief der Vater, »du bist doch kein Tagelöhner, daß du die Stunden einhalten mußt.« Aber Indrek hatte diese Worte wohl kaum noch gehört. Außerdem fiel dem Vater bei diesen Worten ein, daß Indrek sich als Zwangsarbeiter bezeichnet hatte. So war es denn wohl besser, wenn er die letzten Worte des Vaters nicht gehört hatte.

Dennoch glaubte Andres nicht, daß der Sohn gleich am ersten Tag bis zum Abend im Sumpf bleiben würde. Schon gegen drei, vier Uhr begann er ihn zu erwarten, und gegen fünf, sechs Uhr verlor er dermaßen die Geduld, daß er ihm in den Sumpf nachging, als befürchte er, daß ihm etwas zugestoßen sei.

Doch Indrek war den ganzen Tag über nichts zugestoßen. Er geriet gleich an den Graben, der parallel mit dem Feldrain verlief, und erblickte an dessen eingefallenem Ufer Birken und Kiefern mit breiten Wipfeln. »Ihre Wipfel müssen wieder so spitz werden, wie sie einmal waren«, sagte sich Indrek, stieß den einen Spaten senkrecht ins Erdreich und machte sich mit dem anderen an die Arbeit – er begann jahrzehntealten Schlamm aus dem Grabenbett hinauszuwerfen. Was ihn am meisten erstaunte, war, daß der Spaten an einigen Stellen auf festen Boden stieß – auf Kies und Lehm.

»Sieh mal an, an einigen Stellen kommt schon der Boden hoch«, staunte auch der Vater, als er beim Grabenstecher angelangt war. »Als der alte Madis hier grub, war außer dem weichen Torf nichts zu finden.«

»Folglich hat sich der Boden gehoben, oder der Pegel ist gefallen«, meinte Indrek.

»Es wird wohl der Pegel gesunken sein«, meinte der Vater. »Der Torf begann zu faulen, ist zu Erde geworden, der Boden wird fester. Solltest du die Gräben wieder frei bekommen, wirst du sehen, alles ist ganz fester, trockner, fruchtbarer Boden. Und weißt du, Indrek, was ich dir sage: Wenn schon hier der Boden hochkommt, dann muß ihn der Spaten auch bei Hallikivimäe und Jôesaare berühren können. Begreifst du, mein Sohn: In Wargamäe beginnt der Boden überall hervorzutreten!« rief der alte Andres froh, und seine halberloschenen stahlgrauen Augen begannen zu glänzen.

Indrek verstand die Freude des Vaters, denn als Kind hatte er ständig gehört, man suche den festen Boden, als hänge davon der Segen des Lebens ab – man suchte und fand ihn nicht, denn niemand schaffte es, so tief zu graben, daß er auf Kies oder Lehm gestoßen wäre.

»Vielleicht kommt die Zeit, da man den Hügelacker mit seinen großen Steinen unbebaut lassen und hier im Sumpf Felder anlegen wird«, meinte Indrek.

»In Vihuke soll man damit schon begonnen haben«, erklärte der Vater. »Ich habe das zwar nicht mit eigenen Augen gesehen und werde es wahrscheinlich auch nicht zu sehen bekommen, aber ich hörte andere davon reden, daß in Vihuke im Sumpf gepflügt wird.«

Die Dämmerung kam, doch Indrek wollte immer noch nicht mit der Arbeit aufhören.

»Du tust ja so, als sei heute dein letzter Tag«, sagte der Vater. »Hör endlich auf, und gehen wir nach Hause, du hast heute nicht einmal Mittag gegessen.«

»Geh du schon voraus, ich komme gleich nach«, erwiderte Indrek.

Doch der Vater hörte nicht auf zu quengeln, und so machten sie sich zusammen auf den Heimweg.

»Kann man die Spaten und das Beil hier lassen?« fragte Indrek.

»Nimm sie lieber mit, sonst könnte sie jemand für seine eigenen halten«, meinte der Vater.

»Früher gab es das hier nicht«, sagte Indrek.

»Früher ging man hier zu Fuß oder zuckelte im Pferdewagen dahin, jetzt aber flitzt man mit dem Fahrrad durchs Land«, erklärte der Vater. »Jeder Knirps jagt dahin, als hätte er wer weiß was Wichtiges und Eiliges zu tun.«

Als sich Indrek zu Hause die Hände wusch, fragte der Vater: »Was sagen denn deine Handflächen?«

»Die Haut hängt lose, was denn sonst«, erwiderte Indrek.

»Wahrscheinlich bluten sie auch«, meinte der Vater.

»Wo soll denn das Blut hin, wenn die Haut ab ist«, erwiderte Indrek.

»Am Anfang soll man sich nicht so draufstürzen«, belehrte ihn der Vater. »Man soll den Händen Zeit lassen, sich zu gewöhnen.«

»Sie werden sich schon bei der Arbeit gewöhnen«, versetzte Indrek.

»Zur Nacht solltest du die kranken Stellen mit Gänsefett oder frischer Butter einreiben«, riet der Vater. Doch Indrek hatte für alle Fälle aus der Stadt gute Borvaseline mitgebracht, die benutzte er jetzt.

Am nächsten Morgen spürte Indrek beim Aufstehen starke Schmerzen in Rücken und Kreuz. Nur mit Mühe konnte er sich aufrichten. Das Hinunterklettern vom Ofen war für ihn eine wahre Zwangsarbeit. Die Hände waren steif, und die Finger versagten den Dienst.

»Tun die Knochen weh?« fragte der Vater.

»Ist nicht so schlimm«, erwiderte Indrek.

»Ich hörte dich im Schlaf reden und glaubte, es sei wegen der Knochenschmerzen«, erklärte der Vater. »Der Mensch ist nun einmal so – am Tage erträgt er die Schmerzen, doch in der Nacht nicht, dann fängt er an zu schreien und zu reden, verflucht Himmel und Erde, und alles nur, weil seine Knochen schmerzen. Sieh, heute ist es noch nicht schlimm, doch morgen und übermorgen, da wirst du es schon spüren, wenn du so eifrig weiterarbeitest. Ich würde dir raten, heute nicht in den Graben zu gehen, laß den Körper etwas ausruhn. Wenn du nicht zu Hause bleiben willst, dann komm mit mir in den Wald, ich gehe Ruten zum Reusen- und Korbflechten suchen. Die Weidentriebe müßten jetzt schon fest genug sein.«

So sprach der Vater. Doch Indrek wollte seinem Vorsatz treu bleiben – er wollte auch heute in den Graben gehen, zumal ihm vom Hof ein neuer Bültenspaten aus Stahl gebracht wurde. Am Graben fand er aber fremde Spuren und im Graben eine Menge Bülten, die er gestern hinausbefördert hatte. Wer hatte sie in den Graben zurückgeworfen und zu welchem Zweck? Geschah es schon gestern abend oder erst heute früh? Wer wußte, daß er gestern im Graben war? Wer belauerte schon von Anfang an seine Schritte? … Den ganzen Tag konnte Indrek den Gedanken nicht los werden, daß ihn auch hier die Menschen nicht aus den Augen ließen. Als er am Abend dem Vater davon erzählte, sagte dieser: »Wer kann das anders gewesen sein als Nachbars Eedi, der schnüffelt ja überall herum.«

»Ist das einer von Karlas Söhnen?« fragte Indrek, während er versuchte, sich auf einen Schemel zu setzen, und plötzlich spürte, daß er das nicht konnte, so steif und unbiegsam war sein Kreuz.

»Es ist sein einziger am Leben gebliebener Sohn«, sagte der Vater, »und der ist blöd.«

»Wieso – blöd?« fragte Indrek, ergriff mit beiden Händen die Leiter und versuchte erneut, sich hinzusetzen. Der Vater bemerkte das und fragte: »Schafft es das Kreuz nicht mehr?«

»Ich habe es versucht, es geht nicht«, erwiderte Indrek. »Ich hätte nie geglaubt, daß es so schlimm werden könnte.«

»Wenn es schon am Abend solche Späßchen macht, dann wirst du sehen, wie es erst morgen früh sein wird«, warnte der Vater.

Doch das Kreuz wartete nicht einmal bis zum Morgen, sondern machte seine Stückchen schon am Abend. Denn als Indrek nach einiger Zeit vom Schemel aufstehen wollte, spürte er im Rücken einen so heißen Schmerz, daß er vorerst sitzen blieb. Als er dann schließlich mit zusammengebissenen Zähnen aufstand, mußte er gekrümmt stehenbleiben, als sei er plötzlich zum Krüppel geworden.

»Man muß das Kreuz noch heute abend mit Spiritus einreiben, anders geht es nicht«, erklärte der Vater. »Ich habe noch etwas in der Flasche.« Und er zwang Indrek, den Rükken zu entblößen und sich bäuchlings aufs Bett zu legen, um ihn gut einreiben zu können. So bearbeitete er denn auch eine ganze Weile den Rücken des Sohnes mit seinen Fingern.

»Dein Rücken ist weiß und weich, wie gepolstert«, sprach der Vater, »wie soll er denn eine solche Arbeit wie das Graben aushalten.«

»Ich bin doch nicht dick«, widersprach Indrek.

»Dick nicht, aber weich«, berichtigte der Vater. »Arbeite einige Monate, dann wird der Körper fest wie Holz.«

Erst als Indrek oben auf dem Ofen lag, kam es ihm in den Sinn, den Vater zu fragen: »Was ist denn eigentlich mit diesem Sohn von Nachbars Karla?«

»Er ist einfach blöde, weiter nichts«, erwiderte der Vater. »Karla hatte eine uralte Pistole, die gab er dem Jungen, um im Walde herumzuschießen. Nun, der Junge schoß auch. Aber dann geschah ein Unglück, die Pistole explodierte, und der Junge wurde am Kopf verletzt – man fand ihn bewußtlos am Rande des Feldes. Der Arzt wurde geholt und der Junge in die Stadt gebracht, denn Eedi sollte ja den Hof erben, Bauer von Wargamäe, Namensträger sein, das Geschlecht fortpflanzen, wie Pearu stets erklärte. Der Junge war mehrere Monate in der Stadt, doch als er nach Hause kam, hatte er keinen Verstand mehr. Und so ist es bis zum heutigen Tag geblieben. Zu schießen versteht er zwar, so dämlich ist er nicht. Er soll sogar treffen, wie man sagt. Possen reißen kann er auch, so daß manche nicht recht an seine Verrücktheit glauben, sondern meinen, daß er den Schwachsinnigen nur spielt, um nicht arbeiten zu müssen. Doch meiner Meinung nach ist er ein völliger Idiot, man sieht es schon seinen Augen an ...«

So erzählte der Vater, während Indrek in den Schlaf sank. Der Vater bemerkte es erst, als der Sohn die ersten Worte im Schlaf vom Ofen herab sprach, als wollte er dem Vater antworten.

»Sagtest du etwas, oder schläfst du schon?« fragte der Vater, und da keine Antwort kam, schwieg er auch.

Am nächsten Morgen bewahrheitete sich die Voraussage des Vaters: Indrek wollte es nicht gelingen, vom Ofen herunterzukommen, denn das Kreuz und der Rücken waren steif, von den Schmerzen nicht zu reden. Er mußte diesen

Tag und auch den nächsten noch liegen bleiben. Erst am dritten Tag wurde es besser, da aber der vierte ein Sonntag war, verging auch dieser wie die vorherigen. Indrek schimpfte und fluchte, doch der Vater belehrte ihn, als sei er noch ein Kind: »Glaube mir, mein Sohn, gegen die Natur kann man nicht an. Gegen sie können weder Mensch noch Tier. Ihre Gesetze muß man einhalten, da ist nichts zu machen. Gib einem Mastschwein rohe Erbsen, kannst du es töten, ein Weideschwein aber wird davon kräftig. Unsere Menschen hier arbeiten das ganze Leben schwer bei magerer Kost und werden immer gesünder; lege aber einem Herrn eine solche Last auf und gib ihm unseren Fraß, sieh, der geht schnell ein.«

»Jetzt müssen auch Herren arbeiten«, sagte Indrek.

»Wirst schon sehen, das nimmt kein gutes Ende«, meinte der Vater. »Ich denke, daß man auf der Welt ohne Herren doch nicht auskommt. Läßt du einen richtigen Herrn arbeiten, dann will so mancher von unseren Menschen ein Herr werden, das ist alles. Meiner Meinung nach hat dieser große, schreckliche Krieg das Volk verrückt gemacht. Keiner weiß mehr, was er so richtig will. Hat er ein Fahrrad gekauft, dann fehlt ihm ein Grammophon, gib ihm ein Grammophon, dann braucht er ein Radio. Keiner will jetzt etwas Rechtes tun oder lernen, alle wollen immer nur Kultur und Kultur. Ich habe zuweilen in meinem Herzen Gott gebeten, meine Lebenstage noch etwas zu verlängern, denn ich möchte gerne sehen, wie lange eine solche Kultur dauern wird, daß selbst ein Dorfmensch nicht mehr zu kurbeln braucht, sondern die Spielkurbel sich von selbst dreht, brauchst nur danach zu tanzen. Auf Hundipalu soll ein solches Musikinstrument und Kultur sein, dahin gehen sie jetzt immer, um es sich anzuhören. Aber die von Tiit gebauten Moorbrücken haben Löcher, und es gibt keine Maschine, mit der man sie reparieren könnte. Von Hand geht es nicht, denn das ist zu schwer. Der Bauer aber erklärt, daß er bald mit dem Flugzeug fliegen werde. Wer dann noch lebt, wird es sehen. Doch was meinst du zu alledem?« fragte der Vater schließlich Indrek, da dieser auch dann schwieg, wenn der Vater, gleichsam wartend, eine Pause einlegte.

»Nichts anderes, als daß meine Spielkurbeln nicht mehr von selbst laufen«, sagte Indrek. »Deshalb bin ich ja nach Wargamäe gekommen, um alles neu zu beginnen. Man muß lernen, selbst zu spielen, die Weisheit der anderen hilft nicht.«

»Aber ich kann immer noch nicht so recht verstehen, warum du gerade hierher gekommen bist, um diese Arbeit zu verrichten«, sagte der Vater. »Du hattest doch von klein auf nicht die richtigen Knochen für einen Arbeitsmenschen, warst immer eher ein bißchen zum Herrn geschaffen, warum muß denn gerade ein solcher Mensch diese schwere Arbeit leisten?«

»Laß mich nur, Vater«, wich Indrek einer direkten Antwort aus, »später wollen wir sehen, was dabei herauskommt.«

»Was dabei herauskommt?« wiederholte der Vater. »Der Rücken steif, das Kreuz kaputt, die Hände zerschunden, das kommt dabei heraus.«

»Alles wird schon wieder in Ordnung kommen«, tröstete Indrek, obwohl er sehr gut wußte, daß es für den Vater kein Trost war. Nur in der ersten Begeisterung, als er glaubte, einen Menschen gefunden zu haben, der sein Werk fortsetzt, hatte der Vater etwas Freude über Indreks Vorhaben empfunden, doch nachdem er die Sache gründlich überdacht hatte, wich die Hoffnung aus dem Herzen des alten Mannes.

Indrek war seinerzeit gewissermaßen der Stolz von ganz Wargamäe gewesen, und jetzt kommt er hierher zurück wie eine angeschossene Krähe. Gerade diese Worte gebrauchte der Vater in Gedanken, als er an einer Reuse hantierte. Mußte denn wirklich alles, was er, Andres, begonnen hatte, schief gehen?

Natürlich, wenn ein Mensch in der Stadt nicht zurechtkommt, weil er das richtige ländliche Blut hat – städtische Knochen und ländliches Blut, wie Indrek – so soll er hierher kommen und sogar zu graben anfangen, denn wer kann hier unter dem grauen Himmel sagen, wo eines Menschen Glück liegt, wo jemand sein Seelenheil findet? Selbst der Räuber am Kreuz ging ins Himmelreich ein, das Kreuz war seine Himmelsleiter. Ebenso kann ein Mensch durch Grabenstechen in den Himmel kommen – da ist der Graben sein Himmelsweg. Aber anhören, wie sogar der Bauer Sass grinsend sagt: »Oho, Stadtherren zieht es schon aufs Land! Ist es in der Stadt so mager geworden? Der Staat nimmt die Güter, der Stadtherr beginnt die Bauernhöfe zu nehmen!« – Ja, der alte Andres konnte das nicht ruhigen Herzens anhören. Er konnte mit seinem alten Kopf nicht begreifen, daß der Bauer Sass durchaus nicht im Bösen gesprochen hatte, sondern politisch dachte. Sass war ein Mensch der neueren Zeit, dem die Zeitungen und Parteien schon längst klar gemacht hatten, daß Land und Stadt sich wie zwei feindliche Brüder gegenüberstehen, die sich wegen der Erbschaft bekämpfen. Früher standen sie nicht so, doch seit die Güter zerstückelt wurden, ist es der Fall, und sie versuchen, einander zu schlucken.

So stehen die neueren Dinge, die der alte Wargamäe-Andres nicht richtig begreifen kann, und deshalb hat er es wegen Indrek so schwer. Er redet hier und da mit den Menschen und bekommt schließlich doch von keinem eine richtige Antwort. Sogar Indrek, der zu ihm in die Kate gezogen ist, weicht mit leeren Worten aus, salbt seine beschädigten Hände oder wetzt die Spaten. Nur wenn er schläft, beginnt er zu reden, und das fast die ganze Nacht fort, als versuche er, im Schlaf das nachzuholen, was er am Tage versäumt hat. Wenn ihn aber der Vater einmal fragt, wovon er träume, wenn er so viel rede und sogar mit den Händen fuchtele, dann erwidert er, daß er sich am Morgen an nichts erinnere. Auch das kann der Vater nicht begreifen, wie man so viel träumen und laut reden, ja sogar schreien kann, ohne im Wachen zu wissen, worum es ging. Er hatte einst andere Träume gehabt, als er sich noch mit den Dingen dieser Welt herumplagte und seinem Herzen Schmerz bereitete. Er wußte stets, was er geträumt hatte und was seine Träume bedeuteten, wenn er es aber selbst nicht wußte, dann wußten es andere, oder es erklärte ihm der ›Vollständige Traumdeuter‹.

Indrek begriff, daß der Vater seinetwegen litt, begriff, daß auch mancher andere litt, doch er konnte es nicht ändern. Schon damals, als er beschlossen hatte, nach Wargamäe zu gehen, war ihm bewußt, daß er damit nicht nur sich, sondern auch anderen Leiden bereiten würde. Dennoch gab es eine Tatsache, die ihn tröstete: Nicht nur Leiden, Sorgen und Mühen brachte er nach Wargamäe, sondern auch die reinste Freude, die es gibt, die Schadenfreude. An dieser Freude würde man im Niederhof teilhaben, vielleicht aber auch in Hundipalu, Kassiaru, Ämmasoo, Vôôsiku, Kingu und auf anderen Hügelfeldern und Sumpfinseln, und was bedeuten schon die Leiden und Mühen einiger Bewohner von Wargamäe gegen die Freude so vieler Menschen.

An der Freude dieser vielen Menschen konnte Indrek schon nach einigen Tagen teilhaben, als er sich, nachdem sein Kreuz wieder in Ordnung war, erneut an seine Arbeit machte. Das Wetter war regnerisch geworden, doch es regnete nur gerade so viel, daß der Spatenstiel feucht blieb, ohne daß man dazwischen in die Hände zu spucken brauchte. Indrek arbeitete fast widerwillig, als sei er wirklich schon ein Zwangsarbeiter geworden. Nicht nur in den Armmuskeln, im ganzen Körper verspürte er Müdigkeit und Schlappheit. Er blieb für einen Augenblick auf den Spatenstiel gestützt stehen und ließ die Augen über die vergilbten Birken schweifen. Plötzlich erfaßte sein Blick hinter den Büschen ein Tier oder einen Menschen, der sich zu verbergen suchte. Indrek stieg aus dem Graben, schulterte den Spaten und ging in Richtung des geheimnisvollen Busches, um festzustellen, was sich dort verberge. Doch ehe er es noch richtig sehen konnte, wurde aus dem niedrigen grauen Tier ein langer Bursche, der die Flucht ergriff.

»Wohin läufst du?!« rief Indrek. »Bleib stehen!«

Der Junge blieb auch stehen, wandte sich um, schaute Indrek an und ging ihm langsam entgegen.

»Was schnüffelst du hier herum?« fragte Indrek.

»Eedi tut es doch nicht zum erstenmal«, grinste der Junge einfältig.

»Ach, du bist es also, der heimlich an den Grabenrand geht und Spuren hinterläßt?« fragte Indrek.

»Heimlich ist gut, dann sieht es keiner«, erwiderte der Junge. »Vater kommt auch zuweilen heimlich hierher, aber Großvater kann nicht heimlich kommen, er hat einen Stock und Krücken, die klappern.«

»Der Großvater hat also schon Krücken!« staunte Indrek.

»Ja, zuweilen hat er welche, zuweilen nicht, und zuweilen sind sie ganz verschwunden«, erklärte der Junge.

»Wohin verschwinden sie denn?« fragte Indrek.

»Eedi läßt sie verschwinden«, sagte der Junge, »läßt sie so verschwinden, daß keiner sie findet, und geht selbst damit.«

»Du hast doch gesunde Beine, wozu brauchst du Krükken?« staunte Indrek.

»Eedi will wie der Großvater sein«, erklärte der Junge. »Großvater fürchtet sich vor keinem und hört auf niemanden, aber Eedi muß gehorchen. Alle befehlen Eedi – Großvater befiehlt, Vater befiehlt, Mutter befiehlt, Juuli befiehlt, alle befehlen, aber Eedi will nicht, daß alle befehlen, Eedi will so sein wie Großvater ...«

Der Junge erzählte eine Weile vom Großvater und seinen Krücken, als seien sie Wunderdinge. Um ihn auf andere Gedanken zu bringen, sagte Indrek: »Es heißt, daß du auch ein Gewehr hast, was brauchst du dann die Krücken?«

In den Blick des Jungen kam etwas Funkelndes, und der Mund verzog sich gleichsam gierig.

»Mit dem Gewehr kann man schießen«, sagte er und fügte hinzu: »mit dem Gewehr kann man töten. Eedi kann mit dem Gewehr töten, das macht nichts.«

»Wieso denn?« fragte Indrek überrascht.

»Eedi ist schwachsinnig, deshalb«, grinste der Junge schlau.

Indrek blickte ihn bestürzt an. Erst nach einer Weile fragte er: »Wer sagt denn, daß Eedi schwachsinnig ist?«

»Die andern sagen es«, erklärte der Junge. »Und ein Schwachsinniger kann mit dem Gewehr töten.«

»Wo hast du denn das gehört?« forschte Indrek.

»Eedi hat heimlich gelauscht, als der Vater zum Großvater sagte, daß Nachbars Indrek schwachsinnig sei, und deshalb habe man ihm nichts getan, als er jemanden erschossen hat.«

Mit offenem Mund starrte Indrek den Jungen an. Schließlich sagte er, sich abwendend, gleichsam ergeben: »Du bist tatsächlich ein dummer Junge, Eedi, und solltest nicht heimlich die Gespräche der alten Leute belauschen. Hinter den Büschen soll man auch nicht umherschleichen; wenn du willst, komm direkt zu mir.«

»Eedi will heimlich«, grinste der Junge.

»Dann bist du ein schlechter Junge, und mit einem schlechten Jungen rede ich nicht«, sagte Indrek.

Der Junge schaute ihn eine Weile verständnislos an, wandte sich dann um und ging. Indrek wollte ihm anfangs noch etwas sagen, dann aber wandte er sich ebenfalls ab und schlich mit hängendem Kopf zum Graben zurück.

IV

Wenn der Oberhof-Sass auf seinem gesunden Bein aufrecht stand, war er zweifellos über mittelgroß, da aber die Menschen bei ihrem Nächsten leichter Fehler als Tugenden sehen, herrschte die allgemeine Meinung, daß Sass nicht nur unter mittelgroß, sondern geradezu ein kleiner Mann sei – nämlich dann, wenn er sich auf sein verkrüppeltes Bein stützte und das gesunde im Knie beugte. Er sollte sogar kleiner sein als seine Frau Maret, die den Knochenbau und Geist ihrer Mutter Krôôt geerbt hatte, wie die alten Leute behaupteten; dennoch war tatsächlich nicht Maret, sondern Sass der größere Ehepartner, wie sie sogar in Gegenwart anderer Leute nachgemessen hatten, damit alle mit eigenen Augen sehen könnten, welchen Unsinn die Welt erzählt.

»Wenn Sass kleiner wäre als ich, hätte ich ihn nicht geheiratet«, sagte Maret einmal.

Ob sie es nur so daherredete oder wirklich so dachte, daß weiß bis heute niemand. Doch diese Worte hatten keinen großen Einfluß auf die Menschen, denn sie maßen auch weiterhin die Größe von Sass nicht nach dem gesunden, sondern nach dem verkrüppelten Bein. Und so lebt der Wargamäe-Sass sein ganzes Leben lang in den Augen der Menschen als kleiner Mann, obwohl er gut über mittelgroß ist. So gehen in der Welt die Ansichten der Menschen und die Realitäten auseinander. Da aber der Mensch mehr von seinen Vorstellungen als von Realitäten lebt, ergeben sich aus diesem Umstand keine ernsten Schwierigkeiten. Nur gelegentlich erwacht der Mensch aus seinen Träumen und erschrickt über den Abgrund, der ihn von der realen Welt trennt. Doch dann schlummert er wieder ein und kann sogar mitsamt seiner ganzen Kultur und Zivilisation untergehen, ohne begriffen zu haben, daß er niemals richtig verstanden hat, Fehler von Tugenden, Einbildungen von Realitäten zu unterscheiden.

So auch der Wargamäe-Sass. Aus irgendeinem Grunde hatte er sich schon von Jugend an in den Kopf gesetzt, daß er, weil er ein verkrüppeltes Bein hat, unbedingt der beste Tänzer und der widerstandsfähigste Geher werden müßte, so wie viele mit Sprachfehlern Behaftete gelernt haben, öffentliche Redner zu werden. Selbst bei der Rekrutierung versuchte er, möglichst wenig zu hinken, und pries seine Gesundheit, als wolle er zum Militärdienst gehen, um zu beweisen, was ein verkrüppeltes Bein leisten kann, wenn es zu einem ganzen Mann gehört. Doch in der Kommission schüttelten sie die Köpfe, und Sass erhielt den weißen Paß – untauglich!

Es wäre ganz natürlich gewesen, wenn Sass Schneider oder Schuster gelernt hätte, denn diese beiden Berufe sind für Krüppel wie geschaffen. Doch Sass lernt Tischler und begann Särge zusammenzubauen und mit Engelsfiguren zu verzieren, als wolle er allen, dem ganzen Kirchspiel, zeigen, wie er Jahr für Jahr mit seinem verkrüppelten Bein aufrecht an der Werkbank stehen, sägen und hobeln könne, ohne daß es ihm etwas ausmachte. Er fertigt Särge für das ganze Kirchspiel, lebt aber selbst mit seinem verkrüppelten Bein bei guter Gesundheit weiter.

Natürlich kam niemand darauf, daß Sass solche Hintergedanken haben könnte, vielleicht waren sie auch Sass selbst nicht voll bewußt, und dennoch war es so. Sass wollte um jeden Preis sich selbst, seiner Frau und seinen Kindern, dem Sohn und der Tochter, allen Menschen zeigen, daß er, der Sargmacher Sass, jetziger Bauer des Oberhofes, immer und ständig ein vollwertiger Mann gewesen sei. Deshalb hatten weder seine Frau noch seine Kinder irgendeinen Grund, sich des Vaters zu schämen oder sich schlechter vorzukommen als die anderen. Genau darauf kam es an: sich nicht schlechter fühlen zu müssen wegen des verkrüppelten Beines des Vaters, schon deshalb nicht, weil Sass seinetwegen schon genug gelitten hat und wohl bis zu seinem Tode zu leiden haben wird.

Auch nach Wargamäe ist Sass vielleicht seines Beines wegen gekommen. Hätte er in dem Augenblick, als der alte Andres mit seinem Vorschlag kam, zwei gesunde Beine gehabt, würde er wahrscheinlich gesagt haben: ›Lieber Schwiegervater, du bist sehr freundlich, doch ich bin mit meinen Schränken, Kommoden und Särgen so zusammengewachsen, daß ich es nicht übers Herz bringe, mich von ihnen zu trennen und zwischen den Steinen und Weidensträuchern Wargamäes herumzuwirtschaften. Außerdem ist meine Frau zierlich, und ich möchte ihr die schwere Wargamäe-Fron nicht aufbürden. Deshalb versuche, irgendwie ohne uns auszukommen, oder verkaufe Wargamäe, wenn deine Kinder es nicht haben wollen.‹

Und wenn Sass, auf zwei gesunden Beinen stehend, so geantwortet hätte, würde das ganze Kirchspiel seine Vernunft, seine Liebe zur Frau und sein gerechtes und uneigennütziges Herz gelobt haben. Wenn er aber mit seinem verkrüppelten Bein dieselben Worte gesprochen und den gleichen Schritt getan hätte, dann würde nicht nur das ganze Kirchspiel, sondern auch Andres selbst gleich gesagt haben: ›Verständlich! Was könnte er auch mit seinem verkrüppelten Bein in den Sümpfen und Mooren Wargamäes anfangen. Dorthin gehört ein völlig gesunder Mensch. Und auch dann ist es fraglich, wie lange er es dort aushält.‹

Vor diesen Worten fürchtete sich Sass seiner Frau und

seiner Kinder wegen, und deshalb nahm er den Vorschlag des alten Schwiegervaters fast ohne Zögern an. Die einzige, der das Herz schmerzte, war Maret, denn sie wußte am besten, was es bedeutete, in das Vaterhaus zurückzukehren. Sie hat auch reichlich Tränen vergossen, doch das änderte nichts an der Sache – Sass blieb bei seinem Entschluß. Und so zogen sie denn aus der Nähe der Kirche nach Wargamäe um, und aus den Tischlerkindern wurden Dorfkinder. Auf jeden Fall hatten sie es hier interessanter als neben der Kirche, wenngleich sie niemals mehr so viele weiße Hobelspäne zu sehen bekamen wie in ihren ersten Lebensjahren. In Wargamäe gebe es nicht so viele Tote wie bei der Kirche, daher komme das, glaubten sie anfangs. Wie dem auch sei, an die weißen Hobelspäne dachten sie auch später wie an einen wunderbaren Traum oder ein Land des Glücks zurück, und selbst das sanfte Rauschen des Laubes im Frühling erinnerte sie an das Rascheln der Späne.

Mutter Maret fand schließlich, daß sie die Sache zu tragisch genommen hatte, indem sie Tränen vergoß, denn Wargamäe war doch nicht mehr ganz das Wargamäe, welches sie als Kind gekannt hatte. Außerdem glich Sass durchaus nicht Vater Andres. Der wollte einmal aus Wargamäe etwas machen und gab diesen Traum bis an sein Lebensende nicht auf. Sass aber dachte nur daran, aus Wargamäe etwas herauszuholen. Wargamäe war für ihn vor allem die Anhöhe, auf der sich die Felder befanden; Sumpf und Moor zählten so gut wie gar nicht, weil er von den Feldern leichter und schneller Einnahmen zu bekommen hoffte als von den Sümpfen und Mooren.

Sass meinte, es verhalte sich mit Wargamäe nicht anders als mit Kommoden und Särgen – die Hauptsache ist, was ich für sie bekomme. Zahlt man für Kommoden besser, baue ich Kommoden, bringen Särge mehr ein, dann bau ich Särge. Einfach, nicht wahr? Wargamäes Felder und Wiesen sind Sargbretter, weiter nichts, wenn man will, sogar trokkene Bretter, aber dennoch nur Bretter. Auch Sümpfe und Moore sind Bretter, doch noch rohe, aus ihnen kann man keine Särge machen. Man könnte sogar sagen, daß Sümpfe und Moore Sägeblöcke seien, die noch nicht abgehobelt und zu Brettern geschnitten sind, doch wer ist so dumm, aus rohen Sägeblöcken Särge zu machen? Oder wer würde diesen Schund kaufen? So steht es nach Sass' Meinung auch mit Wargamäe.

Dementsprechend begann er hier zu arbeiten und zu wirken. Doch bald begriff er, daß Wargamäes Felder und Wiesen noch keine trockenen Sargbretter sind, wie er anfangs philosophiert hatte. Ungeachtet Andres' lebenslänglicher Mühe, wimmelten die Felder von Steinen, so daß es fast unmöglich war, die Äcker mit Maschinen zu bearbeiten. Sass brachte die Ersparnisse vieler Jahre nach Wargamäe und begrub sie in Steinen und Mauern. Dennoch gab es in Wargamäe, als Sass' Ersparnisse zu Ende gingen, immer noch viele Steine und wenig Steinmauern. Das riß ihn für einen Augenblick gleichsam aus einem Traum. Er stand einer Tatsache gegenüber, die er nicht vermutet hatte: Du kannst die letzten Scherflein, die du mit Mühe zusammengetragen hast, in Wargamäe begraben, dennoch denkt es nicht daran, sich zu ändern und diese Scherflein zurückzugeben. Doch Sass machte weiter, wenn er auch das Gefühl hatte, auf der Stelle zu treten, als sei unter seinen Füßen nicht Ackerland, sondern weicher Sumpf.

Und so ging es bis zum heutigen Tag und würde wahrscheinlich bis zu seinem Tode so weitergehen. Doch Sass besaß einige gute Milchkühe, die im Sommer weideten und im Winter Klee widerkäuten, den in alten Zeiten die im Stall wiehernden Hengste bekommen hatten, mit denen man am Sonntag stolz zur Kirche gefahren war und die man an einer Stange angebunden brüllen ließ. Die Kühe gaben Sass gute, fette Milch, doch weder Sass selbst, seine Frau Maret, noch Sohn und Tochter tranken sie frisch und unabgesahnt, sondern sie wurde in Kannen gegossen und am frühen Morgen zum Milchhof gefahren, von wo man sie abgesahnt zurücknehmen und für sich selbst, die Familie oder auch zur Fütterung der Tiere verbrauchen konnte. Sonntags zur Fahrt in die Kirche wurde dasselbe Pferd vorgespannt, das wochentags die Kannen zum Milchhof brachte, und um die Kirche herum brüllten keine Hengste mehr, sondern glänzten Fahrräder.

So stehen die Dinge. Doch der Wargamäe-Sass ist der Meinung, daß es ihm immer besser gehe, daß sein Wohlstand wachse – die Sargbretter trocknen, um seinen Vergleich zu gebrauchen. Oft sagt er daheim und auch zu Fremden: »Noch ein paar Jahre solche Milchpreise, und ihr werdet sehen, was in Wargamäe geschieht! Diesen Steinteufeln werde ich schon den Garaus machen, so daß sie genug haben. Holzzäune runter und statt ihrer Steinmauern! Ställe aus reinem roten Granit, daß einem die Augen übergehen!«

Doch vorläufig geht das für die Milch erhaltene Geld für andere Dinge drauf – für Schuhwerk, Kleider, Fahrrad, Grammophon (denn Sass selbst liebt Musik, von den anderen gar nicht zu reden), Zucker, Reis, Gries (es begnügt sich ja keiner mehr mit den Nahrungsmitteln aus eigener Wirtschaft), für Maschinen und deren Reparaturen und für viele andere Dinge, von denen man früher auf Wargamäe nicht einmal geträumt hat. Das Geld kommt und geht, und es scheint den größten Teil seines Wertes verloren zu haben. Nicht, daß man dafür nichts mehr bekommen hätte, sondern keiner hat mehr diese Liebe zum Geld wie Sass damals, als er Schränke und Kommoden zusammenhämmerte oder in die Särge Nägel einschlug. Mit dem Wargamäe-Sass ist es wohl noch nicht so weit wie beispielsweise mit Karla vom Niederhof, vor allem aber mit den Männern, die auf den fetten Gutsfeldern angesiedelt wurden. Die scheinen überhaupt jegliche Fähigkeit verloren zu haben, zwischen dem eigenen Geld und Besitz und dem der anderen unterscheiden zu können. Sie borgen rechts und links, am liebsten aber vom Staat, denn ihm muß man ja nicht zurückzahlen, sagen sie. Und so leben sie in den Tag hinein, denn Gott weiß, wie lange wir oder die Felder, die uns zugeteilt sind, noch vorhalten werden. Was man hat, hat man!

Sass hatte noch keine solche Einstellung zum Geld. Er hatte noch keine Anleihen gemacht, denn er weiß, daß die Rückzahlung stets nur Geldverschwendung ist. Ein anständiger Mensch, so empfindet es Sass, muß das Geborgte zurückzahlen, denn sonst ist man ein Dieb und ein Betrüger. Ebenso muß jeder für das Eigene etwas bekommen, sonst ist es wiederum Diebstahl und Betrug oder einfach Dummheit. Was aber ist, wenn Indrek plötzlich wie vom Himmel herab in Wargamäe hereinschneit und, ohne ein Wort zu sagen, in den Graben arbeiten geht, wobei er nicht einmal nach dem Lohn oder wenigstens danach fragt, ob Sass überhaupt graben lassen will?

Natürlich, wenn Indrek das nur einige Tage oder Wochen tun würde, dann Gott mit ihm! Soll er doch herummurksen, im Sumpf ist Platz genug. Da können auch noch mehr Stadtherren ihrer Laune frönen, wenn es ihnen gefällt. Aber nein, Indrek murkst nicht nur so vor sich hin, er nimmt es anscheinend ernst, er arbeitet. Er geht morgens im ersten Tagesdämmern und kommt zurück, wenn es schon dunkelt. Und wie Sass hört, ißt er nicht einmal richtig zu Mittag. Auch um das Wetter kümmert er sich nicht. Zuweilen geht er bei einem Wetter an die Arbeit, wo ein guter Herr nicht einmal den Hund hinausjagt.

Schließlich konnte Sass nicht mehr umhin, er ging in den Sumpf, um sich die Arbeit des Städters anzusehen, und es war wohl das erste Mal, seit er Bauer auf Wargamäe war, daß ihn im Sumpf wirklich etwas interessierte. Er ging jedoch, wie auch andere, als Indrek nicht da war. Aber dem ersten Mal folgte bald ein zweites, und diesmal war Indrek im Graben. Es war ein kalter Herbsttag. Die Wolken nahmen schon eine bleigraue Färbung an, so daß man den ersten Schnee erwarten konnte. Des Morgens war der Boden schon längst bereift, und nur an wenigen Sumpfbirken hielten sich die letzten gelben Blätter an den höchsten Zweigen. Nachts hörte man den rauschenden Flügelschlag eilig vorbeifliegender unbekannter Seevögel, die vom Norden nach Südwesten zogen. Am Tage klang vom Himmel ein Kaa-kaa-kaak! Kaa-kaa-kaak! – Die Wildgänse verschwanden, der Reif kam. Schon hieß es, wenn es so weitergehe, werde man bald die Schwäne hören – ihr trauriges Abschiedslied. Doch Sass kam vor dem Schwanengesang zum Graben. Er kam, stand, schaute und maß mit den Augen die Länge des bereits ausgeworfenen Bodens, sah, daß der Graben sich schon vom Feldrand dem Fluß zugewandt hatte. Er bemerkte auch, daß der fertige Graben fast bis zum Rand voll Wasser stand und daß diese Wassermengen dem Graben nachstrebten und nur von Dämmen und anderen Hindernissen aufgehalten wurden, die der Spaten zum Schutz noch stehengelassen hatte.

»Wie das gehen würde, wenn das Ende schon bis zum Fluß reichte«, sagte Sass durch die Zähne, als sei es ihm schwer, die Worte unter seinem hellen Schnurrbart hervorzustoßen.

»Vielleicht geht es auch gar nicht, sondern kommt«, erwiderte Indrek.

»Wozu gräbst du dann?« fragte Sass überrascht. »Du willst doch nicht Wargamäe vom Fluß aus überschwemmen?«

»Auch das wurde hier schon gemacht«, lachte Indrek. »Es

wurden Gräben ausgehoben, damit das Wasser aus dem Fluß nicht auf das Wiesenland gelange.«

»Ich habe davon gehört, und deshalb ließ ich auch das Grabenstechen bleiben«, sagte Sass.

»Was wäre aber, wenn das Wasser im Fluß sinken würde, sagen wir, um zwei, drei Fuß?« fragte Indrek.

»Im Sommer bei der Trockenheit sinkt es ja«, erklärte Sass. »Im Sommer sind auch die Gräben trocken, was hat man denn von all dem?«

»Was wäre aber, wenn das Wasser im Fluß auch im Herbst, im ganzen Jahr um ein paar Fuß sinken würde?« fragte Indrek erneut.

»Das gibt es ja nicht«, erwiderte Sass.

»Richtig«, meinte Indrek, »noch gibt es das nicht, doch es kann werden, wir haben ja jetzt unsere eigenen Männer auf dem Domberg.«

»Du meinst, mit einer Anleihe?« fragte Sass. »Danke schön! In diese Schlinge stecke ich meinen Kopf nicht.«

»Nicht so«, widersprach Indrek, »sondern wie überall: Der Staat gibt einen Teil des Geldes aus einem dafür vorhandenen Kapital, und wir selbst müssen für den Rest sorgen.«

»Wer ist denn das ›wir selbst‹?« stieß Sass gleichsam verächtlich zwischen den Zähnen hervor. »Meinst du, daß die vom Niederhof oder Hundipalu auch nur eine Mark dazu geben? Um die Wahrheit zu sagen, auch ich will nichts geben. Ich habe bisher nichts gegeben und gebe auch weiterhin nichts.«

»Du bist doch sicher in Kollavere gewesen«, sagte Indrek, »und hast dort im Fluß das Pferd getränkt, nicht wahr? Hast du bemerkt, wie dort das Wasser über die Steine rollt? Und doch ist es derselbe Wargamäe-Fluß. Was meinst du, wenn man sich richtig daranmachen würde, von Kollavere ab das Bett unseres Flusses zu vertiefen und zu regulieren?«

»Von da sind es ja fünfzehn bis zwanzig Werst!« rief Sass abweisend.

»Das macht nichts«, sagte Indrek. »Es könnten auch hundertfünfzehn oder hundertzwanzig Werst sein, das würde nichts ausmachen. Am Flußufer sind überall Heuschläge, das heißt – überall leben Menschen. Überlege doch, was geschehen würde, wenn alle diese Hunderte und Tausende von Menschen, die am Flußufer ihr Heu machen, das Geld zusammenlegen würden, um den Fluß zu reinigen!«

»Sie werden aber nicht zusammenlegen«, behauptete Sass. »So mancher Siedler mäht auch am Flußufer, meinst du wirklich, daß er deshalb kommt, den Fluß zu regulieren? Glaube das ja nicht! Er wird keinen Groschen dafür geben. Reguliere den Fluß und biete es dann an, und du wirst sehen, auch dann wollen sie es nicht anders, als daß noch dazugezahlt wird.«

»Wie lange wird denn so ein Siedler Siedler bleiben«, sagte Indrek, »aus ihm wird doch auch einmal ein richtiger Bauer, und dann kommen ihm andere Gedanken. Ganz gewöhnliche Gedanken eines Bauern.«

»Eher liege ich unter Wargamäes Erde, als daß so etwas geschieht«, rief Sass überzeugt. »Diese Generation von Menschen muß aussterben und an ihrer Stelle eine andere heranwachsen, dann kann man vielleicht auf eine Besserung hoffen. Mein alter Schwiegervater hat unbedingt recht, wenn er sagt, daß durch Krieg und Aufstände das Blut der Menschen so verdorben sei, daß sie immer nur nehmen und nehmen wollen und stets aus den Händen und Taschen der anderen.«

»Glaube mir, Schwager«, sagte jetzt Indrek sehr herzlich, »das Blut des Menschen war immer verdorben, denn er hat immer Kriege geführt oder rebelliert. Doch es hat auf der Welt auch immer gutes Blut gegeben, und das gibt es heute noch. In mehreren Gegenden wurden schon Flüsse gemeinsam vertieft und reguliert, und das geschieht auch jetzt noch.«

»Davon habe ich selbst in der Zeitung gelesen«, bestätigte Sass, »und habe überlegt, was das wohl für Menschen sein mögen, die so etwas tun.«

»Es sind genau solche Menschen wie wir«, sagte Indrek. »Sie streiten sich und führen Krieg, doch dann vertragen sie sich wieder und fangen an, gemeinsam den Boden zu entwässern und die Flüsse zu regulieren. Das müßten auch wir tun. Du könntest versuchen, mit den Leuten in der Umgegend zu sprechen, wenn du mit ihnen zusammenkommst. Rede nur davon, weiter nichts, höre, was sie sagen. Du kannst erwähnen, daß du in der Zeitung gelesen hast, wie man es anderswo in der Welt macht. Und dort wohnen ja auch nur sterbliche Menschen. In unserer Gegend müßten sich doch ebenfalls solche Männer finden. Sag ihnen, daß man beabsichtigt, aus der Wüste Sahara ein Meer zu machen. Man hätte es auch schon getan, doch einige befürchten, daß der Erdball dann ihre Weinberge und Wiesen dem Nordpol zudrehen wird, da will aber keiner hin. Den Wargamäe-Fluß kann man immerhin vertiefen und regulieren, ohne daß sich der Erdball deswegen zu drehen beginnen würde, das kann man ihnen zur Beruhigung sagen. Und wenn sich nur einige Männer finden, die an der Sache interessiert sind, könnte man zusammenkommen, vielleicht an einem Sonntag, wenn man Zeit hat. Man könnte zusammenkommen und die Sache beraten. Und wenn es gut geht, könnte man nach einiger Zeit versuchen, eine größere Zusammenkunft zu organisieren, im Gemeindehaus oder sonstwo. Danach könnte man schon an eine gemeinsame Eingabe denken, die dann, mit den Unterschriften aller Männer, ins Ministerium gehen würde. Verstehst du: Ganze große weiße Bogen nur mit Namen. Das würde wirken, denn heute möchte man, daß recht viele

Menschen beteiligt sind, wenn sie aber selbst nicht zur Stelle sind, dann will man wenigstens ihre Namen sehen.«

»Ich möchte eigentlich diese Sache nicht übernehmen«, sagte Sass nachdenklich.

»Es ist ja auch nicht nötig, daß du irgend etwas übernimmst«, erklärte Indrek. »Du brauchst nur mit einigen Männern, wenn du mit ihnen zusammenkommst, zu sprechen, sei es heute, morgen oder übermorgen, in dieser oder in der nächsten Woche, es kann auch im nächsten Monat, selbst im nächsten Jahr sein, die Sache brennt ja nicht, der Wargamäe-Fluß läuft nicht davon. Außerdem kannst du ja selbst dagegen sein, das macht nichts, sag es nur den andern nicht. So werden alle denken, daß du dafür bist. Und wenn dann schließlich die Sache auf die Beine kommt und es den Anschein hat, daß es vorteilhaft wäre, dafür zu sein, nun, dann bist du es, denn es weiß ja keiner, daß du anfangs dagegen warst.«

»Nein doch, wenn ich schon einmal anfange, von der Sache zu reden, dann bin ich auch von Anfang an dafür«, kam es Sass gedehnt durch die Zähne, als wollte er zu verstehen geben, wie verdammt schwer für ihn die ganze Angelegenheit sei. »Städter machen es so, daß sie die Wurst von beiden Enden zugleich anpacken, bis die Wurst zerreißt und ausläuft.«

»Um so besser, wenn du gleich dafür bist«, sagte Indrek, »dann ist es sicher, daß die Sache in Gang kommt.«

Nachdem die Männer sich auf diese Weise eingehend unterhalten hatten und sich trennten, fühlten beide einen gewissen geheimen Groll gegeneinander. Sass überlegte auf dem Heimweg: Was ist denn das? Ich mache mich über den Städter lustig, daß er die Wurst von beiden Enden zugleich anpackt, und ich selbst? Ich war dagegen, war die ganze Zeit dagegen, und jetzt bin ich doch dafür. Bin ich wirklich dafür? Ich bin es ja nicht! Aber warum habe ich denn gesagt, daß ich dafür bin, wenn ich es nicht bin? Wie konnte es kommen, daß ich von mir etwas sagte, was ich nicht bin? Was, zum Teufel, soll das?

Hin und her überlegend, kam Sass zu dem Schluß, daß man ihn bestimmt hereingelegt habe, aber wie, das konnte er sich nicht erklären. Dieser Gedanke ließ ihm keine Ruhe. Er wollte zu Hause mit seinem Sohn darüber reden, der aber war an der Dreschmaschine beschäftigt und wollte anscheinend von nichts anderem etwas hören. Oskar ging nämlich mit der Maschine von Dorf zu Dorf, um für ein bestimmtes Entgelt den Drusch zu besorgen, und verdiente sich auf diese Weise Lohn und Taschengeld. Auch heute machte er sich in großer Eile auf den Weg, denn in Kassiaru war ihm ein Konkurrent entstanden, und das Geschäft wurde weit schwieriger: man mußte anfangen, sich gegenseitig zu übertrumpfen, den anderen zu schlagen.

Sass blieb eine Weile bei seinem Jungen stehen und sah seinem Hantieren zu, dann ging er hängenden Kopfes davon, denn er begriff, daß seine Sorgen den Sohn im Augenblick überhaupt nicht interessierten. In der Stube sprach er mit Maret über die Angelegenheit. Die hörte ihm eine Weile schweigend zu, doch dann schaute sie den Mann lachend an und sagte: »Indrek ist ja überhaupt nicht schuld, schuld ist nur dein eigenes gutes Herz.«

»Was soll ich denn mit diesem Herzen machen, wenn ich gehen muß, den Fluß freizugraben«, erwiderte Sass ärgerlich.

»Na höre mal«, erklärte jetzt Maret, »Indrek hat dir doch gesagt, daß du auch dann sprechen sollst, wenn du selbst dagegen bist. Sag bitte, tut ein schlechter Mensch so etwas? Siehst du, Indrek meinte, daß du so gut bist und seinetwegen gehst und redest, daß du hingehst und dich selbst belügst, als seiest du dafür.«

»Wieso denn seinetwegen?« fragte Sass verständnislos.

»Was hat denn Indrek davon? Will er denn ganz in Wargamäe bleiben?« In seiner Stimme klang Mißtrauen und etwas Angst mit.

»Will in Wargamäe bleiben und unseren Kindern den Hof wegnehmen«, fuhr Maret im Tone ihres Mannes fort, fing aber gleich darauf an zu lachen und sagte in herzlichem Ton: »Nein, lieber Mann, Indrek ist der Wargamäe-Fluß gleichgültig, meine ich, doch seinem alten Vater liegt daran. Und wenn Indrek wollte, daß du für ihn vom Fluß reden solltest, so sprach er mit dir wegen seines alten Vaters, weiter nichts. Denn dem liegt das Senken des Wasserspiegels, schon seit ich denken kann, am Herzen. Das stammt noch aus jenen Tagen, da er nach Wargamäe kam. Indrek möchte seinem alten Vater Freude bereiten, deshalb sprach er mit dir und appellierte an dein gutes Herz.«

»Woher weißt du denn das alles, und warum hast du niemals mit mir darüber geredet?«

»Du bist doch nicht hier aufgewachsen, was sollte man denn mit dir darüber reden«, sagte Maret. »Du kennst die Mühen nicht, die Vater und Mutter einst auf Wargamäe gesehen haben. Wegen dieser Mühen kam auch meine Mutter vorzeitig ins Grab. Ich habe es damals nicht verstanden, ich war noch klein und dumm. Habe es eigentlich auch dann nicht verstanden, als ich dich heiratete. Doch als wir nach Wargamäe zogen, fielen mir gleichsam Scheuklappen von den Augen. Und da Indrek noch länger von hier fortgewesen ist, sehen seine Augen wahrscheinlich noch schärfer. Deshalb arbeitet er jetzt auch im Graben ...«

Während Maret sprach, traten Tränen in ihre Augen. Doch sie versuchte gar nicht, sie vor ihrem Manne zu verbergen. Der hörte zu und blickte auf die Tränen seiner Frau und sah plötzlich sein ganzes Leben in einem völlig anderen Licht. Vielleicht hatte Maret ihn damals nur deswegen genommen, weil sie in Wargamäe aufgewachsen war. Sie hatte hier Mühen und Sorgen gesehen, und deshalb machte ihr das verkrüppelte Bein von Sass nichts aus. Sonst hätte sie Sass vielleicht nicht einmal angeschaut. So daß er, wenn er zuweilen Gott für seine gute Frau dankte, in Zukunft bei seinem Dank und seiner Fürbitte auch Wargamäe nicht vergessen dürfte. Eigentlich müßte man vor allem ihm dankbar sein und erst dann Gott, man müßte Wargamäe lieben und Gott danken.

So sieht Sass plötzlich sein Leben, während er der Frau zuhört und ihre Tränen sieht. Und er staunt darüber, daß er so lange wie mit Blindheit geschlagen leben konnte. Die besten Tage sind für Maret und ihn schon vorüber, und erst jetzt fängt er an, sein Leben zu begreifen. Dennoch gut, daß er es wenigstens jetzt tut. Noch gibt es Lebenstage und Zeit, seine Schuld an Wargamäe zu begleichen. Schließlich ist es vielleicht auch gut, daß Indrek hierher gekommen ist, meint Sass, obwohl es ihm anfangs nicht besonders gefallen hat, denn um ihn, das heißt um Indrek, waren so unklare Dinge geschehen, daß keiner so richtig wußte, was er selbst oder was mit ihm sei.

V

Zur gleichen Zeit, da Sass so glücklich seinen Groll los wurde, kämpfte Indrek im Graben mit einer völlig anderen Not. Bevor Sass kam, hatte er, um seinen Durst zu stillen, kaltes Wasser getrunken und sich dann eifrig an die Arbeit gemacht, so daß er etwas in Schweiß geriet. Es wäre ja auch alles in Ordnung gewesen, wenn Indrek weiter gearbeitet hätte. Doch mit Sass ins Gespräch gekommen, blieb er, auf den Spatenstiel gestützt, stehen, ohne sich etwas Wärmendes überzuwerfen. Zwar fühlte er, wie einmal ein Kälteschauer den Körper durchdrang, doch er kehrte sich nicht weiter daran. Als Sass ging, merkte er plötzlich, daß sich unter seinem Herzen ein harter Klumpen bildete, dessen Ende sonderbarerweise irgendwie bis in den Kopf reichte.

Er spuckte in die Hände und begann zu arbeiten, als überkomme ihn ein Wutanfall. Das war eigentlich kein Graben mehr, was jetzt geschah, sondern ein verrückter Angriff auf die weiche Erde, die mit solcher Schnelligkeit von einer Stelle auf die andere geworfen wurde, als hinge davon das Leben ab. Es war keine Zeit mehr, festzustellen, ob der Spatenstiel trocken oder naß war, ob die Hände rein oder schmutzig waren, es gab auf der Welt nur eine einzige Aufgabe: die Muskeln möglichst rasch so anzustrengen, daß sich der Körper erwärmte, heiß und feucht wurde, zu schwitzen beginne und der Schweiß die Kleider durchweiche.

Doch der Körper wollte nicht. Er hatte anscheinend nur ein Bestreben: ruhig zu bleiben, stillzustehen. Warum wohl sonst versuchten die Muskeln, schlapp und gleichzeitig steif zu werden. Sie wollten nicht gehorchen. Du willst mit dem Spaten hierher stechen, doch es geht woanders hin, du willst eine schwere Bülte hinauswerfen, doch die Hände halten nicht das Gleichgewicht, und so fällt sie vom Spaten zurück in den Graben. Aus einer ordentlichen Arbeit wird auf diese Weise Spielerei. Doch ganz gleich, dann eben Spielerei, wenn man nur warm würde, denn sonst fängt es bald an, im Kopf wie mit Eisen zu hämmern.

Plötzlich fällt Indrek ein, daß er den Rock nicht angezogen hat. Er läßt den Spaten aus der Hand fallen und klettert Hals über Kopf aus dem Graben nach seinem Rock. Während er ihn überzieht, keucht er so, als sei das eine besonders schwere Arbeit. Ihm selbst aber scheint es, daß der Atem nicht heiß, sondern kalt sei. Er stürmt wieder in den Graben, als er aber den Spaten ergreifen will, findet er ihn mit dem Stil im Wasser. Er staunt nicht, als müßte es so sein, und beginnt wieder mit der Arbeit, den Rock fest geschlossen, sogar den Kragen hochgeschlagen. Erneut wollen die erstarrten Muskeln den Befehlen des Gehirns nicht gehorchen, indem sie träge und schlapp ihrer Aufgabe ausweichen. Doch das Gehirn treibt sie unentwegt an, das Gehirn tut hundert Wunder, um die Muskeln und Glieder anzuspornen. ›Jetzt ist doch der Rock angezogen und zugeknöpft, der Kragen hochgeschlagen, jetzt muß es doch warm werden‹, spricht das Gehirn. ›Noch eine kleine Anstrengung, dann ist der Sieg errungen. Spürt ihr, unter dem Herzen wird es schon wärmer, so daß der Rock schließlich hilft. Helfen muß! Auf der Welt ist es so: Wenn auch sonst nichts mehr hilft, Arbeit hilft immer. Ganz sicher! Weiter, weiter! Es macht nichts, daß der Schweiß schon fließt ...‹

So phantasierte Indrek, indem er sich zu immer schnellerer und anstrengenderer Arbeit zwang, bis die Muskeln anfingen wieder richtig zu gehorchen, der Körper wirklich naß wurde und die Kleider durchweichten. Dann sprang er aus dem Graben, ergriff Spaten und Beil und begann zu laufen, als seien ihm böse Verfolger auf den Fersen. Er stolperte im Sumpf zwischen den Bülten, stürzte, stand auf, die Spaten klirrten in der Hand, und lief weiter. An der Feldmark angelangt, beschleunigte er noch das Tempo und kam so schwer keuchend nach Hause, daß der Vater ihn erschrokken anschaute. Zum Glück war die Stube warm geheizt. Indrek ergriff trockene Wäsche und stürmte die Leiter hinauf auf den Ofen. Von dort ließ er seine hohen Gummistiefel hinunterfallen. Die vom Körper gerissenen Kleider legte er in einem Haufen zusammen. Nachdem er trockene Wäsche angezogen hatte, streckte er sich auf dem warmen Ofen aus und bedeckte sich mit allen erreichbaren Kleidungsstücken.

Eine Weile betrachtete der Vater schweigend dieses Hantieren, dann aber begriff er, was los war, goß aus einem Eimer Wasser in einen Kessel und hing ihn in die Öffnung über die glühenden Kohlen. Dann ging er an seinen Kasten und suchte Kamillentee heraus. Unter dem Kleiderhaufen hervor begann Indrek dem Vater sein Leid zu klagen und zu erklären, wie es dazu gekommen war. Er sagte ihm sogar, daß es im Gespräch mit Sass um den Fluß ging – um seine Vertiefung und Regulierung.

»War denn Sass in den Sumpf zum Graben gekommen?« staunte der Vater.

»Er kam zum Graben und versprach, mit den Männern über den Fluß zu reden, wenn sich eine Gelegenheit bietet«, erwiderte Indrek.

»Auf der Welt geschehen auch heute noch Wunder«, meinte der Vater, »doch fange du mir nur nicht an zu sterben. Der Fluß ist gut, doch ein Menschenleben ist er nicht wert.«

Hab keine Angst, Vater«, tröstete Indrek, »das Schlimmste ist schon überstanden.«

»Das werden wir erst morgen früh sehen, juble nicht zu früh«, meinte der Vater.

Und so war es auch. Indrek entging wohl hohem Fieber und der unmittelbaren Lebensgefahr, aber Fieber bekam er doch, dazu noch ein geheimnisvoll schleichendes und kriechendes, das den Kopf betäubte und die Glieder lähmte, als seien sie mit etwas Weichem, Schwerem durchgewalkt. Dieser Zustand hielt mehrere Tage an. Zuweilen schien es, als werde es besser, doch wenn er versuchte aufzustehen, fing die alte Geschichte von neuem an. Es half nichts, er mußte Geduld haben und liegen bleiben. Daß aber ein solches Liegen so schwer werden könnte, hätte sich Indrek früher nicht vorstellen können. Schon in der kurzen Zeit schien ihm seine Arbeit ans Herz gewachsen zu sein. Er rechnete immer wieder aus, wieviele Faden er in all diesen hier verlegenen Tagen hätte fertigstechen können. Außerdem fraß die Krankheit die Kraft aus den Gliedern und

Muskeln, als würde sich schließlich die letzte wahnsinnige Anstrengung im Graben doch rächen.

Als er zum ersten Mal vor die Tür trat, war es ein stiller, milder Spätherbsttag. In der Nacht zuvor war zum ersten Mal reichlich frischer Schnee auf fast ungefrorene Erde gefallen. Alles war über und über weiß, so daß beim Hinaustreten aus der dämmerigen Kate die Augen beinahe zu schmerzen begannen beim Anblick dieses endlosen Lichts, als sei die Frühlingssonne plötzlich am Himmel erschienen. Indrek ging um die Kate herum und schaute. Doch bald genügte ihm das nicht, denn das ihn umgebende Licht lockte ihn weiter. Es war, als wollte er sehen, ob überall alles so weiß, sauber und unberührt sei. Außerdem so still, daß nicht einmal die eigenen Schritte zu hören waren. Und gerät man auf einen trocknen Ast, der unter dem Fuß bricht, dämpft der weiße Schnee das Knacken oder Prasseln, so daß es kaum zu hören ist. Das Krächzen der Krähe und das Knarren der Elster auf dem Zaunpfahl ist wie durch einen Flor gedämpft. Alles klingt anders, als Indrek es zuletzt gehört hat. Die Waldmaus schaffte es schon, ihre winzigen Spuren unter einem Strauch zu hinterlassen. Irgendwo ist ein Vogel einige Schritte gegangen. Natürlich eine Krähe, denkt Indrek, und geht weiter. Was hatte die hier zu tun? überlegt er. Dann findet er die Spur eines Eichhörnchens – immer mit zwei Pfoten auf einmal gehüpft. »Sehen wir doch mal nach, wohin es gelaufen ist«, murmelt Indrek vor sich hin und folgt den Spuren des Eichhörnchens. Die führen ihn unter eine kleine Fichte, wo das Tierchen ein Loch in den Schnee gegraben hat, aus dem Moos hervorsieht. Sogar das Moos ist mit den Pfötchen aufgegraben, so daß die nackte Erde hervortritt. Indrek bückt sich und kratzt mit den Fingern ein bischen in der Erde, doch er findet nichts Besonderes. Dann geht er wieder den Spuren des Eichhörnchens nach, bis sie sich an einer großen Fichte verlieren. Aber was ist denn das? Im Schnee unter der Fichte sind Nußschalen. Woher kommen sie? Plötzlich verzieht sich Indreks Mund zu einem Lächeln, und er sagt laut: »So, so, mein Freund, der erste Schnee, und du machst dich schon an die Wintervorräte. Gib acht, daß im Frühjahr nicht Schmalhans Küchenmeister wird.« Indrek beugt den Kopf zurück und schaut an der Fichte empor, doch das Eichhörnchen entdeckt er nicht. Wahrscheinlich ist es die Bäume entlang weitergewandert.

Auch Indrek geht weiter. Nach einer Weile trifft er auf eine Hasenspur, die ihn zum Nachdenken veranlaßt. Folglich hat der Schneefall vor dem Morgengrauen aufgehört, überlegt er beim Betrachten der Hasenspuren, denn sie sind ganz klar und sauber. Oder sollte der erste Schnee auch dem Hasen keine Ruhe gegeben haben. Im leuchtenden Weiß hat es ihn nicht schlafen lassen, und er ist deshalb am Tage herausgekommen? Glaube mir, Freund, bei solchen schönen, deutlichen Spuren trägst du deine Haut sehr leicht zu Markte. Du solltest lieber im Gebüsch bleiben, da würde dich kein Teufel im frischen Schnee finden.

Fast ohne es zu merken, gelangte Indrek zum Graben. Unter der Schneedecke erschien er einsam und verlassen, beinahe fremd. Nirgends die Spur einer lebendigen Seele. Nicht einmal eine Waldmaus oder eine Wasserratte hatte sich im neuen Graben etwas zu schaffen gemacht. Nur weißer Schnee! Er bedeckte die Stelle, wo Indrek kürzlich fast in Todesangst seine Muskeln angestrengt und mit dem weichen, schwarzen Torf gekämpft hatte, denn er wußte, was es bedeutet, wenn sich unter dem Herzen etwas Hartes bildet und gleichsam seine Fühler vorwärtsstreckt. Doch beim Betrachten des weißen Schnees erschien das alles nicht sehr realistisch, sondern eher als eine böse Erscheinung oder im besten Falle als eine warnende Vision, deren Wurzeln irgendwo in der Vergangenheit verborgen lagen. Dabei fiel Indrek ein, wie ihm am ersten Tag ganz Wargamäe ebenso unbekannt und fremd erschienen war wie der von ihm selbst gegrabene und jetzt mit Schnee bedeckte Graben und wie sich sein Sinn dann allmählich geändert hatte und ihm fast wehmütig geworden war. Heute aber wirkte die Fremdheit der Umgebung beruhigend. Nichts rief die vergangenen Tage ins Gedächtnis zurück. Es ist gut, daß alles wie unter frischem Schnee begraben liegt – man kann sich als Fremder in fremder Umgebung ausruhen. Niemanden interessiert, wer du bist, woher du kommst, wohin du gehst. Wenn es doch mit den Menschen ebenso wäre! Doch es ist nicht so. Der Mensch, der Unglückliche, ändert sich nicht und vergißt nicht. Er will nicht vergessen, als fürchte er, dadurch ein großes Unglück heraufzubeschwören. Nach Jahrtausenden noch sucht er nach den Spuren seiner Ahnen– wühlt, gräbt, schwitzt, müht sich. Und dennoch findet er nichts anderes, als das, was schon einmal gewesen ist.

In einer solchen Stimmung wandte sich Indrek, als es anfing zu dämmern, dem Hause zu. Doch ihn erwartete eine große Überraschung. Kaum war er einige Dutzend Schritte gegangen, als ihm zwischen verschneiten Büschen eine junge Frau entgegentrat, die mit bekannter Stimme sagte: »Guten Abend, Herr!«

Indrek zuckte zusammen, als sähe er eine Erscheinung. Erst nach einer Weile konnte er sagen: »Tiina, Sie! Was soll das bedeuten? Wie kommen Sie hierher? Ist jemand gestorben?«[1]

»Nein, Herr, alle sind gesund«, erwiderte Tiina. »Aber der alte Vater bei der Kate sagte, daß ich Sie, wenn ich den Spuren nachgehe, unbedingt finden werde; denn andere Spuren gibt es wohl nicht, meinte er. Und so kam ich hierher.«

[1] Tiina war in Indreks Haushalt Dienstmädchen und lebt seit dem Tod von Indreks Frau mit den beiden Kindern bei dessen Schwiegereltern.

»Aber warum sind Sie überhaupt hierher gekommen? Ich habe es ja verboten ...«

»Nein, Herr, das haben Sie nicht verboten«, widersprach das Mädchen. »Sie haben gesagt, man dürfe nicht schreiben, denn Sie wollen ihre Ruhe haben, aber ...«

»Hilf Himmel!« rief Indrek erregt. »Wenn das Schreiben verboten ist, dann das Kommen erst recht.«

»Ich bekam Angst, Herr«, sprach das Mädchen jetzt ergeben und sanft. »Ich bekam furchtbare Angst«, wiederholte sie.

»Warum denn?« staunte Indrek.

»Ich hatte Angst um Sie, Herr, ich fürchtete, daß Ihnen etwas zustoßen könnte«, erklärte Tiina. »Ich hatte dieses Gefühl schon mehrere Tage und konnte schließlich nicht anders, ich mußte kommen. Doch zu Hause habe ich nicht gesagt, daß ich hierher fahre, das nicht, Herr. So daß zu Hause keiner etwas weiß, weder die Alte noch die Kinder.«

»Auch bei Ihrer Rückkehr dürfen Sie nichts sagen«, verbot Indrek.

»Nein, Herr«, beteuerte Tiina. »Ich werde wieder sagen, daß ich meine Mutter besuchen war, daß ich bei Verwandten war.«

»Hören Sie, Tiina, Sie sollten überhaupt nicht kommen«, sagte Indrek.

»Ich höre, Herr«, erwiderte das Mädchen, »noch einmal komme ich nicht. Aber wenn ich wieder Angst habe, was soll ich dann tun?«

»Was ist denn das für eine Angst, die Sie befällt?« fragte Indrek.

»Ich weiß nicht, was für eine Angst es ist«, erwiderte das Mädchen. »Aber ist dem Herrn inzwischen nichts zugestoßen?«

»Ich war einige Tage krank, heute bin ich zum ersten Mal hinausgegangen«, sagte Indrek.

»Na sehen Sie, Herr, habe ich denn nicht richtig gefühlt!«

rief Tiina freudig. »Ich habe gleich gedacht, was ist denn das für eine Angst, irgend etwas müsse sein oder kommen.«

»Aber wenn Sie bei jeder meiner Erkrankungen hierherkommen werden«, sagte Indrek drohend, »dann sollen Sie wissen, was ich tu: Ich gehe fort von hier. Ich gehe – egal wohin, werde ganz gleich was unternehmen, doch hier bleibe ich nicht. Und jetzt müssen Sie gleich zurück.«

»Ja, Herr«, sagte Tiina und begann an ihrem Mantel zu fingern, als beabsichtige sie, sofort loszugehen.

»Heute geht es nicht mehr, es ist schon Abend«, sagte Indrek, »da müssen Sie schon hier übernachten.«

»Es wäre auch besser, wenn ich wenigstens eine kleine Weile hier bleiben könnte, sonst wird man sich in der Stadt wundern, was denn das für eine Mutter und eine Verwandtschaft sei, von denen man so schnell zurückkommt«, sagte Tiina jetzt glücklich. »Schon unterwegs dachte ich, daß es gut wäre, wenn der Herr mir erlauben würde, wenigstens einen Tag dazubleiben, dann würde man schon glauben, daß ich meine Mutter besucht hätte. Nun ja, ich war da, habe gesehen, daß sie froh und gesund ist, was sollte ich denn da noch, also kehrte ich nach Hause zurück, wo Arbeit auf mich wartet. So kann es doch sein, Herr, nicht wahr?«

Tiina wartete eine Weile, ob Indrek antworten würde, als er aber schwieg, fuhr sie fort: »Ich dachte, der Herr sei in einer Familie mit Kindern und kaufte deshalb etwas Schokolade, doch hier gibt es keine Kinder. Was soll ich jetzt mit dieser Schokolade anfangen, Herr? Ich werde sie doch nicht wieder in die Stadt zurückschleppen, die Tafel behindert nur in der Tasche.«

»Essen Sie sie morgen auf dem Rückweg auf«, sagte Indrek, »das ist am richtigsten und besten. Den Kindern bringen Sie sie nicht mit, sie verderben sich nur Zähne und Magen.«

»Ich weiß, Herr, daß ich sie nicht den Kindern mit nach Hause bringen darf«, erwiderte das Mädchen, »doch selbst mag ich sie auch nicht essen, dazu ist sie viel zu teuer und zu gut – von Stude.«

»Dann weiß ich nicht, was Sie damit machen sollen«, sagte Indrek, »denn oben auf dem Hof gibt es auch keine Kinder. Die Tochter ist die jüngste, doch auch sie ist schon sechzehn-siebzehn Jahre alt.«

»Wie schade«, sagte Tiina, doch in einem solchen Ton, als sei es ihr, im Gegenteil, nur angenehm.

Jetzt schwiegen beide eine Weile, als seien sie ratlos. Doch dem Mädchen war es anscheinend peinlicher als dem Mann, denn sie hielt es nicht aus und begann wieder zu reden, indem sie sagte: »Vielleicht verzeiht mir der Herr, doch ich spreche die reine Wahrheit. Es ist von mir natürlich sehr dumm, aber was ist da zu machen, wenn ich so dumm war und auf einen solchen Gedanken kam. Gerade vor der Abfahrt. Ich dachte, wenn der Herr vielleicht krank sein sollte, wie soll ich denn aus der Stadt aufs Land mit leeren Händen kommen. Und so kaufte ich denn die Schokolade. So, Gott sei Dank, nun ist es heraus, jetzt ist mein Herz völlig rein«, sagte Tiina mit einem tiefen Seufzer.

Doch bei Indrek erreichte sie gerade die entgegengesetzte Wirkung: Bisher hatte er an ihr reines Herz geglaubt, doch jetzt begann er daran zu zweifeln. Deshalb sagte er: »Wenn Ihnen die Schokolade eine Seelenqual war, dann vielleicht auch diese Angst, von der Sie sprachen?«

»Wieso denn, Herr?« fragte Tiina verständnislos. »Ich habe doch gleich gesagt, daß diese Angst Ihretwegen war, Herr.«

»Ich überlege nämlich, ob Sie überhaupt Angst hatten; ob Sie sich das nicht auch ausgedacht haben wie den Grund zum Kauf der Schokolade.«

Das traf Tiina schwer. Eine Weile stand sie stumm da,

dann sagte sie: »Herr, ich habe doch gesagt, daß es von mir sehr dumm war, die Schokolade zu kaufen, doch noch dümmer war es, zu sagen, daß ich es Ihretwegen getan habe. Denn wenn ein Mensch einmal anfängt zu lügen, dann soll er weiterlügen. Sobald er versucht, eine einzige Lüge in Wahrheit zu kehren, wird auch alles andere zur Lüge. In Zukunft werde ich nicht mehr so dumm sein. Ich werde immer die Wahrheit sprechen, wenn mir aber aus Versehen eine kleine Lüge unterlaufen sollte, werde ich sie nicht berichtigen, auch wenn diese Lüge schließlich wer weiß wie groß wird.«

»Begreifen Sie auch, was für gewagte Dinge Sie sagen?« fragte Indrek.

»Aber was soll ich denn tun?« entgegnete das Mädchen mit bebender Stimme, als sei sie dem Weinen nahe. »Ich bin natürlich dumm und rede dummes Zeug, aber deshalb ist doch der Herr nicht auch dumm geworden, daß er mir überhaupt nicht mehr glaubt. Mir schmerzt in der Stadt Tag und Nacht das Herz, so daß ich es zuweilen mit beiden Händen in der Brust festhalten möchte, weil ich fürchte, daß es sonst zerspringt. Daß es einfach einen Knacks gibt, und alles ist aus. Komme ich aber hierher und lüge nur ein bißchen, dann glaubt der Herr gleich, daß ich auch meine Herzschmerzen erlogen habe. Nein, Herr, die Herzschmerzen waren, und sehen Sie, sie kommen auch jetzt wieder, sie kommen wieder. Übrigens, wenn der Herr wissen wollen, ob ich lüge oder die Wahrheit spreche, könnte er es leicht erfahren, er brauchte nur nach Hause zu fahren ...«

»Ich bin hier zu Hause«, unterbrach sie Indrek leise.

Diese Worte brachten die Gedanken des Mädchens durcheinander. Sie schaute Indrek erstaunt an und ließ dann ihren Blick in der zunehmenden Dämmerung umherschweifen, als suche sie das besagte Zuhause in dem mit frischem Schnee bedeckten Gestrüpp. Doch gleichzeitig erinnerte sie sich an die Kate, die sie vorhin gesehen, und sie sagte: »Ach, das ist also Ihr Zuhaus!«

»Ja, das«, bestätigte Indrek.

»Aber der Herr sollte doch ein Bauernsohn sein?« meinte Tiina zweifelnd.

»Jetzt ist vom Herrn und Bauernsohn nur ein Kätner und Grabenstecher übriggeblieben«, erklärte Indrek.

»Herr, ich würde eher in die Kate passen als Sie, denn ich bin in einer Kellerwohnung aufgewachsen«, sagte das Mädchen. »Hier ist es sogar etwas besser als tief unter der Erde, wo die ganze Welt einem auf dem Kopf herumtrampelt. Das war mein Zuhause. Doch Ihr Zuhause, Herr, ist dort, wo Ihre Kinder sind, und wenn Sie jetzt gleich, vielleicht schon heute abend sich aufmachen und dorthin fahren, dann würden Sie erfahren, nämlich von der alten Frau, wie mein Herz in der Stadt geschmerzt hat. Natürlich, ihr gegenüber habe ich auch gelogen, denn ich konnte ihr doch nicht sagen, daß mein Herz Ihretwegen schmerzt, Herr, sie würde wer weiß was denken. Ich sagte ihr einfach, daß mein Herz wegen meiner Mutter schmerzt, und diese Lüge werde ich nicht mehr berichtigen. Jetzt bin ich schon klüger als bei der Geschichte mit der Schokolade. Soll doch die alte Frau glauben, daß mein Herz wegen meiner Mutter schmerzte, dieser Glaube schadet ihr doch nicht. Ja, wenn er ihr schaden würde, dann wäre es eine andere Sache, dann müßte man ihr schließlich die Wahrheit sagen.«

»Man muß immer die Wahrheit sprechen, Tiina«, sagte Indrek.

»Aber ich konnte doch der alten Frau nicht sagen, daß mein Herz Ihretwegen schmerzte, Herr«, widersprach das Mädchen.

»Warum nicht«, sagte Indrek. »Hätten Sie die Wahrheit gesprochen, dann brauchten Sie auch nicht hierher zu fahren, denn die alte Frau hätte Ihnen gleich gesagt, daß Herzschmerzen im Leben wenig bedeuten. Schmerzen kommen, und Schmerzen gehen, und man weiß nie, was besser ist, daß sie kommen oder daß sie gehen.«

»Schmerzen kommen, und Schmerzen gehen«, wiederholte Tiina leise in Gedanken, schien dann aus ihren Träumen aufzuwachen und sagte: »Doch die alte Frau sagte, als ich von meinen Herzschmerzen sprach, liebes Kind, fahre dann hin, wenn die Schmerzen nicht nachlassen.«

»Das sagte sie ja nur deswegen, weil Sie ihr etwas vorgelogen haben«, erklärte Indrek. »Sie glauben doch nicht, daß die alte Frau dasselbe gesagt hätte, wenn Sie die Wahrheit gesprochen hätten.«

»So daß ich diesmal sehr gut getan habe, die Wahrheit nicht zu sagen«, kam Tiina zu dem entgegengesetzten Schluß, als Indrek sie hatte führen wollen. Deshalb sagte er: »Tiina, Sie sind ein ganz verdorbenes Mädchen, als Sie zu uns kamen, waren Sie besser.«

»Nein, Herr, ich bin nicht verdorben«, widersprach Tiina eifrig. »Oder wenn ich es bin, dann war ich es auch, als ich zu Ihnen kam. Sie, Herr, habe ich niemals belogen und werde ich auch nicht belügen, nur diese Schokolade. Daß ich aber die alte Frau belogen habe, darüber freue ich mich immer noch, denn jetzt habe ich mit eigenen Augen gesehen, daß Sie gesund sind, Herr, und weiß, daß mein Herz recht hatte, wenn es schmerzte, denn Sie waren krank, Herr. Wenn ich nur wüßte, was ich mit dieser Schokolade machen soll. Könnte ich sie vielleicht Ihrem Vater geben? Es ist gute, weiche Schokolade.«

»Ach, das, was Sie selbst wegen ihrer Lüge nicht hinunterschlucken können, ist Ihrer Ansicht nach gerade gut genug für meinen Vater, der sein ganzes Leben lang nach Wahrheit und Recht gestrebt hat?« sagte Indrek halb scherzend, halb ernst.

»Herr, Sie bringen mich zum Weinen«, sagte Tiina. »Ich

bin mit meiner Schokolade der unglücklichste Mensch auf Erden. Schon im Zug fing mein Herz ihretwegen schrecklich an zu schmerzen, und ich habe gleich gedacht, daß es nichts Gutes bedeutet. Und so ist es auch!«

Sie wischte sich die Augen, in denen tatsächlich Tränen standen, und da sie gerade bei der Kate anlangten, wo der Vater ihnen entgegen kam, so bemerkte auch er Tiinas feuchten Blick und fragte: »Warum weinst du? Was fehlt dir?«

Indrek wollte etwas Beruhigendes erwidern, doch Tiina kam ihm zuvor, indem sie sagte: »Warum sollte ich denn nicht weinen, Vater! Die Kinder haben dem Herrn, das heißt ihrem Papa, gute, weiche Milchschokolade geschickt, doch der Herr sagt, daß weder er noch Sie, der Großvater so etwas in den Mund nehmen. Was soll ich denn jetzt mit dieser Schokolade anfangen. Wohin mit ihr? Und was sage ich in der Stadt den Kindern, wenn sie fragen, was mit der Schokolade wurde und wer sie gegessen hat?

»Nun, wenn es nur darum geht, daß die Schokolade aufgegessen wird, dann ist noch nichts kaputt«, scherzte der Vater. »Ich esse freilich nur Brot und trinke Wasser darauf, aber wenn nötig, kann ich auch neben dem Brot etwas Schokolade knabbern, ein Mundvoll bringt mich noch nicht um, wenn ich ordentlich Wasser darauf trinke. Was Indrek tut, das weiß ich nicht, denn er war mehrere Tage krank.«

Als Indrek und Tiina in die Stube traten, während der Vater noch draußen blieb, sagte der erstere: »Sie sind es tatsächlich wert, daß ich Sie auf der Stelle in die Stadt zurückschicke.«

»Ja, Herr, ich sollte wirklich gleich in die Stadt zurückkehren«, war auch Tiina einverstanden, »denn dann wäre es nicht zu dieser neuen Lüge gekommen, noch dazu vor Ihnen. Ich bedaure es sehr und schäme mich! Doch es kam wie von selbst, daß ich überhaupt keine Zeit hatte, zu überlegen, daß es doch wieder eine Lüge sei, was ich sage. Natürlich, wenn die Kinder gewußt hätten, daß ich hierher fahre, hätten sie unbedingt für den Herrn etwas mitgeschickt oder schicken wollen – und sei es eine Tafel Schokolade. So daß, wenn man es so nimmt, meine Lüge gar keine richtige Lüge war. Außerdem war es so dumm, daß mir, gerade als wir zum Hause kamen, die Augen feucht werden mußten. Wäre es im Walde geschehen, hätte es nichts ausgemacht. Ich wußte einfach im ersten Augenblick nicht, was ich dem Vater antworten sollte, denn ich fürchtete, wenn Sie, Herr, antworten, dann platzen Sie gleich mit allem heraus, mit allem! Daß mir Ihretwegen das Herz geschmerzt habe, daß ich die alte Frau belogen, daß ich Sie belogen, daß ich in der Tasche diese schreckliche Schokolade habe – mit allem, allem, allem! Aus dieser Angst heraus begann ich Hals über Kopf zu reden, und es kam nur eine Lüge heraus.«

Tiina mußte bald verstummen, denn der Vater kam herein und zündete die Lampe an. Und so schlimm es war, endete es schließlich damit, daß beim Abendbrot, bei dessen Zubereitung und Auftragen Tiina sich nützlich machte, da sie sich sofort den neuen Verhältnissen anpaßte, der Vater diese Schokolade sehen und schmecken wollte, um die vorher Tränen vergossen worden waren. Nachdem er ein Stückchen von der Tafel abgebrochen und in den Mund gesteckt hatte, sagte er sachverständig: »Im Munde ist sie nicht schlecht, mal sehen, was der Magen dazu sagt.«

Das veranlaßte auch Tiina zum Sprechen, und so sagte sie, wie um Entschuldigung bittend: »Herr, essen Sie nicht davon, wenn Sie wegen Ihrer Krankheit Bedenken haben.«

Aber wie Tiinas Worten zum Trotz brach jetzt auch Indrek ein gutes Stück von der Tafel ab und aß es ohne ein Wort zu sagen auf, als mache er sich überhaupt nichts aus den Lügen, die dieser Schokolade anhafteten. Tiina war das so peinlich und gleichzeitig auch so angenehm, daß sich ihre Augen wieder mit Tränen füllten. Als sie am Abend hinter dem Ofen auf der aus einer Bank, ein paar Stühlen und einem Schemel zusammengestellten Bettstatt, zugedeckt mit ihrem Mantel, lag, wurde ihr Herz immer froher. Mit einem Lächeln auf den Lippen schlief sie ein und erwachte am Morgen ebenso. Dem Vater gegenüber behauptete sie, schon lange nicht mehr so süß geschlafen zu haben wie in dieser Nacht.

»Doch in der Nacht schluchztest du einmal, als wolltest du weinen«, sagte der Vater. »Ich dachte, ob es immer noch diese Schokolade ist, die dich nicht einmal ruhig schlafen läßt.«

Da die Rede wieder auf die Schokolade kam, nutzte Tiina die Gelegenheit und bot dem Vater die übriggebliebene Tafel an. Doch er meinte, daß er am Morgen lieber Pfeife rauche, das benehme den schlechten Geschmack im Munde, fügte aber gleich hinzu, daß er sie, wenn von dieser Schokolade wirklich so viel da sei, daß man nicht wisse, wohin damit, der Elli auf dem Hof bringen könne, die wie eine Biene nach Süßem sei. So gab denn Tiina die ganze Schokolade dem alten Andres, und der steckte sie in die Tasche seines Halbpelzes, um sie der Familie zu bringen, damit auch sie an der Lüge teilhabe, die der Schokolade anhaftete, so als würde ganz Wargamäe, sei es oben auf dem Hof oder unten in der Kate, nichts mehr von der Wahrheit halten.

Damit waren die Dinge in bester Ordnung und Tiina hätte frohen Sinnes zurückfahren können, doch sie war traurig, als würde sie lieber für immer hier bleiben. Sie wollte Indrek gern noch etwas sagen, doch sie fand weder eine Gelegenheit noch die rechten Worte. Beim Abschied wagte sie nur dem Vater die Hand zu reichen, während sie Indrek nur zunickte. Das machte sie noch trauriger. Und als sie oben auf der Anhöhe anlangte und sich von dort der Moorbrücke zuwandte, begannen ihre Augen von selbst zu tränen, als müßten alle Wargamäe unter Tränen verlassen.

VI

Nach einigen Tagen, als Indrek fühlte, daß seine Kräfte allmählich wiederzukehren begannen, machte er sich erneut an die Grabenarbeit. Wohl schneite es zuweilen, so daß man schon eine recht gute Schlittenbahn hatte, doch der Boden war unter der dicker werdenden Schneeschicht weiterhin locker, und sogar der zunehmende Frost hinderte die Arbeit nicht.

»Das hat es in Wargamäe früher nicht gegeben, daß im Winter im Graben gearbeitet wurde«, sagte der Vater. »Der alte Medis war schon ein harter Mann, dennoch arbeitete er nur etwas über Michaeli, du aber willst weder von Martini noch Kathrini etwas wissen.«

»Ich werde mich weder um Neujahr noch um Dreikönige kümmern, wenn es so weitergeht«, sagte Indrek. »Kein Frost kann unter der dicken Schneeschicht den Boden hart machen. Nur einen halbfertigen Graben darf man nicht über Nacht lassen, dann schafft man den Boden am Morgen nicht mehr.«

»Ich glaube nicht, daß es den ganzen Winter so bleiben wird«, meinte der Vater, »der Schnee wird schon noch abtauen und der Boden gefrieren.«

Aber Martini kam, und der Schnee blieb, Kathrini ging vorüber, der Schnee deckte immer noch die Erde. Gelegentliches Tauwetter konnte ihm nichts anhaben. Gegen Weihnachten kam Kälte, und es fiel frischer Schnee, so daß es richtiger Winter wurde. Alle stöhnten wegen der Winterwege und der an niedrigen Stellen gelegenen Roggensaaten, denn sie könnten faulen. Es gab welche, die auf die Saatfelder gingen, um sie stellenweise durchzutreten, denn durchgewühlter Schnee schützte den Boden nicht mehr vor Kälte. So vergingen die Weihnachtstage. Dann aber drehte der Wind plötzlich nach West, und es begann zu wehen, schließlich zu stürmen, bis der Schnee taute und überall Wasser war. Zu Neujahr fing es an zu regnen und goß mehrere Tage und Nächte hindurch. Als der Wind dann schließlich nach Nordwest drehte und es aufklarte, kam an höhergelegenen Stellen die dunkle Erde hervor, die Niederungen aber standen unter Wasser. Alle Gräben, Bäche, Rinnsale, Sümpfe und Moore wurden zu Seen. Das Flußufer glänzte in der abendlichen Sonne, als sei es ein lebendiger Spiegel, in den Scheunen und Heuschober wie dunkle Punkte hineingetippt waren. Es sah aus, als sei die Frühjahrsüberschwemmung schon zu Neujahr gekommen.

Irgendwo war sogar das Geschnatter der Blauhalsente zu hören.

Eine neue Sorge kam: Das Wasser drohte das Heu am Flußufer zu verderben, denn es reichte an vielen Stellen bis an die Scheunenböden und Schober.

Zu Dreikönigen wurde es klar und kalt, und die ganze Welt verwandelte sich in Glatteis, das ebenso glänzte wie vorher das lebendige Wasser – es glänzte sogar noch schöner, denn der Eisglanz wirft verschiedene Farbschattierungen. So blieb es einige Tage: klar, still, eine kalte, winterliche, niedrigstehende Sonne und lange sternklare Nächte.

Indrek konnte nicht anders, es trieb ihn immer wieder hinauf auf den Feldhang, um von da auf den glänzenden Fluß und auf den in der Ferne, jenseits des Flusses, der Sümpfe und Moore bläulich schimmernden Wald hinüberzublicken. Von diesen Wäldern wußte er jetzt nicht mehr als zu den Zeiten, da er in Wargamäe das Vieh gehütet hatte. Das erschien ihm sonderbar und wunderlich. Er hatte viel von den Wäldern, die in Asien, Afrika und Amerika wachsen, gehört, gelesen und geträumt, doch von den Wäldern, die am Horizont zu sehen waren, hatte er weder gelesen, noch hatte er sie gesehen – es kommt einem nicht in den Sinn, sie aufzusuchen, als stehe uns das Nahe so fern, daß man davon nicht einmal träumen könne.

Jetzt schien es Indrek an der Zeit zu sein, auch von dem Nahen zu träumen. Er suchte alte Schlittschuhe ›aus Noahs Zeiten‹ heraus – nach der Sohle zugeschnittene Holzklötze mit Sensenstreifen als Kufen darunter. Diese Holzklötze band er sich an die Füße, wobei der Vater ihm half, weiche Riemen anzumachen, denn harte Schnüre könnten in die Füße einschneiden und weh tun. So ausgerüstet, ging Indrek zuerst auf die gefrorenen Pfützen und Gräben, von da auf die Wiesen und schließlich auf die leuchtende Eisfläche des Flusses.

Am ersten Tag war günstiger Wind, und Indrek ließ sich von ihm treiben, indem er seine geöffneten Rockschöße mit den Händen weit ausgebreitet hielt, daß sie wie Segel vom Wind aufgebläht wurden. Es zogen Büsche und Sträucher, Schober und Scheunen vorüber, bekannte Flußwindungen, dann weniger bekannte, und schließlich kamen ihm ganz unbekannte Windungen entgegen. Doch der Wind wehte mit gleicher Stärke, und das Eis schien immer glatter zu werden. Beim Dahingleiten war es, als bestehe die ganze Welt nur aus einer einzigen glatten Fläche. Ein Glück, wenn du Schlittschuh laufen kannst und gute Schlittschuhe unter den Füßen hast, sonst bist du ein verlorenes Kind.

Verloren ist sogar jedes Hündchen, wenn es keine genügend scharfen Krallen hat wie der Mulla vom Hof, der Indrek gefolgt ist und jetzt auf dem Glatteis nicht weiterkann. Deshalb sucht er sich einen weniger glatten Weg zwischen den Büschen. Da blitzt jetzt sein Schwarzweiß auf und verschwindet zeitweise ganz aus den Augen, so daß Indrek annimmt, er sei umgekehrt. Doch dann erscheint er wieder, keuchend, mit weit aus dem Maul hängender roter Zunge und jaulend vor Glück.

Das ist endlich eine Fahrt, das ist der richtige Schwung, nach dem Mulla sein ganzes Leben lang gelechzt hat, doch bis heute hat das niemand beachtet. Selbst beim Heueinbringen läßt man ihn nicht gern mitgehen, denn bald fängt er an, jemanden anzubellen und anzukreischen. Nur wenn der Schnee im Wald hoch liegt und so weich ist, daß Mulla keine Lust hat, auch nur zehn Schritte vom Wege abzuweichen, wird er nicht am Mitkommen gehindert. Aber was für eine Freude macht es ihm, den winterlichen Weg entlang zu trotten, wo Schlitten, beladen mit Heu, Reisig oder Holz, fahren, Pferde mit ihren schweren eisenbeschlagenen Hufen stampfen, wo sich alle die bewegen, die nicht frei sind und nicht so weit entwickelt, um begreifen zu können, welche Wonne der Wald ist mit den verschiedenen Spuren, der Witterung an den Spuren und dem berückenden Reiz der Gerüche.

Heute hat Mulla den richtigen Gefährten gefunden. Der kümmert sich weder um den Weg noch um sonst etwas, der jagt nur so mit dem Wind dahin. Zuweilen hält er für einen kurzen Augenblick inne, als beabsichtige er umzukehren, doch nein: Er betrachtet nur eine Weile die entfernte Flußbiegung, ein Gehölz, eine Wiese oder ein unbekanntes Gehöft am Feldhang und läuft dann weiter. Das dauert so schrecklich lange, daß es auch nach Mullas Ansicht bedenklich zu werden beginnt, denn in seinem Magen wird es flau und seine Schnauze warm – ungeachtet der Winterkälte. Wenn aber Mullas Nase warm wird, sinkt seine Laune: Es hat doch keinen Sinn, zwischen den Büschen dahinzurennen, wenn dort die berauschenden Düfte allmählich verschwinden, denn dann wird die Welt langweilig und eintönig.

Schließlich geschah das Wunder, daß von den Wiesen am Flußufer die Eisfläche verschwand. Die Schlittschuhe mußten sich den Weg längs den Rinnsalen und Pfützen suchen, oder sie raschelten durch die Grasspitzen, die durch das Eis ragten. Natürlich geschah dieses Wunder allmählich, doch Indrek bemerkte es erst, als Mulla nicht mehr den Weg zwischen den Büschen suchte, sondern neben ihm trabte. Indrek hielt an, schaute sich um und schien aus einem Traum zu erwachen: Der Fluß hatte sich von den Wiesen in seine Ufer zurückgezogen.

»Also von hier oder etwas weiter aufwärts müßte man beginnen«, murmelte er in Gedanken an die Vertiefung und Regulierung des Flusses.

Mulla kam an ihn heran und versuchte, seine Hand zu lecken, als wollte er sagen, daß auch er bereit sei, mitzumachen, wenn erst der Gedanke zur Tat geworden sei. Doch Indrek beachtete ihn nicht, denn er dachte menschliche Gedanken und vergaß den Hund. Seine Gedanken führten ihn weitab von seiner Umgebung. Doch als sein Blick zufällig das Gehölz streifte, an dem sie vorhin vorübergekommen waren, schien es ihm, als habe es seine Färbung verändert.

»Es wird doch nicht schon Abend werden?« murmelte Indrek und nahm die Uhr aus der Tasche: es war zwei durch. »Also doch schon so spät«, dachte er laut und bedauerte beinahe, mit dem Wind so weit gekommen zu sein. Es würde Mühe kosten, gegen den Wind zurückzusegeln.

Er knöpfte den Rock zu, damit der Wind die Rockschöße nicht erfasse, und machte sich auf den Heimweg. Doch wenn er vorhin offenere Flächen gewählt hatte, so zog er jetzt zusammen mit dem Hund den Weg durch die Büsche vor, um dem Winde zu entgehen, der gegen Abend immer heftiger wurde. Irgendwo im Windschutz einer Scheune kaute er ein Stück trocknen Brotes, das er für alle Fälle in die Tasche gesteckt hatte. Auch Mulla lief das Wasser im Maule zusammen beim Anblick des Brotes in Indreks Hand. Da war nichts zu machen, es mußte geteilt werden.

Erfrischt setzten beide nach der Mahlzeit ihren Weg fort, doch die Dunkelheit brach herein, ehe sie vor Wargamäe anlangten. Es dunkelte immer schneller, weil der stürmisch werdende Wind irgendwo Schneeflocken aufgetrieben hatte und sie jetzt Indrek und Mulla entgegenjagte. Anfangs fiel nur etwas körniger Schnee, den der Wind von der offenen Fläche in die Büsche wehte, doch bald begann es tüchtig zu schneien, so daß die Augen verklebten und die Kleider vorn ganz weiß wurden.

Man konnte keine zehn Schritt mehr vor oder hinter sich sehen. Es gab nur Wind, ins Gesicht peitschenden Schnee und hier und da einen Schober oder eine Scheune, sonst aber nur Finsternis ringsum. Indrek tappte gleichsam tastend auf dem Glatteis weiter, wo es keine anderen Wegweiser gab als nur das Buschwerk zu beiden Seiten des Flusses. Kamen einem die Büsche von links entgegen, mußte man sich rechts halten, kamen sie von rechts – dann eben links, das war sein Log und sein Kompaß. Auch in der tiefsten Finsternis konnte man sich nicht verirren, nur den Weg unnötig verlängern, indem man an den Biegungen des Flusses von einer von Buschwerk bestandenen Uferseite zur anderen irrte. Auf offener Fläche war Indrek bestrebt, den Hund in seiner Nähe zu halten, in der Hoffnung, daß dieser es spüren würde, wo das Eis, falls sie an eine Stromschnelle gerieten, ungeachtet der Kälte noch nicht fest genug war.

So gingen sie lange, lange und schließlich sehr langsam, denn beide waren todmüde. Und als sie endlich die heimatlichen Gefilde erreichten, wo sie den Weg an Pfützen und Gräben entlang suchen mußten, beschloß Indrek, die Schlittschuhe abzuschnallen. Indrek voran, der Hund

Schritt für Schritt hinterher, so setzten sie den Heimweg fort. Jetzt konnte man die Umgebung schon besser erkennen, denn der Schnee gab etwas Helligkeit.

»Ich fürchtete schon, du seist in den Fluß gefallen«, sagte zu Hause der Vater.

»Viel hat nicht gefehlt bei dem Schneetreiben und der Dunkelheit«, erwiderte Indrek.

»Eben, das habe ich gedacht«, erklärte der Vater, »denn der Fluß ist heimtückisch, heute ist er gefroren, morgen bereits eisfrei, so daß man hineinfallen kann. Aber du mußt wohl recht weit gewesen sein. Oder hast du irgendwo längere Zeit gerastet?«

»Ich war die ganze Zeit mit Mulla unterwegs«, antwortete Indrek. »Wir wollten feststellen, wo man mit der Flußregulierung beginnen müßte.«

»Du redest so, als sollte schon bald jemand den Spaten schultern und mit dem Graben beginnen«, sagte der Vater.

»Es kommen auch welche mit Spaten«, behauptete Indrek, »Ich habe daran gedacht, mit dem Niederhof-Karla darüber zu sprechen.«

»Du kannst es ja tun, wenn du meinst«, sagte der Vater. »Sass tut es jedenfalls nicht, und ich würde auch nicht hingehen.«

»Ist das aber komisch«, meinte jetzt Indrek. »Felder und Wälder haben sich verändert, die Menschen aber sind dieselben geblieben.«

»Die Menschen und die Hunde«, sagte der Vater. »Der vom Niederhof kommt nach wie vor unter die Fenster des Oberhofes, sein Geschäft zu verrichten, und der vom Oberhof geht zu diesem Zweck vor die Pforte oder die Stube vom Niederhof. Und man kann mit ihnen tun, was man will, sie lassen nicht von dieser Gewohnheit. Sogar das Schießen mit Salz hilft nicht, so als reagiere der Magen des Hundes nur unter den bösen Blicken des Nachbarn.«

»Aber warum schaut er denn mit bösen Blicken?« fragte Indrek.

»Auf Wargamäe gab es immer solche Nachbarn, und ich glaube nicht, daß jemals andere hierher kommen werden«, erwiderte der Vater.

»Vielleicht sollten wir versuchen, selbst anders zu sein«, meinte Indrek.

Was hätte das für einen Sinn«, sagte der Vater ganz ruhig. »Du bist es ein Jahr, zwei Jahre, versuchst es noch ein drittes Jahr zu sein, schließlich kommt dir der Ärger hoch wie Jesus Christus, als er am Feigenbaum keine Früchte fand. Oder denke beispielsweise nur daran: Ich lebe in der Kate allein, belästige niemanden, kümmere mich um niemanden. Pearu lebt oben in seinem Zimmer. Da er gelähmt ist, kann er sich nicht weit vom Hause entfernen. Doch was tut er: Er schickt seinen Enkel zur Kate, um an der Katenwand Zielschießen zu üben. Verstehst du! Ich wohne in der Kate, er schießt auf die Wand, als sei es die einzige Wand auf der Welt fürs Zielschießen. Und ich kann es ihm nicht verbieten, denn die Wand, auf die er schießt, befindet sich auf seinem Grund, und der Boden, auf dem er beim Schießen steht, gehört auch ihm, so daß er tun kann, was er will, denn er ist im Recht. Als ich einmal hinging, um es dem Jungen zu verbieten, sagte er: ›Ich schieße auf meine eigene Wand, was geht es Sie, Nachbarvater, an. Ich kann diese Wand sogar niederreißen, wenn ich will.‹ Werde du nun aus den Menschen klug: Er sagt zu mir Nachbarvater, dabei zielt er durch die Wand auf mich, als sei ich ein ausgestopfter Birkhahn. Sag doch selbst, mein Sohn, wenn der Hund so etwas sieht, soll er da nicht Durchfall bekommen?«

»Vielleicht tut es der Junge nur aus Dummheit«, meinte Indrek.

»Der Mensch tut auf dieser Welt dem anderen nichts aus

Dummheit an«, erklärte der Vater, »sondern nur aus großer Freude, dem anderen ein Ding drehen zu können. Ich habe mir zuweilen die Aufteilung der Güter angesehen und dabei überlegt, ob das nicht auch geschehen ist, um den Deutschen einen Streich zu spielen.«

»Hör mal, Vater«, unterbrach ihn Indrek, als wollte er ihm widersprechen.

»Halt, halt, Junge«, hinderte ihn der Vater. »Laß mich ausreden. Es war nämlich so. Als man hier begann das Land aufzuteilen, wollten alle davon haben. Alle! Und als sie das Land erhielten, fingen sie an, damit zu spekulieren. Es hätten wohl gern wiederum alle spekuliert, doch die Nachfrage war nicht so groß, so daß einigen dennoch ein Stück Land übrigblieb. Sie bearbeiteten es selbst oder ließen es durch andere bearbeiten. Nun sag doch jetzt selbst, was ist das für ein Hunger nach Land, der zum Spekulieren verleitet?«

»Das Land ist bei der Aufteilung nicht in die rechten Hände gekommen, das ist alles«, sagte Indrek.

»Aber dann ist es bis zum heutigen Tage nicht in den rechten Händen«, erklärte der Vater, »denn es wird immer noch damit geschachert, als sei der Boden eine gewöhnliche Handelsware – wie Eier, Kalbsfelle, Möhren oder ähnliches. Anfangs machte man nur mit dem Boden Geschäfte, jetzt aber treibt man Geschäfte mit verschiedenen Agrardarlehen. Der Mensch erhält hier auf der Welt von nirgendwo auch nur eine Kleinigkeit, wird dir aber so mir nichts dir nichts ein Stück Land in die Hand gedrückt, dann wird dir auch noch Geld hinterhergeworfen – halte nur die Hände auf. Weißt du, Indrek, wenn ich als alter Mensch das alles sehe und höre, dann möchte ich am liebsten sterben, denn ich verstehe die Welt nicht mehr. Wenn ich aber nach einer Weile bemerke, wie Nachbars Hund an unserer Pforte schnüffelt, und ich daran denke, daß Nachbars Eedi kommt, um an derselben Wand Zielschießen zu veranstalten, hinter der ich sitze – immer bumm, bumm, bumm und bumm – dann möchte ich noch lange leben, denn ich möchte sehr gerne sehen, was schließlich daraus wird, wenn die Hunde auf Wargamäe auf ihre alte Weise leben, den Menschen aber ganz umsonst große Vermögen gegeben werden. Ich möchte nämlich sehen, wie lange ausgeteilt wird und was geschieht, wenn es nichts mehr auszuteilen gibt. Doch ich glaube, schon jetzt zu wissen, was dann sein wird.«

»Was denn, Vater?« fragte Indrek.

»Es wird verteilt und verteilt, bis eines schönen Tages nichts mehr zum Verteilen da sein wird. Und dann werden sich alle darüber ärgern. Denn der Mensch denkt immer, wenn es heute etwas gibt, muß es auch morgen was geben. Und kannst du mir sagen, was geschehen wird, wenn es morgen wirklich nichts mehr zum Verteilen gibt? Weißt du, ich glaube, daß die Deutschen bei uns wieder einmal zu Ehren kommen werden, denn sie verstehen die Geschäfte so zu betreiben, daß sie immer etwas haben. Und sieh nur, wenn die Zeit kommt, da wir nichts mehr haben, die Deutschen aber noch etwas besitzen, dann werden unsere Menschen, die um jeden Preis etwas haben wollen und nirgends was bekommen können, zu den Deutschen zurückkehren, um vielleicht dort noch eine Kleinigkeit zu erlangen. Und genau das ist es, was ich sehen möchte. Ob der Hund wirklich zu seinem Erbrochenen zurückkehrt, wie es in der Heiligen Schrift steht.«

»Vater, du bringst unsere Angelegenheiten und Menschen vollkommen durcheinander«, sagte Indrek.

»Glaube mir, mein Sohn, ich bringe sie nicht mehr durcheinander, als sie schon sind. Aber wenn ich sehe, wie die Menschen alles durchbringen, was sie von irgendwoher in die Hände bekommen, dann habe ich keinen anderen Gedanken, als daß es so nicht lange währen kann. Und deshalb habe ich auch nicht mehr viel Hoffnung, daß unser Fluß reguliert wird: Die Mittel werden längst alle sein, ehe sie bis Wargamäe gelangen.«

»Dann müssen wir uns eben beeilen«, meinte Indrek.

»Ja, wer etwas zwischen die Zähne bekommen will, der muß sich sputen, sonst geht er leer aus«, pflichtete ihm der Vater halb ernst, halb spöttisch bei.

Indrek aber nahm die Sache ernst, denn er teilte die Ansichten des Vaters nicht in jeder Hinsicht. Er hoffte, daß sich Geld für die Regulierung des Wargamäe-Flusses finden würde, wenn nur die Leute selbst bereit wären, etwas für die Sache zu tun. Also wartete er nicht darauf, daß Sass etwas unternehmen würde, sondern begann zu handeln. Außerdem hatte er jetzt genügend Zeit dazu, denn die Hilfe, die der Vater beim Tragen der Reusen zum Fluß und bei ihrer Beobachtung brauchte, verlangte wenig Zeit und Mühe.

Indrek zimmerte sich aus Espenbrettern Schneeschuhe, die zwar kein Meisterstück waren, ihm aber über Schnee und Schneewehen hinweghalfen. Anfangs lief er mit ihnen in der Nähe des heimatlichen Hofes umher, zuweilen auch mit einem Gewehr, das er von Oskar auf dem Hof lieh. Er schoß jedoch selten, denn er mochte das Knallen nicht. Von Mal zu Mal dehnten sich seine Skiwanderungen immer mehr aus, denn die winterliche Stille der Wälder, Sümpfe und Moore bezauberte ihn. Zuweilen, wenn er auf eine frische Hasenspur stieß, begann er die ängstliche Häsin ohne besondere Absicht zu verfolgen. Doch das bereitete ihm keinen großen Spaß, denn das Tierchen sprang nur umher, als sei es ein unglücklich Verirrter. Ein anderes Mal jagte er aufgeflogenen Schneehühnern hinterher, um zu sehen, ob er sie wiederfinden werde.

Einmal hörte er im Walde Kirchenglocken läuten, und

instinktiv wandte er seine Schritte in Richtung des Klanges. Er machte nicht früher halt, als bis er bei den Feldern des Kirchengutes anlangte. Die Glocken waren schon längst verstummt, doch Indrek schien es, als habe er die ganze Zeit ihren summenden Ton gehört.

Richtig! Die Kirchenglocken waren zwar verstummt, denn der Tote war schon ins Grab hinabgelassen und das Grab zugeschaufelt. Doch ihr Klang war in der winterlichen Luft, im weichen Schnee hängengeblieben, auch in Indreks Herzen, vielleicht schon von Kindheit an, auch wenn Indrek selbst davon keine Ahnung hatte.

Es gab Augenblicke, da Indrek mit der festen Absicht das Haus verließ, auf seinen Skiern bis zu den blauen Wäldern hinüberzulaufen, die hinter Sumpf und Moor fast wie am Ende der Welt standen. Wenn er sich dann auf den Weg machte, als Wegzehrung ein Stück Brot in der Tasche, gelangte er irgendwo zwischen Wald und Busch auf eine Lichtung, die ihm schrecklich einsam und verlassen vorkam. Indrek machte halt und blickte um sich, als müßte auf dieser Lichtung etwas geschehen, doch es gab nichts außer dem weißen Schnee und der wunderbaren Ruhe und Stille.

Die Skier wandten sich wie von selbst von der bisherigen Fahrtrichtung ab, um die Lichtung zu umfahren. Aber plötzlich bemerkte Indrek einige vertrocknete Kiefern, und sofort vergaß er seinen ursprünglichen Plan. Er brach zwei dünne Kiefern ab, schnitt aus ihnen harzige Späne, sammelte Moos und feine Zweige und machte ein Feuer, an dem er lange saß, als wollte er der einsamen Lichtung Gesellschaft leisten. Und als er sich dann schließlich erhob, setzte er seinen Weg nicht mehr fort, sondern machte sich auf den Heimweg, als sei das seine Absicht gewesen.

Doch schließlich gelangte er auf seinen Streifzügen auch dorthin, wo die blauen Wälder standen und vom Horizont nach Wargamäe herübergrüßten. Eigentlich wußte er ja nicht genau, ob es diese Wälder waren, denn aus der Nähe ist kein Wald blau, dennoch glaubte er, auf seinen Skiern den Weg zum blauen Wald genommen zu haben. Es war an einem Tag, an dem es schneite. Er verließ das Haus, um nach den Reusen zu sehen, doch dann vergaß er es, bog auf einen anderen Weg ein und jagte dem Schnee nach, als wollte er seine Bahn verfolgen. Und er sah, daß der Schnee immer weiterzog, sogar über die Lichtung hinweg, auf der Indrek kürzlich am Feuer gesessen hatte, über Büsche, Stoppeln und Weiden, über Zäune und Gräben, über Pfützen, Löcher und Moorteiche, so daß Indrek nichts übrigblieb, als ihm auf Skiern nachzujagen. Es machte nichts, daß er heute kein Brot in der Tasche hatte, denn der Schnee fliegt ja auch ohne Brot. Der Schnee fliegt wie ein Vögelchen Gottes unter freiem Himmel, wie sollte man da nicht mitfliegen.

Doch Indrek gelang es an diesem Tag nicht, festzustellen, wohin der Schnee fliegt. Nach Wäldern kamen wieder Lichtungen, Buschwerk, Heuschläge, nach Hügeln Äcker, doch der Schnee trieb immer weiter und weiter. Indrek blieb an einem Feldzaun stehen und wischte sich den Schweiß von der Stirn. Danach spürte er, daß er müde und durstig war. Er wollte eine Handvoll Schnee in den Mund nehmen, doch statt dessen schob er die Skier über eine Schneewehe hinweg zwischen zwei Zaunpfosten und gelangte auf einen Hof. Ein junges Mädchen zog gerade einen Eimer aus dem Brunnen. Als Indrek um Wasser bat, fragte es, ob der Fremde nicht vielleicht wärmeres Wasser wünsche. Natürlich, wenn es wärmeres gibt, dann schon.

In der Stube saß ein halbblinder und halbtauber Greis und flickte Pasteln. Indrek setzte sich neben ihn und versuchte, sich mit ihm zu unterhalten, indem er fragte, ob sie auch Heuschläge am Wargamäe-Fluß hätten. Aber nein, dort hätten sie keine, sie machten ihr Heu bei Vôsaallika.

»Das ist ja derselbe Fluß, Großvater«, mischte sich jetzt das Mädchen ins Gespräch, während sie Indrek einen Krug Dünnbier reichte.

Doch der Alte war damit nicht einverstanden und blieb bei der Überzeugung, daß der Fluß Vôsaallika und nicht Wargamäe heiße. Indrek widersprach nicht und fragte, ob der Fluß bei Regen über die Ufer trete. Natürlich, gewiß, wenn er viel Wasser führt. Müßte man da nicht den Fluß vertiefen und regulieren? Vertiefen? Wozu? Damit weniger Wasser wäre? »In den letzten Jahren gab es sowieso wenig Wasser«, meinte der Alte. »Als die Wälder noch in den Händen der Gutsbesitzer waren, wurden sie geschont, jetzt aber werden sie Jahr um Jahr verwüstet. Sie werden aufgeteilt und ausgehauen. Die Bauern tun es wohl aus Furcht, daß sie wieder in die Hände der Gutsbesitzer geraten könnten. Jetzt aber komm und nimm, findest nur kahle Stümpfe vor! Und weißt du, Freund, wenn wir nur Stümpfe haben, dann gibt es auch keinen Regen. Der Regen liebt den Wald. Sogar der Blitz liebt den Wald, denn da kann er gut in hohe Bäume einschlagen. Man sagt, daß der Staat an einigen Stellen Sümpfe entwässert, und du, Freund, willst anfangen, aus dem Fluß das Wasser abzulassen, was wird dann aus unseren armen Feldern? Was wird aus unseren Sandflächen. Das Himmelwasser kommt ja nur dorthin, wo es schon Erdenwasser gibt.«

Das war die Meinung des alten Mannes, der da tastend seine oder vielleicht eines anderen Pasteln flickte. Es halfen keine Erklärungen. Auf den Einwand, daß nicht überall sandige Böden seien, erwiderte der Alte, man solle dann eben dort vertiefen und regulieren, wo die Felder nicht auf sandigem Boden liegen. Als Indrek jedoch aufbrach, sagte das Mädchen, er solle auf die Reden des Alten nichts geben, denn der rede eben wie ein alter Mensch, und der Vater sowie Robert widersprächen ihm immer. Die beiden haben zwar auch nicht immer die gleichen Ansichten, doch dem Großvater widersprächen sie beide.

So war es auf diesem Gehöft: Der Großvater war gegen den Vater und der Vater gegen den Sohn, doch Vater und Sohn waren zusammen gegen den Großvater. Es gab allerdings nur wenig Höfe, auf denen Großvater, Vater und Sohn saßen. Meist fehlte der Großvater. Oft fehlte auch der Sohn, so daß nur Vater und Töchter da waren. Dort waren die Gespräche einfacher. Zuweilen war nur ein Sohn mit seiner Mutter da, dann war alles am einfachsten, denn der Sohn, als moderner Mensch, sagte gleich, warum denn nicht! Warum soll man nicht anfangen den Fluß zu reinigen, wenn man dafür Geld bekommt. Man kann ja so manches tun, wenn man Geld bekommt, das nicht zu einem andern Zweck verwandt werden kann. Hauptsache, man nimmt das Geld an, wenn es einem geboten wird. Viele haben es genommen, man hat es ja nicht im Überfluß. Insbesondere, wenn man es nicht zurückzuzahlen braucht.

Solche und auch andersgeartete Menschen sah und hörte Indrek überall in der Umgebung, wenn er durch die Wälder streifte und irgendwo eintrat, um etwas zu trinken, sich zu erholen oder einfach über die Angelegenheit zu reden. Wenn er durch die Einsamkeit der Sümpfe und Moore nach Hause ging, hatte er immer das Gefühl, als hätte er leeres Stroh gedroschen – mit seinen Gesprächen nämlich. Fast keiner fragte ihn zuerst, welchen Nutzen er selbst davon hätte, sondern vielmehr, was die anderen davon haben würden. Und wenn anzunehmen war, daß der Vorteil der anderen überwiegen würde, versiegte das Interesse an der Sache – ja, es versiegte auch dann, wenn es überhaupt irgend einen Vorteil für andere gab, nicht nur für sich allein. Wozu soll man sich denn anstrengen, wenn es für andere vorteilhafter ist! Mögen die doch handeln! Ich werde warten, bis es auch für mich vorteilhaft ist.

So waren die meisten für Abwarten, wollten sehen, was aus der Sache wird. Wenn es gelingt, dann kann man sich immer noch anschließen. Natürlich, wenn der Staat alles zahlen würde, dann selbstverständlich, was soll man da noch überlegen, aber ... Hinter irgendeinem Aber blieb immer alles stecken.

VII

Dennoch kam man im Laufe einiger Wochen soweit, daß sich an einem klaren, leuchtenden Wintersonntag auf dem Oberhofe von Wargamäe Männer zu versammeln begannen – junge, im mittleren Alter stehende und auch alte. Sie kamen zu Fuß und im Schlitten, einige sogar auf Skiern, einen Schal um den Hals geschlungen. Viele von ihnen waren Indrek unbekannt, entweder herangewachsene Jugendliche oder neu Hinzugezogene.

Man sah hier Männer aus Metsakant und Soovälja, letztere zusammen mit ihren Kätnern, als seien auch sie an der Regulierung des Wargamäe-Flusses interessiert; es kamen die Besitzer von Ämmasoo, Vôôsiku, Hundipalu und Rava; auch der neue Besitzer von Kassiaru kam, damit alle sehen könnten, wie es dort aufwärts ging; es erschienen auch Männer aus weiter abgelegenen Dörfern und von einzelnen Waldhöfen, die immer noch auf ihren Hügelhängen hockten, ja es waren sogar ganz abseits wohnende Männer gekommen, die am Wargamäe-Fluß ihre Wiesen hatten.

Selbst Karla vom Niederhof stand, die Hände in den Taschen seines Pelzes, vor dem Haus des Oberhofes und unterhielt sich mit den aus entfernteren Gegenden gekommenen Männern. Dabei versuchte er ein Gesicht zu machen, als wolle er zu verstehen geben, er sei nur zufällig hier, nicht absichtlich. Er sei nicht gekommen, um die Sache zu vertreten, sondern nur um zu schauen und zu hören, was die anderen tun und reden.

Das war Karla bestrebt im Hof seines Nachbarn vorzutäuschen, wohin er schon seit Jahren seinen Fuß nicht mehr gesetzt hatte. Der alte Pearu kam früher wenigstens in berauschtem Zustand hierher, damit die Beziehungen zu seinem ›Nachbarsmann‹ nicht völlig abbrachen, doch der Sohn kam weder in trunkenem noch in nüchternem Zustand. Jetzt stand er da, als wolle er gar nicht eintreten, sondern bald umkehren und heimgehen. Vielleicht erwartete er von Sass eine besondere Einladung, doch der schien den Nachbarn überhaupt nicht zu bemerken. Es genügte, daß er Karla eine Einladung geschickt hatte, und auch das geschah mehr auf Drängen Indreks als auf seinen eigenen Wunsch.

Die Einladung hatte Elli überbracht, und mit dieser führte Karla ein freundliches diplomatisches Gespräch. Er sagte, falls er zur Versammlung komme, dann nicht, weil Sass ihn einlade, sondern weil Elli diese Einladung überbringe. Sass' Einladung bedeute für ihn, Karla, nichts, denn Sass wäre auf Wargamäe nicht der richtige, eigentliche Herr. Elli möge ihm, Karla, diese Offenheit vergeben, denn Sass sei immerhin ihr Vater, es sei jedoch an den Tatsachen nichts zu ändern, das sei Karlas ehrliche Meinung. Und er wisse doch, was Wargamäe sei und wie ein Bauer hier sein müsse. Was aber Elli anbelange, so sei sie Marets Tochter, die Karla stets geachtet habe, denn Maret sei die Tochter der seligen Krôôt, die der goldenste Mensch auf Erden war. Selbst auf Wargamäe gab es goldene Zeiten, als Krôôt noch lebte. Elli müßte sich von Pearu, von Karlas Vater, anhören, was für goldene Zeiten es auf Wargamäe zu Lebzeiten Krôôts gegeben habe. Kein Ärger und kein Streit, sondern richtige nachbarliche Beziehungen, wie es sich gehöre. Doch Krôôt starb, und danach geriet das ganze Leben auf Wargamäe durcheinander. Jetzt ist Maret da, doch sie habe keinen richtigen Mann, keinen rechten Herrn für Wargamäe. Nur die Kinder, wenn die einmal vernünftig werden, ja, einmal die Kinder! ...

Doch Elli hatte keine Zeit, sich anzuhören, was sein wird, wenn die Kinder einmal ... Sie entschuldigte sich bei dem Nachbarn und eilte heim. Karla schaute ihr nach und fragte den Sohn, ob er bemerkt habe, was für ein schmukkes Mädel Nachbars Elli sei. Doch Eedi machte ein Gesicht, als hätte er sie nie gesehen und nichts von ihr gehört. Er blickte nur den Vater einfältig, beinahe dumm an, als begreife er überhaupt nicht, was der eigentlich wolle.

So lagen die Dinge zwischen Ober- und Niederhof, als Karla mitten auf dem Hof des Nachbarn stand und überlegte, ob er über die Schwelle treten solle oder nicht. Wer weiß, womit es geendet hätte, wenn nicht Elli mit dem Futtereimer in der Hand vorbeigekommen wäre, Karla mit ihren blauen Augen angeschaut und gefragt hätte, ob der Nachbar nicht eintreten möchte. Ja doch, warum nicht, natürlich, stotterte jetzt Karla und trat mit jemandem zusammen in die Stube.

Beide Kammern waren gedrängt voll Menschen, und weil nicht alle hineinpaßten, wurde die niedrige Tennentür offen gelassen, damit auch diejenigen, die aus Raummangel in der Stube standen, wenigstens etwas von dem hören und sehen konnten, was in der Kammer getan und gesprochen wurde.

Es waren dieselben Räume, in denen so oft gegessen und getrunken, gelesen und gesungen, gelacht und geweint worden war. Doch alles, was hier im Laufe von Jahrzehnten geschah, war vergangen und vergessen, selbst von den nächsten Mitwirkenden und Mitleidenden, sofern sie noch lebten. Die meisten von ihnen waren schon den Weg gegangen, von dem niemand wiederkehrt, und den Zurückgebliebenen waren sie ebenso gleichgültig geworden wie die Ereignisse, die einst ihr irdisches Leben ausgemacht hatten.

In einer Ecke der Kammer saß zusammengesunken der alte Oberhof-Andres, doch ihn schien niemand mehr zu beachten. Und doch war er es, der einst diese Häuser gebaut, der hier Jahrzehnte geschafft und gewirkt, um Wahrheit und Recht gekämpft hatte zu Hause wie auch auswärts mit seinem Nachbarn. Er war es auch, der an bedeutsamen Lebensabschnitten hier in den Räumen gebetet und gesungen hatte, so daß alle Frauen und Kinder weinen und erwachsene Männer sich die Augen wischen mußten. Nur der Vihukse-Anton war gewöhnlich schon eingeschlafen, bevor ihm die Tränen in die Augen traten, genau so wie er auch heute schon an der warmen Wand schnarchte, ehe er auch nur ein Wort von dem gehört hatte, was hier geredet wurde.

Die Gebäude sind die alten, denn der gegenwärtige Besitzer spart erst noch, um neue aufzubauen, doch das frühere Leben ist aus ihnen gewichen. Das alte Leben ist vergangen und an seine Stelle ist neues getreten, so daß die Häuser dem Leben nachhinken. Darum sehen diese altehrwürdigen Wände dieses außergewöhnliche Menschengewimmel und hören das außergewöhnliche Stimmengewirr: Der Wargamäe-Fluß soll gereinigt, sein Wasserspiegel gesenkt werden! Wer aber hat hier früher gehört, daß zu diesem Zweck auch nur zwei oder drei Männer zusammengekommen wären? Nein, davon hat hier nur der alte Andres geträumt und gesprochen, der jetzt still in der Ecke sitzt, als interessiere ihn die Sache kaum noch.

Früher war man hier zusammengekommen, wenn es galt, jemanden zu beerdigen, zu taufen, zu vermählen oder zum Militärdienst zu verabschieden. Dann waren immer Männer und Frauen gekommen, mit Kindern, die zwischen den Erwachsenen kreischten und lärmten. Jetzt aber gab es hier nur Männer, so als seien Frauen und Kinder von dem Boden Wargamäes völlig verschwunden.

Und heute denkt keiner an Essen und Trinken, als herrsche heutzutage größerer Mangel als in den seligen alten Zeiten, da der lange Festtisch unter der Last von Brot- und Weißbrotschnitten, Fleischschüsseln und Sülzschalen, Kuchentellern und Bergen von Griesbrei ächzte. Damit aber die Verbindung zwischen der Vergangenheit und der Gegenwart, zwischen Erinnerung und Leben, zwischen Realität und Illusion nicht völlig abbreche, hatte der gegenwärtige Bauer wenigstens für eine Kanne Bier gesorgt.

Vielleicht wäre er selbst nicht auf diesen Gedanken gekommen, doch da in Wargamäe das Bier immer noch nach dem Rezept des alten Andres gebraut wurde, so hatte dieser zu Weihnachten bemerkt, daß man, wenn der große Tag wirklich kommen sollte, an dem die Männer von nah und fern sich hier treffen würden, um über den Wargamäe-Fluß zu beraten, ihnen wenigstens etwas zu trinken bieten müßte. Zu diesem Zweck wurde dann auch ein größeres Fäßchen aufbewahrt, eigentlich auf gut Glück, denn zu Weihnachten war noch niemand sicher, ob aus der Sache etwas werden würde oder nicht. Doch für allzuviele reichte der Vorrat nicht, höchstens einige Schlucke für jeden, so viele Männer waren zusammengekommen. So verführte dieser Trunk nicht zu Gesang oder lautem Lärmen, wie es in alten Zeiten bei allen Zusammenkünften auf Wargamäe üblich gewesen war.

Doch in die Herzen der Männer kam ein anderer Geist, nachdem sie von dem Gebräu des alten Andres getrunken hatten. Es schien ihnen Mut und Hoffnung zu geben. Als Sass sich dann schließlich an die Wand der Vorderkammer stellte, so daß er auch für diejenigen zu sehen war, die sich in der hinteren Kammer und in der Stube aufhielten, und sagte, daß alle Männer wüßten, aus welchem Grund sie heute hier zusammengekommen seien, und daß er deswegen nicht altbekannte Dinge wiederholen werde, sondern bloß fragen möchte, ob sie denn wirklich mit der Reinigung des Flusses beginnen wollen; als Sass diese Worte für alle hörbar sagte, hatte der alte Andres auf seinem Stuhl plötzlich ein Gefühl, als sitze er am Weihnachtsabend in der Kirche, höre den Pastor predigen, die Orgel spielen und sähe den strahlenden Weihnachtsbaum vor dem Altar. So ein Gefühl hatte er.

Doch die jüngeren Männer hörten weder das Orgelspiel noch die Predigt des Pastors, sahen weder einen Altar noch einen Weihnachtsbaum, und deshalb meinten sie, daß die Sache durchaus noch nicht so klar sei, wie der Wargamäe-Bauer meine, und daß man die Angelegenheit unbedingt besprechen müsse. Denn wozu sei man denn hier zusammengekommen? Um die Möglichkeit zu haben, über die Dinge zu reden, und dazu brauche man einen Versammlungsleiter, der das Wort erteilen und wenigstens etwas Ordnung halten würde.

Der Wargamäe-Sass wollte, daß Indrek den Vorsitz übernähme. Darauf hoffte auch der alte Andres im Hintergrund, dann hätten alle den Eindruck gewonnen, daß die Initiatoren, Förderer und Ausführer der ganzen Sache die Wargamäe-Männer sind. Doch es kam ganz anders. Als nämlich von einigen Seiten Indrek zum Vorsitzenden vorgeschlagen wurde, herrschte in den Räumen Stille, sobald aber Kassiaru genannt wurde, erscholl von allen Seiten Zustimmung. Also übernahm Kassiaru den Vorsitz, und er tat es so, als könne es auch gar nicht anders sein. Denn er war in der Kreisverwaltung, in der Gemeindeverwaltung, im Gesangverein, im Aufsichtsrat der Bank, im Zuchtverein und sonstigen Unternehmen das Leiten gewöhnt.

Wenn für das Wohnhaus in Wargamäe die zusammengekommene Menschenmenge riesengroß war, so bedeutete sie für Kassiaru-Nômmann nur eine Handvoll Menschen, mit denen man nach eigenem Ermessen verfahren konnte.

Und deswegen sagte er gleich zur Einführung, daß man, obwohl man zusammengekommen sei, um über den Wargamäe-Fluß zu reden, auch über andere Dinge sprechen könne, zum Beispiel vom großen Muulu-Moor, dessen Trockenlegung einer mindestens ebenso großen Anzahl Menschen Gewinn bringen würde wie die Senkung des Wasserspiegels vom Wargamäe-Fluß. Er, Kassiaru, möchte seine Meinung natürlich nicht aufdrängen, er sage es nur zur Warnung, damit man nicht sinnlose Arbeit und Mühen übernähme, die seiner Ansicht nach gegenwärtig zu nichts führten. Die Senkung des Wasserspiegels des Wargamäe-Flusses sei eine zu große und aufwendige Arbeit, als daß sie vom Ministerium befürwortet werden würde. Kassiaru könne das auf Grund seiner Erfahrungen behaupten, denn er habe gewisse Beziehungen. Er habe überall Beziehungen, und deshalb seien ihm alle diese Zustände und Dinge bekannt. Die Trockenlegung des Muulu-Moores sei aber etwas anderes, denn da seien keine großen Ausgaben notwendig. Vom Ministerium werde nicht mehr verlangt als das Ausstechen des Hauptgrabens, alles andere können die Männer selbst machen, jeder so, wie es ihm passe. Wer wolle, ziehe seinen Graben zum Hauptgraben, wer nicht wolle, solle es bleiben lassen. So daß es jedem völlig frei stehe, einen Graben zu ziehen und sein Land zu entwässern, oder auch nicht.

»Mit dem Reinigen des Flusses aber, wie es hier beabsichtigt wird, kommt der Zwang über einen, daran müssen wir denken, Männer«, sagte Kassiaru warnend, beinahe drohend. »Denn im besten Falle gibt die Regierung eine gewisse Summe, und wir müssen alles andere selbst besorgen, was zur Durchführung der Arbeit notwendig ist. Fachleute machen einen Plan und taxieren die Arbeit, aber unsere Fachleute irren sich gewöhnlich, so daß wir eine möglicherweise viel größere Summe übernehmen müßten als anfangs berechnet. Eine viel, viel größere! Die Regierung wird ja ihren Anteil hinterher nicht erhöhen, so daß alles, was über den Voranschlag geht, auf unsern Hals kommt, zusätzlich zu dem, was wir schon übernommen haben. Seht ihr, so wäre die Lage, falls das Ministerium uns anhören würde. Doch ich glaube nicht, daß es das tun wird, und dann hätten wir in der nächsten Zeit auch keine Möglichkeit mehr, ein anderes Programm, nämlich den Hauptgraben für das Muulu-Moor, durchzubringen, denn das versteht sich doch von selbst, mit welchem Gesicht erscheinst du morgen mit einer neuen Bitte, wenn dir heute eine ganz ähnliche abgeschlagen wurde.«

Deshalb befürwortete Kassiaru, nicht grundsätzlich, sondern praktisch und taktisch – diese Worte betonte er ganz besonders – das Trockenlegen des Muulu-Moores. Natürlich, am zweckmäßigsten wäre es, beides auf einmal zu tun – den Wasserspiegel des Flusses zu senken und das Muulu-Moor trocken zu legen, doch auf der Welt geschehe nicht alles zweckmäßig, sondern ..., denn ..., da ja ..., deshalb also ... so daß ...

Kassiaru redete und redete, als sei er nur dazu zum Vorsitzenden gewählt worden. In einem bestimmten Sinne war seine Handlungsweise sogar berechtigt. Denn er selbst wollte keine andere Meinung hören, und der größte Teil der Anwesenden hörte auch lieber den Kassiaru-Nômmann sprechen als einen anderen. Der mußte doch wissen, was er sagt, wozu sitzt er denn sonst in jedem nützlichen Unternehmen und fährt sogar oft in die Stadt, mal mit seinem Auto, mal mit der Eisenbahn, wie es jeweils günstiger ist. Und so hätte das Sonderbare geschehen können, daß Menschen, die von nah und fern zusammengekommen waren, um über die Senkung des Wasserspiegels und die Regulierung des Wargamäe-Flusses zu beraten, statt dessen beschlossen, das Ministerium zu bitten, den Hauptgraben im Muulu-Moor zu ziehen.

In der Stube äußerte zwar ein älterer Mann, daß Kassiaru seine Fluren auf Staatskosten entwässern möchte, denn er habe ja ein gehöriges Stück des Muulu-Moores gepachtet und beabsichtige, es zu kaufen, sobald sein Entwässerungsprojekt gelinge. Doch da begann der Niederhof-Karla zu widersprechen, indem er sagte, hier gehe es nicht darum, wer Pächter sei, entscheidend sei der Besitzer, denn der solle auch Gräben stechen. Außerdem, wer hinderte die anderen, ebenfalls ein gutes Stück des Staatsmoores zu pachten oder es später zu kaufen? Jeder könne es tun. Wenn aber die anderen keinen Unternehmungsgeist haben, nur Kassiaru, warum solle dann der Staat sein Moor unentwässert lassen, insbesondere da es für alle nützlich sei, auch für Wargamäe, denn das Wasser vom Muulu-Moor bedränge sie wirklich, das sei sicher wie ... wie ...

Karla fiel plötzlich nicht ein, wie sicher es wäre. Zuerst wollte er sagen ›wie das Amen in der Kirche‹, doch dann ließ er es bleiben, denn seiner Ansicht nach waren sowohl das Amen als auch die Kirche nicht mehr sonderlich sicher. Das waren Dinge, die nur in seiner Kindheit sicher gewesen waren, denn damals herrschten die Deutschen auf den Gütern und in der Kirche und die Russen in den Schulen und Gerichten. Das waren sichere Zeiten und sichere Dinge. Jetzt ist es anders. Jetzt sind überall Esten, und Karla weiß nicht mehr, was sicher ist. Was ist sicherer, das Amen in der Kirche oder Kassiarus Worte in der Kammer des Oberhof-Bauern? Karla erschienen Kassiarus Worte sicherer als die Predigt des Pastors von der Kanzel. Und so beendet er schließlich seinen Satz: ... »das ist sicher, wie es Kassiaru-Nômmann sagt«.

Es fanden sich aber welche, die nicht in dem Maße an der Sicherheit der Sache zweifelten wie der Niederhof-Karla. Wenn sie aber zweifelten, dann schon gründlich. Dann meinten sie, daß Kassiaru-Nômmann ebenfalls nicht sicher sei, wenn er auch ein gutes Stück Staatsmoor in Pacht habe, im Aufsichtsrat der Bank sitze, die Kontrollherde leite und noch hundert Dinge tue, wobei auf seinem Hof von früh bis spät fremde Menschen – Lohnarbeiter – arbeiten.

Einer von diesen Zweiflern war auch der Wargamäe-Indrek. Deshalb bat er schließlich, als sich niemand mehr meldete, um das Wort. Doch der Vorsitzende erkannte ihn nicht und fragte, wer er sei, und als Indrek seinen Namen nannte, blickte ihn Kassiaru mit vorgetäuschtem Staunen an und sagte dann: »Ach ja! Ich erinnere mich! Ich habe es in der Zeitung gelesen. Sie hatten kürzlich in der Stadt einen Prozeß.«

»Gehört das auch zur Sache?« fragte Indrek.

»Nicht unbedingt«, meinte Kassiaru schmunzelnd, »doch wie ich sehe, sind hier heute die Grundbesitzer der Umgebung versammelt, Sie aber sind, soviel ich weiß, ein Städter.«

»Ich bin hier geboren und aufgewachsen, deshalb kenne ich die ganze Umgebung und die Verhältnisse besser als viele andere, auf jeden Fall besser als Sie, Herr Vorsitzender, denn ich bin ein Hiesiger, Sie aber ein Hinzugezogener.«

»Das gehört überhaupt nicht zur Sache«, rief Kassiaru dazwischen.

»Gehört schon«, unterbrach ihn Indrek, »denn auch der gegenwärtige Bauer des Wargamäe-Oberhofes ist ein neu Zugezogener, der die örtlichen Verhältnisse nicht gut genug kennt und deswegen mich ermächtigt hat, an seiner Statt Erklärungen abzugeben. Sass, sei doch so gut und sage dem Vorsitzenden, daß du mich wirklich ermächtigt hast.

Sass kam diese Ermächtigung völlig unerwartet. Das bemerkten sogar die Anwesenden sowie der Vorsitzende.

Dennoch wußte Sass sofort, was zu tun war: er wandte sich Kassiaru zu und sagte, daß es wirklich das beste wäre, wenn Indrek über die Sache spräche, denn er sei ja der Initiator und die Seele der ganzen Angelegenheit. Das letztere erklärte Sass absichtlich, denn er wollte allen Anwesenden deutlich sagen, daß, wenn so viele Leute wegen der Regulierung des Wargamäe-Flusses hier zusammengekommen seien, dies nicht auf Veranlassung des Kassiaru-Nômmann oder eines anderen Fremdlings geschehen sei, sondern daß an der Spitze der Angelegenheit die Wargamäe-Leute stehen. Deshalb solle man hier nicht vom Muulu-Moor reden, sondern nur vom Wargamäe-Fluß. Wegen des Muulu-Moores könne man eine andere Versammlung einberufen, das könnte Kassiaru oder jemand anderes tun.

Natürlich, diese lange Erklärung gab Sass nur in Gedanken ab, und die anderen haben niemals erfahren, daß der Bauer des Wargamäe-Oberhofes mit seinem verkrüppelten Bein so kühn denken konnte. Auch Sass selbst hatte seine Gedanken bald vergessen, und als Indrek sie später für alle hörbar wiederholte, war er der Meinung, daß er selbst niemals so gedacht habe, sondern nur Indrek. Der aber widersprach nicht direkt dem Plan des Kassiaru-Nômmann, sondern behandelte ihn als einen zusätzlichen Vorschlag. Denn warum sollte man nicht auch das Muulu-Moor entwässern, wenn sich das zusammen mit der Senkung des Wasserspiegels und der Regulierung des Wargamäe-Flusses erreichen ließ? Es könne jedoch keine Rede davon sein, daß der Hauptgraben vom Muulu-Moor auch die Frage des Wargamäe-Flusses lösen könnte. Denn wenn der Fluß schon jetzt nicht imstande sei, sein Wasser abzuführen, so daß die umliegenden Wiesen immer mehr versumpften, was würde geschehen, wenn man das morastige Wasser von Muulu mit dem ganzen Schlamm in den Fluß leiten würde? Die Verstopfung würde ständig zunehmen, ebenso die

Versumpfung. Dieser Prozeß habe eigentlich schon begonnen (Zwischenruf: richtig!). »Wir sind doch hier nicht zusammengekommen, um zu überlegen, wie man den Wargamäe-Fluß verstopfen, in ihm das Wasser anstauen soll. Was aber die Meinung betrifft, ein Hauptgraben im Muulu-Moor würde eher die Billigung des Ministeriums finden als die Regulierung des Wargamäe-Flusses, so ist es damit genau umgekehrt, denn die Senkung des Pegels und die Regulierung des Flusses hat eine viel allgemeinere und umfangreichere Bedeutung als das Stechen eines Grabens im Muulu-Moor, und deshalb kann man gerade hierbei mit der Hilfe der Regierung rechnen. Wenn man aber will, daß die Sache schneller und sicherer bearbeitet wird, dann müssen diejenigen, die von dem Unternehmen Vorteil erhoffen, bereit sein, einen bestimmten Prozentsatz der Unkosten zu übernehmen, denn das würde dem Ministerium am sichersten bestätigen, daß man die gesamte Arbeit an Ort und Stelle für wichtig und vorteilhaft hält, was ja die Hauptsache ist. Und es soll sich keiner vor der Zeit durch Unkosten schrecken lassen, die es noch nicht gibt. Ebenso soll sich keiner den Kopf darüber zerbrechen, wieviel Vorteil der eine oder der andere davon haben wird. Eines nur soll allen Männern unerschütterlich klar sein: Alle werden einen Nutzen haben. Jeder, der heute die Eingabe unterschreibt, kämpft für die allgemeine Sache, nicht nur für die eigenen Fluren. Gegenwärtig wird der Fluß von Weidengebüsch und Birkendickicht umsäumt, wenn aber das Wasser im Fluß auch nur um zwei Fuß sinken würde, könnte dieser Busch schnell zu Dickicht werden, durch das der Mensch es schwer hätte, durchzukommen. Und wer kann heute ermessen, welchen Wert dieses Dickicht in Zukunft haben wird in Anbetracht der gegenwärtigen Verwüstung unserer Wälder? Anstatt elenden Reisigs würde man einmal dicke Klötze erhalten, wenn man nur das Flußbett vertieft.«

»Märchen«, warf hier der Vorsitzende ein.

»Dieses Märchen ist eine nachweisbare Geschichte«, erwiderte Indrek und erzählte, wie vor fünfundzwanzig, dreißig Jahren der selige Gemeindeschreiber und der noch seligere Küster im Wargamäe-Fluß Krebse fangen gegangen seien; wie sie über die Vaterlandsliebe gestritten haben; wie der Schreiber mitten in der Nacht in den Fluß hinabgestiegen sei, um seine wertvollen Kescher zu suchen und dabei auf dem Grund des Flusses riesengroße Stubben gefunden habe; wie diese Stubben die Gemüter des Wargamäe-Andres und des Hundipalu-Tiit erregt haben und wie der alte Kätner Madis, der von klein auf hier gelebt habe – als sei es ein Märchen – vom Schwarzerlenwald erzählt habe, der einst den Fluß säumte; wie gerade diese Stubben auf dem Grunde des Flusses seinen Vater und seinen Taufpaten auf den Gedanken gebracht hätten, den Pegel des Flusses zu senken, damit die alten legendären Zeiten des Schwarzerlenwaldes wiederkehrten.

»Damals blieb diese Idee natürlich nur eine Idee«, fuhr Indrek fort, »denn damals hatten wir keinen Herrn, der sich die Mühe gemacht hätte, uns vor dem Hochwasser zu schützen. Jetzt aber ist ein solcher Herr da: wir selbst sind dieser mächtige Herr, denn der Staat – das sind jetzt wir. Wer kann uns hindern, wenn wir wirklich etwas wollen? Wer kann unserer Eingabe die Beachtung versagen, wenn darunter hunderte, ja sogar tausende Namen stehen? Wer würde daran denken, uns die Aufmerksamkeit zu versagen, wenn wir so handeln, wie es einmal mein Vater und der Hundipalu-Tiit getan haben, und bereit sind, Opfer auf dem Altar des Vaterlandes zu bringen. Es möge doch niemand glauben, daß Tiit unter seine großen Steine am Flußufer nur Fichtenzweige und Wacholder gelegt hätte, er untermauerte sie auch mit einem Stückchen seiner Vaterlandsliebe – einer Liebe, die nicht nur durch persönlichen

Vorteil, Einkommen, Ernte und Geld bemessen wird. Das war eine Zeit, als die Menschen aus Vaterlandsliebe sangen, spielten und Posaune bliesen und aus Vaterlandsliebe das letzte Scherflein opferten. Etwas von dieser Vaterlandsliebe tut auch uns heutzutage not, wenn wir das vollbringen wollen, wovon unsere Väter träumten. Wir müssen etwas vom Blut des alten seligen Küsters in uns spüren, der einst am nächtlichen Feuer gesagt hat, wahre Vaterlandsliebe und Poesie sei es, wenn an Stelle von Sümpfen und Mooren Wälder, Felder und Fluren träten.«

Jetzt waren plötzlich alle Räume von Stimmengewirr erfüllt, denn keiner wollte mehr nur zuhören, sondern jeder wollte auch selbst etwas sagen. Selbst Kassiaru fand nicht die frühere Aufmerksamkeit, als er immer noch versuchte, von dem Hauptgraben des Muulu-Moores zu reden. Erst dann horchten die Männer auf, als er begann, von Vaterlandsliebe zu reden. Auch er sei ein glühender Patriot, wie er behauptete, wobei er erklärte, daß man mit Liebe allein auf dieser Welt nicht sehr weit komme, was auch die patriotischen Unternehmungen unserer Vorväter bewiesen: sie seien alle kläglich zusammengebrochen. Doch Indrek erwiderte ihm sofort schlagfertig: »Die heutigen Unternehmen wollen von der Vaterlandsliebe nichts hören, warum brechen sie denn noch viel kläglicher zusammen? Warum werden wir bald nur noch einen Stoß in Protest gegangener Wechsel haben?«

»Uns fehlt die Sachkenntnis, wie auch hier«, rief Kassiaru.

»Richtig!« erwiderte Indrek. »Uns fehlt die Sachkenntnis. Denn bei uns drängen sich überall Männer an die Spitze, die der Meinung sind, sie würden, weil sie das größte Maul und den größten Appetit haben, auch alle Dinge am besten verstehen. So vertreten sie denn das Schauspiel und den Fußball, denn sie sind der Meinung, beides sei ja ein Spiel;

sie handeln mit altem Eisen und alten Gemälden, denn beides ist ja alt; sie spekulieren mit Land, Häusern und womöglich mit Himmelssternen, denn sie sind der Ansicht, daß das alles Immobilien seien; sie leiten Banken und Kolonialwarenbetriebe, denn beides sind Geschäfte; sie züchten Kartoffeln und Kakteen, denn beides sind Gottespflanzen; sie lieben Hunde und vielleicht auch Flöhe, denn beides sind Haustiere; sie spielen eine große Rolle in Bullenzuchtvereinen und bei Schönheitswettbewerben, denn sie glauben, es handle sich in beiden Fällen um die Zucht kommender Generationen; sie wären bereit Nattern einzuführen und faule Eier zu exportieren, wenn nur das Gold klingt, das Silber klappert und das Papier raschelt. Und wenn Nattern und faule Eier nicht genug einbringen, dann verlangen sie vom Staat Unterstützung für ihre vaterländischen Unternehmen. Das sind Leute, denen es an Liebe und Pflichtgefühl selbst ihren Kindern und den Müttern ihrer Kinder gegenüber fehlt, geschweige denn zu Volk oder Vaterland ...«

»Aber wir haben doch den Freiheitskrieg gewonnen!« rief ein junger Mann durch die Tür aus der Stube.

»Damals lebte in uns noch der Geist unserer Väter«, erwiderte ihm Indrek.

Nun erhob sich in den drei Räumen ein wahres Geschrei. Hände erhoben sich und machten unbestimmte Bewegungen. Kassiaru schlug mit der Faust auf den Tisch und fragte, ob man ihn als Vorsitzenden anhören wolle oder nicht. Natürlich wollte man, doch das hinderte niemanden an Zwischenrufen, so daß die frühere Ordnung nicht herzustellen war. Schließlich blieb nichts weiter übrig, als zur Abstimmung zu schreiten! Doch da entstand erneut Verwirrung, denn Kassiaru wollte unbedingt die Frage des Muulu-Moores entscheiden. Nur mit großem Lärm und Geschrei konnte man ihn daran hindern. Als aber die Frage gestellt wurde, ob beide, Fluß und Moor, oder nur Fluß, war die Mehrheit offensichtlich für die erste Variante. Also wurden beide in die Eingabe aufgenommen.

Das Schreiben des Antrags – richtiger seine Abänderung und Abschrift, denn Indrek hatte ihn schon fertig, es fehlte nur der Passus über das Muulu-Moor – sowie das Unterschreiben verlangte ziemlich viel Zeit, insbesondere, da bei der letzten Handlung erneut Streitigkeiten entstanden. Es ging nämlich um die Frage, wer muß oder ist berechtigt, als erster zu unterschreiben? Kassiaru-Nômmann war der Meinung, daß ihm dieses edle Recht zustehe, denn er war ja der Vorsitzende der Versammlung. Indrek widersprach hitzig und erklärte, daß natürlich der als erster das Gesuch unterschreiben muß, auf dessen Veranlassung und in dessen Hause die Versammlung stattfindet. Nach längerem Wortwechsel neigten sich die meisten Anwesenden der Meinung Indreks zu, und so mußte als erster Sass, der gegenwärtige Oberhofbauer von Wargamäe, unterschreiben. Er tat es jedoch ziemlich widerwillig, denn er fürchtete, sich damit wer weiß was für eine Schlinge um den Hals zu legen.

Einige der Anwesenden unterschrieben überhaupt nicht, entweder lag ihr Grundbesitz nicht in der Umgebung von Wargamäe oder sie hatten überhaupt keinen. Dazu gehörten einige Kätner, die nur aus Neugierde gekommen waren, dazu gehörten auch der Wargamäe-Indrek und der alte Andres, der seinen ganzen Besitz an Grund und Boden seinem Schwiegersohn abgetreten hatte oder richtiger dem Sohn seiner Tochter Maret, den dessen Vater Sass bis zu seinem Tode vertreten sollte.

Als der alte Andres vor Jahren auf seine Rechte verzichtete, war er der Meinung gewesen, daß er es niemals bedauern würde. Dennoch bedauerte er es heute, denn er hätte gern selbst als erster das Gesuch unterschrieben. Nun aber kam es so, daß weder er noch einer seiner Söhne oder Töchter unterzeichnete, sondern wildfremdes Blut durch die Hand von Sass. Pearu unterschrieb auch nicht selbst, aber an seiner Statt tat es wenigstens sein Sohn. Andres hätte es gern gesehen, wenn auch Karla nicht unterschrieben hätte. Zwischendurch sah es fast so aus, denn Kassiaru, der nicht als erster unterschreiben durfte, hielt sich auffällig abseits, und der Niederhof-Karla stand neben ihm. Nachdem aber alle am Tisch gewesen waren, wurden Kassiaru und Karla aufgerufen, sie seien jetzt dran. Die Männer überlegten etwas, doch dann bewegte sich Kassiaru auf den Tisch zu, und Karla folgte ihm. Am Tisch angekommen, wandte sich der Kassiaru-Bauer an den Niederhof-Karla und sagte, er solle schon seinen Namen daruntersetzen, er selbst – er sagte nämlich, er selbst – werde als letzter unterschreiben. So geschah es denn auch. Und der alte Andres, der auf seinem Stuhl in der Ecke hockte, wurde ganz traurig und fragte im Herzen seinen Gott, wodurch sich wohl sein und des Hundipalu-Tiit Geschlecht und Blut versündigt hätten, daß heute keiner von ihnen da war, um zusammen mit den anderen das Gesuch zu unterschreiben. Es war, als wären die Worte des alten Pearu in Erfüllung gegangen, er und Tiit hätten Pferdediebe erzogen, oder – wie Tiit gesagt hatte – Landdiebe, Hofdiebe, denn Tiits und Andres' Höfe seien dahin.

VIII

Das große Ereignis auf Wargamäe brachte den Menschen seelisch nicht das Ergebnis, das so mancher erhofft hatte. Es brachte sogar eine gewisse Enttäuschung. So viel wurde geredet und erwartet, und schließlich hatte man nichts anderes erreicht, als daß man weiter warten und hoffen mußte.

Den alten Andres befiel anfangs sogar das Gefühl, als wäre es vielleicht besser gewesen, wenn er nicht bis zu diesem Tag gelebt hätte, sondern zusammen mit dem Hundipalu-Tiit gestorben wäre. Wenn dann auch Wargamäe wie der Hof Hundipalu in wildfremde Hände geraten wäre, er hätte es mit eigenen Augen nicht mehr gesehen. Jetzt aber mußte er als Fremder auf fremdem Boden leben, obwohl es sein eigenes Wargamäe war, das er immer noch liebte.

Indrek konnte eine ganze Weile das Schmunzeln von Kassiaru und dessen Worte vor den versammelten Männern – ach ja, er habe von Indrek in der Zeitung gelesen, der hatte in der Stadt irgend einen Prozeß – nicht vergessen. Überall sonst hätte er das leichter ertragen als in den Wohnräumen von Wargamäe, die so sehr an vergangene Zeiten und Verhältnisse erinnerten.

Aber auch Kassiaru-Nômmanns Stimmung war nicht rosig. Er hatte völlig vergessen, daß er Indrek mit seinen Worten verletzt hatte. Seiner Ansicht nach hatte er nur die reine Wahrheit gesagt. Eigentlich nicht einmal die volle Wahrheit, denn sonst hätte er dagegen protestieren müssen, daß ein Mann wie Indrek überhaupt unter ehrlichen und ordentlichen Menschen das Wort ergreifen will. Kassiaru bedauerte hinterher, daß er es nicht getan hatte, denn dann hätte er nicht vor der ganzen Versammlung Indreks verletzende Sticheleien anhören und dabei in den Blicken von Bekannten und Freunden lesen müssen, daß sie ihn für einen geschlagenen Mann hielten.

»Hat eins auf den Pelz bekommen«, grinste jemand in der Stube, als Kassiaru dort vorbeikam, und er war sicher, daß mit diesen Worten und dem Grinsen er, Kassiaru, gemeint war. Doch wartet! Kassiaru zeigt euch noch, wer den Pelz voll kriegt, er sitzt ja in der Leitung der Bank und von da reichen sein Arm und sein Wort weit. Kassiaru ist in seinem tiefsten Innern überzeugt, daß ihm schweres Unrecht geschehen sei, und zudem noch ohne jeden Grund. Wer aber darüber lacht, den wird Kassiaru zum Weinen bringen.

Man soll Kassiaru nicht mit der Vaterlandsliebe der Armen kommen. Wenn jemand den Reichtum nicht liebt, wie soll er dann das Vaterland lieben, denn das Vaterland ist ja Reichtum, ganz klarer Reichtum. Das Vaterland ist eigentlich das Grundkapital, das einem vernünftigen Menschen Prozente trägt. Wenn diese Prozente nicht für alle reichen, so sind daran nicht einzelne Personen mit ihrer Habgier schuld, sondern es gibt dafür einen einfachen Grund: Unser Grundvermögen, unser Grundkapital, das heißt das Vaterland, ist zu klein und zu schwach, um für alle zu reichen. Kassiaru kann überhaupt nicht verstehen, worin dabei seine Schuld bestehen soll. Er liebt sein Vaterland und benutzt es, sollen doch andere dasselbe tun, der Weg dazu ist frei. Das Vaterland ist wie eine Frau: wenn du sagst, daß du sie liebst, dann mußt du sie auch gebrauchen, sonst ist alles nur leeres Liebesgerede.

So verteidigte sich der Bauer von Kassiaru in Gedanken vor Indreks vermeintlichen Beschuldigungen und Sticheleien. Immer von neuem wiederholte er seine Verteidigungsrede, jedesmal in abgewandelter Form, als zweifle er selbst an ihrer Wahrheit und ihrem Recht. Gleichzeitig aber brütete er an einem Plan, der in ihm gerade unter dem Einfluß von Indreks erregenden Worten entstanden war. Nämlich: Sollte man nicht mit ganzer Kraft mithelfen, damit das Vorhaben wirklich gelinge, und wäre es nicht möglich, die Arbeiten irgendwie in die eigenen Hände zu bekommen, gleich, ob ganz oder nur teilweise. Auf diese Weise könnte er allen beweisen, daß es nicht genug sei, das Vaterland zu lieben, man müsse seine Liebe auch in die Tat umzusetzen verstehen und es auch können. Kassiaru kann und versteht es auch, wer das nicht glaubt, der mag kommen und schauen.

Diese Idee war Kassiarus Trost. Der Niederhof-Karla aber wußte sich so gut wie gar nicht zu trösten. Denn als er an diesem klaren Wintersonntag nach Hause kam und Pearu erzählte, was im Nachbargehöft vor sich gegangen war, sagte dieser: »Mein Sohn, das hätte auf dem Niederhof stattfinden sollen.«

»Dasselbe sagte mir heute auch Kassiaru-Nômmann«, erwiderte Karla.

»Kassiaru versteht das Geschäft«, bestätigte Pearu, »du aber, mein Sohn, verstehst es nicht.«

»Doch, Vater«, widersprach Karla. »Dieses Geschäft war mir von Anfang an klar, aber ...«

»Was denn noch, wenn das Geschäft klar war?« fragte der Vater, als Karla schwieg.

»Ich habe nicht geglaubt, daß dabei überhaupt etwas herauskommen würde«, erklärte der Sohn.

»Siehst du, sie haben es aber geglaubt und dich übers Ohr gehauen«, sagte Pearu. »Hinkebein hat dich übers Ohr gehauen, mein Sohn.«

»Nein, Vater, Hinkebein hätte nichts ausgerichtet, wenn Indrek nicht gewesen wäre«, erklärte Karla. »Der hat ja ein Maul wie ein Pastor auf der Kanzel.«

»Ich habe mir auch gedacht, daß das seine Arbeit war«, sprach Pearu gleichsam ergeben. »Dazu ist nur ein Stadtmensch fähig, doch ich glaubte, aus ihm wird ein Pferdedieb oder irgendein anderer Spitzbube oder Taschendieb. Glaube mir, Karla, ich habe das wirklich geglaubt, doch ich habe einen dreckigen Glauben, fast müßte ich ihn auf meine alten Tage noch ändern. Du hast doch einmal gesagt, daß er seine Frau umbringen wollte ...

»So wurde gesprochen«, sagte Karla.

»Na, das muß aber ein Besen gewesen sein, wenn man mit ihr anders nicht fertig werden konnte«, meinte Pearu. »Indrek hat ein gutes Herz, und wenn ein Mensch ein gutes

Herz hat, wird aus ihm leicht ein Mörder. Ich habe das an dem alten Andres bemerkt, denn auch er ist kein schlechter Mensch. Und doch hätte er mich seinerzeit einige Male niedergeschlagen, wenn er mich nur gekriegt hätte. Doch es gelang ihm nicht, denn ich durchschaute immer seine Absichten. Ein bösartiger Mensch haut einem den Pelz voll, ein guter Mensch aber schlägt einen plötzlich nieder, das mußt du, mein Sohn, dir merken. Deshalb überlege gut, wenn du mit dem Hinkebein abrechnen willst, denn auch er ist ein guter Mensch.«

»Meine Alte sagt ebenfalls, ich soll den Nachbarn Sass in Ruhe lassen«, bemerkte Karla.

»Ach, wegen dem Gewäsch deiner Alten hast du auch die Männer auf dem Berg zusammenkommen lassen?« fragte Pearu so, als hätte er darauf gewartet, daß Karla anfängt, von seiner Frau zu reden. Als der Sohn nicht antwortete, fuhr er fort: »Das überlege ich gerade: Was ist das für eine Berechnung bei meinem Sohn: die ganze Welt wird beim Nachbarn zusammengetrieben, er aber schaut zu und tut nichts. Also ist das die Weisheit deiner Alten! Naja, wenn die Alte die Hosen anhat, trabt der Alte im Frauenrock.«

»Nein, Vater, ich habe meine Hosen und die Alte ihre eigenen«, versuchte Karla zu widersprechen.

»Lieber Sohn, im Hause gibt es nur eine Hose, und die hat entweder die Alte oder der Alte an«, sagte Pearu. »Meine Alte trug nicht die Hosen, und du siehst, der Niederhof blieb Sieger. Der Oberhof-Andres sitzt in der Kate, und Bauer ist das Hinkebein. Merke dir: Ich habe Andres besiegt, es half ihm weder sein Gotteswort noch seine große Kraft, du aber läßt dir vom Lahmen ein Bein stellen.«

»Vater, ich habe dir doch gesagt, das war nicht Sass, sondern Indrek«, sagte Karla.

»Na schön, dann war es Indrek, was tut's«, meinte Pearu.

»Konntet denn ihr beide, du und Kassiaru, ihn nicht übertrumpfen?«

»Du hättest hören sollen, wie er Kassiaru nach Punkten widerlegte, so daß der nicht mehr ein noch aus wußte«, erklärte Karla.

»Das hätte man alles früher bedenken sollen«, setzte Pearu seinen Gedanken fort. »Man hätte es so einrichten müssen, daß die Leute von mir aus im Gemeindehaus zusammengekommen wären, wenn nicht woanders, und dorthin hätte Indrek keinen Zutritt gehabt, denn er ist kein Grundbesitzer. Was hat ein Städtischer unter Landleuten zu tun oder zu reden?«

»Er erklärte sich sofort zum Bevollmächtigten von Sass, als Kassiaru versuchte, ihm das Maul zu stopfen«, erklärte Karla.

»Natürlich, zu Hause hatte er leichtes Spiel!« sagte Pearu gedehnt. »Aber mir, lieber Sohn, tut es weh, sehen zu müssen, wie der Niederhof beginnt, dem Oberhof zu unterliegen, vom Oberhof mit Füßen getreten wird. Denn sieh, Karla, was hilft es, daß du gesund bist und er verkrüppelt, wenn der Oberhof dem Niederhof über ist. Das ist schlimmer, als wenn ein Mann einem anderen über ist. Der Mann stirbt, doch der Hof bleibt, der stirbt nicht. Das wußte Andres. Sein Blut hätte der Niederhof nötig ...«

»Vater, du beginnst alt zu werden«, unterbrach ihn jetzt Karla. »Du überlegst nicht mehr, was du sagst. Wenn Andres das alles so genau wußte, warum hat er denn keinen Sohn zum Hofbauern?«

»Das ist etwas ganz anderes«, erwiderte Pearu. »Andres' Sohn lebt in der Stadt, doch wenn er einmal nach Wargamäe kommt, steckt er euch alle in den Sack, den starken Kassiaru-Nômmann und all die anderen, und wenn ich noch jung wäre, dann wahrscheinlich auch mich. So einer ist Andres' Sohn, wenn er mal nach Hause kommt. Das ist es, was mir am Herzen frißt. Denn sieh, mein Sohn: Ihr werdet einmal anfangen, den Fluß zu reinigen, in den die ganze Welt ihren Schutt hineingeworfen hat – Bauern, Knechte, Kätner und Hirtenjungen. Und du wirst sehen, ihr werdet ihn so gut reinigen, daß an seinen Ufern Gras und Wald wachsen werden. Und sie werden unter den Augen aller wachsen. Aber wenn du das siehst, wenn deine Kinder und selbst Fremde es sehen, was werdet ihr dann alle sagen? Oder doch wenigstens denken? Das hat der Sohn des alten Oberhof-Andres vollbracht. Es ist das Werk von Indrek, dem Sohn meines alten Feindes. Er hat die Sache angepackt, hat die Männer zusammengetrommelt, hat sie zur Arbeit aufgemuntert. Siehst du, mein Sohn, wenn ich daran denke, dann will es mir scheinen, daß der Niederhof das Blut des alten Andres, das der seligen Krôôt braucht – Jesus sei mit ihr, Hallelujah! Denn was haben meine Kinder getan? Was hast du, mein Sohn, getan? Joosep habe ich verboten, die erste Tochter meines Feindes zur Frau zu nehmen, doch sie hat ihm selbst, seinen Kindern und seinem ganzen Hause Glück gebracht, das habe ich bemerkt. Einen ebensolchen Segen braucht auch der Niederhof. Das Blut des Feindes würde dem Niederhof Segen bringen, denn es ist zähes Blut.«

»Mein Sohn macht sich aber nichts aus der Oberhof-Elli«, sagte Karla.

»Der Bursche ist noch jung«, sagte Pearu gleichsam tröstend.

»Vater, ich glaube, meinem Jungen helfen Jahre nicht«, meinte Karla hoffnungslos.

»Kraft hat er ja, vielleicht kommt später auch der Verstand«, äußerte Pearu. »Neue Streiche sind bei ihm ja hinzugekommen.«

»Was helfen ihm seine Streiche«, sagte Karla wegwerfend.

Beide schwiegen eine Weile. Dann sagte Pearu: »Du müßtest eine junge Frau haben, die noch Kinder zur Welt bringen könnte.«

»Daran habe ich auch schon gedacht«, erwiderte Karla.

»Nun, dann ist ja alles in Ordnung, wenn wir beide dasselbe denken«, meinte Pearu. »Und wenn es eine fremde Frau ist, nur jung muß sie sein. Ein Mann muß eine junge Frau haben, denn eine alte Frau ist schlimmer als ein alter Apfelbaum. Einem Apfelbaum kannst du einen Nagel einschlagen, der bis ins Mark reicht, und er beginnt wieder Früchte zu tragen, aber was machst du mit einer alten Frau? Was kann sie bewegen, wieder Früchte zu tragen? Nichts.«

»Ja, nicht einmal ein eiserner Nagel«, pflichtete Karla dem Vater bei.

»Na eben«, fuhr Pearu fort, »und wenn du ihn ihr mitten ins Herz schlägst, wie dem Apfelbaum. Sie muß also jung sein. Und zähen Blutes. Denn was hilft die Jugend ohne Zähigkeit. Wargamäe braucht Zähigkeit, anders geht es hier nicht. Der Oberhof-Sass besitzt diese Zähigkeit, und deshalb schadet ihm das verkrüppelte Bein nicht, im Gegenteil, es macht ihn nur noch zäher. In der Tat! Wenn ein Mensch ein Gebrechen hat, dann macht es ihn nur noch zäher, das habe ich in meinem Leben beobachtet. Sieh doch unseren Jungen. Es tut nichts, daß sein Kopf krank ist. Kraft hat er jetzt schon wie ein Mann, als wäre ihm die ganze Kraft aus dem Kopf in den Körper gegangen. Wenn man nur wüßte, ob sein Blut gesund ist. Denn wenn er gesundes Blut hätte ...«

»Die Ärzte meinen wohl, es sei gesund, denn sein Gebrechen ist später entstanden, nicht im Mutterleibe«, erklärte Karla.

»Ein Arzt ist wie ein schlaues Zigeunerweib, das auch immer nur Gutes voraussagt, damit der Mensch bei guter Laune mehr gibt. Einem Kranken sagt sie, er werde morgen aufstehen können, doch morgen wird der Sarg ins Haus gebracht. Den Ärzten glaube ich nicht. Aber wenn man einen Versuch, eine Probe machen könnte, dann wäre die Sache auch ohne Ärzte klar. Wenn man sehen könnte, was für ein Kind es ist, das er bekommt. Wenn es gesundes Blut hätte und ein Sohn wäre, dann könnte man ihm den Niederhof hinterlassen, dem Sohne des Jungen, so wie Andres seinen Hof Marets Sohn hinterläßt. So müßte man es machen.«

»Wenn aber das Kind kein gesundes Blut haben sollte, was dann?« fragte Karla. »Dann hätten wir zwei solche auf dem Halse.«

»Sohn, du verstehst nicht zu denken«, sagte der alte Pearu. »Falls das Kind kein gesundes Blut hat, dann wissen wir, daß das Blut des Jungen wirklich krank ist, und wir sagen, daß die Sache uns nichts angehe, daß wir von nichts wissen. Mag man den Jungen fragen. Und was können sie fragen, wenn sein Blut krank ist! Sollen sie nur! Er ist doch nicht zurechnungsfähig. Ihm tun sie nichts. Wie man dem Oberhof-Indrek nichts getan hat, so wird man auch unserem Jungen nichts tun. Auf diese Weise würde man damit fertig werden.«

»Diese Angelegenheit wäre aber schlimm für mich«, seufzte Karla. »Ich soll mein Kind Böses lehren. Denn im Guten kommt er doch keiner zu nahe.«

»Sag das nicht, es kann auch im Guten geschehen«, widersprach Pearu. »Nur kosten würde es nicht wenig.«

»Vater, ich glaube nicht, daß aus diesem Streich etwas werden könnte«, sagte Karla entschieden.

»Nun, wenn nicht aus diesem, dann vielleicht aus einem andern«, meinte Pearu.

»Aus welchem denn?« fragte Karla erschrocken, was denn dieser Vater auf seine alten Tage vor Langeweile noch ausgebrütet hat.

»Aus dem, daß es dein Kind wäre, als Vater aber der Junge gelten würde«, sagte Pearu. »Das ist die eigentliche

Lösung, das andere aber ist so nebenbei. Das andere ist nur zum Reden, das aber zum Handeln, denn das wäre günstiger, dein Blut ist ja gesund. Auf diese Weise hätte der Niederhof einen richtigen Erben, einen richtigen Bauern mit dem richtigen Namen.«

»Und ich müßte auf meine alten Tage noch anfangen, meine Alte zu betrügen?« fragte Karla.

»Ob betrügen oder nicht, das weiß ich nicht«, sagte Pearu. »Aber wäre es denn richtiger, seinen alten Vater und auch den Niederhof zu betrügen, wie? Ich habe dir den Niederhof übergeben, damit du ihn an deinen Sohn weitergibst. Wo ist dieser Sohn? Muß ich wirklich bei meinem Tode sehen, daß der Niederhof keinen richtigen Erben hat? Aus Eedi wird doch kein Bauer, wozu braucht er den Hof? Wenn aus ihm nicht einmal der Vater eines Kindes wird, was soll ihm denn das Erbe? Höre, mein Sohn, alle hätten es leichter, wenn du deine Alte betrügen würdest, selbst die Alte hätte es leichter.«

»Vater, du redest wieder verrücktes Zeug«, sagte Karla.

Pearu lachte schlau und sagte: »Vielleicht rede ich wirklich verrücktes Zeug. Aber mein Testament kann ich immer noch abändern, wenn ich will, dazu bin ich noch jung genug.«

»Vater, du wirst am hellichten Tag verrückt!« rief jetzt Karla erschrocken. »Was hat deinen Kopf heute plötzlich so verwirrt! Ist es immer noch die Sache auf dem Oberhof?«

»Nein, mein Sohn, mein Kopf ist klar, aber du scheinst nicht recht bei Troste zu sein, glaubst, der alte Pearu könnte ruhig sterben, wenn der Niederhof keinen richtigen Erben hat. Aber so stirbt er nicht, überhaupt nicht, er wird weiterleben. Das Grab empfängt ihn nicht. Er wird selbst der Erbe seines Sohnes.«

»Vater, lieber Vater, was ist heute nur mit dir?« fragte Karla besorgt.

»Ich will einen Erben für den Niederhof, einen richtigen Bauern«, erwiderte Pearu. »Daran habe ich gedacht und Überlegungen angestellt seit der Zeit, da du den Jungen aus der Stadt geholt hast. Ich habe gewartet. Doch jetzt will ich nicht mehr warten, von heute an nicht mehr. Ich will anfangen zu sterben, denn sieh, mein Sohn, diese heutige Geschichte dort auf dem Oberhof hat meine ganze Lebenslust gelöscht. Ich will weder sehen noch hören, wie die ganze Welt anfängt, vom Oberhof und seinen Leuten zu reden und nicht vom Niederhof, wie die Welt über den Niederhof hinweggeht, als sei er gar nicht vorhanden. An mir altem Kerl mag sie vorbeigehen, denn ich bin selbst schon am Ende, aber nicht am Niederhof, denn der Niederhof lebt noch. Der Niederhof ist noch jung und gesund. Und da fragst du mich, ob du noch auf deine alten Tage anfangen sollst, deine Alte zu betrügen! Du vergleichst deine unfruchtbare Alte mit dem fruchtbaren Niederhof, als wäre sie kein sterblicher Mensch. Nein, mein Sohn, deine Alte ist schon jetzt tot. Wenn sie lebt, dann soll sie dir doch einen Sohn, dem Niederhof einen richtigen Erben geben. Du selbst bist auch ein toter Mann, wenn du keinen rechten Erben mehr im Leibe hast. Soll denn ich altes Gerippe anfangen, für den Niederhof-Erben zu sorgen? Soll ich ein Weib nehmen und Hochzeit halten? Wer wird denn den Vater des Bauern nehmen, wenn Pearu auf Brautschau fährt? Keine, denn alle werden denken, daß er nicht ganz bei Troste sei. Auch sein eigener Sohn wird das denken. Man wird meinen, er sei niemals ganz bei Verstand gewesen. Doch der Niederhof-Pearu hatte mehr als den vollen Verstand, er hatte Verstand für zwei, wie der Teufel, der gegen zwei Männer ankommt. Pearu hat immer noch mehr als den vollen Verstand, doch er kann gegen niemanden mehr ankommen. Er kann es nicht, weil er alt ist. Er könnte nicht einmal gegen eine Frau aufkommen, und deshalb heiratet er nicht mehr. Doch Frauen gäbe es dafür. Oh, Frauen gäbe es! Frauen fürchten keinen Betrug, wie mein Sohn Karla. Die Frau denkt, wenn ich nur den Niederhof bekäme und für den Niederhof einen Erben! So denkt eine Frau, wenn sie mit einem fremden Mann geht. Die Frau bekommt von einem fremden Mann ein Kind und von dem eigenen Mann den Namen für das Kind. Das täte eine Frau, wenn sie den Niederhof-Pearu heiraten würde. Und Pearu hätte gesagt: Das ist sein Kind. Pearu würde beweisen, wenn er auch nicht mehr gegen Männer aufkommen kann, den Gürtel der Frau versteht er immer noch zu lösen. Das würde er zeigen durch die Annahme des Kindes. Und die Frau würde ihn lieben, wegen dieses fremden Kindes lieben, würde lieben und auf meinen Tod warten. Ja, wenn die Frau das Kind hätte, würde sie auf meinen Tod warten. Doch auch die anderen warten, warten und denken: Was hat doch dieses Aas für ein zähes Leben! Andres ging in die Kate, damit niemand auf seinen Tod zu warten brauche, ging den anderen aus dem Weg. Doch wohin soll ich gehen? Wo soll Pearu hin?«

»Vater, führe keine so sündigen Reden«, begehrte Karla auf. Niemand wartet auf deinen Tod.«

»Jetzt wird man anfangen zu warten, auch du, mein Sohn, wirst warten«, erwiderte Pearu. »Ihr werdet warten, denn weshalb verlange ich für den Niederhof einen Erben, warum rede ich vom Heiraten, warum vom Testament, warum von Andres' und Krôôts Blut. Du sagst – Elli! Sagst, unser Junge bemerkt nicht, was für ein schmuckes und nettes Mädel die Oberhof-Elli sei. Wer spricht denn von Elli? Auf dem Niederhof wächst ja kein Mann heran, der einmal diesem Mädchen den Gürtel lösen könnte. Den gibt es auf dem Niederhof nicht und wird es auch nicht geben! Ich rede von Jooseps erstem oder zweitem Sohn, das ist das Blut von Andres und der seligen Krôôt. Wenn du selbst keinen rechten Erben hast und auch keiner zu erwarten ist, denn du willst es deiner selbst, deiner Kinder und der Alten wegen nicht, dann müßte man es so einrichten, daß Jooseps zweiter Sohn den Niederhof erben würde, natürlich nach dir, nach deinem Tode oder auch vorher, wie du es selbst wünschen solltest. So habe ich es mir überlegt. Auf diese Weise käme das zähe Blut von Andres und Krôôt in unsere Familie, denn Liisi war ihr erstes Kind, und damals gab es noch keine Zwistigkeiten zwischen Oberhof und Niederhof, so daß Liisis Blut durch diesen Zwist nicht verdorben ist, ebensowenig wie auch Jooseps Blut, und eben deshalb mußte aus ihnen vor dem Altar ein Paar werden. Das habe ich hier in meiner Hinterkammer ausgetüftelt. Unverdorbenes Blut, das ist es, was der Niederhof braucht, dann würde vielleicht auch des Nachbars Hund aufhören, sich unter unseren Fenstern hinzuhocken.«

»Also willst du mich enterben, Vater?« fragte Karla ganz sachlich, ohne den empfindlich gewordenen Ton Pearus zu beachten.

»Nein, mein Sohn, das will ich nicht«, erwiderte Pearu ebenfalls etwas nüchterner. »Wenn ich das wollte, hätte ich gar nicht angefangen, davon zu reden. Aber ich sage doch, damit du einen rechten Erben hättest, der ein richtiger Bauer werden könnte ...«

»Kann denn auf dem Niederhof nicht auch ein Schwiegersohn Hofbauer werden wie auf dem Oberhof?« fragte Karla.

Woher kann ich denn wissen, wer einmal Schwiegersohn auf dem Niederhof sein wird. Auf dem Oberhof ist es das Hinkebein, aber woher kriegst du einen solchen? Woher kriegst du einen, der etwas hat, was das Blut zäh, den Mann stark macht? Sass hat ein verkrüppeltes Bein, was hat der Niederhof-Schwiegersohn?«

»Vater, wenn du einen Mann mit Gebrechen suchst, dann

ist ja unser Junge für den Niederhof gerade recht«, sagte jetzt Karla.

»Mein Sohn, du kannst nicht denken«, erwiderte Pearu gleichsam ohne Hoffnung. »Ein kranker Kopf verdirbt das Blut, ein krankes Bein jedoch macht zäh und fest, und wenn einer schon früher so gewesen ist, dann macht es ihn noch zäher und fester. Es ist wie mit einem Apfelbaum, der durch Pfropfung besser wird. Das ist die Geschichte. Ein Gebrechen ist für den Menschen ein Glück, ein gutes Gebrechen nämlich. Deshalb komm mir nicht mit deinem Jungen, der hat ein Drecksgebrechen. Als hätte das Achsenende einer Mistfuhre einem guten Apfelbaum ein tüchtiges Stück Rinde abgeschunden. Dein Junge hatte kein Glück. Wenn schon die Pistole platzte, warum mußte dann der Kopf getroffen werden? Es hätte ja auch ein Auge treffen können. Mein Vater hatte einmal einen einäugigen Wallach, das war ein so feuriges Tier, beinahe wie ein Hengst, selbst die Stuten wieherten, wenn er in ihre Nähe kam, um sie zu beschnuppern. Verstehst du, ist ein Wallach, möchte aber die Stuten beschnuppern, so zähes Blut hatte der. Damals konnte keiner begreifen, warum das so war, doch jetzt sage ich: Das erloschene Auge brachte das Blut in Wallung, so daß aus dem Wallach beinahe ein Hengst wurde. Die Stuten erkennen schon, ob Hengstblut vorhanden ist oder nicht. Aber dein Junge empfindet nichts für Mädchen, von der Oberhof-Elli ganz abgesehen. Es ist, als hätte dein Junge kein Jungenblut. Und deshalb sagt auch sein Großvater, dieser alte Niederhof-Pearu, daß er kein Erbe und Bauer werden kann. Man braucht einen anderen. Du aber willst nicht, sagst, dann müßtest du deine Alte betrügen und das möchtest du nicht. Nun, wenn du nicht willst, sage ich, dann soll doch ein Sohn Jooseps kommen. Und ich sage noch etwas: Das wäre das allerbeste. Deiner Alten würde das natürlich nicht gefallen, aber dann mach es doch so, daß du nicht nötig hättest zu betrügen und doch ein Erbe da wäre. Begreifst du, mein Sohn, man kann das durch Betrug erreichen, aber auch durch eine Übereinkunft, dadurch, daß du dich mit deiner Alten verständigst. Denn dann kann es doch kein Ehebruch sein, wenn man dadurch für sich und für den Hof einen Erben bekommen will. Also müßt ihr beide beraten, wie das am besten einzurichten wäre. Aber falls deine Alte nichts davon wissen will und sich vielleicht scheiden lassen möchte, man sagt ja, das sei jetzt sehr modern und üblich, dann weiß ich nicht, dann ist Betrug vielleicht besser, für den Niederhof auf jeden Fall, damit es zu keiner Gütertrennung kommt. Aus all dem kannst du, lieber Sohn, ersehen, wie sehr dein alter Vater dich und auch den Niederhof von Wargamäe liebt. Aber wenn du nur deine Alte liebst und nicht den Niederhof, dann bist du es nicht wert, daß dein Geschlecht ihn erbt. Dann soll ein Sohn Jooseps kommen, der dem Niederhof das zähe Blut des alten Pearu – mein Blut – und das meines starken Nachbarn, meines unversöhnlichen Feindes, des Oberhof-Andres und seiner seligen ersten Frau, der Urmutter des Oberhofes, gibt, deren Namen du, mein Sohn, nicht unbedacht in den Mund nehmen sollst, denn der Herrgott läßt nicht ungestraft, wer seinen Namen mißbraucht, Hallelujah, Amen!«

Schließlich fing der alte Pearu an, wie ein Prophet zu reden, doch Karla bemerkte es nicht, denn ihn begann die große Sorge um sich selbst, seine Alte und sein ganzes Geschlecht zu quälen. Was sollte aus ihnen allen werden, wenn der Vater schließlich doch sein Testament änderte, um den Niederhof an einen Sohn Jooseps zu vererben? Er versuchte in wenigen Augenblicken all die Winkelzüge zu begreifen, für deren Kombination der alte Kopf seines Vaters vielleicht Jahre gebraucht hatte, und ohne zu einem endgültigen Schluß zu gelangen, sagte er schließlich: »Vater, wenn du doch versuchen würdest, mit meiner Alten über diese Dinge zu reden.«

»Warum denn ich?« fragte Pearu. »Das sind eure Angelegenheiten, die des Mannes und der Frau, denn sie sind ein Fleisch, und diese Sache betrifft ihr Fleisch.«

»Vater, du kannst davon wie ein alter Mensch sprechen, nicht wie ein Mann«, erklärte Karla. »Ein alter Mensch kann reden, das tut nichts. Als du jung warst, sprachst du mit trunkenem Kopf, jetzt sprichst du wie ein alter Mensch, so meine ich es.«

»Karla, diese Worte beweisen, daß du der rechte Sohn deines Vaters bist«, sagte Pearu beinahe fröhlich. »Genau so geht es im Leben, ist der Mensch jung, spricht er mit besoffenem Kopf, ist er alt, dann mit altem Kopf, sonst nimmt man es ihm übel. Einem Kind schlägt man auf den Mund, wenn es die Klappe nicht hält, aber den Mund eines betrunkenen Menschen und eines Alten verschließt niemand, man hört sie an. Gut, ich übernehme die Sache. Dich trifft dann keine Schuld, du kannst sagen, du hättest keine Ahnung davon, was ich alter Mensch ausgebrütet, welche Pläne ich ausgeheckt habe.«

Aber nachdem der Vater sich mit dem einverstanden erklärte, was Karla wünschte, begann dieser es sofort zu bedauern. Vielleicht wäre es klüger gewesen, es dem Vater nicht zu sagen, dann hätte sich die Sache möglicherweise noch etwas verzögert, jetzt aber kommt sie ins Rollen. Es ist nicht ausgeschlossen, daß dem Vater diese Gedanken so plötzlich kommen, weil er die Nähe des Todes spürt, dann wäre es das klügste, zu versuchen, die Angelegenheit möglichst lange hinauszuschieben. Alte Menschen sterben meist im Frühjahr und im Herbst, vielleicht würde das herannahende Frühjahr für den Vater das letzte sein. Solche Gedanken gingen Karla durch den Kopf, als er sagte: »Vater, würdest du dich mit dieser Sache etwas gedulden? Vielleicht könnte man bis zum Frühjahr warten, bis die Arbeiten draußen beginnen, dann ist man nicht mehr so beengt, sitzt nicht so viel im Zimmer, Nase an Nase, man braucht einander nicht dauernd anzuschauen. Man hat gesprochen, hat zugehört und geht hinaus, wo der Frühlingswind weht und es freier ist, wenn auch das Herz einem schwer in der Brust liegt. Und die Alte kann einen nicht ständig überfallen, man kann wenigstens etwas aufatmen. Und du hättest auch bessere Gelegenheit, dich mit ihr auszusprechen, wenn ihr beide allein zu Hause seid.«

Karla sprach, ohne genau zu wissen, worüber. Er hatte nur einen Gedanken: Man mußte den Vater hinhalten, die Sache mußte hinausgezögert werden. Pearu hörte ihn mit der Geduld eines alten Menschen an. Schließlich sagte er: »Mein Sohn, dir fällt das Herz in die Hosen! Der Niederhof jagt dir Angst ein! Nun gut, ich warte bis zum Frühjahr. Ich warte, damit du siehst, wie ich dich liebe. Wenn du aber hoffst, daß ich bald sterben werde und du mich auf diese Weise los wirst, so irrst du dich, mein Sohn. Der alte Pearu stirbt nicht, ehe die Sache mit dem Niederhof in Ordnung ist, denke daran. Und was ich noch sagen wollte: Falls du auf meinen Tod wartest und deswegen die Angelegenheit bis zum Frühling hinausschieben willst, dann frage ich dich – was ist die größere Sünde, die Alte zu betrügen, um einen Erben zu bekommen, oder auf den Tod seines alten Vaters zu warten? Das wollte ich dir noch ans Herz legen, wenn ich bis zum Frühjahr warten soll.«

Das waren schwerwiegende Worte. Das fühlte Karla, und doch war er zufrieden, daß die Sache bis zum Frühjahr hinausgeschoben werden sollte.

IX

Die sonnigen Wintertage und sternklaren Nächte hielten an. Um die Mittagszeit tropfte es auf der Sonnenseite schon ein wenig von den Dächern. Gegen Abend entstanden aus den Tropfen lange, grauschimmernde, durchsichtige Zapfen, unten dünn, oben dick, als seien sie eine besondere Art heller Mohrrüben, die in der Luft wurzeln. Wenn aber dazwischen ein paar wärmere Tage kamen, fielen diese hellen Luftgebilde eines nach dem anderen herunter und zerschellten mit hellem Klang am Boden.

Solcher Art war ihr Leben. Doch auf Wargamäe beachtete das keiner, denn das gab es hier schon bevor Andres und Krôôt kamen, das gab es während ihres ganzen Lebens, gab es heute und würde es auch in Zukunft geben, wenn das gegenwärtige Geschlecht längst verschwunden sein wird. Auch Indrek hatte das früher nicht beachtet, doch jetzt sann er darüber nach. Er wußte selbst nicht, warum er plötzlich den Eiszapfen, diesen von der Sonne geschaffenen Spielzeugen der Natur, Beachtung schenkte. Es fiel ihm auf, wie sie mir nichts, dir nichts eines schönen Tages entstanden, anschwollen, wuchsen und dann ebenso mir nichts, dir nichts herunterfielen und zerbrachen. Sie liebten die Nähe der menschlichen Wohnungen, schienen auch die Nähe der Menschen selbst zu mögen, dann aber sprangen sie plötzlich herunter und zerbrachen, als gingen die Menschen sie überhaupt nichts an. Warum wohl? Wozu das alles? Ging es denn nicht anders?

Nein, die Sonne auf Wargamäe konnte nicht anders, sie mußte im Frühjahr an den Dachtraufen Eiszapfen hervorbringen und sie später selbst von oben hinabstoßen und zerschlagen. So stand es mit der Sonne auf Wargamäe. Indrek aber überlegte, was die arme Sonne wohl anfangen werde, wenn es auf Wargamäe vielleicht einmal keine Menschen und auch keine Wohnhäuser mehr geben würde, wo sie dann ihre Eiszapfen aufhängen könnte, um sie später hinabzuwerfen? Vielleicht wird die Sonne dann keine Zapfen mehr bilden? Vielleicht ist die Sonne dann alt und will nicht mehr spielen? Wenn der Mensch verschwindet, ob dann auch die Zapfen verschwinden? Wenn der Mensch verschwindet, verschwinden auch die Dachtraufen, daran die Zapfen angebracht werden. Liebe Sonne, wenn du deine Eiszapfen liebst, dann mußt du auch den Menschen lieben, der für die Zapfen die Dachtraufen baut!

So redete Indrek mit der blendenden Sonne, wenn er an die Eiszapfen an der Katentraufe dachte, er sprach mit sich selbst und jagte auf Schiern durch die flimmernde Schneelandschaft, in der nur selten ein Wild oder ein Vogel seine Spur hinterließ. Die Augen drohten zu erblinden von dem Überfluß des blendenden Lichts, das der Körper wohlig bis zum Mark einsog.

Die fernen Wäldchen legten allmählich ihr mattes, fast graues Winterkleid ab und zogen sich von Mal zu Mal bläulichere Frühlingsgewänder über, als versuchten sie mit dem Himmel zu wetteifern, dessen Rand sie trugen. In der jungen Kiefernschonung war um die Mittagszeit schon ein besonderer frischer Duft zu spüren. Eines Tages lag neben einem dichten Busch ein Fuchs in seiner ganzen Länge, die Beine nach vorn und hinten ausgestreckt, den Schwanz wie ein Besen auf dem Schnee und so berauscht von der Wärme der Sonne, daß Indrek sich ihm bis auf wenige Schritte nähern konnte, ehe er zu sich kam und aufsprang. Der Hase hatte keine Geduld mehr, am Tage zu schlafen, sondern hüpfte zwischen den Büschen umher, als beginne er schon die Spuren anderer Hasen zu verfolgen, ihren Geruch wahrzunehmen. Das Moorhuhn hockte auf der ersten schneefreien Spitze einer Bülte und ließ den Menschen schon näher heran als vor einem Monat. Eines Tages hörte

Indrek das Krächzen einer Krähe und etwas später die Stimme einer Goldammer auf einer jungen Tanne. Doch dann wurde es windig, fing an zu regnen, und man merkte nichts mehr vom Frühling.

Der Oberhof-Sass begann Bäume zu fällen, denn er beabsichtigte ein neues Wohnhaus zu bauen, noch nicht im kommenden Sommer, doch vielleicht im nächsten oder übernächsten. Der alte Andres warnte ihn, die Balken so früh bereitzulegen, denn sie könnten zu faulen beginnen, bevor man sie benutzen würde. Doch Sass erwiderte seinem Schwiegervater: »Ich habe seinerzeit sogar den Toten ihre Wohnung immer aus trocknem Holz gemacht, warum sollte ich dann das Wohnhaus der Lebenden aus rohem bauen.«

Und so fuhr er fort, Fichten und Kiefern herunterzuhauen, obwohl er nicht wußte, wann aus ihnen Wände werden sollten. Er wollte sie entasten lassen und dann unter dem Dach stapeln, wo der Regen nicht in die Ritzen eindringen konnte. Da Indrek des Umherschweifens überdrüssig geworden war, begann er schließlich unaufgefordert Sass und Oskar bei der Bearbeitung der Bäume zu helfen: griff nach einem Ende der Säge oder nahm die Axt und schlug Äste ab.

»Weißt du noch, daß eine gute Axt keinen trocknen Kiefernast verträgt?« wurde Indrek vom alten Andres gefragt, der ebenfalls gekommen war, um sich die Späße der Jüngeren anzuschauen. Denn beim Bäumefällen gab es mitunter tatsächlich Spaß, obwohl es zuweilen auch traurig enden konnte. Man richtet es so ein, daß der Baum in eine bestimmte Richtung fallen müßte, doch dieses blinde Vieh fällt in eine ganz andere oder zumindest anders, als der Mensch will. Darin besteht der ganze Spaß. Dann heißt es vorsehen, daß man nicht drunterbleibt.

»Das habe ich schon behalten!« rief Indrek dem Vater entgegen. »Aber wenn ihn die Schneide nicht verträgt, der Nacken verträgt ihn schon.«

»Der natürlich«, bestätigte Andres.

Und wieder ist nichts weiter zu hören als das Kreischen der Säge, das Schlagen der Axt und das Prasseln der brennenden Äste. Das Verbrennen besorgt der alte Andres, und er tut es fast widerwillig. Seiner Ansicht nach sollte man nichts im Walde verbrennen, so als wollte man das Herrgottswetter erwärmen, sondern auch die kleinsten Ästchen nach Hause tragen und in den Ofen stecken, von dem der Mensch Wärme erhält und nicht Gott. Denn Gott braucht unser Heizen nicht, er heizt seinen Ofen selbst, erhitzt ihn durch die Sonne. So denkt der alte Andres. Aber Sass denkt genau umgekehrt: Wargamäe ist nicht so arm an Wald, daß man zum Heizen Reisig brauchen würde. Äste wohl, das natürlich, doch mit dem Reisig ins Feuer, denn keiner wird dieses Schlangennest nach Hause tragen.

Und so verbrennt es denn der alte Andres, doch nicht so sehr, weil er es tun muß, sondern weil er selbst etwas tun möchte. Das benadelte Astreisig fällt knisternd auf die Kohlen und fängt nach kurzer Zeit prasselnd Feuer. Weißer Rauch steigt zum Himmel empor, wo der Windhauch versucht, ihn an den Erdboden zu drücken, zwischen die gefällten Bäume und die hackenden und sägenden Männer, die der Rauch in einen dichten Nebelflor hüllt. Auf diese Weise haben auch sie teil an dem süßen duftenden Rauch der Fichtenäste, der überall eindringt – in Kleider, Haare, in den ganzen Körper, als seien sie nahe Verwandte jener zottigen Riesen, die sie einen nach dem anderen umwerfen und von ihren Ästen befreien. Am Abend bringen die Männer diesen Geruch mit nach Hause, als müßten auch die Balken der alten Hauswände von Wargamäe riechen, daß frisches Holz im Kommen ist, welches bald an ihre Stelle treten wird, um die Menschen vor Wind, Regen, Kälte und sonstigem Übel zu bewahren.

Von Zeit zu Zeit setzt sich der alte Andres auf einen Stubben am Feuer und zieht Pfeife und Tabaksbeutel hervor. Doch er tut es in letzter Zeit immer seltener, denn der Tabak bringt keine Erholung und Beruhigung mehr, sondern wird von Tag zu Tag immer mehr zu einer Plage. Der Tabak wird stark, wird verdammt stark, so daß Andres schon nach wenigen Zügen schlucken muß.

Als es zum ersten Male geschah, überlegte der alte Andres ernsthaft, was denn dem Tabak eingefallen sei, daß er ihn schlucken mache. Früher habe er sich solche Streiche nicht geleistet. Und Andres nahm den Blättertabak, den er selbst gezogen und ›kunstgerecht geschmort‹ hatte, um ihn gut und schmackhaft zu machen. Er nahm die langen braunen Blätter, die an langen rotblütigen Stengeln wachsen und zur Herstellung von ›Havanna‹-Zigarren bestimmt sind, wie er genau wußte. Denn die ersten Samen dieses Tabaks hatte er von dem alten Baron bekommen, der dabei sagte, es sei der reine Havanna, den auch er selbst rauche. Nur wußte der alte Baron nicht, wie man diesen Tabak ›schmoren‹ müsse, damit er gut und echter Havanna werde. Auch der Apotheker und der Doktor wußten es nicht. Andres hatte sie danach gefragt, als er Maris[1] wegen das letzte Mal bei ihnen war. Sie kannten Kräuter für die Menschen, doch das Tabakkraut kannten sie nicht. Mit diesem berühmten Tabak also stopfte Andres jetzt seine Pfeife und versuchte zu rauchen, um zu sehen, ob auch er ihn zum Schlucken trieb. Und hilf Himmel – er tat es! Anfangs nicht, aber dann später doch.

Andres machte sich lange darüber Gedanken: Er dachte an den Boden, auf dem der Tabak wuchs; dachte an den Dünger, mit dem der Boden gedüngt worden war; dachte

[1] Andres' zweite Frau, Indreks Mutter, die seit vielen Jahren verstorben ist.

an das Trocknen und ›Schmoren‹ des Tabaks; an die Samen, aus denen er den Tabak gezogen. Nur an eines dachte er anfangs nicht, nämlich: Alles ist gut und richtig, was den Tabak anbetrifft, nur mit Andres ist nicht mehr alles richtig – Andres beginnt alt zu werden. Die Jahre haben ihm viele Freuden und Vergnügen genommen, nun ist auch der Tabak dran, seine beinahe letzte Freude. Übriggeblieben ist nur noch das nackte Leben und Sein sowie als Trost das Wissen, daß es seinem Vater einst ebenso ergangen war. Er ging aus dieser Welt, als alle Freuden und Vergnügen ihn verlassen hatten.

Am Abend konnte der alte Andres sich nicht enthalten, Indrek zu sagen: »Denke doch, meine alten Augen müssen noch sehen, wie man auf Wargamäe Bäume für ein neues Wohnhaus fällt. Als ich die gegenwärtigen Gebäude baute, errichtete ich sie meines Wissens so gut und mit so großen Fenstern, daß sie für meine Lebenszeit hätten reichen müssen. Sie sollten mich begraben, nicht ich sie.«

»Deswegen weiß man noch nicht, wer wen begraben wird«, meinte Indrek, »und die alten Gebäude werden doch nicht gleich abgerissen, sobald die neuen fertig sind.«

»Nun, wenn dann die Familie das neue Gebäude bezieht, werde ich sofort aus der Kate hier unten nach oben in die alten Räume ziehen«, sagte Andres und fügte nach einer Weile hinzu: »Ich möchte dort sterben. Dort, wo auch Krôôt und Mari gestorben sind.«

Darauf erwiderte Indrek nichts. Auch der Vater schwieg, als warte er. Schließlich fuhr er fort: »Wie sonderbar ist doch des Menschen Leben! Man schafft und arbeitet, sammelt und spart, und wenn man dann auf den Tod wartet, sitzt man unter einem fremden Dach, und in deinem Heim sitzen fast fremde Menschen, die den von dir gezogenen Wald für ein neues Wohnhaus fällen. Mein alter Verstand kann nicht begreifen, warum Gott es so eingerichtet hat.

Wenn du, Indrek, hättest sehen können, was in meinem Herzen vorging, als sie diese Fichten niederschlugen, daß sie krachend und polternd übereinanderfielen. Ich erinnere mich an die Zeit, da diese Fichten nicht dicker waren als ein Rechenstiel. Unter meinen Augen sind sie groß geworden. Ich habe sie eingezäunt, damit die Tiere mit ihren scharfen Hufen und die Schweine mit ihren Schnauzen die Wurzeln nicht beschädigen oder ausgraben. So wuchsen sie unter meinen Augen bis zum heutigen Tage. Noch kürzlich habe ich zu ihnen gesagt: Fichtelein, ihr habt noch Zeit zum Wachsen, für mich aber ist es Zeit zu gehen. Nun sind sie nicht mehr, ich aber bin noch immer hier. Ich habe heute absichtlich dort die Äste verbrannt, um wenigstens so viel von meinen Fichten zu haben, daß meine Nase sich einmal an ihnen wärmen und der süße Geruch des Rauches in die Kleider dringen konnte.«

»Vater, freust du dich denn nicht darüber, daß es gerade von dir gepflanzte Fichten waren, die wir fällten?« fragte Indrek. »Ich denke, wenn ich den Menschen etwas derartiges wie dein Fichtenholz schenken könnte, wäre ich mit meinem Leben sehr zufrieden.«

»Ich bin ja auch zufrieden«, erwiderte der Vater, »aber wehmütig stimmt es mich doch. Schließlich möchte man nicht mehr auf dieser Welt bleiben. Stück für Stück verschwindet oder wird beiseite geworfen, alles, was der Inhalt meines Lebens war. Ich selbst bin schon längst zu einem Schatten geworden, und zum Schatten wird von Tag zu Tag mehr auch mein Leben. Doch der Tod kommt nicht.«

»Vater, wenn der Tod nicht kommt, dann ist es für ihn noch nicht an der Zeit«, tröstete ihn Indrek. »Wollen wir erst im Wargamäe-Fluß das Wasser senken und dann auf den Tod warten.«

»Ja, mein Sohn, bis dahin möchte ich wohl leben«, pflichtete ihm Andres bei.

»Na, siehst du, Vater, auf der Welt findet sich stets etwas, wofür es sich zu leben lohnt«, behauptete Indrek.

»Aber im Leben geht es immer anders, als man will oder denkt«, sprach Andres leise und ruhig, als erinnere er sich an ganz gleichgültige Dinge. »In meinem Leben ist es immer so gewesen. Ich habe gedacht, Andres würde mal Herr auf Wargamäe werden, doch es wurde Sass, dieser Lahme, den der Nachbar Hinkebein nennt. Ich habe nie daran gedacht, daß Sass einmal mein Nachfolger werden würde. Nun ist der Sargmacher des Kirchspiels Bauer auf Wargamäe.«

»Bist du denn so unglücklich über Sass, Vater?« fragte Indrek.

»Nein, mein Sohn, ich hätte niemals geglaubt, daß aus ihm noch ein solcher Mann wird«, erwiderte Andres. »Und Maret, sie ist die Tochter mit dem besten Herzen, sie hat das Herz der seligen Krôôt. Aber es ist nicht das, was ich gewollt hatte.«

»Vielleicht ist es gut, daß der Mensch nicht alles bekommt, was er möchte«, meinte Indrek.

»Das schon«, war Andres einverstanden. »Aus dir wollte ich einen Pastor oder wenigstens einen Rechtsanwalt machen, jetzt aber glaube ich, daß es besser sei, daß du weder das eine noch das andere geworden bist. Denn ein Pastor wäre nicht gekommen, um den Männern über den Wargamäe-Fluß zu predigen. Du aber hast es getan, und es half, Kassiaru scharrte nachher wie ein Hahn in einem Getreidemaß. Der berühmte und starke Kassiaru, dieser Freund vom Niederhof-Karla, Ratgeber und Fürsprecher. Und als Rechtsanwalt wärest du nicht zu mir altem Menschen hierher in die verräucherte Kate gekommen, um Strömlinge auf Kohle zu rösten oder Kartoffeln aus der heißen Asche zu suchen. Nein, dann wäre ich jetzt hier ebenso allein wie im vergangenen Winter, aber nun leistest du mir Gesellschaft.

Ich habe beobachtet, daß ein alter Mensch genauso die Nähe anderer sucht wie ein Kind, denn im Alter wird der Mensch wieder zum Kinde. Sogar die Pfeife, das Teufelsding, verträgt er nicht mehr! Weder die Pfeife noch Schnaps! Wie man hört, kann der Niederhof-Pearu überhaupt keinen Schnaps mehr vertragen, er verliert gleich den Verstand. Ich aber kann keine Pfeife mehr rauchen, bekomme gleich den Schluckauf. Und so leben wir, denn die Seele ist noch da. Und du, Indrek, bist zu mir gekommen. Dich aber habe ich am wenigsten erwartet. Überhaupt nicht erwartet. So ist es im Leben. Wartet man, so kommt es nicht, wartet man nicht, so kommt es. So ist es auch mit der Regulierung und Reinigung des Flusses, mit der ich überhaupt nicht mehr gerechnet, an die ich nicht mehr gedacht habe. Jetzt aber wird vielleicht doch noch etwas daraus. Und weißt du, Indrek, was ich noch erwartet habe, ich und Maret, wir beide?«

Der Vater schwieg in Erwartung, daß Indrek etwas erwidere, und fuhr dann noch leiser und ruhiger fort: »Wir erwarteten deinen Tod. Maret las in der Zeitung die Todesanzeigen, denn sie meinte, es würde drinstehen, falls es passierte. Sie sagte, es sei dein Freitod zu erwarten, wie die Zeitung es nennt. Ich aber überlegte, ob denn der Tod eines Menschen frei sei oder nicht, und bin zu dem Schluß gekommen, daß er es nicht ist. Töte dich selbst, laß dich töten oder stirb, wie Menschen gewöhnlich sterben – frei ist der Tod nicht. Ich glaube, wenn der Mensch selbst Hand an sich legt, daß ihn jemand dazu zwingt, ihn treibt, so daß er es tun muß.

»Aber wer denn?« fragte Indrek.

»Die Menschen sagen, der Böse, ich aber habe nachgedacht und meine, wie kann er es, wenn es einen Gott im Himmel und Jesus Christus hier auf Erden gibt? Wie kann er seine Hand nach dem Leben des Menschen ausstrecken, wenn der Mensch erlöst ist, gewaschen in Seinem Blut? Nein, das kann der Böse nicht. Es kann auch nicht sein, daß der Böse auf Gottes Befehl käme, denn warum sollte Gott dem Teufel befehlen, wenn er seine Engel hat. So daß es Gott selbst sein muß, der den Menschen treibt, es zu tun. Denn wenn der Mensch so ist, wie eben einige Menschen sind, wenn von ihm im Leben nichts mehr zu erhoffen ist, nichts Gutes nämlich, wozu sollte dann ein solcher Mensch leben? Und Gott sieht es, wenn der Mensch so ist, und sagt dann zu seinem Engel, geh und sieh zu, daß diese Sache ein Ende hat. Und dann kommt der Engel und steht hinter dem Rücken eines solchen Menschen, unentwegt, Tag und Nacht, morgens und abends. Der Mensch sieht ihn zwar nicht, doch er spürt in seinem Herzen, daß der Engel steht und wartet. Nun, und wie lange kann denn ein Sterblicher dem widerstehen, daß der Engel ständig wartet? Nicht sehr lange! Und dann kommt das Ende, denn Gott hat es so beschlossen.«

»Aber so kann es doch nicht sein, Vater«, versuchte Indrek zu widersprechen. »Gut, falls der Mensch sich selbst tötet. Wie ist es aber, wenn er getötet wird, wenn ein Räuber ihn tötet?«

»Auch dann ist es Gottes Wille: die Tage dieses Menschen sind gezählt«, erwiderte der Vater.

»Doch zuweilen tötet jemand einen anderen aus Versehen«, erklärte Indrek. »Ich habe einmal gesehen, wie ein kleines Mädchen unter einen Lastwagen geriet und sofort tot war. Warum waren seine Tage gezählt? War von ihm auch nichts Gutes mehr zu erwarten?«

»Seine Tage waren auch gezählt«, erwiderte der Vater. »Ihm sandte Gott den Tod wegen des Fahrers, denn dessen Tage sollten nicht mehr lange währen, der Engel war schon unterwegs, um hinter seinem Rücken zu stehen, bis das Ende käme. Das Kind war gut, das Kind war unschuldig und wäre sein ganzes Leben lang gut geblieben, Gott wußte das, deshalb war es nicht nötig, daß es lange auf dieser Welt wandelte. Doch der Fahrer, mit dem war es bei Gott schlecht bestellt, deshalb erhielt er eine letzte Warnung – den Tod eines unschuldigen Kindes. Er selbst sagt, es geschah unabsichtlich, die Menschen bezeugen es, das Gericht kommt zum gleichen Schluß, doch es war anders, Gottes Engel stand schon hinter dem Rücken des Fahrers, und so geschah es denn. Gott wollte es.«

Und Indrek, als sei er durch diese Erklärung zufriedengestellt, fragte nicht weiter. So konnte der Vater ruhig fortfahren:

»Da dachte ich, auch mit deiner Sache stehe es so. Deine Frau war gut, als du sie töten wolltest ...«

»Vater, ich bitte dich!« rief Indrek und sprang hastig auf.

»Nein, nein, mein Sohn, erlaube, daß ich dir sage, wie ich es mir denke. Sonst kann ich nicht mit dir unter einem Dach leben, aus einem Geschirr trinken, ich muß es dir sagen. Höre mich ruhig an, denn es könnte sein, daß auch hinter meinem Rücken der Engel steht, wenn ich es dir sage.«

Indreks Gesicht zuckte krampfhaft. Er machte mit den Händen einige unbeholfene, tastende Bewegungen, wand und streckte den Körper, als wolle er weggehen, blieb dann aber doch stehen und setzte sich erneut auf den Schemel. Daraufhin begann der Vater wieder zu sprechen: »Ja, ich habe über diese ganze Sache nachgedacht, Überlegungen angestellt, und kam zu dem Schluß, daß deine Frau gut war. Denn wenn sie schlecht gewesen wäre, hätte Gott seinen Engel hinter ihren Rücken geschickt. Doch er tat es nicht. Gottes Engel kam hinter deinen Rücken und so geschah es. Natürlich, das Gericht handelte richtig, als es dich nicht bestrafte, denn was kann der sterbliche Mensch gegen den Willen Gottes ausrichten. Aber ich habe mir in meinem Herzen überlegt, was es denn sein könnte, wofür Gott dich so heimsucht? Geschieht es wegen deiner Bosheit oder deiner Güte? Denn den einen sucht Gott wegen seiner Güte heim, den anderen wegen seiner Bosheit. Wenn einer zu gut ist, wird Gott neidisch, er denkt, der Mensch will besser sein als er selbst, und so kommt denn alles. Kommt die Bosheit, dann versuch doch gut zu sein. Dennoch kann es geschehen, daß die Bosheit kommt, damit der Mensch noch viel besser werde, als er ist, denn wenn er Böses getan hat, versucht er stets, es wiedergutzumachen. Zuweilen denke ich, daß der Engel Gottes nicht deinetwegen hinter dir steht, sondern meinetwegen, wegen dem hingegangenen Katen-Juss, wegen deiner Mutter Mari, wegen dem ganzen Leben hier auf Wargamäe, wie es gewesen ist. Vielleicht hast du deshalb diese Predigt dort oben in der Stube gehalten, um sie zu bewegen, mit dem Reinigen des Wargamäe-Flusses zu beginnen. Gott hat dich zum Werkzeug wegen der Sünden deiner Eltern erwählt, denn ihnen vergibt er, dir aber, ihrem Kinde, nicht.«

»Vater«, wandte sich Indrek jetzt an den alten Andres, als dieser sich immer mehr in das sonderbare Labyrinth des Willens Gottes vertiefte, »einmal hast du ganz anders gesprochen. Erinnerst du dich, als du mit Ants' Leiche[1] auf dem Schlitten heimkehrtest und wir dann zusammen im Stall neben dem Pferd standen, du in deinem Halbpelz. Ich habe es so deutlich in Erinnerung, als sei es gestern gewesen.«

»Ja, Indrek, es ist, als wäre es gestern gewesen, wie du sagst«, wiederholte der Vater. »Aber seit der Zeit habe ich mich mit meinem Gott und meinem Erlöser schon längst ausgesöhnt. Damals dachte ich, Gott tue mir Unrecht, und

[1] Ein Bruder Indreks, der während der Revolution von 1905 bei einer Strafexpedition des russischen Militärs erschossen wurde.

sein Sohn habe die Menschen niemals erlöst. Denn damals dachte ich nur an mich selbst und an mein Recht. Doch als dann der Krieg kam und ich las, was mit dem Recht anderer Menschen geschah, fragte ich mich: Wie ist es denn jetzt damit? Wie steht es überhaupt mit dem Recht des Menschen? Wie steht es mit dem Recht Gottes selbst auf der Erde bei den Menschen, wenn alle ihn um Hilfe beim gegenseitigen Morden anrufen? Ist Gott zu einem Mörder geworden? Soll er gegen sich selbst ins Feld ziehen? Denn sieh, mein Sohn, wenn Gott für uns und auch für die Deutschen ins Feld ziehen würde – und Gott kann das, denn er ist allgegenwärtig – wenn er das tun würde, dann müßte er ja sich selbst Auge in Auge gegenübertreten. Ist es nicht so? Kannst du mir sagen, was mit Gott geschehen würde, wenn er sich so Auge in Auge gegenüberstände? Wenn ich hier auf dem Bettrand sitzen und bemerken würde, daß ich neben mir selbst sitze, dann wüßte ich, daß meine Sterbestunde nahe ist. Ich wüßte, daß neben mir einer sitzt, der jenseits des Grabes weiterleben muß, wenn ich nicht mehr da bin. Ist denn Gott auch sterblich, daß er ins Grab gehen und später weiterleben könnte? Nein, mein Sohn, Gott ist Geist, ihn kann man nicht ins Grab stecken. Wie soll er aber dann gegen sich selbst kämpfen, wenn man ihn nicht ins Grab legen kann? Was ist das für ein Recht, daß der Mensch es verlangt und darum bittet? Sieh, Indrek, ein solches Recht gibt es nicht, der Mensch glaubt nur, daß es irgendwo ein solches Recht gäbe. Der Mensch tut es nur, um später mit dem Finger auf Gott weisen und sagen zu können: seht, sogar Gott hat Gott getötet, warum sollte denn der Mensch nicht den Menschen töten? Der Mensch hat ein solches Recht erdacht, um Gott gegen sich selbst herauszufordern. Als ich damals mit Ants nach Hause kam und mit dir neben dem Pferde von Gott und seinem Sohn sprach und dabei sagte, sie sollen Wargamäe verlassen, sollen aus dem Wohnhaus von Wargamäe gehen und auch den Heiligen Geist mitnehmen, damit Wargamäe mit seinen Steinen, Sümpfen und Mooren, seinen Gräben, Bächen und Flüssen völlig frei von Gottes Odem wäre, ja, als ich so vor dir und den Pferden sprach, glaubte ich fest an mein Recht. Denn ich meinte, Gott selbst habe mir diesen Glauben eingegeben. Gott selbst hätte mir durch seine Heilige Schrift den Glauben an das Recht eingegeben. Und mit dieser Schrift zog ich dann gegen Gott in den Kampf. Ich sagte: Wenn du Gott bist, warum hältst du dann dein Wort nicht?«

»Braucht denn Gott sein Wort nicht zu halten?« warf Indrek ein.

»Doch«, erwiderte Andres. »Aber hat denn der Mensch das Recht, das von ihm zu fordern? Hatte ich dieses Recht? Und hatte ich das Wort Gottes richtig verstanden? War es überhaupt Gottes Wort, das ich zu verstehen suchte? Siehst du, mein Sohn, dahin gelangte ich zur Zeit des großen Krieges, als ich sah und hörte, was in der Welt geschah. Die Heilige Schrift ist vielleicht gar nicht Gottes Wort, sondern wertlose menschliche Weisheit, eine Weisheit, die Gott gegen ihn selbst aufhetzen wollte. Der Mensch schrieb die große Botschaft und sagte dann: Das ist Gottes Wort, und wenn Gott dieses Menschenwort nicht hält, dann wird man ihn verfluchen, denn er hat das Recht des Menschen mißachtet. Ich gehörte damals zu denen, die von Gott verlangten, daß er das Recht des Menschen wahre. Aber als ich dann sah, wie alles zunichte wurde – Eltern und Vorgesetzte, Könige und Kaiser, sogar der russische Kaiser, dem ich in der Kirche vor dem Altar Treue geschworen hatte – ja, als ich das alles sah, sagte ich mir: Alles ist nichtig, ganz nichtig, nur eine Sinnesverwirrung. Der Mensch ist stolz auf seine Wahrheit, der Mensch ist fest überzeugt von seinem Recht, doch vor Gott gilt das nicht. Wo ist eure gepriesene Heilige Schrift, wo sind die Rechte, die ihr angeblich von Gott erhalten habt? Die gibt es nicht. Die hat es niemals gegeben. Ihr habt nur in eurer menschlichen Torheit geglaubt, daß es sie gäbe, und habt von Gott verlangt, daß er nach eurem törichten Glauben handeln solle. Aber Gott tut es nicht. Gott will in Frieden leben, daß auch der Mensch in Frieden lebe. Doch der Mensch verlangt nach Kampf, und auch seine Heilige Schrift hat er sich für den Kampf erdacht. Nun, soll er doch kämpfen, was hat Gott damit zu tun. Er läßt seine Sonne über Gute und Böse scheinen. Auch ich wollte den Kampf und kam deshalb nach Wargamäe. Ich wollte hier eine Stadt erbauen, wie ich prahlend verkündete, doch ich habe sie nicht erbaut, nur den Sargmacher als Hofbauern hierher geholt. Das tat ich. Gott hat die Steine, Bülten, Weidenbüsche und Wacholder ebenso gesegnet wie mich, aber sie kämpften gegen mich. Selbst Pearu hat er gleich mir gesegnet, ihn sogar mehr als mich, dennoch war er mein ärgster Feind. So macht es Gott, und das Recht des Menschen bedeutet ihm nichts, weder sein Recht noch sein Wille. Ich hob Gräben aus, um den Boden zu kultivieren, Pearu dämmte das Wasser ein, um eben dieses Land zu überschwemmen, und Gott segnete meine wie auch seine Arbeit. Ich setzte einen Zaun, um das Vieh nicht auf die Felder zu lassen, Pearu aber öffnete das Tor, um dem Vieh den Weg freizugeben, und Gott war auch mit ihm. Ich legte gerade Feldraine an, Pearu zog meine Seite krumm, und es war, als stehe hinter uns beiden der Engel Gottes. Ich sprach die Wahrheit, er log, man glaubte aber mir nicht mehr als ihm. Gott hat mir ein langes Leben hier auf Erden beschieden, doch auch Pearu lebt noch, als sollte gerade er sehen, wie lange Gott mich leben läßt. So steht es mit dem göttlichen und dem menschlichen Recht. Gott gefällt der Weidenbusch in Wargamäe ebensogut wie der Mensch, der ihn rodet. Und so geschieht es dann: Der

Busch gedeiht und wächst, und der Mensch rodet ihn – Tag für Tag, Jahr für Jahr.«

»Vater, du glaubst nicht an Gott«, sagte Indrek ganz leise.

»Nein, mein Sohn, ich glaube«, versicherte der Vater, »und ich habe ihn schon längst nach Wargamäe zurückgerufen. Aber ich rufe ihn nicht mehr zum Kampf um mein Recht auf, denn mein Recht ist Menschenrecht, und das gilt nicht vor Gott. Sogar der Glaube des Menschen gilt Gott nichts. Denn Gott weiß und sieht, daß der Mensch seinem Spaten, mit dem er die Erde gräbt, und seiner Axt, mit der er Bäume fällt, mehr vertraut als ihm, seinem Gott. Seinem Vieh sogar vertraut er mehr als seinem Gott. Und um die Wahrheit zu sagen, auch seinem Feind vertraut er mehr, von anderen Menschen gar nicht zu reden. Pearu war wohl ein gemeines Luder, und dennoch war ich sicher, daß er mir nicht heimlich nach dem Leben trachten oder mir das Dach über dem Kopf anstecken würde. Doch was Gott anbetrifft, so war ich in dieser Hinsicht nicht sehr sicher. Woher sollte ich wissen, ob er mir nicht plötzlich seinen Blitz auf den Hals schickt. Einmal steckte er sogar mitten im Winter die Kirche an, was ist da noch von mir Elendem zu reden.«

»Vater, ich verstehe nicht, wozu du einen Gott brauchst, wenn du ihm nicht einmal soviel vertraust wie dem Niederhof-Pearu«, sagte Indrek.

»Mein Sohn, aus dir spricht eine ungläubige Seele«, erwiderte der alte Andres. »Du stichst Gräben aus, hast zwei Spaten. Meinst du, daß der eine Spaten den anderen fragt, ob er dir, seinem Herrn, glaubt und vertraut oder nicht? Und nehmen wir an, daß der eine Spaten den anderen wirklich danach fragen sollte, was ginge es dich an, den Herrn der Spaten? Es kümmert dich nicht. Du willst ja gar nicht wissen, was der Spaten von dir hält. Warum sollte Gott wissen wollen, was der Mensch von ihm denkt, ob er ihm glaubt und vertraut oder nicht? Ist denn der Mensch vor Gott mehr als ein Grabenspaten? Und wozu braucht der Spaten den Glauben an den Menschen? Der Mensch benutzt ihn doch, nicht er den Menschen. So ist es auch mit Gott: Er muß an den Menschen glauben und ihm vertrauen, nicht der Mensch ihm, denn der Mensch ist hier auf Erden sein Werkzeug. Und Gott vertraut! Gott glaubt an den Menschen. Und wenn er überhaupt nicht mehr glauben und vertrauen kann, schickt er seinen Engel, damit der hinter dem Rücken des Menschen stehe, bis hier auf dieser Welt alles erledigt ist. Gott glaubt und vertraut allen Menschen. Auch Pearu hat er vertraut und ihm geglaubt, er glaubt ihm bis zum heutigen Tag, denn sonst hätte er schon lange seinen Engel hinter seinen Rücken gesandt. Warum er Pearu glaubt und vertraut, kann ich mit meinem menschlichen Verstand zwar nicht begreifen, doch ich sehe, daß er ihm vertraut. Vielleicht hat es Gott in Wargamäe ebenso eingerichtet wie du im Graben: du hast zwei Spaten, einen Bülten- und einen Torfspaten. Wenn nun der Mensch Gottes Grabenspaten wäre, dann ist es vielleicht so, daß Pearu für Gott bei seiner Grabenarbeit der Bültenspaten ist und ich der Torfspaten bin. Vielleicht ist es auch umgekehrt – ich der Bültenspaten und Pearu der Torfspaten –, denn wer kennt sich schon in der Wirtschaftsführung Gottes aus.«

»Wenn es so wäre«, sagte Indrek, den das Gespräch nun doch zu interessieren begann, »wenn du und Pearu wirklich Gottes Grabenspaten wäret, warum habt ihr dann euer Leben lang so gegeneinander gestritten? Warum habt ihr nicht in Frieden miteinander gelebt wie meine Spaten im Graben?«

»Sieh, mein Sohn, die einen sind das Werkzeug des Menschen, die anderen das Werkzeug Gottes, das ist alles«, erwiderte der Vater. »Wie Gott höher ist als der Mensch, so ist auch sein Werkzeug höher als das des Menschen. Und aus dieser seiner höheren Stellung unter den anderen Werkzeugen heraus wird der Mensch überheblich. Er wird stolz auf seine Wahrheit und sein Recht, und das führt dann zum Streit. Der Mensch streitet sich und vergißt, daß er doch nur ein Werkzeug hier auf Erden ist, und beginnt mit seinem Recht gegen Gott zu streiten – mit dem Recht eines Werkzeugs. So steht es mit dem Menschen. Ich kann bis heute nicht anders, ich muß an meine Wahrheit und mein Recht denken, wenn mir Pearu einfällt, ein so schwaches und untaugliches Werkzeug Gottes bin ich. Ich denke an meine langen Lebensjahre, an alles, was ich getan und gesehen habe, und ich glaube, wenn ich mein Leben in Wargamäe von neuem beginnen sollte – ich würde wieder mein menschliches Recht als Richtschnur nehmen. Solch ein Werkzeug Gottes bin ich.«

X

So unterhielten sich der Vater und Indrek über die Welt und die Menschen, über himmlische und göttliche Dinge, und das nicht nur an dem Tag, wo sie vom Fällen der Fichten und dem Verbrennen des Reisigs kamen, den süßen Rauchgeruch in den Kleidern, sie redeten oft darüber, richtiger, der Vater redete häufig darüber an den langen Herbst- und Winterabenden, die sie beisammen in der warmen Stube verbrachten, auf dem Tisch eine kleine Lampe, deren Schein durch das unverhängte vierscheibige Fenster hell in die Finsternis hinausstrahlte.

Eigentlich brauchte dieses Licht niemand, denn es führte kein Weg oder Steg vorüber; nur Indrek und der alte Andres hinterließen hier ihre Spuren, zuweilen auch ein Hase, eine Elster oder ein Rebhuhn, wenn der Schnee an offenen Stellen hoch lag. Das Licht schien einfach so durch das Fenster, wie so vieles auf der Welt einfach so geschieht, ohne daß jemand fragen würde: warum, wozu oder wie?

Der alte Andres war, allein in der Kate lebend, zu dem Schluß gekommen, daß es mit dem Menschen hier auf Erden ebenso sei wie mit diesem Licht, das aus der Kate in die Finsternis hinausleuchtete: Heute leuchtet es, morgen nicht mehr, übermorgen leuchtet es vielleicht wieder, doch dann ist es schon ein neues Licht, ein neuer Mensch. Der Mensch ist die Lampe Gottes, die seine Lebensfinsternis erleuchten soll, deshalb ist der Mensch ewig – wegen Gott, damit sein Lebenslicht nicht erlösche und keine Finsternis aufkomme.

Indrek hörte den Gleichnissen des Vaters über das menschliche Leben wie einer sanften Musik zu, die noch in den Ohren klang, wenn der Vater bereits auf seinem Lager schnarchte, sogar am nächsten Tag noch nachklang, wenn er die schlanken Fichten entästete, duftendes Heu aus dem Schober oder der Scheune auf die Fuhre lud, Holz hackte, am Flusse die Netze nachprüfte oder auf den Schiern dahinjagte.

So kam der Frühling, ganz plötzlich, unerwartet, wie man es schon gewohnt war. Nur lebhafter und fröhlicher wurde alles. Es war, als fiele allen eine schwere Bürde von den Schultern, von der Brust, vom Herzen, von der Seele.

Eines Abends hörte Indrek, vor der Kate stehend, wie oben auf dem Hofe Wasser gepumpt und gesungen wurde, und plötzlich stand ihm mit wunderbarer Deutlichkeit der alte Brunnen vor Augen: die Brunnengabel, der kreischende Hebebaum und der Haken, an dem der Eimer hing. Wie alt der Eimer war oder wer ihn an den Haken gehängt hatte, wußte er nicht, aber seine Kimme war vermodert und der obere Rand abgewetzt, grau und weich wie Filz, so daß es ein wenig kitzelte, wenn man den Mund zum Trinken ansetzte, als wenn ein Pferd einem mit seinen dicken Lippen Brotkrumen aus der Hand frißt oder als gebe man einem Pferd einen Kuß. Ja, als am Brunnen noch dieser sonderbare Eimer hing, sangen auf dem Oberhof Liisi und Maret, während Indrek hinter einem Reisigstoß in der Sonne saß und zuhörte. Wahrhaftig! Und Indrek, der vor der Kate stand, schien es plötzlich, als habe es zu jener Zeit auf Wargamäe nichts anderes gegeben als den Sonnenschein hinter dem Reisigstoß und Liisis und Marets Gesang.

Jetzt singt Elli, singt allein, denn der Sommerknecht ist noch nicht da, und wenn er kommt, wird er vielleicht gar nicht singen. Vielleicht werden weder der Sommerknecht noch die Sommermagd singen, weil sie andere Interessen haben. Selbst Elli hat andere Interessen, als sie einst Liisi und Maret hatten, aber das Singen liebt sie, das hat sie von der Mutter. Sie kennt sogar einige alte Lieder, mit denen sie gleichsam beweisen möchte, daß Wargamäe noch immer das alte sei, wenn auch der Eimer mit dem Pferdelippenrand fehlt.

Aber noch bevor der Frühling in Mund und Herzen der Oberhof-Elli zum Lied wurde, begannen die Vögel zu singen. Die Krähe krächzte nicht nur am Morgen, sondern ließ ihre Stimme den ganzen Tag hören, wenn sie nur Zeit dazu fand, denn sie hatte schon reichlich mit der Frühjahrsarbeit zu tun: entweder suchte sie einen passenden Platz für ihr Nest, oder sie flog schon mit Zweigen im Schnabel zur Ausstattung des Nestes.

Die Elster schwatzte und wippte mit dem Schwanz, als sei sie eine Wetterfahne auf einer Tanne oder einem Zaunpfahl. Wenn man sich aber vorsichtig über schneefreien Boden einem Fichtendickicht näherte, klang es, als flüstere jemand oder wiederhole dauernd einem anderen laut ins Ohr: haste-haste, haste-haste! Indrek wußte, wer im Fichtendickicht so ›hastete‹. Und hätte er es nicht gewußt, würde er es bald erfahren haben, denn sowie der Fuß den körnigen, knisternden Frühlingsschnee am Waldrand berührte, schwang sich ein geschwätziges Elsterpaar in die Baumwipfel, als wollte es dem Menschen zurufen: Wir wissen von nichts, wir wissen von nichts. Dennoch war auch die Elster schon mit ihrem Nest beschäftigt, zumal sie besser bauen wollte als die Krähe. Sie wollte sogar ein Dach darüber errichten, damit sie selbst es beim Brüten gemütlich und warm habe und ihre Jungen beim Wachsen.

Der Nußhäher war stumm und geheimnisvoll geworden, war weder zu sehen noch zu hören, als habe er Wargamäe im Frühling verlassen. Der Buchfink trieb sich tagsüber in den Bäumen am Feldrain, in Hainen und Wäldern umher, und die Lerche trillerte sich immer höher und höher, als wollte sie überhaupt nicht mehr auf die Erde zurückkehren, weil ihr hier das Herz vor großer Freude zerspringen könnte, so daß sie es mit beiden Flügeln festhalten mußte.

Die Stare untersuchten ihre alten und neuen Kästen, ob sie noch taugen oder ob man sich auf die Suche nach besseren machen müsse. In zwei Kästen hatten sich Spatzen häuslich eingerichtet, für sie brachen nun heiße Tage an. Es half ihnen nichts, daß sie ihre ganze Sippschaft zusammenriefen, um zu bezeugen, daß sie schon seit langer Zeit hier wohnen – die Stare jagten sie hinaus und warfen ihre Nester hinterher, damit nicht einmal der Geruch an sie erinnere. Denn vom Standpunkt der Stare war sie geradezu schrecklich, diese Spatzenzivilisation, die, dem Beispiel der Menschen folgend, zur Benutzung von Daunenkissen führte. Die Stare durften ihre Jungen nicht so verwöhnen, denn für die langen Reisen mußten sie von klein auf an Einfachheit gewöhnt werden. Gesang, Pfeifen und Einfachheit, das waren die drei Tugenden der Stare.

Das Schnattern der Enten war tagelang zu hören, denn sie waren bei dem Hochwasser die Gräben entlang weit in die Sümpfe und an die Feldraine geschwommen, als suchten sie für ihre Augen Erholung von dem Schimmern und Flimmern des Wassers, das jetzt die ganze Ebene zwischen zwei Dickichten bedeckte.

Indrek stieg wiederholt auf den höchsten Punkt von Wargamäe, um das Spiel der Sonnenstrahlen auf dem Wasser der Niederung zu beobachten. Schließlich nahm er sein Gewehr, zog seine hohen Gummistiefel an und ging ins Wasser, um das Spiel von Licht und Farben näher zu betrachten. Er watete im tiefen Wasser am Ufer des Flusses, in dem junge Hechte umherschossen, die hier im warmen Sonnenschein baden wollten. Indrek blieb an einem Strauch oder einer dicken Fichte stehen und schaute zu, wie vom Süden Störche und Wildgänse über das Land zogen. Stundenlang konnte er in einer Scheune am Fluß sitzen und durch eine Ritze in der Wand spähen, ob sich nicht etwas nähere, was zu schießen sich lohnen würde. Im Leben hatte er kein Glück gehabt, vielleicht hatte er es bei der Jagd.

Wenn er dann tatsächlich Glück hatte, nutzte er es nicht. Zuweilen hob er schon das Gewehr an die Wange, zielte, schoß jedoch nicht und sagte sich: soll es leben. Auf das Sitzen und Spähen verzichtete er dennoch nicht, als warte er auf ein neues und größeres Glück. Dabei dachte er: Wozu sitze ich hier, wenn ich nicht schieße? Wozu das Glück auf die Probe stellen, wenn man nicht einmal versucht, es zu halten? Um nicht zu töten? Um kein Blut zu vergießen? Ja, einmal wollte er um des Glückes willen töten, doch er tötete nur sein Glück. So steht es um sein Glück. Vielleicht hat er deswegen nicht mehr geschossen, wenn auch das Jagdglück direkt vor seine Nase, vor den Flintenlauf kam.

Einmal, als er vom Flusse heimkehrte, ging er zu seinem Graben, doch der Boden war noch hart, und zwischen den Bülten lag stellenweise Schnee. Aber auf den Spitzen der

Bülten wuchs schon Riedgras. Er zupfte einige Pflanzen aus: ihr weißer, sich aus der Scheide emporreckender Stengel war zart und kühl, als sei er aus Eis. »Sie dringen mit ihrem Kopf sogar durch den Schnee«, sagte der Vater zu Hause, als Indrek sie ihm zeigte.

Es dauerte nicht mehr lange, bis sich im sonnigen jungen Erlenbusch mitten am Tage ein sonderbares sanftes Knistern und Knacken vernehmen ließ, als liefen Tausendfüßler scharrend durch die trockenen Blätter, die am Boden unter den Erlen lagen. Das war jedoch kein vom Insektenscharren verursachtes Geräusch, sondern der Gesang des frischen Saftes, der in die Erlenknospen drang. Indrek kannte dieses Singen des Saftes von Kindheit an, einmal brachte er sogar seinen Bruder Andres dazu, ihn anzuhören, doch dem gefiel das Krächzen der Elster besser als das Singen des Erlensaftes, vom Gesang eines Rotschwänzchens gar nicht zu reden.

Eines Tages kam Elli in großer Hast zur Kate gelaufen und rief: »Großvater, an den Apfelbäumen haben sich die ersten Blüten aufgetan! Kommst du sie dir anschauen? Du hast selbst gebeten, es dir zu melden.«

»Dann muß ich ja kommen, was sonst«, erwiderte Andres. »Apfelbäume blühen nur einmal im Jahr, und im nächsten Frühjahr deckt mich vielleicht schon der Rasen.«

»Darf ich auch mitkommen?« fragte Indrek scherzend.

»Sie interessiert das sicher nicht, Onkel«, erwiderte Elli.

»Warum interessiert es uns denn nicht?« fragte Indrek und betonte besonders das Wort ›uns‹, denn er wollte das Mädchen an sein Versprechen erinnern, Indrek mit du anzureden. Elli verstand Indreks Anspielung, wurde rot, fing an zu lachen und sagte dann: »Nun gut, Onkel, dich interessiert das sicher nicht. Sind Sie jetzt zufrieden?«

»Wir sind zufrieden«, erwiderte Indrek, und jetzt lachten sie beide.

»Onkel, ich kann nicht du zu Ihnen sagen, wenn Sie diese hohen Gummistiefel anhaben«, erklärte jetzt Elli. »In diesen Stiefeln wirken Sie fremd.«

»Dann machen wir es so: Wenn ich diese Stiefel anhabe, bin ich Sie, wenn nicht, dann du«, sagte Indrek. »Bist du damit einverstanden?«

»Ich bin einverstanden«, lachte Elli.

»Schön!« rief Indrek. »Aber wenn ich diese Stiefel jetzt ausziehe, kann ich dann die Apfelblüten bewundern kommen?«

»Onkel, du machst dir mit mir einen dummen Spaß, als sei ich noch ein kleines Kind«, sagte daraufhin Elli, und in ihre grauen Augen, die sie vom Großvater geerbt hatte, trat ein etwas ängstlicher, scheuer Ausdruck.

»Neben mir und dem Großvater bist du ja noch ein Kind«, sagte Indrek.

»Ich will es aber nicht sein!« rief Elli.

»So ist es«, erwiderte Indrek, »du willst nicht jung sein, wir, der Großvater und ich, wollen nicht alt sein.«

»Nein, Kinder«, unterbrach sie der alte Andres, »ich bin mit meinem Alter durchaus zufrieden. Mein Leben ist jetzt viel leichter als in jungen Jahren. Damals wünschte ich mir tausend Dinge, jetzt aber will ich nichts mehr, denn wozu soll ich etwas wünschen, da der Tod sowieso bald kommt.«

»Aber die Apfelblüten, Großvater?« rief Elli.

»Ja, die Apfelblüten, die sind es, die ich noch sehen möchte«, gab der alte Andres zu. »Apfelblüten und junge Bäume, die will ich noch sehen, sie bleiben auf dieser Welt und wachsen weiter, wenn ich gehe.«

»Aber die jungen Menschen, die bleiben doch auch, Großvater«, erinnerte ihn Elli.

»Die natürlich auch«, bestätigte Andres, »doch mit den jungen Menschen steht es anders als mit jungen Bäumen. Ein junger Baum liebt alte Menschen, junge Menschen aber lieben keine Alten, das habe ich in meinem Leben beobachtet. Ein junger Mensch läuft und springt gern, ein junger Baum aber steht auf der Stelle, so daß ein junger Baum so etwas wie ein alter Mensch ist, nur daß er noch wächst, während ein alter Mensch nicht mehr wächst, höchstens nach unten, näher zur Erde. Ein alter Mensch belastet den jungen, wozu soll er ihn lieben. So wie ich jetzt euch, ich kann nicht schnell den Hügel hinaufsteigen, und ihr müßt auf mich warten. Darum geht beide voraus, ich komme allein nach, allein habe ich es auch ruhiger.«

»Nein, Vater«, erwiderte Indrek, »laß uns zusammen gehen, Gott liebt die Drei.«

So machten sie sich denn langsam, Schritt für Schritt, auf den Weg. Andres begann wieder sein Gerede vom jungen Baum und jungen Menschen, und es war ihm gleich, ob die anderen ihm zuhörten oder nicht. Elli zupfte unterdessen auf dem Felde die ersten Grasbüschel aus und zeigte sie Indrek, als seien sie eine große Seltenheit. Ihr dichtes strohblondes Haar war in zwei dicke Zöpfe geflochten, die bis zu den Hüften reichten. Jedesmal, wenn sie sich bückte, um etwas vom Boden aufzuheben, fiel der eine oder andere Zopf über die Schulter nach vorn und berührte mit dem Ende die eben erst vom Schnee befreite Erde. Das gefiel Elli aber nicht, denn sie warf jedesmal den Zopf über die Schulter zurück, als sei sie ihm böse.

Im Obstgarten angelangt, blieben die anderen in der Erwartung stehen, Großvater werde jetzt die Augen zu den gerade aufgebrochenen Blüten erheben, doch der schien sie schon vergessen zu haben. Statt die Blüten zu bewundern, begann er sich sofort im Garten zu beschäftigen, fand irgendwo einen abgebrochenen Ast, prüfte die Stützen der Apfelbäume, die sie brauchten, wenn sie unter der Last ihrer Früchte ächzten, sah nach dem Boden um die Stämme herum, ob er auch locker und gedüngt sei, hob einen Stein auf und warf ihn an den Zaun, sammelte Reisig auf und überlegte, wohin damit.

»So ist es mit einem alten Menschen«, murmelte Indrek leise vor sich hin, »kommt, um die Blüten zu betrachten, und fängt statt dessen an, den Garten aufzuräumen.«

»So macht er es immer«, erklärte Maret, die hinzugekommen war. »Im vergangenen Frühjahr war es ebenso: prägt mir und Elli ein, sobald die ersten Blüten aufbrechen, es ihm gleich zu melden. Nun, Elli benachrichtigte ihn, und Vater kam auch herauf, doch es war genau wie heute – kein einziges Mal hob er den Blick zu den Blüten. Da sagte ich zu ihm – übrigens war er im vergangenen Frühjahr viel rüstiger als heuer – ich sagte, Vater, du schaust die Blüten gar nicht an, als seien sie überhaupt nicht vorhanden. Er aber antwortete ganz ruhig, die Blüten seien ihm zu hoch, er möchte seinen alten Hals ihretwegen nicht so weit zurückbeugen. Sie werden schon herabsteigen, werden ganz herunterkommen, dann könne er sie betrachten. Darauf wartet er wohl auch in diesem Jahr.«

Aber nein, in diesem Jahr handelte der alte Andres anders. Nachdem er eine Weile unter den Apfelbäumen hin und her gegangen war, blieb er stehen, versuchte seinen von Jahrzehnten gekrümmten Rücken aufzurichten und blickte hinauf in die Wipfel der Bäume.

»Indrek!« rief er nach einer Weile, und als der herankam, wies er nach oben und sagte: »Siehst du diese Blütentraube dort, an einem Rande ist sie etwas rosa, wenn meine Augen mich nicht täuschen; die möchte ich haben. Es würden dort wohl schöne rote Äpfel wachsen, doch vielleicht werde ich sie weder sehen noch essen können, so möchte ich wenigstens die Blüten haben.«

So sprach er, während Indrek sich bemühte, den Baum zu erklettern, um zu den gewünschten Blüten zu gelangen.

»Onkel, laß mich!« rief Elli und kam herbeigelaufen. Und

ehe Indrek überhaupt mit dem Klettern beginnen konnte, war das Mädchen schon auf dem Baum und brach die vom Großvater bezeichnete Blütentraube.

»Was wirst du damit machen, Vater?« fragte Maret, die hinzugetreten war.

»Nichts«, antwortete Andres. »Ich will sie nur in die Kate mitnehmen.«

Als Andres dann nach einer Weile den Hügel hinunterging, in der linken Hand die Apfelblütentraube, in der rechten den krummen Wacholderstock, den er vor Jahren selbst geschnitzt hatte, lief Elli ihm nach und sagte: »Großvater, soll ich dir später mit dem Onkel ein kleines Glas schicken, damit du die Blüten ins Wasser stellen kannst?«

»Nein, Kind«, erwiderte Andres. »Das Glas könnte in der Kate zerbrechen.«

»Aber die Blüten werden so furchtbar schnell welken!« rief Elli bedauernd.

Hierauf verzog sich das über und über runzlige Gesicht des alten Andres zu einem Lächeln, und er sagte: »Kind, am Apfelbaum wären sie länger frisch geblieben als in einem Gläschen.« Sagte es und ging weiter, in der linken Hand die Apfelblüten, in der rechten den krummen Wacholderstock.

Das Mädchen schaute ihm eine Weile verständnislos und bedauernd nach, wandte sich plötzlich um und lief zurück, als freue es sich, daß es nicht nötig war, ein Gläschen in die Kate hinunterzuschicken, wo es zerbrechen könnte. Doch Elli lief nicht des Glases wegen und auch aus keinem anderen Grund, sondern weil sie nicht anders konnte, sie mußte laufen. Sie lief, wie die weißen Wolken am hellblauen Himmel eilen. Kein Wind ist zu spüren, so daß die Wolken auch ein wenig stillstehen können, aber nein, sie laufen, sie fliegen geradezu, als sei irgendwo am Weltende weiß Gott was Wichtiges los.

Indrek und Maret blieben einen Augenblick allein, und die Schwester sagte zum Bruder: »Vater wird wohl bald sterben, warum hat er sich sonst so mit den Apfelblüten.«

»Das kann man nicht wissen«, meinte Indrek.

»Dergleichen sehe ich zum ersten Mal«, fuhr Maret fort. »Das muß doch etwas bedeuten. Im Kirchdorf lebte einmal ein Alter, der mehrere Jahre kein Wort gesprochen hatte. An einem schönen Frühlingstag sagte er plötzlich einige Worte und wies mit der Hand zum Fenster. Alle freuten sich, der Frühling brachte dem Menschen die Gesundheit zurück. Doch drei Tage später starb er. Wir erfuhren davon, weil bei Sass der Sarg für ihn bestellt wurde. So wird es auch mit unserem Vater sein: Niemals wollte er Blüten oder Blumen im Zimmer haben, nur zu Pfingsten Birkenzweige. Er sagte stets, in Wargamäe sollen Blumen und Blüten im Garten, auf Feld und Wiese wachsen, nicht in der Stube. Und jetzt plötzlich geht er selbst, in der einen Hand den Stock, in der anderen die Blüten, als sei er kein Bewohner von Wargamäe mehr.«

In diesem Augenblick kehrte Elli zurück und sagte: »Großvater hat für die Blüten kein rechtes Verständnis mehr.«

»Wieso denn?« fragte Indrek

»Er wollte kein Glas haben, um die Blüten ins Wasser zu stellen«, erklärte Elli. »Wozu nimmt er sie überhaupt mit, wenn er sie nicht liebt.«

»Soll er sie mitnehmen, es sind Blüten von einem Baum, den er selbst gepflanzt hat«, sagte die Mutter.

»Du bist doch dem Großvater nicht wegen der Apfelblüten nachgelaufen«, meinte Indrek.

»Woher weißt du das, Onkel?« rief das Mädchen erstaunt. »Ich fange an, mich vor dir zu fürchten, denn du kannst Gedanken lesen. Ich habe schon früher bemerkt, daß du meine Gedanken liest«, und zur Mutter gewandt fuhr sie fort: »Als wir vorhin zu dritt von unten heraufkamen, sagte der Großvater, die Jungen liebten die Alten nicht. Er sagte nämlich, daß die jungen Bäume die Alten mehr lieben. Und weißt du, Mutter, als Großvater hinunterging, wollte ich ihm zeigen, daß ich ihn liebe. Deswegen lief ich ihm nach und fragte, ob er nicht ein Glas haben möchte, um die Blüten hineinzustellen. Doch woher weiß es der Onkel?«

»Der Onkel liebt dich, wahrscheinlich, darum«, erwiderte Maret. »Als wir beide, Sass und ich, jung waren, haben wir immer einer des andern Gedanken gelesen. Zuweilen ist es jetzt noch so, daß der eine etwas denkt und der andere es ausspricht. Das ist Liebe.«

»Du aber liebst den Großvater nicht, denn du kannst seine Gedanken nicht lesen«, erklärte Indrek.

»Doch, ich liebe ihn«, behauptete Elli.

»Dann liebst du ihn nicht richtig«, sagte Indrek.

»Was soll ich denn machen, um ihn richtig zu lieben?« fragte Elli.

»Das weiß ich nicht«, erwiderte Indrek, »denn ich bin noch nicht so alt wie mein Vater. Aber sollte ich einmal so alt werden, dann sage ich es dir.«

Jetzt begann Maret zu lachen, und Elli lachte mit, als hätte Indrek einen Witz gemacht. Doch der blieb ernst, und daraufhin erklärte Maret ihr Lachen: »Elli ist dann selbst schon ein alter Mensch.«

»Ja, dann bin ich schon ganz alt, so daß ich selbst alles weiß«, meinte Elli.

»Nein, du kannst auch dann nicht alles wissen, was ich dann weiß, denn ich bin und bleibe um mehrere Jahre älter als du. Mit mir und meinem Vater steht es ebenso. Ich bin schon alt ...«

»Onkel, du bist noch nicht alt!« rief Elli dazwischen.

»Verglichen mit dir, doch«, sagte Indrek. »Und doch weiß

ich nicht so recht, was du tun solltest, damit der Großvater fühlt, daß du ihn liebst. Vielleicht solltest du nichts tun, wie die Bäume, denn wenn du etwas tust, empfindet Großvater es gleich als Belästigung.«

»Aber dann kann ich ihn gar nicht lieben, wenn ich nichts für ihn tun kann!« rief Elli.

»Vielleicht«, meinte Indrek. »Vielleicht ist es auf dieser Welt so, daß die Alten die Jungen und die Jungen die Alten nicht lieben können. Verstehen es nicht, wollen es nicht. Du bietest ihm ein Wasserglas an, aber ...«

»Aber Großvater fing an zu lachen und sagte, daß die Blüten am Baum länger frisch bleiben als im Wasserglas«, unterbrach ihn Elli. »Begreifst du das, Onkel? Man kann doch nicht ganze Apfelbäume in die Stube bringen.«

»Das soll man auch nicht, und Großvater meint es nicht so«, sagte Indrek. »Auch Blüten sollte man nicht ins Zimmer bringen, wenn aber, dann sollen sie möglichst schnell welken, das ist die Liebe des Großvaters zu den Apfelblüten. Deine Liebe ist anders, und deshalb lebt ihr wie zwei Fremde nebeneinander her.«

Maret hörte sich das Gespräch Indreks mit Elli an, und als die Tochter gegangen war, sagte sie: »Ich glaube doch, daß der Tod dem Vater nahe ist. Der Nachbarsvater soll auch schon längere Zeit hinsiechen, so daß die Alten vielleicht gleichzeitig gehen werden. Zusammen haben sie hier auf Wargamäe gestritten und getrotzt, zusammen werden sie auch von hier gehen, so daß man sie auf einen Wagen laden und in ein Grab senken könnte.«

Doch der alte Andres hatte von seinem Leben und Sterben eine andere Vorstellung. Er ging hinunter in die Kate, steckte den blühenden Apfelbaumzweig in eine verräucherte Spalte in der Wand am Fenster, nahm dann einen Spaten und ging hinaus. Er ging den Zaun an der Koppelweide entlang und prüfte, ob der Boden schon überall aufgetaut sei, insbesondere an den Stellen, wo der Wind im Winter hohe Schneewehen zusammengefegt hatte, die der Frühlingssonne lange standhielten. Und als er merkte, daß der Spaten überall weichen Boden fand, ging er an den Rand des Sumpfes, wo er auf den Bülten junge Fichten ausgrub. Die trug er an den Koppelzaun und begann sie dort einzupflanzen. Er war gerade mit den ersten Fichten wieder da, als Indrek von oben herunterkam, an ihn herantrat und fragte: »Was willst du mit den Fichten anfangen?«

»Ich will sie in besseres Erdreich setzen«, erwiderte der Vater. »Hier wird sie niemand fällen, bevor meine Tage gezählt sind. Sie werden nach mir auf Wargamäe wachsen, bleiben hier zur Erinnerung an mich.«

»Ganz Wargamäe ist doch eine Erinnerung an dich«, sagte Indrek. Doch der Vater widersprach ihm, indem er sagte: »Auf Wargamäe haben auch andere gearbeitet, wie willst du feststellen, wo meine, wo eines anderen Arbeit steckt. Diese Fichten aber pflanze ich allein, das ist meine Arbeit. Wenn du so alt wirst wie ich, werden sie schon zu Sargbrettern taugen.«

So sprach der Vater beim Umpflanzen der Fichten in besseres Erdreich und setzte diese Arbeit tagelang mit einem Eifer fort, als sei es Stückarbeit, die hoch bezahlt wird, oder als müsse sie zu einem bestimmten Termin fertig werden.

Sass stellte fest, daß ein Teil der Bäume an der Stelle gepflanzt wurde, die er in nächster Zeit zum Acker machen wollte, doch dem alten Schwiegervater sagte er kein Wort davon, mehr auf Wunsch seiner Frau Maret als aus eigenem Antrieb. Es blieb sich aber gleich, die Hauptsache war, daß Andres ungestört seine Arbeit fortsetzen und davon träumen konnte, daß Indrek in seinem Alter aus diesen Fichten Sargbretter bekommen würde.

Anfangs wollte Sass nicht auf Maret hören und sagte:

»Wenn der alte Mann etwas tun will, soll er doch nützliche Arbeit verrichten, jetzt aber muß ich nachher diese Bäume roden, die er mit so viel Mühe aus dem Moor hierher schleppt.«

Doch Maret erwiderte ihrem Mann: »Er hat seine nützliche Arbeit auf Wargamäe schon längst getan, soll er doch im Alter zu seinem Vergnügen auch etwas Unnützes machen. Wenn er es so gern möchte, so laß ihn doch die Bäume dorthin pflanzen.«

Als Sass dennoch auf seiner Meinung beharrte, erzählte ihm Maret die Geschichte von den Apfelblüten und von dem Gespräch zwischen Indrek und Elli darüber. Maret verstand es, so zu erzählen und zu erklären, daß Sass schließlich nur sagen konnte: »Naja! Wenn es so ist, dann kann man wirklich nicht wissen, ob ihm der Tod nicht tatsächlich nahe ist.«

»Das denke ich auch«, versicherte Maret. »Denn wer kennt sich schon in diesen Dingen aus. Darum laß ihn tun und sich vergnügen, diese Sumpffichten wachsen doch nicht so schnell, daß man mit ihnen nicht fertig werden könnte.«

»Na, soll er denn herumspielen, wenn es ihm Freude bereitet«, sagte jetzt Sass.

»Wieviel Freude ist ihm denn noch geblieben«, meinte Maret.

So verrichtete der alte Andres vielleicht zum ersten Mal in seinem Leben eine unnütze, vielleicht sogar schädliche Arbeit, denn andere mußten bald wieder zerstören, was er mit großer Mühe schuf. Es kann aber sein, daß er, wenn er es auch gewußt hätte, dennoch weiterarbeiten würde, denn er hätte sich gesagt: Auf der Welt geht es immer so zu, daß der eine etwas schafft und der andere es vernichtet, aber deshalb hat noch keiner mit seiner Arbeit aufgehört, warum soll ich denn auf Wargamäe der erste sein.

XI

Obwohl Indrek erfahren hatte, was für eine sinn- und
zwecklose Arbeit der Vater verrichtete, erfaßte auch ihn
der Arbeitseifer, vielleicht gerade, weil er wußte, wie unnütz und sinnlos die Arbeit des Vaters war. Schon am nächsten Tag ging Indrek zu seinem Graben und begann mit der
Arbeit. Unter den großen Bülten war der Boden noch stellenweise gefroren, doch das machte ihm nicht viel zu schaffen, denn nur die Ränder der Bülten reichten an einigen
Stellen in das alte Grabenbett. Schwieriger war es mit dem
Wasser, denn es stand im Sumpf noch recht hoch und füllte
schnell die Hohlräume aus, die der Spaten schuf. Doch Indrek achtete nicht darauf, es erforderte etwas mehr Mühe,
doch mit gutem Rat überwand er die Schwierigkeiten.

In den ersten Tagen wiederholte sich mit Händen, Rükken, Kreuz und dem ganzen Körper ungefähr dasselbe wie
im vergangenen Herbst, als er mit seiner Grabenarbeit begonnen hatte, aber in weit schwächerer Form. Es gab etwas
Schmerzen und Beschwerden, die Glieder waren wie zerschlagen, Blasen an den Händen, doch die Arbeit konnte
das alles nicht behindern. Er blieb wegen dieser Schmerzen
keinen einzigen Tag zu Hause liegen und versäumte auch
keine einzige Arbeitsstunde. Tag für Tag ging er früh am
Morgen zum Graben, wenn in den Sumpflachen noch der
Eisreif klirrte, und kehrte nicht vor dem Abend zurück.

»Heutzutage haben es die Menschen doch etwas leichter
als früher«, sagte der Vater zu Indrek beim Erwähnen der
Nachtfröste. »Als der alte Madis noch auf Wargamäe im
Graben arbeitete, kannte keiner Gummistiefel. Er hatte
auch keine Wasserstiefel aus Leder oder wenn, so mochte
er sie nicht anziehen. Alle seine Gräben hat er in Bastschu-
hen oder barfuß gestochen. Dafür war er auch ein Viertel
seines Lebens ohne Beine.«

»Ich gedenke im Sommer auch barfuß zu arbeiten«, sagte Indrek.

»Im Sommer natürlich«, meinte auch der Vater, »dann ist es barfuß kühler, nicht so heiß.«

Aber ehe es soweit kam, ereignete sich etwas, das anfangs nur Indrek berührte, später aber ganz Wargamäe. Eines schönen Tages erschien nämlich bei Indrek am Graben erneut Tiina. Sie hatte die Stadt verlassen und war, wie sie selbst sagte, nach Wargamäe gekommen, um hier zu bleiben. Sie sprach darüber wie von etwas Selbstverständlichem, und als Indrek nach einer Erklärung forschte, erzählte sie eine lange Geschichte, wie in der Stadt das kleinere Kind erkrankte, lange krank war und schließlich gesund wurde; wie die alte Frau sie, Tiina, beschuldigte, die Erkrankung des Kindes verursacht zu haben, und wie sich dadurch das Verhältnis so verschlechterte, daß sie keinen guten Tag mehr sah. Sie, Tiina, war jedoch der Meinung, daß der eigentliche Grund für die Reibereien nicht die Krankheit des Kindes war, sondern daß die Frau sie loswerden wollte. Im Guten mochte sie es nicht durchsetzen, denn dann hätte sie gegen den Willen des Herrn, das heißt Indreks, gehandelt, und so wählte sie denn diesen Weg, um unschuldig zu sein und Tiina doch loszuwerden. Denn was kann die alte Frau dafür, wenn Tiina nicht gehorcht und schließlich weggeht, und was kann Tiina dafür, wenn die alte Frau mit nichts mehr zufrieden ist und von früh bis spät schimpft, oft sogar vom Abend bis zum Morgen? Keiner kann was dafür, auch Indrek nicht, daß die Dinge soweit gekommen sind.

»Herr«, sagte Tiina zum Schluß, als wollte sie die alte Frau verteidigen und entschuldigen, »man braucht mich dort auch wirklich nicht mehr. Im nächsten Herbst geht das eine Kind in die Schule und das andere in den Kindergarten, mir bliebe nur das Aufräumen der Zimmer und das

Kochen. Was soll denn dann die alte Frau selbst tun? Glauben Sie, Herr, daß sie die Hände in den Schoß legen kann? Nie im Leben! Nun, da wäre ich also überflüssig, denn die Arbeit würde für zwei nicht reichen. Solange die alte Frau ihren Laden hatte, war es etwas anderes, nachdem sie ihn aber aufgegeben hat, wurde es zu Hause zur Hölle. Und die Kinder mußten das immer anhören, so daß ich der Meinung war, es sei das beste, wenn ich gehe.«

»Nun gut, Tiina, es mag ja alles so sein«, sagte Indrek, »aber warum sind Sie hierher gekommen?«

»Aber wohin sollte ich denn gehen, Herr?« fragte das Mädchen erstaunt. »Sie haben mich in Dienst genommen, mit Ihnen habe ich abgemacht, Sie haben mir den Lohn zugesagt ...«

»Haben Sie denn noch Lohn zu bekommen?« fragte Indrek.

»Nein, die alte Frau hat mir alles bezahlt«, erwiderte Tiina. »Sie wollte mir sogar für zwei Wochen vorauszahlen, doch ich nahm es nicht, denn ich habe ja nicht mit ihr abgemacht, sondern mit Ihnen, Herr; sie zahlte mir nur den Lohn. Ich wollte von Ihnen hören, was Sie, Herr, beschließen werden, ob Sie mir kündigen oder ob ich bei Ihnen bleiben kann, denn Sie haben doch auch eine Wirtschaft.«

Indrek blickte das Mädchen eine Weile verständnislos an und sagte dann: »Tiina, ich kann nicht recht verstehen, sind Sie so dumm oder stellen Sie sich nur so. Sie standen in der Stadt nicht in meinen, sondern in den Diensten der alten Frau. Solange ich dort war, verfügte und beschloß ich, seit ich aber fort bin, gingen Entscheidungen an die alte Frau über. Falls diese Sie nicht mehr braucht oder Sie selbst nicht mehr bei ihr dienen wollen, habe ich damit nichts zu tun. Was aber meine Wirtschaft hier anbelangt, so haben Sie schon im vergangenen Herbst mit eigenen Augen gesehen, daß ich hier keine Wirtschaft führe, in der ich einen

Dienstboten wie Sie gebrauchen könnte. Ich brauche Sie nicht, und außerdem eignen Sie sich nicht für die Arbeit hier. Es reicht schon der Schwindel mit der Schokolade im vergangenen Herbst.«

»Herr, können Sie mir denn die Geschichte mit der Schokolade gar nicht verzeihen?« fragte Tiina, als habe Indrek über nichts anderes gesprochen.

»Ich habe sie schon vergessen«, erwiderte Indrek, »ich will aber nicht, daß sich derartige Dinge wiederholen.«

»Herr, sie werden sich nicht wiederholen«, versicherte Tiina, »ich habe dieses Mal weder Schokolade noch Konfekt mitgenommen, nur etwas Weißbrot, doch das habe ich unterwegs aufgegessen.«

»Hören Sie doch Tiina, es geht ja nicht darum, ob Sie Schokolade oder Konfekt mithaben, sondern daß ich hier mit Ihnen nichts anfangen kann und daß Sie keinen Grund hatten, hierher zu kommen«, sagte Indrek.

»Herr, das ist doch nicht so«, erklärte Tiina. »Denn ich war in der Stadt bei Ihren Kindern, und da ich wegging, mußte ich es Ihnen doch sagen und erklären, warum ich es tat, damit Sie wüßten, daß ich nicht mehr dort bin, denn sonst könnten Sie mich beschuldigen, falls den Kindern etwas passieren sollte. Und es wird ihnen etwas zustoßen, ganz sicher ...«

»Was soll ihnen denn zustoßen?« fragte Indrek erschrokken.

»Sehen sie, Herr«, erklärte Tiina, »solange ich dort war, versuchte ich alles so zu tun und einzurichten wie zu Lebzeiten der Frau. Die Frau hatte es so angeordnet, und ich handelte danach, auch als sie nicht mehr da war: wechselte oft die Wäsche der Kinder, gab ihnen extra zu essen, wusch sie, spielte mit ihnen, wenn ich Zeit dazu hatte. Doch der alten Frau gefiel das nicht, sie sagte, das koste zu viel, wir könnten uns das nicht leisten. Und außerdem, meinte sie, das verwöhne die Kinder, sie würden nicht widerstandsfähig gegen Krankheiten sein. Tiki sei auch wegen dieses vielen Waschens, ständigen Päppelns und Hätschelns krank geworden, sagte sie. Nun, jetzt wird alles so gehen, wie es die alte Frau will, denn sie wird sich doch nicht so viel Mühe mit den Kindern machen und das tun, was ich getan habe. Sie päppelt und hätschelt sich selbst, nicht die Kinder. Deswegen sagte ich, daß ihnen jetzt durchaus etwas passieren könnte.«

»Aber vielleicht hatte die alte Frau recht«, meinte Indrek beruhigt.

»Da der Herr es sagen und auch so meinen«, erwiderte Tiina. »Doch die Frau wollte es anders.[1] Wenn ich sie im Krankenhaus besuchte, fragte sie mich jedesmal, ob ich es mit den Kindern genauso halte, wie sie es befohlen und angeordnet habe, und die Frau legte mir stets ans Herz, sollte ihr etwas zustoßen, es mit den Kindern haargenau so zu handhaben, wie sie es gewünscht hatte.«

Bisher stand Tiina aufrecht vor Indrek, der im Graben auf einem Torfstück saß, das er gerade ausgehoben hatte. Jetzt sagte das Mädchen: »Herr, erlauben Sie, daß ich mich hier auf die Bülte hinsetze, meine Beine sind so schrecklich müde.«

»Dorthin würde ich Ihnen nicht raten, sich zu setzen«, erwiderte Indrek, »vorhin lag dort eine Schlange geringelt in der Sonne, jetzt wird sie sich wahrscheinlich in die Bülte verkrochen haben.«

»Herr, Sie erschrecken mich!« rief das Mädchen und war nahe dran, zu Indrek in den Graben zu springen. Ich fürchte mich schrecklich vor Schlangen, es sind die widerlichsten Tiere auf der Welt!«

»Sehen Sie jene Bülte dort«, wies Indrek mit der Hand,

[1] Indreks Frau Karin, die tödlich verunglückt ist.

»da könnten Sie sich ruhig hinsetzen, doch ich fürchte, Sie würden sich erkälten, der Boden ist im Frühjahr tückisch. Aber warten Sie, ich mache Ihnen einen Sitz.«

Mit diesen Worten kletterte Indrek aus dem Graben, ging zum Birkengebüsch, bog einige passende Bäumchen herunter und sagte zu dem Mädchen: »So, kommen Sie, setzen Sie sich drauf. Doch Vorsicht, daß Sie nicht herunterfallen, denn sie können Ihnen wegrutschen. Sonst aber ist das jetzt der beste Sitz im Moor, man braucht sich weder vor Schlangen noch vor Kälte zu fürchten, und federn tut er außerdem auch noch.«

Tiina setzte sich auf die heruntergebogenen Birken, die schon von zartem, raschelndem Laub bedeckt waren. Da sie sich aber auf ihrem Sitz recht unsicher fühlte, lehrte sie Indrek: »Halten Sie sich mit der anderen Hand an den aufrechten Birken fest.«

»Ja, Herr«, erwiderte das Mädchen, doch sie tat es so ungeschickt, daß der Sitz unter ihr wegrutschte. Es fehlte nicht viel, und sie wäre im Schlamm gelandet. »Ich werde lieber stehen«, sagte sie, »sonst werde ich noch naß.«

»Na hören Sie«, sagte Indrek, »warum sollen Sie stehen, wenn ein so schöner Sitz da ist, man muß sich nur erst an ihn gewöhnen.« Er bog erneut Birken herunter, ließ das Mädchen sich darauf setzen und gab ihm eine aufrechte Birke in die Hand. »So«, sagte er. »Ist es jetzt gut? Nach einer Weile wird der Sitz ruhiger werden, die Birken gewöhnen sich an ihre Lage. Dann können Sie etwas schaukeln.«

»Brechen sie denn nicht?« fragte Tiina.

»Keine Angst«, erwiderte Indrek, »das sind Sumpfbirken.« Daraufhin bog er einige andere Birken auch für sich zu einem Sitz herunter.

»Ist es hier aber schön«, sagte Tiina wie in Ekstase, nachdem sie eine Weile schweigend gesessen hatten.

»Schön?« fragte Indrek und blickte das Mädchen gedankenlos an, als weile er irgendwo weit weg.

»Ja, Herr«, behauptete Tiina.

»Still, ruhig, das wohl«, meinte Indrek.

»Ich möchte hier bleiben, Herr«, sagte das Mädchen wie bittend.

»Reden Sie keinen Unsinn«, erwiderte Indrek mit einer gewissen Schroffheit.

»Nein, Herr«, widersprach das Mädchen. »Ich möchte wirklich hier bleiben. Brauchen Sie mich denn überhaupt nicht mehr?«

»Nein, Tiina, ich habe Ihnen keine Arbeit zu geben, und darauf ist auch in Zukunft nicht zu hoffen«, erklärte Indrek. »Ein Grabenstecher braucht keine Diener.«

»Leben denn alle Grabenstecher allein?« fragte Tiina scheinbar interessiert.

»Wieso allein?« fragte Indrek, als begreife er den Sinn der Worte des Mädchens nicht.

»Na so, daß er niemanden hätte, der ihm zu Hause das Essen kocht, es ihm in den Wald bringt, die Wäsche wäscht und flickt, die Socken stopft und das Haus bewacht und in Ordnung hält«, erklärte Tiina.

»Ein Grabenstecher hat dafür vielleicht eine Frau, doch keinen Dienstboten«, sagte Indrek jetzt.

»Kann denn ein Dienstmädchen das nicht tun?« fragte Tiina.

»Aber woher kriegt sie dann ihren Lohn? Ein Grabenarbeiter kann ihr keinen zahlen.«

»Wenn er aber eine Frau hat, woher kriegt die Lohn?«

»Wer zahlt denn seiner Frau Lohn.«

»Nun, wenn aber auch das Dienstmädchen ohne Lohn dienen würde?«

»Wovon würde sie dann leben?«

»Wovon lebt die Frau?«

»Die Frau verdient selbst, sie arbeitet.«

»Aber dann kann auch das Dienstmädchen arbeiten und verdienen, so daß es für Essen und Kleidung reicht.«

Sie führten dieses Zwiegespräch, bis Indrek schwieg, als überlege er, was das denn alles zu bedeuten habe. Schließlich sagte er ganz klar und ruhig: »Mag dem sein, wie es wolle, doch ich bin kein solcher Grabenarbeiter, der gegenwärtig eine Frau oder ein solches Dienstmädchen brauchte, das für sich selbst das Essen und die Kleidung verdient. Ich will allein sein.«

»Aber Sie haben doch einen alten Vater«, sagte das Mädchen.

»Das ist ein Stück Vergangenheit, nicht Gegenwart und schon lange nicht Zukunft«, sprach Indrek. »Ich versuche in der Vergangenheit zu leben, wenigstens einige Zeit. So ist es für mich zur Zeit am besten. Und das ändere ich nicht. Was ich brauche, für das wenige sorgen meine Schwester und meine Nichte ...«

»Das junge Mädchen dort oben auf dem Hof, das ist Ihre Nichte?« fragte Tiina.

»Woher kennen Sie sie?« staunte Indrek.

»Ich bin dort vorbeigekommen«, erklärte Tiina. »Sie war auf dem Hof, ich grüßte und fragte, ob Sie, Herr, zu Hause seien, und das Mädchen erwiderte, Sie seien wahrscheinlich im Graben. Sie kam noch mit mir bis zum Ende des Hauses und erklärte, wie ich Sie finden könnte, doch schließlich sah sie Ihren Vater unten auf der Weide und sagte: Gehen Sie zum Großvater, er wird es Ihnen schon zeigen. Mir gefällt sie sehr, wir beide würden wahrscheinlich gut miteinander auskommen.«

»Seien Sie dessen nicht so sicher«, sagte Indrek. »Elli ist vielleicht lange nicht so gut, wie Sie meinen.«

»Ich bin ja auch nicht so schrecklich gut«, erklärte Tiina, »doch wenn einem jemand gefällt, dann tut man für ihn alles, und so kommt man immer aus. Und ich würde mit der Nichte des Herrn bestimmt gut auskommen. Mit der Schwester des Herrn auch.«

»Warum betonen Sie das alles so sehr?« fragte Indrek.

»Ich denke nämlich, wenn Sie, Herr, mich nicht brauchen, dann kann mich vielleicht Ihre Schwester brauchen, wenn Sie mich ihr empfehlen, wenn Sie sagen, daß ich ein ordentliches Mädchen bin und daß von mir nichts Schlechtes zu befürchten sei. Das könnten Sie wohl, Herr. Und wenn ich Ihnen damals wegen der Schokolade etwas vorgeflunkert habe, so versichere ich Ihnen mit meinem Eid, daß ich es niemals mehr tun werde, so daß Sie auch in dieser Hinsicht nichts zu befürchten haben.«

»Ich kann Sie trotzdem nicht meiner Schwester empfehlen«, sagte Indrek.

»Braucht sie denn niemanden?« fragte Tiina.

»Brauchen würde sie schon jemand«, erwiderte Indrek, »und zum Sommer nimmt sie unbedingt jemanden, doch Sie verstehen nichts von der Landarbeit, Sie sind in der Stadt aufgewachsen und haben dort gelebt.«

»Nein, ich bin auch auf dem Lande gewesen«, widersprach das Mädchen, »ich habe sogar Heu gerecht und etwas gemäht. Ich habe auch versucht eine Kuh zu melken, doch sie schlug mir den Melkeimer aus der Hand.«

»Na sehen Sie«, sagte Indrek, »meine Schwester braucht aber ein Mädchen, dem die Kuh den Melkeimer nicht mit dem Bein umwirft.«

»Auch mir würde sie jetzt den Eimer nicht umwerfen, denn damals war ich noch klein.«

»Nein, Tiina, für Sie wäre es das vernünftigste, in die Stadt zurückzukehren, wo Sie gewohnt sind zu leben. Für Sie ist die Arbeit dort leichter, und Sie bekommen auch einen höheren Lohn, denn dort können Sie mehr.«

»Ich kann auf dem Lande anfangs auch bei geringerem

Lohn arbeiten, bis ich gelernt habe, alles zu tun, was hier verlangt wird«, sagte jetzt das Mädchen. »Soll doch die Schwester des Herrn mich nur fürs Essen nehmen, ich esse ja nicht viel, den Lohn kann sie später bestimmen, wenn sie sieht, was meine Arbeit wert ist. Können Sie mich auch unter diesen Bedingungen nicht Ihrer Schwester empfehlen?«

»Nein, auch dann nicht«, sagte Indrek.

»Das heißt, daß der Herr mich einfach loswerden will, weiter nichts«, sagte Tiina, und Indrek wollte es ihr bestätigen, doch als er sah, daß dem Mädchen Tränen in den Augen standen, tat es ihm leid, und er sagte statt der beabsichtigten Worte: »Im Sommer braucht der Hof einen starken, vollwertigen Menschen. Es ist nicht so wichtig, wieviel der Mensch ißt und was er kostet, sondern, wie er mit der Arbeit fertig wird, ob er draußen tüchtig arbeiten kann, denn sonst bleibt die Arbeit liegen oder andere müssen für ihn schuften.«

Tiina saß eine Weile schweigend, als denke sie über Indreks Worte nach, und sagte dann: »Herr, erlauben Sie, daß ich selbst mit Ihrer Schwester spreche? Ich werde ihr nichts vorflunkern, sage alles, wie es ist, werde ihr aber auch sagen, daß ich in einer Kellerwohnung geboren und aufgewachsen und kein Fräulein bin, das ...«

»Und doch gleichen Sie einem Fräulein«, unterbrach sie Indrek.

»Ist das wirklich so?« fragte Tiina, plötzlich fröhlich geworden, als seien von ihr alle Sorgen des Lebens gewichen.

»Wirklich«, wiederholte Indrek wie abwägend und fügte hinzu: »Schon die Frau wollte Sie anfangs gerade deshalb nicht ins Haus nehmen, weil Sie für ein Dienstmädchen zu fein seien. Doch was soll man mit Ihnen hier auf dem Lande beginnen, wo es Düngerfahren, Kartoffelroden, Dreschen und ähnliche Dinge gibt.«

»Glauben Sie mir, Herr, ich tu alles, ich tu alles sehr gern, wenn ich nur hierbleiben könnte«, behauptete Tiina. »Jetzt werde ich alles noch lieber tun, da der Herr sagt, daß ich ein bißchen einem Fräulein gleiche.«

Wieder schwiegen sie eine Weile, dann sagte Indrek: »Schließlich – Gott mit Ihnen, Tiina! Wenn Sie so sehr gern auf dem Lande bleiben wollen, bleiben Sie! Außerdem kann ich Sie ja daran nicht hindern ...«

»Nicht wahr, Herr, Sie haben doch kein Recht, mich daran zu hindern, das meine ich auch«, unterbrach ihn Tiina hastig. »So daß, wenn ich bleiben will, ich auch ohne Ihre Erlaubnis bleiben kann. Nur eine Stelle muß ich finden, eine Unterkunft.«

»Doch mit meiner Empfehlung rechnen Sie nicht, denken Sie daran«, versicherte Indrek.

»Kann denn der Herr auch das nicht sagen, daß ich ein ordentliches Mädchen bin und daß man mir vertrauen kann?« fragte Tiina.

»Gut, das werde ich sagen, wenn man mich fragt«, erwiderte Indrek.

»Ich danke Ihnen, Herr, auch dafür«, sagte Tiina und stand von den welk gewordenen Birken auf, um zu gehen. Sie verschwand im grünen Licht der Sumpfbirken, während Indrek aus dem Graben Torf hinauszuwerfen begann. Doch nach einigen Minuten kam Tiina zurück und sagte: »Herr, ich habe nachgedacht... ich bleibe nicht, wenn Sie es nicht wollen... ich handle nicht gegen Ihren Willen.«

Nach diesen Worten wandte sie sich ab und begann zu weinen, sie tat es aber so still vor sich hin, als befände sich hier zwischen den Sumpfbirken niemand außer ihr oder als ginge es keinen an, daß sie hier stehe, die nassen Augen den Sträuchern zugewandt. Erst nach einer Weile konnte sie weitersprechen, ohne das Gesicht Indrek richtig zuzuwenden: »Sie, Herr, waren zu mir so gut, Sie waren es auch zu andern, so daß ich gehe, wenn Sie wollen, daß ich gehe.

Jetzt wissen Sie es. Das wollte ich Ihnen sagen. Ich bleibe nur dann, wenn Sie es erlauben, sonst nicht.«

»Nun, dann bleiben Sie, wenn Ihnen damit geholfen ist«, sagte Indrek. »Nur merken Sie sich, Tiina: Sie kamen gewissermaßen durch mich hierher; wenn durch Sie etwas passieren sollte, dann berührt es auch mich, denn die Leute werden Ihr Verhalten wenigstens teilweise auf meine Rechnung setzen. Deshalb seien Sie vorsichtig!«

»Ich werde vorsichtig sein, Herr!« erwiderte Tiina, und ihr Herz hüpfte vor Freude, daß Indrek so ernsthaft mit ihr redete. Und ihre Freude wurde noch größer, denn Indrek fuhr fort: »Für mich persönlich wäre es natürlich besser, wenn ich Sie hier nicht gesehen hätte, denn Sie erinnern mich an die Ereignisse in der Stadt. Doch Sie waren mir dort eine große Hilfe, Sie waren ein tüchtiges Mädchen, deshalb bleiben Sie schon, wenn Sie es so gern wollen und wenn Sie es irgendwie können.«

»Wenn der Herr auch seiner Schwester sagen würde, daß ich ein tüchtiges Mädchen bin«, bettelte Tiina.

»Ich weiß ja nicht, ob Sie auf dem Lande ebenso tüchtig sein werden wie in der Stadt«, erwiderte Indrek.

»Es stimmt schon, Herr, das wissen Sie ja nicht«, war das Mädchen einverstanden. »Aber würden Sie mir nicht erlauben, heute über Nacht in der Kate zu bleiben, damit ich morgen früh darangehen kann, mir eine neue Stelle zu suchen?«

Natürlich, damit war Indrek einverstanden. Also ging Tiina vom Graben zur Kate in einer Stimmung, als hätte sie in kurzer Zeit durch ein Gespräch und ein paar Tränen eine halbe Welt erobert. Als Indrek am Abend nach Hause kam, erwarteten ihn eine warme Stube und warmes Essen, der ganze Wohnraum hatte ein anderes Aussehen gewonnen, und die Luft war gleichsam frischer. Was sich hier geändert hatte, konnte er nicht sagen, doch daß es der Fall war, daran war kein Zweifel.

Außerdem hatte Tiina dem Vater schon ihre Geschichte erzählt und ihm auch gesagt, wie gern sie auf dem Lande arbeiten möchte. Der Vater hatte sie dann sogleich unter seine Fittiche genommen und sagte deshalb bei der ersten Gelegenheit zu Indrek, Tiina könnte doch versuchen, oben mit Maret einig zu werden, die suche ja sowieso Hilfe für den Sommer. Was aber die Tatsache anbetreffe, daß das Mädchen an die Landarbeit nicht sehr gewöhnt sei, nun – sie werde sie schon erlernen. Wenn einer so flinke Arbeitshände habe wie Tiina, meinte der Vater, der lerne bald, alles zu machen.

»Sie diente bei dir eine ganze Weile, du müßtest wissen, was sie für ein Mensch ist«, beendete der Vater seine Rede.

»Sie diente doch in der Stadt, nicht auf dem Lande«, erwiderte Indrek, einer direkten Antwort ausweichend.

»In der Stadt sieht man noch besser, wie ein Mensch ist«, sagte der Vater.

»Dort war sie ordentlich«, äußerte Indrek gegen seinen Willen, denn nachdem Tiina weggegangen und Indrek im Graben allein geblieben war, überlegte er die Angelegenheit nochmals, und aus irgendeinem Grunde wurde er unruhig, sein Herz begann fast zu schmerzen, so daß, wenn er jetzt darüber zu urteilen gehabt hätte, ob Tiina bleiben oder weggehen solle, er bestimmt für das letztere gewesen wäre und es dem Mädchen auch gesagt hätte. Tiina schien Indreks Meinungsänderung zu ahnen und hielt sich von ihm ängstlich fern, um ihm keine Gelegenheit zu geben, seine Erlaubnis rückgängig zu machen.

Doch in der Kate bewegte sie sich, als sei sie hier zu Hause. Da Indrek sich inzwischen unten eine Schlafstelle aufgeschlagen hatte und neben dem Vater schlief, bereitete sich Tiina ihr Bett, ohne ein Wort zu sagen, oben auf dem Ofen, so als hätte sie das bereits mit jemandem abgesprochen. Auf Indreks Bemerkung, daß doch er auf den Ofen hätte klettern können, erwiderte das Mädchen: »Nein, Herr, es ist besser, wenn Sie mit Ihrem Vater unten und ich oben schlafe.«

Und so kletterte sie hinauf, als sei es für sie eine gewohnte Sache, tatsächlich aber tat sie das zum ersten Male, denn auf dem Gehöft, wo sie als halbes Kind mit der Mutter einige Sommer verbracht hatte, gab es keinen solchen Ofen und keine solche Schlafstellen darauf.

XII

Am nächsten Morgen war Tiina früh auf den Beinen und begann so sicher zu wirtschaften, als hätte ihr jemand am Abend zuvor gesagt, was zu tun sei. Sie ging mit dem Eimer zum Brunnen, der weder Schwengel noch Haken hatte, von einer Pumpe ganz zu schweigen, an dessen Einfassung nur eine lange Stange mit einem Haken zum Wasserholen lehnte. Nachdem sie mit dieser Stange eine Weile herumgewirtschaftet hatte, kam sie zurück in die Stube und sagte klagend: »Herr, ich wollte Wasser holen, aber der Eimer ist in den Brunnen gefallen.«

»Natürlich fällt er von diesem Haken in den Brunnen, wenn man nicht versteht, damit umzugehen«, erwiderte Indrek. »Warum haben Sie den Eimer nicht festgebunden?«

»Was wird denn jetzt?« fragte Tiina erschrocken.

»Man muß den Eimer herausholen, was denn sonst«, sagte Indrek und ging zum Brunnen, kniete sich auf die Einfassung und begann mit dem Haken nach dem Eimerbügel zu angeln, bis er ihn erwischte.

»Soo, nun weiß ich, wie man auf dem Lande einen Eimer aus dem Brunnen angelt«, sagte Tiina, die über den Brunnenrand gebeugt den Vorgang verfolgt hatte, als könne sie dadurch ihrerseits hilfreich sein.

»Es kommt nicht darauf an, daß Sie verstehen, einen Eimer aus dem Brunnen zu angeln«, sagte Indrek, »Sie müssen verstehen, so Wasser zu schöpfen, daß der Eimer nicht in den Brunnen fällt.«

»Ist bei der Schwester des Herrn auch ein solcher Brunnen?« fragte Tiina.

»Schlimmer«, meinte Indrek, »viel schlimmer.«

»Was gibt es denn da noch?« rief Tiina erschrocken.

»Sie werden es schon sehen, wenn Sie dahin kommen«, sagte Indrek, nahm den Wassereimer und ging zur Kate.

»Herr, erlauben Sie mir«, sagte Tiina und griff nach dem Bügel des Eimers, als wollte sie ihn Indrek entreißen. Doch der dachte nicht daran, den Eimer abzugeben, sondern sagte: »Hier gibt es keinen Herrn, hier gibt es nur einen Katen-Indrek.«

Doch auch Tiina ließ den Eimer nicht los. Und so gingen sie zu zweit neben dem Wassereimer, als sei er plötzlich so schwer geworden, daß einer ihn nicht tragen könne. Dabei sprach Tiina: »Nein, Herr, für mich bleiben Sie der Herr, ganz gleich, ob Sie in der Stadt oder auf dem Lande in einer Kate leben.«

Beim Feueranmachen in der Stube bekam Tiina vom Rauch einen Hustenanfall und ging mit tränenden Augen umher, doch sie betrachtete das als etwas Unvermeidliches, so als könne es gar nicht anders sein. Sie machte dabei noch die Erfahrung, daß es von Nutzen sei, in einer Kate bucklig zu sein, denn man muß hier sowieso des Rauches wegen gebückt gehen. Als sie Indrek fragte, was sie zum Essen bereiten solle, bekam sie zur Antwort, daß man Pellkartoffeln kochen müsse. Tiina tat das auch und zerbrach sich den Kopf darüber, was es wohl noch geben würde, doch wie sich später herausstellte, gab es nichts mehr, was man hätte zubereiten müssen. Tiina machte eine Anspielung auf den geräucherten Schinken, den sie gestern abend ungefragt gebraten hatte, doch Indrek sagte, daß dieses Braten eine Zeit- und Lebensmittelverschwendung sei. Ein paar Scheiben roh abschneiden, das könnte man, doch auch nicht immer, denn das ließe das Einkommen nicht zu. Hauptsache – Einfachheit! Ein Stück Brot, Kartoffeln, gesalzene Strömlinge oder Hering, Milch, zuweilen etwas Butter – das genüge. Die Arbeit sei einfach und auch das Essen müsse einfach sein. Ist die Arbeit schwer, dann könne man selbst Holz und Steine verschlingen, alles werde verdaut. Dieser Ansicht war Indrek jetzt und versuchte, danach zu leben.

Maret wollte ihm zu Mittag etwas zum Graben schicken, doch Indrek war schließlich nur damit einverstanden, daß man am Abend etwas zur Kate brachte. Und so blieb es bis auf den heutigen Tag. Am Morgen aber kam Elli mit einer Flasche Milch, und die nahm Indrek mit zum Graben. Als Elli an diesem Morgen aus der Kate kam, sagte sie zur Mutter: »Unten sieht es so aus, als würde dieses Mädchen überhaupt nicht mehr weggehen.«

»Das kann nicht sein, was soll sie denn beim Onkel anfangen«, erwiderte Maret. »Er wird sie doch nicht zum Graben mitnehmen. Sie war im Herbst ja auch hier, der Onkel will doch wissen, wie es den Kindern in der Stadt geht.«

»Aber warum hat sie denn ihre Sachen mitgebracht?« fragte Elli. Sie hatte gestern ein großes Bündel auf dem Rücken. Und in der Kate war alles getan, als ich hinkam. Ich habe nur die Flasche Milch abgegeben und bin wieder gegangen.«

Das stimmte Maret etwas nachdenklich. Ihr kamen plötzlich gewisse Zweifel in bezug auf Tiina: es waren die Zweifel einer Frau gegenüber einer anderen, die schon zum zweiten Mal aus der Stadt aufs Land kommt. Und unwillkürlich dachte sie an die ehelichen Mißgeschicke des Bruders und an seine freiwillige Zwangsarbeit im Sumpf von

Wargamäe. Ob diese Dinge nicht irgendwie im Zusammenhang mit dieser Frau stehen, die sich jetzt in der Kate aufhält?

»Wir werden später schon hören, was mit dieser Person los ist«, sagte Maret schließlich zur Tochter und hoffte, vom Großvater Näheres zu erfahren. Doch die Angelegenheit klärte sich noch einfacher. Es dauerte nicht lange, und diese verdächtige Person kam selbst von unten aus der Kate nach oben und erzählte Maret in einer Weise, daß auch jeder andere es hören konnte, wie es um sie stand. Sie sagte, daß es ihr hier gefalle und sie gern hier bleiben würde, doch sie habe keine Arbeit und keinen Verdienst; daß sie den Herrn – Tiina nannte Indrek nur so – gebeten habe, sie seiner Schwester zu empfehlen, und auch weshalb er es nicht tun wolle, sondern nur versprochen habe zu sagen, daß sie, Tiina, ein ordentliches und tüchtiges Mädchen sei. Und nun sei Tiina selbst auf gut Glück gekommen, um zu fragen, ob die Schwester des Herrn sie nicht doch nehmen würde, vielleicht auf Probe, sogar ohne Lohn. Wirklich, die Hausfrau könnte sie auf Probe nehmen und ihr später sagen, welchen Lohn sie ihr zahlen könnte. Tiina würde auch für geringeren Lohn arbeiten, besonders am Anfang, denn sie wollte gern, wenn schon nicht beim Herrn selbst, dann bei seiner Schwester dienen.

Tiina erzählte und erklärte alles so einfach, schlicht und treuherzig, daß sie sofort Marets Herz gewann. Auch Elli gefiel sie, die heimlich die Mutter drängte, mit Tiina einig zu werden. Doch Maret wollte sich vorher mit Sass beraten, denn die Sommerarbeit mußte mehr außerhalb des Hauses als in der Stube verrichtet werden und gehörte deshalb eher in den Wirkungsbereich des Bauern als der Bäuerin. Da Sass gerade unweit des Hauses pflügte, begab man sich dorthin. Dem Hausherrn fiel an dem fremden Mädchen nur ihr Gang auf, der anders zu sein schien als bei anderen

Menschen. Da aber Sass selbst ein verkrüppeltes Bein hatte, wäre es lächerlich gewesen, besonderes Gewicht auf ihren Gang zu legen. Nur die Zartheit des Mädchens machte ihm etwas Sorgen sowie die mangelnde Arbeitserfahrung, denn welchen Lohn konnte man ihr zusagen, wenn man nicht wußte, wie sie sich bei der Heumahd anstellen werde. Da man sich aber in den letzten Jahren immer mehr mit Gelegenheitsarbeitern behelfen mußte, riskierte es der Bauer auch in diesem Falle.

»Wie lange haben Sie bei Indrek gedient?« fragte schließlich Sass, um überhaupt etwas zu fragen.

»Beim Herrn war ich über zwei Jahre, Bauer«, erwiderte Tiina.

»Und haben Sie alles schaffen können?«

»Ja, alles«, versicherte Tiina. »Der Herr versprach, Ihnen zu sagen, falls Sie ihn fragen sollten, daß ich ein ordentliches und tüchtiges Mädchen bin. Ich habe in der Stadt sogar Holz gesägt und gespalten.«

»Wie alt sind Sie?«

»Schon fünfundzwanzig«, erwiderte Tiina und errötete, als sei ein solches Alter beschämend.

»Ich hätte Sie nicht für so alt gehalten«, sagte Sass.

»Ich habe Sie auch für viel jünger gehalten«, meinte Maret. »Ich nahm an, Sie seien ungefähr so alt wie Elli – die wird bald achtzehn.«

Damit war eigentlich der Handel abgeschlossen, bildlich ausgedrückt, die Zähne waren geprüft, als sei der Mensch von der Art der Pferde. Vom Felde zurückgekehrt, sagte die Mutter zu Elli: »Hier ist sie, deine Hilfe, aber murre nicht später. Du hast sie gewollt – da hast du sie!«

»Wollte Elli mich denn?« fragte Tiina.

»Wie verrückt drang sie auf mich ein – Mutter nimm sie, stell sie ein!« sagte Maret.

»Mir hat Elli gestern auch gleich gefallen«, sagte Tiina.

»Nun, dann versucht miteinander auszukommen, ohne Schmollerei«, sagte Maret. »Im vergangenen Sommer war es eine liebe Not – sie vertrugen sich nicht.«

»Wir werden uns schon vertragen, Bäuerin, davon bin ich überzeugt«, versicherte Tiina und schaute Elli lächelnd an, die sie ebenfalls anlächelte, als hätten sie beide plötzlich das gesuchte Glück gefunden.

»Na, dann gehen Sie also, und bringen Sie ihre Sachen von unten herauf«, sagte Maret.

»Ich habe nicht viel zu holen, das meiste habe ich in der Stadt gelassen, ich konnte ja nicht alles schleppen«, erklärte Tiina und lief zur Kate hinunter, als habe sie zehn Paar Beine.

Die Türen der Kate standen offen, doch es war keiner zu Hause. Tiina nahm ihr Bündel und die daliegenden Kleider und ging, ohne jemandem sagen zu können, wohin und wann sie gegangen sei. Der Vater kam erst gegen Abend nach Hause, doch das Fehlen von Tiinas Bündel und Kleidern fiel ihm nicht auf. Aber Indrek, dem diese ganze Geschichte am Herzen lag, fragte den Vater gleich, als er heimkam: »Wohin ist Tiina mit ihrem Bündel gegangen?«

»Keine Ahnung«, erwiderte der Vater. »Ich habe sie nicht mehr gesehen, seit sie nach oben gegangen ist, um wegen Arbeit zu verhandeln. Wahrscheinlich hat sie die Stelle bekommen.«

»Ich dachte, sie würden sich erst noch bei mir erkundigen«, meinte Indrek.

»Was soll man sich da erkundigen, wenn der Mensch so lange im Hause gewesen ist«, erwiderte der Vater. »Jedes Frühjahr werden aus der Stadt neue Leute geholt, wo wirst du dich in heutiger Zeit nach allen erkundigen.«

Aber Indrek wäre es lieb gewesen, wenn Maret mit ihm gesprochen hätte, bevor sie Tiina einstellte. Und er hatte das Gefühl, daß er ihr in diesem Falle geraten hätte, Tiina nicht einzustellen. Warum Indrek einen solchen Rat geben wollte, wußte er selbst nicht, er fühlte aber, daß er genau so gehandelt haben würde. Sollte Tiina aber die Stelle schon bekommen haben, dann sei's drum. Indrek wird sich nicht einmischen.

Es dauerte auch nicht lange, bis Tiina selbst mit der Nachricht erschien, daß der Handel abgeschlossen sei und sie die Stelle habe. Sie wartete anscheinend darauf, was Indrek sagen würde, da dieser aber schwieg, als interessiere ihn die Angelegenheit überhaupt nicht, zog sich das Mädchen zur Tür zurück und sagte leise und traurig: »Herr, es gefällt Ihnen nicht, daß ich die Stelle bekommen habe. Sie sind mir deswegen böse.«

»Nein Tiina«, erwiderte Indrek, »ich bin nur müde.«

Als aber Tiina mit dem leeren Eßgeschirr nach oben ging, war die große Freude wie weggewischt, das Herz wurde ihr schwer und schmerzte. Sie beschloß, möglichst selten in die Kate zu gehen, denn vielleicht befürchtete Indrek, daß sie ihn jetzt jeden Tag belästigen würde, und war deswegen so verstimmt. Doch nein, das wird Tiina nicht tun, das hat Tiina nicht nötig, ihr genügt es schon, daß sie hierbleiben kann.

Ungeachtet ihrer Traurigkeit und der Herzschmerzen fühlte sie, daß ihr ganzer Körper wie von einem Glücksrausch erfüllt war. Und was bedeutet schließlich im Leben das Herzweh, wenn man glücklich ist? Das Glück ist ein so sonderbares Ding, daß es niemals ohne Traurigkeit und Schmerzen kommt, das hat Tiina an sich selbst beobachtet. Bei anderen kommt es vielleicht auch ohne Leid, bei Tiina aber nicht. Deshalb ist sie gewohnt, auch mit wehem Herzen froh zu sein, so daß andere der Meinung sind, sie kenne überhaupt keinen Schmerz und keinen Kummer.

Zu dieser Ansicht gelangte man bald auch auf Wargamäe. Als Maret eines Tages mit ihrem Mann darüber sprach, meinte sie: »Tiina ist so sorglos und froh, als sei sie noch kein erwachsener Mensch.«

»Heutzutage bringen die Sorgen des Lebens auch Kinder um«, erwiderte Sass und erinnerte an den Hirten, der sich wegen des regnerischen Wetters einen Strick um den Hals gelegt hatte.

»Sicher war es nicht nur wegen des regnerischen Wetters«, widersprach Maret.

»Es stand doch so in der Zeitung«, behauptete Sass, »regnerisches Wetter, der Bauernsohn des Nachbarn und ein Strick um den Hals. Es lohnt sich nicht zu leben, wenn man mit dem regnerischen Wetter und dem Bauernsohn nicht fertig wird.«

»Die Jugend wird jetzt vor der Zeit alt«, meinte Maret und erinnerte an ihre eigene Jugend, die sie mit der von Elli verglich. Doch Sass war entgegengesetzter Meinung, seiner Ansicht nach wurden die Jungen jetzt viel zu spät alt, und darin bestehe die Not des Lebens und die Wurzel des Bösen.

»Sehe ich mir beispielsweise Oskar an«, sagte er, »der ist ein erwachsener Mensch, hat den Militärdienst hinter sich und alles, lebt aber, als sei er noch ein Kind. Oder meinst du, daß er sich auch nur die geringsten Kopfschmerzen darüber macht, was aus dem Hof wird, aus den Steinen auf dem Felde oder aus dem neuen Wohnhaus? Glaube das ja nicht! Hat er einen freien Augenblick, schwingt er sich aufs Fahrrad und weg ist er. Erst später erfährt man, wo er war. Als bestehe die ganze Weisheit darin, möglichst weit hinauszukommen.«

»Wenn das Rad nun einmal gekauft ist, warum sollte er dann nicht umherfahren?« sagte Maret.

»Nun gut, es ist gekauft«, meinte Sass, »doch wie weit kommt man immer damit, aus der Welt hinaus kannst du doch nicht. Und zurück kommst du immer an den alten

Ort. Als wir noch neben der Kirche wohnten, sagte ich stets, soll doch der Mensch gehen, wohin er will, zu mir kehrt er immer zurück, das heißt, zu dem Sargmacher. Doch das Unglück unserer Kinder ist wohl, daß sie nicht auf Wargamäe geboren sind, daß sie sich an das frühere Heim erinnern, deshalb zieht es sie fort.«

»Nein, Sass, so ist es nicht«, widersprach Maret. »Wir wurden seinerzeit alle hier geboren, aber fort zog es uns trotzdem, nur daß es damals keine Fahrräder gab, man mußte zu Fuß gehen.«

»Naja, dann wird es wohl schließlich so kommen, wie Oskar einmal sagte, er selbst trete auf einem Fahrrad, sein Sohn wird vielleicht im Flugzeug dahinbrausen. Wird er aber weiter kommen als mit dem Rad oder zu Fuß? Kommt er weiter als ich mit meinem verkrüppelten Bein? Vielleicht werden sich die Menschen einfach so in die Luft erheben, ohne Flugzeug, doch aus der Welt hinaus gelangen sie doch nicht. Ich gelangte mit meinem verkrüppelten Bein bis nach Wargamäe. Oskar mit seinem Fahrrad gelangt schließlich auch nicht weiter, und sein Sohn mit dem Flugzeug kommt ebenfalls hierher zurück. In der Zeitung stand, daß selbst die Sterne auf die Erde herunterkommen, die kleineren früher, die größeren später. Folglich kommen sogar sie hierher, um ihren Sargmacher zu suchen, was soll man dann noch vom Menschen reden.«

»Aber die Sterne fallen doch nicht auf Wargamäe«, sagte Maret. »Nicht einmal die ältesten Menschen haben jemals gehört, daß hierher ein Stern gefallen wäre.«

»Wo ist denn dieses Wargamäe, immerhin doch auf der Erde, nirgends sonst«, erklärte Sass. »Das ist es, was die Menschen nicht begreifen, am wenigsten die Jugend. Jagen umher, hetzen, doch bald ist der Magen leer, und dann kehren sie nach Hause zurück. Sieh den Indrek, der wollte am weitesten kommen, ging vielleicht auch am weitesten, doch jetzt ist er hier.«

»Ihn hat doch kein leerer Magen getrieben!« versuchte Maret zu widersprechen.

»Leerer Magen oder sonst etwas, doch zurück ist er gekommen«, sagte Sass. »Deswegen meine ich, wenn man endgültig fortgehen könnte, wäre es etwas anderes. Wenn es so wäre, daß man in die Luft steigt oder fortgeht, ohne jemals wiederzukommen, dann lohnte es sich zu gehen. Oder wenn man schon nicht für ewig geht, dann zumindest für einige Jahrzehnte, dann würde es sich lohnen, auch an ein Flugzeug zu denken, dann würde vielleicht auch ich es mir überlegen.«

So unterhielten sich Maret und Sass über die Fernsehnsucht der Jugend. Doch gerade jetzt, da sie diesen Umstand besprachen, begann diese Sehnsucht bei der Jugend nachzulassen – warum? Das wußte niemand, wahrscheinlich nicht einmal die Jugend selbst. Alles begann damit, daß Oskar und Elli, wenn sie beabsichtigten, irgendwohin zu gehen, auch Tiina aufforderten mitzukommen. Doch die schaute sie mit ihren großen braunen Augen lächelnd an und sagte, sie sei niemals ausgegangen und bleibe auch jetzt auf Wargamäe zu Hause, denn sie habe es hier gut. Mehr noch: Hier sei es besser als sonst irgendwo, denn hier sei es stiller. Außerdem sei sie nicht mehr so jung, daß sie es zu Hause nicht aushalten könnte.

Diese letzten Worte brachten die anderen zum Lachen, und Oskar sagte ganz ernst: »Sie sind jünger als alle Dorfmädchen zusammen.«

»Das scheint nur so, weil ich sehr mager bin«, erklärte Tiina.

»Sie sind gar nicht so schrecklich mager«, widersprach Oskar, trat an das Mädchen heran und schaute es mit seinen blauen Augen durchdringend an, als prüfe er seine Magerkeit. Er war etwa einen Kopf größer als Tiina, und sie mußte ein wenig nach oben schauen, um dem Blick des jungen Mannes zu begegnen. Doch das dauerte nur einen Augenblick, dann wandte sich Tiina ab, als schäme sie sich, und sagte: »Ich verstehe es nicht, mich an der Freude anderer zu beteiligen, das muß man von klein auf lernen, ich aber kränkelte lange.«

»Jetzt aber sind Sie doch gesund?« fragte Elli.

»Jetzt wohl«, erwiderte Tiina.

»Nun, dann fangen wir jetzt an zu lernen«, sagte Oskar. »Wir bringen Ihnen in ein paar Wochen alle Tänze bei.«

Aber Tiina wollte nicht tanzen lernen, als wollte sie beweisen, daß man im Leben auch ohne das auskommen kann. Im Leben kann man vieles entbehren und dabei dennoch glücklich sein, das schien Tiina den anderen beibringen zu wollen.

Und nun geschah auf Wargamäe am hellichten Tage ein Wunder: Oskars und Ellis Radtouren wurden augenscheinlich seltener und kürzer, ohne daß es jemand so recht bemerkt hätte, bevor diese Veränderung nahezu abgeschlossen war. Erst dann schienen alle plötzlich zu erwachen. Sind denn die Menschen dieses Jahr von der Frühjahrsarbeit so ermüdet? Sind vielleicht auf Wargamäe wegen irgendeiner Trauer alle Feiern und Belustigungen abgesagt? Weder das eine noch das andere. Die Menschen feiern und amüsieren sich wie eh und je, sie amüsieren sich sogar mehr, je schwerer sie es haben, um auf diese Weise wenigstens für einen kurzen Augenblick die Schwere des Lebens zu vergessen.

Als die Geschwister auf Wargamäe diese Angelegenheit besprachen, warf Oskar der Schwester vor, daß sie nirgends hingehen wolle, und allein sei es ihm zu langweilig. Doch Elli verteidigte sich und erwiderte: »Früher wolltest du immer allein ausgehen, ich störte dich angeblich.«

»Jetzt aber will ich nicht mehr allein gehen«, sagte Oskar.

»Dann geh doch mit Tiina«, sagte Elli.

»Wann bin ich früher mit Tiina ausgegangen«, erwiderte Oskar.

»Einmal ist immer das erste Mal«, meinte Elli.

»Tiina kommt nicht mit mir«, sagte jetzt Oskar, und so flog Tiinas Name von Mund zu Mund, als hätten sie ein neues Spiel erfunden, das kein Ende fand. Beiden war es bei diesem Spiel ein wenig peinlich, doch keiner wollte zuerst damit aufhören, als bestehe das ganze Spiel darin, wer länger durchhalte.

Die Alten auf Wargamäe spielten dieses Spiel etwas anders. Auf ihren Gesichtern erschien dabei weder Peinlichkeit noch Beschämung, eher Sorge, erst bei Maret dann auch bei Sass. Denn Maret wollte nicht, daß Sass etwas verborgen bliebe, was auf Wargamäes Boden geschah. Sie sagte: »Alter, hast du bemerkt, daß unsere Kinder häuslicher geworden sind?«

»Mir ist es nicht aufgefallen«, erwiderte Sass und fügte hinzu: »Doch jetzt, da du es sagst, ist es mir auch so, als seien die Kinder wirklich häuslicher geworden.«

»Sie sind sogar sehr häuslich geworden«, sagte Maret nachdrücklich.

»Du scheinst damit etwas sagen zu wollen«, meinte Sass.

»Wie denn sonst«, erwiderte Maret. »Unsere Kinder wurden häuslicher, seit wir Tiina im Hause haben.«

»Doch nicht Tiinas wegen?« fragte Sass.

»Das weiß ich nicht«, erwiderte Maret, »ich sehe nur, daß Tiina nirgendwohin gehen will und daß auch unsere Kinder zu Hause bleiben.«

»Du sagst es so, als wäre es schlecht, daß sie zu Hause bleiben«, sagte Sass.

»Schlecht oder gut«, meinte Maret, »mir ist jedenfalls aufgefallen, daß Oskar kaum noch weggeht, wenn aber, dann ist er bald wieder da. Anfangs achtete ich kaum darauf, dann aber fing Elli an zu klagen, daß sie nirgends mehr wohingehen könne, denn Oskar wolle nicht mitkommen, und wie solle sie denn alleine gehen ...«

»Also geht die Sache von Oskar aus«, sprach Sass nachdenklich.

»Von Oskar, von Oskar«, wiederholte Maret, »er fängt an, sich für das Mädchen zu interessieren.«

»Ach so meinst du das«, dehnte Sass die Worte, als falle es ihm plötzlich schwer zu sprechen.

»Du liebe Zeit, was denn sonst!« rief Maret, und dann saßen sie stumm nebeneinander, als sei die Liebe der jungen Leute eine sorgenvolle Angelegenheit.

»Naja, der Junge ist ja in dem Alter«, meinte Sass nach einer Weile, »da gibt es nichts anderes, soll er doch heiraten, aber ob die Frau gerade Tiina sein sollte, von der keiner so recht weiß, was sie ist und was sie hat.«

»Und wohin dann mit ihnen?« fragte Maret.

»Wenn die neuen Kammern fertig wären, dann ...«, murmelte Sass.

»Nein, Alter«, unterbrach ihn Maret, »neue Kammern helfen hier nicht. Ich habe länger auf Wargamäe gelebt als du und niemals gesehen, daß hier neue Wohnräume etwas geholfen hätten.«

»Weißt du, Alte, was ich dir sage: Wenn nötig, übergeben wir den Hof den Jungen und ziehen selbst zurück zur Kirche. Ich fange wieder an, den Menschen Särge zu machen, falls das notwendiger ist, als in Wargamäe Steine zu sprengen. Daran habe ich schon lange gedacht.«

»Was wird aber dann aus Elli?« fragte Maret. »Welcher Mann wird sie sich vom Sargmacher holen?«

»Ach, was aus Elli wird!« sagte Sass und versank in Nachdenken. So überlegten sie die Sache zu zweit, und keiner wußte so recht, was aus ihrer Tochter werden sollte, wenn sie keine Bauerntochter mehr wäre, die als Mitgift auf

Pferde, Kühe und Schafe sowie auf anderes Gut rechnen könnte.

Einst hatte Maret gedacht, daß sie Wargamäe nackt und bloß verlassen würde, wenn sie nur fortkäme, jetzt aber dachte sie so wie einst ihre Mutter: Sie überlegte, was Wargamäe mitgeben könnte, wenn man von hier fortginge. Sie dachte weiter. Sie dachte, daß es schwer werden würde, von hier zu scheiden, und der Mensch glücklich sei, der seine Tage hier beenden könne. Sie dachte auch an ihre Schwester Liisi, die mit großem ›Trara‹ von hier gegangen war und die noch jetzt, da sie an ihrem neuen Wohnort schon erwachsene Kinder hat, Wargamäe nicht verlassen kann, ohne sich die Augen zu wischen. Sie dachte an das alles und wunderte sich, wie doch auf der Welt alles zweiseitig und veränderlich ist, und konnte durchaus nicht begreifen, was oder wer sich verändert hat, die Menschen oder Wargamäe oder gar alle beide.

»Nun, solche Dinge entscheiden sich ja nicht von heute auf morgen«, sagte schließlich Sass, nachdem sie lange genug überlegt hatten. »Vielleicht geht auch alles so vorüber, sind ja junge Leute.«

»Es ist bei uns ja auch nicht vorübergegangen, warum sollte es bei unseren Kindern vorübergehen«, widersprach Maret. »Wir sind nicht von solcher Art und solchem Blut.«

»Wie können wir wissen, was für Blut Tiina hat«, sagte Sass.

»Desto schlimmer, wenn sie mit dem Jungen nur flirtet«, sprach Maret. »Doch ich glaube das nicht. Wo hätte dann so ein Mädchen ihren Verstand, wenn sie nicht Wargamäe-Bäuerin werden wollte. Am meisten befürchte ich, daß sie nur Wargamäe-Bäuerin werden will, sonst nichts. Wie durch einen Nebel erinnere ich mich, daß meine Mutter einmal gesagt hat, Menschen mit braunen Augen kann man nicht trauen, sie sind schlau und falsch. Und Tiina hat braune Augen, ganz braune, ich habe sie heute genau betrachtet. Weißt du, Alter, in der letzten Zeit habe ich begonnen, das Mädchen genau zu beobachten. Und doch verstehe ich nicht, was sie eigentlich für ein Vogel ist. Scheint meist traurig zu sein, spricht man sie aber an, lächelt sie einem fröhlich zu. Und unermüdlich ist sie, muß wohl über ihre Kräfte arbeiten, denn wieviel hat sie schon in ihrem Körperchen, um mit der Arbeit in Wargamäe fertig zu werden. Deswegen meine ich auch, daß sie es darauf abgesehen hat, Hofbäuerin auf Wargamäe zu werden – zeigt, wieviel sie schaffen kann. Und der Junge liegt ihr schon am Herzen, das sehe ich an ihren Augen. Doch sie zeigt es nicht, macht sich nichts aus ihm. Sie macht sich aus keinem etwas, so ist sie. Doch wenn man sich aus ihr was macht, ist sie butterweich. Zuweilen fange ich direkt an, sie zu fürchten, bedaure, daß wir sie genommen haben. Wir hätten doch vorher mit Indrek sprechen sollen.«

»Du übertreibst die Sache ganz schlimm«, sagte Sass. »Das Mädchen ist still wie eine Maus, du aber tust, als hättest du eine Schlange im Haus.«

»Glaube mir, Alter, genau so ein Gefühl habe ich zuweilen«, behauptete Maret.

»Dann entlasse sie doch, wenn du sie so sehr fürchtest, wir haben ja monatlich abgemacht«, sagte Sass. »Zahle ihr zwei Wochen im voraus, und du bist sie sofort los. Sie wollte doch selbst zur Probe, nun, jetzt ist die Probezeit vorbei und Schluß. Wir brauchen zur Heuernte eine kräftigere Person, das ist alles.«

Doch auch damit war Maret nicht einverstanden. Denn was würde Indrek sagen, wenn sie so handelte, und was Oskar tun würde, war Maret auch nicht klar. Sie hatte auf Wargamäe die Beobachtung gemacht, je mehr man etwas verbietet, desto größer wird das Verlangen danach.

Schließlich will man es nur, weil es so streng verboten ist.

XIII

Zur gleichen Zeit, da die Eltern solche Sorgen um ihre Kinder plagten, wurden diese immer fröhlicher, als sei die Sorge der Eltern der Kern für die Freude der Kinder. Sogar Tiina wurde mit jedem Tag fröhlicher, als pflanzten die Alten von Wargamäe auch für sie Freudentriebe. Indrek hatte in der Stadt Tiina niemals singen hören, er wußte nicht einmal, ob sie singen könne, doch in Wargamäe hörte er ihre Stimme, zuerst zusammen mit Elli, später sang sie auch allein. War es eine hübsche Stimme? Das wußte Indrek nicht, denn es kam ihm überhaupt nicht in den Sinn, daran zu denken. Eigentlich hörte er sie gar nicht als Tiinas Stimme, sondern als etwas, das Erinnerungen weckte, denn einst, vor langer Zeit sangen in Wargamäe auch zwei Stimmen. Ja, damals sangen Liisi und Maret, und wie sich später herausstellte, hatten sie sich Männer ersungen. Fangen Elli und Tiina auch an, sich Männer zu ersingen?

Doch das war ihm gleich. Hauptsache, man sang auf Wargamäe wieder wie schon seit vielen Jahren nicht mehr. Erst sang Elli, dann fing auch Tiina an zu singen, und schließlich tat auch Oskar den Mund auf – summte, juchzte, bis daraus schließlich eine Begleitung zum Gesang der Mädchen wurde. Der Gesang auf Wargamäe wirkte wie eine ansteckende Krankheit. Denn als der Niederhof-Karla hörte, wie die jungen Leute auf dem Oberhof sangen, sagte er einmal zu seinem Sohn: »Eedi, hörst du?«

»Die Mädchen singen«, antwortete Eedi.

Aus den Worten und dem Ton des Jungen klang plötzlich mehr Verstand, als der Vater bei ihm bisher beobachtet hatte. Deshalb sagte er: »Möchtest du nicht auch deinen Mund aufmachen?«

Aber Eedi sah den Vater bloß zweifelnd an, denn er meinte, daß der Vater ihn einfach necke.

»Hörst du, der Oberhof-Oskar singt mit den Mädchen, willst du nicht auch singen?«

»Die Mädchen wollen mich nicht«, sagte Eedi.

»Du mußt selbst ein Mann sein, sonst wollen die Mädchen dich natürlich nicht«, belehrte ihn der Vater. »Du mußt dich besser kleiden – Stiefel an die Füße und ein Tuch um den Hals, die Mädchen lieben das.«

Eedi hörte zu und überlegte anscheinend, was von den Worten des Vaters zu halten sei. Doch einige Tage später geschah das Wunder, daß der Niederhof-Eedi, als die jungen Leute auf dem Oberhof zu singen begannen, auch nicht anders konnte, als seine Stimme zu erheben. Das geschah für ihn selbst so unerwartet, daß er sich beinahe umgeblickt hätte, wer denn mit so lauter Stimme schreit. Aber bald gewöhnte er sich daran, und dann konnte ganz Wargamäe des Niederhof-Eedis Stimme hören.

»Wer weiß, was in unseren Jungen gefahren ist, daß er plötzlich zu jubilieren anfängt«, sagte die Mutter besorgt, als bedeute das etwas Schlimmes.

»Unser Junge wird zum Manne, sonst nichts«, erwiderte Karla. »Er kann doch nicht immer so ein Trottel bleiben, wie er bisher war.«

»Was kann dabei Gutes herauskommen, wenn ein Kind beginnt, ein Mann zu werden«, meinte Ida, »denn Eedi hat immer noch den Verstand eines Kindes.«

Aber Karla war über die Veränderung seines Sohnes anderer Meinung. Bei ihm weckte sie frohe Hoffnungen, so daß er sich beeilte, sie Pearu mitzuteilen.

»Die Mädchen haben so manchem Manne richtigen Verstand beigebracht«, meinte dieser, »wer kann es wissen, vielleicht machen sie auch aus unserem Jungen einen Mann. Wenn er nur an sie herankönnte, um richtig zu wissen, was ein Mädchen ist, das wäre nötig.«

»Sollen sie doch erst mal singen und jubeln, selbst die Tiere wollen zuerst die Stimme hören«, sagte Karla.

»Ja, mein Sohn, sollen sie doch singen und jubeln, girren und balzen, anders setzt man sich ja nicht ins Nest«, meinte auch Pearu.

Also sandte Eedi wie ein Uhu seine Rufe von Ferne der Jugend auf dem Oberhof zu. Doch seine Rufe wurden nicht beachtet. Nur Tiina empfand mit dem aus der Ferne Rufenden ein gewisses Mitleid und sogar eine gewisse krankhafte Neugier und auch ein Interesse, denn wenn sie den Jungen hörte, erinnerte sie sich ihrer eigenen Jugend mit vielen langweiligen Jahren. Wenn sie zu der Zeit irgendwo auf Wargamäe gelebt hätte, würde sie vielleicht ebenso zu rufen begonnen haben wie dieser unbekannte Junge, dort hinter den Zäunen oder im wogenden Roggen verborgen.

Natürlich sagte Tiina zu Oskar und Elli kein Wort über solche Gefühle, denn sie vertraute überhaupt niemandem etwas über ihr Seelenleben an. Einem einzigen hätte sie vielleicht etwas gesagt, doch der fragte nicht, war an ihr überhaupt nicht interessiert. Und so würde Tiina vielleicht ihr ganzes Leben verbringen, ohne daß jemand wußte oder ahnte, wie dieses Leben war.

Die Tage vergingen mit Lachen und Scherzen, Jauchzen und Singen, als wäre Wargamäe tatsächlich zu einem Paradies auf Erden geworden, wohin selbst die Sterne kommen, um sich zu erholen, wenn sie genug geleuchtet haben. Die Jugend schien überhaupt nicht daran zu denken, daß die schwere Arbeit, wenn sie heute beendet ist, morgen wieder beginnt.

Auch Tiina mußte ganze Tage auf staubigem Feld hinter der Egge oder Walze hertraben, während Oskar zur gleichen Zeit auf dem Brachland Löcher in die Steine bohrte. Ab und zu erschallten von dort laute Knalle, so daß die junge Stute am ganzen Körper erbebte. Tiina hatte früher niemals gesehen, daß ein junger Körper vor Schreck so erbeben konnte, und das erschütterte sie wie eine Offenbarung. Könnte sie auch so erbeben? Was könnte sie dazu bringen? Was könnte sie so erschrecken? Sie wußte es nicht. Aber jedesmal, wenn der Pferdekörper von Angstschauern erschüttert wurde, hätte sie mitschauern können. Das Leben schien kein rechtes Leben zu sein, wenn man nicht ein solches Schaudern verspürte.

Dieses natürliche Schaudern eines jungen Leibes konnte Tiina kennenlernen, als der Sommerknecht zum Düngerfahren kam. Es war ein junger Bursche, etwa fünfundzwanzig Jahre alt, wie Tiina, weder groß noch klein, weder dick noch mager, sondern gerade recht. Die Augen blaugrau, die Lippen dick, die Zähne unregelmäßig, das strohblonde Haar zurückgeworfen, im ganzen Wesen etwas Ungeschlachtes, Grobes, doch dessen ungeachtet, ein ganz netter und angenehmer Bursche. Eine auffallende Gewohnheit bestand darin, daß er vom ersten Tage an bei der Arbeit das Hemd auszog. Rücken, Brust und Arme braungebrannt und stellenweise sich häutend, zeugten davon, daß der Mann heute nicht zum ersten Mal so arbeitete. Bei der Begrüßung sagte er nicht ›Guten Tag‹, sondern ›G'sundheit‹. Das wirkte auf Wargamäe sehr forsch. Mit Oskar ins Gespräch gekommen, fragte er bald, wo die Jungen der Umgegend trainieren, denn alleine sei es ja langweilig, in Gesellschaft viel gemütlicher – er sagte gemütlicher, denn auch das klang forsch. Im ersten Augenblick begriff Oskar nicht, wovon die Rede war, als aber Ott – so hieß der Bursche – von Rekorden sprach, wurde alles klar. Hier in der Nachbarschaft gab es keine Sportvereinigung, im nächsten Städtchen aber wohl: Dort gab es Wettkämpfe, und von dort fuhren sie auch anderwärts zu Wettkämpfen.

»Wie weit ist es denn von hier?« fragte Ott.
»Fünfundzwanzig bis dreißig Kilometer«, erwiderte Oskar.
»Das ist ja nur ein Katzensprung!« rief Ott.
»Mit dem Rad natürlich«, meinte Oskar.
»Der Bauer hat ja ein Rad«, sagte der Sommerknecht.
»Nein, der Bauer hat keins«, erwiderte Oskar.
»Na, dann der junge Bauer«, grinste Ott.
»Der junge Bauer gibt sein Rad nicht in fremde Hände«, sagte Oskar.
»Nu wird's aber Tag!« rief Ott, als höre er etwas noch nie Dagewesenes. »Im vergangenen Jahr auf meiner Sommerstelle bin ich ganze fünfzig Kilometer mit dem Rad des Bauern in die Stadt gefahren.«
»Das war wohl ein alter Klapperkasten?« fragte Oskar.
»Nein, ein ganz neues«, widersprach der Bursche, »gerade im Frühjahr gekauft, damit bei Bedarf eins da wäre.«
»Möglich«, sagte Oskar zweifelnd, »doch wir haben kein solches Rad. Und meiner Meinung nach kann es auch kein solches Rad geben. Denn wie soll ein Rad lange vorhalten, wenn jeder damit fährt.«
»Was habt ihr denn hier für Männer und Räder?« fragte Ott erstaunt. »Ihr müßtet nach Holland gehen, da würdet ihr sehen: Jeder hat ein Fahrrad zwischen den Beinen und alle vom Arbeitgeber.«
»Sind Sie in Holland gewesen?« fragte Oskar.
»Ich nicht, aber andere Menschen, die wissen es«, sagte Ott. »Ein Freund von mir war dort, ein anderer war in Dänemark, was da für Menschen leben!«
»Alles möglich«, meinte Oskar. »Wir hier bekommen für uns selbst schwer so eine Harke zwischen die Beine, und auch das meist auf Abzahlung.«
»Auf Abzahlung könnte ich ebenfalls eins kaufen, doch jemand müßte bürgen. Vielleicht der Bauer«, sagte Ott.

»Wer will sich denn damit belasten, man kann doch auch hereinfallen«, sagte Oskar.

»Warum denn gleich hereinfallen?« fragte der Bursche erstaunt. »Ich kaufe für den Lohn, den der Bauer einbehält, wenn aber der Lohn alle ist, was macht es dann dem Bauern. Er kann mich doch nicht zwingen, das Rad bei ihm abzuarbeiten. Er trägt doch keine Schuld. Ich kann doch woanders hingehen und dort das Rad abarbeiten. Wenn das aber nicht klappt, dann kann das Rad zurückgenommen werden, ein anderes Recht gibt es nicht. Oder man wartet, bis ich Geld bekomme. Jetzt kaufen doch alle so. Wozu soll man denn gleich zahlen, wenn es auf Abzahlung geht. Jetzt sind nicht mehr die alten Zeiten, da man immer Geld parat haben mußte, jetzt gibt es Vertrauen. Die Menschen vertrauen einander, in dieser Hinsicht ist das Leben angenehmer geworden. Und wohin soll der Mensch auch gehen, was kann er tun? Früher verschwand er nach Rußland, und wohin jetzt? Nirgendwohin. Unser Land ist klein und dic Polizei dir wie ein Jagdhund auf den Fersen. Kannst mit deinem eigenen Rad nirgends hin, geschweige denn mit einem fremden. Also fährst du, machst deine Tour und kommst zurück. Und mit dem eigenen Rad gehst du nachlässiger um als mit einem fremden, wirklich wahr! Ich gehe mit einem fremden Rad viel sorgsamer um als mit einem eigenen. Mit dem eigenen Rad trägt man doch keine Verantwortung, mit einem fremden aber wohl, deshalb. Junger Bauer, Sie könnten es einmal mit mir probieren, dann werden Sie sehen. Geben Sie mir Ihr Rad nur für eine einzige kleine Fahrt. Glauben Sie mir, Sie werden es nicht bedauern. Ich bin Sportsmann und betrüge nicht. Denn wer Sport treibt, der kann nicht betrügen. Jetzt ist es ziemlich sicher, wenn die Deutschen ebenso tüchtige Sportler wären wie die Engländer, dann wäre es überhaupt nicht zum Weltkrieg gekommen. Verstehen Sie, Jungbauer, es wäre zu keinem Weltkrieg gekommen, wenn der Sport stärker gewesen wäre, Sie aber fürchten, mir Ihr Rad für eine Probefahrt anzuvertrauen.«

So versuchte der Sommerknecht mit großer Überzeugungskraft den Zusammenhang zwischen Fahrrad, Weltkrieg und Sport zu erklären, denn er hatte das irgendwo gelesen, im Rundfunk oder von einem Sachverständigen gehört, so daß daran nicht zu zweifeln war.

Der Wargamäe-Oskar schmunzelte und meinte im stillen: ›Der Bruder versteht, einem was einzureden‹, aber dessenungeachtet wurde er unschlüssig und überlegte, ob er sein Rad dem Burschen vielleicht einmal geben sollte, wenn er ihn näher kennengelernt hatte.

Und er lernte ihn kennen. Er war ein Mann wie jeder andere, lud Dünger auf und stemmte Steine auf den Wagen, um sie später auf einen Haufen zu schichten. Doch singen mochte er nicht. Ein ernsthafter Mensch singe heutzutage nicht, er treibe Sport. Gesang sei ein Zeitvertreib für Leichtlebige, Sport aber verlange den ganzen Mann und richtigen Mut. Sogar ernsthaftere Frauen verzichteten heutzutage auf Gesang und wendeten sich dem Sport zu. Man brauche nur in der Zeitung nachzulesen, was in England und Amerika geschehe. In früheren Zeiten wurden Gesangswettbewerbe veranstaltet, jetzt aber sei es allenthalben der Sport.

Ott sagte nämlich statt überall allenthalben, und das war viel überzeugender und glaubwürdiger als alte oft gebrauchte Wörter. Vor allem überzeugte er damit Elli, doch allmählich auch Oskar, nur Tiina hörte dem jungen Mann so zu, als höre sie nichts oder als verstehe sie kein Wort davon. Sass sagte einmal, als er den Burschen anhörte: »In der Stadt wird es mit diesen Dingen immer verrückter, wir hier wissen davon noch nichts.«

»Sie werden schon noch bis hierher gelangen«, prophezeite Ott überheblich. »Ich könnte in Wargamäe in dieser Hinsicht selbst den Instrukteur machen.«

Und das hätte er vielleicht auch gekonnt, wenn sich die Dinge auf althergebrachte Weise und in gleicher Richtung entwickelt hätten. Doch bald ereignete sich etwas, das die ganze Lage und die gegenseitigen Beziehungen veränderte. Eines Tages begann Ott Oskar ernstlich wegen des Rades zu bedrängen. Als dieser immer noch schwankte, sagte der Sommerknecht hänselnd: »Sie radeln ja sowieso nirgends hin, Sie haben die Anziehungskraft zu Hause.«

Da Oskar nicht sofort begriff, worauf Ott abzielte, fügte dieser hinzu: »Bauer, versuchen Sie nicht, mich für dumm zu verkaufen, ich kenne mich aus, wenn es sich um Mädchen handelt.«

Oskar errötete über und über und wußte nicht, wo er die Augen hinwenden sollte, denn Ott hatte in roher Weise einen Umstand enthüllt, den er selbst vorerst nur wie durch einen Schleier ahnte.

»Von welchen Mädchen reden Sie?« fragte er schließlich tastend.

»Ich rede nur von einem«, lachte Ott, »ich rede von Ihrem Schätzchen.«

»Ich habe kein Schätzchen.«

»Nun, wenn Sie noch keins haben, dann bekommen Sie es bald«, sagte Ott, »ich werde es Ihnen nicht streitig machen, der Bauer hat das Vorrecht.«

»Wenn ich Sie nur verstehen würde«, begann Oskar.

»Lassen Sie doch unter Freunden das leere Gewäsch!« rief Ott. »Wenn Sie nicht verstanden haben, warum sind Sie dann errötet? Das kennt man! Es scheint mir aber, daß Sie mit ihr vom falschen Ende anfangen. Sie ist doch ein Stadtmädchen, und in der Stadt betreibt man diese Dinge anders. In der Stadt ist nicht mehr Gesang, sondern Sport modern, verstehen Sie«, lachte der Bursche breit und machte mit der Hand eine bestimmte Bewegung.

Oskar hörte beinahe mit offenem Munde zu. Nicht, weil ihm derartige Wendungen und Gebärden unbekannt gewesen wären, sondern weil sie hier, auf ihn und insbesondere auf Tiina bezogen, angewendet wurden. Aus irgendeinem Grund verletzte es ihn in tiefster Seele. Er wandte sich ab und sagte zornig: »Lassen Sie diese Sprache! Ich verstehe Sie nicht und will Sie auch nicht verstehen.«

»Ich habe noch gar nichts gesagt«, erwiderte Ott, »ich habe Ihnen nur einen guten Rat gegeben, daß man einem Stadtmädchen gegenüber handgreiflicher werden muß, das gefällt ihnen.«

»Diesen guten Rat behalten Sie besser für sich«, erwiderte Oskar erregt.

»Das kann ich auch«, witzelte der Bursche, »doch Sie werden es bedauern, denken Sie daran.«

»Was werde ich bedauern?« fragte Oskar.

»Ich mache Sie Ihnen abspenstig, wetten wir«, prahlte Ott. »Wenn Sie auch Bauer sind und ich nur Knecht.«

»Der Mensch scheint tatsächlich übergeschnappt zu sein!« rief jetzt Oskar.

»Werden Sie mir Ihr Rad leihen oder nicht?« fragte der Bursche entschlossen.

»Ich denke nicht daran«, erwiderte Oskar ebenso. »Wer über andere Leute so redet und sie so behandelt, der wird auch ein fremdes Fahrrad nicht schonen.«

»Also gut«, sagte der Bursche drohend. »Kann ich nicht Rad fahren, werde ich das Mädchen in Fahrt bringen.«

»Passen Sie auf, daß man Sie selbst nicht in Fahrt bringt«, sagte Oskar.

»Mich? Wer? Der Bauer? Mag er mir meinen Monatslohn auszahlen, und ich gehe auf der Stelle«, sagte Ott.

»Es könnten sich außer dem Hofbauern noch andere

finden, die Ihnen Beine machen«, meinte jetzt Oskar, »und das geschieht ohne Vor- oder Nachzahlung des Lohnes.«

»Oho! Die Sache beginnt ja interessant zu werden!« versuchte Ott überheblich zu lachen.

»Wird sie schon, wenn nötig«, erwiderte Oskar, und damit endete die Angelegenheit für diesmal. Doch ein heimlicher Groll schwelte zwischen den beiden fort.

Von da an änderte Ott sein Verhalten den Mädchen gegenüber. Wenn er sie bisher kaum beachtet hatte, so wandte er ihnen jetzt seine ganze Aufmerksamkeit zu, Tiina gegenüber auffälliger, Elli gegenüber höflicher und zurückhaltender. Schon nach einigen Tagen begann er gegen Tiina bei der geringsten Gelegenheit handgreiflich zu werden. Und jedesmal, wenn das geschah oder wenn Ott mit Tiina seine langen Gespräche führte, zog sich Elli wie ein Igel zusammen, wurde still und wortkarg, beinahe düster, so als wäre ihr ein Unrecht geschehen. Tiina blieb nach wie vor freundlich und lächelnd, doch Oskar bemerkte einige Male Tränen in ihren Augen.

»Was fehlt Ihnen?« fragte er das Mädchen.

»Ach nichts, nur so, persönliche Dinge«, erwiderte Tiina.

»Ich dachte, es sei wegen Ott«, sagte der Bursche.

»Das natürlich auch ... er quält mich«, sagte Tiina.

Das genügte. Als Ott sie das nächste Mal wieder mit seinen handgreiflichen Scherzen belästigte, so daß sie jammerte, trat Oskar dazwischen und sagte: »Lassen Sie Tiina in Ruhe, sie will nicht, daß Sie sie so betatschen.«

Ott schien darauf nur gewartet zu haben. Er wandte sich kampfbereit um und fragte: »Woher wissen Sie das so genau?«

»Sie haben doch selbst Augen im Kopf, Sie sehen doch, daß Tiina weint«, versetzte Oskar.

»Sie weint, weil Sie sich in unsere Angelegenheiten mischen«, sagte Ott grinsend. »Was geht es Sie überhaupt an? Sie sind ja noch nicht Herr auf Wargamäe.«

»Aber ich werde einmal Bauer auf Wargamäe sein, und deshalb belästigen Sie hier die Leute nicht«, sagte Oskar selbstbewußt und stolz.

»Abwarten, ob Sie es werden«, rief Ott, »bis dahin aber, Tiina, sind wir auf Wargamäe freie Leute.« Damit beabsichtigte er, das Mädchen wieder anzufassen, doch jetzt trat Oskar dazwischen und sagte wütend: »Geht es denn wirklich nicht anders als mit Handgreiflichkeiten?«

»Nein, wirklich nicht!« rief Ott, als habe er nur darauf gewartet, und wollte Oskar mit der Faust unters Kinn schlagen. Der aber hatte sich beim Militär etwas mit dem Faustkampf bekannt gemacht, so daß es ihm gelang, geschickt auszuweichen und seinerseits Ott einen Stoß gegen die Rippen zu versetzen, so daß der taumelte. Danach fielen sie übereinander her und prügelten blindlings aufeinander los. Bald waren die Gesichter blutig. Schließlich schleuderte Oskar seinen Gegner zu Boden, der aber griff sofort nach dessen Bein, und nun wälzten sich beide wie Raubtiere am Boden, die sich mit den Krallen zerfleischen. Zwar blieben die Körper der beiden unverletzt, doch die Hemden waren sofort zerrissen. Wer weiß, wie die Sache geendet hätte, wenn Tiina nicht ins Haus gelaufen wäre und den Bauern gerufen hätte. Sass kam mit einem gehörigen Prügel in der Hand.

»Jungens, was soll das heißen?« fragte Sass.

Vorerst aber konnten die Burschen sich nur voneinander befreien, erhoben sich und standen keuchend mit in Fetzen gerissenen Hemden nebeneinander. Oskar ernst, Ott grinsend, als handle es sich nur um einen dummen Streich.

»Was ist hier los?« fragte Sass.

»Ott belästigt Tiina«, antwortete Oskar dem Vater.

Nun aber ereignete sich etwas völlig Unerwartetes. Kaum

hatte Oskar das gesagt, flog die Tür des Speichers auf – der Zwischenfall hatte sich nämlich vor dem Speicher zugetragen –, Elli trat heraus und sagte, ohne daß jemand sie gefragt hätte: »Ott hat Tiina gar nichts getan, sie heult grundlos. Ich war doch im Speicher, habe alles gehört. Oskar redet Unsinn, er kann ja nicht vertragen, wenn jemand Tiina nur anblickt.«

Alle standen wie erstarrt – drei Männer einem Mädchen gegenüber, denn Tiina war in der Stube geblieben. Das dauerte nur Augenblicke, dann sagte Sass: »Hörst du, Oskar? Und Sie, Ott, halten Sie Ihre Hände anderen Menschen gegenüber im Zaume, Ellis Zeugnis brauche ich nicht, ich habe selbst Augen und Ohren im Kopf. Falls Sie es aber mit der Absicht tun, fortkommen zu können, dann wartet Ihr Lohn auf Sie in der Stube.«

Sprach's, wandte sich um und ging ins Haus, wobei er den Prügel auf einen Reisighaufen warf.

»So ein Rindvieh!« preßte Oskar wütend durch die Zähne, wie es sein Vater gern tat, es war jedoch nicht klar, wen er damit meinte. Ott bemühte sich überlegen, die ganze Angelegenheit als einen Scherz hinzustellen, indem er wetterte: »Dem Manne ist nichts geschehen, doch das Hemd hat der Lümmel einem zerfetzt. Zum Glück war es ein altes.«

Elli stand auf der Treppe des Speichers und versuchte zu lächeln, doch ihre grauen Augen und das von Wind und Sonne gebräunte Gesicht drückten mehr peinliche Ratlosigkeit als Lächeln aus.

In der Stube fragte Maret Tiina aus, was beim Speicher eigentlich passiert sei, und diese versuchte den Hergang genau zu schildern, es kam aber dabei nichts Gescheites heraus, denn ein nervöses Schluchzen hinderte sie am Sprechen. Das dauerte noch an, als Sass ins Haus zurückkehrte.

»In diesem Jahr haben wir uns die wahre Hölle ins Haus geholt«, sagte er.

»Lieber, bester Bauer, ich bin daran wirklich nicht schuld«, schluchzte Tiina, das Gesicht verbergend wie ein Kind.

»Schuld oder nicht schuld, der Grund, daß die Jungen wie Hunde übereinander herfallen, sind doch Sie«, erwiderte Sass. »Freilich, dieser Ott scheint mir ein richtiger Draufgänger zu sein, solch einen habe ich schon lange nicht mehr gehabt.«

»Er gibt mir keine Ruhe«, klagte Tiina, deren Tränen allmählich zu versiegen begannen.

»Jetzt wird er schon Ruhe geben«, tröstete Sass, wobei er ganz andere Hintergedanken hatte. Von denen sprach er aber erst, als er mit Maret allein geblieben war.

»Höre mal, Alte«, sagte er, »wir sollten unseren Knecht und unsere Magd davonjagen.« Und als Maret ihn fragend anblickte, erzählte er, was sich beim Speicher zugetragen hatte und wie Elli für Ott eingetreten war.

»Alter, du jagst mir Angst ein!« rief Maret. »Was ist denn der Elli eingefallen?«

»Das große Maul des Burschen und sein forsches Benehmen gefallen ihr, was denn sonst«, meinte Sass. »Mal sehen, was noch kommt. Aber wenn du meine Meinung wissen willst, so ist das alles passiert, weil Indrek im vergangenen Herbst hierher gekommen ist. Mir wurde gleich das Herz schwer, als du sagtest, daß er heimgekommen sei und in der Kate beim Vater zu bleiben gedenke.«

»Aber wohin sollte der Arme denn sonst gehen«, sagte Maret, gleichsam um Mitleid für den Bruder bittend.

»Ich habe ja nicht gesagt, daß er nicht kommen sollte«, erwiderte Sass. »Natürlich, wenn er kommen wollte, so mochte er auch kommen, ich habe überhaupt nicht daran gedacht, ihn daran zu hindern, ich habe nur gesagt, was mein Herz empfand, als ich hörte, daß er in der Kate bleiben wolle. Es war ein Gefühl, wie ich es bei der Herstellung mancher Särge empfunden habe. Du machst einen Sarg und empfindest nichts, machst den zweiten, das Herz empfindet wieder nichts, machst dich aber an den dritten und kannst überhaupt nicht den Hobel bewegen, ohne ein Gefühl zu haben, als behobeltest du dein eigenes Herz. So ist es mir zuweilen neben der Kirche ergangen. Als ich dann zum Graben ging und gesehen habe, wie Indrek mit seinen mageren weißen Händen den Spaten in den Torf stach, hatte ich ein ähnliches Gefühl, und ich dachte, das alte Blut beginnt nach Wargamäe zurückzufließen, was das wohl zu bedeuten habe? Nun, jetzt klärt es sich schon, was es bedeutet. Aber wir wissen noch nicht alles, was uns erwartet, denn der Sommer beginnt erst, und Wargamäe lebt eigentlich nur im Sommer.«

»Ja, in früheren Zeiten gab es die schlimmsten Streitigkeiten und Prozesse auch immer im Sommer«, sagte Maret.

»Elli soll aus dem Speicher in die Stube schlafen kommen«, sagte Sass, »denn wenn sie sich mit Tiina und Oskar überworfen hat, was soll sie da noch?«

»Man könnte ihr in der Hinterkammer eine Schlafstelle einrichten, das wäre am besten«, meinte Maret und fügte hinzu: »Was wird aber mit Tiina?«

»Soll sie doch tun, was sie will«, meinte Sass, doch Maret widersprach: »Man müßte sie auch in die Stube herüberholen, unseres Jungen wegen.«

So beschlossen die Alten das Schicksal der Jungen, und noch am selben Abend erhielt Elli die Weisung, aus dem Speicher, wo sie kaum zwei Wochen geschlafen hatte, in die Hinterkammer umzuziehen. Als sie die Mutter nach dem Grund dieser Weisung fragte, antwortete diese: »Ihr seid da zu sehr beieinander, der Vater will das nicht.«

»Aber ich schlafe doch mit Tiina zusammen, die anderen kommen an uns nicht heran«, widersprach Elli.

»Warum sollst du noch mit Tiina zusammen schlafen, wenn du dich schon beim Vater über sie beklagst«, sagte Maret.

»Aber ich hatte doch recht, daß ...«

»Dummes Kind«, unterbrach sie die Mutter. »Wenn du doch selber wüßtest, was für ein dummes Kind du noch bist!«

Als Elli in den Speicher hinüberging, um ihre Sachen zu holen, schaute Tiina ihr erschrocken zu und fragte: »Muß ich denn hier alleine bleiben?«

»Es scheint so«, erwiderte Elli spitz.

Daraufhin ging Tiina wie eine große Sünderin in die Stube und sagte zu Maret: »Bäuerin, erlauben Sie mir auch, aus dem Speicher in die Kammer zu ziehen.«

»Ich wollte Sie gerade fragen, ob Sie nicht auch aus dem Speicher fort wollen«, erwiderte Maret.

»Natürlich, Bäuerin, ich bin Ihnen ja so dankbar«, sagte Tiina.

Aber Ott, der dieses Geschehen schmunzelnd beobachtet hatte, sagte am nächsten Tag unter vier Augen zu Elli: »Fürchten die Alten, daß ich die Tochter entführe?«

»Um die Magd macht man sich im Hause größere Sorgen«, erwiderte Elli spöttisch.

»Na, nicht alle«, meinte Ott.

»Die Hälfte auf jeden Fall«, behauptete das Mädchen.

»Das doch nur zum Spaß«, sagte der Bursche.

»Ach, nur zum Spaß«, spöttelte Elli.

»Sie glauben mir nicht?« fragte Ott. »Seien Sie doch kein Kind, Elli! Sie sind doch viel jünger als sie. Außerdem ist die so dürr, daß es knistert.«

Das genügte, um das junge Mädchen über das ganze Gesicht lächeln zu machen und in ihren Augen einen verschämten Schimmer aufleuchten zu lassen. Es war eine erste Ahnung von dem großen Glück, das dem Menschen zuweilen beschieden wird.

XIV

Auf Wargamäe spitzten sich die Verhältnisse plötzlich zu. Der Gesang verstummte, wenn aber noch gesungen wurde, dann nur von Elli, als sei sie der einzige Gewinner in den Wirren der letzten Tage. Aber auch ihr Gesang gefiel niemandem mehr so recht, als sei in der kurzen Zeit Otts Meinung zur Geltung gekommen, daß jetzt der Sport das sei, was früher das Lied war. Singen kann heute auch eine Maschine, wozu soll da der Mensch noch seine Kehle anstrengen, aber Sporttreiben – nein, Brüderchen, das kann eine Maschine nicht. So verhielt es sich mit Gesang und Sport nach Otts Meinung, und Elli war die erste, die ihm recht gab oder zumindest am meisten recht gab. Gleichzeitig aber war sie es auch, die dieser Tatsache die geringste Aufmerksamkeit zollte, denn warum kam ihr sonst wohl immer wieder ein Lied auf die Lippen. Das geschah so häufig und zuweilen auch so ungelegen, daß der Vater sie zähmen mußte, indem er sagte: »Was juchzt du die ganze Zeit, als hättest du dich im Walde verirrt.«

»Hast du gehört«, sagte Ott später zweideutig witzelnd zu Elli, »der Alte mag den Gesang nicht mehr, er zieht den leisen Sport vor, doch die Tochter singt unentwegt, damit die andern wissen, wo wir sind. Wozu sollen sie es wissen?«

»Halten Sie den Mund«, sagte Elli zornig.

»Ja doch, den Mund halte ich«, beteuerte der Bursche, »nur die Hände kann ich nicht halten.«

»Die werde ich halten, falls erforderlich«, sagte Elli.

»Wenn es aber nicht erforderlich sein wird, was dann?« fragte der Bursche lachend und entblößte dabei seine breiten, starken Zähne, während er vor guter Laune den Mund bis zu den Ohren aufriß.

»Sie werden mit ihrem Sport ganz närrisch«, sagte das Mädchen, als sei es ihm ernstlich böse.

»Daran sind die jungen Mädchen schuld, nicht der Sport«, erwiderte Ott.

»Natürlich, wenn man mehreren auf einmal nachläuft«, stichelte Elli.

»Nein, eine ist schlimmer als mehrere, eine ist viel schlimmer«, behauptete der Bursche.

So unterhielten sich die beiden, wenn sie sich beim Zusammenrechen des Heus von den anderen etwas entfernt hatten, denn Elli harkte nach, und Ott schichtete vor ihr die Schwaden. Natürlich, Ott tat es auch vor den anderen, er konnte auch vor dem Bauern selbst schichten, von Tiina gar nicht zu reden, doch am liebsten tat er es vor Elli, er tat es so oft, daß es Sass auffiel und er vor sich hin murmelte: »Was trippelt er da vor dem Mädchen wie ein Hahn im Hanf und vernachlässigt die Arbeit.«

Ott ließ Tiina jetzt in Ruhe, nur daß er dem Mädchen zuweilen ein Scherzwort zuwarf, und das geschah in einem so herzlichen, beinahe freundschaftlichen Ton, als sei zwischen ihnen beiden niemals etwas geschehen. Auch Tiina lächelte dem Burschen wie ehedem zu, als könne sie ohne ihr gewöhnliches Lächeln nicht leben. Oskar aber konnte nicht begreifen, was dieses Lächeln bedeuten sollte. Er verstand Tiinas Lächeln nur dann, wenn es für ihn bestimmt war. Doch dieses nach beiden Seiten gerichtete Lächeln wiederholte sich, es mußte sich wiederholen, denn wohin konnte Tiina bei den Heuarbeiten dem einen oder dem anderen Burschen ausweichen, und das verbrannte Oskars Herz von zwei Seiten gleichzeitig.

Wenn er alleine darüber nachdachte, überlegte er oft mit Bitterkeit, was er denn davon hätte, daß er der einzige Sohn des Bauern und der künftige Wargamäe-Bauer sei und der andere nur ein bezahlter Knecht, wenn er mit ihm sogar das Lächeln teilen müsse. Etwas anderes, selbst Wargamäe mit ihm zu teilen, damit wäre Oskar vielleicht noch einverstanden gewesen, aber auch nur auf einen Teil von Tiinas Lächeln zu verzichten, das faßte weder sein Kopf noch sein Herz. Ein Lächeln ist doch kein Gut, das man erst planiert und ausmißt und dann Stück für Stück verteilt. Und doch verteilte Tiina ihr Lächeln ohne Maß und Plan, als koste es sie nichts oder als habe sie davon unendlich viel, so daß es für alle reiche.

Jetzt stieg in Oskar Zorn auf, aber nicht auf die lächelnde Tiina, sondern auf Ott, der nichts dafür konnte, daß Tiina ihn zuweilen anlächelte. Und es gab niemanden, der Oskar erklärt hätte, wie schrecklich ungerecht sein Zorn war. Nur in Ellis Herz fand sich soviel Gerechtigkeit, daß dort ein heiliger Zorn gegen Tiina entbrannte, wenn sie ihr Lächeln an Ott austeilte; schließlich entbrannte dieser Zorn, wenn Tiina überhaupt lächelte, als sei Lächeln auf Wargamäe ein Verbrechen.

Ott aber kümmert sich um das alles nicht, wirft nur hier und da ein Scherzwort hin, als fehle ihm das richtige Verständnis für Zorn und Gerechtigkeit. Er benimmt sich wie ein Heiliger oder ein Greis wie Andres, dem Wargamäes Recht und Unrecht gleichgültig geworden sind. Wie lange dauert denn das Leben und insbesondere die Jugend, wozu sich mit nichtigen Dingen plagen. Es ist doch nicht wichtig, wie du lebst, Hauptsache, daß du lebst, um jeden Tag Gottes, jede Stunde, jeden sonnigen Augenblick zu genießen. Vielleicht gibt es morgen wieder Krieg, vielleicht Blutvergießen, ein neues Unglück, deshalb wollen wir den heutigen Tag genießen.

So dachte Ott, und wenn er nicht so dachte, empfand er zumindest so. Dieses Gefühl war es wohl auch, das ihn gezwungenermaßen in die Reihen jener trieb, die ihre Muskeln anstrengten, um so manches noch nie Dagewesene zu erreichen. Wenigstens einmal den anderen überlegen sein, einmal vor der Menge glänzen, einmal richtig leben, denn morgen oder übermorgen ist man sowieso vergessen. Es hat keinen Sinn, in seiner Stubenecke zu hocken oder irgendwo in Wargamäe, denn das Glück treibt sich heute in der Welt umher mit im Winde wehenden Locken.

Daher kam es auch, daß weder Tiinas Lächeln noch Ellis gerechter Zorn etwas daran ändern konnten, daß Ott in jedem freien Augenblick von Wargamäe fortstrebte, und stets dorthin, wo mehr Leute waren. Er ging nach Aiu und Aaseme, zum hochmütigen Kassiaru, nach Urvaküla und von dort noch weiter, bis er auf den einfachen Gedanken kam, daß er, wenn der Jungbauer ihm sein Rad nicht gab, wenigstens die Räder eines Autobusses benutzen und in das nächste Städtchen gelangen könnte.

Natürlich begann Ott sein Umherwandern oder -fahren, nicht ohne vorher darüber mit Elli gesprochen zu haben. Er bat das Mädchen mitzukommen und war bereit, die Fahrt zu bezahlen, sie sollte nur mitkommen. Als aber Vater und Mutter nichts davon hören wollten, daß Elli mit Ott fortging, und sei es nur ins nahegelegene Aiu oder Aaseme zum Bauerntanz, fühlte sich der Bursche völlig frei. Es war ihm gleich, ob das Mädchen nicht mitkommen konnte oder wollte, entscheidend war, sie kam nicht mit. So ging er denn das erste Mal allein, während Elli tränenden Auges zurückblieb, und so hielt er es auch später. Was bedeuteten schon die Tränen eines Mädchens! Sie kamen und gingen wie Regen im April.

Aber Ellis Schmerz war groß, so groß, daß sie sogar bemüht war, sich mit Tiina und Oskar auszusöhnen. Denn sie meinte, daß die Eltern, falls die beiden zu einem Fest mitkommen würden, auch sie gehen ließen. Doch aus der Versöhnung wurde nichts, nur Groll und Feindschaft flammten von neuem auf, wie es auf Wargamäe stets gewesen war. Tiina wäre ja schließlich mit allem zufrieden und einverstanden gewesen, doch mit Oskar war nichts zu machen. Er wäre wohl bereit gewesen, sich mit der Schwester auszusöhnen, denn er war ihr nicht einmal richtig böse, doch als Elli die Rede auf Vergnügungen brachte, sagte Oskar sofort: »Ich werde nicht mit jedem Landstreicher gemeinsam zu Vergnügungen gehen.«

Das waren in Ellis Ohren schwerwiegende Worte, sehr schwerwiegende, doch sie unterdrückte ihren Ärger, denn sie hatte noch einen anderen Plan, bei dem ihr Oskar helfen konnte. Sie sagte: »Wenn du selbst nicht mit ihm zu einem Tanzfest gehen möchtest, dann laß doch mich gehen.«

»Mit Vergnügen, sei so gut«, erwiderte Oskar.

»Du weißt doch, daß Vater und Mutter mich nicht lassen«, sagte Elli.

»Was kann ich denn dabei helfen.«

»Du kannst schon, wenn du nur willst«, sagte Elli schmeichelnd. »Du kannst, wenn du ein Bruder sein willst.«

»Na schön, sagen wir, daß ich ein Bruder sein will, was dann?«

»Dann gehen wir zusammen vom Haus, und du und Tiina, ihr geht eure Wege, ich und Ott, wir gehen unsere Wege, so daß du mit ihm gar nicht zusammen zu sein brauchst.«

»Großartig!« rief jetzt Oskar, als sei er moralisch empört. »Du meinst also, weil ich dein Bruder bin, soll ich Vater und Mutter betrügen, damit du mit diesem Landstreicher ausgehen kannst?«

Daraus ersah Elli klar, wie sinnlos ihre Aussöhnungsversuche waren.

Diese Sinnlosigkeit berührte sie besonders schmerzlich, weil es sich um ihren eigenen Bruder handelte, ginge es um einen Fremden, hätte sie es leichter ertragen. Deshalb entbrannten in Ellis Brust zwei grelle Flämmchen gleichzeitig – Schmerz und Zorn: Schmerz, weil ihr alles mißlang, und Zorn, weil der Grund dieses Mißlingens ihr eigener Bruder war. So platzte sie denn mit etwas heraus, was sie vorher zurückgedrängt hatte: »Wenn Ott ein Landstreicher ist, so ist Tiina ein ebensolcher Landstreicher«, sagte sie.

»Wenn sie genausoeine wäre, dann würde sie auch wie ein toller Hund umherlaufen«, erwiderte Oskar.

»Sie würde ja auch umherlaufen, wenn du sie nicht mit beiden Händen zurückhieltest«, schlug Elli zurück.

»Du hältst ja Ott nicht nur mit beiden Händen, sondern sogar mit Nägeln und Zähnen zurück, doch es hilft nichts, er läuft doch. Es hilft nichts anderes, als selbst mitzulaufen, und weil es anders nicht geht, willst du, daß auch ich, dein Bruder, mitlaufen soll. Schließlich werden wahrscheinlich auch Vater und Mutter Ott am Rockzipfel fassen und hinterhertraben müssen.«

Elli fing an zu weinen, denn der Bruder hatte es verstanden, ihre Not lächerlich zu machen. Sie wollte sich aber dennoch nicht geschlagen geben und sagte: »Wir werden ja sehen, wie lange du diese Tiina am Rockzipfel wirst festhalten können, schon jetzt lächelt sie Ott freundlicher an als dich.«

»Nicht Tiina läuft Ott nach, sondern Ott Tiina, denn du allein genügst ihm nicht«, schlug Oskar ungerührt zurück.

»Eher genüge ich ihm als Tiina, denn die ist so trocken, daß es knackt!« schleuderte jetzt Elli dem Bruder entgegen. Der blieb gleichsam erschrocken stehen und sagte nach einer Weile ganz ruhig: »Ach, solche Worte gebraucht ihr, wenn ihr euch zu zweit unterhaltet! Denn du bist doch jetzt nicht selbst darauf gekommen!«

Elli brach erneut in Tränen aus. Dabei stand sie im Speicher vor derselben bunten Truhe, an die sich irgendwann vor langer Zeit die selige Krôôt gelehnt hatte, als sie vom Einfahren der Roggengarben kam, nachdem Andres die ersten bösen Worte zu ihr gesprochen hatte. Ja, und dann öffnete die selige Krôôt ihre Truhe, stützte den Deckel auf den kantigen Pflock, nahm aus der Truhe ein weißes leinenes Tuch und weinte da hinein ihre ersten schmerzvollen Tränen in Wargamäe. Sie wurden zur Saat für alle Tränen, die später an derselben Stelle oder irgendwo anders auf Wargamäe vergossen wurden. Doch Krôôt wußte damals nicht, daß ihre Saat so üppig aufgehen würde, und Elli ahnte nichts davon, daß ihre Großmutter hier vor dieser Truhe Tränen zum Keimen gebracht hatte.

»Weißt du, Mädchen, was ich dir sage«, fuhr Oskar nach einer Weile fort, »verliere nicht den Verstand wegen diesem Burschen, denn er ist kein Mann für dich. Wenn aber doch, wohin würdest du denn mit ihm gehen, er hat ja selbst keine Bleibe.«

Doch Oskar bekam eine Antwort, die ihn zusammenfahren ließ, so überraschend war sie. Er hielt seine Schwester immer noch für ein Kind, jetzt aber schien es, als sei sie plötzlich ihrem Bruder an Jahren weit voraus.

»Er braucht nirgends hinzugehen«, sagte Elli und trocknete ihre Tränen, »er hat auch hier Platz genug, denn Wargamäe gehört nicht dir allein.«

»Hat er dich das auch schon gelehrt?« fragte Oskar, nachdem er sich von der Überraschung erholt hatte.

»Warum denn immer er«, erwiderte Elli, »habe ich denn nicht selbst genug Verstand, um zu wissen, daß nur wir beide Erben sind.«

»Denkst du denn nicht auch daran, daß Vater und Mutter noch ein paar Jahrzehnte leben können?« fragte Oskar.

»Aber dann mußt du ebenfalls daran denken.«

»Ich denke auch daran«, behauptete Oskar.

»Nun, dann werden wir beide daran denken ...«

»Meiner Meinung nach bist du nur ein dummes Mädchen, weiter nichts«, meinte Oskar nach einer Weile. »Du kommst immer sofort mit dem Vergleich von mir und dir. Das hilft aber nichts. Ich bin ein Junge, du bist ein Mädchen, denke doch auch daran. Was dir passieren kann, passiert mir nicht. Wenn du dich nicht in acht nimmst, kannst du ein Kind bekommen, ich aber bekomme kein Kind.«

»Warum nicht. Mit Tiina kannst du eins bekommen«, sagte Elli.

»Dann bekommt Tiina ein Kind, nicht ich«, widersprach der Bruder. »Denk nur gut nach. Wir haben es hier in der Gegend schon mehrfach erlebt – immer wieder Mädchen mit einem Kind, nicht Männer mit Kind. Schwester, vergiß das niemals. Und wenn der Fall auch nicht eintritt, denn warum immer gleich an das Schlimmste denken, wenn alles gut gehen sollte und du dich hier niederlassen würdest, dann frage ich dich aber: Wie wird ein solcher Mensch später leben, wenn er jetzt schon gern herumläuft? Wie soll er sich später um dich kümmern, wenn er sich jetzt nicht kümmert?«

»Er kümmert sich wohl«, widersprach Elli.

»Wieso kümmert er sich denn, wenn du hier flennst und er mit einer andern wer weiß wo tanzt oder wer weiß was treibt.«

»Alle sind ja nicht so wie du, daß sie gleich an einem Rockzipfel hängen bleiben«, erwiderte Elli gereizt und beleidigt.

»Aber warum weinst du denn?« fragte der Bruder und fügte dann ruhig und überzeugt hinzu: »Weißt du, Elli, Ott und du, ihr könnt über mich lachen, wenn ihr wollt, doch ich schäme mich überhaupt nicht zu sagen, ja, ich halte an Tiinas Rockzipfel fest, ich halte fest und lasse um keinen Preis los. Tiina gefällt mir, und das genügt, auch wenn es tausend Mädchen neben ihr gibt. Für mich existieren sie nicht. Wenn du für Ott dasselbe bedeuten würdest wie Tiina für mich, dann würde ich dir vielleicht kein Wort sagen, denn dann wäre ja nichts zu machen, aber so ...«

»Es wird schon noch der Tag kommen, da ich ihm etwas bedeuten werde«, sagte Elli fast überheblich und drohend.

»Gebe es Gott«, erwiderte Oskar, obwohl er gegenteiliger Meinung war, denn er wünschte durchaus nicht, daß Elli und Ott einander näherkommen.

Elli aber in ihrer Jugend dachte ganz anders. Sie meinte, wenn sich Ott so wenig um sie kümmerte, so hätte er ein Recht dazu, denn was hat Elli getan, um dem Burschen etwas zu bedeuten? Überhaupt nichts! Bei einem solchen Gedanken fühlte sich Elli beinahe schuldig vor dem Burschen, und Bedauern und Mitleid überkam sie. Sie wußte nicht genau, ob es Ott galt, der – nach den Worten des Bruders – wie ein toller Hund umherlief, oder ihr selbst, die in Wargamäe saß und sich sehnte. Läßt sich denn daran nichts ändern, daß der eine umherläuft und der andere sich so sehnt?

Zur gleichen Zeit, da Elli auf diese Weise ihr junges Herz und ihren Kopf quälte, hatte Tiina eigene Sorgen. Doch sie war wohl die einzige in Wargamäe, die fast kindliche Sorgen hatte. Vielleicht sorgte sich noch der alte Andres in der Kate auf ähnliche Weise, denn er sorgte sich um die gepflanzten Fichten und ging sie zuweilen begießen, obwohl fast alle wußten, daß diese Fichten dort nicht bleiben würden, daß man sie bald mit den Wurzeln herausreißen werde. Solche sinnlosen Sorgen hatte der alte Katen-Andres.

Tiina machte sich Sorgen, weil überall, wo sie auch hinkam, sofort Zank und Streit ausbrach, und obwohl sie ihres Wissens nichts Schlechtes tat, schienen dennoch alle zu glauben, gerade sie sei der Grund und der Anlaß aller Streitigkeiten. Und je mehr sie sich bemühte, allen gegenüber gleich gut und freundlich zu sein, damit keiner ihr etwas vorzuwerfen hätte, desto mehr verstrickte sie sich in den Strudel verschiedener Feindseligkeiten. Lächelt sie Ott zu, vor dem sie sich eigentlich fürchtet, dann blitzen Ellis Augen sie und Oskars Augen Ott wütend an, spricht sie einige freundliche Worte mit Oskar, dann streifen Bauer und Bäuerin sie mit verletzenden Blicken; versucht sie aber sich mit ihnen freundschaftlich zu unterhalten, fühlt sie sich wie eine lästige Fliege oder eine Biene um einen Honigtopf. So versucht sie auf jede Weise ihr Glück, doch ihre Ratlosigkeit nimmt von Tag zu Tag zu. Einmal war sie so unglücklich, daß sie begann, Indrek ihr Leid zu klagen, als sie das Essen in die Kate brachte. Sie stand neben der Tür und hielt schon die Klinke in der Hand, um hinauszugehen. Dennoch blieb sie stehen, während ihr Mund wie von selbst zu reden begann. Als sie schon meinte, genug gesagt zu haben, fügte sie noch ernst hinzu: »Ich habe keinem von ihnen etwas Schlechtes getan, glauben Sie mir, Herr, ich wollte ihnen auch nichts Schlechtes tun, denn es sind doch alles gute Menschen ...«

»Nur daß sie selbst herumstreiten und auch Sie nicht in Ruhe lassen«, unterbrach sie Indrek schmunzelnd.

»Ja, auch mir geben sie keine Ruhe«, wiederholte Tiina Indreks Worte.

»Daran können Sie sehen, wie das Gutsein auf die Menschen wirkt«, fuhr Indrek fort, doch Tiina begriff nicht recht, ob er immer noch scherzte oder es ernst meinte. »Das Gutsein ist auf dieser Welt überhaupt die Wurzel alles Bösen. Wenn du gut bist, dann meinen alle, daß du allen etwas geben mußt und nur nicht willst. Aber woher soll auch der reichste Mensch so viel nehmen, um allen zu geben? Man sagt, Gott sei gut und voller Güte, die Menschen aber tun nichts anderes, als daß sie gerade wegen dieses Gutseins und dieser Güte einander an der Kehle packen. Genau so, wie ihr da oben. Interessant nur, was haben Sie ihnen gegeben?«

»Ich habe ihnen nichts gegeben«, erwiderte Tiina, ohne so richtig zu begreifen, wonach sie gefragt wurde.

»Was wird denn von Ihnen erhofft?« fragte Indrek.

»Ich weiß es nicht, Herr!« rief Tiina ganz unglücklich. »Ich weiß gar nichts.«

»Was ist denn dort passiert?«

»Nichts«, erwiderte Tiina, »nur Oskar und Ott prügelten sich meinetwegen, und ich rief den Bauern zu Hilfe.«

»Und der Bauer kam?«

»Kam mit einem Knüppel«, sagte Tiina und wandte den Blick zur Seite, denn sie schämte sich sehr.

Jetzt herrschte eine Weile Stille in der Kate, dann sagte Indrek: »Da sehen Sie, Tiina, genau so, wie ich gesagt habe: Gutsein ist die Wurzel des Bösen. Wenn ich zu Ihnen nicht gut gewesen wäre, wären Sie nicht hiergeblieben, und so hätte es auch diesen Streit nicht gegeben. Ich aber war zu Ihnen nur deswegen gut und erlaubte Ihnen, hierzubleiben, weil Sie zu mir vorher gut gewesen sind. Folglich – Sie haben die Ruten selbst geflochten, die Sie schlagen. Sie ernten das Ergebnis Ihrer eigenen Taten.«

»Nein, Herr«, widersprach Tiina, »erst waren Sie zu mir gut und dann erst ich zu dem Herrn, so war es.«

»Mag es so gewesen sein«, gab Indrek zu, »dann ernten Sie jetzt mit diesem großen Zank das Ergebnis meines Gutseins.«

So redete Indrek mit Tiina, und die kehrte genauso klug nach oben zurück, wie sie vorher zur Kate hinunter gegangen war. Muß der Mensch böse werden? Muß Tiina böse werden? Wie sollte sie es anstellen? Was müßte sie dazu tun? Tiina versteht es nicht, böse zu sein.

Sie versteht es eigentlich nicht einmal, gut zu sein. Tiina ist einfach so, wie sie ist. Sie ist von Kind auf so. Vielleicht kommt es daher, daß sie in ihrer Jugend so lange leidend war. Vielleicht lernen Menschen, die von klein auf gesund sind, im Wechsel gut und böse zu sein, wie es die Umstände gerade erfordern. Tiina hat das nicht gelernt.

Es kann aber auch sein, daß sie einfach so geschaffen war; daß Gott an ihre Wiege seinen Engel geschickt hatte und ihn sagen ließ: ›Ich gebe dir auf deinen Lebensweg nur Güte mit, ich tue es zur Probe, um wenigstens einmal zu sehen, was dabei herauskommt, wenn ein Mensch nur Güte auf seinen Lebensweg mitbekommt.‹ Vielleicht ließ Gott seinen Engel den vorausgehenden Worten noch hinzufügen: ›Sogar meinem Sohn, deinem Erlöser, habe ich Bosheit im Herzen mitgegeben, damit er die Wechsler aus dem Tempel hinauspeitschen und den Feigenbaum verfluchen konnte, dir aber gebe ich sie nicht. Dennoch mußt du wissen und fest daran glauben, daß dein Gott dich nicht verläßt, denn schau, ich nehme deine Bosheit in eigene Verwahrung. Sollte es dir im Leben sehr schlimm ergehen, so daß du in deiner Seelennot mich anrufst, will ich dein Gebet erhören und dir deinen Teil Bosheit mit meinem Engel zusenden, und du sollst mir dafür danken.‹

Ja, möglich, daß an Tiinas Wiege etwas Ähnliches geschehen war. Wenn es aber tatsächlich so gewesen sein sollte, muß es sehr früh vorgefallen sein, denn Tiina selbst weiß nichts davon. Erinnert sich einfach nicht daran! Deshalb zerbricht sie sich auch über solche Fragen nicht den Kopf, sondern versucht mit Güte allein in der Welt durchzukommen, da sie vorläufig nichts anderes bei der Hand hat. Nur zuweilen denkt sie, ob sich denn keiner finden wird, dem gegenüber man einfach gut sein kann, ohne daß daraus Böses erwachse. Eigentlich sind das keine richtigen Gedanken, sondern eher Träume; Träume vom Mitgefühl mit jemandem, der noch armseliger und schutzloser als sie wäre. Dabei scheint Tiina zu ahnen, ahnt es schon seit geraumer Zeit, wer das sein könnte! Er ruft einsam wie eine Nachteule, ohne daß jemand sich die Mühe machen würde, zu antworten, ruft sogar jetzt noch, da in Wargamäe schon alle anderen Lieder und Rufe verstummt sind, als sei der Sport tatsächlich in seinem Siegeszug schon bis hierher gelangt.

So kam es denn, daß Tiina, als sie auf dem hinteren Feld allein den Dünger ausbreitete und der Niederhof-Eedi jenseits des Feldes im Roggen zu rufen begann und dabei immer näher kam, wie man der Stimme nach urteilen konnte, daß Tiina ihm, aus welchem Grunde immer, antwortete – freilich nur leise, aber dennoch. Und Eedi, der sich gewöhnlich zurückhielt, stand schließlich im Roggenfeld auf und kam auf den Rain heraus.

»Wer ruft denn da?« fragte Tiina lächelnd.

»Ich«, antwortete Eedi; doch dann schien ihm plötzlich etwas einzufallen, er nahm die Mütze ab und sagte: »Guten Tag, Kraft zur Arbeit!«[1]

»Guten Tag, Kraft ist nötig«, erwiderte Tiina und lachte dem Jungen noch mehr zu. »Warum rufst du so?« fragte sie.

Der Junge dachte eine Weile nach, als überlege er die Antwort, und sagte dann: »Andere rufen auch.«

»Andere singen«, sagte Tiina.

»Ich verstehe noch nicht zu singen«, erklärte der Junge.

»Warum lernst du es denn nicht, bist doch ein großer Junge?«

»Ich bin ein großer Junge und habe viel Kraft«, prahlte Eedi. »Ich bin allen über.«

[1] Estnische Begrüßung eines arbeitenden Menschen.

»Wem bist du denn über?« fragte Tiina.

»Allen – Juuli, Helene – allen.«

»Wer sind denn Juuli und Helene?«

»Schwestern.«

»Mißt du denn mit ihnen deine Kräfte?«

»Mädchen machen einen Jungen zum Manne, deswegen.«

»Wer sagt das?«

»Großvater ... Ich bin dir auch über.«

»Mir natürlich«, gab Tiina zu.

»Ich will mit dir meine Kräfte messen, du bist doch auch ein Mädchen.«

»Ein anderes Mal. Heute sind meine Hände und Kleider schmutzig vom Mist, ich würde dich beschmieren. Jungen müssen aber sauber sein, sonst wollen Mädchen nicht mit ihnen die Kräfte messen. Und weißt du, Eedi, wenn du schnell ein Mann werden willst, dann solltest du nicht mit Mädchen deine Kräfte messen, sondern gut und höflich zu ihnen sein. Höfliche Jungen werden am schnellsten zu Männern.«

»Ich will ein Mann werden, denn dann werde ich Bauer.«

»Na siehst du«, sagte Tiina, »dann lerne höflich zu sein, sonst machen Mädchen dich nicht zum Manne.«

»Mädchen sind hübsch«, lobte der Junge. »Großvater sagt immer: Eedi, schau, Mädchen sind hübsch.«

»Es sind doch nicht alle Mädchen hübsch«, widersprach Tiina.

»Du bist auch hübsch, Tiina«, behauptete der Junge, und so töricht es auch war, Tiina spürte, daß es ihr angenehm war, das zu hören.

»Wer hat dir denn das gesagt?« fragte sie.

»Die anderen sagen, daß Nachbars Tiina ein hübsches Mädchen ist«, erwiderte der Junge.

»Höre, Eedi, und behalte es: Nachbars Tiina ist ein altes Mädchen, ein altes Mädchen, altes Mädchen.«

Der Junge schaute Tiina eine Weile unverwandt zu, wie sie arbeitete, und sagte dann: »Nein, Tiina ist ein hübsches Mädchen, Tiina ist hübscher als Juuli und Helene.«

Plötzlich fühlte Tiina, daß ihr Angstschauer über den Rücken liefen. Sie sagte kein Wort mehr und wandte dem Jungen auch keinen Blick zu. So verging einige Zeit. Doch schließlich mußte sie nachschauen, ob der Junge verschwunden war oder immer noch dastand. Als sie ihn an der alten Stelle stehen sah, wie eine hingestellte Säule, sagte Tiina: »Eedi, es ist nicht höflich, so dazustehen, wenn Nachbars Mädchen Dünger ausbreitet.«

»Eedi setzt sich«, sagte der Junge.

»Nein, auch das ist nicht höflich«, erwiderte Tiina. »Man muß weggehen, das ist höflich.«

»Eedi wird aus dem Roggen schauen«, sagte der Junge.

»Das ist überhaupt nicht höflich«, erklärte Tiina. »Wenn ein Junge zum Mann werden will, dann muß er dem Nachbars-Mädchen gegenüber so höflich sein, daß er sich aus dem Roggen entfernt.«

»Und ruft«, sagte der Junge.

»Ruft und wartet, ob das Mädchen zurückruft, nur dann kommt ein höflicher Junge näher. Eedi ist höflich, und darum geht er.«

Der Junge überlegte ein wenig und ging dann, blieb aber bald wieder stehen, als sei ihm etwas eingefallen.

»Ein höflicher Junge sagt dem Nachbars-Mädchen auf Wiedersehen, wenn er geht«, belehrte ihn Tiina.

Jetzt wandte sich Eedi um, zog die Mütze vom Kopf, versuchte sogar einen Kratzfuß zu machen, und sagte: »Auf Wiedersehen!«

»Auf Wiedersehn«, erwiderte Tiina. »Sei zu den Mädchen immer höflich, dann wirst du bald zum Manne.«

So lehrte die Oberhof-Tiina den Niederhof-Eedi gute Sitten, während sie sich gleichzeitig bemühte, recht schnell den Dünger auszubreiten, da sie fürchtete, aus Unerfahrenheit mit der Arbeit nicht rechtzeitig fertig zu werden.

Diese Unterhaltung blieb nicht die letzte zwischen ihnen, denn von diesem Tage an hing der Junge wie eine Klette an dem Mädchen. Er schien gar keine andere Aufgabe zu haben, als aufzupassen, wann Tiina irgendwo allein blieb, um dann wie aus dem Boden geschossen vor ihr zu erscheinen. Anfangs hielt er sich an die von Tiina vorgeschriebenen Höflichkeitsregeln – er näherte sich erst, wenn Tiina auf seinen Ruf antwortete, doch bald vergaß er es.

Mochte es infolge der Gewohnheit täuschen oder verhielt es sich wirklich so, Tiina schien es jedenfalls, als werde der Junge schnell vernünftiger. Er grüßte jetzt höflich und vergaß niemals, sich zu verabschieden. Doch mit seiner Kraft und anderen Fähigkeiten liebte er weiterhin zu prahlen, so daß Tiina unwillkürlich zu dem Schluß kommen mußte, daß sie sich in ihrem Glauben an die Hilflosigkeit, Verlassenheit und Einsamkeit des Jungen geirrt habe. Er fühlte sich eher groß und stark, als einer, um den sich die ganze sichtbare und fühlbare Welt drehte.

Einmal kam er auf das Schießen zu sprechen. Dabei zeigte er stolz auf seine Narbe am Kopf und sagte: »Sieh, Tiina, wohin es traf.«

»Es hätte dir auch ein Auge beschädigen können«, meinte das Mädchen.

»Hat es aber nicht«, erwiderte der Junge und fügte prahlend hinzu: »Jetzt kann ich schon besser schießen. Jetzt schieße ich auch mit einer großen Flinte und treffe immer.«

»Man kann doch nicht immer treffen«, sagte Tiina.

»Eedi trifft immer«, behauptete der Junge. »Ich kann auf alle schießen.«

»Es ist nicht höflich, so zu sprechen«, belehrte ihn Tiina. »Auf Menschen darf man doch nicht schießen, auf Menschen nicht.«

»Eedi darf«, behauptete der Junge eigensinnig. »Eedis Kopf ist krank, deshalb darf er.«

»Wer hat dir denn das gesagt?« fragte Tiina und fühlte, wie ihr Herz erbebte.

»Die anderen sagen es«, erwiderte der Junge.

»Was sagen sie?« forschte Tiina erschrocken.

»Sie sagen, wenn ich meine Stückchen drehe: Laß Eedi in Ruhe, er hat keinen Verstand. Ich habe aber doch Verstand, nur sie wissen es nicht, daß ich welchen habe. Keiner weiß das, nur ich selbst, ich und jetzt auch du, Tiina, dir sage ich es. Doch das ist ein Geheimnis, das ist unser Geheimnis, Tiina, daß ich schon Verstand habe. Die anderen dürfen es nicht wissen, denn dann darf ich keine Stückchen mehr drehen, deswegen.«

»Aber warum drehst du denn deine Stückchen, das ist gar nicht höflich, so wird aus dir niemals ein Mann, du bleibst ein Junge«, erklärte Tiina.

»Männer drehen auch Stückchen«, erwiderte der Junge.

»Höfliche Männer drehen keine Stückchen, und aus dir soll ein höflicher Mann werden«, lehrte Tiina.

»Wenn ich ein Mann sein werde, dann drehe ich keine Stückchen mehr«, erklärte Eedi.

»Was für Stückchen willst du denn jetzt noch drehen?« fragte Tiina.

»Das kann ich nicht sagen, Karla erlaubt es nicht«, erwiderte der Junge.

»Mir kannst du es doch sagen, denn wir sind uns einig, wir haben ein gemeinsames Geheimnis«, sagte Tiina. Doch das wirkte nicht, der Junge blieb dabei, daß er nicht sagen dürfe, welche Stückchen er noch drehen will, ehe er ein höflicher Mann wird. »Welche Stückchen hast du denn schon gedreht?« fragte Tiina schließlich.

»Ich habe auf die Katenwand Zielschießen gemacht«, sagte der Junge.

»Sonst nichts?« fragte Tiina.

»Indrek habe ich Bülten in den Graben geworfen.«

»Das tut doch kein höflicher Junge, der ein Mann werden will«, erklärte Tiina. »Hast du vielleicht noch etwas getan?«

»Der Mutter esse ich heimlich die Butter weg«, grinste der Junge, »und den Mädchen verunreinige ich die Kloßsuppe, dann bekomme ich sie.«

»Pfui, Schande, Schande, Schande!« sprach Tiina und drohte mit dem Finger vor der Nase des Jungen. »So wird aus dir niemals ein Mann, niemals.«

»Wird«, widersprach der Junge mit Überzeugung, »Vater sagt, daß aus mir einer wird. Richtige Männer haben ihre Finten, und ich habe auch welche.«

»Dann will ich nicht mehr mit dir reden, wenn du Finten gebrauchst«, sagte Tiina und zog sich etwas vom Zaun, wo sie auf der einen, der Junge auf der anderen Seite stand, zum Speicher zurück.

Das machte den Jungen nachdenklich. Nach einer Weile sagte er: »Bei den Mädchen gebrauche ich keine Finten, Mädchen sind hübsch, nur bei den Burschen.«

»Warum denn bei den Burschen?« fragte Tiina, wobei ihr Herz wieder zu beben begann.

»Die Burschen gehen zu den Mädchen«, flüsterte Eedi und streckte seinen Kopf über den Zaun, um den Mund dem Ohr der Hörerin zu nähern.

»Eedi, das ist nicht die Rede eines höflichen Jungen«, sagte Tiina vorwurfsvoll. »So darfst du nicht mit dem Mädchen des Nachbarn sprechen.«

Doch Eedi achtete nicht darauf, sondern fuhr geheimnisvoll flüsternd fort: »Ott geht zu unserer Juuli, euer Ott. Dem drehe ich ein Ding.«

Tiina fiel geradezu ein Stein vom Herzen, denn sie hatte etwas befürchtet, das irgendwie mit ihr selbst in Zusammenhang stehen könnte. Dennoch war das Gehörte schlimm genug: In der gleichen Zeit, da Elli nahe daran war, wegen Ott den Verstand zu verlieren, besuchte der heimlich den Niederhof. Beim Gedanken an Elli zog sich Tiinas Herz schmerzlich zusammen.

XV

Daß Tiina sich zuweilen, gewollt oder ungewollt, mit dem Niederhof-Eedi unterhielt, blieb natürlich den anderen nicht verborgen. Ott machte darüber dumme Witze, Elli spottete gelegentlich boshaft, Oskar schien traurig oder böse zu sein, und die Alten konnten nicht begreifen, worüber das Mädchen mit einem reden konnte, um den sich bisher niemand gekümmert hatte. Maret fand keine Ruhe, ehe sie nicht mit Tiina selbst darüber gesprochen hatte.

»Er ist so spaßig«, sagte das Mädchen über den Niederhof-Jungen.

»Es ist ein böser Junge«, erklärte Maret.

»Ob er gerade böse ist ...«, sprach Tiina, als wollte sie der Bäuerin widersprechen.

»Dann machen andere ihn böse«, sagte Maret.

»Möglich, daß andere ihn böse machen«, meinte auch Tiina, ohne noch etwas hinzuzufügen, denn zu der Zeit wußte und ahnte sie noch nicht, was sich auf Ott und Juul und indirekt auch auf Elli bezog.

Eines stand fest: Wegen des Niederhof-Eedi verlor Tiina in den Augen der anderen. Man begann, sie dem Jungen gleichzusetzen. Die einzigen, die weiterhin treu zu ihr hielten, waren Oskar und der Hirtenhund Mulla.

Man hielt letzteren etwas zu groß für seine Aufgabe, und daher auch sein Name. Groß wie ein Kalb – sagte Sass, als er ihn brachte, und Elli hatte sofort darauf erwidert, dann nennen wir ihn doch Mullikas.[1] Obwohl der Hund schon Kaaru hieß, begann Elli ihn Mullikas zu rufen, woraus allmählich sein jetziger Name wurde. Kaaru konnte der Hund nach Ellis Meinung sowieso nicht heißen, weil es im Niederhof und in Aaseme schon Kaarus gab, wenn sie auch neben Mulla ein Nichts waren. Und als wüßte der Hund, daß Elli für ihn einen neuen Namen gefunden hatte, hing er am meisten an dem Mädchen.

Doch seit Tiina in Wargamäe war, begann Mulla Elli die Treue zu brechen und zu Tiina hinüberzuwechseln. Wer weiß, was der Grund hierfür war, ob Füttern, Schmeicheln oder eine besondere Sympathie, es fiel jedoch allen auf, daß Mulla eifrig Tiina hinterhertrabte. So wurde der Hund zur ersten ›schwarzen Katze‹ zwischen den Mädchen, denn da Elli vorher so sehr mit der Treue des Hundes geprahlt hatte, konnte es nicht ausbleiben, daß Mullas Untreue eine gewisse Bitterkeit hervorrief. Sogar der Mutter fiel es auf, und sie sagte halb im Scherz: »Verzankt euch jetzt nur nicht wegen des Hundes.«

Ebendieser Hund war jetzt einer von denen, die Tiina die Treue nicht brachen, ganz im Gegenteil, er schien zu ahnen, in welcher Lage sich das Mädchen befand, und zeigte seine Anhänglichkeit immer mehr. Es kam so weit, daß Mulla nicht mehr mit der Herde in den Wald, sondern mit den Feldarbeitern ins Heu gehen wollte, als sollte er nicht Widder, Lämmer und Kühe hüten, sondern ein noch nie gesehenes Tierchen mit Namen Tiina. Deswegen bekam es das Mädchen mit dem Hirtenjungen zu tun, der einmal sagte: »Tiina, Deiwel, warum verführst du meinen Hund?«

»Weshalb sagst du zu mir ›Deiwel‹?« fragte Tiina.

»Nun, weil du meinen Hund verführst«, erwiderte der Junge.

[1] estn: Kalb

»Ich verführe ihn ja gar nicht«, sagte Tiina.

»Aber warum will er denn nicht mehr hüten kommen?« fragte Heino.

»Woher soll ich denn das wissen«, erwiderte Tiina.

»Rede doch nicht!« rief der Junge ungläubig. »Du wagst nicht alleine irgendwohin zu gehen, so als wäre hinter jedem Strauch ein Wolf, und deshalb nimmst du immer den Hund mit. Du mußt es doch selbst sehen, er schläft neuerdings vor dem Fenster der Vorderkammer, und sobald du nur einen Fuß auf den Hof setzt, ist er hinter dir.«

»Nein, Heino«, widersprach Tiina, »ich habe Mulla niemals gerufen, mit mir zu kommen.«

»Doch«, beharrte der Junge, »ich weiß sogar, warum, ich bin doch nicht blöd.«

»Jetzt redest du wirklich dummes Zeug, Heino«, sagte Tiina, doch der Junge schleuderte ihr entgegen: »Du fürchtest Nachbars Eedi! Ich fürchte ihn auch, und wenn du den Hund weglockst, dann wage ich nicht mehr, das Vieh zu hüten, ich wage nicht, mit dem Vieh weiter in den Wald hineinzugehen.«

Diese Worte waren für Tiina wie eine Offenbarung. Plötzlich wurde ihr alles klar. Sogar sich selbst konnte sie durch die Worte des Hütejungen besser verstehen. Ihr wurde klar, daß sie sich wirklich vor dem Jungen des Nachbarn zu fürchten begonnen hatte und gelegentlich Mulla mitnahm, ohne sich Rechenschaft darüber abzulegen. Ihre Angst war vielleicht auch der Hauptgrund, warum der Hund seinen früheren Liebling, die Bauerntochter, verließ und sich ihr zuwandte. Doch wenn es so war, weshalb verließ dann der Hund den Hütejungen, den ja die gleiche Furcht wie unbewußt auch Tiina quälte? Oder drohte ihr eine schlimmere Gefahr als Heino?

»Ich fürchte mich nicht vor Nachbars Eedi«, widersprach Tiina dem Jungen, »ich unterhalte mich häufig mit ihm.«

Der Hütejunge fing an zu lachen und rief: »Unterhältst dich mit ihm, aber dabei rutscht dir das Herz in die Hosen!«

»Heino, wie sprichst du«, sagte Tiina verschämt, »Nachbars Eedi ist höflicher.«

»Mag er doch höflich geworden sein, aber mich brauchst du nicht zu fürchten«, sagte der Junge als Entschuldigung. »Bellen tu ich, doch ich beiße nicht. Eedi ist anders, den muß man sich mit Steinwürfen vom Leibe halten, denn sobald er näher kommt, beißt er zu. Aber Mädchen verstehen nicht, mit Steinen zu werfen, deshalb versuchen sie es im guten, wenn ein bissiger Hund kommt. Nachbars Eedi ist so ein bissiger Hund, und du versuchst es im guten. Aber ich versuche es nicht, ich bin ein Junge, sowie ich ihn sehe, hetze ich den Hund auf ihn, anders geht es nicht.«

»Ach, du bist es, der den Hund auf ihn hetzt!« rief Tiina. »Schämst du dich denn wirklich nicht, einen Armseligen und Elenden so zu quälen! Ich sage es der Bäuerin, wenn du anders nicht hörst.«

»Sag es ihr doch!« erwiderte der Junge lachend. »Die Bäuerin hat es selbst befohlen! Sie sagte: ›Wenn er kommt, jag den Hund auf ihn, dazu haben wir ja einen so großen angeschafft‹.«

So antwortete der Junge und ging mit der Herde die Straße hinunter – pfeifend und juchzend, begleitet vom Bellen des Hundes, vom Blöken der Schafe und vom Geläut der Glocken, als seien die Dinge in bester Ordnung. Tiina blickte ihm nach, ohne etwas zu sehen, denn ihre Gedanken waren woanders – ihre Gedanken waren bei dem, was der Junge gesagt hatte. Ob sie sich früher richtig gefürchtet hatte, wußte Tiina nicht, doch jetzt war ihr völlig klar, daß sie sich fürchtete, ohne genau zu wissen, weshalb. Sie erinnerte sich plötzlich daran, daß auch andere sie schon vorher gefragt hatten, ob sie sich denn vor dem Jungen des Nachbarn nicht fürchte, da sie sich mit ihm unterhalte. Aber alle diese Fragen waren bisher an ihren Sinnen vorbeigeglitten, erst jetzt setzten sie sich dort fest und tönten – tönten und wichen nicht.

Inzwischen ging das Leben auf Wargamäe seinen gewohnten Gang. Tiinas Furcht hielt ihn nicht auf: Kühe wurden gemolken, dem Hütejungen strich man Butter auf einen Kanten Brot und goß Milch in eine Flasche, Sensen wurden geschärft, Gemähtes in Schwaden gelegt, und Indrek arbeitete Tag für Tag in seinem Graben. Einige Male, als es sehr dringend wurde und viel trockenes Heu lag, versuchte man, auch ihm einen Rechen in die Hand zu drükken, und sagte: ›Mit dem Mähen werden wir auch allein fertig, komm nur und hilf das trockne Heu zusammenharken‹, doch er reagierte nicht darauf, als liege sein ganzes Lebensglück im Sumpf. An seiner Stelle kam der alte Andres, für den Sass den leichtesten Rechen suchte. Den hatte Elli, und sie wollte nicht auf ihn verzichten. Daraufhin bot Tiina ihren Rechen an, der der nächstleichteste war, doch jetzt kam Elli Tiina zuvor, denn sie konnte nicht dulden, daß ein Dienstmädchen, nach Ellis Ansicht, versuchte, mit ihr im Geben des Rechens zu wetteifern, zumal Tiina es nicht von sich aus tat, sondern auf Oskars Wunsch. Dem aber konnte sie ihr Weinen an der Truhe der Großmutter nicht vergeben, und deswegen schob sie dem Großvater schnell ihren eigenen Rechen in die Hand, dessen Stiel zur Zeit des besten Splints gefällt wurde, damit er weich in der Hand des Mädchens liege. Oskar nämlich hatte ihn gefällt, geschält, gespalten und schließlich an dem Rechen angebracht. Doch das geschah zu der Zeit, wo sie noch Bruder und Schwester waren, zusammen auf dem Fahrrad saßen und hinfuhren, wo gerade etwas los war. Jetzt taten sie das nicht mehr, weil Elli mit Ott gehen wollte, den Oskar einen Landstreicher nannte. Das war es, was Elli dem Bruder nicht verzeihen oder – wie sie selbst sagte – schenken konnte. Schließlich sagte sie das auch Ott selbst, damit er endlich einmal begreife, wie sehr Elli zu ihm hält – sogar auf den Bruder nehme sie keine Rücksicht. Doch Ott sah die Sache anders, als Elli gehofft hatte. Er betrachtete die Angelegenheit sachlich, nicht durch die Brille vergänglicher Gefühle. Deshalb sagte er: »Recht hat er ja, ich bin ein Landstreicher, was denn sonst.«

»Sie sind überhaupt kein Landstreicher«, widersprach Elli heftig. »Wenn Tiina keiner ist, dann sind Sie auch keiner.«

»Aber wer sagt denn, daß Tiina keiner ist?« fragte Ott.

»Oskar, wer denn sonst«, erwiderte Elli. »Sie sind ein Landstreicher, weil sie umherlaufen, sind Sie ein Landstreicher, Tiina ist keiner, weil sie zu Hause hockt.«

Der Bursche begann jetzt laut zu lachen, als habe er die Hintergedanken der Worte verstanden, und sagte: »Ach so! Deshalb also bin ich ein Landstreicher! Hat das wirklich Oskar gesagt?«

»Wer denn sonst?« fragte Elli.

»Mädchen, du bist gar nicht so von heute, wie ich dachte«, rief Ott, als verstehe er Ellis Worte ganz anders, als sie gemeint waren. Elli begann wegen des Lachens und des familiären Tones des Burschen den Doppelsinn ihrer Worte zu verstehen, und Schamröte stieg ihr ins Gesicht.

»Das hat wirklich Oskar gesagt«, behauptete Elli erschrocken und fügte zu ihrer Verteidigung hinzu: »Ich habe etwas ganz anderes gesagt.«

»Was haben Sie denn gesagt?« fragte der Bursche.

»Das kann ich nicht sagen, denn Sie lachen ja nur, für Sie ist alles nur ein Scherz«, erwiderte Elli, und ihre Augen füllten sich plötzlich mit Tränen.

»Durchaus nicht«, widersprach der Bursche und wurde ernst, denn einerseits beeindruckte ihn die Traurigkeit des

Mädchens, andererseits plagte ihn auch ein wenig die Neugier, »wenn nötig, kann ich auch ernst sein.«

»Mit mir brauchen Sie das nicht«, sagte Elli.

»Das sagen Sie natürlich deshalb, weil ich ein Landstreicher bin, nicht wahr?«

»Genau deswegen«, bestätigte Elli, »es zwingt Sie ja niemand, umherzustreichen.«

»Was sollte ich aber dann, ihrer Meinung nach, tun?« fragte der Bursche.

»Das müssen Sie selbst besser wissen«, erwiderte Elli; und als Ott nicht gleich darauf antwortete, sondern schweigend überlegte, fragte das Mädchen: »Wenn Sie hier oder anderswo Bauer wären, so daß Sie ein Heim hätten, würden Sie Ihr Umherstreichen auch dann nicht lassen?«

»Nun, schwer zu sagen, wenn eine junge Frau da wäre und andere solche Dinge, vielleicht würde ich es lassen«, meinte der Bursche.

»Sieh mal an, wie freundlich!« rief Elli spottend. »Vielleicht würde ich es lassen!«

»Wahrscheinlich würde ich es bestimmt lassen«, sagte der Bursche. »Doch ich habe ja weder Haus noch Frau, ich habe nichts.«

In Otts Worten und Stimme klang eine gewisse Traurigkeit, Elli spürte das, und deshalb sagte sie: »Sie könnten alles haben, wenn Sie nur wollten.«

So, jetzt hatte sich Elli alles vom Herzen heruntergeredet, jetzt konnte sie sich mitsamt ihrem Rechen im Gebüsch verstecken und dort ihre Beschämung oder ihr Glück erwarten.

»Mädchen, dafür müßte ich dich auf der Stelle in die Arme nehmen und abküssen«, sagte Ott bei erster Gelegenheit leise, doch Elli fühlte, wie diese leisen Worte in ihr brannten. Es war ihr, als hielte sie jemand schon in den Armen. Zumindest wußte sie, daß ihr Schamgefühl, falls das geschehen sollte, nicht ausreichen würde, sich dagegen zu wehren.

So waren also die Dinge Ellis Meinung nach klar. Nur eines blieb noch ungesagt, nämlich, daß sie und Oskar zwei waren und daß Wargamäe, wenn man es teilte oder die eine Hälfte auszahlte, für sie reichen würde. Doch Elli war sicher, auch dazu Gelegenheit zu finden, sollten doch Vater, Mutter und Oskar sie so viel sie wollten bewachen.

Doch Ott war nicht so schlichten und beständigen Herzens wie Elli. Das konnte er auch nicht sein, denn er hatte in seinem ganzen Leben nicht etwas so Beständiges gesehen wie Wargamäe, wo Elli aufgewachsen und im Wachsen ihr Herz gefestigt hatte. Sein Herz hatte sich zuerst der abwechslungsreichen Lebensweise seiner Eltern angepaßt, die mal aufs Land, mal in die Stadt, dann wieder aufs Land führte. Später aber richtete er sich entsprechend den eigenen Lebensmöglichkeiten ein, die wechselhaft wie Aprilwetter waren. Vielleicht war das auch der Grund, weshalb er bei einem Glas Bier des Niederhof-Karlas schlaue Rede von seinen Töchtern anhörte, die einmal den Hof erben würden, denn aus dem Jungen könne kein Bauer werden. Auf dem Oberhof, da liegen die Dinge anders, dort werde Oskar Bauer, und es wäre dumm, darauf zu hoffen, daß Sass den Hof teilen würde, denn dazu tauge der Boden auf dem Oberhof nicht. Ganz anders stehe es mit dem Niederhof, der tauge für einen, tauge auch für zwei, auf jede Art und Weise, so gut sei der Niederhof. Aber der Oberhof sei auch für einen nicht besonders gut, denn wenn man daranginge, dem anderen seinen Teil auszuzahlen, komme der Hof unter den Hammer, anders gehe es nicht. Auf dem Oberhof könnten sie nicht das Geld aufbringen, das Oskar Elli auszahlen müßte, wenn man die Sache richtig machen wolle. Und deshalb verstehe sich von selbst, was da schließlich herauskomme: Oskar bekomme den Braten, und der

Schwiegersohn könne die Pfanne lecken. Natürlich, ganz ohne bleibe er nicht, es sei doch selbstverständlich, daß die Tochter auch etwas bekommen müßte, aber was und wieviel, das mag der Teufel wissen. Ott wird ja selbst begreifen, wenn der Niederhof-Karla einen solchen Sohn hätte wie der Oberhof-Sass, ließe er seine Schwiegersöhne nicht mal die Pfanne des Niederhof-Bratens ablecken. Und genauso mache es der Oberhof-Sass, mag er anfangs wer weiß wieviel versprechen.

Außerdem sei die Oberhof-Elli noch ein Kind, was solle man mit ihr spielen, ein richtiger Mann müsse etwas Tüchtigeres haben, sonst werde aus dem Leben nichts. Deshalb solle Ott gut mit sich zu Rate gehen, ehe er beginne, sein Leben einzurichten. Karla sage das alles nicht aus Eigennutz und auch nicht aus Haß auf den Nachbarn, denn jetzt gebe es, Gott sei Dank, auf Wargamäe keinen Haß mehr. Jeder lebe ruhig in seinem Haus und auf seinem Grund. Sass sei natürlich neidisch, daß Karla zwei gesunde Beine habe, er aber ein verkrüppeltes Bein, doch daran könne niemand etwas ändern. Dagegen habe Karla einen schwachsinnigen Sohn, so daß sie beide gleich dran seien. Was aber den Eigennutz betreffe – was für einen Eigennutz könne es für Karla geben. Ott trage doch keinen großen und bekannten Namen, so daß Karla den Wunsch hätte, ihn mit dem eigenen Namen zu verbinden. Otts Name bedeute neben dem von Karla gar nichts. Und Karlas Töchter seien auch nicht alt, daß man sich ihretwegen Sorgen machen müßte. Und selbst wenn sie schon sozusagen ›in den Jahren‹ wären, dann gleiche der Niederhof mit seinem Wald alles aus. Deshalb sage Karla das alles nur zu Otts Belehrung, denn Ott sei noch jung und kenne das Leben nicht. Natürlich, Ott gefalle Karla. Ott würde auch seinen Töchtern gefallen, doch das gehöre überhaupt nicht hierher, das sei etwas ganz anderes.

Auf diese Weise hatte der Niederhof-Karla bei einem Glas Bier Ott auf den Zahn gefühlt, und das nicht etwa, weil er wegen der Verheiratung seiner Töchter Sorgen gehabt hätte, weil er von der Herzensangelegenheit der Oberhof-Elli gewußt oder weil ihm Ott so sehr als Mann gefiel, daß er die Gelegenheit nutzen und ihn als Schwiegersohn hätte anwerben wollen – nichts dergleichen. Des Niederhof-Karla einziges Ziel war, Ott dem ›Hinkebein‹ abzuwerben. Eigentlich war das auch kein Abwerben, denn Karla brauchte Ott als Arbeiter nicht. Seinetwegen konnte Ott auf dem Oberhof bis zu seinem Tode arbeiten, doch wenn er einen freien Augenblick hatte, sollte er heimlich oder offen auf den Niederhof kommen, um seine Freizeit dort zu verbringen, denn alle sollten sehen, daß der Knecht vom Oberhof ständig bestrebt sei, den Niederhof zu besuchen, weil es dort besser, lustiger und interessanter sei, überhaupt eine andere Lebensweise, das müßten alle sehen, begreifen und darüber reden, nicht allein auf Wargamäe, sondern auch auf Hundipalu, Ämmasoo, Soovälja, Kassiaru, ja selbst im Gemeindehaus und bei der Kirche. Um dieses Ziel zu erreichen, brachte Karla den Niederhof sowie seine hübschen und keuschen Töchter ins Spiel, die auf sich hielten und nicht daran dachten, sich mit jedem hergelaufenen Knecht ernstlich abzugeben. Deshalb konnte der Vater sie auch als Köder auswerfen und dabei sicher sein, daß nichts Unerwünschtes geschehen werde.

Doch diesmal ereilte sowohl den Vater als auch die Töchter ihr Schicksal. Entgegen der Erwartung und dem Wunsche des Vaters gefiel Ott dessen Töchtern auf den ersten Blick, denn er verstand ›feinere‹ Gespräche zu führen und war überhaupt ein gewandter Bursche, wie man ihn auf Wargamäe selten sah. Ehe man sich's versah, waren die Schwestern wegen Ott aufeinander eifersüchtig, nur die zwölf-dreizehnjährige Olga begriff nichts und wunderte sich, weshalb Juuli und Helene einander plötzlich so feind waren. Doch auch das dauerte nicht lange, denn bald traf Ott seine endgültige Wahl und entschied sich für Juuli. Weil daheim nichts anzufangen war, denn Elli schlief in der Hinterkammer, und auf Tiina paßte Oskar auf, lenkte Ott seine Schritte auf den Niederhof, wo er schließlich erhört wurde. Alle diese Dinge geschahen jedoch schon hinter Karlas Rücken; selbst die Mutter hatte anfangs keine Ahnung, denn die Töchter schliefen beide im Speicher und hielten treu zusammen. Natürlich, das mütterliche Auge ließ sich nicht lange täuschen, doch als der Betrug offenbar wurde, war es schon so spät, daß es besser gewesen, wenn er überhaupt unentdeckt geblieben wäre.

So standen die Dinge auf dem Niederhof. Auf dem Oberhof gestalteten sie sich etwas anders. Dort paßte zwar niemand auf Ott auf, dennoch wurde die Sache eher bekannt als auf dem Niederhof. Schon bald sagte Sass zu Maret: »Wer weiß, wo dieser Ott sich in den Nächten herumtreibt, am Tage kann er sich kaum auf den Beinen halten, und die Augen drohen ihm selbst beim Mähen zuzufallen, so daß man zuweilen fürchten muß, er könnte in die Sense fallen.«

»Wenn das häufig geschieht«, meinte Maret, »dann kann sein Anziehungspunkt nicht allzuweit entfernt sein.«

»Der Kerl wird es doch nicht auf den Niederhof abgesehen haben«, meinte Sass.

»Wer kann es wissen, zu hören war nichts«, sagte Maret, »doch ein paar Mal habe ich ihn aus der Richtung kommen sehen.«

»Ist das ein Kreuz mit den Leuten«, klagte Sass, »was für Arbeit kann ein Mensch leisten, wenn er nicht schläft. Und dann diese Hetzerei in die Stadt. Ist er einmal dort gewesen, arbeitet man drei Tage wie mit einem Totengräber. Weder Kopf noch Beine sind in Ordnung!«

»Wie es früher auch mit den Dienstboten gewesen sein mag«, seufzte Maret, »aber so etwas kam nicht vor, daß man ihnen Kost und Lohn gab, während sie sich an Wettkämpfen beteiligten.«

»Was redest du da von Dienstboten«, sagte Sass, »paß auf, daß deine eigenen Kinder sich nicht am Wettkampf beteiligen. Jetzt ist doch alles auf der Welt wie eine ansteckende Krankheit. Ein Verrückter macht es vor, und die andern wie eine Herde hinterher.«

»Unsere Kinder werden wohl nirgends mehr hingehen, die erste Begeisterung ist schon vorbei«, meinte Maret.

»Wer kann wissen, was schlimmer ist, die erste Begeisterung oder das, was später kommt«, sagte Sass. »Oskar läuft immer noch Tiina nach, und Elli flüstert bei jeder sich bietenden Gelegenheit mit Ott.«

»Laß sie nur flüstern, wir werden schon später mit ihr fertig«, tröstete Maret.

Aber dann begann Elli plötzlich mit verweinten Augen umherzugehen, als wollte sie Maret zum Trotz beweisen, wie wenig die Mütter von ihren Töchtern wissen, von den Söhnen ganz zu schweigen.

Oskar fragte Tiina, die doch auch in der Kammer schlief, ob sie nicht den Grund für Ellis Tränen wisse, aber nein, Tiina wußte nichts, wie sie versicherte. Maret wandte sich direkt an Elli, erhielt aber auch keine rechte Antwort, nur irgendwelche Ausflüchte. Es wurde aber festgestellt, daß sich in letzter Zeit nicht nur das Verhältnis zwischen Ott und Tiina verschlechtert hatte, sondern auch das zwischen Tiina und Elli. Warum eigentlich? Was hatte Tiina Ott und Elli Böses getan? Hatte sie vielleicht versucht, sich zwischen die beiden zu drängen?

Genau das meinte Elli, Tiina jedoch hätte das Gegenteil behaupten müssen, wenn sie gesprochen hätte. Tiina wollte ihrer Meinung nach nur Gutes, als sie Elli vor Ott warnte, der nachts nach dem Niederhof hinübereilte, doch es gelang ihr nicht, ihren guten Willen glaubhaft zu machen.

Das Gespräch zwischen Tiina und Elli fand am Abend vor dem Schlafengehen in der Vorderkammer statt. Aber kaum hatte Tiina gesagt, was sie sagen wollte, erfaßte Elli ein so heftiger Zorn, daß sie beinahe handgreiflich geworden wäre. Es half nichts, daß Tiina mit Tränen in den Augen versicherte: Sie wollte Elli davor bewahren, blindlings ins Verderben zu stürzen. Doch Elli sah in Tiinas Handlungsweise nur Eifersucht und Rache, denn anfangs hatte Ott ja mit ihr gescherzt, jetzt aber war er zu Elli hinübergewechselt.

»Du bist einfach eine Schlange, eine Schlange in Menschengestalt«, zischte Elli.

»Elli, liebe Elli«, bat Tiina. »Wenn du wüßtest, wie großes Unrecht du mir tust!«

»Dir müßte man Pfeifenpech ins Maul stopfen, und auch das wäre noch zu wenig«, erwiderte Elli in steigendem Zorn. »Doch warte, auch du bekommst einmal deinen Teil! Morgen werde ich es Ott erzählen!«

»Elli, ich bitte dich, sag nicht ...«, begann Tiina.

»Aha, jetzt bist du in Not!« krächzte Elli triumphierend. »Das glaube ich schon, denn Ott versteht keinen Spaß.«

»Nicht deswegen, sondern versuchen wir doch, uns vorher genau zu erkundigen«, sagte Tiina.

»Bei diesem verrückten Jungen wohl, wie?« fragte Elli. »Nein danke, das habe ich nicht nötig, ich frage morgen Ott, und seine Antwort genügt mir.« Sprach's und ging in die Hinterkammer, denn die Mutter hatte schon mehrmals verlangt, sie sollten ihr Tuscheln lassen.

Beim Hinlegen zweifelte Elli keinen Augenblick, daß es eine Lüge war, was über Ott geredet wurde, ganz gleich, wer auch gelogen hatte, der Junge oder Tiina oder auch beide, dieböseste und abscheulichste Lüge. Elli glaubte deshalb so fest daran, weil sie sich an die Worte Otts erinnerte, die er ihr auf der Wiese bei hellem Sonnenschein, inmitten duftenden, raschelnden Heus gesagt hatte, nämlich, daß er sie am liebsten gleich in die Arme nehmen würde, wobei er Elli so in die Augen geblickt hatte, daß sie diesen Blick noch jetzt unter der Decke im Bett spürte. Sie fühlte Scham und Wonne, und deshalb mußte auch alles andere eine Lüge sein. Ellis festen Glauben bestätigte am besten der Umstand, daß sie bald einschlief und bis zum Morgen nicht erwachte, wobei nur soviel vom abendlichen Gespräch in ihr nachwirkte, daß sie davon träumte, Tiina an den Haaren gerissen zu haben – im wahrsten Sinne des Wortes. Doch auch das ging schließlich in eine ruhigere Tätigkeit über, denn sie spürte schließlich nicht Tiinas Haare in ihren Händen, sondern etwas Grünes, Flachsähnliches.

Tiina dagegen warf sich die ganze Nacht unruhig auf ihrem Lager hin und her. Nur wenige Augenblicke fand sie ruhigen Schlaf, sonst peinigten sie irgendwelche verworrenen, unheimlichen Traumgebilde, alle auf ihre Weise schrecklich und drohend. Am Morgen wußte sie nicht recht, ob sie sich im Wachen oder Träumen an Indreks Belehrung vom Guten und Bösen erinnert hatte, damals unten in der Kate, als sie an der Tür stand, die Klinke in der Hand. Soweit Tiina ihn begriff, hatte Indrek gesagt, man solle nicht Gutes tun, wenn man nicht Böses wolle. Doch Tiina hatte diese Lehre vergessen. Sie wollte Elli Gutes tun, und daraus wurde nur Böses, von dem kein Ende abzusehen war. Denn was wird sein, wenn Elli mit Ott spricht. Wie kann Tiina ihre Worte beweisen?

Doch am nächsten Tag entwickelte sich die Sache etwas anders, als Tiina befürchtet, und auch anders, als Elli gehofft hatte. Vor allem fand Elli beim Zusammenharken des Klees lange keine Gelegenheit, mit Ott zu sprechen, so daß sie genügend Zeit hatte, um gewissermaßen abzukühlen.

Als sie dann schließlich zu reden beginnen konnte, fragte Ott ganz sachlich: »Wer hat dir das gesagt?«

»Tiina gestern abend.«

»Woher weiß sie das?«

»Von Eedi, er hat es ihr gesagt.«

»Ach, dieser Lümmel«, rief Ott, und das genügte, um Ellis Herz erzittern zu lassen. Im ersten Augenblick konnte sie nicht einmal daran denken, daß es unwichtig sei, durch wen die Sache bekannt wurde, sondern nur, ob sie wahr sei oder nicht.

Dennoch, was bedeutete es, ob es Wahrheit oder Lüge war, wenn das junge Herz des Mädchens so bebte, daß es auch den Körper erzittern machte, und dieses Zittern bis in die Lippen stieg, die plötzlich erschlafften. Erst nach einer Weile konnte Elli fragen: »Warum antwortest du nicht?«

»Was denn?« fragte der Bursche.

»Ist es wahr?«

»Was nämlich?«

»Besuchst du den Niederhof?«

»Einige Male bin ich dort gewesen.«

»Aber Eedi sagt, du warst in der Nacht dort«, brachte Elli schließlich mühsam hervor.

»Nun, wenn er sagt ...«

»Und im Speicher?«

Ott antwortete nicht mehr. Das junge Mädchen tat ihm leid, eigentlich hatte er das, wovor er jetzt stand, niemals gewollt. Die Sache ergab sich wie von selbst. Natürlich, er hätte das von Anfang an verhindern können, daß er es nicht getan, war seine Schuld. Später lief alles ungeachtet der Hindernisse.

Ellis Gesicht war nicht mehr menschlich. Die Augen wie die einer Toten, die Backenknochen standen plötzlich vor, der Mund schien nicht mehr der eines jungen Mädchens zu sein, und sogar die Haare wurden gleich der Gesichtshaut aschgrau. Sie konnte kein Wort mehr hervorbringen, denn die Zunge versagte den Dienst, die Lippen waren wie erstarrt, der Körper betäubt. So stand sie da, bis ihr die Tränen zu fließen begannen. Dann kam wieder Leben in ihren Körper, sie wandte sich um und wollte gehen.

»Elli«, sagte der Bursche, und als das Mädchen innehielt, fuhr er fort: »Ich wäre ja selbst nicht hingegangen, aber der Alte rief. Ich könnte Schluß machen, wenn du willst. Das kam alles daher, weil du in die Kammer schlafen gingst, dort aber schlafen sie im Speicher.«

»Natürlich«, sagte Elli etwas über die Schulter, »jetzt machst du dort Schluß, und wenn du im Herbst gehst, machst du hier Schluß.«

»Nein, Elli, hier mache ich nicht Schluß«, beteuerte der Bursche.

»Was wirst du denn tun?« fragte das Mädchen, wandte sich erneut um und blieb vor dem Burschen stehen, während ihre Lippen immer noch krampfhaft zuckten.

»Ich tu, was du willst«, sagte Ott.

»Ich weiß nicht mehr, was ich will«, erwiderte das Mädchen. »Außerdem ist es nicht wichtig, was ich will.«

Sie wandte sich erneut zum Gehen, und diesmal hielt sie der Bursche nicht mehr zurück.

XVI

Also stimmte es doch, was Eedi Tiina erzählt und diese weiterberichtet hatte, Elli wußte es jetzt. Das Ergebnis dieses Wissens hätte Dankbarkeit Tiina gegenüber hervorrufen müssen, die sie vielleicht vor dem Schlimmsten bewahrt hatte. Doch sonderbarerweise ließ ihr Zorn auf Tiina überhaupt nicht nach, im Gegenteil, er schien stärker und tiefgründiger zu werden. Es war, als hielte sie es für Tiinas Schuld, daß so etwas ihr und nicht Tiina passiert war.

Und wozu mußte Tiina ihre Nase dazwischenstecken? Das machte die Angelegenheit doch nicht ungeschehen, nur ihre Lösung wurde erschwert. Elli war der Meinung, daß Tiina die Lösung der Dinge, wie sie Elli genehm gewesen wäre, verhindert hatte. Wäre Tiina mit ihrem Klatsch nicht dazwischengekommen, dann wäre es Elli schon gelungen, Ott wieder zu erobern, das heißt, ihn der Nachbars-Juuli abzujagen, wie sie ihn Tiina abgejagt hatte. Von ihrem Sieg war sie felsenfest überzeugt.

Daß Ott ihretwegen ein anderes Mädchen verlassen konnte, verstand Elli, doch daß er schließlich, nachdem Elli selbst ihn gelehrt zu verlassen und zu verderben, auch Elli verlassen könnte, das war für sie ein völlig unmöglicher Gedanke. Sie glaubte wie alle jungen Mädchen, aber auch reifere Frauen, daß sie der Ruhehafen sei, aus dem kein Lebensschiffchen mehr hinaussegele, wenn es nun mal, ganz gleich auf welche wunderliche Weise, hineingefahren sei.

Deshalb begriff sie überhaupt nicht, welchen Nutzen sie von Tiinas Warnung haben sollte. Sie war auch jetzt, genau wie früher, davon überzeugt, daß Ott, wenn er sie zur rechten Zeit – Elli drückte sich in Gedanken genau so aus, ›zur rechten Zeit‹, ohne sich darüber Rechenschaft abzulegen, was sie damit sagen wollte –, ja, wenn Ott sie zur rechten Zeit hätte in die Arme nehmen können, wie er damals auf dem Heuschlag sagte, er gar nicht begonnen hätte, auf den Niederhof zu gehen, falls er aber schon vorher hingegangen wäre, würde der sofort Schluß gemacht haben.

Alles kam daher, daß man Elli in der Hinterkammer schlafen ließ, während Tiina in der Vorderkammer schlief, als sei diese mit ihrem Vogelschlaf ihr Wächter. Anfangs war Elli zufrieden, daß Tiina auch in der Kammer schlief, denn sie dachte: Recht so, kann ich nicht im Speicher bleiben, dann auch du nicht, jetzt aber regte sie jede Bewegung auf, die Tiina auf ihrer quietschenden Schlafstätte machte. Wie konnte sie nur so ruhig und sorglos leben – Elli war nämlich der Meinung, daß Tiina ruhig und sorglos lebe, und konnte das nicht begreifen. Wahrscheinlich hat Oskar ihr niemals etwas derartiges gesagt und sie nicht so angeschaut, wie Ott es vermochte.

Aber Elli verstand auch Ott nicht: Wie konnte er so reden, sie so anschauen und gleichzeitig immer noch die Verbindung mit dem Niederhof halten? Mit Elli war es anders: Sie fühlte sich schon durch ein Wort, einen Blick, eine Berührung der Haut derart zu Ott gehörig, daß ihr kein anderer Mann in den Sinn kam. Warum ist es eigentlich so mit den Menschen?

So manchen Tag plagte sich Elli mit dieser Frage. Schließlich, da sie keine Ruhe fand, ging sie zu Ott, um diese Frage mit ihm zu beraten. Doch der Bursche antwortete kurz und bündig: »Ich bin doch ein Mann.«

»Machen es denn alle Männer so?« fragte Elli.

»Wahrscheinlich wohl«, erwiderte Ott, denn eine präzise Antwort wußte er nicht; er hatte doch nur in seiner eigenen Haut gelebt.

»Also redet ihr Worte und vollbringt Taten, selbst aber denkt und empfindet ihr nichts«, versuchte Elli zu begreifen.

»Na, warum sollten wir denn nichts empfinden, es dauert nur nicht lange«, erklärte Ott. »Nichts dauert lange. Es ist wie mit dem Wettlauf. Wie lange kann man denn schließlich laufen, ohne zu ermüden, man ist doch kein Jagdhund, um tagelang zu laufen.«

Das begriff Elli nicht. Ihrer Meinung nach mußte alles lange dauern. Und sie konnte nichts dagegen tun, daß ihr Körper zu brennen und das Blut zu glühen begann vor Verlangen, dem Burschen zu beweisen, ihn zu überzeugen, daß es etwas gibt, was lange dauert, was nicht vorübergeht. In ihr, in Elli, ist das, was bleibt, in ihr ist etwas, was anderen fehlt. Und Ott begann ihr beinahe leid zu tun, denn er läuft in der weiten Welt umher und findet keinen Ort, wo er bleiben könnte, so daß Oskar ihn einen Landstreicher nennt. Elli möchte diesem Landstreicher ein Heim geben.

Solche Gedanken und Gefühle erzeugten Ellis junger heißer Körper und ihr glühendes Blut. Doch niemand wußte etwas davon, niemand konnte es auch nur ahnen. Ott würde es wahrscheinlich auch dann nicht verstehen, wenn Elli, um es zu erklären, ihren ganzen Wortschatz zusammengeholt hätte. Die Mutter könnte wohl mit ihrer Tochter fühlen, aber kaum ihre Gefühle richtig begreifen. Der einzige Mensch, der sie vielleicht verstanden hätte, wäre Tiina, doch ihr war sie gram und wußte nicht einmal warum. Vielleicht gerade deshalb, weil diese sie verstand und ihr ungerufen zu Hilfe eilte?

Auch Ott war in seinem Herzen Tiina gram, wenn auch nicht so sehr wie Elli. Ott meinte, daß, wenn Tiina sich mit ihrem Klatsch nicht eingemischt hätte, die Angelegenheit allmählich von selbst ihre Lösung gefunden hätte. Denn wie lange können solche Dinge immer dauern. Früher oder später wären die Eltern auf dem Niederhof seinen nächtlichen Besuchen auf die Spur gekommen, und dann gäbe es ein kurzes Ende. Und vielleicht noch, bevor Elli dahinter gekommen wäre. Jetzt aber wurde dem armen Kind, ob aus Dummheit oder Eifersucht, nur unnütz Herzeleid und Verdruß zugefügt. Von dieser Überzeugung getrieben, sagte er einmal zu Tiina: »Es war dir leid, daß ich den Niederhof besuchte, was?«

»Nein, aber mir tat Elli leid«, erwiderte Tiina schlicht.

»Das soll ich dir glauben«, sagte Ott ironisch. »Elli tat dir leid! Dir war es leid!«

Aber das verstand Tiina nicht, so daß Ott es erklären

mußte: »Ich hätte in unsere eigene Vorkammer durchs Fenster einsteigen sollen, das war es. Der andere, den du erwartest, der kommt nicht. Aber mach dir keine Hoffnung: auf dem Niederhof kannst du mir die Suppe wohl vermasseln, zu dir aber komm ich dennoch nicht, denn du bist so trocken, daß es knistert. Daß du's weißt!«

Ott sprach diese Worte in großem Zorn und meinte, Tiina damit bis ins Herz getroffen zu haben – denn das war seine Absicht – doch Tiina blickte ihn mit einem fast glücklichen oder dankbaren Lächeln an, so daß Ott noch zorniger wurde. Und wenn er auch späterhin dem Mädchen gram war, so meist deshalb, weil es ihm nicht gelungen war, sie richtig zu kränken oder ihr weh zu tun, damit sie recht lange daran denke, wer und was Ott sei.

Tatsächlich aber hatten Otts schreckliche Worte Tiina erfreut und beruhigt. Bisher hatte sie jeden Abend die Fensterhaken mit einer Schnur festgebunden, damit man sie nicht von außen lockern könnte. Jetzt, meinte sie, sei es nicht mehr nötig, wenigstens Otts wegen nicht. Doch als der Abend kam, glaubte sie am Tage falsch gedacht zu haben. Ob aus alter Gewohnheit oder aus heimlicher Befürchtung, Ott, der in großer Wut gesprochen hatte, könnte gerade jetzt kommen, um Tiina zu belästigen, band sie die Fensterhaken so sorgfältig fest, daß Elli, die mehrere Tage kein Wort mit ihr gesprochen hatte, spitz bemerkte: »Was bindest du denn da so fest, es wird dich doch niemand stehlen kommen.«

»Warum denn gerade stehlen«, erwiderte Tiina, als seien ihre Beziehungen ganz normal, »so ist es aber sicherer.«

»Nachbars Eedi könnte kommen, sonst wohl keiner«, sagte jetzt Elli, als wollte sie zu verstehen geben, daß sie mit Tiina nicht rede, um eine angenehme Unterhaltung zu beginnen.

»Der Hund schläft unter dem Fenster, er kann nicht

kommen«, sagte Tiina harmlos, als verstehe sie den Stich in Ellis Worten nicht.

Daß Tiina den Hund erwähnte, den Anlaß ihres ersten Zusammenstoßes, brachte Elli auf den Gedanken, daß Tiina das absichtlich tue, um ihr zu sagen: Den Hund habe ich dir abgejagt und mit Ott geschieht dasselbe, laß mich die Fensterhaken zubinden, denn das gefällt den Burschen. Bei solchen Gedanken stieg der Zorn in Elli hoch, und sie sagte: »Du müßtest den Hund zu dir nehmen, das wäre für dich richtig.«

Doch was Tiina jetzt sagte, erschütterte Elli mehr als alles Vorhergehende.

»Ich habe auch mit einem Hund geschlafen«, sagte Tiina. »Auf einer Stelle in der Stadt, als ich noch jung war, hatte ich eine Schlafstelle auf dem Fußboden. Eine andere Möglichkeit gab es nicht, denn die Wohnung war klein, und die Herrschaften waren arm. Im Winter war es sehr kalt, und ich hatte auch nicht genug Kleider, um mich zuzudecken. Da rief ich den Jagdhund, der auf einer Matte vor der Tür schlief, zu mir, und so lagen wir nebeneinander, denn so war es uns beiden wärmer. Anfangs zitterte der Arme am ganzen Körper, genau wie ich, bald aber verging unser Zittern, und wir schliefen ein. Auch die Herrschaften erfuhren später davon, doch sie sagten nichts, lachten nur. Der Herr sagte einmal im Spaß, Tiina wolle sich wohl üben, mit einem Kavalier zu schlafen, aber das war ja eine Hündin, weich, rund und warm wie ein Kissen. Seitdem liebe ich die Hunde, und die Hunde lieben mich.«

Elli wußte nicht, was sie dazu sagen sollte. War es eine schlaue Bosheit oder etwas anderes, doch beim Anhören hatte Elli einen Augenblick das Gefühl, als müsse sie Tiina auf der Stelle um den Hals fallen und in Tränen ausbrechen. Im nächsten Augenblick aber stellte sie sich Ott als einen vor Kälte zitternden Hund vor, der Wärme suchte und sie nirgends finden konnte. Das verhärtete Ellis Herz aufs neue, und sie ging wortlos in die Hinterkammer schlafen.

In der Nacht träumte ihr, ein fremder Hund dränge sich zu ihr ins Bett. Sie stößt ihn mit den Füßen zurück, dabei wird ihr furchtbar heiß, bis sie schließlich bemerkt, daß der zudringliche fremde Hund auf ihren Beinen liegt – daher die Hitze. Ärgerlich schiebt sie den Hund weg und stößt schließlich mit den Füßen nach ihm.

Am Morgen weckte sie die Mutter mit dem Vorwurf: »Elli, steh auf! Schau, wie du schläfst! Schickt sich denn das für ein junges Mädchen.«

Aber die Mutter hatte keine Ahnung, daß ihre Tochter im Traum mit einem Hund geschlafen hatte, als habe sie sich dabei zum Vorbild genommen, was Tiina in Wirklichkeit erlebt hatte. Dennoch war es schrecklich, daran zu denken, daß sie so geschlafen hatte, wie die Mutter sie am Morgen vorfand – nackt wie eine Mohrrübe. Lieber hätte Elli tatsächlich mit einem Hund geschlafen als so, denn sie war kein Kind mehr, wie die Mutter sagte. Elli empfand plötzlich auch selbst, daß sie kein Kind mehr war.

Ott jedoch sah in ihr immer noch gewissermaßen ein Kind, deshalb hatte er auch angefangen umherzulaufen und den Niederhof zu besuchen, wo er hoffte, Erwachsene zu finden. Mit ihnen ist es einfacher, denn sie haben eine sachlichere Einstellung zum Leben. Jungen Mädchen Sachlichkeit beizubringen ist ermüdend und langweilig. Ein junges Mädchen zu heiraten, das ist etwas anderes, weil du, wenn du es dann lehrst und dich mit ihm abmühst, es dann für dich selbst lehrst, aber für Fremde Missionsarbeit zu verrichten, das lohne nicht. So dachte Ott.

Aber er mußte sich bald davon überzeugen, daß es auf Wargamäe offenbar keine richtig Erwachsene unter den Frauen gab. Denn es dauerte nicht lange, bis er auch im

Speicher des Niederhofs mit Geheul empfangen wurde, als habe man dort erfahren, daß die Oberhof-Elli vor aller Augen verweint umhergehe, und als ob Höflichkeit und gute Sitte es verlange, daß auch die Niederhof-Mädchen in Tränen ausbrechen. Und was das tollste war: Es weinten beide, Juuli und Helene, die letztere vielleicht noch heftiger als die erste, obwohl Ott mit ihr nichts zu tun hatte. Bedauerte es Helene vielleicht? Oder empfand sie die Schande der Schwester stärker als diese, die durch ihre Erlebnisse geblendet und betäubt war?

Ott war noch zu keinem Entschluß gelangt, als jemand an der Speichertür hantierte, als hätte er nur darauf gewartet, daß der Bursche im Speicher erscheine.

»Macht die Tür auf«, befahl eine Frauenstimme, in der Ott die Mutter der Mädchen zu erkennen glaubte.

So, Gott sei Dank, jetzt war Ott plötzlich alles klar: Er war auf frischer Tat ertappt worden. Und als erster Gedanke schoß ihm durch den Kopf: Aufstehn, denn er saß bei Juuli auf dem Bettrand, die Tür öffnen und Hals über Kopf ›Fersengeld geben‹, um für den Augenblick nichts zu sehen und zu hören und gerettet zu sein, mag später kommen, was da wolle. Nachher bedauerte er es immer wieder, daß er diesem ersten Impuls nicht gefolgt war, denn das hätte der Angelegenheit das beste und einfachste Ende bereitet.

Doch er hatte den ersten günstigen Augenblick verpaßt, und selbst wenn er später noch gewollt hätte, ›Fersengeld zu geben‹, wie er es in Gedanken nannte, war es nicht mehr möglich. Denn Juuli erhob sich, um eigenhändig die Tür zu öffnen, und erst jetzt bemerkte Ott, daß das Mädchen in Kleidern unter die Decke gekrochen war. Was hatte das zu bedeuten? Zusammenspiel? Wurde er hereingelegt? In eine Falle gelockt?

Ott sprang auf in der Absicht, zwischen Mutter und

Tochter hindurchzuschlüpfen, denn dazu glaubte er jetzt volle Berechtigung zu haben. Er war ja weder das erste Mal noch später gewaltsam hier eingedrungen, eigentlich auch nicht durch Betrug oder List, sondern durch artige Verlokkung, so daß sich ihm die Speichertür so gut wie ohne Widerstand öffnete, warum jetzt plötzlich ein solcher Empfang – sinnloses Heulen und dazu noch die Alte? Nach Otts Meinung war das kein ehrliches Spiel, warum sollte er dann noch ehrlich handeln? Also eilte er zur Tür, um einen Fluchtweg zu finden. Aber bevor er diese Absicht ausführen konnte, war die Mutter wie der Blitz im Speicher, und Juuli schlug die Tür mit solcher Kraft zu, daß Ott ihre Energie bewundern mußte. Selbst Helene war aufgesprungen und der Schwester zu Hilfe geeilt, als fürchte sie, diese könne mit dem Burschen allein nicht fertig werden.

Natürlich, wenn man es recht bedenkt, so waren diese Frauen für Ott kein Hindernis, selbst wenn statt drei ihrer dreißig wären, doch seine körperliche Überlegenheit hätte ihm nichts genutzt, denn woher sollte er wissen, wohin die Frauen in der Dunkelheit den Schlüssel getan hatten. Es wäre auch ein hoffnungsloses Beginnen, die Frauen selbst und den ganzen Speicher zu durchsuchen, dabei noch tastend.

Also ergab sich Ott. Er blieb breitbeinig mitten auf dem Fußboden stehen und wartete. Vorerst war aber nichts anderes zu hören, als daß die Mädchen wieder sinnlos zu weinen begannen. Dann hörte man das Knistern einer Zündholzdose, und bald war der Raum von dem friedlichen Schein einer Kerze erleuchtet.

Plötzlich spürte Ott die dumpfe Speicherluft und den Geruch von wollenen Kleidern und Lammfellen und staunte, warum er das alles früher nicht bemerkt hatte. Ach ja! Bisher war es im Speicher immer dunkel gewesen, und in der Dunkelheit kannte er nur dieses Mädchen, das jetzt auf dem Bettrand sitzt und weint. Bei Licht erscheint alles anders, fast fremd.

»So«, sagte die Mutter sachlich, als die Kerze in dem auf den Deckel der Truhe getröpfelten Stearin stand, wandte sich um und blickte den Burschen an, als hätte sie ihn vorher nie gesehen. »Also so siehst du aus!« sagte sie nach einer Weile, als betrachte sie etwas Besonderes. Dabei war Ott ein ganz gewöhnlicher Bursche: die Mütze etwas in den Nacken geschoben, den Rock übers Hemd gezogen, an den Füßen Schaftstiefel, die ihn beim Schleichen an den Zäunen und hinter den Gebäuden vor Brennesseln schützen sollten.

»Schämst du dich denn überhaupt nicht?« fragte die Bäuerin schließlich, nachdem sie sich eine Weile gegenseitig betrachtet hatten.

Ott erwiderte nichts, wandte sich ab und grinste einfältig oder verlegen.

»Was wollen Sie von mir?« fragte er schließlich.

»Das solltest du selbst wissen«, erwiderte die Mutter.

»Wenn ich es nur wüßte!« seufzte Ott aufrichtig, als sei die ganze Sache ein dummer Scherz.

»Ach, bist wohl nur einfach so hier in den Speicher gedrungen?« rief jetzt Juuli.

»Genau! Nur einfach so!« erwiderte der Bursche. »Und ich dachte, daß auch du nur einfach so.«

»Hast du denn nicht davon gesprochen, man könnte hinten am Feldrand ein Haus bauen, das eine eigene Koppelweide hätte und Weideland in der Nähe?«

»Das schon«, bestätigte der Bursche, »aber das waren die Worte deines eigenen Vaters, ich habe sie nur einfach so wiederholt.«

»Immer nur einfach so!« rief Juuli.

»Nun ja«, erklärte der Bursche, »etwas mußte ich ja sagen, denn du selbst wolltest so sehr, daß ich etwas Derarti ges sage, und da ich nichts Besseres wußte, sagte ich das, ich hatte es gut behalten, und dir gefiel das auch.«

»Dann bist du überhaupt kein Mann, sondern nur einfach so einer!« rief jetzt Juuli.

»Tatsächlich, als Mann tauge ich nicht viel«, gab der Bursche zu, »doch den Mädchen gefalle ich, sie lieben es, wenn der Bursche etwas leichtsinnig ist! Und das bin ich, denn so ist mein Charakter.«

»Hast du denn überhaupt kein Gewissen?« fragte die Mutter, teils vorwurfsvoll, teils mitleidig.

»Aber nein doch, ein Gewissen habe ich schon«, erklärte der Bursche, »ohne geht es ja nicht, aber mein Gewissen ist auch solcher Art.«

»Ja, dein Gewissen ist auch nur einfach so«, ironisierte Helene aus dem Speicherwinkel.

»Halte du deinen Mund!« rief die Mutter der jüngeren Tochter zu, »du bist noch ein Kind und weißt nichts.«

»Ich weiß ja auch nichts«, bestätigte Helene.

»Na, dann sei auch still!« schalt die Mutter. Wieder dem Burschen zugewandt, sagte sie: »Was ist denn das für ein Gewissen, wenn du mein Kind verführst und nachher sagst, das war nur einfach so. Wieso ist es denn nur einfach so, wenn das Mädchen im Gesicht verfällt, so daß man wer weiß was befürchten muß.«

»Bäuerin, die Befürchtung ist grundlos, glauben Sie mir, wenn ich es sage, denn ich bin meiner sicher«, sagte der Bursche tröstend in Hinblick auf einen gewissen Hintergedanken.

»O mein Gott, mein Gott!« seufzte Juuli verzweifelt und warf sich aufs Bett.

Ott konnte nicht recht begreifen, was er getan oder gesagt haben sollte, daß man so unglücklich war. Er blickte sich fast ratlos um und sagte sich in Gedanken: ›In was für ein Nest bin ich da geraten!‹

»Denkst du denn nicht daran, was jetzt aus uns wird«, sagte die Mutter und wischte sich die Augen. »Wie soll mein Kind anderen unter die Augen kommen. Daß die Sache verborgen bleibt, ist nicht zu hoffen, denn ...«

»Das natürlich nicht«, meinte auch der Bursche aufrichtig, »unsere Tiina hat es schon Elli erzählt ...«

»Diese Stadtameise!« rief Helene verächtlich, denn dafür gab es für sie gute Gründe. Sie hatte nämlich mit dem Oberhof-Oskar im Vereinshaus und auf Dorffesten gelegentlich getanzt und würde es gern weiterhin tun, denn ihrer Meinung nach paßten sie als Tanzpartner am besten auf der ganzen Welt zusammen. Doch seit auf dem Oberhof diese Stadtameise, wie sie Tiina nannte, erschienen war, war Oskar auf keinem Dorffest mehr zu sehen, daher Helenes Wut auf Tiina.

»Du hältst deinen Mund dort in der Ecke«, fuhr die Mutter Helene an und fragte dann Ott: »Woher weiß es diese Tiina denn so genau? Was geht es sie an?«

»Ihr hat es Eedi gesagt«, erwiderte Ott.

»Ach deshalb lockt sie den Jungen an, um aus ihm alles herauszuholen!« rief die Mutter. »Nun wird es bald in der ganzen Welt bekannt sein. Du weißt doch, was ein anständiger Mann tut, wenn die Sache so gelaufen ist.«

»Nun, warum denn nicht, natürlich weiß ich es«, erwiderte der Bursche, »wenn man ein ordentlicher Mann ist, aber es fragt sich ja, ob ich ein ordentlicher Mann bin.«

»Aber um Himmels willen!« rief die Mutter erschrocken, »was bist du denn sonst?!«

»Unser Jungbauer sagt, ich sei ein Landstreicher«, erwiderte der Bursche, »und vielleicht hat er recht.«

»So hat meine Tochter sich an einen Landstreicher weggeworfen!« jammerte die Mutter.

Aber Juuli war darüber anderer Ansicht. Deshalb wischte sie sich Augen und Mund, als wollte sie sich von allem Gewesenen saubermachen, und sagte: »Mutter, glaube ihm nicht, er ist kein Landstreicher, er will sich nur in unseren Augen schlecht machen, um leichter davonzukommen. Paß auf, er hat auch auf seinem Hof ein Eisen im Feuer, warum sonst hätte Tiina die Geschichte unseres Eedi brühwarm Elli hinterbracht.«

»Höre, Junge«, sagte die Mutter jetzt drohend, »wenn du solche Sachen machst, werde ich mit meinem Alten über die Angelegenheit reden, und der versteht keinen Spaß. Du willst wohl unser Kind zum Gespött machen und dann hier, unter unsern Augen, mit einer andern anfangen, damit alle unsere Schande sehen sollen. Du kannst natürlich tun, was du willst, aber hoffe nicht, daß dir was geschenkt wird.«

Diese Worte brachten den Burschen zum Nachdenken. Und um die beiden wenigstens für den Augenblick etwas zu beschwichtigen, sagte er: »Bäuerin, befürchten Sie das nicht von mir. Möglich, daß das Mädchen hofft und möchte, ich aber nicht, denn wenn ich zu wählen hätte zwischen ihr und Ihrer Tochter, würde ich keinen Augenblick schwanken, sonst wäre ich doch zu Hause geblieben.«

»Du hast selbst gesagt, daß Elli in der Hinterkammer bei den Eltern schläft«, sagte Juuli.

»Da hättet auch ihr schlafen sollen, dann wäre nichts geschehen«, seufzte die Niederhof-Bäuerin. Doch Ott beachtete es gar nicht, sondern widersprach Juuli, als sei die Mutter überhaupt nicht anwesend: »Und du glaubst, ich wäre dort nicht hineingelangt? Ich wäre schon, wenn ich wirklich gewollt hätte. Durch die Tür natürlich nicht, denn dieser Satan quietscht entsetzlich, aber durch das Fenster! Das Fenster ist ganz anders als die Tür, es gibt keinen Ton von sich, nur mit dem Verschluß muß man vorsichtig sein. Doch das alles wäre gar nicht nötig, denn Elli würde selbst durch das Fenster herauskommen, wenn ich es wollte.«

»Lieber Himmel, wie redest du nur!« jammerte die Mutter unglücklich, denn die Redeweise des Burschen erschien ihr so unverschämt, daß sie nicht wußte, was sie dazu sagen sollte.

Doch Juuli war ein Mensch neuerer Zeit, der sich von Unverschämtheiten nicht so leicht erschüttern ließ, und deshalb konnte sie dem Burschen ganz schlicht erwidern: »Prahle doch nicht so!«

Juuli sprach diese Worte mit einem gewissen Hintergedanken: Sie wollte den Burschen reizen, damit er noch mehr sage und sich selbst entlarve. Und so kam es schließlich auch. Im erregten Wortwechsel mit dem Burschen merkte das Mädchen bald, daß Otts Gewissen in bezug auf Elli nicht rein war: er versuchte sie zu fangen. Es bestand kein Zweifel, wer siegen würde, die, die man fangen will, oder die, die man schon in der Hand hatte.

Juulis Herz zog sich schmerzlich zusammen. Sie konnte nicht verhindern, daß sie sich gleichsam am Grabe ihrer Liebe fühlte. Nach Juulis Meinung hatte die Mutter durch ihre Einmischung allem ein vorzeitiges Ende bereitet. Aus dem schönen Sommertraum war Alltag geworden, der nur Mühe, Sorgen und Tränen brachte. Der einzige Ausweg wäre, wenn auch auf dem Oberhof die Dinge alltäglich würden, nur dann wäre es für Juuli möglich, mit ihrer Gegnerin den Kampf aufzunehmen. Elli müßte genausoweit kommen wie sie, Juuli. Das waren ihre Gedanken, als sie mit dem Burschen darüber stritt, ob Elli aus dem Fenster steigen würde, wenn Ott sie rufe, und ob sie es könne, ohne daß Vater oder Mutter es hörten.

»Laßt doch endlich solche Gespräche vor dem Kind«, schimpfte schließlich die Mutter.

Aber diejenige, die die Mutter als Kind bezeichnete, sagte schlagfertig zu ihrer Verteidigung: »Mutter, laß sie nur reden, ich verstehe doch nichts davon.«

»Dann bist du genauso dumm wie ich«, erwiderte die Mutter. Zu dem Burschen gewandt, sagte sie: »Genug jetzt davon. Ich will endlich wissen, was aus der Sache wird.«

»Mutter«, sagte Ott plötzlich schmeichelnd und fast herzlich, »könnten wir uns nicht alle etwas Bedenkzeit nehmen? Ich möchte mich mit Juuli beraten, denn schließlich ist es unsere Angelegenheit.«

»So daß du es auch weiterhin nur einfach so treiben möchtest?« fragte die Mutter. »Das gibt es nicht mehr, wenn aber, dann muß die Sache erst geklärt sein.«

»Mutter, bedränge ihn nicht so, als flehten wir ihn um Erbarmen an«, sagte Juuli. »Er ist ja ein Nur-einfach-so-Mann.«

»Juuli, sei nicht boshaft«, bat der Bursche, »du bist doch ein gutes Mädchen.«

»Gutes Mädchen, gutes Mädchen«, wiederholte Juuli, und ihre Augen füllten sich erneut mit Tränen, die Lippen verzogen sich krampfhaft. Zorn und Rachedurst, die sie eben noch verspürt hatte, waren wie weggeweht. »Natürlich bin ich ein gutes Mädchen, doch was hilft das, du schaust doch nach der andern, ob sie aus dem Fenster steigt.«

»Ich schau nicht mehr nach ihr«, beteuerte plötzlich Ott gerührt. »Und wenn du wirklich willst, dann soll es so bleiben, wie wir es besprochen haben – das Haus hinten am Feld, eine Koppel und eine Weide dabei.«

»Herrgott, wenn es doch so wäre!« seufzte die Mutter, und auch sie begann zu weinen.

Doch Juuli schien ihren Ohren nicht trauen zu wollen. Sie traute ihnen deswegen nicht, weil sie noch vor kurzem so böse Gedanken und so häßliche Gefühle gehabt hatte. Auch jetzt konnte sie Böses denken und Ekel empfinden, wenn sie sich vorstellte, daß der Mann, der mitten im Raum vor ihr stand, von einem Kammerfenster oder auch nur von einem spaltbreit geöffneten Fenster träumte. Sie würde gern sehen, wie diejenige, die hinter dem Kammerfenster schläft, in den Schmutz getreten wird, und diesen Anblick genießen.

»Nun, Mädchen, freust du dich denn gar nicht?« fragte Ott schließlich, da Juuli seine Worte nicht beachtete.

Das Mädchen schien plötzlich aus ihren Träumen zu erwachen. Sie sprang vom Bettrand auf und fiel dem Burschen um den Hals.

»So ein Lümmel, du!« schimpfte sie unter Tränen. Aber alle begriffen, daß es aus reiner Liebe geschah. Das verstand selbst Helene, die ebenfalls aufgesprungen war, als sollte auch sie jemandem um den Hals fallen. Doch sie hatte niemanden dazu. Nur die alte Mutter war da, die sagte: »So, Helene, jetzt können wir gehen.«

»Warum denn, Mutter?« fragte Helene.

»Uns braucht man hier nicht mehr«, erwiderte die Mutter.

»Ich stör doch nicht, ich schlafe weiter hier«, erklärte das Mädchen. »Warum konnte ich denn bisher hier sein?«

»Komm jetzt, komm«, erwiderte die Mutter und zog ihre jüngere Tochter aus dem Speicher hinaus.

XVII

In dieser Nacht hatte Ott im Speicher des Niederhofes schließlich vor den Frauen kapituliert, denn allmählich war er zu dem Schluß gelangt, daß Juuli ein braves und hübsches Mädchen sei, und wenn man dazu noch ein Dach über den Kopf bekomme, na, dann Gott mit ihnen. Einmal könne man sich auch den Spaß einer Heirat erlauben. Aber sonderbarerweise bedauerte er seine Nachgiebigkeit schon kurze Zeit darauf. Denn als Helene und die Mutter gegangen waren und er als künftiger Schwiegersohn mit vollem Recht und Segen bei Juuli im Speicher geblieben war, spürte er eine Art Enttäuschung. Ob es daher kam, daß er jetzt ein Recht hatte, hier zu sein, und daß auch Juuli gewisse Rechte auf ihn zu haben glaubte. Ott wußte es nicht und dachte darüber auch nicht nach, er spürte nur, daß alles anders geworden war.

Daher kam es wohl auch, daß Ott sich schon am nächsten Tag mit der Frage des Hinterkammerfensters vom Oberhof zu beschäftigen begann, über das er sich mit Juuli in Gegenwart der Mutter und Helene gestritten hatte. Ott überlegte nämlich, ob die strittige Frage noch zwischen ihm und Juuli bestehe, die bereit gewesen war zu wetten, daß weder die Oberhof-Elli aus dem Fenster hinaus noch Ott hineingelangen könnte, oder sollte er diesen Streit als gegenstandslos betrachten, da Ott den Frauen nachgegeben und sich endgültig Juuli verschrieben hatte? Mit der Lösung dieser Angelegenheit quälte sich Ott mehrere Tage. Schließlich gelangte er zu der Meinung, daß eine Wette eine Wette bleibe – Ott glaubte schon, daß er wegen des Oberhof-Fensters mit Juuli gewettet habe – gleich, ob er, das heißt Ott, sich Juuli oder einer anderen verschrieben hätte. Wenn etwas abgesprochen sei, dann müsse es auch so bleiben.

Deshalb begann Ott eine Gelegenheit zu suchen, um mit Elli über das Hinterkammerfenster zu reden. Natürlich konnte er nicht sagen, daß er es wegen einer Wette mit Juuli tue, die er gewinnen möchte. Aber das war auch nicht nötig, denn man kam auch so darüber ins Gespräch. Elli schien sich selbst auf diesen ›Leim‹ zu stürzen, denn sie hatte ihre eigene sie quälende Frage, nämlich: Wie war es um Otts Niederhof-Besuche bestellt? Sie wollte nicht direkt davon reden, doch auf Umwegen strebte sie bei jeder Gelegenheit auf diesen Punkt zu, bis Ott schließlich einen

Grund fand, anscheinend betrübt zu erwidern: »Nichts zu machen, es muß schon so bleiben, das ist unser Schicksal. Außerdem liegt es nicht an mir, sondern an dir: Du schläfst ja in der Hinterkammer.«

»Dafür kann ich doch nichts«, sagte Elli.

»Das weiß ich«, erwiderte Ott, »du hast aber auch nicht versucht, es zu ändern.«

»Was kann ich denn tun?«

»Wenn du versuchen würdest, herauszukommen«, meinte der Bursche. »Ich würde ohne weiteres in die Kammer kommen, glaube mir, doch das hätte keinen Sinn, denn da könnte man kein Wort miteinander wechseln. Sonst wäre ich sofort drin. Das Fenster leise geöffnet und barfuß in die Kammer. Ganz bestimmt! Kein Teufel würde es hören. Doch welchen Sinn hätte es. Eine andere Sache wäre es, wenn du herauskommen würdest, das hätte Sinn. Man brauchte auch nicht weit zu gehen, nein. Man könnte es anfangs einfach nur so versuchen, um zu sehen, ob es gelingt, herauszukommen oder nicht. Falls es nicht gelingt und die Mutter erwacht, dann kann man sagen, im Zimmer sei es zu schwül, man lasse frische Luft herein. Ich hätte es schon längst getan, schon zum Trotz, um ihnen zu zeigen, daß ein solches Bewachen nicht hilft, wenn der Mensch wirklich hinaus will. Und dann noch das: Du beschwerst dich wegen meiner Besuche auf dem Niederhof, und dabei willst du nichts tun, damit ich diese Besuche einstelle. Glaube mir, wenn du aus deinem Käfig heraus könntest, würde ich nach dem Niederhof nicht einmal hinblicken. Man kann dich doch nicht mit den Niederhof-Mädchen vergleichen. Es hängt also alles davon ab, ob du heraus kannst oder nicht. Die Haken gehen wohl etwas schwer, man könnte sie jedoch ein wenig schmieren, die Fensterangeln ebenso. Und vor allem – auf die Füße mußt du achten, daß dich die Schritte nicht verraten.«

Ott erklärte lang und breit, wann und wie es geschehen könnte. Als er endlich schwieg, sagte Elli hoffnungslos: »Daraus kann nichts werden.«

»Warum denn nicht?« fragte der Bursche. »Man kann es doch versuchen!«

»Wegen der Eltern ginge es vielleicht noch, doch Tiina in der Vorderkammer hat einen Schlaf wie ein Vogel, wie die Mutter sagt«, erklärte Elli.

»Man muß die Tür dazwischen schließen, dann merkt sie nichts«, sagte Ott.

»Die Mutter erlaubt das nicht, sie will, daß die Tür offen steht, es wäre sonst nicht genug Luft, sagt sie.«

»Nun, dann zuerst die Tür offen lassen, und wenn alle schlafen, dann leise schließen«, riet Ott.

»Die Tür knarrt aber«, klagte das Mädchen.

»Dann schmieren«, erwiderte der Bursche.

»Mutter würde es sofort bemerken und fragen: Wer hat die Tür der Hinterkammer geschmiert? Denn sie hat mein ganzes Leben lang geknarrt, und Mutter sagt, sie habe schon geknarrt, als ihre Mutter Krôôt noch lebte. Deshalb erlaubt sie nicht, sie zu schmieren, denn dieses Knarren erinnere sie an ihre Mutter. Sie sagt stets, laß sie doch knarren, einmal wird sie dich an mich erinnern, wie mich jetzt an meine Mutter.«

So standen Ott und Elli vor einem Hindernis, das sich nicht beseitigen lassen wollte. Das Knarren der Tür drohte zum Grabe des Glücks zweier junger Menschen zu werden.

»Wenn es meine Angelegenheit wäre, wüßte ich, was ich täte«, sagte Ott. »Ich würde nachprüfen, wie und an welcher Stelle die Tür knarrt und wo nicht. Denn ich glaube kaum, daß sie immer und überall gleich knarrt. Und am Abend würde ich es so einrichten, daß sie beim Zuschieben anfangs nicht knarrt und sie nur bis zur nächsten knarrenden Stelle zuschieben. Verstehst du? Und dann folgendes: Man müßte probieren, wann sie mehr knarrt, wenn man sie schnell oder langsam bewegt. Das ist sehr wichtig. Es ist ja auch nicht notwendig, die Tür ganz zu schließen; wenn ein Spalt bleibt, macht es nichts, denn Tiina paßt doch nicht die ganze Nacht durch auf. Eins sage ich dir: wenn jemand sie so rufen würde wie ich dich, ließe sie kein Hindernis gelten, sie würde auch durch eine Spalte kriechen wie eine Wanze.«

»Dann laß doch diese Wanze kommen«, sagte Elli, denn sie konnte nicht ertragen, daß Tiina neben ihr erwähnt wurde.

»So meine ich es ja nicht«, wehrte sich Ott. »Tiina kann meinetwegen durch ein Schlüsselloch herauskriechen, mich kümmert es nicht. Sie ist für mich überhaupt Luft. Nicht mal das ist sie. Wo sie steht, ist für mich ein Loch. Aber wenn sie uns in die Quere kommt, müssen wir sehen, wie wir mit ihr fertig werden. Und ich sage dir: Wenn es möglich wäre, die Tür irgendwie zuzuschieben, könnte man es versuchen. Zuerst die Tür anlehnen, dann wieder ins Bett, als gingest du schlafen, und erst später wieder raus und zum Fenster. Ich warte draußen, nehme dich vom Fensterbrett herunter, so daß du nicht zu klettern oder zu springen brauchst. Aber ich kann dich auch direkt aus der Kammer herausheben, so ist es am leisesten ...«

Die Worte des Burschen brachten den ganzen Körper des Mädchens zum Erglühen. Es vergaß die Schwierigkeiten und Gefahren und fragte mit glühenden Wangen, als hänge alles nur davon ab: »Schaffst du es denn?«

»Sei doch kein Kind!« erwiderte Ott. »Ich sollte es nicht schaffen? Junge Mädchen sind wie Daunen in meinen Armen.«

So berieten Ott und Elli ihre schwierige Lage, als sie auf dem Winterweg zur Wiese am Fluß hinuntergingen, wobei sie absichtlich etwas hinter den anderen zurückblieben, denn Ellis Bundschuh begann zu reiben, und sie mußte ihn in Ordnung bringen, wobei sie ihre Sense und Harke Ott in die Hand drückte.

Die Verwirklichung des Plans beanspruchte einige Zeit. Denn es war nicht einfach, den Augenblick abzupassen, um ungestört die Ränke der knarrenden Tür zu untersuchen.

Jetzt merkte Elli, wie furchtbar wenig wir an unserer nächsten Umgebung interessiert sind und wie schlecht wir sie kennen. Nehmen wir beispielsweise diese tückische Tür der Hinterkammer, die schon in den Zeiten der seligen Krôôt geknarrt hat, die bis auf den heutigen Tag knarrt und mit der sich niemand die Mühe gemacht hat, zu untersuchen, wie es sich eigentlich mit ihrem Knarren verhält. Elli ist wahrscheinlich der erste Mensch auf Wargamäe, der an diesem Knarren sozusagen ein wissenschaftliches Interesse bezeugt und auch sie nur deswegen, weil der ›pfiffige‹ Bursche Ott als Sommerknecht nach Wargamäe geraten ist.

Wie jede neue Sache und jedes Erproben eines neuen Weges, so war auch das Erforschen des Türknarrens eine schwierige und mühevolle Aufgabe. Einmal überrascht sie die Mutter, ein anderes Mal der Vater, das dritte Mal der Bruder, beim vierten war es Tiina und dann in gewisser Abwandlung wieder Vater, Mutter, Oskar oder sogar der Hütejunge, vor dem man ebenfalls auf der Hut sein mußte.

Einmal erhaschte Elli den Augenblick, wo in der Kammer niemand außer dem Hund war, der, alle viere von sich gestreckt, unter dem Tisch schlief; doch sonderbarerweise hob auch er den Kopf, sobald er das Knarren der Tür hörte, und kroch schließlich unter dem Tisch hervor, um zu beäugeln, was denn da so knarre und warum. Der Hund hatte natürlich von Ellis Absicht keine Ahnung, ihn trieb die reine Neugier oder auch der Wissensdrang, doch es ließ Elli vor Schreck zusammenfahren. Sie hielt mit dem Knarren inne, blickte den Hund an und sagte: »Auch du paßt wohl auf mich auf?«

Nach großer Anstrengung und Mühe gelangte Elli schließlich zum Abschluß ihrer Türuntersuchung, doch die Ergebnisse waren höchst betrüblich, so daß sie zu Ott sagen mußte: »Mit dieser Tür ist nichts anzufangen, da hilft nichts! Bewegst du sie hastig, ist es, als sei dir ein Katzenjunges unter die Füße geraten, versuchst du es langsam, knarrt sie, als verbiege man ein Krummholz. Und schiebt man sie ganz normal zu, knarrt sie auch wie sonst. Sie kann einen verrückt machen.«

»Vielleicht wäre es doch klüger, sie zu schmieren«, meinte Ott. »Nur ein wenig, damit sie etwas leiser knarrt.«

Aber Elli entgegnete, daß Schmieren nicht in Frage käme, denn auf Wargamäe sei es mit den Türen so, daß sie entweder laut knarrten oder überhaupt nicht. Deshalb blieb nur eine einzige Möglichkeit: am Abend zu versuchen, die Tür möglichst nah anzuschieben, wenn man sie schon nicht ganz schließen konnte. Doch als Elli es tat, fiel es der Mutter sofort auf, und sie sagte: »Was schiebst du die Tür bis auf einen Spalt zu?«

»Ist ja nicht bis auf einen Spalt«, widersprach Elli. »Sie steht recht breit offen, so daß ...«

»Schieb sie noch mehr auf«, befahl die Mutter, »sonst hat man nicht genügend Luft.«

»In der Vorderkammer schläft auch ein Mensch, was für Luft kommt denn von da«, murrte Elli.

»Tiina ist ja winzig, die verbraucht nicht viel Luft«, meinte die Mutter. »Nun öffne schon die Tür breiter.«

Elli knarrte etwas mit der Tür und sagte dann: »Das genügt wohl.«

Dieses ganze Palaver weckte den Vater, der gerade beim Einschlafen war, und er sagte ärgerlich: »Was ist das für ein Handel mit der Tür, als ginge es um wer weiß was.«

Das waren bedenkliche Worte, denn sie wiesen darauf hin, daß der Vater Ellis heimliche Gedanken ahnen könnte. Aber wie schon oft: Wenn die Not am größten, ist die Hilfe am nächsten. So war es auch jetzt. Elli kam im richtigen Augenblick der richtige Gedanke, und sie sagte zum Schein ärgerlich: »Euch scheint die Tür wichtiger zu sein als euer Kind! Ich möchte sie etwas anlehnen, damit das Licht aus dem Fenster der Vorderkammer nicht so früh am Morgen in die Augen scheine, aber das darf ich nicht, als sei diese Tür wirklich wer weiß was.«

Das hatte Erfolg. Die Mutter widersprach zwar noch, aber der Vater, der im Dunkeln zu schlafen liebte, sagte: »Lehn sie meinetwegen etwas an, wenn es nicht anders geht, schließ sie aber nicht ganz.«

So endete es schließlich mit der Tür, und Elli konnte am nächsten Tag Ott über ihren Sieg berichten.

»Wir müssen aber etwas warten, sofort geht es nicht, Mutter hat vielleicht einen Riecher«, erklärte Elli. »Sollen sie sich erst daran gewöhnen, daß die Tür nicht ganz ist, nach ein paar Tagen werde ich versuchen, sie noch weiter zuzuschieben, dann ist nichts mehr zu befürchten.«

Damit war auch Ott einverstanden. Als aber schließlich die Nacht kam, in der Elli leise das Fenster öffnete – so leise, daß die Mutter bei dem lauten Schnarchen des Vaters nichts hörte –, war es windig, so daß die Fliederbüsche und Apfelbäume unter dem Fenster im Garten laut rauschten. Sie waren an der Liebe von Elli und Ott überhaupt nicht interessiert, und darum warfen sie ihr Rauschen wie mit vollen Händen ins offene Fenster hinein, so daß es bis zu Marets Ohren auf dem Bett hinter dem großen Schrank drang und sie halb im Schlaf fragte: »Wer hat das Fenster geöffnet? Du, Elli?«

Es war nichts zu machen, Elli mußte antworten.

»Mutter, es ist so schwül, ich kann nicht schlafen, draußen weht so ein schöner, frischer Wind.«

»Geh nur in der Nacht nicht hinaus, sieh dich vor«, sagte die Mutter.

»Aber nein, Mutter«, erwiderte Elli, »wozu denn hinaus.«

Ott wartete schon neben dem Fenster im Schatten des Fliederbusches, um das Mädchen durch das Fenster auf den Armen lautlos hinauszuheben. Beim Rauschen der Bäume wurde er sogar so dreist, daß er aus dem Schatten des Busches heraustrat, als beabsichtige er, das Mädchen sozusagen unter den Augen der Mutter und aus ihren Armen zu entführen.

Ellis Herz begann so heftig zu pochen, daß sie befürchtete, die Mutter könnte diese lauten Schläge selbst hinter dem Schrank hören. Sie zog sich sogar vom Fenster zurück und machte mit den Händen abwehrende Bewegungen, um dem Burschen zu bedeuten, er möge warten, bis die Ohren der Mutter sich an das Rauschen gewöhnt haben und sie wieder einschläft, dann würde alles gut gehen.

Es wäre auch alles gegangen, wenn man es nur mit der Mutter zu tun gehabt hätte. Denn sie schlief tatsächlich wieder ein, so daß Elli sich versuchsweise auf das Fensterbrett setzen konnte, mit dem Rücken nach draußen, und dann auch die Beine hinaufhob, die schon im nächsten Augenblick durchs Fenster in den Garten rutschten und den ganzen Menschen nachzogen, dessen hämmerndes Herz sich zwar mit aller Macht widersetzte, es aber nicht hindern konnte, denn die Beine waren zwei, das Herz aber war allein.

Die Beine strebten hinaus zu dem Rauschen der Bäume und Büsche und erklärten dem schüchternen Herzen beruhigend: ›Heute ist es schön, heute gibt es keinen Tau, der Wind bringt wohl Regen, aber keinen Tau. Zwei gute Dinge auf einmal gibt es nicht ...‹ Nur so weit kamen die

Beine mit ihrer Rede, da war Ellis armes Herz fast am Zerspringen, denn Ott nahm das Mädchen wie ein lauernder Wilder in seine Arme und drückte seinen Mund auf den ihren, damit ihr geängstetes Herz keinen Schrei ausstoßen könne.

Im selben Augenblick erhob sich Tiina, die Elli in ihrer großen Aufregung ganz vergessen hatte, von ihrem Lager, schlüpfte wie ein Schatten durch die Tür in die Hinterkammer, berührte die schlafende Maret und sagte leise, als rede sie mit Gott oder seinen Engeln: »Bäuerin, Elli ist in den Garten gestiegen.«

»Mmh?«

»Elli ist im Garten.«

Maret sprang auf.

»Bäuerin, Liebste, sagen Sie nicht, daß ich es war, um Gottes willen nicht!« bat Tiina und war im nächsten Augenblick wieder durch die Tür in die Vorderkammer gehuscht, wo sie unter die Decke schlüpfte. Maret steckte den Kopf aus dem Fenster und rief in das Rauschen des Flieders und der Apfelbäume: »Elli! Elli! Wo bist du?«

Doch Elli erschien nicht. Sie kam erst, als die Mutter Anstalten machte, aus dem Fenster zu klettern, als werde auch sie draußen im Rauschen des Windes von jemand erwartet. Aber nein, es wartete niemand auf sie, wenngleich auch ihr Herz im Leibe vor Furcht bebte. Sie wurde beschimpft und verflucht, weil sie mit ihrem bebenden Herzen gekommen war – so stand es mit ihr und ihrer Herzensangst.

»Wo bist du denn geblieben?« fragte die Mutter, als hätte sie überhaupt nicht mehr geschlafen, »gehst hinaus und kommst nicht wieder.«

Aber Elli erwiderte der Mutter tief gekränkt: »Nicht einmal wegen seiner Geschäfte darf man hinausgehen, gleich ist einem jemand auf den Fersen.«

»Aber in den Garten?« fragte die Mutter.

»Im Zaun ist doch eine Lücke, da kann man hinaus«, erwiderte die Tochter.

»Das ist es ja, im Zaun ist eine Lücke, da kann man hinaus«, wiederholte Maret bedeutsam. »Diese Lücke muß der Vater schließen, damit man nicht mehr hindurchschlüpfen kann. Die Apfeldiebe schleichen sich da herein, die Apfeldiebe und die Nachbarshunde. Und dich, Mädchen, werde ich am Bein anbinden, wenn nichts anderes hilft.«

»Meinetwegen sperr mich in eine Flasche«, erwiderte Elli und ging ins Bett.

»In eine Flasche und den Korken drauf«, versicherte Maret und begann das Fenster zu schließen. Plötzlich kam ihr etwas verdächtig vor, sie prüfte einen Fensterhaken, dann den anderen und sagte: »Höre mal, Mädchen, die Haken sind geschmiert worden, sie gingen früher niemals so glatt. Die gehen ja jetzt von selbst auf, schließen überhaupt nicht mehr, du mußt sie abends mit einer Schnur festbinden wie Tiina in der Vorderkammer.«

»Natürlich, was die Vorderkammer vormacht, macht die Hinterkammer nach«, spottete Elli.

»Höre, Kind, hast du vielleicht die Fensterhaken geschmiert?« fragte Maret jetzt plötzlich mütterlich und einfühlsam, indem sie sich auf den Bettrand der Tochter setzte.

»Wieso denn ich?« fragte Elli mit dem Gesicht zur Wand, der Mutter den Rücken zugewandt.

»Mir kam plötzlich der Gedanke, du könntest wegen dieses Burschen am Ende den Verstand verloren haben«, erklärte die Mutter, »man sieht euch immer die Nasen zusammenstecken, als hättet ihr wer weiß was für große Geheimnisse.«

»Nun darf man nicht einmal mehr mit andern Menschen reden«, sagte Elli schmollend und fuhr dann fort: »Meiner Meinung nach hat niemand diese Fensterhaken geschmiert, sie werden im Sommer ständig geöffnet und geschlossen, dadurch nutzen sie sich ab und werden glatt. Im Frühjahr ist das anders, da waren sie den ganzen Winter über geschlossen und rosteten.«

Die Mutter schien fürs erste diese Erklärung zu glauben und ging ins Bett. Dort aber begann sie aus irgendeinem Grunde die Fensterhaken mit dem Anlehnen der Tür in Verbindung zu bringen, und nun glaubte sie nichts mehr. Deshalb beschloß sie, mit Tiina zu sprechen, doch so, daß weder Elli noch jemand anderes etwas davon merke. Sogar Sass wollte sie vorläufig nichts sagen. Gleichzeitig entwikkelte Maret einen einfachen Plan, um ihr Vorhaben durchzuführen. Gegenwärtig wurden die Heuarbeiten am Fluß beendet. Sie würde am nächsten Tag gegen Abend Tiina von dort früher heimkommen lassen, um die Wäsche einzuweichen, und dann würde sie Gelegenheit haben, ungestört mit ihr zu reden. So war ihr Plan, und damit sank sie in den Morgenschlaf.

Elli aber konnte keinen Schlaf mehr finden. Schmerzliche Erregung durchbebte ihren ganzen Körper, das Blut hämmerte im Herzen und in den Schläfen. Doch ihre Gedanken weilten nicht bei ihr, sondern bei Ott. Der Bursche tat ihr leid, sie hatte geradezu Mitleid mit ihm. Wie er auf sie, Elli, gewartet hatte und immer noch warten mußte, Gott weiß wie lange, denn jetzt würde die Mutter aufpassen, daran bestand kein Zweifel. Ihr Schlaf würde jetzt so leicht werden wie er, ihren eigenen Worten zufolge, damals war, als Elli noch in der Wiege zappelte: Sobald sich das Kind nur drehte oder die Händchen über den Kopf hob, wie es zu schlafen liebte, schon war die Mutter wach; so daß jetzt schwere Tage kommen würden.

Ott aber nahm die ganze Angelegenheit viel leichter, als Elli sich in ihrer schmerzlichen Erregung vorstellen konnte. Nachdem das Mädchen gegangen war, stand der

Bursche eine Weile unbeweglich da, die süße Unruhe in seinem Körper auskostend, blickte dann nach dem geschlossenen Fenster, als wollte er fragen, was hat das denn zu bedeuten? Warum hat sich die Alte so mit ihrer Tochter? Dann wandte er sich um, ging gebückt unter den schwer mit Äpfeln beladenen Apfelbäumen hindurch und schlüpfte durch die Lücke im Zaun hinaus. Dort blieb er wieder stehen. Dann aber sagte er in sachlichem Ton laut: »Ach, zum Teufel, 's hat nicht geklappt! Nun, dann leck die Pfanne!« Sprach's und ging direkten Weges nach dem Niederhof, als wollte er Juuli berichten, wie es um ihre Wette stehe. Aber Juuli schmollte, weil sie so lange hatte warten müssen, und sagte, indem sie sich schneuzte, was von vergossenen Tränen zeugte: »Wo bist du denn geblieben? Ich dachte, du kommst nicht mehr.«

»Es ging nicht eher«, erwiderte Ott. »Oskar treibt sich draußen herum, lauert auf Tiina.«

»Was geht das denn dich an?« fragte das Mädchen. »Du könntest doch erst auf die andere Seite gehen und dann am Feldrain entlang hierher. Oder ist das schon zu viel für dich? Natürlich, es ist schon zu anstrengend. Bald muß ich wahrscheinlich zu dir auf den Boden klettern.«

»Juuli, sei mir nicht böse«, erwiderte Ott, »auch ich habe es schwer. Ich weiß nicht warum, aber mein Herz schmerzt mir heute.«

Diese Worte trafen glücklicherweise den Nagel auf den Kopf, und Juuli glaubte ihm ohne weiteres. Sie glaubte ihm, weil auch ihr Herz schmerzte und sie meinte, Ott habe ein so empfindliches Herz, daß es auch, ohne zu wissen weshalb, mit ihrem Herzen mitschmerze. Das linderte den Ärger des Mädchens und erfüllte sie mit großer Zärtlichkeit für den Burschen, der dies als Ausgleich für das gerade mißglückte Abenteuer empfand.

Juulis Herz beschwerten aber häusliche Dinge – richtiger das Häuschen hinten am Feldrand, wo auch eine Koppel und eine Wiese dabei sein sollten. Damit stand es folgendermaßen: Nachdem die Niederhof-Bäuerin die Angelegenheit ihrer älteren Tochter in Ordnung gebracht hatte, begann sie darüber mit ihrem Alten zu reden. Doch der wollte nichts davon hören, denn seine Töchter seien noch nicht so alt, daß sie mit dem erstbesten Hergelaufenen Hochzeit halten müßten.

»Aber du hast ihn doch selbst gerufen«, sagte die Alte.

»Kruggeschwätz, das ist doch keine Einladung«, meinte Karla.

Jetzt verlor die Bäuerin jede Hoffnung und begann zu weinen.

»Was für ein Goldstück ist denn dieser Bengel für dich, daß du seinetwegen Tränen vergießt?« fragte Karla.

»Für mich nicht«, erwiderte die Alte.

»Für wen dann?«

»Natürlich für Juuli.«

»Das Mädchen muß eins auf den Pelz kriegen«, folgerte Karla kurz.

»Das hilft nicht mehr«, klagte die Mutter weinend.

Erst jetzt begriff der Bauer, wie die Sache stand, und sagte böse: »Wo hast du denn deine Augen gehabt, Alte?«

Doch die Alte weinte nur, denn der Bauer hatte recht, sie hatte ihre Augen nicht rechtzeitig offen gehalten. Zu ihrer Entschuldigung hätte die Frau nur sagen können, daß die Alten niemals zur rechten Zeit Augen für die Jungen haben, sie kommen mit ihren Augen entweder zu früh oder zu spät. So war es früher auf Wargamäe, so ist es jetzt, und so wird es wohl auch bleiben, als sei es von Gott so bestimmt.

»Diesen Lümmel, diesen Satan müßte man erschlagen«, meinte Karla nach einer Weile. Doch die Alte widersprach sofort: »Nein, Alter, was würde das helfen! Und ob er wirklich so schlecht ist? Er will Juuli heiraten, wenn ...«

Aber Karla wollte sich mit diesem Gedanken nicht abfinden und unterbrach die Alte: »Wie ist es denn so weit gekommen? Die Mädchen schlafen doch zusammen.«

»Deswegen war ich auch nachlässig«, sagte die Mutter, »ich dachte, in Gegenwart des Kindes ...«

»Wer ist denn für dich dieses Kind?« fragte der Vater. »Meinst du Helene? Schon konfirmiert und immer noch ein Kind? Es sind nicht mehr die alten Zeiten.«

»Das ist es ja, daß nicht mehr die alten Zeiten sind, man glaubt aber immer noch, sie seien es. Auch wenn man sie zu dritt oder viert zusammen schlafen legte, es hilft auch nichts«, klagte die Mutter.

»Und was denkst du jetzt?« fragte Karla. »Was sollen wir jetzt tun? Man kann ja den Dingen keinen Riegel vorschieben.«

»Der Bursche müßte Juuli heiraten, was sonst, so kann man es nicht lassen«, erwiderte die Alte.

»Heiraten«, wiederholte der Bauer ironisch. »Was weiß man von diesem Landstreicher, was er eigentlich für ein Kerl ist. Wie soll man ihm denn sein Kind so ohne weiteres geben.«

»Nun, wenn er sich hier niederläßt, ist er kein Landstreicher mehr«, meinte die Bäuerin.

»Wo hier?« fragte Karla.

»Du hast ihm doch selbst gesagt, du würdest ein Stück Land hinter dem Feldhang geben und ein Haus draufbauen«, sagte die Bäuerin, »so könnte man es doch machen.«

Eine Weile blieb Karla stumm. Dann sagte er: »Ach, deswegen machte er sich an das Mädchen!«

»Nein, nein, Alter«, widersprach die Bäuerin, »er sagt, daß er früher kein solches Mädchen wie unsere Juuli gesehen habe.«

Doch Karla beachtete die Worte seiner Frau nicht, er

folgte seinen eigenen Gedanken und sprach wie zu sich selbst: »Sind das heutzutage Halunken! Du schwatzt mit ihm etwas im Kruge, er aber – husch! in den Speicher zum Mädchen. Und dann teile ihm Land zu, als hättest du ein Gut. Setzt Neusiedler auf Wargamäe ...«

Nachdem der Bauer einige Zeit so vor sich hin geflucht hatte, wurde er plötzlich still, fast traurig, und sagte: »Weißt du, Alte, wir haben auf Wargamäe nichts auszuteilen oder zu vergeben. Ich wollte es dir schon längst sagen, schob es aber immer wieder auf, wollte dich nicht betrüben. Da es aber jetzt zur Sprache kommt, da ...«

»Alter, du erschreckst mich«, rief die Bäuerin, »bist du denn bankrott oder was?«

»Das nicht«, erwiderte der Bauer. »Aber der Hof gehört ja gar nicht mir.«

»Wem dann? Der Vater hat doch sein Testament schon gemacht.«

»Er will aber sein Testament jetzt abändern.«

»Gott im Himmel!« rief die Niederhof-Bäuerin und sank auf den Stuhl, als habe ihr jemand die Beine abgeschlagen. »Was wird dann aus Juuli?«

»Was wird aus uns allen!« sagte Karla und erzählte der Frau, wie Pearu für den Niederhof einen rechten Erben wünsche und wie er bereit sei, noch etwas zu warten, um zu sehen, ob von Eedi etwas zu hoffen sei oder nicht. Karla ließ auch nicht ungesagt, daß Eedi sich mit der Oberhof-Tiina gut zu stehen scheine, und da diese ein Stadtmädchen sei, so würde sich die Sache vielleicht machen, wie der Vater meine.

»Und wenn nicht, wenn keine Hoffnung mehr wäre«, schloß Karla, »dann will er den Hof auf Jooseps Sohn verschreiben, damit unser Geschlecht auf Wargamäe bliebe. So sagt er.«

Das waren die Dinge, die das Herz der Niederhof-Juuli

beschwerten, denn die Mutter hatte ihr alles erzählt. Und als jetzt Ott von seinen Herzschmerzen sprach, konnte das Juuli nur freundlicher stimmen. Von dem Ernst der Lage durfte sie dem Burschen nichts sagen, denn die Mutter hatte es ihr streng verboten, doch auch wenn sie es nicht getan hätte, würde Juuli schweigen, denn sie fürchtete zu sehr, daß Ott sie dann gleich verlassen würde. Und so war sie zu dem Burschen doppelt lieb und hingebend, so daß er das Gefühl hatte, als nehme ihre Liebe einen neuen Anfang.

XVIII

Maret hatte ihren Plan schlau eingefädelt, um Tiina unter vier Augen sprechen zu können, doch zuweilen mißlingen Pläne gerade deshalb, weil sie zu schlau eingefädelt sind. Der Plan kann wohl gut und richtig sein, doch der Mensch, der diesen Plan verwirklichen soll, ist nicht immer der richtige.

Tiina war nicht ganz der richtige Mensch, um Marets Plan zu verwirklichen, denn mit ihr passierte etwas, was vielleicht nur ihr im Wargamäe-Moor passieren konnte, so sonderbar war es. Vielleicht kam das alles daher, daß sie nicht den kürzesten Weg nach Hause wählte, oder aber es wäre auch sonst passiert und möglicherweise in noch schlimmerer Form, das ließ sich jedoch niemals feststellen. Sie wählte den großen Winterweg, der eine kleine Biegung machte und an dessen Rand stellenweise winterlich blasse Heuhalme an den Sträuchern herumlagen. Diesen Weg wählte sie, weil er nahe der Stelle vorüberführte, wo Indrek an seinem Graben arbeitete. Nicht, daß Tiina daran dachte, zu Indrek an den Graben zu gehen, das wagte sie nicht. Außerdem hätte sie damit Zeit verloren, und das wollte Tiina nicht, denn die Bäuerin wartete auf sie zu Hause. Tiina wollte nur in der Nähe von Indreks Graben vorbeigehen, um zu sehen, wie weit er schon gekommen war.

So ging sie auf dem weichen Weg und dachte nur an Indreks Graben – richtiger gesagt, an des Herrn Graben, denn Tiina dachte und sprach niemals von Indrek, sondern nur von dem Herrn. Sie war froh gestimmt und hätte am liebsten gesungen. Dennoch tat sie es nicht, denn sie fürchtete, der Herr würde ihren Gesang hören, den der Wind ihm zutragen könnte. Aber schließlich mußte sie doch ihre Stimme erheben, denn plötzlich stand Nachbars Eedi vor ihr, zog höflich die Mütze und grüßte. Als Tiina an ihm vorbei wollte, vertrat er ihr grinsend den Weg und sagte: »Tiina, du bist ein hübsches Mädchen, ich will mit dir die Kräfte messen.«

»Tiina hat jetzt keine Zeit«, sagte das Mädchen, als habe es mit einem Kinde zu tun. »Tiina muß ganz schnell nach Hause gehen, denn sonst wird Tiina gescholten, die Bäuerin wartet.«

»Nein, Eedi will Kräfte messen«, beharrte der Junge und grinste weiter.

»Ein höflicher Junge kommt nicht in den Wald, um mit einem Mädchen die Kräfte zu messen, und du bist doch ein höflicher Junge und willst ein Mann werden«, sagte Tiina.

»Mädchen machen einen zum Mann«, erwiderte der Junge.

»Nur dann, wenn die Jungen höflich sind, hörst du, Eedi«, behauptete das Mädchen. »Deshalb laß mich hübsch nach Hause gehen, sonst wird aus dir niemals ein Mann.«

»Hübsche Mädchen machen zum Mann«, faselte der Junge weiter. »Tiina ist ein hübsches Mädchen.« Er begann sich Tiina zu nähern, indem er sie fest ins Auge faßte, mit aufkommender Begierde im Blick, als sei er wirklich plötzlich zum Manne geworden. Tiina wußte sich keinen anderen Rat, als sich umzuwenden und davonzulaufen, wobei sie versuchte, die Richtung nach dem Graben einzuschlagen, wo sie Indrek bei der Arbeit wußte. Sie schlüpfte zwischen den Büschen hindurch, der Junge folgte ihr auf den Fersen. Doch Flucht und Verfolgung konnten nicht lange dauern, denn Tiina wurde beim Laufen durch ihre Kleider gehindert, und auch sonst hätte sie dem Jungen nicht entkommen können. Er griff nach ihrem Kattunkleid, das zerriß, und das Mädchen lief weiter. Im nächsten Augenblick faßte der Junge Tiina an der Schulter, und jetzt schrie das Mädchen, als hätte sie die Pranke eines Raubtiers berührt. Lange schreien konnte das Mädchen nicht, denn der Junge drückte ihm seine Hand auf den Mund und warf es dann zwischen den Büschen nieder, keuchend, mit offenem Munde, als wollte er seine Beute auf der Stelle verschlingen. Tiina kämpfte, wand und wehrte sich mit aller Kraft, doch das hatte wenig Sinn, denn der Junge war stärker, sein Körper schwer. Es gelang ihr nur einige Male, den Mund zu befreien und aus vollem Halse zu schreien. Doch wie weit konnte ihre Stimme von hier, aus den niedrigen Bülten dringen? Außerdem verschloß im nächsten Augenblick die schmutzige Hand des Jungen erneut ihren Mund. Schon spürte das Mädchen, wie ihm die Kleider heruntergerissen wurden, wie das Ächzen und Keuchen des Jungen allmählich in tierisches Winseln überging und gab schon alle Hoffnung auf. Voll Verzweiflung nahm sie ihre ganze Kraft zusammen, um sich unter dem Jungen herauszuwinden. Sie dachte, daß der Junge, wenn es ihr gelänge, noch einmal davonzulaufen, sie nicht so leicht erwischen würde, denn sie hatte jetzt kein Kleid mehr an, das sie hinderte, und empfand dabei gar keine Scham. Doch auch die letzten Kräfte des Mädchens konnten gegen den Jungen nichts ausrichten, sie war zwischen zwei Bülten gefallen, nur ihre

Hand ertastete beim Ringen zufällig die Scheide des Finnendolchs, den er an seiner Seite trug, und dann auch das Heft des Dolches. Im gleichen Augenblick erreichte ein Engel Gottes das Mädchen, doch der Junge bemerkte ihn nicht. Er war erfüllt von seiner widerlichen Leidenschaft, in den Augen den Ausdruck eines wilden Wahnsinns. Aber Gott hatte alles gesehen, seinen Engel gerufen und ihm gesagt: »Sieh, ich habe einen Menschen ohne Bosheit auf die Welt gesandt, doch mit seiner Güte geriet er in Not, und in seiner Seelenpein ruft er mich an, deshalb geh hinunter nach Wargamäe und bringe diesem Menschen sein Teil Bosheit, das in meiner Schatzkammer aufbewahrt wird, um sie den Menschen zuzuteilen nach ihrem eigenen Maß, denn das ist ihr Recht.« Also eilte der Engel Gottes zu Tiina ins Moor von Wargamäe, als sie zwischen zwei Bülten unter dem wahnsinnig gewordenen Jungen lag, und gab in ihr Herz den ihr von Gott bestimmten Teil der Bosheit genau in dem Augenblick, da ihre Hand den Griff des Finnendolches ertastete. Jetzt zögerte Tiina nicht mehr, sondern zog wütend den Dolch aus der Scheide und stieß zu. Als das nicht half, denn die tierische Begierde des Jungen schien dadurch nur neuen Auftrieb zu bekommen, stieß sie immer von neuem zu, bis der Junge schreiend aufsprang, als begreife er nicht, was los sei. Sowie aber Tiina ebenfalls aufstand und weglief, bemerkte er seinen Dolch in ihrer Hand und jagte hinter dem Mädchen her. Bald hatte er sie wieder ergriffen, diesmal an den Haaren, und zog ihr den Dolch aus der Hand, Tiina aber konnte nur schreien, jetzt ebenfalls wie eine Wilde. Der Junge warf sie erneut zwischen die Bülten, doch nun kam die Hilfe von einer Seite, von der Tiina sie überhaupt nicht erwartet hatte. Sie begann schon den Verstand zu verlieren, als es plötzlich ein Lärmen und ein Krachen gab, und gleichzeitig heulte der Junge auf. Mulla war nämlich in großer Hast herangejagt.

Ob er das wilde Geschrei der Kämpfenden gehört oder mit dem Wind die Witterung von der Nähe des ihm verhaßten Jungen bekommen hatte, als er bei der Herde im Walde war, wer hätte ihn danach fragen können. Hauptsache, Mulla war zur Stelle und schlug seine scharfen Zähne dem Jungen in Waden und Schenkel, so daß von den Beinkleidern bald nur noch Fetzen übrig waren. Der Junge sprang auf und begann den Hund abzuwehren, wobei er nach dem Dolch ausspähte, den er vorhin hatte fallen lassen, als er sich zum zweiten Male auf das Mädchen stürzte. Doch Tiina bemerkte den Dolch eher, hob ihn auf und drang, ihn wie ein Kriegsbeil über dem Kopf schwingend, auf den Jungen ein, wobei sie den Hund auf ihn hetzte und wie wahnsinnig schrie. Der Junge begann zurückzuweichen und lief schließlich davon, den Hund auf den Fersen, der immer noch die Schärfe seiner Zähne an ihm erproben wollte. Tiina folgte den beiden, den Dolch in der Hand, als habe auch sie den Verstand verloren.

In diesem Augenblick erschien Indrek. Im ersten Moment begriff er nichts, denn der Junge und der Hund waren schon hinter dem Gebüsch verschwunden, nur das Mädchen lief in Unterwäsche, in der Rechten den Finnendolch schwingend, dahin.

»Was ist hier los?« rief Indrek.

Als das Mädchen eine Stimme hörte, blieb es stehen, wandte sich um und blickte Indrek an. Erst jetzt erkannte er, daß Tiina vor ihm stand, fast nackt, die zerrissene Wäsche schmutzig und blutig.

»Tiina, was hat das zu bedeuten?« staunte Indrek. »Was ist passiert?«

Das Mädchen schien plötzlich zur Besinnung zu kommen, schaute an sich herab, flüchtete dann hinter einen Busch und begann nervös zu schluchzen.

»Herr, schauen Sie nicht her!« schrie sie.

»Wie sollte ich denn nicht«, erwiderte Indrek. »Sie sind einfach schrecklich. Was war hier los, reden Sie doch endlich.«

»Der Niederhof-Eedi ... er war ... kam entgegen ... überfiel mich ... Kommen Sie nicht, Herr, Sie sehen doch, was mit mir ist«, schluchzte das Mädchen zur Antwort und verbarg sich hinter dichten Sträuchern.

»Ich geh zum Graben, hole meinen Rock, vielleicht ziehen Sie den über«, meinte Indrek, doch das Mädchen schrie sofort: »Nein, Herr, lassen Sie mich nicht allein, ich fürchte mich, ich habe schreckliche Angst!«

»Was soll ich dann tun?« fragte Indrek ratlos, denn er konnte noch immer nicht richtig begreifen.

»Suchen Sie nach meinem Kleid«, jammerte das Mädchen in großer Verlegenheit, »es muß irgendwo zwischen den Bülten liegen, schauen Sie dort.« Tiina versuchte sich aufzurichten und mit der Hand irgendwohin zu zeigen.

Indrek ging auf die Suche. Als er schließlich das Gesuchte fand, sagte er: »Das Kleid ist ja zerrissen, völlig zerfetzt.«

»Dann geben Sie den Fetzen her«, erwiderte Tiina, »aber kommen Sie von der anderen Seite der Sträucher.«

»Schon gut, schon gut, ich kann auch von der anderen Seite kommen«, sagte Indrek und reichte dem Mädchen über die Sträucher hinweg die Kleiderfetzen, mit denen es sich zu umhüllen suchte.

»Davon kann man nichts anziehen«, heulte Tiina nach einiger Zeit verzweifelt.

»Gehen wir zum Graben, dort bekommen Sie meinen Rock«, sagte Indrek.

»Herr, ich kann doch nicht kommen«, heulte das Mädchen.

»Sie können schon«, erwiderte Indrek. »Ich geh voraus, und Sie folgen mir; ich werde mich nicht umblicken, haben

Sie keine Angst, und vor dem Hund schämen Sie sich doch nicht.«

»Nein, vor dem Hund schäme ich mich nicht, Herr«, sagte das Mädchen todernst.

»Nun, dann gehen wir«, meinte Indrek.

Und so gingen sie denn: Indrek voraus, das Mädchen hinterher, die Kleiderreste um die Lenden gewickelt, den Dolch in der Hand, hinter dem Mädchen der hechelnde Hund mit offenem Maul, aus dem die rosige, rhythmisch pulsierende Zunge heraushing. Am Graben angekommen, nahm Indrek seinen Rock und reichte ihn dem Mädchen hinter sich.

»Ziehen Sie ihn an«, sagte er, »er wird Ihnen bis an die Schenkel reichen, und das genügt vorläufig. Wenn Sie fertig sind, dann kommen Sie hierher, setzen sich zu mir auf die Bülte und erzählen in Ruhe, was Sie eigentlich mit diesem Eedi hatten.«

»Ja, Herr«, erwiderte das Mädchen. »Aber wenn ich komme, schauen Sie nicht zu mir. Erst wenn ich neben Ihnen sitze, dann.«

»Ist gut, ich werde nicht schauen, kommen Sie nur her«, erwiderte Indrek.

Aber nun geschah etwas Sonderbares: Sowie Tiina, der Rock übergezogen und die Kleiderreste um die Hüften geordnet, neben Indrek saß und sich gerettet sah, versagten ihre Nerven völlig. Sie begann haltlos zu weinen, als begreife sie erst jetzt so richtig all das Schreckliche, was sie erduldet und auch selbst getan hatte.

Indrek sagte eine Weile kein Wort und wartete geduldig, bis das Weinen in Schluchzen überging, erst dann wandte er sich dem Mädchen zu, berührte ihre Hand und sagte: »Wollen Sie mir nicht erzählen, was eigentlich passiert ist, vielleicht erleichtert es Ihr Herz.«

Tiina schluchzte noch eine Weile, dann begann sie, m

dem Rücken halb gegen Indrek gelehnt, zu erzählen. So manches war dem Mädchen hinterher selbst unbegreiflich und unmöglich, widerlich und abstoßend, aber während des Geschehens war es ihr als normal erschienen. Woher kam dieser fürchterliche Zorn, dieser Blutdurst? Woher diese Lust, die Zähne des Hundes im Fleisch des Jungen, das Blut fließen zu sehen?

»Warum aber liefen Sie, als ich hinzukam?« fragte Indrek.

»Ich wollte ihn töten«, erwiderte das Mädchen.

»Mit diesem Dolch hätten Sie ihn nicht getötet«, sagte Indrek und nahm ihn aus Tiinas Hand, die ihn immer noch wie einen Schatz umklammert hielt.

»Ich dachte, daß ich ihn töten werde«, erklärte das Mädchen.

»Hören Sie, an dem Dolch sind ja Blutspuren«, sagte Indrek beim Betrachten des Finnendolchs.

»Herr, ich habe doch gesagt, wie es war!« rief das Mädchen. »Ich zog den Dolch aus der Scheide und ...«

»Tiina, Sie sind wirklich ein tüchtiges Mädchen«, unterbrach sie Indrek. »Doch hören Sie, würden Sie mir nicht ganz einfach sagen, ob das Blut, das ich vorhin auf Ihren Kleidern gesehen habe, nur das Blut des Jungen ist, oder ist dabei auch Ihr Blut?«

Das Mädchen schaute den Mann erschrocken an und erwiderte: »Herr, das weiß ich nicht.«

»Sie werden es schon wissen«, meinte Indrek, »doch anscheinend verstehen Sie meine Frage nicht.«

Nun wandte sich das Mädchen völlig von Indrek ab und machte mit den Händen Bewegungen, als wollte es mit ihnen vor Scham die Augen bedecken. Erst nach einer Weile sagte es ganz still: »Der Herr sollte mit mir nicht so reden, der Herr sollte höflich sein.«

Doch sowie Tiina diese Worte gesprochen hatte, fiel ihr ein, daß sie auch jemand anderes Höflichkeit gelehrt hatte, und plötzlich erschien ihr diese Belehrung widerwärtig und ekelerregend. Deshalb wandte sie sich erneut Indrek zu, blickte ihn sogar an und sagte mit großer Festigkeit: »Herr, wenn das geschehen wäre, hätte ich mich mit diesem Dolch getötet.«

»Das wäre schwer zu machen gewesen«, sagte Indrek.

»Reicht denn seine Spitze nicht bis zum Herzen?« fragte Tiina sachlich und erklärte dann: »Als ich ihm dort im Walde nachlief, dachte ich, daß die Spitze bis ins Herz reiche.«

»Sie wird schon bis zum Herzen reichen«, erwiderte Indrek, »aber trifft man denn immer sofort das Herz.«

»Das Herz ist doch hier, sehen Sie, Herr«, drückte das Mädchen beide Hände gegen die Brust. »Hier ist die Herzgrube.«

»Die Herzgrube ist wohl dort«, erklärte Indrek, »doch das Herz ist hier, von hier erreicht man es am besten.«

Er legte seine Hand auf die linke Seite des Mädchens und drückte darauf, wobei er weiter erklärte: »Versuchen Sie selbst, hier klopft es.«

»Hier sind aber die Rippen davor«, widersprach das Mädchen.

»Man muß verstehen, die richtige Stelle zwischen den Rippen zu finden«, sagte Indrek.

»Wie schrecklich!« rief das Mädchen. »Dann hätte ich mich mit diesem Dolch wohl nicht töten können!« Und sie brach erneut in Tränen aus.

»Warum weinen Sie?« fragte Indrek. »Tut Ihnen Ihr eigenes Leben leid?«

»Nein, Herr, doch ich denke, wie schrecklich es gewesen wäre, wenn das passiert wäre, wonach Sie fragten, und ich hätte nicht verstanden, mich zu töten!«

»Natürlich schrecklich«, bestätigte Indrek und sagte dann freundschaftlich und überzeugt: »Wissen Sie, Tiina, das Leben ist doch mehr wert als alles übrige. Ich habe es erfahren. Was auch geschehen mag, das Leben ist es nicht wert.«

»Bei mir ist es nicht so, Herr«, sagte Tiina.

»Vielleicht deshalb, weil Sie eine Frau sind«, meinte Indrek. »Aber Frauen töten sich nicht öfter als Männer, eher umgekehrt.«

»Es ist wohl nicht deshalb, weil ich eine Frau bin«, sagte Tiina.

»Warum aber dann?«

»Das kann ich dem Herrn nicht sagen«, erwiderte das Mädchen, als handele es sich um eine beschämende Angelegenheit.

»Vielleicht ist es wieder dieses große Geheimnis, aus dem Sie in der Stadt so viel Wesens machten?« fragte Indrek lachend, denn es kam ihm sehr lächerlich vor, das Herz zwischen den Rippen für einen Dolchstoß zu suchen und gleichzeitig von irgendeinem Geheimnis zu reden. Doch das Mädchen sagte sehr ernst: »Herr, das ist durchaus keine so lächerliche Angelegenheit, wie Sie meinen.«

»Das meine ich auch nicht«, sprach Indrek beruhigend und tröstend, und setzte dann in ganz anderem Ton, als ahne er das große Geheimnis des Mädchens, hinzu: »Trotz allem, Tiina, was sind Sie doch noch für ein großes Kind!«

»Ja, Herr, ich sehe jetzt selbst, was für ein Kind ich bin«, erwiderte das Mädchen still und ergeben und wischte sich die Augen mit dem Ärmel von Indreks Rock. »Aus mir wird wohl niemals ein erwachsener Mensch«, setzte sie nach einer Weile hinzu.

»Ach, Tiina!« seufzte jetzt auch Indrek mitfühlend, dennoch meinte er nicht das Mädchen, sondern sich selbst. »In dieser Welt sind wir alle große Kinder.«

»Der Herr auch?« fragte Tiina.

»Ich natürlich auch«, bestätigte Indrek. »Sie waren selbst Zeuge dafür.«

»Nein, Herr, ich habe es niemals so aufgefaßt!« rief das Mädchen.

»Natürlich, denn Sie selbst sind ein erwachsenes Kind. Sehen Sie sich doch beispielsweise jetzt an, in meinem Rock und mit diesen Lumpen, sehen Sie da überhaupt noch wie ein Mensch aus?« wendete Indrek alles ins Spaßige. »Meine Beinkleider müßten Sie auch noch anziehen, dann wäre die Verkleidung vollkommen. Als ich noch ein Kind war, liebte ich es sehr, zusammen mit anderen Knirpsen in die Sachen der Erwachsenen zu schlüpfen und dann recht männlich umherzustolzieren, oder bei Gestöber in Schneewehen zu gehen, das war das größte Vergnügen. Schade, daß es jetzt keinen Schnee gibt, man müßte auch Sie in eine solche Wehe schicken.«

»Herr, Sie ziehen alles ins Lächerliche«, sagte das Mädchen, »doch das Leben ist ernst und schwer.«

»Glauben Sie mir, Tiina, das Lachen ist im Leben oft das schwerste«, sagte Indrek.

»Ja, Herr, wenn einem nach Weinen ist, und man weiß, daß man doch ein lachendes Gesicht zeigen muß«, erklärte das Mädchen.

»So ist es, Tiina«, bestätigte Indrek: »Es wollen einem die Tränen kommen, und man muß dennoch lächeln.«

Doch dann schüttelte er plötzlich alle Gedanken – leichte und schwere – ab und sagte: »Wir müssen irgendeine Entscheidung treffen, die Sonne geht schon unter, wir aber sitzen hier und unterhalten uns in aller Ruhe.«

»Du liebe Zeit, Herr!« rief jetzt Tiina und sprang auf. »Ich mußte ja nach Hause gehen, die Wäsche einweichen, dabei bin ich noch hier, und die Bäuerin wartet.«

»Und ich habe meine Tagesnorm nicht geschafft, muß etwas vom Abend dazunehmen«, sagte Indrek.

»Aber wie komme ich dann nach Hause?« fragte Tiina erschrocken. »Allein wage ich nicht zu gehen.«

»Nehmen Sie den Hund mit«, sagte Indrek.

»Nein, nein, das hilft nicht, allein gehe ich nicht«, sagte Tiina, und es lag darin so viel kindliche Angst, daß es Indrek direkt belustigte. Deshalb sagte er: »Da, nehmen Sie Ihren Dolch mit, dann werden Sie sich doch nicht fürchten, ihr seid ja dann drei Starke beisammen: Tiina, der Hund und der Dolch, und mein Rock noch als vierter.«

»Herr, warum verspotten Sie mich, ich bin auch so schon elend genug«, sagte das Mädchen bittend und schaute Indrek mit tränenfeuchten Augen an. Indrek wandte wie beschämt seinen Blick ab und erwiderte, sich entschuldigend: »Ich spotte ja nicht, ich machte nur dumme Witze. Und wenn Sie wirklich wollen, dann komme ich mit. Was heute an Arbeit im Graben liegenbleibt, hole ich in den nächsten Tagen nach.«

»Herr, Sie sind gut«, sagte das Mädchen dankbar.

»Vergelten Sie mir aber meine Güte nicht durch Böses, wie es gewöhnlich geschieht«, sagte Indrek. »Sie haben selbst gesehen, wie es in der Welt hergeht: Sie waren die einzige, die diesem Jungen gegenüber wohlgesinnt war, und er? Er hat Sie überfallen.«

»Gegen Mulla war ich auch gut, und er kam mir zu Hilfe«, versuchte das Mädchen zu widersprechen.

»Das ist etwas völlig anderes«, sagte Indrek. »Mulla ist ein Tier, kein Mensch.«

»Sind denn alle Menschen so, daß sie, wenn man gut ist ...« wollte das Mädchen fragen.

»Das weiß ich nicht«, erwiderte Indrek, »denn ich kenne noch nicht alle Menschen, doch eines ist sicher: Des einen Güte macht den anderen habgierig, und die Habsucht führt nur zum Bösen.« Um dieses Gespräch zu beenden, fragte Indrek das Mädchen: »Wollen Sie diesen Dolch zur Erinnerung mitnehmen?«

Das Mädchen begann am ganzen Körper zu zittern und

erwiderte: »Nein, nein! Auf keinen Fall! Er würde mich daran erinnern, daß ich töten wollte!«

»Richtig«, meinte auch Indrek, »daran soll man den Menschen niemals erinnern.«

»Nicht wahr«, bestätigte Tiina, »sonst wird der Mensch es wieder wollen.«

Indrek starrte das Mädchen mit aufgerissenen Augen an, so daß es erschrocken fragte: »Herr, habe ich etwas Dummes gesagt? Habe ich Ihnen weh getan?«

»Sie fangen schon an, mir Böses zu tun«, sagte Indrek.

Doch das Mädchen begriff nichts. Es schaute Indrek mit wehem Blick an und rührte sich nicht von der Stelle.

»Nehmen Sie sich meine Worte nicht so zu Herzen«, sagte schließlich Indrek. »Wahrscheinlich können die Menschen auf dieser Welt nicht anders, sie müssen einander weh tun. Und je mehr sie lieben, desto mehr tun sie einem weh.«

Nun begann das Mädchen aus wehem Herzen zu weinen, als hätte ihm Indrek wer weiß wie großen Schmerz oder wer weiß wieviel Böses zugefügt. Doch wenn vorher Tiina Indrek nicht verstanden hatte, so verstand dieser jetzt das Mädchen nicht und stand ratlos vor der Weinenden.

Er wußte nicht einmal, womit er sie trösten könnte. Schließlich ließ er sie weinen, griff nach dem Laub einer jungen Birke und begann, es zu einem Büschel zusammenzudrehen. Tiina hörte das Rascheln der Blätter, öffnete die Augen, vergaß das Weinen und fragte: »Herr, was machen Sie mit der hübschen Birke?«

»Als ich noch hier im Moor das Vieh hütete«, erklärte Indrek, drehte ich immer solche Büschel, wenn ich ein Vogelnest fand, denn so konnte ich das Nest später wiederfinden. Unter dieses Büschel stecke ich in die Bülte ihren Dolch, sehen Sie, hierher. Falls nötig, wird man ihn hier wiederfinden, genau wie ein Vogelnest.«

»Nein, nein, Herr, ich will ihn nicht finden, ich brauche ihn nicht«, wehrte das Mädchen ab. »Jetzt, da ich weiß, daß das Herz sich unter den Rippen befindet, nein, nein, Herr!«

Indrek lächelte und steckte den blutbefleckten Dolch tief in die Bülte unter die Wurzeln der Birke.

»So«, sagte er, »hier findet ihn niemand außer mir. Schauen auch Sie gut zu, wohin ich ihn stecke, denn es kann sein, daß wir ihn doch einmal brauchen werden. Nicht für Sie, Tiina, beruhigen Sie sich! Doch für andere Menschen, für das Gericht vielleicht.«

»Gott erbarm dich!« rief Tiina, »dann werden doch alle erfahren, was mir hier passiert ist.«

»Was kann man da machen«, erwiderte Indrek. »Der Dolch ist dann ein Beweisstück.«

»Jetzt jagen Sie mir erst recht Angst ein, Herr!« rief das Mädchen unglücklich.

»Fürchten Sie sich nicht vor der Zeit«, beruhigte sie Indrek, »vielleicht bleibt alles so, denn wir werden schweigen. Diesem Jungen tut doch kein Gericht etwas. Auf dieser Welt ist es nun einmal so, daß die ohne Verstand begnadigt werden, von den Vernunftbegabten aber wird für jede Tat Rechenschaft verlangt. Einen tollen Hund kann man erschlagen, einen toll gewordenen Menschen schlägt nicht einmal Gott, was er auch tun mag. Mit Verrückten und Tieren muß man Mitleid haben. Paß um Himmelswillen auf, daß du nicht einer kleinen Schlange auf den Kopf trittst, sonst wird deine Seele niemals selig werden! Als wäre der Mensch nicht auch nur eine kleine Schlange. Eine Schlange hat mit einer andern kein Erbarmen, sie greift zu und fertig, nur der Mensch muß sich ihrer erbarmen; solche kleinen Schlangen gibt es auf Wargamäe und auch anderswo. Er soll Erbarmen üben, seiner aber erbarmt sich keiner, wenn er bei vollem Verstand ist. So verstehen Götter und Menschen die Dinge.«

»Erbarmt sich denn auch Gott nicht?« fragte Tiina.

»Nicht, ehe du ein Räuber bist und am Kreuz oder am Galgen hängst«, erwiderte Indrek. Und als das Mädchen ihn verständnislos und fast erschrocken ansah, sprach Indrek wie zu sich selbst: »Wie kam der Junge eigentlich darauf, Sie hübsch zu nennen?«

»Herr, bin ich denn überhaupt nicht hübsch?« fragte Tiina.

»Das sind Sie schon«, erwiderte Indrek, indem er mit seinen Sachen hantierte und den Blick nicht hob. »Alle Mädchen sind ein wenig hübsch, doch woher der Junge das wußte, das ist die Frage. Wer hat es ihm gesagt? In Wargamäe kann es keinen Menschen geben, der finden würde, daß Sie ein hübsches Mädchen sind.«

Tiina hatte große Lust, dem zu widersprechen oder wenigstens zu fragen, was denn Oskar eigentlich von ihr wolle, wenn er sie nicht einmal hübsch finde, doch sie wagte es nicht, und so konnte Indrek fortfahren: »Sie sind für Wargamäe zu schmächtig, deshalb können Sie auch nicht hübsch sein. Überhaupt glaube ich: Jemand muß vor dem Jungen Ihre Schönheit gelobt haben, ohne selbst daran zu glauben.«

»Herr, Sie beschämen mich furchtbar«, sagte das Mädchen, doch Indrek beachtete es nicht und entwickelte seinen Gedanken weiter: »Man hat Sie vor dem Jungen nicht Ihrer Schönheit wegen gelobt, sondern aus einem anderen Grunde. Man hat Sie gelobt, um den Jungen auf Sie begierig zu machen, das meine ich.«

»Aber so wäre die Sache ja noch schlimmer«, sagte Tiina.

»Natürlich schlimmer«, bestätigte Indrek, »doch wenn es so wäre, dann brauchte man sich vor dem Gericht nicht zu fürchten, die Sache würde bleiben, wie sie ist. Denn der, der den Jungen aufgehetzt hat, müßte eine Untersuchung fürchten – der Junge könnte ihn verraten. Also ist es für uns das klügste, den Dolch in der Bülte zu lassen und zu schweigen.«

»Die Bäuerin wird es dennoch erfahren, wenn ich so nach Hause komme«, sagte Tiina.

Natürlich wäre es schwer gewesen, die Sache vor Maret zu verbergen, damit mußte man sich, ob man wollte oder nicht, schon abfinden.

»Herr, bitte, gehen Sie voran«, sagte das Mädchen, als sie sich auf den Weg machten, »ich will nicht, daß Sie mich so ansehen, wie ich eben bin.«

»Dummes Mädchen«, erwiderte Indrek halb ernst, halb scherzend, »wenn Sie wüßten, wie hübsch Sie in Ihrer außergewöhnlichen Aufmachung sind.«

Sagte es und ging los, wobei die geschulterten Spaten klapperten. Tiina aber schoß die Röte ins Gesicht, und sie bemühte sich, um jeden Preis in Indreks Spuren zu treten, und hielt sich so nah hinter ihm, daß seine Spaten, als er sie wegen der Baumäste senkte, dem Mädchen auf den Kopf schlugen.

»Hat es Sie sehr getroffen?« fragte Indrek.

»Nein, Herr«, erwiderte das Mädchen, »der Spaten kam mit der breiten Seite.«

»Sie müssen sich weiter entfernt halten«, belehrte sie Indrek.

»Ich habe Angst«, erwiderte Tiina.

»Haben Sie denn den Hund nicht hinter sich?« fragte Indrek.

»Nein, der Hund ist nicht da, ich weiß nicht, wo er geblieben ist«, erklärte das Mädchen.

»Naja, seine Freundespflicht hat er erfüllt, jetzt kann er auch zur Herde zurückkehren«, meinte Indrek.

Aber als sie in Feldnähe aus dem Moor auf festen Grund gelangten, war der Hund ihnen plötzlich auf den Fersen, und als Indrek ihm den Blick zuwandte, ließ er beinahe die

Spaten fallen: der Hund hatte den Finnendolch am Griff im Maul. Im selben Augenblick bemerkte es auch Tiina und schrie auf, als erblicke sie ein Gespenst.

»Mulla, gib den Dolch her«, sagte Indrek zum Hund und versuchte sich ihm zu nähern, doch er ließ ihn nicht heran.

»Versuchen Sie es, vielleicht können Sie ihm den Dolch abnehmen«, sagte Indrek.

»Ich mag ihn nicht mehr anfassen, er ist mir zuwider«, widersprach das Mädchen.

»Da ist nichts zu machen, wir können doch den Hund nicht so, mit dem Dolch im Maul, nach Hause laufen lassen«, drängte Indrek.

Schließlich folgte das Mädchen und fing an, den Hund zu rufen und zu locken. Der blieb stehen, wedelte mit dem Schwanz und schaute Tiina an, doch als sie an ihn herantrat, wandte er das Maul mit dem Dolch etwas zur Seite und knurrte leise, als wollte er sich widersetzen, ließ es dann aber doch geschehen, als das Mädchen den Dolch aus seinem Maulc nahm.

»Was sollen wir mit ihm anfangen?« überlegte Indrek. »Wohin legen wir ihn? Nach Hause möchte ich ihn nicht mitnehmen.«

»Stecken Sie ihn in den Steinhaufen, dort kann ihn niemand herausholen«, sagte Tiina und zeigte auf einen Steinhaufen am Zaun.

»Aus diesen Steinen wird bald ein Zaun gebaut«, erwiderte Indrek. »Ich werde ihn lieber in die alte Flachsweichgrube werfen.«

Doch als er im Begriff war, es zu tun, kam ihm plötzlich die Befürchtung, daß man anfangen könnte, diese Grube zu reinigen, und dann würde der Dolch zusammen mit dem Schlamm wieder ans Tageslicht gelangen. Gleichzeitig fiel sein Blick auf eine gegabelte Fichte mit einem abgebrochenen etwa einen halben Fuß langen vertrockneten Stumpf zwischen der Gabelung. Jetzt hatte er sich entschieden: Er steckt den Dolch oben in den Stumpf. Sofort nahm er die Spaten von der Schulter, schob einen passenden Stein in die Tasche und begann an dem verästelten Baum hochzuklettern. Bei der Gabelung angelangt, nahm er den Stein aus der Tasche und schlug mit ihm den Dolch mit der Spitze voran vollständig in den trockenen Baumstumpf.

Als er die Spaten vom Boden nahm, sagte er: »So, dort kann er jetzt bleiben.«

»Aber wenn man die Fichte fällen sollte«, gab Tiina zu bedenken.

Richtig! Die Fichte könnte man fällen. Einen Balken gab sie zwar nicht her, doch für Krummholz war sie wie geschaffen. Indrek blieb einen Augenblick stehen. Es fehlte nicht viel, und er hätte die Fichte nochmals erklettert und den Dolch heruntergeholt.

XIX

Als Tiina in Indreks Rock und mit ihren Kleiderresten um die Hüften zu Hause erschien, schaute Maret sie erstaunt und bestürzt an. Als sie aber Indrek in Gesellschaft des Mädchens erblickte, spürte sie einen schmerzhaften Stich in der Brust, denn sie fürchtete, daß zwischen Tiina und Indrek etwas geschehen sei, was Oskar Schmerz bereiten würde, der mit seinem ganzen jungen Herzen an dem Mädchen hing. Doch zur Beruhigung ihrer mütterlichen Besorgnis erfuhr sie sofort, daß es zwischen Indrek und Tiina nichts gegeben hatte, außer, daß das Mädchen in Indreks Rock und in einem solchen Aufzug in seiner Gesellschaft aus dem Walde gekommen war. Und als sie die ganze Geschichte sowie den Plan, darüber zu schweigen, erfuhr, sagte Maret zu Tiina: »Ich wollte dich schon lange davor warnen, dich mit diesem Jungen abzugeben, weil dabei nichts Gutes herauskommen konnte, der Junge steckt ja voller Tücken wie all die anderen dort, und wenn er nicht von selbst darauf kommt, so lehren es ihn die andern.«

»Das sagte auch ich vorhin im Walde, die andern haben den Jungen aufgestachelt«, bemerkte Indrek.

»Wer kann es wissen«, meinte Maret, »der Junge ist auch selbst ein rechter Galgenvogel.«

Doch ungeachtet dessen, daß Tiina, Indrek und Maret schwiegen, entstand auf Wargamäe eine Unruhe wie in einem Ameisenhaufen. Vor allem brachte Ott vom Niederhof die Nachricht, daß der Junge dort schwer verwundet liege. Was dem Jungen eigentlich fehle und woher er seine Wunden habe, behauptete Ott nicht zu wissen. Es war jedoch schwer, seinen Worten zu glauben, denn er begann, Tiina mit eigentümlichen Blicken zu messen – Tiina fühlte es deutlich – als suche er mit seinen Blicken eine Antwort auf die Frage, die ihr Indrek im Walde gestellt hatte, als er von ihrem Blut und dem des Jungen sprach. Einige Tage später fiel es auf, daß auch Elli anfing, sie mit sonderbaren Blicken zu verfolgen, woraus man schließen konnte, daß Ott ihr etwas gesagt hatte. So waren also nur noch Sass, der alte Andres und der Hütejunge in Unkenntnis der Dinge sowie die ganze vierbeinige Familie von Wargamäe, ausgenommen Mulla, der sich noch oft daran erinnerte, wo Indrek den Dolch versteckt hatte, denn er lief mehrere Tage hintereinander zur Fichte, um unter ihr zu schnuppern, als fürchte er, daß jemand nach dem Dolch auf den Baum klettern könnte.

Bald jedoch hörte auch Sass von der Angelegenheit, obwohl er nicht recht wußte, worum es sich handelte. Er war auf dem Jahrmarkt, und dort war der Niederhof-Karla an ihn herangetreten, um sich mit ihm zu unterhalten, obwohl das schon mehrere Jahre nicht mehr geschehen war; nicht, weil Karla eine Unterhaltung mit Sass nicht gepaßt hätte, sondern umgekehrt, weil sie Sass nicht paßte. Sass war nämlich der Meinung, daß Karla zu lange Gespräche führe, leeres Stroh dresche. Er rede wie ein angestammter Wargamäe-Bauer, der viel Zeit hat. Doch Sass war ehemaliger Sargmacher, und er sagte sich, wenn er an der Werkbank so lange Gespräche geführt hätte, wären im ganzen Kirchspiel die Toten unbeerdigt geblieben, weil sie keine Särge erhalten hätten. Diese Ansicht über die Länge der Gespräche hatte Sass auch nach Wargamäe mitgebracht, und deswegen paßte ihm auch eine Unterhaltung mit Karla nicht. Doch auf dem Jahrmarkt hatte er sich in Gesellschaft einiger Bekannter einen, wie er sagte, kleinen Jahrmarktkopf angetrunken, und deshalb war er bereit, sich nach mehreren Jahren wieder einmal in ein Gespräch mit dem Nachbarn einzulassen. Und so lagen sie denn am Rande des Jahrmarkts bäuchlings auf ihren Wagen und unterhielten sich über Düngerfahren, Heumachen, den Getreidewuchs, den Milchpreis, Speck und Eier. Das alles waren schickliche Dinge, und Sass bedauerte, daß er der langen Unterhaltung nicht rechtzeitig ein kurzes Ende bereitet hatte, denn dann wäre auch alles schicklich geblieben. Aber gerade wegen des unschicklichen Endes hatte Karla die Unterhaltung mit dem Nachbarn gesucht, denn wozu sollte er sich dem Nachbarn mit einem schicklichen Gespräch aufdrängen, das man auch mit einem anderen Menschen führen konnte. Deswegen bemerkte und begriff niemand so richtig, wie die Worte im Munde der Männer streitsüchtiger und die Sätze spöttischer wurden, so daß der Niederhof-Karla schließlich mit vollem Recht zu dem Oberhof-Sass sagen konnte, er sei kein richtiger Wargamäe-Bauer, denn dort lohne es nicht, sich mit zwei Kindern abzumühen. Er solle sich am Katen-Andres ein Beispiel nehmen – Karla betonte besonders den Katen-Andres, so daß jeder begreifen mußte, daß der alte Wargamäe-Andres jetzt in der Kate wohne.

»Hast du dir an deinem Vater ein Beispiel genommen?« fragte Sass.

»Immerhin mehr als du an Andres«, erwiderte Karla. »Einen Sohn habe ich auf dem Friedhof, der zweite ist zusammen mit drei Töchtern zu Hause, was willst du mehr?«

»Aber du hast keinen rechten Erben«, sagte Sass, denn er wußte, daß das der wundeste Punkt Karlas war.

»Kann ich ja nicht haben«, erwiderte jetzt Karla, »du holst dir jedes Jahr Huren ins Haus, die morden meine Erben.«

Diese Antwort kam Sass so unerwartet, daß er eine ganze Weile stumm blieb, denn er war kein redegewandter Mensch. Außerdem konnte er gar nicht begreifen, wovon Karla sprach. Deshalb sagte er schließlich: »Lieber Nachbar, ich kann bei bestem Willen nicht verstehen, von was für einem Morden du sprichst. Meine Tiina ist ein so ordentliches Mädchen, Gott gebe dir und mir solche Töchter.«

Aus diesen Worten folgerte Karla, daß Sass anscheinend von Otts Besuchen in dem Niederhof-Speicher wußte, fühlte sich noch mehr getroffen und sagte: »Gebe Gott es deiner Tochter, meine Töchter sind natürlich ordentlich.«

»Was sind das eigentlich für Reden?« fragte nun Sass. »Wir sind doch nicht in irgendeiner Kneipe, sondern auf einem sauberen Jahrmarktplatz unter Gottes Wind und Sonne.«

»Laß Gott wenigstens auf dem Jahrmarkt aus dem Spiel«, sagte Karla. »Du schlägst doch keinen Nagel in den Sarg, daß du in einem fort Gott belästigen müßtest.«

Das waren für Sass bittere Worte, um so bitterer, da sie in einem bestimmten Maße berechtigt waren. Denn Sass erwähnte den Namen Gottes nicht, weil er so sehr mit ihm rechnete, sondern es war nur eine Gewohnheit aus früheren Zeiten, da die Besteller von Särgen – in der Hoffnung auf einen billigeren Preis und bessere Arbeit – es gerne hörten, wenn der Meister Gott im Munde führte. Daher sagte Sass, als er diese bitteren Worte hörte, nichts mehr, sondern brachte das Geschirr des Pferdes in Ordnung, um loszufahren.

»Na, na, was soll denn das bedeuten?« fragte der Niederhof-Karla. »Jetzt, da unser Gespräch in Gang kommt, willst du dich davonmachen. Beeilst du dich nachzusehen, wie tiefe Löcher mein Junge im Hintern hat oder wie?«

»Was soll ich mir die Löcher deines Sohnes ansehen, schau du sie dir doch selbst an«, sagte Sass, ohne auch jetzt zu begreifen, wovon Karla sprach.

»Ich habe sie mir schon genug betrachtet und Sprit darauf gegossen – glasweise, solche Löcher hat mein Junge.«

Dies waren die letzten Worte, die Sass auf dem Jahrmarktplatz von Karla hörte. Zu Hause angelangt, erzählte er alles sofort Maret, um zu hören, ob sie vielleicht wisse, was derartige Reden bedeuten sollten. Doch Maret sagte, sie wisse von nichts, und es war das erste Mal, daß sie ihren Mann belog. Ihr Herz tat dabei sehr weh, sie log aber dennoch, denn sie hatte es Indrek und Tiina versprochen. Vor allem Tiina gegenüber fühlte sie sich zum Schweigen verpflichtet, denn sie wußte, was Tiina ihr Gutes getan hatte, und hoffte, daß Tiina ihr auch in Zukunft helfen würde, auf Elli aufzupassen, falls es nötig sein sollte. Außerdem tröstete sich Maret damit, daß diese Lüge wohl nicht lange bestehen würde, denn vielleicht würde es bald auch für Tiina keinen großen Sinn mehr haben, ihr Geheimnis weiter zu hüten.

Sass begann auch mit anderen über das Gehörte zu reden. Schließlich wußte Ott zu berichten, daß der Niederhof-Junge tatsächlich verwundet liege. Wie die Sache passiert sei, wisse er nicht, wahrscheinlich aber im Moor, irgendwo bei Jôesaare. Jetzt wurden auch der Hütejunge und Indrek befragt, ob sie nicht etwas gehört hätten. Doch nein, Indrek wußte nichts. Nur der Hütejunge sagte, er habe einmal gegen Abend von Jôesaare her – er war mit der Herde bei Hallikivi – so etwas wie Schreie oder Rufe gehört. Das habe auch Mulla gehört, der sei in diese Richtung gerannt und später nicht mehr zur Herde zurückgekehrt.

»Was ist das für eine verrückte Geschichte, daß man nicht dahinterkommen kann?« sprach Sass und zerbrach sich den Kopf, redete auch hier und da davon. Daß die anderen ihm etwas verheimlichen könnten, das glaubte er wohl, aber daß auch Maret dies tun könnte, das wollte ihm nicht in den Sinn. Maret selbst konnte diesen Gedanken nicht lange ertragen, und deshalb sagte sie schließlich zu Tiina und Indrek, sie sollten machen, was sie wollten, aber sie müsse über die Angelegenheit mit ihrem Alten sprechen. So erfuhr Sass von Maret alles, aber auch er unter dem Siegel der Verschwiegenheit, denn Maret erklärte: »Es ist besser, wenn die Sache nicht so schnell Oskar zu Ohren kommt, man weiß nicht, was er dann bei seinem ungestümen Charakter anrichtet.«

Damit war auch Sass einverstanden. Doch die Befürchtungen der Eltern hinsichtlich ihres Sohnes waren überflüssig, denn dieser hatte auf seine Weise von der Sache erfahren, sogar einige Tage früher als der Vater. Er brachte eines Abends das Pferd auf die Koppel und machte dabei einen kleinen Rundgang, um nachzusehen, ob der Zaun überall in Ordnung sei. Als er so an die Grenze zum Nachbarzaun kam, stand dort Nachbars Helene, als habe sie absichtlich gewartet oder sei sogar hierher gelaufen. Sie stand und sagte Oskar freundlich »Guten Abend!« Natürlich erwiderte Oskar den Gruß ebenso freundlich und blieb stehen.

»Warum kommen Sie niemals mehr zu Tanzfesten?« fragte Helene.

»Ich bin müde, habe keine Lust«, erwiderte Oskar.

»Sind Sie aber komisch«, lachte das Mädchen.

»Wieso komisch?« fragte der Bursche.

»Sie und müde«, erwiderte das Mädchen. »Was soll ich dann machen?«

»Sind Sie denn nicht müde?«

»Bin ich nicht! Ich könnte jeden Abend tanzen, wenn ich nur wüßte, mit wem.«

»Dann können wir ja gleich anfangen«, scherzte Oskar.

»Der Zaun ist dazwischen«, lachte das Mädchen, und in der Annahme, daß es als Einführung genüge, wechselte sie das Gespräch und sagte schließlich, daß Tiina ein hübsches Mädchen sei.

»Meinen Sie?« fragte Oskar und wartete, was weiter kommen würde, denn dabei konnte es ja nicht bleiben.

»Ein sehr hübsches Mädchen«, lobte Helene, »aber ist sie nicht sehr böse?«

»Wieso denn?« fragte Oskar.

»Ich weiß nur, daß sie den Hund auf unseren Jungen gehetzt hat, der Junge liegt jetzt krank zu Hause.«

Das traf Oskar an seiner empfindlichsten Stelle. Er vergaß sogar zu fragen, wann, wo und weshalb es passiert sei, wünschte nur »Guten Abend« und ging. In großer Eile dem Hause zustrebend, hatte er doch Zeit, die Sache zu überdenken, und darum kam er schon viel ruhiger zu Hause an, so daß es ihm möglich war, den richtigen Augenblick und Ort zu wählen, um mit Tiina über die Sache zu sprechen. Doch das Mädchen begriff sofort, daß Oskar nicht viel wußte, und deshalb bemühte sie sich, nach Möglichkeit alles totzuschweigen.

»Wo war das?« fragte Oskar.

»Bei Jõesaare«, erwiderte das Mädchen.

»Was suchten Sie da?«

»Ich kam doch an dem Abend allein früher nach Hause.«

»Warum denn auf diesem Wege?«

Ja, das war eben die Frage, warum ging Tiina damals auf dem Winterwege nach Hause? Sie wußte nichts anderes zu antworten, als daß ihr plötzlich ein solcher Gedanke, ein solcher Wunsch gekommen sei. Doch der Bursche verlangte zu wissen, warum.

»Ich fürchtete mich vor Eedi«, sagte das Mädchen schließlich.

»Und dort fürchteten Sie sich nicht?«

»Ich dachte, er würde nicht darauf kommen, mich dort zu erwarten.«

»Wieso meinten Sie, daß er Sie erwartet?«

»Ich habe ihn am anderen Weg lauern gesehen, deshalb.«

»Und warum haben Sie mir nichts davon gesagt?«

»Ich wollte nicht, denn damals fürchtete ich mich noch nicht, doch an dem Tage fing ich plötzlich an, mich zu fürchten, und so ging ich den anderen Weg, denn sollte etwas passieren, so waren dort unser Hund und auch der Herr in der Nähe, sie würden wohl hören, wenn ich rufe. Und Mulla hat mich auch gehört, als ich rief.«

»Aber wieso wußte der Junge dorthin zu kommen, wenn er am anderen Weg lauerte?« fragte Oskar.

»Ich weiß es nicht«, erwiderte das Mädchen. »Vielleicht hat er nicht dort gewartet, sondern lauerte im Gebüsch am Fluß und folgte mir, so daß er mich auch auf dem anderen Weg erwischt hätte, nur daß dort kein Mulla gewesen wäre, der meine Stimme hörte.«

Tiina glaubte bald selbst an ihre Lügen und Mutmaßungen, doch Oskar glaubte ihr nicht. Er würde auch nicht geglaubt haben, wenn das Mädchen gesagt hätte, es sei hingegangen, um nachzusehen, wie weit Indrek mit seinem Graben gekommen war. Wenn aber Tiina damit herausgeplatzt wäre, daß sie diesen Weg Indreks wegen gewählt hatte, ja, dann hätte ihr der Bursche geglaubt. Jetzt aber verdächtigte er das Mädchen, ohne recht zu wissen, weshalb. Er hielt es fast für möglich, daß Tiina den Umweg über den großen Winterweg gemacht hatte, weil der Nachbarjunge sie rief, auch wenn er keine Erklärung fand, warum sie es getan haben sollte.

»Sie können recht haben, doch ich glaube Ihnen heute nicht«, sagte Oskar schließlich. »Ich begreife überhaupt nicht, was Sie mit diesem Jungen zu tun haben. Was für Missionsarbeit verrichten Sie an ihm? Weshalb gefällt er Ihnen?«

»Er gefällt mir doch gar nicht«, widersprach Tiina.

»Warum unterhalten Sie sich dann ständig mit ihm?«

»Er tat mir leid«, sagte das Mädchen.

»Aber warum haben Sie dann den Hund auf ihn gehetzt?« fragte Oskar.

»Ich habe ihn nicht gehetzt, der Hund ging selbst auf ihn los, als der Junge mir den Weg versperrte und ich rief«, erklärte das Mädchen. »Später habe ich es Mulla wohl verboten, doch er hörte nicht. So kam das alles. Es war Mullas Schuld, ich konnte da nichts machen. Der Junge lief schreiend voraus, der Hund hinterher und biß ihn, ich stand auf dem Weg und weinte. Dann kam ich nach Hause, mehr weiß ich nicht!«

Mit einem Wort – es war eine ganz einfache und belanglose Geschichte. Kompliziert wurde sie nur, weil Mulla den Jungen nicht ausstehen konnte, und wenn er einmal beim Angriff in Schwung kam, griff er immer weiter an, so daß der Junge jetzt zu Hause liegt und jammert und der Vater ihm Sprit auf die Wunden gießt, damit sie sich nicht entzünden. Endlich begann Oskar die ganze Geschichte zu begreifen.

Doch Ott hatte von der Angelegenheit eine ganz andere

Auffassung. Als er Elli davon erzählte, endete er folgendermaßen: »Ein mutiges Mädchen! Wenn die einmal heiratet, kann sie ihrem Alten unter Umständen mit einem Dolch die Eingeweide herauslassen. Und im Herbst, zur Zeit des Schlachtens von Lämmern und Schweinen, kann der Alte die Blutbütte halten, und die Frau wird den Dolch blitzen lassen.«

»So mancher Mann könnte eine solche Frau brauchen«, sagte Elli, die sich verletzt fühlte, weil Ott mit so großer Begeisterung von Tiina sprach.

»Ich nicht«, erwiderte Ott, »denn sollte meine Frau nur den Versuch machen, mich zu prügeln, würde ich mich für immer davonmachen. Wozu soll man sich zu Hause prügeln, dazu ist in der Kneipe und im Dorf Platz genug.«

Am sachlichsten urteilte Sass über die Angelegenheit, denn nachdem er sie ein paar Tage lang verdaut hatte, sagte er zu Maret: »Das Mädchen hatte Glück, daß der Hund ihr zu Hilfe gekommen ist, sonst hätte der Junge sie schließlich vernascht. Und was soll man mit einem Verrückten anfangen! Nur niederschlagen, weiter nichts, doch das darf man nicht. Und was hilft es denn, wenn es schon passiert ist. Man weiß ja auch nicht, was für ein Kind man von einem solchen bekommen kann.«

»Wer kann's wissen, das Kind könnte gesund sein«, meinte Maret.

Sass und Maret sprachen davon wie zwei alte Menschen, und kein Ohr belauschte sie, dennoch hatte auch Indrek, der im Moor an einem Graben arbeitete, dessen Ende schon bis unter Jôesaare reichte, davon gehört. Er erfuhr es aus einem ganz andern Munde – nämlich aus dem Munde des alten Niederhof-Pearu.

Es waren gerade die letzten heißen Spätsommertage – die sogenannte Roggenschnitt-Schwüle. Nicht ein Wölkchen stand am Himmel, und man spürte keinen andern

Lufthauch als die Ausdünstung, die vom Boden aufstieg, wenn man ihm das Gesicht zuwandte. Bei der Arbeit floß den Menschen der Schweiß in Strömen herunter. Die Pferde gerieten in Schaum, wenn die Ladung nur etwas schwerer war. Der Hütejunge war mit den Tieren in Not, denn die stellten wieder einmal nach langer Zeit ihren Bremsengalopp an. Die Färsen liefen mit halbaufgerichteten Schwänzen umher und horchten auf das Summen der Bremsen, um im rechten Augenblick im Dickicht zu verschwinden. Die Hunde gingen von Zeit zu Zeit ins trübe Grabenwasser, um sich zu erfrischen. Selbst die Spatzen saßen mit schlaff herabhängenden Flügeln in den Fliederbüschen und sperrten die Schnäbel auf, als wollten sie überflüssige Hitze ablassen. Alles das war in eine Luft getaucht, die über den Feldern und zwischen den Zäunen flimmerte, als wäre sie voll frühlingshaften Blütenstaubs.

An einem solchen Tag kam der alte Pearu, auf einen Stock gestützt, nach Jôesaare herunter zu Indrek. Als dieser sich wunderte, wie er so weit gehen konnte, erwiderte Pearu, indem er sich auf eine Bülte setzte: »Die Hitze ist so arg, daß sich sogar die Schlange in der Bülte aufrichtet, da tauen auch einem solchen alten Stumpf wie mir die Knochen auf.« Und als Indrek nichts darauf antwortete, fuhr der Alte fort: »Ich komme dich besuchen, Indrek. Habe von andern schon längst gehört, daß du jetzt im Wargamäe-Moor Gräben stichst, und wartete, daß du mich Alten besuchen würdest, doch du kamst nicht. Nun, so bin ich gekommen. Sieh, in der letzten Zeit sind die Beine etwas gelenkiger geworden. Die Schwiegertochter sagt, das käme von der großen Hitze, ich aber meine, es kommt davon, wovon es bei alten Menschen immer kommt. Bei meinem Vater war es ebenso, und dann kam bald der Tod. Der Tod ist es, der dem alten Menschen wieder die Seele eingibt, der Tod ist es, der uns wieder jung macht. Der Tod sitzt schon in den Gliedern und kurbelt sie an. Doch auch der Tod hätte nicht die Kraft, meinesgleichen bis Jôesaare zu bringen, wenn mir Karla nicht geholfen hätte; der Tod und mein Sohn Karla brachten mich gemeinsam hierher, damit ich vor meinem Tode noch mit meinen leiblichen Augen sehe, wie du, Indrek, jetzt in Wargamäe Gräben ziehst. Jesulein, sei uns gnädig«, seufzte Pearu, »aber auf dieser Welt geht nichts so, wie der Mensch es sich denkt. Schließlich hatte dein Vater – dieser alte, zähe Oberhof-Andres, der jetzt ebenso wie du in der Kate lebt – ja, schließlich hatte er vielleicht doch recht, als er sagte: der Mensch denkt, Gott lenkt. Denn ich habe immer gedacht, daß aus dir, Indrek, ein Pferdedieb wird ...«

»Hast du das wirklich gedacht, Nachbarsvater?« fragte Indrek.

»Ja wirklich, wie du eben vor mir sitzt und zu mir immer noch Nachbarsvater sagst«, versicherte Pearu mit zitternden Lippen und versuchte Indrek mit seinen erloschenen Augen scharf anzublicken. »Du hast mich immer Nachbarsvater genannt und hast es nicht gemacht wie die andern. Und da habe ich gedacht, was für ein Mann aus dir wohl werden könnte, wenn du nicht so bist wie die andern. Gar kein Mann, sondern nur ein Pferdedieb. Doch du sollst mir das nicht übelnehmen, denn ich bin nur noch alte Erde und die hat keinen menschlichen Verstand. Du kannst sie mit dem Spaten durchschneiden, doch sie schreit nicht, du schaufelst sie zusammen, sie widersteht nicht, der Mensch aber schreit und leistet Widerstand. Der Mensch hat Begierden. Und ich habe begehrt, Indrek, daß aus dir ein Pferdedieb werde.«

»Warum denn?« fragte Indrek lachend.

»Du bist der Sohn vom Oberhof-Andres, deshalb. Du warst der Sohn meines Widersachers in Wargamäe. Jetzt aber begehre ich es nicht mehr, denn ich habe gesehen, daß die menschlichen Begierden sinnlos sind. Ich hatte meine Wünsche, du aber kamst nach Wargamäe und hast angefangen, den Graben zu ziehen, und Jesulein soll die Arbeit deiner Hände segnen, weil aus dir kein Pferdedieb geworden ist. Aber gab es denn nicht irgendwo anders Grabenarbeiten, daß du ausgerechnet nach Wargamäe, unter meine und deines alten Vaters Augen kommen mußtest? Hast du denn nicht vorher überlegt, was du damit dem alten Andres antust, der wie ein Wolf allein in der Kate haust? Er hoffte ja, daß aus dir ein Pastor wird, der nach Wargamäe kommen würde, Wahrheit und Recht zu verkünden. Was sagt sein altes Herz nun dazu, wenn er sieht, daß du nicht von der Kanzel predigst, sondern im Wargamäe-Graben?«

»Nachbarsvater, du hast doch vorhin selbst gesagt: Der Mensch denkt, Gott lenkt«, erwiderte Indrek.

»Ja, Indrek«, sagte Pearu ergeben, »so ist es. Auch deines Vaters Gedanken und Wünsche waren vergeblich, wir beide, zwei zähe Männer von Wargamäe, haben umsonst gelebt und prozessiert, denn unsere Rechnungen sind vor den Heerscharen Jehovas nicht aufgegangen. Und auch deine Gedanken und Pläne haben sich nicht erfüllt, denn sonst wärst du doch nicht hierher ins Wargamäe-Moor an die Stelle des seligen Katen-Madis gekommen; der einzige Unterschied ist, daß du bei der Kälte Gummistiefel mit Schäften trägst, der alte Madis aber arbeitete in Pasteln und auch die mit vielen Flicken übereinander, als beabsichtige er, unter den Füßen einen Turm von Babel zu bauen. Ja, auch du, Indrek, hast nicht erreicht, was dein Vater wollte oder du selbst erstrebtest. Wie ich gehört habe, sollen deine Angelegenheiten mit den Frauen schiefgegangen sein, so daß du wegen der Frauen hier im Wargamäe-Moor bist.«

»So scheint es zu sein«, sagte Indrek, als sei von irgendeiner dritten Person die Rede.

»So sagt man, ja«, bestätigte Pearu und kratzte sich hinter

dem Ohr, wo unter der Mütze graue Haarsträhnen hervorhingen. »Durch die Frauen ist das ganze menschliche Elend in die Welt gekommen und wird nicht vor den Frauen verschwinden. Die Frau ist wie Pfeife oder Sprit im Munde und Innern des Mannes: es quält und plagt, aber los wird man das Aas nicht. Zuweilen kommt einem der sündige Gedanke, ob der Mann im Jenseits ohne Weib auskommen wird. Und das ist von jeher so – Pfeife, Sprit und Weib. Zuweilen gibt Gott einem Manne nicht einmal seinen vollen Verstand, aber das Verlangen nach der Frau – das gibt er dennoch, ohne das bleibt niemand, als wollte er sagen: Schau, Mensch, das Verlangen nach der Frau ist dein Verstand. So denke ich zuweilen, wenn ich mir unseren Jungen ansehe, Karlas Sohn, wie du selbst weißt, Indrek. Ich denke, vielleicht erlangt kein Mann seinen vollen Verstand, bevor er nicht zur Frau geht, als läge der Verstand des Mannes in der Hand der Frau. So daß unser Junge, wenn er zu einer Frau könnte, auch zu vollem Verstand kommen würde, allmählich vielleicht, nicht plötzlich, denn zu keinem Menschen kommt der Verstand plötzlich. Ich meine sogar, daß ich selbst erst jetzt meinen vollen Männerverstand erlangt habe, die andern aber sagen, daß ich jetzt so viel Verstand habe wie früher bei besoffnem Kopf. So steht es mit dem Menschen und seinem Verstand, so steht es auch mit unserm Jungen, denn auch er ist vor dem Herrn ein Mensch, wenn auch Gott ihm vorläufig nicht seinen vollen Verstand gegeben hat. Doch er kann ihn ihm noch geben, durch die Hand einer Frau, nur daß die Frauen ihm böse sind ...«

»Der Junge belästigt die Frauen, deswegen«, unterbrach ihn Indrek.

»Der Junge sucht bei den Frauen seinen Verstand, den Gott für ihn dort hinterlegt hat«, rief Pearu, als glaube er selbst an seine Worte.

»Höre, Nachbarsvater«, sprach Indrek jetzt einfach und herzlich, »hast du vielleicht zu Eedi gesagt, daß unsere Tiina ein hübsches Mädchen sei?«

Der Alte schien zusammenzuzucken, antwortete aber dennoch sofort: »Nicht ich zu Eedi, sondern Eedi zu mir. Der Junge quängelt seit dem Frühjahr, Nachbars Tiina sei ein hübsches Mädchen, Tiina ist ein hübsches Mädchen. Seit der Zeit versucht er immer mit der Schwester zu kämpfen, damit er, wenn es nötig sein sollte, auch mit Tiina kämpfen, also seine Kräfte messen könnte. Und als meine alten Augen das alles sahen und meine Ohren es hörten, begann ich zu überlegen und dachte: Was für ein Mädchen ist eigentlich diese Nachbars-Tiina? Was ist sie, ist sie ein Stadt- oder ein Landkind? Warum hält sie unser Junge für hübsch?«

»Tiina ist gar nicht hübsch«, sagte Indrek.

»Das habe ich auch von meinen Mädchen gehört, daß sie gar nicht hübsch sei«, bestätigte Pearu Indreks Worte, »und das gerade veranlaßte mich, zu überlegen und darüber nachzudenken, warum der Junge sie für hübsch hält, wenn sie nicht hübsch ist?«

»Der Junge ist dumm«, sagte Indrek.

»Na schön, der Junge ist dumm, aber Elli hielt er nicht für hübsch, Juuli und Helene auch nicht, nur Tiina, keine andere«, meinte Pearu. »Was ist denn das für eine Dummheit, wenn seiner Meinung nach nur Tiina hübsch ist? Deshalb habe ich mit meinem alten Verstand nachgedacht und gemeint, daß Gott vielleicht den Männerverstand unseres Jungen in die Hand dieses Mädchens gegeben hat, oder der Verstand unseres Jungen befindet sich unter den Brüsten, im Schoße dieses Mädchens, so dachte ich. Und dann dachte ich noch, daß aus dem Jungen kein Bauer für Wargamäe wird, so daß der Niederhof keinen richtigen Erben hat, denn Karlas zweiter Sohn liegt auf dem Friedhof und einen dritten hat er von seiner Alten nicht mehr zu erwarten. So habe ich denn gedacht, was wäre, wenn im Schoße dieses Mädchens, dieser städtischen Messerstecherin, der wahre Verstand unseres Jungen läge, sozusagen die Männlichkeit, oder wenn nicht das, dann ein richtiger Erbe für den Niederhof. Denn aus dem Jungen kann wohl niemals ein richtiger Bauer werden, aus seinem Sohn aber wohl, wenn er mit einer von Gott ausersehenen Frau gezeugt wird. Und so fing ich an, zu denken, daß diese Messerstecherin Tiina diese von Gott ausersehene Frau sei, die zur Mutter des Niederhof-Bauern werden müßte, mit allen Rechten, die eine von Gott auserwählte Mutter haben muß. So dachte ich, als ich sah und hörte, wie Tiina nach Meinung des Jungen immer hübscher wurde, so daß er sie wie ein Mann zu begehren begann. So geschah denn das alles hier unter Jôesaare, am Winterweg, wie du selbst weißt, denn du kamst ja dazu und konntest sehen, wie der Hund unserem Jungen Hose und Schenkel zerriß. Vorher aber hat das Mädchen sic mit dem Dolch zerstochen, solcher Art ist diese Frau, in deren Schoß Gott unseres Jungen Männerverstand und den Niederhof-Erben barg. Und glaube mir, Indrek, oder glaube es nicht, doch der Junge jammert auch jetzt noch von früh bis spät, Tiina sei ein hübsches Mädchen, und ich bin der Meinung, daß er mit seinem Blut nicht an Verstand verloren, sondern zugenommen hat. Der Junge spürte den Körper des Mädchens, und sein männlicher Sinn kam in Bewegung, so scheint mir. Deshalb bin ich gekommen, um dich zu fragen und mit dir zu beraten, was man mit dem Jungen machen soll, wenn er sogar nach der Messerstecherei das Mädchen noch schön findet, und ob man es nicht so einrichten könnte, daß dieses schöne Mädchen zum Apostel der Männlichkeit des Jungen und zur Mutter des Niederhof-Erben werden würde, wie Gott es in seinem Ratschluß vorgesehen. Wie es heißt, soll das

Mädchen früher bei dir gedient haben, so daß du weißt, wer und was sie ist, und deshalb bin ich auch gekommen, um mit dir zu reden und zu beraten wegen meinem Jungen und seinem schönen Mädchen.«

»Das heißt, Nachbarvater, du möchtest Tiina für deinen Jungen zur Frau haben?« fragte Indrek.

»Zur Frau oder so, um zu sehen, was Gott zum Besten unseres Jungen in den Schoß dieses Mädchens gelegt hat«, erwiderte Pearu. »Es ließe sich auf jede Weise einrichten, damit alles seine Ordnung hätte und das Mädchen sich nicht zu beschweren oder zu murren hätte. Und den Jungen braucht sie nicht mehr zu fürchten, denn der Junge fürchtet jetzt sie, er fürchtet des Mädchens mutiges Herz, denn mutig ist das Mädchen ... So habe ich es mir gedacht, als ich zu dir, Indrek, kam, der du jetzt im Wargamäe-Graben die Moorerde umschaufelst. Ich dachte mir, daß du in der Stadt selbst mit Frauen zu tun gehabt und, da Tiina, wie man hört, auch ein Stadtkind sein soll, du vielleicht weißt, wie man eine solche behandeln soll, die mit dem Dolch auf einen Jungen losgeht.«

Aber Indrek wußte auch nicht, wie man eine solche Messerheldin behandeln soll. Dennoch versprach er, sich zu erkundigen und sogar dem Mädchen die Sache ans Herz zu legen. Aber er zweifelte, daß dabei etwas herauskommen würde, denn er hatte nicht einmal bei seiner eignen Frau verstanden, die richtige Lösung zu finden, obgleich dort die Sache offensichtlich einfacher war als hier.

»Mit den Frauen muß man es schlau anfangen«, meinte Pearu, »das gefällt ihnen, und wenn es dann geschafft ist, geben sie sich zufrieden.«

»Ja, mit den Frauen muß man es schlau anfangen«, wiederholte Indrek, »mit ihnen muß man es sehr schlau anfangen.«

Außerdem mußte die Angelegenheit schnell erledigt

werden, Pearu hatte keine Zeit zum Warten, denn er war alt, er wollte die Dinge in Ordnung bringen, er wollte für den Niederhof einen Erben.

XX

Indrek hatte Pearus Werbegespräch angehört, als rede der Alte berauscht oder sei nicht recht bei Troste. Nicht, daß Indrek Pearus Worten überhaupt nicht geglaubt hätte, es war ihm nur nicht klar, was in seiner Rede ernst gemeint und was nur Gefasel war, wie es Pearu schon sein ganzes Leben lang von sich zu geben liebte. Vielleicht war das, um dessentwillen Pearu das lange Gerede vom Stapel gelassen hatte, in seinen Worten überhaupt nicht enthalten, denn möglicherweise sprach Pearu überhaupt nicht, um etwas zu sagen, sondern um zu hören, was derjenige schließlich sagen wird, der ihn angehört hat. Der Anlaß für diese Werberede konnte vielleicht Indrek selbst sein, denn warum hatte er Pearu gefragt, ob nicht er den Jungen auf das Mädchen gehetzt habe, indem er immer wieder darauf hinwies, daß Tiina ein hübsches Mädchen sei. Falls Pearu das wirklich getan hatte, war sein ganzes Gerede nur eine Selbstverteidigung.

Am Abend erzählte Indrek dem Vater von Pearus Besuch. Der alte Andres war darüber sehr erstaunt und sagte: »Mit Pearu geht es wohl zu Ende. Seit zwei, drei Jahren geht er kaum noch aus dem Hause, bewegt sich nur auf Krücken oder mit einem Stock, und nun plötzlich bis Jôesaare! Das tat er nicht einfach so, das hat was zu bedeuten. Aber seine Werbung könnte durchaus ernst gemeint sein. Von einem rechten Niederhof-Erben redet er schon, seit das Unglück mit Eedi passiert ist. Er prahlt ja ständig, daß sein Name auf Wargamäe bestehenbleiben würde, während der meine verschwunden sei wie der von Hundipalu-

Tiit. Und es ist tatsächlich merkwürdig, wie es so gekommen ist – Tiit und ich verschwinden, Pearu bleibt.«

»Sein Name verschwindet ja auch, wenn aus Eedi kein Hofbauer wird«, sagte Indrek.

»Das ist es ja, was Pearu befürchtet«, meinte Andres. »Pearu sieht, daß seine Prahlereien ins Leere stoßen. Vielleicht kannst du dich erinnern, daß Pearu einmal bei Jôesaare unsern guten Hütehund tötete und sogar auf den Knecht Matu geschossen hat, als dieser ihn verfolgte, um ihn zu verprügeln? Schau, Indrek, mit derselben Flinte, die er damals in der Hand hielt, hat sich der Junge verwundet, so daß ich gleich sagte, als ich von der Sache hörte: Was der Mensch sät, das erntet er auch. Gott hatte lange Geduld, er ließ Pearu viele Jahre Zeit in der Hoffnung, daß er sein Wesen ändere – doch Pearu prahlte weiter. Nun, dann richtete es Gott so ein, daß dasselbe Werkzeug, das früher Tiere tötete, sich jetzt gegen einen Menschen, gegen den eigenen Herrn richtete, so daß sich die Worte der Schrift erfüllten: Wer das Schwert erhebt, wird durch das Schwert umkommen. Natürlich, der Junge ist nicht gerade gestorben, aber er ist auch kein rechter Mensch mehr, kein Bauer mehr für den Niederhof. Das läßt Pearu jetzt keine Ruh, da er spürt, daß sein Stündchen bald schlägt. Karla hat einmal in Ämmasoo erzählt, Pearu habe die Absicht, den Niederhof Jooseps Sohn zu vererben. Wenn das wirklich so kommen sollte, dann ginge mein Wunsch in Erfüllung, denn ich habe stets gesagt, Wargamäe müsse, wenn nicht gerade in einer Hand, so in der Hand von Menschen gleichen Blutes sein, dann würden vielleicht die ewigen Zänkereien und Prozesse aufhören. Außerdem wäre es dann so, daß Pearus Name dem Niederhof erhalten bliebe, mein Blut aber ganz Wargamäe, und was ist denn mehr, der Name für den Niederhof oder das Blut für ganz Wargamäe?«

»Aber der Junge kann doch einen gesunden Sohn bekommen«, meinte Indrek, »denn sein Gebrechen ist ja nicht angeboren, sondern es hat sich später eingestellt.«

»Wer mag wissen, wie es damit steht«, sagte der Vater. »Die Hauptsache ist, woher nehmen sie jemanden, der bereit wäre, mit ihrem Jungen einen Sohn zu bekommen? Tiina ist doch ein ordentliches Mädchen, sie wird es nicht wollen.«

Darauf gab Indrek keine Antwort. Aber einige Tage später, als Tiina nach unten zur Kate kam, sagte Indrek zu ihr: »Tiina, Nachbars alter Bauer hat bei mir um Ihre Hand angehalten.«

Das Mädchen starrte Indrek mit weit aufgerissenen Augen an, als habe es nichts begriffen, so daß er die Angelegenheit näher erklären mußte. Da erbleichte Tiina, ihre Lippen begannen zu zittern, in die Augen trat entsetzliche Angst. Nach einer Weile flüsterte sie: »Der Herr will mich auf diese Weise los werden.«

»Wieso?« fragte Indrek überrascht. »Ich bin Sie ja los. Sie stehen nicht mehr in meinen Dicnsten.«

»Der Herr will nicht, daß ich ab und zu in die Kate komme«, erklärte das Mädchen mit tränenerstickter Stimme.

»Sind Sie eine Närrin, Tiina!« rief Indrek lachend. »Ach, Sie meinen, ich empfehle Ihnen meinetwegen, diesen Jungen zu heiraten? Wissen Sie, was ich Ihnen sage: Meinetwegen würde ich Sie nicht einmal hindern, ihn zu nehmen, wenn Sie es selbst wollten. Das ist Ihre Angelegenheit. Sie könnten ja Niederhof-Bäuerin werden, wenn es gut geht ...«

»Herr, meinen Sie das wirklich im Ernst?« fragte das Mädchen mit immer noch zitternden Lippen.

»Nein, Tiina, ich meine gar nichts«, erwiderte Indrek, »ich rede davon nur, weil ich es dem alten Pearu versprochen habe.«

»Wie gut Sie sind, Herr!« seufzte Tiina aus tiefstem Herzen.

»Ich begreife überhaupt nicht, was das mit meinem Gutsein zu tun hat«, sagte Indrek.

»Wieso denn nicht«, erklärte das Mädchen. »Ich selbst will von dem, wovon Sie reden, nichts hören, wenn Sie mir aber empfohlen hätten, es zu tun, dann würde ich schließlich glauben, daß es so sein müsse, denn ich habe ja zu Ihnen ein großes Vertrauen, Herr. Und jetzt bin ich Ihnen so dankbar, daß Sie mir nichts empfohlen haben, was ich selbst überhaupt nicht will. Auch für die Zukunft bitte ich Sie, empfehlen Sie mir nicht, was ich selbst nicht will, denn so könnten Sie mich in ein großes Unglück stürzen.«

»Seien Sie ganz unbesorgt«, tröstete Indrek das Mädchen, »in Liebesangelegenheiten werde ich weder Ihnen noch einem andern einen Rat erteilen.«

»Sind das denn Liebesangelegenheiten?« fragte Tiina und blickte Indrek groß an.

»Was denn sonst?« meinte Indrek. »Der alte Pearu versicherte, der Junge selbst nenne Sie ein schönes Mädchen; andere widersprechen ihm, er aber läßt sich nicht beirren, er bleibt bei seiner Behauptung. In seinen Augen ist Tiina ein schönes Mädchen, alles andere zählt für ihn nicht. Deshalb meint der alte Pearu auch, daß Sie dem Jungen von Gott bestimmt seien. Selbst in seinen Fieberphantasien nennt er Sie ein schönes Mädchen.«

»Herr, ich schäme mich so sehr«, sagte Tiina, ohne die Augen abzuwenden, Indrek anblickend.

»Warum denn?« fragte dieser.

»Weil dieser Junge mich ein schönes Mädchen nennt, darum«, erklärte Tiina.

»Ist denn Schönheit etwas Beschämendes?« fragte Indrek.

»Ja, Herr, wenn sie nur solche wie dieser Junge sehen«, erwiderte Tiina.

»Ich sagte Ihnen doch im Walde, daß ich es auch fände«, sagte Indrek.

»Dann schäme ich mich noch mehr«, antwortete das Mädchen und wandte jetzt den Blick ab. »Wenn ich nur daran denke, daß dieser Junge dasselbe sieht wie Sie, Herr! Aber im Graben haben Sie das so hübsch erklärt – Sie sagten: Die andern sehen meine Schönheit nicht, weil sie sie nicht brauchen, deshalb. Dann sagten Sie noch, daß Sie sie aber sehen. Das war so hübsch, daß die andern sie nicht sehen, Sie aber sehen sie. Ich will nicht, daß die andern sie sehen. Soll doch der Junge mich nur einfach so überfallen haben, meine Schönheit braucht er nicht zu sehen.«

»Gut«, lächelte Indrek, »mag er denn einfach so gekommen sein. Ist Ihr Herz jetzt beruhigt?«

Tiina schien jedoch auch damit nicht zufrieden zu sein, denn sie sagte: »Herr, Sie quälen mich.«

»Wieso denn?« fragte Indrek. »Sie nehmen doch am Ende nicht an, daß ich von mir aus von diesen Dingen mit Ihnen rede. Ich habe vorher schon mit dem Vater darüber gesprochen, fragen Sie ihn, wenn Sie mir nicht glauben.«

»Also weiß auch Ihr Vater schon, daß der Niederhof-Junge mich ein schönes Mädchen nennt?« fragte Tiina.

»Nein, das weiß er nicht, er weiß nur, daß Pearu um Sie angehalten hat«, erklärte Indrek schmunzelnd. Aber Tiina nahm seine Worte ernst und sagte erfreut: »Gott sei Dank, daß der Vater es nicht weiß, sonst müßte ich mich auch vor ihm schämen, und das wäre noch schlimmer.«

»Warum wäre das denn schlimmer?« fragte Indrek.

»Der Vater ist ja so alt, deswegen«, erklärte Tiina. »Der Vater kann bald sterben, und zu denken, daß er mit einer falschen Meinung von mir sterben könnte, das ist schrecklich.«

Doch Indrek konnte nicht begreifen, was dabei so Schreckliches wäre, wenn der Vater mit dem Wissen sterben würde, daß der Niederhof-Eedi Tiina für ein hübsches Mädchen hält. Deshalb erklärte Tiina weiter: »Dann würde er niemals erfahren, daß es nicht stimmt und daß Sie im Graben die Sache ganz anders erklärt haben.«

»Vielleicht habe ich mich damals geirrt«, meinte Indrek.

»Herr, das kann nicht sein«, sagte Tiina. »Sie konnten sich damals nicht irren, denn Sie sagten das so hübsch. Jetzt irren Sie sich oder Sie wollen mich quälen. Sie sind Tage und Nächte allein, werden dessen überdrüssig und fangen deswegen an, mich zu quälen. Denn ich habe hier beobachtet, daß der Mensch anscheinend nicht leben kann, ohne jemanden zu quälen, wenn auch nur ein wenig, nur zum Spaß. Da Ihr Vater schon so alt ist, wollen Sie mit ihm weder Spaß treiben noch ihn quälen, also fangen Sie mit mir an. Bisher haben Sie das mit mir nicht getan, doch seit diese Sache im Moor mit dem Jungen passierte, ist alles anders. Auch oben beim Bauern verhalten sich alle mir gegenüber anders, als wüßten sie, wie ich mit dem Dolch in der Hand gelaufen bin und später hinter einem Busch gesessen habe, während Sie mein Kleid suchten. Und wissen Sie, Herr, was mir träumte: daß ich selbst diese Fichte sei, auf der Sie den Dolch versteckt haben, und daß ich am Feldrain liege, den Dolch in der erhobenen Hand. Als ich aufwachte, tastete ich mit der anderen Hand nach, ob ich nicht wirklich den Dolch in der Hand habe, so deutlich sah und empfand ich das.«

»Ihnen sitzt dieser Dolch schon im Blut«, sagte Indrek. »Ich muß ihn schließlich herunternehmen und irgendwo anders verstecken, damit Sie es nicht wissen und er seine nächtlichen Wanderungen durch Ihr Blut aufgibt.«

»Ich bitte, Herr, holen Sie ihn nicht herunter«, sagte das Mädchen, »es sah so hübsch aus, wie Sie da hinauf kletterten und ihn in den Stamm schlugen, damit er fest sitzt.«

»Wenn er Sie aber in der Nacht quält?« fragte Indrek.

»Er quält mich ja gar nicht, ich habe nur von ihm geträumt«, erklärte Tiina.

Indrek blickte das Mädchen an, als denke er über ihre Worte nach oder ahne in ihnen einen geheimen Sinn. Tiina wurde das etwas peinlich, deshalb suchte sie das leere Geschirr zusammen und ging. Damit hätte auch die ganze Werbegeschichte Pearus ihr Ende haben können. Dennoch hatte sie viel größere und schwerere Folgen, als Pearu selbst oder sonst jemand auf Wargamäe voraussehen konnte. Wer beim Zustandekommen dieser Folgen die Hauptrolle spielte, war nachher schwer zu entscheiden, nur eines ist wahrscheinlich: hätte Indrek weder dem Vater noch Tiina etwas vom Besuch Pearus erzählt, wäre vielleicht alles ungeschehen geblieben. Doch auch das war nicht völlig sicher, denn Ott hätte auch anderswo zufällig von dieser aufregenden Angelegenheit erfahren können, und alles wäre ebenso geendet. Jetzt nahmen die Dinge einen einfachen und natürlichen Lauf.

Dem alten Andres lag die Frage am Herzen, ob ein Nachkomme Karlas oder der zweite Sohn Jooseps, in dessen Adern sein eigenes und das Blut der seligen Krôôt floß, zum Erben des Niederhofes würde, und deshalb erzählte er bald Sass von der Werbung Pearus. Er hätte darüber lieber mit Maret gesprochen, doch der Zufall wollte es, daß er zuerst mit seinem Schwiegersohn zusammentraf, der ihn anhörte. Sass maß der ganzen Geschichte keine große Bedeutung bei, so daß er vergaß, sie seiner Frau zu erzählen. Als er sich dann später an sie erinnerte und sie seiner Frau mitteilte, hatte Maret sie schon von Tiina gehört. Denn Tiina konnte die Sache nicht für sich behalten, sondern mußte sie unbedingt der Bäuerin erzählen. Die wiederum äußerte darüber einige Worte zu Elli, die diese an Ott weitergab. Jetzt wurde aus einem belanglosen Gespräch eine brennende Lebensfrage. Ott fragte sofort Elli: »Was für einen

Erben will denn der Niederhof-Alte, der Niederhof hat ja Erben!«

Elli wußte aber dafür keine richtige Erklärung. Deshalb wandte sich Ott direkt an Indrek als den Urheber der Geschichte. Doch Indrek, der den Burschen los werden und sich in die Angelegenheit nicht einmischen wollte, sagte, er habe den Niederhof-Alten nicht recht verstanden, was dieser eigentlich denke oder wolle. Ott gab sich damit nicht zufrieden, denn Zweifel nagten in seiner Brust. Einige Tage später unterhielt er sich mit dem alten Andres, und jetzt geriet er an den Richtigen: Er bekam alles zu hören, was sein Herz wünschte, hörte sogar mehr, denn als der Alte sah, daß Ott an seiner Erzählung interessiert war, erklärte er ihm die ganze Sache eingehend und genau. Wie bei allen langen Gesprächen, sie mögen zwischen zweien oder mehreren geführt werden, so geschah es auch hier: Etwas blieb unklar, sogar auf beiden Seiten. Ott konnte nicht verstehen, warum er sich bisher noch kein einziges Mal ernsthaft mit Andres unterhalten hatte, dann hätte er bestimmt schon längst die Erbschaftsgeschichte des Niederhofes erfahren und seine Angelegenheiten anders betrieben. Der alte Andres wiederum konnte nicht begreifen, warum der Bursche so auf ein Gespräch mit ihm erpicht war, warum er die ganze Zeit fragte und forschte und dabei zornig wurde, als hätte Andres in böser Absicht gesprochen. Andres will doch nichts Böses, wenn er für den Niederhof sein eigenes und das Blut seiner Frau Krôôt wünscht. Was hat sich Ott oder sonst jemand darüber zu ärgern?

Und doch erfaßte Ott bei der langen Erzählung des alten Andres ein glühender Zorn. Er fühlte, daß man ihn betrogen, an der Nase herumgeführt hatte. Schon von Anfang an! Denn dem Niederhof-Karla mußte doch die Lage klar gewesen sein, als er Ott gewissermaßen aufforderte, sein

Schwiegersohn zu werden. Also wird die Sache geheimgehalten, um die Töchter zu verheiraten; sowie das geschehen ist, dann geh mit ihr, wohin du willst, und sei es in den Wald unter eine Tanne oder unter ein fremdes Boot. Na wartet, Ott wird ihnen das nicht schenken. Ott hat niemandem etwas geschenkt, er wird auch ihnen nichts schenken. Auch Juuli nicht! Denn sie muß doch wissen, was bei ihr zu Hause vorgeht.

Das waren Otts Gedanken beim Anhören der Erzählung des alten Andres und auch nachher. Er fühlte, daß ihm Unrecht widerfahren war und glühte vor Rachedurst. Elli spürte plötzlich, daß Ott ihr gegenüber entflammte, merkte das bei zufälligen Berührungen, schloß es aus Blicken, Stimme, Lachen, glaubte es selbst aus Bewegungen und Haltung zu erkennen. Wieder entstand die brennende Frage, wie zusammenkommen. Ott sagte, man müsse auf die dunklen Nächte warten. So wurden die dunklen Nächte, die Elli stets nicht leiden konnte, für sie liebens- und begehrenswert. Wenn sie doch recht bald kämen!

Aber die Natur machte wegen zweier junger glühender Herzen keine Sprünge, sie ging ruhig ihren Gang, als habe sie genug Zeit. Auf diese Weise gewann auch Ott Zeit, weiter den Niederhof zu besuchen. Er tat es jetzt schon fast öffentlich, ohne darauf zu achten, was Ellis Herz dazu sagte. Dabei war es durchaus möglich, sich besser zu verbergen, denn die Nächte wurden schon länger und dunkler. Ott machte sich jetzt ganz bewußt gute Tage, denn ihm war klar, daß sie nicht mehr lange dauern konnten. Er aß mit vollen Händen im dunklen Speicher Beeren, die Juuli für ihn im Garten gepflückt hatte, verspeiste auch von Juuli gebackene Obsttörtchen und kostete von den ersten Äpfeln und dem frischen Wabenhonig. Eines Nachts sagte das Mädchen weinend, sie befürchte, daß mit ihr nicht alles stimme. Auf diesen Augenblick hatte der Bursche gewartet. Er sagte: »Nun, dann ist ja alles in Ordnung.«

»Aber du hast doch gesagt, dir könne das nicht passieren, behauptetest es sogar der Mutter gegenüber«, sagte das Mädchen. »Ich war so sicher und sorglos.«

»Das war damals«, erwiderte der Bursche, »jetzt ist das etwas anderes.«

»Wieso etwas anderes?« fragte das Mädchen. »Wir sind doch noch nicht verheiratet.«

»Das natürlich nicht«, sagte Ott, »doch damals wußte ich nicht, daß du mich betrügst, jetzt weiß ich es.«

»Ott, du bist ja verrückt!« rief das Mädchen verzweifelt. »Mit wem betrüge ich dich? Woher hast du das?«

»Du führst mich an der Nase herum wie den letzten dummen Jungen«, erwiderte der Bursche.

»Du bist einfach niederträchtig!« rief das Mädchen.

»Soo! Meinst du!« sagte Ott. »Würdest du mir vielleicht sagen, wer der Erbe vom Niederhof ist? Wer ist der Besitzer?«

»Besitzer ist mein Vater«, erwiderte Juuli.

»Du lügst, oder du bist übergeschnappt!« rief jetzt Ott. »Am ehesten aber bist du eine Betrügerin. Du hast mich die ganze Zeit betrogen. Du redetest von einem Häuschen am Feldhang und wußtest dabei sehr gut, daß dort kein Häuschen gebaut werden kann, denn das erlaubt dein Großvater nicht. Begreifst du: Der alte Pearu erlaubt es nicht, weil er für den Niederhof einen Erben sucht, er will von unserer Tiina einen Erben, aus dem Bauch unserer Tiina.«

Diese groben Worte trafen das Mädchen wie ein Keulenschlag, vor allem, weil sie sah – Ott wußte tatsächlich über die ganze Lage Bescheid, und außerdem, weil sie von Dingen hörte, von denen sie noch keine Ahnung hatte. Vor Schreck begann sie am ganzen Körper so zu zittern, daß selbst der Bursche es hätte merken können, wenn er nicht so entfernt von ihr gesessen hätte, als zieme es sich für ihn nicht mehr, den Körper zu berühren, der von ihm selbst gezeugtes Leben barg.

»Herrgott, erbarme dich! Ich verstehe nicht ein Wort von dem, was du sagst«, rief Juuli schließlich. »Was hat das hier mit eurer Tiina zu tun?«

»Natürlich, woher solltest du das wissen!« dehnte der Bursche ironisch die Worte. »Du hast wohl nichts davon gehört, daß euer Junge Tiina im Moor überfallen hat und sie vergewaltigen wollte.«

»Das wohl, aber ...«

»Was denn noch?!« rief Ott wütend. »Was schwatzen wir denn hier! Wenn dem Jungen die Tat gelungen wäre, hätte Tiina einen Sohn gebären können, und falls der mehr Verstand gehabt hätte als der Vater, wäre er Niederhof-Bauer geworden und Tiina die Mutter des Bauern, das ist alles, und dir sowie auch mir wäre dann nur ein Weg geblieben: Sack und Stock zu nehmen und Wargamäe zu verlassen. Natürlich ist es eine Dummheit, dir das zu sagen, denn du selbst weißt das alles am besten.«

»Glaube mir, lieber Ott, ich höre das alles zum ersten Male«, versicherte Juuli und tastete mit den Händen nach dem Burschen, der am Fußende des Bettes saß. Der wollte aber im Augenblick nicht, daß das Mädchen ihn berühre und wehrte die tastenden Hände unwillig ab, indem er sagte: »Laß mich in Ruhe, was zerrst du an mir!«

Juuli begann in dem dunklen Speicher laut zu weinen, so daß es jeder hören konnte, der sich dem Speicher näherte. Ott versuchte nicht, das Mädchen zu beruhigen, als ginge ihn das überhaupt nichts an.

»Jetzt bist du mir natürlich böse, weil ich ein Kind bekomme«, schluchzte Juuli schließlich.

»Nein, ich freue mich sogar, denn so sind wir quitt.«

»Herrgott!« rief das Mädchen und richtete sich von ihrem

Kissen auf. »Ich habe dir doch nichts getan, ich habe dich doch nur geliebt.«

»Geliebt und betrogen, wie immer«, sagte Ott.

»Ott, Liebster, ich habe dich nicht betrogen«, sagte das Mädchen bittend.

»Erzähle das einem Dümmeren«, erwiderte Ott. »Daß du oder deine Mutter von den Erbschaftsangelegenheiten des Niederhofes nichts gewußt habt, wo es die Spatzen von den Dächern pfeifen, das kann mir keiner weismachen.«

»Lieber Junge, die Sache verhält sich ganz anders, als du annimmst«, erklärte Juuli. »Großvater redet zwar schon lange von einem rechten Erben für den Niederhof, aber keiner von uns hat das ernst genommen. Nach dem Testament gehört der Hof meinem Vater, und wir waren alle der Meinung, daß es auch so bleiben wird, denn mag der Großvater reden, was er will, das Testament wird er doch nicht ändern.«

»Der Großvater hat um unsere Tiina gefreit, er will sie für Eedi zur Frau«, sagte Ott.

»Dann wird er wohl bald sterben oder schwachsinnig werden!« rief Juuli. »Doch ich höre davon zum ersten Mal.«

»Bei uns redet man schon lange darüber«, sagte der Bursche.

»Und warum hast du es mir verschwiegen?« fragte das Mädchen.

»Hast du mir denn gesagt, daß der Großvater von einem rechten Erben für den Niederhof spricht?« kam Ott mit der Gegenfrage. »Hat das deine Mutter oder dein Vater gesagt? Der bot mir den halben Niederhof an, und ich Esel fiel darauf herein.«

»Mein Gott, mein Gott, wie redest du nur!« rief Juuli und begann erneut zu weinen. »Als bedeute ich dir überhaupt nichts!«

»Hör doch endlich mit dem Geschrei auf«, schimpfte der

Bursche grob. »Selbstverständlich bin ich nicht wegen des halben Niederhofs hierher in den Speicher gekommen, das habe ich natürlich deinetwegen getan, doch wenn man mir das von dem halben Hof nicht vorgeschwindelt hätte, wäre ich vielleicht überhaupt nicht hierhergekommen und du brauchtest jetzt nicht zu weinen. Es ist eine Sache, nur wegen einem Mädchen zu kommen, und eine andere, wenn dieses Mädchen auch etwas besitzt. Und ihr alle habt mir die ganze Zeit vorgelogen, daß du Anspruch auf einen Teil vom Niederhof hast, du hast aber überhaupt keinen Anspruch.«

»Höre doch endlich, was ich dir sage«, rief das Mädchen, »Großvater wird sein Testament auf keinen Fall ändern, er lärmt nur so herum, und folglich habe ich Anspruch auf einen Teil vom Niederhof.«

»Jetzt glaube ich dir nicht mehr«, versetzte der Bursche. »Du hast mich die ganze Zeit an der Nase herumgeführt und willst es auch weiterhin tun. Entweder man gibt mir eine Sicherheit darüber, worauf ich zu hoffen habe, oder ich weiß, was ich tun werde.«

»Was für eine Sicherheit willst du denn haben?« fragte Juuli beinahe sachlich, denn sie war zu der Überzeugung gelangt, daß keine Möglichkeit bestand, die Gefühle des Burschen zu beeinflussen.

»Ich will eine Sicherheit, daß wir, wenn ich hier bleibe, das Haus, die Koppel und das Weideland am Feldrand bekommen«, erwiderte Ott. »Ich will eine Sicherheit für das, was man mir von Anfang an versprochen hat.«

»Und wenn ich eine solche Sicherheit nicht beschaffen kann, was dann?« fragte Juuli.

»Wirst schon sehen, was dann«, sagte der Bursche fast gleichgültig. Sein Ton erregte das Mädchen viel mehr als die brutalen Worte. Die Brutalität konnte das Mädchen verstehen, denn die entsprang seinem Zorn, der ja in gewissem

Maße berechtigt war, aber für seine Gleichgültigkeit gab es keine Entschuldigung, zumindest nach Meinung des Mädchens nicht. Deshalb sagte es: »Weißt du, auf welchen Gedanken ich komme, wenn ich dich so anhöre: Du hast mit Absicht dafür gesorgt, daß ich ein Kind bekomme. Du hast es getan, um dadurch den halben Hof herauszupressen!«

Juuli sagte es, um den Burschen tief zu verletzen, doch ihre Absicht schlug völlig fehl, denn Ott antwortete, ohne sich zu bedenken: »Du irrst dich, meine Liebe« – er sprach das letzte Wort so aus, daß es alles mögliche bedeuten konnte, nur nicht das, was es ausdrückte –, »mich interessiert nichts mehr, weder der halbe Hof noch dein Kind.«

»Du lügst!« schrie das Mädchen wütend. »Was wolltest du denn von mir? Konntest du dich nicht einfach davon machen? Was habe ich dir Böses getan?«

»Warum hast du mich betrogen? Warum hast du mich mit deinem Vermögen gelockt? Mochten die andern das tun, doch warum hast du es getan? War das deine vielgerühmte Liebe?«

»Habe ich dich am Anfang auch mit dem Vermögen gelockt?«

»Nein, damals tat es dein Vater«, erwiderte der Bursche.

»Ich hatte aber keine Ahnung davon!« rief Juuli. »Das ist die Art der Männer, an Vermögen zu denken, wenn sie von Liebe reden. Vater sprach vom halben Hof, und du kamst hierher in den Speicher, um mir von Liebe zu reden, jetzt aber fängst du plötzlich an, mich zu beschuldigen.«

»Nein, Juuli, wegen dem halben Hof kam ich zwar auf den Niederhof, nicht aber vor die Speichertür des Niederhofs. Ich bin zum Niederhof gekommen, um zu sehen, was das für Mädchen sind, die als Aussteuer einen halben Hof bekommen. Und als ich dich dann sah, kam ich vor die Speichertür, ohne im geringsten noch an den halben Hof zu denken.«

»Warum wolltest du dich dann davonmachen, als die Mutter kam?« fragte das Mädchen.

»Das ist eine ganz andere Sache, denn die Mütter glauben, wenn man zu jemandem vor die Speichertür geht, muß diejenige auch gleich unter die Haube gebracht werden.«

»Nein, nur wenn du zu jemandem in den Speicher gehst, dann«, sagte Juuli.

»Meinetwegen auch so«, war der Bursche einverstanden, »aber das ist ja das schwerste, das möchte man selbst für einen halben Hof nicht immer tun, geschweige denn ohne etwas. Ich habe mich ja damals gewehrt, ich sagte, daß aus mir kein Ehemann wird, aber ihr habt mich so bedrängt, daß ich schließlich selbst anfing zu glauben, daß ich der Richtige für dich bin. Und ich würde es auch getan haben, wenn ich nicht erfahren hätte, daß ihr, du wie auch deine Mutter, mich betrogen habt.«

»Wir haben dich damals nicht betrogen«, widersprach das Mädchen, »denn damals wußten wir nicht, daß Großvater daran denkt, sein Testament zu ändern.«

»Aber später, diese ganze Zeit über, wußtest du auch da nicht, was dein Großvater tun wollte?«

»Ach, Ott, Liebster!« rief Juuli. »Da fürchtete ich, dich zu verlieren! Ich wartete und hoffte, daß Großvater sterben würde, bevor er seine Pläne verwirklichen konnte. Ja, wie es auch sei, aber um meiner Liebe willen wartete ich auf den Tod meines Großvaters, warte immer noch darauf. Ich hoffte, daß es zu einer glücklichen Lösung kommen würde, bevor du davon erfährst. So war es. Und auch jetzt noch glaube ich daran, daß deine Befürchtungen grundlos sind ...«

»Ich befürchte nichts«, unterbrach sie der Bursche.

»Lieber Ott, sprich nicht so«, bat Juuli.

»Da hilft nichts«, sagte der Bursche, »Betrug bleibt Be

trug, und das verleidet mir die ganze Sache. Was wäre das für ein Leben, wenn es schon mit einem Betrug beginnt. Das wäre kein Leben.«

»Du selbst hast ja auch betrogen: kamst anfangs hierher nicht meinetwegen, sondern wegen des Hofes«, sagte das Mädchen.

»Richtig«, gab der Bursche zu. »Deswegen sage ich auch, was wäre das für ein Leben. Man muß bestrebt sein, von Anfang an Betrug zu meiden.«

»Deinesgleichen versteht es ja gar nicht, ohne Betrug auszukommen«, sagte jetzt Juuli.

»Keine Sorge!« rief der Bursche. »Elli habe ich nicht betrogen, aber ...«

»Aber du wirst auch sie noch betrügen!« unterbrach ihn das Mädchen. »Elli ist also die Ursache, daß du so eifrig von Betrug redest. Na ja, sie hast du wohl noch nicht bekommen ...«

»Woher willst du das wissen?« fragte Ott so, als gehöre Elli schon ihm.

»Dann würdest du nicht hier sitzen«, erwiderte das Mädchen. »Anfangs warst du wie eine Biene an unserer Speichertür, wie eine streunende Katze, die einem ständig vor die Füße läuft. So würde es auch drüben sein, wenn du da schon so weit wärst.«

»Nun, was nicht ist, kann noch werden«, meinte Ott.

»Ich werde schon dafür sorgen, daß nichts wird«, sagte Juuli drohend.

»Du wirst für gar nichts sorgen«, erwiderte Ott. »Denn je mehr ein Mädchen einen Burschen beschimpft und verleumdet, für desto besser hält ihn die andere – wirft sich ihm selbst an den Hals.«

»Das werden wir noch sehen«, sagte Juuli.

»Werden wir auch«, erwiderte Ott und erhob sich, um zu gehen. Da sprang das Mädchen vom Bett auf und lief blindlings zur Tür, um den Burschen am Gehen zu hindern.

»Du darfst noch nicht gehen!« keuchte es mit vor Zorn oder Verzweiflung erstickter Stimme. »So darfst du nicht gehen! Wenn du mich zum Gespött der Welt sitzenläßt, bringe ich mich und dein Kind um!«

»Du bist übergeschnappt«, sagte der Bursche etwas verächtlich. »Ich sagte doch, besorge mir eine Sicherheit hinsichtlich des Hauses hinten am Feldrand, das man mir versprochen hat. Wenn du mich mit Selbstmord einzuschüchtern gedenkst, so ist das zwecklos ...«

»Nun, dann werde ich dich umbringen, wenn mein Tod dir gleichgültig ist!« rief Juuli.

»Töte mich in Gottes Namen, wenn du kannst«, erwiderte der Bursche. »Ich verlange von dir nichts anderes, als daß du deinen Betrug wiedergutmachst, wenn du aber statt dessen morden willst, na, dann los. Und jetzt mach Platz, ich will hinaus.«

»Ich gehe nicht, erst mußt du versprechen, wiederzukommen.«

»Ich habe doch gesagt, besorge eine Sicherheit.«

Mit diesen Worten ergriff Ott Juuli kalt und gleichgültig, schob sie ungeachtet ihres Widerstandes zur Seite und entriegelte die Tür.

»Wenn du mich jetzt verläßt ...«, keuchte die Stimme des Mädchens aus der Dunkelheit.

Aber der Bursche hörte das Ende des Satzes nicht mehr, denn er hatte die Tür krachend aufgerissen und war hinausgestürzt. Jemand rannte in großer Eile hinter den Speicher. Ott jagte wie ein Pfeil hinter dem Flüchtling her und erwischte ihn gerade, als er über den Zaun springen wollte. Der Erwischte war Eedi.

»Ach, das bist du, elender Vergewaltiger!« rief Ott und schüttelte den Jungen so, daß sein Kopf an die Speicherwand schlug, denn plötzlich stieg in ihm heißer Zorn gegen den Jungen auf bei dem Gedanken, was dieser einmal Tiina gesagt hatte, diese Elli und Elli ihm, Ott. Seit der Zeit war für ihn kein rechtes Leben mehr auf Wargamäe, und das alles nur wegen des Lauerns und Klatschens dieses Jungen. »So ein Spion!« rief Ott, schleuderte den Jungen wie ein Wergbündel gegen den Speicher und ging mit gerechtem Zorn im Herzen seiner Wege.

XXI

Auf dem Niederhof lastete Trübsinn, Schwermut, tiefe Verstimmung. Jeder brummt und murrt vor sich hin, als hegen alle gegeneinander heimlichen Groll. Juuli geht mit verweinten Augen umher, und man sieht sie nur während der gemeinsamen Arbeit in Gesellschaft der anderen, sonst sitzt sie im Speicher bei angelehnter Tür, als habe sie dort etwas zu erledigen.

Nein, Juuli tut nichts, meist sitzt sie nur so da, die Hände im Schoß, der junge Körper kraftlos und schlaff zusammengesunken.

Tränen in den Augen oder den trocknen, stumpfen Blick ins Leere gerichtet, als suche sie etwas. Und hat sie so eine Weile auf einen Punkt gestarrt, wendet sie den Blick einem anderen zu und starrt ebenso gedankenlos dorthin.

So lebt sie jetzt. Gedanken helfen ihr nicht, sich Rechenschaft darüber abzugeben, was das alles eigentlich bedeute und was jetzt kommen werde. Selbst die vergangenen Tage scheinen ihr eher ein Traum als Wirklichkeit gewesen zu sein. Es war Frühling, es gab Knospen, Blüten, Vogelgesang, es gab lange helle Nächte, Freude, Glück, alles war mit der Hand zu fassen, Liebe war gewesen, und jetzt ist nichts mehr.

Ja, solange Liebe war, gab es alles, nun, wo sie gegangen ist, schwand alles dahin. Geblieben sind nur Sorgen im Herzen, Schmerz in der Brust und Tränen in den Augen, die einen Winkel zum Weinen suchen. Man summt noch etwas wie eine Fliege im Spinnennetz, läuft zur Mutter, die geht zum Vater, Vater zum Großvater, und alle reden, erklären, streiten, bitten, bis alle einander gram zu sein scheinen.

Denn der alte Pearu sitzt in seiner Stube und stellt Überlegungen an, scharfe Überlegungen. Er hält Abrechnung über seine gesamte Haushaltung hier in Wargamäe. Er möchte die Zügel nicht einem Fremden in die Hände geben, wie es der Oberhof-Andres getan hat, dieser geschlagene Mann – Pearu hält ihn für geschlagen. Deswegen kann er auch Karlas Worte nicht berücksichtigen, auch nicht die Tränen seiner Frau, denn Frauen haben auf Wargamäe immer geweint; zu ihrer Zeit hat auch seine Alte geweint, auch die Oberhof-Mari hat geweint, es weinte selbst die selige Krôôt, diese goldene Seele, wie Pearu meint. Vielleicht wurde Wargamäe von Gott nur dazu geschaffen, damit die Kinder hier lachen, die Frauen weinen und die Männer scharf rechnen und überlegen.

»Was wird jetzt werden?« fragt Juuli unter vier Augen immer und immer wieder die Mutter. Doch die weiß nicht, was jetzt wird, deshalb erwidert sie: »Liebes Kind, jammere nicht so, man muß es ertragen.«

»Ich will es nicht mehr ertragen, ich kann nicht mehr!« ruft Juuli.

»Man muß, liebes Kind«, erwidert die Mutter, »eine Frau muß von klein auf ertragen lernen.«

»Und der Mann?« fragt Juuli. »Hat er nur das Vergnügen?«

»Du siehst, mein Liebes, Gott hat es so eingerichtet, also muß es wohl richtig sein.«

»Mutter, wenn du wüßtest, welch ein Zorn zuweilen in mir aufsteigt, welch ein rasender Zorn.«

»Kind, sprich nicht so«, ermahnt sie die Mutter, »du bist vielleicht wirklich in Umständen, und dann tut Zorn nicht gut: Es kommt ein böses Kind, mit triefenden Augen und bösartig.«

»Und wenn es blutige Augen bekäme!« ruft Juuli. »Meinst du denn, Mutter, daß ich diesen Bastard zur Welt bringen werde?«

»Barmherziger Himmel!« jammert die Mutter. »Was soll aus dir werden? Was wird aus uns allen?«

»Mir ist es gleich, was aus mir wird«, erwidert Juuli. »Wenn ich aber daran denke, wie er in letzter Zeit sich verhalten und was er gesprochen hat, komme ich immer mehr zu dem Schluß, daß es Absicht war, Tücke, auf Rat eines andern. Denn er selbst konnte es nicht wollen oder tun, er nicht. Hier ist Eifersucht im Spiel, rasende Eifersucht, weiter nichts.«

»Liebes Kind, in deiner Not fängst du an, bei hellichtem Tage Gespenster zu sehen«, versucht die Mutter ihre Tochter zu beruhigen.

»Mutter, das sind keine Gespenster«, widerspricht Juuli. »Warum passierte denn am Anfang nichts und plötzlich später? Warum passierte es mir nicht gleich?«

»Töchterchen, das steht in Gottes Hand«, erklärte die Mutter. »Sieh doch mich und deinen Vater, wir haben all die Jahre zusammen gelebt, Kinder aber bekamen wir nicht jedes Jahr. Warum? Das weiß niemand. Zuweilen wünschten wir, daß eins käme, aber es kam keins, denn das lag nicht in unserer, sondern in Gottes Hand.«

Jetzt aber gab Juuli eine Antwort, die die Mutter zusammenfahren ließ, denn sie sagte: »Mutter, du bist schon ein alter Mensch, aber doch dumm. Du sprichst von Gott, dieser Gott aber ist der Mann. Einzig und allein der Mann ist es, in dessen Hand unsere Kinder liegen. Ott hat mir alles erklärt, damals als er mich noch liebte, und deshalb weiß ich auch, daß das, was mir geschehen ist, Absicht, Tücke war.«

Die Mutter begann zu weinen.

»Was ist denn das für eine Liebe, wenn von solchen Dingen geredet wird«, seufzte sie. »Dann ist es ja kein Wunder, wenn alles schiefgeht. In meiner Jugend war alles anders.«

»Damals waren nur die Männer klug«, sagte Juuli.

»Wohin gelangen wir mit unserer Klugheit«, meinte die Mutter. »Unglücklich werden wir, weiter nichts.«

»Glaubst du, daß Ott, wenn ich dümmer wäre, mich nicht sitzengelassen hätte?« fragte Juuli.

»Das weiß ich nicht«, erwiderte die Mutter, »aber du selbst hättest es vielleicht leichter als jetzt mit deiner großen Klugheit, daß es Absicht, daß es Tücke sei. Es ist doch ganz gleich, ob Absicht oder Tücke, zufällig oder unbewußt, Hauptsache, du schaffst es, dein Kreuz zu tragen, daß deine Kräfte reichen, denn sonst gehst du zugrunde.«

»Was habe ich denn noch zugrunde zu gehen«, sagte Juuli hoffnungslos. »Mein Leben ist sowieso verpfuscht.«

»Dummes Kind«, schalt die Mutter. »Es haben schon andere vor dir so gelebt, und es wird auch nach dir vielen so ergehen. Du weißt ja, daß es auch der Tante so ergangen ist wie jetzt dir, aber sie lebte hübsch weiter, hat später sogar geheiratet. Überdies kann man ja nicht wissen, ob Großvaters Herz schließlich nicht doch noch versagt, und dann wird alles gut, du bekommst dein Haus und dein Stück Land am Feldrand, und Ott kommt zurück.«

»Und du meinst, Mutter, daß ich jetzt noch so sehr auf diesen Ott warte«, sagte Juuli. »Was wäre das für ein Leben mit ihm nach alldem. Mir ist das alles zuwider.«

»Juulichen, Liebes«, tröstete die Mutter. »Das kommt alles daher, weil du noch so jung bist. Und mit dem Burschen ist es dasselbe, er ist ebenfalls noch jung. Wenn ihr älter werdet, findet ihr euch mit dem Leben schon ab. Du solltest dich nicht so sehr über Ott ärgern, denn der Mann ist wie ein Kind, dessen Augen sprühen, wenn es ein neues Spielzeug sieht, bekommt er aber das Spielzeug, wird es zerbrochen oder einfach weggeworfen. Du bist jetzt so ein Spielzeug. Aber du hättest dich ihm nicht ergeben sollen, damit er mit dir nicht spielen konnte, denn der Mann wird des Spielens bald überdrüssig und sucht sich ein anderes Spielzeug. Du hättest ihm die Speichertür nicht öffnen sollen, mit Gewalt wäre er doch nicht eingebrochen.«

»Mutter, ich hätte ihn auch nicht hereingelassen«, erklärte Juuli, »aber Helene bedrängte mich so sehr, laß ihn doch herein, wir sind doch zu zweit, was kann er uns schon tun. So kam denn auch alles, weil ich leider auf Helenes Rat hörte.«

»Nun, und jetzt höre auf meinen Rat«, sagte die Mutter. »Fasse dich in Geduld, warten wir doch ab, wie es kommt, Gott wird schon alles zum Guten wenden.«

Aber Juuli war mit ihren Gedanken und Gefühlen in eine Sackgasse geraten, aus der sie keinen Ausweg sah.

Und so herrschte auf dem Niederhof weiter eine gedrückte Stimmung, denn Juuli steckte alle an. Nur Helene konnte sie nicht beeinflussen. Die war auf ganz Wargamäe die einzige, die ab und zu noch sang, sie und der alte Katen-Andres, dem ebenfalls das Herz in der Brust sang, wenn auch seine Kehle stumm blieb. So konnte niemand den Gesang des alten Andres hören, der nur in seinem Herzen erklang, und deshalb konnte er, wenn er wollte, ganze Tage lang von den neuen und besseren Zeiten auf Wargamäe singen, wenn hier nur ein Blut herrschen würde – sein, Andres' Blut und das seiner ersten Frau Krôôt. Helene aber, die nicht nur im Herzen sang, sondern auch mit dem Munde, so daß es alle hören konnten, wurde von der Mutter oft gescholten.

»Was schreist du, Närrin, unentwegt«, sagte sie, »siehst du denn nicht, was mit Juuli los ist. Man könnte denken, du freust dich über ihre Not.«

»Nein, Mutter«, erwiderte Helene, »aber warum soll ich wegen ihrer Not den Kopf hängen lassen, es werden schon meine eigenen Nöte kommen, dann werde ich noch Zeit genug haben, Trübsal zu blasen. Und habe ich Juuli nicht genug gewarnt! Habe ich ihr denn nicht gesagt, daß dieser Bursche ein Betrüger ist, daß er nur spielt, sie nicht ernst nimmt, doch Juuli hörte nicht darauf, nahm es ernst, nun, jetzt hat sie ihren Ernst. Ott ist ja nicht einer, der etwas ernst nimmt, der Oberhof-Oskar dagegen ...«

»Ach, das ist es, was dich zum Singen treibt?« unterbrach sie die Mutter.

»Nein, Mutter, ich singe bloß so«, erwiderte das Mädchen.

»Du singst, damit Oskar dich hören soll«, sagte die Mutter.

»Soll er mich doch hören, wenn er will«, lachte das Mädchen.

»Weißt du, Kindchen, welchen Rat ich dir gebe: Je schneller du dir diesen Oskar aus dem Kopf schlägst, desto besser ist es für dich. Daraus kann nichts Gutes werden«, sprach die Mutter ernst.

»Mutter, du brauchst mich nicht zu belehren, ich weiß selbst, was ich zu tun habe«, sagte Helene.

»Nichts weißt du«, widersprach die Mutter. »Juuli hast du den Rat gegeben, Ott in den Speicher hereinzulassen, nun, das sind jetzt die Folgen deines Rates.«

»Aber habe ich denn Juuli nicht die ganze Zeit eingeprägt, sie solle daran denken – nur zum Spaß, nur um zu sehen, wie der Bursche wirklich ist, Juuli aber nahm die Sache gleich ernst, so ist es gekommen«, erklärte Helene.

»Also ist für dich das mit Oskar nur Spaß?« fragte die Mutter. »Du weißt doch, daß er Tiina nachläuft.«

»Mutter, du begreifst nichts mehr!« rief Helene jetzt. »Oskar läuft doch Tiina nicht mehr nach.«

»Woher weißt du denn das?« wollte die Mutter wissen.

»Was ist da viel zu wissen«, erwiderte Helene. »Denkst du denn, daß einer wie Oskar sich noch um ein Mädchen kümmert, dem solche Dinge passieren wie Tiina im Moor?«

»Ach, deshalb also singst du!« staunte die Mutter. »Der Junge kam blutüberströmt nach Hause, und du singst. Sieh dich nur vor, daß dir dieses Singen nicht in Tränen ausartet.«

»Wird schon nicht, Mutter«, versicherte Helene, »ich nehme nicht alles gleich so ernst wie Juuli. Und wenn man die Dinge nicht ernst nimmt, passiert auch nichts.«

Helene selbst war sich ihrer Sache so sicher, daß sie, kaum daß die Mutter ihr den Rücken zugekehrt hatte, am liebsten gleich wieder geträllert hätte, denn aus irgendeinem Grunde war ihr so froh zumute, daß es unmöglich schien, diese Freude für sich zu behalten. Ihre Freude war besonders dauerhaft, weil sie sich auf ihre Jugend und die entsprechenden Illusionen gründete. Und daß die letzteren nicht so schnell vergingen, dafür hatte Gott gesorgt. Früher konnte sich auf keinem der beiden Wargamäe-Höfe sozusagen ein Halm rühren, ohne daß es bald auf dem anderen bekannt und besprochen worden wäre. Jetzt aber vergingen zuweilen Wochen, ohne daß die Nachbarn etwas voneinander erfuhren. Denn gegenwärtig liefen alle Nachrichten über Hundipalu, Ämmasoo, Vihukse, Vôlla, Kassiaru, das Gemeindehaus, die Kirche oder die Meierei, früher aber wurde die Nachrichtenübermittlung, wenn nicht anders, so durch die Wargamäe-Kate besorgt. Denn in der Kate lebte damals ein Alter, und der hatte eine Alte, die dafür sorgte, daß die letzte Verbindung zwischen den beiden Höfen nicht abbrach. Sie besuchte den einen Hof, und was sie dort sah und hörte, berichtete sie auf dem andern, von wo sie, was sie wiederum sah und hörte, als Gegenleistung dem anderen hinterbrachte. Wenn auch der Alte sie dafür zuweilen mit dem Riemen traktierte, verzichtete sie nicht auf ihre heilige, ihr von Gott angewiesene Pflicht. Und so lebten die Wargamäe-Leute zwar in schlechten Beziehungen, doch in guter Kenntnis gegenseitiger Geschehnisse. Jetzt aber lebt der alte Andres in der Kate, und er hat keine Alte, die den Boten Gottes machen würde. Andres weiß nicht viel von dem, was in seiner eigenen Familie geschieht, geschweige denn hat er eine Ahnung von der Geschäftigkeit und den Berechnungen auf dem Niederhof. So ist es, besonders seit Indrek in der Kate mit dem alten Andres zusammen wohnt. Sie leben wie zwei Einsiedler, keiner hört etwas von ihnen. Man weiß nicht einmal, ob sie sich unterhalten, wenn aber, wovon sie reden.

So steht es jetzt um Wargamäe, und deshalb kann die Niederhof-Helene lange, lange fröhlich trällern, ohne zu erfahren, ob dem Oberhof-Oskar ihre Freude in die Ohren geht oder ob er dafür taub geworden ist. Früher erfuhr man gelegentlich etwas von Ott, doch jetzt läßt er sich überhaupt nicht mehr sehen. Auch Eedi kommt nicht mehr mit Tiina zusammen, wenn er ihr auch auflauert, denn Tiina geht nirgends mehr alleine wohin, oder sie nimmt den Hund mit, der Eedis Witterung auf eine halbe Werst aufnimmt und zähnefletschend zu bellen beginnt. So könnte dieser Hund mit gefletschten Zähnen denjenigen als Symbol für die Verhältnisse auf Wargamäe dienen, die den wahren Sachverhalt nicht kennen; wer weiß schon, weshalb der alte Katen-Andres in seinem Herzen und die Niederhof-Helene mit dem Munde singt, warum der alte Pearu schwere Gedanken in seinem Kopf wälzt, und warum Eedi hinter Bäumen und Sträuchern, hinter Steinen und Zäunen lauert. Es gibt wenige, die das wahre Geschehen kennen.

Der eine oder andere weiß etwas, keiner aber die volle Wahrheit.

Dabei geht es den Menschen so sonderbar: Wer nichts weiß, der bemüht sich, etwas zu erfahren, wer aber schon etwas weiß, dem schmerzt das Herz, weil er es weiß. Der Oberhof-Oskar wußte einiges, doch er zweifelte, ob sein Wissen auch stimme, und das bereitete ihm große Qual. Er wußte, daß Tiina im Moor etwas widerfahren war, doch was oder wie, das blieb unklar, als sei das alles mit einem geheimnisvollen Tuch verhüllt. Anfangs hatte er beinahe geglaubt, was das Mädchen ihm selbst erzählt hatte, dann aber verwirrte sich alles von neuem, weil Elli einige sonderbare Worte hatte fallen lassen. Elli tat es deshalb, weil in ihr plötzlich ein Verdacht hinsichtlich der Beziehungen zwischen der Mutter und Tiina aufgekommen war. Elli nahm an, daß Tiina der Mutter helfe, auf sie aufzupassen. Das wollte sie Tiina nicht so hingehen lassen und daher ihre Worte von Blut und Dolch. Und als Oskar dann eine nähere Erklärung verlangte, sagte die Schwester: »Warum fragst du mich danach, frag doch Tiina selbst, sie muß es ja besser wissen.«

So erkundigte sich Oskar erneut bei Tiina. Doch die sagte, daß sie es zum ersten Male höre und daß sie von der Sache nicht mehr wisse, als sie schon erzählt habe. So wanderte denn Oskar von Pontius zu Pilatus. Doch Elli war ihrer Sache sicher und sagte: »Tiina lügt. Tiina verheimlicht es dir und betrügt dich. Sie schämt sich zu sagen, was ihr passiert ist.«

Auch jetzt gab Elli keine näheren Erklärungen, denn sie meinte mit Recht, daß ungenaue Angaben Tiina am meisten schaden würden. So blieb Oskar nichts anderes übrig, als dem Niederhof-Jungen aufzulauern, bis er ihn schließlich erwischte. Er bat ihn um seinen Dolch, um etwas zu schneiden, und als er ihn erhielt, sagte er: »Das ist doch nicht deiner. Wo ist denn dein Dolch?«

»Verloren«, erwiderte der Junge und schaute Oskar verschämt an.

»Wo hast du ihn denn verloren?« fragte Oskar.

»Eedi weiß nicht, erinnert sich nicht«, antwortete der Junge ebenso verschämt.

»Du schwindelst«, sagte Oskar. »Sag, wo du ihn verloren hast, ich werde dir helfen, ihn zu suchen. Oder hat ihn dir jemand weggenommen? Sag, wer es war, ich bringe ihn dir zurück. Mir kannst du es doch sagen, wir sind doch Männer. Es war ein so hübscher und guter Finnendolch.«

»Ein hübscher und guter Finnendolch«, wiederholte Eedi einfältig lächelnd.

»Hat ein Mädchen ihn dir weggenommen?«

»Ein hübsches Mädchen«, sagte der Junge.

»Doch nicht unsere Tiina?« fragte Oskar.

»Tiina ein hübsches Mädchen«, sprach der Junge wie in Extase.

»War es wirklich Tiina?« forschte Oskar.

»Tiina nahm ihn«, bestätigte der Junge.

»Wann? Wo?«

»Als ich mit Tiina Kräfte messen wollte, dann«, erklärte Eedi.

»Nun, hast du Tiina überwunden?«

»Nein«, erwiderte der Junge. »Tiina stach mit dem Dolch.«

»Überfiel dich nicht der Hund?«

»Erst Tiina mit dem Dolch, dann der Hund.«

»Tat es sehr weh?«

»Blut floß«, sagte der Junge.

»Und dann nahm Tiina den Dolch weg«, forschte Oskar.

»Tiina nahm ihn«, bestätigte der Junge. »Indrek kam, ich lief davon.«

»Ach, Indrek kam auch dazu?«

»Indrek kam auch, und Eedi lief davon.«

»Hat Tiina geschrien?«

»Tiina schrie, und Eedi schrie.«

»Warum schrie Eedi?«

»Weil Tiina mit dem Dolch stach und der Hund mit den Zähnen.«

»Aber warum schrie Tiina?«

»Sie wollte nicht Kräfte messen.«

»Warum wolltest du mit Tiina Kräfte messen?«

»Tiina ist ein hübsches Mädchen«, sagte der Junge, »ein hübsches Mädchen macht zum Manne.«

Diese Antwort jagte Oskar einen Schauder über den Rükken, weckte in ihm aber auch irgendwelche tierischen Instinkte, die er zum ersten Mal empfand. Plötzlich erfaßte ihn Widerwillen und Scham vor sich selbst, denn für einen Augenblick sah er Tiina mit den Augen des Jungen. Das war so abscheulich, daß er die Unterhaltung sofort abbrach und seiner Wege ging. Der Junge lief ihm nach und rief: »Oskar, Oskar! Eedis Dolch! Eedis Dolch hat Tiina!«

»Gut, gut«, erwiderte Oskar, ohne sich umzusehen, »ich werde versuchen, ihn von Tiina zu bekommen.«

Aber es vergingen mehrere Tage, ohne daß Oskar mit Tiina ein Wort gewechselt hätte. Er reagierte auch nicht mehr auf die gegen Tiina gerichteten Sticheleien der Schwester. Es war ihm peinlich und beschämend, sogar etwas unheimlich, daß er zu dem Niederhof-Jungen gegangen war, um nachzuforschen. Jetzt ließ er alles auf sich beruhen, bis er Tiina wieder mit seinen früheren Augen anzusehen begann. Erst dann fragte er sie: »Wo haben Sie den Finnendolch des Niederhof-Jungen gelassen?«

Tiina starrte Oskar mit weit aufgerissenen Augen an, in denen sich Furcht spiegelte; die Lippen des Mädchens wurden ganz weiß, als sei aus ihnen auch der letzte Blutstropfen gewichen; der ein wenig große Mund wurde noch größer; die eigenartige Anmut der Gesichtszüge verwandelte sich in fast unterwürfige Beschämtheit. Erst nach einer Weile sagte sie: »Darüber sollten Sie nicht mit mir sprechen.«

»Der Junge will seinen Dolch zurück haben«, sagte Oskar.

»Ach, Sie haben selbst mit ihm darüber gesprochen!« erstaunt und bestürzt wandte sich das Mädchen ab, denn es traten Tränen in seine Augen. Auch Oskar wandte sich zur Seite, weil in ihm brennende Scham aufstieg.

»Das war natürlich sehr dumm«, sagte er, sich entschuldigend, »doch ich konnte nicht anders, ich wollte es wissen. Würden Sie mir auf eine Frage antworten?«

»Nein, ich bitte Sie, keine Fragen!« rief Tiina. »Ich kann nicht! Ich laufe weg, wenn Sie noch davon reden.«

»Tiina, Liebe«, sagte plötzlich der Bursche, für sich selbst und für das Mädchen unerwartet, so daß es sich erschrokken umwandte. »Entschuldigen Sie, das kam versehentlich«, stotterte der Bursche, als er den erschrockenen Blick des Mädchens sah. »Ich meinte, daß ...«

»Bitte, sagen Sie nichts, ich fürchte mich vor allem, was Sie sagen könnten«, unterbrach ihn Tiina.

»Ich verstehe Sie überhaupt nicht«, sagte der Bursche. »Das ist doch für Sie keine Schande ...«

»Es ist für mich eine Schande«, behauptete das Mädchen.

»Und Sie können auch nicht sagen, wo der Finnendolch geblieben ist?« fragte Oskar.

»Das weiß ich nicht«, versicherte Tiina.

»Ich glaube Ihnen nicht«, erwiderte Oskar. »Es tut mir weh, daß ich Ihnen nicht glaube, doch ich kann nichts dafür, ich kann Ihnen einfach nicht glauben. Sie sprechen nicht die Wahrheit.«

»Oskar, diese Wahrheit gehört mir, lassen Sie das«, bat das Mädchen.

»Ich will es wissen«, bettelte der Bursche.

»Es ist häßlich, ich will es nicht sagen«, widersetzte sich

Tiina, »ich will überhaupt nicht davon reden, will auch nicht, daß Sie oder jemand anderes davon spricht.«

»Ich bitte Sie, sagen Sie nur, was ist aus dem Dolche geworden, dann frage ich nicht mehr.«

»Gut«, erwiderte das Mädchen. »Ich habe ihn im Sumpf in eine Bülte gesteckt, damit ihn keiner findet, auch ich selbst nicht.«

»Hat Indrek gesehen, wohin Sie ihn steckten?« fragte Oskar.

»Warum diese Frage?« fragte das Mädchen betroffen.

»Ich meine, falls er es gesehen hat, wird er ihn sofort wiederfinden, er erinnert sich in unserem Sumpf an jeden Strauch und jede Bülte, die er sich einmal gemerkt hat«, erklärte Oskar.

»Dann kann ich Gott danken, daß der Herr es nicht gesehen hat«, sagte Tiina.

»Aber er war doch dort?« fragte der Bursche.

»Sie versprachen, nichts mehr zu fragen«, sagte das Mädchen.

»Nur das, bitte: War der Onkel dort?«

»Der Herr kam später, den Dolch hat er nicht gesehen.«

Oskar schwieg eine Weile, als denke er über etwas nach, dann sagte er traurig: »Es ist so schrecklich, daß ich Ihnen nicht glauben kann. Denn überlegen Sie doch selbst: Erst behaupten Sie, Sie könnten nicht sagen, wo der Dolch geblieben ist, denn es sei häßlich, später aber kommt heraus, daß Sie ihn in eine Bülte gesteckt haben, wo ihn keiner finden sollte, und das ist überhaupt nicht häßlich, sondern meiner Meinung nach durchaus hübsch. Wie ist es denn damit, daß etwas häßlich sein soll, was überhaupt nicht häßlich ist? Deshalb bin ich der Meinung, daß Sie immer noch nicht die Wahrheit sagen. Sie haben irgendein Geheimnis, das Sie zu verbergen suchen.«

»Ich habe Sie doch gebeten, nicht mehr davon zu reden«, bat das Mädchen mit einem schmerzlichen Ausdruck im

Gesicht und in den Augen. »Ich habe doch nicht gesagt, das Verstecken des Dolches in einer Bülte sei häßlich, sondern die ganze Angelegenheit, von der wir reden. Mir laufen Schauder über den Rücken, doch Sie kümmert es nicht, Sie wollen nur Ihre Neugier befriedigen. Es ist geradezu schrecklich, daß Sie mit diesem Jungen von mir gesprochen haben. Wie konnten Sie das nur tun? Sie waren doch bisher so gut und höflich zu mir.«

»Glauben Sie, Tiina, ich bin es auch jetzt und werde es auch weiterhin sein«, versicherte der Bursche.

»Ist denn das höflich, mit ihm über mich zu reden?« fragte Tiina.

»Wir haben nichts Schlechtes gesprochen«, antwortete Oskar. »Er lobte Sie sogar.«

»Und Ihrer Meinung nach ist es nicht schlimm, wenn er jemanden lobt?« fragte Tiina.

»Er sagte nur: Tiina schönes Mädchen, weiter nichts«, erklärte Oskar.

»Was sollte er denn noch sagen? Was sollte er Schlimmeres sagen?«

»Aber Tiina, das stimmt doch«, meinte der Bursche.

»Jetzt fangen auch Sie an, mir Unverschämtheiten zu sagen«, sprach das Mädchen, und seine Lippen begannen zu zittern – wegen aufkommendem Weinen oder einfach vor Erregung.

»Sie sind einfach ungerecht«, versetzte jetzt Oskar ärgerlich. »Ich habe nicht daran gedacht, Ihnen Unverschämtheiten zu sagen oder Sie zu verletzen, es war einfach das, was ich denke. Sie sind und bleiben in meinen Augen ein schönes Mädchen, mag es Ihnen gefallen oder Sie ärgern. Ich wollte es Ihnen schon längst sagen, denn Sie müssen doch endlich wissen, was ich von Ihnen denke. Behalten Sie es.«

»Wer hat Ihnen gesagt, daß ich hübsch sein soll?« fragte Tiina den Burschen, und weil er sie erstaunt ansah, als begreife er nicht, wovon sie spricht, fuhr das Mädchen fort, indem es bestrebt war, die einmal von Indrek gehörten Worte zu wiederholen: »Ich bin für Wargamäe zu schwach und zu schmächtig, ich schaffe es nicht, hier zu leben, deshalb kann ich auch nicht schön sein. Wer mich hier lobt, glaubt selbst nicht daran, möchte aber, daß ich daran glaube, das ist alles. Dem Niederhof-Jungen hat natürlich jemand diese Worte in den Mund gelegt, und es ist so häßlich, daß Sie sie wiederholen, und dazu noch mir gegenüber. Ich muß mich dann immer sehr schämen, denn schöne Mädchen geraten immer auf Abwege, weil die Burschen sie belästigen. Und wenn Sie jetzt so mit mir sprechen, muß ich befürchten, daß Sie mich auf Abwege bringen wollen. Darum bitte ich Sie, mit mir nicht so zu reden.«

Oskar hörte Tiina fast mit offenem Munde zu und konnte nicht begreifen, ob Tiina mit ihm einen Scherz treibe oder ob sie es im Ernst meine. Aber die Wirkung der Worte des Niederhof-Jungen war wie weggewischt, und er fühlte sich diesem Mädchen immer mehr und mehr verbunden.

Der Knecht Ott auf Wargamäes Oberhofe schien den Verstand verloren zu haben. Ihn überkam plötzlich eine so überschäumende Lebenslust, ein solcher Übermut, daß Bauer Sass zu seiner Frau sagte: »Wer weiß, was plötzlich in diesen Mann gefahren sein mag, es ist, als sehe er etwas Schlimmes auf sich zukommen.«

»Paß nur auf, Alter, daß es nicht etwas Schlimmes für *uns* bedeutet«, erwiderte Maret.

»Was kann es denn Schlimmes für uns bedeuten?« fragte Sass.

»Es ist klar, was das Schlimme sein kann«, erklärte Maret. »Er ist doch hinter Elli her. Die Beziehungen zum Niederhof hat er anscheinend abgebrochen, nun, und jetzt legt er sich zu Hause um so stärker ins Zeug.«

»Er wird doch nicht so ein verrücktes Vieh sein und zu uns in die Kammer steigen«, meinte Sass.

»Wozu denn in die Kammer«, sagte Maret. »Es kommen die langen dunklen Abende, wer kann da aufpassen, wo sie die Nasen zusammenstecken. Und das Mädchen ist auch rein von Sinnen. Einer wie der andere.«

»Weiß denn Elli, daß er seine Besuche auf dem Niederhof eingestellt hat?«

»Sonst hätte sie wohl nicht den Verstand verloren«, sagte Maret.

»Na, dann bleibt nichts übrig, als die Augen offen zu halten«, entschied Sass schließlich.

Doch Otts Herz war so leicht und froh wie bei einem Kalb im Frühjahr, wenn es zum ersten Male aus dem Stall hinausgelassen wird. Er rannte und sprang mit Oskar und Elli um die Wette; er warf nach langer Zeit auch Tiina ein Scherzwort zu, als wollte er sich ihr wieder nähern; er lächelte Elli direkt ins Gesicht, so daß sie selbst und alle anderen sehen und erkennen konnten, wie dieses Mädchen ihm und er dem Mädchen gefiel; er versuchte sogar unter den Augen der anderen, sogar denen des Vaters, bei passender Gelegenheit, Elli mit der Hand zu berühren. Das ging einige Male sogar so weit, daß Sass den Burschen daran erinnern mußte, daß bei der Arbeit nicht getollt wird. Aber für Ott war es wie ein Wasserguß für eine Gans – er lachte, machte einen dummen Witz und tat, als wäre nichts gewesen. Eines aber stand fest – ungeachtet des Schwatzens, Tollens und Witzelns ging die Arbeit wie im Fluge. Allen voran bei der Arbeit war stets Ott, und wenn er bei der Gerstenernte jemandem schnell nachrückte, bedrohte er seine Hacken. Nur Oskar stand ihm nicht nach, sei es beim Mähen oder beim Garbenschichten. Die beiden wetteiferten so, daß Funken sprühten, wenn die Sensen gegen Steine schlugen. Nach ein paar Runden waren sie den andern wieder auf den Fersen, und die mußten ihnen den Weg freigeben.

»Sollen sie nur tollen«, sagte Sass, »sie werden schon müde, so daß sie schließlich uns vor den Füßen bleiben.«

Doch die Männer ermüdeten nicht, denn es ging um einen Wettstreit, und keiner wollte nachgeben. Auch wenn Oskar es gewollt hätte, konnte er es Ellis wegen nicht, die ihn ironisch und siegessicher anlächelte. Ebenso konnte er es Tiinas wegen nicht, wenn diese auch so tat, als begreife sie nicht, was zwischen den Burschen vor sich gehe, oder als sei es ihr gleichgültig. Oskar wollte dennoch nicht, daß des Mädchens sanfte braune Augen seine Niederlage sehen sollten. So flog denn die Arbeit Tag um Tag vom Morgen bis zum Abend. Bald wurde es zur Gewohnheit, daß, wenn nicht einer der Burschen, so eines der Mädchen bei Arbeitsbeginn sagte: »Nun, geht heute die Sauna wieder los?«

»Sie geht los«, erwiderten die Burschen, und so begann der Wettstreit erneut.

Als Maret von Sass davon hörte, sagte sie: »Der Bursche will unbedingt unser Schwiegersohn werden, warum sollte er sonst so rackern. Er hat für mich sogar den Schweinen das Futter vorgeschüttet, paß nur auf, nächstens setzt er sich mit dem Eimer unter die Kuh.«

»Weiß Gott, was klüger ist, zu verbieten oder zu befehlen«, seufzte Sass. »Dein Vater war gegen mich, jetzt aber sind wir zusammen auf Wargamäe. Und wer weiß, ob er mit einem andern besser ausgekommen wäre als mit mir.«

Es war, als hätte Ott dieses Gespräch zwischen Vater und Mutter belauscht, denn bald darauf ertappte Oskar ihn dabei, wie er Elli küßte. Oskar wußte nichts anderes zu tun, als vorwurfsvoll zu rufen: »Elli!«

»Was ist?« fragte Ott und ließ das Mädchen los.

»Elli, verschwinde, ich habe mit Ott zu reden«, sagte Oskar.

»Elli, gehen Sie nicht«, verbot ihr Ott, »Sie können unserer Auseinandersetzung beiwohnen.«

Und Elli blieb. Doch nun wandte sich Oskar, ohne ein Wort zu sagen, um und ging. Ott wollte Elli triumphierend wieder in die Arme nehmen, doch die lief ihrem Bruder nach.

»Oskar, Oskar, wohin gehst du?« rief Elli.

»Ins Haus«, erwiderte Oskar, denn die Geschichte geschah im Speicher.

»Willst du es der Mutter sagen?« fragte Elli, die dem Bruder auf den Fersen war.

»Mutter und Vater«, erwiderte Oskar.

»Wenn du das tust, werde ich mich mit dir niemals mehr vertragen«, drohte Elli.

»Das ist auch nicht nötig«, antwortete Oskar.

»Bist du etwa neidisch?« fragte das Mädchen schon vor der Haustür spöttisch. »Du hast ja Tiina. Wann habe ich dich belauert oder dich verpetzt.«

Jetzt blieb Oskar stehen, wandte sich um und sagte: »Vergleiche dich nicht mit mir, denn ich bin ein Mann, du eine Frau, außerdem bin ich einige Jahre älter als du. Was aber die Hauptsache ist – du hast mich noch niemals beim Küssen mit Tiina ertappt. Und ich will nicht, daß du schließlich mit diesem Kerl ein Kind bekommst.«

Daraufhin versuchte Elli zu lachen und sagte: »Deiner Meinung nach kommen die Kinder also vom Küssen?«

»Genau«, erwiderte der Bursche, »damit fängt es auch an, daß sie kommen.«

Die Mutter kam gerade vom Stall, einen Eimer in der Hand, und fragte: »Was streitet ihr beide euch wieder?«

»Ich wollte dir nur sagen, daß du besser auf deine Tochter aufpassen sollst, weiter nichts«, erwiderte Oskar.

»Was hat sie denn getan?« fragte die Mutter.

»Das kann sie dir selbst sagen«, antwortete der Bursche

und ging zurück zum Speicher. Sowie Elli das sah, sagte sie zur Mutter:

»Jetzt geht er sich mit Ott prügeln, schon vorhin wollte er über ihn herfallen.«

Die Mutter rief den Sohn zurück, doch der achtete nicht darauf. Er ging direkt zum Speicher, trat an den Knecht heran und sagte ohne weiteres: »Das nächste Mal hau ich dir, ohne ein Wort zu sagen, mit dem erstbesten Gegenstand eins auf den Schädel.«

»Und ich dir ebenfalls«, entgegnete Ott und fragte dann: »Würdest du mir nicht sagen, was du dagegen hast, daß deine Schwester mir gefällt und ich ihr?«

»Kürzlich gefiel dir jemand anderes«, erwiderte Oskar, »vielleicht sogar noch besser als meine Schwester.«

»Das war, ist aber nicht mehr«, sagte Ott.

»Was wird denn jetzt aus der, bei der du den ganzen Sommer über geschlafen hast?« fragte Oskar, der eine instinktive Feindseligkeit dem andern gegenüber empfand, weil der das Leben so leicht nahm und es genoß.

»Was geht es dich an?« fragte Ott. »Bist du eifersüchtig? Oder bist du ihr Vormund?«

»Nein, das nicht«, erwiderte Oskar, »doch der Vormund meiner Schwester bin ich wohl ein wenig, denn ich bin älter und klüger, sie ist jünger und dümmer, und ich will nicht, daß meiner Schwester dasselbe geschieht wie dieser andern, das ist alles.«

»Aber wenn diese andere es selbst so sehr wollte?« fragte Ott.

»Dann wäre sie in unsern Speicher gekommen, warum bist du denn hingelaufen«, meinte Oskar.

»Du redest wie ein Jungchen«, sagte Ott verächtlich.

»Und du handelst wie ein Lump«, erwiderte Oskar wütend und fügte wie zur Bestätigung seiner Worte hinzu: »Ich hätte nichts dagegen, wenn man dich wie einen tollen

Hund niederschlagen würde. Und sollte meiner Schwester etwas geschehen, so werde ich dich niederschlagen, denke daran. Das ist es, was ich dir sagen wollte.«

»Gut«, erwiderte Ott, »ich werde daran denken. Doch denke auch du daran, daß ich dich ebenso leicht niederschlagen kann wie du mich. Das erstens. Und zweitens: Was, wenn deine Schwester niemanden anderes haben möchte als nur mich, und wenn auch ich nur sie haben möchte? Wenn wir zu heiraten gedenken, was dann?«

»Hast du die andere schon geheiratet?« fragte Oskar.

»Du bist, bei Gott, übergeschnappt!« rief Ott. »Wenn ich alle heiraten wollte, die ich gehabt habe, so erlaubt das schon das Gesetz nicht, von allem andern zu schweigen.«

»Ich dulde aber nicht, daß du meine Schwester heiratest, wenn du so viele andere hast, denn dabei kommt doch nichts Gutes heraus«, sagte Oskar.

»Wirst mich also doch erschlagen?« fragte Ott scherzend.

»Ja, ich erschlage dich, wenn du meine Schwester nicht in Ruhe läßt«, erwiderte Oskar ernst.

»Nun, dann ist nichts zu machen«, sagte Ott gleichsam ergeben, »wenn schon Tod, dann Tod. Ich habe noch kein Mädchen wegen eines andern Mannes aufgegeben, auch mit dir werde ich fertig werden. Allerdings habe ich zum ersten Mal mit dem Bruder des Mädchens zu tun, das ich liebe.«

»Du liebst!« spottete Oskar. »Deine Liebe ist wie Geifer, der aus dem Maul eines tollen Hundes läuft!«

»Und deine Liebe ist trocken wie die, die du liebst – sie knistert!« erwiderte Ott höhnisch.

In diesem Augenblick trat Maret vor den Speicher und kam genau zur rechten Zeit, denn sonst wäre zwischen den Burschen unvermeidlich eine Schlägerei entstanden.

»Was tut ihr hier beide«, sagte Maret, »du, Oskar, komm in die Stube, ich brauche dort deine Hilfe.«

»Ach, laß mich in Ruhe«, erwiderte der Sohn mißmutig.

»Bäuerin, kann ich nicht statt Oskar kommen?« fragte Ott.

»Nein, Ott«, versetzte Maret, »Ich brauche Oskar.«

Und die Mutter drang so lange auf den Sohn ein, bis er mitkam.

Ott blieb alleine im Speicher und hätte jetzt eigentlich Zeit gehabt, über seine Lage nachzudenken, doch er fand nichts, worüber er hätte nachdenken können. Daß man bemüht war, Elli vor ihm zu schützen, und daß auch Elli selbst versuchte sich zurückzuhalten, das war so natürlich, daß er deswegen keineswegs seine Absicht aufzugeben gedachte, insbesondere, da er dabei mit ehrlichen Mitteln vorging – solchen wie Kraft, Geist, Erfahrung, Gewandtheit, Schmeichelei, mit einem Wort – mit Gefallenerwecken. Gewiß, was auf dem Niederhof geschehen war, erschwerte seine Lage, aber das müßte Elli doch gleichgültig sein. Ihr könnte es sogar schmeicheln, daß sie Ott der anderen abgejagt hatte. Und so ist es auch, das weiß Ott, denn seine Besuche auf dem Niederhof waren nur Köder, um Elli zu fangen. Oskar behauptet, Elli sei jung und dumm, aber Oskar selbst ist nach Otts Meinung dümmer als seine Schwester. Er versteht es nicht einmal, ein Mädchen wie Tiina zu gewinnen, geht wie eine Katze um den heißen Brei herum. Selbst der dumme Eedi hatte verstanden, das Mädchen anzugreifen, Oskar aber nicht. Deshalb soll er nicht kommen und versuchen, Ott zu belehren, denn Ott weiß und versteht alles besser.

Während der Knecht im Speicher solche Überlegungen anstellte und die Tochter in der Stube wirtschaftete, hielten die Eltern in der Hinterkammer heimlich Rat. Zu dieser Beratung hatte die Mutter auch Oskar gerufen. Eigentlich brauchten sie ihn, um zu erfahren, was denn eigentlich im Speicher vorgefallen war, denn Elli behauptete, es sei nichts Außergewöhnliches geschehen. Als den Eltern die Lage genügend klar geworden war, schickten sie die Tochter fort, um mit dem Sohn zu beratschlagen.

»Höre, Oskar«, sagte der Vater, »du bist schon ein Mann, was hältst du eigentlich von dieser Angelegenheit mit Elli? ...«

Der Vater wollte noch weiter reden, doch Oskar unterbrach ihn ungeduldig: »Ich habe schon im Speicher gesagt, was ich davon halte.«

»Was denn?« fragte der Vater.

»Ich habe Ott gesagt, wenn er Elli noch einmal berühren sollte, hau ich ihm mit dem erstbesten Gegenstand eins über den Kopf, und wenn er ihr das antut, was Nachbars Juuli geschehen, so erschlage ich ihn«, sagte Oskar erregt.

»Rede kein verrücktes Zeug!« rief Maret erschrocken, dennoch freute sie sich im Herzen, daß Oskar so mutig zum Schutze der Schwester aufgetreten war.

»Das ist nicht so einfach«, sagte Sass und reckte die Worte durch die Zähne, was zu bedeuten hatte, daß er die Angelegenheit sehr ernst nahm. »Überlege doch, was wäre, wenn Elli ihn unbedingt heiraten wollte und er bereit wäre, sie zu nehmen.«

»Wo würdet ihr sie unterbringen?« fragte Oskar. »Hier in Wargamäe? Dann bleibe ich nicht hier, denn ich kann Ott nicht leiden und schon gar nicht als Schwager. Und was für ein Leben wäre es für Elli, wenn die Niederhof-Juuli nebenan ist, mit der der Mann den ganzen Sommer ein Verhältnis hatte.«

»Nun, dann müssen sie Wargamäe verlassen, wenn es anders nicht geht«, sagte der Vater.

»Wohin sollen sie dann gehen?« fragte der Sohn. »Überall kann der Mann anderen Mädchen begegnen, bei denen er einen Sommer lang geschlafen hat, denn er hatte doch nicht nur Juuli.«

»Aber was soll man denn tun, wenn sie voneinander nicht lassen?« fragte Maret ratlos.

Alle schwiegen eine Weile. Dann sagte Oskar: »Wenn Ott noch ein Mann wäre, aber er ist ja keiner.«

»Ich war einmal ein schlechterer Mann als Ott«, sagte der Vater, »ich war wehruntauglich, aber der alte Andres nahm mich doch zum Schwiegersohn, und deine Mutter hielt zu mir, ohne sich um mein verkrüppeltes Bein zu kümmern, und kümmert sich bis heute nicht darum.«

»Und ich werde mich bis zum Tode nicht darum kümmern, mein Sohn«, sprach Maret fast feierlich.

Das berührte Oskar schmerzlich, denn er dachte daran, was Tiina von ihrem Hübschsein und Wargamäe gesagt hatte, wo sie überhaupt nicht hintauge, dennoch dachte er nicht daran, auf das Mädchen zu verzichten. Er war eher bereit, Wargamäe aufzugeben, nicht aber Tiina, das empfand er deutlich. Gleichzeitig fühlte er auch, daß für ihn neben Tiina kein anderes Mädchen existierte. Und deshalb sagte er: »Vater, du hattest dein verkrüppeltes Bein, aber hattest du auch eine andere Frau neben meiner Mutter?«

Sass und Maret blickten den Sohn fast erschrocken an. Erst nach einer Weile sagte Sass: »Nein, mein Junge, ich hatte nur deine Mutter, und ich habe niemals eine andere gehabt.«

»Na siehst du, Vater«, erwiderte Oskar triumphierend, »was ist denn schlimmer, dein verkrüppeltes Bein oder andere Frauen?«

Und alle drei waren sich ohne weiteres einig, daß andere Frauen schlimmer seien als ein noch so verkrüppeltes Bein, sie waren sogar schlimmer als zwei verkrüppelte Beine, denn mehr kann ein Mann davon nicht haben, doch andere Frauen kann er Dutzende haben. Ja, wenn der Mann ein Tausendfüßler wäre und alle Füße verkrüppelt, dann könnte es schließlich schlimmer sein als manche fremde Frau.

Dieser Meinung waren Vater, Mutter und Sohn, und dementsprechend wollte man auch handeln.

»Wenn sonst nichts hilft, müßte man ihn hinauswerfen«, sagte Sass, »irgendwie werden wir schon mit der Arbeit fertig.«

»Vorläufig lohnt es noch nicht«, meinte Oskar, »vielleicht geht es auch anders. Ich habe ihm im Speicher gesagt, was ihn erwartet, kann sein, daß er Vernunft annimmt. Seine Großschnäuzigkeit braucht man nicht so ernst zu nehmen, mit Taten ist er vorsichtiger als mit Worten.«

So blieb es denn fürs erste. Aber wie sehr Oskar sich in Ott getäuscht hatte, bewies dieser, als nur einige Tage darauf Tiina eines Nachts den Bauern und die Bäuerin durch ihr Geschrei weckte, Diebe seien in der Stube. Alle sprangen auf, um den Dieb zu fangen, doch der entwich durch das Fenster. Dennoch hatte man so viel erkannt, daß alle wie aus einem Mund riefen: »Das ist doch Ott! Unser Ott!«

Als Elli gefragt wurde, behauptete sie, nichts gehört zu haben, denn sie habe geschlafen und sei erst vom Geschrei der anderen aufgewacht. Ob es so war oder anders, ließ sich nicht feststellen.

»Ich habe doch keinen solchen Vogelschlaf wie Tiina«, sagte Elli spöttisch, »wenn ich schlafe, dann schlafe ich, so daß man mich stehlen könnte, ich merke es nicht.«

»Das ist wohl nur dann so, wenn du auf das Stehlen wartest«, sagte Maret zur Tochter. »Könntest du nicht sagen, wie Ott durch das Fenster hereingekommen ist, wenn du geschlafen hast?«

»Wie soll ich denn das wissen«, erwiderte Elli. »Vielleicht hat Tiina ihn hereingelassen, die mit ihrem Vogelschlaf, denn wer sollte es sonst sein, du hast ja selbst am Abend die Fenster überprüft.«

»Und warum hat Tiina dann vor Angst geschrien, wenn sie Ott hereingelassen hat?« fragte die Mutter.

»Vor Angst«, höhnte Elli. »Tiina will, daß Ott zu ihr kommt, deshalb schreit sie. Wenn sie das aber nicht will, so wartet sie auf Oskar, der aber kommt nicht, und Tiina ist wütend. Sie wartet nächtelang auf Oskar, und deswegen kann sie auch nicht schlafen, mit ihrem Vogelschlaf prahlt sie nur. Ich glaube kein Wort von dem, was Tiina tut oder sagt. Tiina hat braune Augen, und du hast selbst einmal gesagt, daß Menschen mit solchen Augen falsch und verlogen sind.«

Maret hörte offenen Mundes zu und wußte nicht, wem sie mehr glauben sollte, ihrem eigenen Kind oder dem fremden Mädchen. Eines aber glaubte sie sicher: Tiina hatte heute nicht vor Angst geschrien, sondern Angst und Dieb waren nur ein Vorwand, ein Grund, um sie, Maret zu wecken. Dieser Verrat entfachte Ellis Wut, bei Maret aber erweckte er ein warmes Dankgefühl dem Mädchen gegenüber.

Doch Ott hätte Tiina in diesem Augenblick erwürgen können, so ein rasender Zorn erfaßte ihn, als er draußen hinter dem Gemüsegarten stand, wohin er durch dieselbe Zaunlücke gelangt war, die ihm auch einige Wochen zuvor die Flucht ermöglicht hatte. Damals endete alles gut, denn niemand hatte ihn gesehen, und so konnte man ihn auch nicht beschuldigen, kaum verdächtigen. Heute war alles zum Teufel gegangen, wie Ott zu sich selber sagte, als er hinter dem Zaun stand. Denn der Bauer hatte ihn schon einige Male verwarnt, und jetzt mußte unweigerlich Schluß sein. Elli hatte recht gehabt, als sie vor Tiina warnte, doch Ott beachtete es nicht. Er hatte das Mädchen bedrängt, sie solle nur die Fensterhaken aufmachen, alles andere ihm überlassen, er werde mit allem fertig. Doch es mißlang! Die, die er als so dürr, daß es knistere, beschimpft hatte, siegte. Sie siegte auf eine Weise, die Ott weder hatte vermuten noch sich vorstellen können – sie siegte durch ihre Angst und ihr Geschrei, ein Dieb sei im Haus!

Auf jeden Fall fühlte Ott sich als geschlagener Mann,

denn es gab für ihn kein Bleiben mehr auf Wargamäe. Am klügsten wäre es; sein Bündel zu schnüren und sofort zu gehen; es wäre bestimmt das klügste, doch er hatte noch Lohn zu bekommen, und auf den konnte er nicht verzichten, denn sonst hatte er keine Bewegungsfreiheit. Also hieß es bis morgen warten, allen noch einmal ins Gesicht schauen und dann gehen. Doch in der Brust pochte das Herz – langsam und stark, denn die irrsinnigen Gerüche, die er flüchtend aus der Kammer mit sich genommen hatte, verflogen ja nicht so schnell, in den Armen spürte er noch den heißen, weichen Körper, der sich wie eine voll aufgeschlossene Blüte anfühlte, die darauf wartete, gebrochen zu werden. Und als besäße diese Zaunlücke, durch die er geschlüpft war, Zauberkraft – Ott konnte nichts dagegen tun, seine Beine begannen ihn in Richtung Niederhof zu tragen, wie auch damals, als er das erste Mal enttäuscht hier am Zaun gestanden hatte. Das Herz wehrt sich mit ganzer Kraft, wiederholt unentwegt: Geh nicht, geh nicht, doch die Beine hören nicht darauf, beachten nicht die warnende Stimme des Herzens, sondern gehen Schritt für Schritt weiter. Sie gehen nicht den Weg entlang, den sie das letzte Mal gewählt, sie tragen das pochende Herz zuerst zu den Ställen, wo im Viehhof leise Glöckchen klingen und die satten Tiere wiederkäuen und schnaufen. Hier bleiben die Beine stehen, als wollten sie das erregte Herz beruhigen, indem sie ihm die schlafenden Tiere zeigen. Doch schon im nächsten Augenblick gehen sie weiter, zuerst zwischen den Feldern, wo weiche Melde und Nesseln wachsen, dann durch die Kartoffelfurchen, wo das Kraut einem bis an die halben Schenkel reicht. »Siehst du, was für schönes Kartoffelkraut«, sagen die Beine zur Beruhigung des Herzens, als wandelten sie hier nur dieses Kartoffelkrauts wegen. Am Grenzzaun zaudern die Beine noch etwas, setzen dann aber über und gehen weiter am Rande des Weges, wo hohes Gras wächst, vorbei an der Rückseite eines Gebäudes, wo an den Beinen Klettenblätter rascheln und erschreckte Frösche davonhüpfen. Ott bleibt stehen, um zu horchen. Alles ist still. Das Herz warnt nochmals: Geh nicht, doch die Beine kümmern sich nicht darum. Sie bleiben erst an der Ecke des Speichers stehen und auch das nur, weil der Hund schwanzwedelnd entgegen kommt, als hätte er die ganze Zeit, da Ott nicht da war, auf ihn gewartet.

»Erkennst du mich noch?« fragt der Bursche leise den Hund schwanzwedelnd entgegenkommt, als hätte er die richten, wird jedoch mit der Hand zurückgeschoben. Jetzt forscht der Bursche: »Was macht Juuli?« Doch das hätte er nicht fragen sollen, denn der Hund antwortet mit freundschaftlichem Bellen und unterbricht dadurch die allgemeine Stille. Es scheint, als knackten irgendwo Bretter oder Latten, als knistere trocknes Heu. Ott tritt zur Speichertür und probiert: Die Tür ist verschlossen. Er legt sich bäuchlings auf die Speichertreppe und ruft flüsternd durch das Katzenloch Juulis Namen, erhält aber zuerst keine Antwort. Dann bewegt er leise die Tür, und jetzt fragt eine scheinbar völlig fremde Stimme: »Wer ist dort?«

»Ich«, sagt der Bursche.

»Wer ich?« wird gefragt.

»Ott«, antwortet der Bursche.

Jetzt knarrt das Bett, und nackte Füße kommen mit weichen Schritten zur Tür, um sie zu öffnen. In der Tür erscheint Juuli und fragt: »Was willst du?«

»Laß mich herein«, sagt der Bursche.

»Ich bin nicht allein«, sagt das Mädchen.

»Wer ist denn noch da?« fragt Ott überrascht, und plötzlich denkt er daran, wie sein Herz ihn unterwegs gewarnt hatte: geh nicht, geh nicht.

»Helene«, erwidert Juuli und wiederholt ihre Frage: »Was willst du?«

»Bist du aber spaßig«, sagt jetzt Ott, »Ich komme zu dir, und du weißt nichts anderes, als mich zu fragen, was ich will. Was soll ich denn immer wollen! Ich will mit dir reden, denn ich verlasse Wargamäe.«

Da tritt Juuli zur Seite und läßt den Burschen herein. Dann sitzen sie nebeneinander auf dem Bettrand, doch wenn Ott das Mädchen berühren will, schiebt es seine Hand im Dunkeln beiseite, rückt von ihm ab und sagt: »Sei so gut, sprich mit dem Mund, nicht mit den Händen.«

»Ich dachte, zweierlei auf einmal sei höflicher«, versucht der Bursche zu scherzen. Doch Juuli versteht heute keinen Spaß, sie bleibt kalt, steif und hölzern, als sei sie die Gleichgültigkeit selbst. Das regt den Burschen auf, ungeachtet dessen, daß er zu wissen glaubt – das Mädchen verstellt sich, es spielt, um ihn zu erregen. Ott fängt immer mehr und mehr Feuer, bis er schließlich sanft und zärtlich wird. Er sei doch mit klopfendem Herzen gekommen, denn er wollte nicht gehen, ohne vorher unbedingt mit ihr gesprochen zu haben. Aber was soll er denn reden, was sagen, wenn er allein im Dunklen sitzt. Ach ja, einst waren andere Zeiten, aber die kehren niemals mehr zurück, denn wer vergibt einem seine Fehler. Niemand! Es sei schon so auf der Welt, hast du einmal einen Fehler begangen, dann hilft keine Reue, denn es glaubt ja niemand an Reue, niemand könne einem ins Herz sehen.

So redet Ott eine Weile, redet gedankenlos, doch mit trauriger Stimme und ergeben, als kniee er vor dem Mädchen auf dem Boden, und sein verirrtes Herz schmerze. Und es bestätigt sich wieder einmal, daß die Liebe einer unglücklichen Frau wie der Teufel ist, der in der Not Fliegen frißt. Ott fütterte Juulis Liebe mit Wortfliegen, und sie machten sie satt, so daß sie ihm ihre Hände, die dürstenden Lippen, den schamhaft widerstrebenden Körper entgegenstreckte. Bei diesem belebenden Aufflackern der abgestumpften Liebe glühte in der Seele und im Körper des Mädchens nur ein brennender Schmerz, in dem sich Trauer und Freude vereinten, frauliche Hingabe und mütterliche Zärtlichkeit, Vergebung und Rachsucht, Vergessen und Erinnern. Es war ein unwiderstehlicher Drang, noch einmal zu hoffen, noch einmal zu glauben, denn vielleicht geschieht durch den Glauben auf Wargamäe doch noch ein Wunder. Geschieht ein so sonderbares Wunder, daß der Oberhof-Ott zur Niederhof-Juuli zurückkehrt und sie schließlich doch noch in ihr Häuschen, errichtet hinter dem Felde, mit einer Koppel und Weideland, einziehen.

Das waren Juulis Hoffnung und Glauben, als Ott ihre unglückliche Liebe fütterte wie den Teufel mit Fliegen. Doch als der Bursche merkte, daß das Mädchen ihn immer noch aufrichtig liebte, kühlten seine Gefühle ab. Sogar das Herz hörte auf langsam und stark zu schlagen und wiederholte nur unruhig: Warum bist du gekommen? Warum bist du gekommen? Worauf die Beine erwiderten: gehen wir, gehen wir! Doch Ott verharrte ruhig auf der Stelle. Er begriff bereits sehr gut, welche Dummheit, welchen unverzeihlichen Blödsinn er begangen hatte, hierherzukommen. Wo war sein Verstand, als er hierherging? Da waren doch die ruhigen, gleichgültigen Tiere auf dem Viehhof, Glockengeläute, Ächzen und Schnaufen, dann kalte, feuchte Kartoffelfurchen, ein Staketenzaun, Klettenblätter, hüpfende Frösche, taunasses Gras – doch nichts hatte geholfen! Jetzt sitzt er wieder auf dem Bettrand und hat nur einen Gedanken: wie von hier fortkommen.

»Du wolltest mir noch etwas sagen«, erinnert Juuli, wie aus einem Traum erwachend, denn sie fühlt, das Wunder werde wieder nicht geschehen, und sie habe umsonst geglaubt.

»Ich wollte fragen, wie es denn mit dem Haus hinter dem Feld steht?« erwidert der Bursche.

»Wieder fängst du damit an!« stöhnt das Mädchen ohne Hoffnung und fängt an zu weinen, nicht, um den Burschen zu beeinflussen – denn sie weiß, wenn er schon beim Haus am Feldrand angelangt ist, dann ist alles aus –, sondern weil sie sich nicht mehr beherrschen kann. Das Weinen des Mädchens ärgert den Burschen.

»Mit dir kann man kein vernünftiges Wort reden, gleich geht das Geplärre los«, sagt er. »Ich bin gekommen, um noch einmal nachzufragen, wie es denn nun damit steht, damit ich weiß, was zu tun ist. Du bist doch ein vernünftiges Mädchen und begreifst, daß ich, so wie ich bin, keinen Platz für dich habe, da hilft weder Weinen noch Lachen. Und einfach so hierherzukommen und anfangen zu arbeiten, das hat doch überhaupt keinen Sinn, weder für dich noch für mich. Wenn es jetzt schon schwer ist, sich zu trennen, dann wird es später noch schwerer sein, das steht doch fest, deshalb ist es besser, schon jetzt klare Verhältnisse zu schaffen. Und was verlierst du denn mit mir? ...«

»Einen Lumpen«, unterbrach plötzlich aus einer entfernten Ecke die Stimme Helenes die Worte des Burschen.

»Nur einen Lumpen«, wiederholte jetzt auch Juuli, und in ihrer Stimme lag Wut. »Deshalb kamst du also heute noch einmal hierher? Wolltest wohl sehen, ob ich dir immer noch nachweine, und nachdem du es gesehen hast, ziehst du den Gürtel stramm und gehst, fragst nur noch einmal zwischen Tür und Angel, ob du das Haus bekommst oder nicht.«

»Ihr seid beide übergeschnappt«, begann der Bursche, doch Juuli unterbrach ihn: »Nein, ich bin verrückt geworden. Ich habe wohl meinen letzten Rest Verstand verloren, weil ich dir heute noch einmal geglaubt und dich an mich herangelassen habe. Ich werde mir selbst widerlich, eklig schmutzig, ich weiß nicht, was ich tun könnte!« Sie ver renkte ihre Hände so, daß der Bursche im Dunkeln die Finger knacken hörte.

»Juuli, Liebe«, sagte Helene, aus ihrer Ecke bittend, »nimm ihn nicht so ernst. Er ist ein Lump und bleibt einer. Danke Gott, wenn du ihn los wirst.«

»Nun, dann ist ja alles gut«, sagte Ott und stand auf. »Gute Nacht!« Er ging zur Tür, doch als er schon den Haken berührte, blieb er noch einmal stehen und fragte: »Also davon, was uns versprochen wurde, willst du nicht reden?«

»Menschenskind, begreife doch endlich: Ich weiß darüber ebenso wenig wie du. Großvater hat noch nicht entschieden, man muß warten«, erwiderte Juuli, und in ihrer Stimme schien wieder ein Hoffnungsfunke mitzuschwingen.

»Warten wir«, sagte der Bursche, »bis zum Sanktnimmerleinstag, was?«

»Nun, dann geh und bring Großvater um, wenn du keine Zeit zum Warten hast!« schrie Juuli in rasendem Zorn.

»Warum ich?« fragte der Bursche sachlich. »Wen es juckt, der kratzt sich.«

»Herrgott! Wie schrecklich und widerlich das ist!« rief Juuli, und wieder hörte man in der Dunkelheit einen Laut, als ringe das Mädchen die Hände oder knirsche mit den Zähnen.

»Dann ist also nichts zu machen«, sagte der Bursche und öffnete die Tür. Doch ehe er hinausgehen konnte, sprang Juuli vom Bett auf, als wollte sie über den Burschen herfallen, und sagte keuchend vor Wut: »Ich kann dir alles andere vergeben, doch das, was du mir heute in Gegenwart meiner Schwester angetan hast, vergebe ich dir niemals. Niemals! Ich möchte dich hier vor der Speichertür erschlagen.«

»Natürlich«, grinste der Bursche, »wenn man durch Betrug den Mann nicht bekommt, muß man ihn erschlagen, denn sonst kriegt ihn später ein ehrlicheres und ordentlicheres Mädchen.«

Mit diesen Worten sprang Ott von der Speichertreppe und verschwand in der Dunkelheit. Juuli stand in der offenen Tür und schrie ihm nach, so daß man es weit hören konnte: »Einen solchen Lumpen wie du will keine und bekommt auch keine!«

XXIII

Wie Ott vermutet hatte, so geschah es am nächsten Morgen. Statt früh an die Arbeit zu gehen und auch den andern Weisungen zu geben, setzte Sass keinen Fuß über die Schwelle seiner Hinterkammer. Er saß da und überlegte, mal allein, mal mit Maret. Schließlich ließ er auch Oskar rufen und sagte zu ihm: »Ich habe beschlossen, Ott wegzuschicken, was meinst du dazu?«

»Vater, ich bin der gleichen Meinung«, erwiderte Oskar kurz.

»Nun, dann bleibt nichts anderes übrig, geh und schick ihn herein«, sagte Sass, und so war die Sache beschlossen.

Ott, obwohl er schon wußte, worum es ging, erschien vor dem Bauern mit fröhlicher Miene, spielte den Dummen, der nichts ahnt, und fragte: »Bauer, womit fangen wir heute an?«

»Mit gar nichts mehr«, erwiderte Sass. »Nach der Sache heute nacht ist es besser, Sie nehmen Ihren Lohn und verlassen Wargamäe.«

»Ach so, Bauer«, sagte der Knecht, und es wurde ihm plötzlich schwer zu scheiden, wenn er auch gewußt hatte, was ihn heute früh erwartete, so war doch tief in seinem Herzen ein kleines Quentchen Hoffnung gewesen, daß diese Nummer vielleicht noch einmal glücklich durchgehe. Es war wie mit dem Tod: Du weißt, daß du sterben mußt, aber wenn dir jemand direkt ins Gesicht sagt, wann es soweit ist, erfaßt dich doch ein Schauder. Das dauerte jedoch nur einen Augenblick, dann war Ott wieder der frühere und fügte seinen eigenen Worten hinzu: »Nun, wenn es so ist, dann soll's so sein, Bauer. Geben Sie mir das Geld, und ich verschwinde.«

»Verlangen Sie den Lohn für zwei Wochen im voraus oder wie?« fragte Sass. Ott überlegte ein wenig und erwiderte dann: »Nein, Bauer, lieber nicht, wie es auch sein mag, ich bin selbst schuld. Zahlen Sie drei Tage für den Weg, denn ganz schuldlos sind auch Sie nicht, Bauer.« Die letzten Worte sprach Ott schon scherzend.

»Ich habe ja mit Ihnen genug ausgehalten«, sagte Sass, sich gleichsam verteidigend.

»Natürlich, Bauer«, erwiderte der Knecht, »doch warum, zum Teufel, haben Sie eine so hübsche Tochter!«

Sass fand darauf keine Antwort, aber konnte auch nichts dafür, daß diese Worte des Burschen und sogar der Bursche selbst ihm in diesem Augenblick gefielen. Und als verstehe Ott die Empfindungen des Bauern, fuhr er halb scherzend, halb ernst fort: »Ich bin nun mal so geschaffen, Bauer, daß ich, wenn irgendwo in der Nähe ein hübsches Mädchen ist, nicht schlafen kann, ich kann einfach nicht, mach, was du willst.«

»Doch kein Mädchen bleibt lange hübsch, wenn die Burschen anfangen in der Nacht zu ihm durchs Fenster zu klettern«, sagte Sass. Diese Worte hörten Maret und Oskar in der hinteren Kammer durch den Spalt der angelehnten Tür, denn Sass und der Knecht machten ihre Abrechnung in der Vorderkammer. Dennoch faßte der Sohn die Worte des Vaters anders auf als die Mutter, weil er sie mit den Ohren eines Mannes hörte, die Mutter aber mit den Ohren einer Frau. Deshalb sagte der Sohn vor sich hin: »Was quatscht er da noch mit dem Taugenichts!« während die Mutter nichts sagte, nur ihre Augen füllten sich plötzlich mit Tränen, so schön kamen ihr Sass' Worte vor. Und zum tausendsten Male vergab sie ihrem Manne sein verkrümmtes Bein und all die schlechten Worte, die sie von anderen Menschen seinetwegen hatte hören müssen, sie vergab auch die mitleidigen Blicke, die Maret so oft auf der eigenen Haut gespürt hatte. Und als hätten die heimlichen Gedanken der Bäuerin auch auf den jungen Knecht eingewirkt, erwiderte er dem Bauern: »Es stimmt schon, Bauer, die Mädchen bleiben auf diese Weise nicht lange hübsch.«

Damit war eigentlich alles erledigt. Der Knecht hielt sein Geld in der Hand, und auch sonst war alles gesagt, was ein Mann dem andern in dieser Situation hätte sagen können. Der Bauer stand auf, um in die hintere Kammer zu gehen. Der Knecht berührte schon mit der Hand die Türklinke. Da aber wandte sich der Bauer noch einmal um und sagte: »Eigentlich tut es mir leid um Sie, Sie waren ein guter Arbeiter.«

»Vielleicht nehmen Sie mich im nächsten Sommer wieder?« lachte der Knecht.

»Wenn Elli bis dahin fort ist, dann ...«

»Dann will ich nicht«, unterbrach ihn der Bursche schnell, »hier muß man ja arbeiten wie ein Schwein.« Sagte es und ging polternd hinaus, als sei er plötzlich wütend geworden. Doch nein, Ott war gar nicht wütend, er geriet nur in eine übermütige Laune. Draußen begegnete er Tiina, die mit einem Eimer in der Hand vom Stall kam, und er sagte ihr mit breitem Lachen: »Wenn es nach mir ginge, so würde ich dich wie ein blindes Katzenjunges im Spülichteimer ertränken.«

»Genau die Worte meiner Mutter«, erwiderte Tiina ebenfalls lachend. »Jedesmal, wenn sie meine kraftlosen Beine betrachtete und weinte, sagte sie: ›Ein Katzenjunges kann man im Spülichteimer ertränken, doch was macht man mit einem Menschenkind, auch wenn es noch so überflüssig ist‹.«

Jetzt blickte der Bursche das Mädchen ernst an, und so standen sie mitten auf dem Hof, der Bursche ernst, das Mädchen lachend. Alle konnten mit eigenen Augen sehen, wie sie da standen: Elli, die mit tränenden Augen durch einen Spalt in der Tür hinausblickte, die Niederhof-Juuli, die auf dem Hof stehengeblieben war, als sie das breite Lachen des Burschen hörte, und auch Oskar, der gerade aus der Tür trat. Sowie Ott letzteren erblickte, erschien auf seinem Gesicht wieder ein Lächeln, zwar nicht so breit wie zuvor, aber dennoch. Er winkte mit der Hand ab und rief über die Schulter zurück, während er zum Zaun ging: »Gott mit dir! Bleibe leben! Hat die Mutter dich nicht ertränkt, warum soll ich's dann?«

Oskar regten diese Worte sofort auf. Doch Tiina blickte auch ihn lächelnd an, als wollte sie lebenserfahren sagen: ›Laß ihn! Sterbenden und Scheidenden soll man nichts übelnehmen.‹ Und als hätte auch Oskar diese Weisheit begriffen, legte sich sein Zorn vor dem lächelnden Mädchen. Er ging wohl dem Knecht zum Zaun nach, doch ohne verärgert zu sein.

»Nun, diesmal hast du gewonnen«, sagte Ott zu Oskar. »Doch wer zuletzt lacht, lacht am besten.«

»Ebenso klug ist es zu sagen: Wer zuletzt weint, weint am besten«, erwiderte Oskar.

»Ich weine schon nicht«, behauptete der Bursche.

»Nun, dann ist es wirklich an der Zeit, daß du gehst«, meinte Oskar.

»Sei's drum«, erwiderte Ott, »aber ich komme zurück, ich komme bestimmt zurück.«

»Du kommst nicht«, sagte Oskar fast drohend.

»Ich komme!« rief Ott. »Elli gehört mir, macht, was ihr wollt!«

»Nimm den Namen meiner Schwester nicht in den Mund!« rief Oskar plötzlich wutentbrannt.

»Oho, Teufel noch mal!« rief Ott spottend. »Erst durfte ich sie nicht berühren, jetzt darf ich nicht einmal ihren Namen in den Mund nehmen! Aber das hilft alles nicht. In diesen Dingen ist es so, je mehr man verbietet, desto schlimmer wird es. Und weißt du, was ich dir sage, Oskar, und ich sage es dir als meinem künftigen Schwager: ihr könnt mich wohl von Wargamäe verjagen, doch nach Soovälja, Metsakant, Kassiaru, Urvaküla oder sonst wohin reichen eure Arme nicht, und daß ich dort irgendwo Arbeit finde, dessen bin ich sicher. Wenn nötig, gebe ich mich auch mit einem geringeren Lohn zufrieden, doch diese Gegend verlasse ich nicht, darauf kannst du und können auch die andern Gift nehmen. Ich will dir und auch den andern zeigen, daß ein Mann auch anders leben kann, wenn er will.

»Rede keinen Unsinn«, sagte Oskar. »Der Hund kehrt immer zu seinem Erbrochenen zurück.«

»Kehrt nicht zurück!« rief Ott.

»Ist schon zurückgekehrt!« entgegnete Oskar erregt. »Wo warst du heute nacht? Wenn du ein ganzer Mann bist, dann antworte!«

Das kam für Ott unerwartet. Er hatte nicht vermutet, daß Oskar etwas von seinem nächtlichen Gang wissen könnte, denn Oskar hatte einen tiefen und ruhigen Schlaf. Und er hätte vielleicht auch nichts gewußt, doch der Vater war in der Nacht auf den Boden gekommen, um zu sehen, ob beide Jungen da seien oder ob einer fehle, und so weckte er Oskar, der bald nach dem Vater vom Boden kletterte und aufpaßte, aus welcher Richtung Ott schließlich erscheinen werde. Oskar tat es, um so für Elli eine Waffe gegen Ott zu haben.

»Es war das letzte Mal«, sagte Ott schließlich.

»Das glaubst du doch selbst nicht«, erwiderte Oskar, »und deshalb ist es günstiger, wenn du möglichst weit weg von Wargamäe gehst.«

»Nein, lieber Mann«, sagte Ott, ohne auch nur einen Augenblick zu überlegen, und fügte hinzu: »Für diesmal sind meine Klamotten wieder im Sack, ich kann losgehen. Was meinst du, lohnt es sich, noch einmal in die Stube zu gehen und sich zu verabschieden, oder mache ich mich einfach so davon?«

»Besser, wenn du einfach gehst«, erwiderte Oskar.

»Dein Wille geschehe«, war Ott einverstanden, als wolle er sich mit Oskar vertragen. Er warf das Bündel über die Schulter und ging aus dem Speicher hinaus zur Hofpforte, von wo man nach Soovälja mit seinen drei Häusergruppen und weiter dahinter zur weißen Kirche jenseits des Moores mit ihrem grauen Turm hinüberblicken konnte. In diesem Turm hingen Glocken, doch jetzt läuteten sie nicht, denn es war kein Sonntagmorgen. Es war auch keine Beerdigung, denn die finden meist am Nachmittag statt. Also mußte Ott ganz still und leise von Wargamäe hinabsteigen. Doch ehe er die Pforte öffnen konnte, trat die Bäuerin Maret aus der Stube und sagte: »Ott, du wirst doch nicht mit leerem Magen fortgehen. Komm, iß, bevor du durch unsere Hofpforte verschwindest«.

Als er die Stimme der Bäuerin hörte, wandte sich der Knecht um, ging einige Schritte zurück zur Stube und sagte lachend: »Liebe Bäuerin, das Essen ist nicht so wichtig, doch die Tochter des Hauses hätte ich vor dem Weggehen gern noch einmal gesehen.«

Diese so albern hingesagten Worte griffen Maret irgendwie ans Herz, denn sie erinnerten sie daran, wie sie einst selbst, als sie noch jung war, vor ihrem Vater wegen desselben Mannes stand, dessen Tochter man jetzt sehen wollte, und fast gerührt sagte sie zu dem aus dem Hause gejagten Burschen: »Komm, iß dich erst satt, vielleicht kannst du dann auch die Tochter des Hauses noch einmal sehen.«

Doch Oskar, der unweit des Speichers stand, gefielen die

Worte der Mutter gar nicht. Und als Ott sein Bündel nahm und es am Zaun aufhängte, hätte er es gern von dort genommen, dem Burschen gereicht und gesagt: ›Da, nimm und geh, ich will nicht, daß du noch einmal über die Schwelle der Stube von Wargamäe trittst‹.

Natürlich sagte Oskar kein Wort, denn er wußte, daß die Mutter den Burschen nicht ohne Erlaubnis des Vaters zum Essen gerufen hatte, und den beiden zu widersprechen wäre sinnlos. Also ging Ott hinein, setzte sich im Vorderraum an den Tisch und aß allein, als sei er es nicht mehr wert, mit anderen zusammen zu essen. Es war auch keine einzige Seele da, mit der er hätte einige Worte wechseln können. Den Bauern und die Bäuerin hörte man in der Hinterkammer herumwirtschaften, doch sie hatten einander auch nichts zu sagen, so als warteten sie ungeduldig darauf, wann der Bursche im Vorderraum mit dem Essen fertig sein würde, damit die Luft wieder frei und sauber wäre. Ott war auch der Hunger vergangen, nur mit Mühe konnte er einige Bissen hinunterschlucken. Als er vom Tisch aufstand, so daß die Bank polterte, kam die Bäuerin aus der Hinterkammer, sah ihn bedeutungsvoll an und schlüpfte in die Stube. Jetzt ging Ott zur Tür der Hinterkammer, schob sie weiter auf, so daß er den Bauern sah, und verabschiedete sich. Sass sah ihn rückwärtsblickend an und sagte: »Aus dir könnte ein ganz vernünftiger Mann werden, nur deine Jungenstreiche ...«

»Diese Streiche, jaa«, wiederholte Ott, drückte die Mütze auf den Kopf und verließ die Kammer. Gleichzeitig trat Elli mit verweinten Augen durch die Stubentür. »Mädchen, Kopf hoch!« rief ihr Ott zu. »Ich komme zurück, ich komme unbedingt zurück und hole dich.«

Doch Elli konnte kein Wort hervorbringen, denn Tränen füllten erneut ihre Augen. Als Ott ihre Hand faßte, überkam Elli ein Gefühl, als dürfte er sie niemals mehr loslassen; er müßte ihre Hand festhalten, und so sollten sie zusammen von Wargamäe hinuntergehen. Oder falls er jetzt losließe, weil Oskar am Speicher aufpaßte und die Mutter am Schlüsselloch wachte, müßte er Elli leise zuflüstern oder ein Zeichen geben, daß er sie beim nächsten Heuschober oder am Rande des Muulu-Moores, neben alten Torfscheunen erwarten werde, und Elli würde ihm ohne alles, so wie sie eben vor ihm stand, folgen.

Doch der Bursche sagte nichts mehr und gab auch kein Zeichen, als hätte er nichts zu sagen oder keinen Grund, ein Zeichen zu geben. Er ließ die Hand des Mädchens los, ging zu seinem Bündel, schwang es auf den Rücken, wandte sich dann Oskar zu, der immer noch wie ein Wachsoldat vor dem Speicher stand, und rief so laut, als sollte es einen halben Kilometer weit, zumindest aber bis zum Niederhof zu hören sein: »He, alter Junge, los geht's!«

»Soll's losgehen«, erwiderte Oskar ruhig, ohne sich von der Stelle zu rühren.

Im selben Augenblick trat Sass heraus und blieb mitten auf dem Hof stehen, als tue es ihm leid, daß der Bursche gehe. Als Elli hörte, daß der Vater die Hinterkammer verließ, eilte sie dorthin, öffnete das Fenster und kletterte hinaus in den Garten, kroch durch die Fliederbüsche zu der Lücke im Zaun und durch diese aufs Feld hinter der Stube. Denn sie wollte Ott noch einmal sehen, so sehen, daß in diesem Augenblick niemand außer ihr ihn mehr anschaute. Außerdem nährte sie die heimliche Hoffnung, daß sie sich mit Ott noch einmal treffen könnte, und nicht so wie vorhin, da der Bruder und die Mutter Wache hielten. Vielleicht blickt Ott sich um, bemerkt sie, wenn sie neben dem Zaun steht, und kommt dann über das Feld gelaufen, mit seinem Bündel auf dem Rücken; oder er gibt Elli ein Zeichen, und dann läuft sie, denn sie hat es ohne Bündel leichter zu laufen. Doch nein, sonderbarerweise wandte sich der

Bursche kein einziges Mal um, und so hat er niemals mehr erfahren, daß Elli durch die Zaunlücke gekrochen war und auf dem Feld hinter der Stube stand. Bald war von dem Burschen nur noch der Kopf zu sehen, und als auch der hinter dem Berghang zu verschwinden begann, ging Elli ihm nach, um nicht auch diesen letzten beweglichen Punkt aus den Augen zu verlieren. Als sie aber bis zu dem Feldrain gelangte, war es, als erwache sie plötzlich aus einem Traum, und sie blieb stehn. Wie weit noch? Nein, sie ging zurück zur Zaunlücke. Als sie sich gerade bückte, um durchzuschlüpfen, hörte sie die Mutter am Fenster rufen. Elli trat aus dem Schatten der Fliederbüsche und sagte: »Hier bin ich, Mutter.«

»Ich fürchtete schon, daß du verrücktes Huhn ihm nachläufst«, sagte die Mutter, immer noch mit einem leisen Beben in der Stimme.

»Vielleicht wäre es das einzig Richtige gewesen«, erwiderte Elli.

»Ein dummes Kind bist du«, schalt die Mutter. »Daß du einen solchen Mann als Kreuz am Hals bekommen mußtest! Noch heute nacht, als er aus deinem Fenster gesprungen war, ist er zum Niederhof gegangen.«

»Das ist eine Lüge!« rief Elli. »Wer behauptet das? Natürlich Tiina?«

»Nein, mein liebes Kind, dein eigner Bruder«, sagte Maret.

»Oskar lügt«, rief Elli. »Oskar ist auf Ott eifersüchtig, deshalb.«

»Warum soll er denn auf ihn eifersüchtig sein?« fragte die Mutter.

»Ott hat Tiina besser gefallen als Oskar, das ist alles«, erklärte Elli. »Das war von Anfang an so, und deshalb konnte Oskar ihn nicht leiden. Er nörgelte und krittelte an ihm so lange herum, bis er ihn fortbekam, um Tiina nur für sich allein zu haben.«

»Wie es damit steht, weiß ich nicht«, sagte Maret, »doch daß Ott heute nacht auf dem Niederhof war, das glaube ich wohl. Oskar hat sogar selbst gehört, was Juuli ihm zum Abschied nachgerufen hat.«

Nun wurde Elli plötzlich blaß und fragte mit zitternden Lippen: »Was denn?«

»Juuli sagte, daß einen solchen Lumpen wie Ott niemand will und auch niemand haben wird«, sagte die Mutter.

Elli wollte heftig antworten, doch in diesem Augenblick krachte ein lauter Flintenschuß, woher, war in der Kammer, in die Elli schon hineingeklettert war, nicht festzustellen, beiden schien es jedoch, daß er aus der Richtung des Moordammes kam. Ob infolge der letzten Worte der Mutter oder aus einem anderen Grunde, Elli geriet durch den zufälligen Schuß in große Erregung, mit der sie auch Maret ansteckte. Sie gingen zusammen hinaus und fragten die Männer, die unter dem Tennenvordach Sensen schärften, ob sie den Schuß gehört hätten. Ja natürlich, sie hatten ihn gehört, er kam aus der Richtung des Moordammes.

»Ott hatte doch keinen Revolver, um unterwegs zu schießen?« fragte Sass.

»Ich habe keinen gesehen«, erwiderte Oskar und fügte hinzu: »Das war kein Revolver-, sondern ein Flintenschuß, mein Ohr trügt mich nicht.«

Oskar äußerte seine Meinung und drehte dabei die Kurbel des Schleifsteins, während der Vater die Sense hielt. Die ruhige Tätigkeit der Männer wirkte auch auf die Frauen beruhigend, und ihre Aufregung ließ nach. Elli wandte sich dem Speicher zu, um sich nochmals allein auszuweinen, ehe sie mit den anderen zur Getreideernte ging, doch da sah sie den Niederhof-Karla erregt in ihre Richtung kommen. Sie blieb stehen und beobachtete ihn. So bemerkte sie, daß nicht nur Karla aufgeregt dahineilte, sondern auch die Männer auf dem Hof ihm erregt nachschauten. Elli konnte sich nicht beherrschen, trat an die Hofpforte und fragte Karla: Nachbarsvater, wissen Sie vielleicht, was das für ein Schuß war?«

»Der Junge, dieser Lümmel, hat aus der Stube die Flinte entwendet und schießt jetzt im Wald herum, ich will gehen, sie ihm wegzunehmen«, erwiderte Karla und stürmte weiter.

»Also Eedi«, dachte Elli, und es überkam sie eine solche Ruhe, daß sie in dem dunklen Speicher auch bei eingehakter Tür keine einzige Träne fand. Wie lange sie dort im Dunkeln auf Tränen gewartet hatte, wußte sie nicht, doch plötzlich hörte sie die Hofpforte knarren, und das ließ aus irgendeinem Grunde ihr ruhiges Herz erbeben. Sie eilte zur Tür, öffnete sie und trat hinaus auf die Treppe des Speichers: Der Niederhof-Karla war auf den Hof gekommen und hatte vergessen, hinter sich die Pforte zu schließen, als sei er kein Wargamäe-Bauer, sondern irgendein Zwiebelhändler oder Lumpensammler. Elli wollte ihm entgegengehen, doch er beachtete sie nicht, schien sie überhaupt nicht zu sehen. Da bemerkte Elli plötzlich, daß er völlig verstört war. Und als werde dem Mädchen dadurch etwas klar, lief es Hals über Kopf durch die geöffnete Pforte hinaus.

Aber Oskar, der ebenfalls die Pforte knarren gehört hatte, war unter dem Vordach hervorgetreten, um zu sehen, wer da komme, und bemerkte, ebenso wie Elli, den verstörten Gesichtsausdruck des Nachbarn. Da er sich gleichzeitig an den vorangegangenen Schuß erinnerte, lief er sofort der Schwester nach – durch die Pforte, die Anhöhe hinab, wobei er sie die ganze Zeit laut rief, als sei ihm dasselbe klar geworden wie Elli. So liefen denn die beiden, Elli voraus, Oskar hinterher, und selbst wenn man die ältesten Bewohner von Wargamäe befragt hätte, würde sich keiner erinnert haben, jemals die Schwester so vor dem

Bruder flüchten oder den Bruder der Schwester so nachjagen gesehen zu haben. Nein, eine so wahnsinnige Flucht und Verfolgung hatte zuvor niemand gesehen. Und wenn Elli auch Otts Erklärungen über den Wettlauf aufmerksam zugehört und sich eingeprägt hatte, halfen sie ihr dennoch nicht, Oskar holte sie ein, noch ein ganzes Stück vor dem Moordamm. Aber Elli fing an zu schreien und wich ihm aus, so daß auch Oskar zu schreien begann. Schließlich fielen sie beide zu Boden, Elli lag unten, Oskar auf ihr. Selbst auf allen vieren kroch Elli immer noch auf den Moordamm zu, als erwarte sie dort jemand.

»Laß mich los!« schrie sie den Bruder an. »Was willst du von mir!«

»Gehen wir nach Hause«, erwiderte Oskar. »Gehen wir zusammen nach Hause.«

Aber Elli wollte um keinen Preis nach Hause gehen, sie wollte auf den Moordamm, als sei dort ihr Heim. Und als Oskar sie nicht losließ, bat sie ihn inständig, sie gehen zu lassen. Als auch das nicht half, drohte sie, ihn zu beißen.

»Beiß, wenn du anders nicht kannst, aber laß uns nach Hause gehen«, bat Oskar.

Doch Elli biß nicht, sie konnte sich nur nicht mehr erheben, als hätte sie ihre ganze Kraft beim Laufen verbraucht. Da hob Oskar sie schließlich auf und trug sie die Anhöhe hinauf. Das Mädchen schluchzte lautlos und ergab sich in ihr Schicksal, nach Hause zurückkehren zu müssen. Auf dem Hang kam ihnen Maret entgegen, denn sie hatte durch das Fenster die Kinder laufen sehen. Sie war zu Tode erschrocken, als sie Elli auf den Armen des Bruders sah.

»Was ist?« fragte sie. »Was ist mit Elli?«

»Sie wollte dorthin laufen, ich bringe sie zurück«, erklärte Oskar.

»Wohin?« fragte Maret, denn sie hatte den Niederhof-

Karla nicht gesehen, der bei Sass unter dem Vordach geblieben war.

»Ich weiß nicht, wohin«, erwiderte Oskar.

»Ich wollte zu Ott«, schluchzte das Mädchen.

»Dummes Kind«, rief Maret. »Wer weiß, wo Ott jetzt ist.«

»Nein, nein, Ott ist dort, Ott ist auf dem Moordamm, ich sah es dem Gesicht des Nachbarn an«, schrie Elli. »Wenn es nicht Ott wäre, warum würde dann der Nachbarsvater zu uns kommen? Nicht einmal die Pforte hat er geschlossen, so aufgeregt war er.«

So erfuhr Maret, was der schreckliche Wettlauf ihrer Kinder zu bedeuten hatte. Als sie aber eine nähere Erklärung verlangte, wußten weder Elli noch Oskar etwas zu berichten.

»Seid ihr aber beide unvernünftig!« rief die Mutter, und obwohl ihr selbst das Herz bebte, versuchte sie aufmunternd zu lächeln. Als sie jedoch zur Hofpforte kamen, standen dort die beiden Wargamäe-Bauern nebeneinander, als habe es zwischen ihnen niemals eine Meinungsverschiedenheit oder Streit gegeben, und keiner von beiden schien darüber zu staunen, daß der Bruder mitten am Tage seine erwachsene Schwester trägt. Sass sagte nur wie nebenbei: »Oskar, bring Elli in die Stube und komm dann zurück!«

Als das Mädchen diese gleichgültigen Worte hörte, sprang es wie der Blitz von den Armen des Bruders und stürmte auf den Niederhof-Karla zu.

»Ist er tot?« fragte sie. »Er ist tot«, fügte sie dann wie bestätigend hinzu, als Karla nicht antwortete. »Ich fühlte es gleich«, sagte Elli, »ich fühlte es schon vorhin, als ich den Schuß hörte.«

»Maret, bring Elli fort«, sagte Sass, und als das Mädchen nicht gehen wollte, gab er Oskar ein Zeichen, die Schwester in die Kammer bringen zu helfen. Als das geschehen war und Oskar wieder zurückkam, sagte der Vater: »Setz dich aufs Rad und fahr zum Milizionär oder was es sonst für Amtsmänner gibt – man muß Bescheid sagen. Soll er benachrichtigen, wen nötig, denn Ott wurde auf dem Moordamm erschossen, ein Schuß in den Kopf, wie der Nachbar sagt. Gehen wir zusammen hinunter, dann siehst du es mit eigenen Augen und weißt zu berichten. Wir müssen dort Wache halten, man kann ihn nicht so liegen lassen.«

»Hat er es selbst getan?« fragte Oskar.

»Nein, der Nachbar meint, es sei wahrscheinlich sein Sohn gewesen«, erwiderte Sass.

»Unsere Flinte zu Hause ist verschwunden, und auch der Junge ist fort, so daß ...«, sagte Karla.

Alle drei standen mit ratlosen Gesichtern dem unabänderlichen Ereignis gegenüber. Jeder verfolgte in Gedanken seine Ahnungen und Erinnerungen, ohne es für notwendig zu halten, den anderen auch nur ein Wort darüber zu sagen. So gingen sie zu dritt hinab zum Moordamm.

XXIV

Der Schuß auf dem Moordamm von Wargamäe schien die ganze Umgebung aus dem Schlaf geweckt zu haben. Schon einige Stunden später wimmelte es auf dem Damm von einer Menschenmenge, wie man sie lange nicht gesehen hatte. Es trafen nicht nur der Arzt und die Gerichtsbarkeit in Autos ein, sondern es kamen auch Neugierige mit Fahrrädern und zu Fuß, als hätten die Leute bei dem schönen Wetter nichts Besseres zu tun, als auf dem Moordamm spazierenzugehen.

Zu sehen und zu hören gab es hier eigentlich nicht viel. Der anfänglichen Annahme der Wargamäe-Leute, daß Ott aus einem nahen Hinterhalt eine Schrotladung in die linke Stirnhälfte bekommen hatte und der Tod wahrscheinlich sofort eintrat, fügte die ärztliche Obduktion nur hinzu, daß zum Schießen Schrot Nr. Null verwendet wurde und daß der Tod schmerzlos gewesen sei. Einen solchen Tod wünschte der untersetzte, pausbäckige Arzt einem jeden Menschen, denn ein solcher Tod sei normal, nämlich ein schmerzloser Tod, wenn er ohne Schrotladung erfolge. Als einige daran zweifelten, daß der Tod überhaupt schmerzlos sein könne, wies der Arzt auf das Gesicht des Getöteten: da könne man auch jetzt noch Spuren eines Lächelns erkennen. Das sei aber nicht möglich, wenn der Mensch leidend stirbt. Der Verschiedene mußte im Augenblick des Todes guter Laune, angenehmer Stimmung und von hoffnungsvollen Zukunftsahnungen erfüllt gewesen sein, so daß man es hier mit einem der seltenen glücklichen Todesfälle zu tun habe, meinte der Arzt auf Grund seiner Beobachtungen.

Die amtliche Untersuchung konnte die Meinung des Arztes hinsichtlich der rosigen Laune des Ermordeten in keiner Weise bestätigen. Es konnte nicht einmal festgestellt werden, warum der Verstorbene seinen Dienst in dem Augenblick aufgegeben hatte, wo seine Arbeitskraft besonders gebraucht wurde. Was trieb ihn von Wargamäe weg? Wo wurde er erwartet? Wohin wollte er gehen? Auf keine dieser Fragen fand sich eine Antwort, denn der Bursche war ein Querkopf gewesen, von dem niemand etwas Näheres wußte.

Überhaupt verlief die Untersuchung im wesentlichen ergebnislos, und das vor allem deshalb, weil derjenige, den man für den Verbrecher hielt, spurlos verschwunden war. Nicht einmal das konnte festgestellt werden, ob tatsächlich Eedi auf dem Moordamm auf Ott geschossen hatte oder ein anderer, der mit Ott eine Rechnung zu begleichen hatte. Des Niederhof-Karlas Annahme, daß es sich um einen Streich seines Sohnes handele, ließ sich durch nichts beweisen. Denn was hatte Eedi mit Ott zu tun? Was konnten sie gegeneinander haben? Richtig. Ott besuchte ab und zu den Hof des Nachbarn, doch zwischen Eedi und ihm gab es keine näheren Berührungen und schon gar keine Feindschaft. Zu allen anderen hatte Ott ebenfalls ein gutes Verhältnis, so daß sein plötzlicher Tod ein Rätsel war.

Was aber Eedi anbetraf, so hatte niemand früher beobachtet, daß er jemanden überfallen hätte oder versucht, Gewalt anzuwenden. Seine einzige Schwäche waren Schußwaffen, ganz besonders seit er selbst von einer Schußwaffe lebensgefährlich verletzt worden war. Doch er schoß nur so herum, ohne jemals einen Menschen verletzt zu haben. Und es fürchtete sich auch niemand vor ihm, denn man konnte ihn immer durch ein bloßes Wort im Zaume halten. Der einzige, der ihn verdächtigte, war der Hirt vom Oberhof, der erklärte, daß er sich immer vor dem Niederhof-Eedi gefürchtet habe, denn dieser habe ihn im Moor belästigt und sogar Tiina überfallen.

Aber Tiina widerlegte die Verdächtigungen des Hirtenjungen fast völlig, indem sie sagte, daß das, was zwischen ihr und Eedi geschehen sei, mehr Spaß als Ernst war. Nicht nur mit ihr, auch mit anderen liebte der Junge seine Kräfte zu messen, seien es Männer oder Frauen, denn der wollte so gerne ein Mann werden und meinte, daß nur die Kraft einen Jungen zum Manne mache. So habe er denn einmal versucht, auch mit ihr, das heißt Tiina, im Moor die Kräfte zu messen. Da aber der Hund den Jungen nicht ausstehen konnte, weil Eedi ihn immer reizte und mit Steinen bewarf, so habe er den Jungen angefallen und ihm die Hose zerrissen. Das sei alles. So mußte denn die Untersuchung, alles zusammenfassend, zu dem Schluß gelangen, daß den Tod des jungen Mannes eher ein unglücklicher Zufall oder eine Unvorsichtigkeit als ein Verbrechen herbeigeführt habe.

Nun blieb nichts anderes übrig, als den verdächtigen

Jungen zu suchen. Anfangs wurde das sehr geheimnisvoll getan: Man fuhr zusammen ab, und abends, bei Dunkelheit, schlich ein Beamter nach Wargamäe zurück, um zu sehen, ob der Junge nicht in der Nacht aus dem Walde nach Hause zurückkehre oder ob er sich mit einem Verwandten treffe. In solchen Fällen bellten die Hunde auf beiden Nachbarhöfen fast die ganze Nacht hindurch, als würden irgendwo Wölfe umherschleichen oder Diebe den Weg in die Speicher suchen. Die Herzen aller wurden von einer gewissen abergläubischen Angst erfaßt, und es gab nur wenige, die in einer solchen Nacht ruhig schlafen konnten.

»Die Hunde bellen und heulen, als gehe Otts Seele in Wargamäe um«, sagte Maret in ihrem Bett zu Sass.

»Wer kann das wissen«, erwiderte Sass, »vielleicht geht er wirklich um. Seinen Kopf haben sie völlig zertrümmert, erst der Junge mit seiner Flinte, später der Arzt mit dem Messer. Da kann jeder schließlich anfangen, umzugehen und die Hunde zu schrecken.«

»Meinst du denn wirklich, daß des Nachbarn Junge Ott das Lebenslicht ausgeblasen hat?« fragte Maret.

»Wer denn sonst?« meinte Sass.

»Dann vermutlich wegen dieser Geschichte mit Juuli«, überlegte Maret.

»Ja, wahrscheinlich«, pflichtete Sass bei. »Sieh mal, früher war es so, wurde ein Mädchen verführt, steckte es den Kopf in die Schlinge oder sprang ins Wasser, und sei es in den eigenen Brunnen; jetzt aber, wenn überhaupt etwas geschieht, dann mit dem Burschen, so als hätte man ihn verführt.«

»Du glaubst also, daß Juuli hinter der Sache steckt?« fragte Maret erschaudernd.

»Und was denkst du denn?« fragte Sass seinerseits. »Dieser dumme Junge hat doch nicht aus eigenem Kopf ...«

»Vielleicht aber doch, aus Eifersucht, denn er liebte so

sehr, mit Juuli die Kräfte zu messen, und hielt wie verrückt zu ihr«, sagte Maret.

»Schließlich, wer kann sich in diesem verrückten Bengel auskennen, vielleicht nur Gott allein«, sprach Sass, als bedaure er seine vorher geäußerte Annahme.

Aber Elli, die ebenfalls in der Hinterkammer lag und keinen Schlaf fand, hörte das leise Geflüster der Eltern über Juuli, den Jungen und Ott und zweifelte an nichts, wenn sie auch nicht recht begriffen hatte, welcher Meinung Vater und Mutter eigentlich waren. Für Elli war von Anfang an alles klar: Juuli war auf sie, Elli, eifersüchtig, weil Ott sie hatte sitzenlassen und sich Elli zuwandte, die er wirklich liebte, nicht so wie Juuli. In ihrer Wut hetzte sie Eedi auf Ott, damit ihn, wenn Juuli ihn nicht haben konnte, weder Elli noch eine andere bekommen sollte. Und falls es wahr wäre, was Oskar erzählte – jetzt fing Elli schon an, zu glauben, daß Ott in der letzten Nacht, nach seiner Flucht von ihr, wirklich auf dem Niederhof gewesen sei – dann wäre alles ganz einfach: Auf dem Niederhof hatte man von Ott selbst erfahren, wie seine Sachen auf dem Oberhof standen und wann er würde gehen müssen. Ja, Ott selbst konnte es dummerweise gesagt haben. Außerdem war Ott am Morgen des Abschiedstages in so lärmend übermütiger Stimmung, daß man auf dem Niederhofe ohne weiteres die Zeit seines Wegganges bemerken konnte. Richtig: Von dort konnte man sehen, wie Ott, das Bündel auf dem Rücken, sich der Hofpforte näherte und wie Maret kam und ihn in die Stube rief, so daß Ott das Bündel vom Rücken nahm und an den Zaun hängte. Die Zeit, die Ott beim Essen in der Kammer verbracht hatte und in der er einige Worte mit Elli wechselte, genügte vollkommen, um vor ihm mit der Büchse auf den Moordamm zu gelangen.

So verhielt sich die Sache nach Ellis Ansicht, und wenn es auf sie angekommen wäre, hätte sie das auch den Beamten erklärt, damit sie die Angelegenheit gleich am richtigen Ende anpacken könnten, wie Elli sagte. Die anderen kostete es große Mühe, dem armen Mädchen klarzumachen, daß ihre ganze Beschuldigung nur eine Annahme sei und durch nichts zu begründen, es sei denn, man würde auf das Verhältnis zwischen Juuli und Ott hinweisen, auf seine Besuche dort. Doch was wisse man davon? Nicht mehr, als daß Ott eine Weile nachts auf den Niederhof gegangen war, das sei alles. Was aber beweise das schon, insbesondere, da Juuli und Helene zusammen im Speicher schliefen. Viele Burschen besuchen ihre Mädchen in der Nacht, ohne daß sich daraus gleich ein Mord ergibt. Denn wenn es so wäre, müßte die Hälfte der Burschen tot und die Hälfte der Mädchen Mörderinnen sein. So steht es um die Burschen und Mädchen auf der Welt, nur Elli sei noch jung und dumm und kenne das Leben nicht. Ott versuchte es auch bei ihr, doch es gelang ihm nicht, denn Elli schlief in der Hinterkammer. Hätte sie im Speicher geschlafen, wäre ihr möglicherweise dasselbe passiert wie der Niederhof-Juuli, meinte Oskar.

»Nie im Leben!« entgegnete Elli.

»Glaubst du, Ott hätte dich nicht verführen können?« fragte Oskar.

»Das schon, aber er hätte mich niemals verlassen«, erwiderte Elli. »Wenn er aber mit einem solchen Gedanken gekommen wäre, hätte ich es sofort gespürt und Schluß gemacht.«

»Du sprichst wie ein Kind«, sagte Oskar. »Nichts hättest du gespürt oder getan. So denken alle Mädchen, und doch endet alles wie gewöhnlich.«

Aber Elli glaubte dem Bruder nicht, sondern vertraute nur sich selbst, und um ganz sicher zu sein, sprach sie darüber auch mit Tiina, denn Otts Tod wurde zum Versöhnungsopfer zwischen den beiden. Tiina war sogleich mit

Elli einer Meinung und sagte, daß auch ihr niemals so etwas passieren könnte, wie Oskar meinte. Es wäre überhaupt nicht möglich, daß ein Mann sie verführen könnte, daß sie ihm vertrauen würde, denn wenn Tiina jemandem glaube, dann glaube sie ihm auch ohne jede Verführungskunst, glaube sie ihm aber nicht, so helfe keine Verführung. Die Männer seien nach Tiinas Ansicht den Frauen von Gott gegeben und bestimmt, sie seien eine Gnadengabe Gottes, und wie könne man von jemand verführt werden, den man als Gnadengabe Gottes besitze.

Diese Ansichten Tiinas entsprachen genau Ellis Meinung, nur daß sie nicht imstande war, sie so gut auszudrükken, doch nachdem sie einmal ausgesprochen waren, verstand Elli es durchaus, sie an den Bruder weiterzugeben, so daß er begreifen mußte: Ott war eine Gottesgabe für Elli, und deshalb konnte ihr, das heißt Elli, niemals dasselbe passieren wie Juuli, nämlich daß sie Ott töten müßte, dabei noch durch die Hand ihres einfältigen Bruders. Da aber Juuli das getan hatte, entbrannte in Elli heißer Zorn und Rachedurst gegen sie. Die Situation wurde so kritisch, daß man schließlich Indrek eilig aus dem Graben nach Hause rief, damit er dem Mädchen den Kopf zurechtsetze. So saßen sie denn zusammen in der Hinterkammer und stritten darüber, ob Ott eine Gnadengabe Gottes für Elli gewesen sei, wie Tiina sagte, oder nur ein gewöhnlicher Bursche, der es verstanden hatte, den Mädchen den Kopf zu verdrehen.

»Gut«, war Indrek schließlich einverstanden, »mag es so sein, daß Ott für dich von Gott bestimmt war, was aber hatte er dann mit Juuli zu tun? Und was hast du mit Juuli zu tun? Laß sie in Ruhe, sonst wird sie auch über dich herfallen.«

»Was hat sie über mich zu reden?« fragte Elli.

»Ebensoviel wie du über sie«, erwiderte Indrek, »denn du

hast gegen sie nicht eine Spur mehr Beweise als sie gegen dich. Außerdem weißt du ja gar nicht, was Ott ihr von dir und von uns allen erzählt hat.«

»Aber Oskar hat doch gehört, was Juuli in der letzten Nacht Ott nachgeschrien hat«, sagte Elli.

»Oskar sagt, daß er diese Worte nicht wiederholen werde, und wenn du damit herauskommen solltest, werde er sie leugnen«, erklärte Indrek.

»Aha, jetzt begreife ich«, rief Elli, »Oskar steckt mit Juuli unter einer Decke! Das geschieht Tiinas wegen, denn Ott gefiel Tiina besser als Oskar, das kann Oskar ihm auch im Tode nicht verzeihen.«

»Liebes Kind, du hast wegen deines Otts den Verstand verloren«, sagte Indrek. »Du sprichst von ihm, als wäre er ein Goldstück.«

»Das war er auch«, behauptete Elli.

»Nun gut«, war Indrek einverstanden, »sagen wir, er war es, doch nur, solange er lebte. Jetzt ist er nur Staub und wird bald stinken.«

»Herrgott, wie scheußlich du sprichst, Onkel!« rief Elli.

»Kindchen, sonst willst du ja nicht hören«, erklärte Indrek.

»Ott ist jetzt tot, sage ich, und jeder lebende Mensch ist mehr wert als er.«

»Das sagst du nur so, Onkel«, meinte Elli.

»Nein, es ist wirklich so«, versicherte Indrek. »Von ihm ist nur noch der Name übriggeblieben, nur eine Erinnerung, das ist dieses Gold, das von ihm übrigblieb. Wenn du jetzt Juulis Angelegenheiten vor fremden Menschen zur Sprache bringst und sie aus Ärger von dir erzählt und Tiina ihrerseits davon, wie Ott sie belästigt hat und deshalb mit Oskar in Streit geriet, kannst du mir sagen, was dann von dem letzten Gold dieses Ott, von seinem guten Namen noch übrigbleiben würde? Wir würden ihn durch gegensei tiges Gerede so heruntermachen, daß alle zu dem Schluß kommen müßten – dem Hund gebührt ein Hundetod. Das kannst du doch nicht wollen? Dann denke daran: Du kannst vielleicht recht haben, doch die anderen haben keinen Grund, dir mehr zu glauben als Juuli oder jemand anderem, denn alles ist ja nur Gerede. Darum laß deinen goldenen Ott einen ehrlichen Tod gestorben sein, und bring seinen Namen nicht in einen ebenso üblen Geruch, wie bald von seinem Körper ausgehen wird.«

»Ich will seinen Tod rächen«, warf Elli heftig ein.

»Dummes Kind, du rächst doch seinen Tod an dir selbst, begreifst du das denn nicht«, sagte Indrek. »Du lädst dir eine solche Geschichte auf den Hals, aus der du dein Leben lang nicht herauskommen wirst. Und wofür? Du bist doch an Otts Tod in keiner Weise schuld. Deine Liebe zu ihm war doch kein Verbrechen. Dir reicht doch das Leid, das du schon hast, wozu sich denn blindlings noch ein größeres aufladen.«

»Alles ist daher gekommen, weil Ott von uns fortgehen mußte«, sagte das Mädchen schließlich ergeben, als beuge sie sich dem Unvermeidlichen.

»Nein, liebes Kind«, widersprach Indrek. »Das, was auf dem Moordamm geschah, hätte auch anderswo passieren können, wenn Ott hiergeblieben wäre. Alles kam daher, daß Ott so war, wie er nun einmal war. Du konntest es natürlich nicht ändern, daß er dir gefiel, und er konnte nichts daran ändern, daß er von deinem Fenster aus direkt zur Speichertür des Niederhofs ging und sogar eintrat, dadurch mußte denn alles so kommen. Wer Ott schließlich ermordet hat und auf wessen Anstiftung es geschah, ist nicht so sehr wichtig, denn Otts wirklicher Mörder war er selbst oder ...«

»Onkel!« schrie Elli auf.

»So ist es, liebes Kind«, versicherte Indrek und streichelte des Mädchens rechte Hand, die wie hilfesuchend krampfhaft Indreks Linke ergriffen hatte. »Es ist natürlich sehr schmerzlich, das zu denken, und noch schmerzlicher, es von jemand anderem zu hören, und dennoch ist es so. Wenn er wenigstens in der letzten Nacht zu Hause geblieben wäre, wäre vielleicht alles ganz anders gekommen. Die letzte Nacht war vielleicht die entscheidende für sein Schicksal, denn sonst wäre es unverständlich, warum das, was auf dem Moordamm passierte, ihm nicht schon früher zugestoßen ist. Es gibt Menschen, die ihren Untergang selbst suchen, und zu denen gehörte wohl auch Ott. Er konnte nicht aus Wargamäe scheiden, bevor er sich einen Mörder besorgt hatte. Aber es gibt natürlich auch eine andere Möglichkeit, nämlich, daß alles Zufall gewesen ist, einfach ein Versehen, so daß an Otts Tod weder er selbst noch jemand anderes schuld ist, wenn aber, dann nur der, den man Gott nennt.«

»Ott glaubte nicht an Gott«, sagte Elli.

»Darauf kommt es überhaupt nicht an«, erwiderte Indrek.

»Aber was konnte denn Gott gegen ihn haben?«

»Ach, liebes Kind«, seufzte Indrek, »das ist leichter zu fragen als zu beantworten! Vielleicht würde Gott selbst dir die Antwort auf diese Frage schuldig bleiben. Aber natürlich, er antwortet ja nicht. Vielleicht ist es so, wie es mein Vater unten in der Kate erklärt. Vielleicht ist der Mensch vor Gott nicht mehr als ein Grabenspaten, nicht mehr als eine Fliege oder eine Mücke in der Hand eines Kindes, der es den Kopf abdreht oder die Flügel abreißt. Vielleicht ist er nicht einmal das, ist überhaupt nichts! Nur eine Laune, ein dummer Witz. Ein mißglückter Witz, der geändert, umgedacht werden müßte, bevor er etwas gilt. Aber der Mensch ist bisher nicht umgedacht worden, und deshalb ist alles so, wie es ist.«

Das Mädchen hörte Indrek zu. Vielleicht beruhigte es

das zärtliche Streicheln mehr als die leise und überzeugt gesprochenen Worte. Schließlich wurde das Mädchen von Wehmut ergriffen, und begann sich selbst zu bedauern, es bedauerte auch den Onkel, der so ergeben redete, bedauerte alle Menschen, mit denen Gott so spielte, bedauerte selbst die Niederhof-Juuli, egal was sie war und was sie getan hatte. Elli schmiegte sich an Indreks Brust und begann zu weinen. Der streichelte ihr den Kopf und die Hände und tröstete sie dabei mit ihrer Jugend. Das Leben stehe ihr ja noch bevor, ein ganzes langes Leben. Was sollte er, Indrek, tun, wenn sie, Elli, weine? Er, Indrek, sei schon grau, und dennoch möchte er noch leben, hoffe er immer noch. Er habe nun schon bald ein Jahr auf Wargamäe seinen Graben ausgehoben und möchte das noch etliche Jahre fortsetzen, denn er glaube an sein Lebensglück.

So kam es denn, daß Elli beim Verhör nichts wußte und nichts gehört hatte, als liege in diesem Nichtwissen ihr Lebensglück. Und so war es auch mit den anderen. Denn sie alle befürchteten, daß es, wenn sie anfangen wollten zu reden, kein Ende geben würde, bevor nicht die ganze schmutzige Wäsche von Wargamäe vor der ganzen Welt gewaschen sein würde, natürlich zum Gaudium dieser Welt. Am meisten fürchtete man das, was nach dem Waschen der schmutzigen Wäsche kommen würde. Denn, wenn man erst anfinge, sich gegenseitig zu beschuldigen und anzuzeigen, würde die Feindschaft kein Ende nehmen. Bisher hatte man immerhin noch goldene Tage gehabt, anderswo in der Welt war es viel schlimmer, da gab es Mord und Brandstiftung. Die Klärung der Gründe für den Mord an Ott könnte diese Dinge auch nach Wargamäe bringen. Hatte das einen Sinn? Irgendeinen Sinn? Würde Ott dadurch wieder zum Leben erwachen? Wünschte überhaupt jemand ernstlich sein Wiedererwachen? Wenn der Heiland selbst auf dem Moordamm von Wargamäe erschiene und die Familien der beiden Höfe fragte, ob vielleicht jemand wünsche, daß er Ott wiedererwecke, würde vermutlich niemand es wagen, vor Christi Angesicht zu treten. Selbst Elli nicht, denn wenn es ihr um Ott auch furchtbar leid tat, so neigte sie dennoch zu der Ansicht, daß er, wenn er nun mal gestorben war, auch tot bleiben sollte. Überdies hatte Elli davon gehört, wie sie seinen Kopf zerschlagen hatten, das hätte vielleicht sogar Gott schwer wieder in Ordnung bringen können. Armer Ott!

Aber die Hunde auf Wargamäe bellten und heulten immer noch des Nachts, als wollte die Seele des armen Ott nicht davon ablassen, hier in der Nacht umzugehen, wenn auch sein Körper schon längst von hinnen gegangen war. Dann ereignete sich ein sonderbares Wunder: Zu Otts Beerdigung erschienen seine Mutter und Schwester. Niemand hatte angenommen, daß ein solcher Bursche eine Mutter haben könnte, die ihn zur Welt gebracht hatte, oder eine junge, hübsche Schwester, die ein Bursche hätte verführen oder – wie der Oberhof-Sass sagte – verrückt machen können, so wie Ott selbst die Schwestern anderer Brüder verführt oder verrückt gemacht hatte. Nichts wirkte so ernüchternd auf die Oberhof-Elli wie das Erscheinen der Mutter und der Schwester Otts. Erst jetzt schienen ihr die Augen aufzugehen, um zu sehen, was für ein Mann ihr geliebter Ott eigentlich gewesen war. Und sie war noch fester davon überzeugt, daß der Heiland recht getan hatte, nicht auf dem Moordamm zu erscheinen, um Ott zu erwecken. Jetzt wurde Elli auch allmählich klar, weshalb ihre Eltern, Oskar und Tiina mit vereinten Kräften auf sie aufgepaßt hatten.

Was aber das Bellen und Jaulen der Hunde anbetraf, so hatte Indrek in dieser Hinsicht seine eigenen Ansichten. Leise, als fürchte er, daß man ihn beim lauteren Sprechen hinter dem Fenster oder der Tür hören könnte, sagte er zum Vater: »Sie wittern natürlich immer noch den Eedi.«

»Wer kann's wissen«, sagte der Vater.

»Sonst sind doch die Hunde nicht so außer Rand und Band«, meinte Indrek, »um Nächte hindurch zu kläffen.«

»Der will nicht herauskommen«, sagte der Vater, »vielleicht bleibt er auch verschwunden.«

»Das wäre das vernünftigste«, meinte Indrek.

»Warum denn?« fragte der Vater.

»Na, dann wäre alles erledigt, es gäbe weder Untersuchung noch Kopfzerbrechen, weder Verhaftung noch Gerichtsvorladungen«, erklärte Indrek.

»Das natürlich«, pflichtete der Vater bei. »Also hat Gott dieses Mal einen Verrückten zum Richter eingesetzt.«

»Das Urteil ist auch danach ausgefallen«, sagte Indrek und fügte nach einer Weile hinzu: »Gott liebt es anscheinend, in dieser Welt durch Verrückte und Schwachsinnige Gericht zu halten und Recht zu sprechen: mal begräbt heiße Asche Städte und Länder unter sich, mal verschlingt das Meer ganze Kontinente und Inseln zusammen mit ihren Bewohnern, mal überfällt der Sturm die Menschen, tötet sie und vernichtet ihre Wohnstätten, mal gibt er die Macht einem Wahnsinnigen oder Halsabschneider, und dann kommen Millionen um.«

»Und der Jüngste Tag kommt immer noch nicht«, sagte der alte Andres, als warte er tatsächlich darauf.

»Ja, er kommt immer noch nicht«, bestätigte Indrek, als warte auch er, gleich dem Vater, darauf.

In Wirklichkeit aber lag der Jüngste Tag weder dem einen noch dem anderen am Herzen. Vielmehr kreisten ihre Gedanken wie die aller auf Wargamäe und auch der Bewohner der Umgegend um die Frage: Wann wird die ganze Posse um Ott enden? Ja, man hatte begonnen, die Sache als eine Posse anzusehen. Und wenn jemand zwischen dem Birkendickicht über den Moordamm ging, spürte er ein Gruseln, als könne es ihm ebenso ergehen wie Ott hier am hellichten Tage. Aber darum verzichteten die Burschen doch nicht auf ihr Umherstreifen zwischen den Dörfern, auf das Kratzen an den Speichertüren, das Erklettern der Heuböden, denn sie meinten, man brauche ja nicht über den Moordamm von Wargamäe zu gehen, und überdies seien nicht überall die Mädchen so störrisch wie auf Wargamäe.

Auf diese Weise nahm das Leben seinen Lauf, als sei überhaupt nichts Außergewöhnliches geschehen. Beinahe vergaß man auch den Umstand, daß der Niederhof-Eedi immer noch verschwunden war. Nur auf dem Niederhof selbst vergaß man das nicht. Dort ging man auch mitten in der Nacht hinaus, um zu lauschen, warum wohl die Hunde so bellten und heulten, doch es war weder etwas zu hören noch zu sehen.

»Ob der Junge, der dämliche, es nicht wagt, nach Hause zu kommen, schleicht vielleicht hier in der Nähe umher, oder was mag das sein«, sagte einmal Karla, als er vom Lauschen draußen in die Stube trat.

»Wenn er es auch nicht wagen würde, nach Hause zu kommen, so könnte er wenigstens im Walde jemanden an sich herankommen lassen«, meinte Pearu. »Mit ihm muß doch etwas anderes passiert sein.«

»Schließlich wird man Leute zusammentrommeln müssen, um ihn im weiteren Umkreis zu suchen«, sagte Karla; »in der Gegend um den Moordamm ist er nicht, dort haben wir alles durchsucht.«

Pearu antwortete nicht mehr, als lohne es sich nicht, darüber zu reden. Überhaupt wurde auf dem Niederhof vermieden, diese Angelegenheit zu erörtern, denn der Ermordete war ja der Knecht des anderen Hofes, nicht des eigenen, und im Grunde genommen stand Ott im Augenblick seines Todes überhaupt nicht im Dienste von Wargamäe, und folglich war er eine ganz fremde, nebensächliche

Person. Nur die Mutter ging mit sorgenvoller Miene umher und versuchte bald mit dem einen, bald mit dem anderen darüber zu reden, ohne eine rechte Antwort zu bekommen. Mehrfach fragte sie Juuli, was sie denn jetzt von der Sache halte, doch Juuli, die starr vor sich hin blickte, zuckte nur zusammen und antwortete nicht, oder sie sagte etwas, was auch ungesagt bleiben konnte. Die einzige, die mit ihren Worten nicht zurückhielt, war Helene, doch ihre Meinung wollte die Mutter nicht hören und befahl ihr, den Mund zu halten. Denn Helene sagte der Mutter unverblümt, sie sei jedenfalls zufrieden, daß diesen Strolch die Strafe ereilt habe. Schade nur, daß Juuli ihn so ernst genommen habe, denn solche Burschen dürfe man nicht ernst nehmen, behauptete Helene. Gut war es ihrer Meinung nach auch, daß Nachbars Elli einen Denkzettel bekommen hatte, nun wird sie wohl ihr ganzes Leben lang nicht vergessen, was es bedeutet, einer anderen den Mann wegzuschnappen. So waren nach Helenes Ansicht die Dinge in bester Ordnung, aber dennoch half sie der Schwester jeden Abend, die Speichertür zu verschließen, zu verriegeln, festzuhaken und dann noch eine schwere Truhe vor die Tür zu schieben, als sei der tote Ott den Mädchen weit gefährlicher als der lebende. Überhaupt war Juuli, nach Helenes Meinung, etwas sonderbar, da sie sich die ganze Angelegenheit so zu Herzen nahm. Die Sache war doch jetzt eindeutig, Gott sei Dank.

»Bist ihn endlich los«, sagte Helene erleichtert zur Schwester.

»Wenn du an meiner Stelle wärest, würdest du begreifen, daß es leichter ist, einen lebenden Menschen los zu werden als einen toten«, erwiderte Juuli. Dem stimmte auch Helene zu. Sie sagte: »Das ist tatsächlich so. Als Eedi zu Hause war, habe ich mehrmals gedacht, daß es gut wäre, wenn er sterben würde, jetzt aber, da er vielleicht schon sein Ende gefunden hat, fange ich an, mich nach ihm zu sehnen, warte ständig, ob er nicht doch noch auftaucht.«

Aber Juuli sagte, daß sie Eedi jetzt fürchte, sie habe eine wahre Angst vor ihm. Auch das konnte Helene gut verstehen, denn sie hatte ebenfalls Angst, dennoch sehnte sie sich nach ihm. Wie es um die anderen Bewohner des Niederhofs stand, ob sie sich auch nach Eedi sehnten oder sich vor ihm fürchteten wie Juuli, das kam nicht zur Sprache. Am Sonntag aber wurde in der Umgebung von Wargamäe eine große Suche nach dem Jungen veranstaltet. Man wählte den Sonntag dazu, weil dann niemand einen Arbeitstag zu verschwenden brauchte. Die Menschen teilten sich in Gruppen auf, und jeder Gruppe wurde ein bestimmtes Gebiet zugewiesen. Sollte irgendwo etwas gefunden werden, mußten die anderen durch Flintenschüsse davon verständigt werden, damit sie sich nicht umsonst abmühten. Die Menschen suchten den ganzen Tag bis zur Ermüdung und warteten auf den befreienden Flintenschuß. Am Abend kamen nicht alle auf Wargamäe zusammen, die meisten gingen gleich nach Hause, wenn der Weg dahin näher war. Es kamen nur einzelne aus jeder Gruppe, um von den Ergebnissen ihrer Bemühungen zu berichten. Jemand fand in einer Scheune am Feldrand von Aaseme, die nur zur Hälfte mit Heu gefüllt war, eine Doppelflinte, die Karla als seine erkannte. Es war ihm aber unbegreiflich, wie die Flinte dahin geraten konnte, denn einige Zeit davor war sie nicht dort gewesen. Karla selbst war zweimal bei der Scheune und hatte hineingeschaut. Konnte er die Flinte vielleicht übersehen haben, die zwischen zwei hohen Sparren steckte?

Auf jeden Fall bewies sie, daß der Junge nach dem Schießen ins Muulu-Moor gegangen war und nicht zum Fluß, so daß alle an die mit dunklem Wasser gefüllten Blänken dachten. Ist er möglicherweise da hineingeraten? Als aber die

Leute zurückkehrten, die den Fluß und seine Umgebung abgesucht hatten, wiesen sie einen Finnendolch vor, den sie in einem Kahn fanden. Auch der Finnendolch wurde sofort erkannt, es war derselbe, den Eedi trug, seit er seinen verloren hatte. Wie war der Dolch in den Kahn geraten, während die Flinte in einer ganz anderen Gegend gefunden wurde? Außerdem befand sich der Dolch in einem Kahn, der gewöhnlich an einem Pfahl festgebunden war, jetzt aber frei im Flusse schwamm und von der Strömung und dem Wind ins Schilf getrieben worden war, wo man zusehen mußte, ihn zu erreichen. Nun erhob sich die Frage: Wo war der Junge später gewesen – an dem Ort, wo man die Flinte oder wo man den Dolch gefunden hatte? Diese Frage konnte jedoch niemand beantworten, und so wußte man nicht, wo man die Suche fortsetzen sollte. Dennoch begab man sich am nächsten Tag an den Fluß, durchsuchte und durchstocherte ihn dort, wo der Kahn gefunden wurde. Durch einen sonderbaren Zufall war es gerade die Stelle, wo vor Jahrzehnten der Gemeindeschreiber mit seinen neuen Keschern Krebse gefangen hatte, wobei sich die Kescher im Flußbett verfingen, so daß der Schreiber um Mitternacht in den Fluß steigen mußte, um sie herauszuholen. Dabei entdeckte er auf dem Boden des Flusses zwei – wie er selbst versicherte – riesengroße Stubben, in deren Wurzeln sich die Kescher verfangen hatten. Wenn es nun dem Niederhof-Eedi ebenso ergangen sein sollte wie den Keschern des Gemeindeschreibers, dann liegt er vielleicht hier auf dem Grunde des Flusses, verfangen in den Wurzeln der Riesenstubben, und steigt niemals mehr ans Tageslicht – kann auch nicht aufsteigen, denn die Stubben halten ihn ebenso fest, wie sie bis auf den heutigen Tag den dritten Kescher des Schreibers festgehalten haben, wenn auch aus dem jungen Schreiber inzwischen ein alter Sekretär geworden ist. Wo gibt es einen Mann, der nach dem Beispiel des Schreibers am hellichten Tage auf den Boden des Flusses hinabsteigen würde, um nachzusehen, ob die Stubbenklötze den Niederhof-Eedi zwischen ihren Wurzeln halten oder nicht? Einen solchen Mann gibt es nicht auf Wargamäe, hatte es nie gegeben, auch in der ganzen Umgebung wußte man nichts von einem solchen Manne. Sollte Eedi also wirklich an der Seite des dritten Keschers ruhen, so wird niemand dort seine Ruhe stören, denn auf Wargamäe gibt es keine Männer mehr, die gerne in den Fluß steigen würden. Als der alte Andres davon hörte, sagte er am Abend zu Indrek: »Wie gut wäre es, wenn der Wasserspiegel des Flusses schon gesenkt wäre. Dann könnte man viel leichter an die Stubben auf dem Flußgrunde herankommen.«

»Das wohl«, erwiderte Indrek, »aber dort, zwischen den Stubben, geht ja nichts verloren.«

Nur so viel wurde in der Kate von den Stubben geredet, und auch anderwärts verstummte bald das Gerede, denn es verbreitete sich das Gerücht, man habe einen dem Niederhof-Eedi ähnlichen Jungen fünf, sechs Kilometer weiter unterhalb des Flusses gesehen. Was er dort gesucht haben mochte und ob es wirklich Eedi war, konnte nicht festgestellt werden. So, wie er vom ersten Augenblick an verschwunden war, so blieb er verschwunden, ohne daß man eine Antwort auf die Frage gefunden hätte – war er der Mörder des Oberhof-Otts, oder hatte es jemand anderes getan? Und wenn er ihn umgebracht hatte, war es Absicht oder aus Versehen, aus eigenem Antrieb oder auf jemandes Geheiß? Ebenso wenig erfuhr man, ob er zu den Moorlöchern gegangen war, worauf der Fundort der Flinte hinwies, oder war er zuletzt am Flusse, was der Dolch und das Gerücht, daß man ihn weit unterhalb des Flusses gesehen habe, zu bestätigen schienen.

»Ist das aber seltsam«, sagte einmal der alte Andres, »ein

Mensch verschwindet und bleibt verschwunden, als hätte ihn jemand irgendwo begraben und einen Baum oder Strauch darüber gepflanzt. Nicht die geringste Spur!«

»Sterne am Himmel verschwinden, warum soll da ein Mensch auf der Erde nicht verschwinden«, sagte Indrek. »Ich würde gerne so verschwinden. Man kommt, ohne zu wissen woher, wozu und weshalb, und verschwindet ebenso. Eines schönen Tages bist du nicht mehr da, und das ist alles.«

XXV

Aber der alte Niederhof-Pearu wollte nicht so verschwinden. Er trug sich mit Gedanken über die Ewigkeit, brütete darüber Tag für Tag mit immer größerer Inbrunst. Und je mehr seine Absichten in der letzten Zeit fehlzuschlagen drohten, desto mehr hing er an ihnen, als bedeuteten sie sein Seelenheil. Der erste schwere Schlag für ihn war das, was Eedi widerfahren war bei seinem Versuch, mit Tiina Kräfte zu messen. Als er den Jungen auf seinem Schmerzenslager sah, liefen dem Alten Tränen aus seinen erlöschenden Augen, tropften auf den schütteren grauen Bart und von dort auf den Fußboden. Karla und Ida hatten das gesehen, doch sie verloren kein Wort darüber. Der nächste Schlag für Pearu war, daß Indrek ihm auf sein Angebot keine Antwort zukommen ließ, als hätte er seine alten Knochen nur um eines Schwätzchens willen nach Jôessaare bemüht; der schwerste Schlag aber war das Verschwinden des Jungen, denn jetzt hoffte niemand mehr auf sein Wiederkommen. Das berühmte Geschlecht des alten Pearu hatte seinen einzigen Namenserben verloren.

Natürlich, es lebte sein Sohn Karla, der noch Söhne und Töchter hätte haben können, doch der Schoß seiner Frau war unfruchtbar – die Jahre hatten ihr Werk getan. Schon seit dem Winter trug sich Pearu mit dem Gedanken, mit Karlas Frau über die Angelegenheit zu reden, dennoch hatte er gezögert und abgewartet, denn er setzte seine schwachen Hoffnungen auf Karlas Sohn. Nun war es endgültig aus damit, und deswegen gab es nur zwei Möglichkeiten: Entweder Karla schaffte sich auf irgendeine Weise einen Sohn an, oder Pearu würde Jooseps zweiten Sohn zum Niederhof-Erben bestimmen.

Wenn Pearu kein Gewissen hätte – er ist nämlich der Meinung, daß er eins hat –, könnte er ganz einfach handeln: Er würde mit Karla und seiner Frau kein Wort mehr reden, sondern das Testament einfach zugunsten von Jooseps Sohn ändern, denn das ist sein heißester Wunsch. Doch das Gewissen erlaubt es ihm nicht, und deswegen macht sich Pearu an die Missionsarbeit. Daran hindert ihn das Gewissen nicht, denn Pearu erinnert sich sehr gut, daß in der Heiligen Schrift irgendwo von einem frommen Weibe die Rede ist, das ihrem Manne ein Kebsweib zuführte, als ihr eigener Leib durch Alter unfruchtbar geworden war. Wer dieses fromme Weib war, daran erinnert sich Pearu nicht mehr, er weiß nicht einmal, ob er den Namen dieses tugendhaften Weibes jemals gewußt hat, nur eines weiß er mit Sicherheit: Ein solches gottgefälliges Weib hat es tatsächlich einmal gegeben. Natürlich wäre es für Pearu von Nutzen, sich an den Namen dieses Weibes zu erinnern, denn dann könnte er es seinem Sohn wie auch dessen Alten als Beispiel anführen, so daß sie verstummen müßten. Pearu war jetzt so weit, daß er bereit gewesen wäre, zum Katen-Andres zu gehen, um ihn nach dem Namen dieses Weibes zu fragen, denn der erinnerte sich bestimmt an ihn, doch Pearu zweifelt, ob Andres ihn empfangen würde. Andres ist, seit er in der Kate wohnt, so wortkarg geworden, als habe er auf alle Dinge dieser Welt verzichtet.

Er tauscht nur noch mit seinem Sohn Indrek, der tagsüber im Graben arbeitet, Gedanken aus. Ach ja! Auch Indrek könnte den Namen dieses Weibes kennen. Doch auch zu ihm möchte Pearu nicht noch einmal gehen, so daß er ohne den Namen auskommen muß. Also sagte denn Pearu eines Tages zu Karla: »Nun, unser Junge wird wohl kaum noch auftauchen.«

»Wahrscheinlich nicht«, erwiderte Karla.

»So daß mit dir unser Name auf Wargamäe erlöscht«, bemerkte der Alte.

»Es scheint so«, brummte Karla und fügte wie zu sich selbst hinzu: »Ich kann überhaupt nicht begreifen, wer unseren Namen auf Wargamäe eigentlich brauchen sollte.«

»Mein Sohn, du kannst nicht richtig denken«, sagte Pearu. »Wir selbst brauchen ihn auf Wargamäe. Ich übergebe ihn dir, du gibst ihn an deinen Sohn weiter, der wiederum an seinen und so meinetwegen bis zum Jüngsten Gericht, so daß, wenn das Volk von Wargamäe aufgerufen wird, das ganze Niederhof-Geschlecht geschlossen in einer Reihe vor dem Richtertisch antritt, und es erübrigt sich jegliches Nachforschen, wer und woher.«

»Meinst du auf diese Weise leichter durch das Himmelstor zu schlüpfen?« fragte Karla.

»Warum nicht, mein Sohn«, erwiderte Pearu, »denn dann sind wir die treuen Knechte, die dafür gesorgt haben, daß aus dem in unsere Hand gegebenen Samen ein großer Baum wachse. Und wenn dann die Reihe an Andres kommt und man ihn fragt: Und was hast du, Nachbar, mit deinem Samen gemacht, wird er nichts anderes antworten können, als daß er zu Ehren von Jesus Christus gelesen und gesungen hat. Doch was, mein Sohn, gilt vor dem Herrn mehr, mit lauter Stimme zu lesen und zu beten, oder für den Samen zu sorgen, den der Herr dir im Schoße deiner Mutter anvertraut hat. Sieh, mein Sohn, so steht es mit unserem werten Geschlecht, und du sollst nicht denken, daß es nur sinnlose Berechnung ist.«

»Weißt du, Vater, ich bin inzwischen auf ganz andere Gedanken gekommen«, antwortete Karla. »Ich habe nämlich darüber nachgedacht, was du mir einmal von Andres' und Krôôts zähem Blut und davon, daß man dieses Blut nach dem Niederhof holen müßte, gesagt hast ...«

»Genau, Karla: Geschlecht und zähes Blut, das sind die zwei Dinge, die der Niederhof braucht«, bestätigte Pearu.

»Nun, ich habe darüber nachgedacht und meine, daß es vielleicht gar nicht das zähe Blut und das Geschlecht ist, sondern etwas ganz anderes«, sagte Karla.

»Was kann es denn noch anderes geben?« fragte Pearu mit einer gewissen Erregung.

»Sieh, Vater, du bist alt, du bist sehr alt, und auch ich bin schon alt, und ich wollte darüber nicht mit dir sprechen, da es aber zur Sprache gekommen ist, will ich es mir von der Seele reden, damit zwischen uns alles klar ist. Außerdem, Vater, sind unsere letzten Tage sehr schwer gewesen, denn das mit dem Jungen war sehr schwer. Es geht nicht sosehr um den Jungen selbst, denn was immer wäre aus ihm geworden, aber Juuli hat den Verstand verloren, das ist viel schlimmer, denn ...«

»Mein Sohn, sprich nicht davon, denn diese Angelegenheit ist mir klar«, sagte Pearu. »Du glaubst, ich sei taub und blind, ihr alle glaubt das, doch ich höre und sehe alles, mein Sohn. Und ich habe auch gesehen, daß Juuli zähes Blut hat, sehr zähes Blut, als habe sie tatsächlich von meinem Blut geerbt.«

»Nun siehst du, Vater, da ich alle diese Dinge sehe und darüber nachdenke, habe ich mir vorgenommen, dir zu sagen, welche Gedanken ich mir über den alten Katen-Andres, seine erste Frau Krôôt und über dich gemacht habe. Es sind alte Geschichten, sehr alte, da aber auch wir schon alt sind, laß uns doch einmal auch von alten Dingen reden. Vater, ich glaube nämlich nicht, daß dir unser Geschlecht so sehr am Herzen liegt, wie du behauptest, wenn du unseren Kindern den Hof wegnehmen willst.«

»Geschlecht und zähes Blut«, warf Pearu ein.

»Du hast doch gerade eben selbst gesagt, daß Juuli zähes Blut hat. Wie wäre es, wenn sie einen Sohn von dem Burschen gebären würde, den unser Junge wie einen tollen Hund auf dem Moordamm erschossen hat. Könnte denn nicht dieser Sohn von Juuli Erbe des Niederhofs werden. Der wäre ja allein Juulis Sohn, niemand sonst hätte ein Recht auf ihn, denn sein Vater ist tot. Der Sohn hätte das zähe Blut von Juuli, und er bekäme auch ihren Namen, so daß unser Geschlecht erhalten bliebe.«

Pearu versank in Gedanken. Das kam ihm unerwartet. Erst nach einer Weile sagte er: »Wir wissen ja nichts von diesem Burschen, diesem Vater von Juulis Sohn. Du sagst ja selbst, daß unser Junge ihn wie einen tollen Hund erschossen hat. Vielleicht war er tatsächlich so ein toller Hund und weiter nichts, vielleicht ging die Sache mit Juuli gerade deswegen auseinander. In der Jugend gefallen den Frauen dumme Kälber und tolle Burschen, so daß auf diese Weise auf dem Niederhof später tolles Blut herrschen würde.«

»Meiner Ansicht nach hatte der Bursche kein tolles, sondern zähes Blut, so zäh, daß ihm eine Frau nicht genügte. Daß die Sache mit Juuli schiefgegangen ist, daß der Bursche wie ein toller Hund hat sterben müssen, daran bist du schuld, Vater.«

»Rede keinen Unsinn«, erwiderte Pearu und blickte den Sohn mit seinen trüben Augen an, als sei auch dessen Blut plötzlich toll geworden.

»Es stimmt, Vater«, versicherte Karla, »denn ich habe dem Burschen zu verstehen gegeben, daß er, wenn er sich als ein tüchtiger Mann bewähren und zu meinem Schwiegersohn werden sollte, auf einen Teil vom Niederhof Anspruch hätte. Ich sagte es deswegen, weil ich glaubte, du hättest das Testament vergessen, und es bliebe unverändert, und weil man meiner Meinung nach den Niederhof auch halbieren könnte, wenn man sieht, wie es mit dem Schwiegersohn wird ...«

»Gibt es denn auf Wargamäe nicht genug Schneisen und Grenzsteine?« unterbrach ihn der Vater.

»Darin hast du recht, Vater, je mehr Hunde beisammen sind, desto magerer die Brühe«, sagte Karla, »ich habe mir nur den Anfang so gedacht, damit die jungen Leute leben könnten, später würde der Schwiegersohn den Hof erben, der tüchtiger ist. Das waren meine Überlegungen. Damit war auch der Bursche einverstanden und bereit, Juuli zu heiraten und auf Wargamäe zu bleiben. Aber da fingst du wieder mit deinem Testament an ...«

»Wieso wieder?« fragte Pearu.

»Na, weil inzwischen die Sache gewissermaßen in Vergessenheit geraten war«, erklärte Karla, »und ich dachte, es bleibt alles, wie es ist. Und siehst du, diese Testamentsgeschichte hat man ihm auf dem Oberhof unter die Nase gerieben, und dann kam alles so, wie es gekommen ist, denn der Bursche sagte, wir hätten ihn betrogen. Wenn einmal etwas versprochen worden sei, dann solle man es auch halten und nicht heute so und morgen anders, das waren die Worte des Burschen. Doch Juuli konnte nichts ändern, ich nicht und meine Alte auch nicht, denn du hast nicht nachgegeben, gibst bis heute nicht nach. Und jetzt sagt Juuli, daß sie dieses Kind nicht großziehen werde, daß sie es wegwirft, egal was daraus wird. Wenn es mit einem Tier so gemacht werden kann, warum denn nicht mit einem Menschen. Und wenn sie das nicht kann – sagt Juuli – dann würde sie ihm bei der Geburt den Hals brechen, wie einer

Gans, soll es seinem Vater, diesem Lumpen, folgen, sie werde diesen Bastard nicht erziehen, eher würde sie ins Gefängnis gehen. So hat sie es der Mutter gesagt. Da habe ich mir gedacht, wenn es ein Sohn wird, dem Juuli den Hals brechen will, ob du ihn nicht in deinem Testament als Niederhof-Erben einsetzen könntest, vielleicht würde Juuli dann nicht versuchen, ihn wegzuwerfen oder ihm den Hals zu brechen. Der Bursche hat Juuli mit Absicht ein Kind gemacht, um auf diese Weise einen Teil vom Niederhof zu bekommen. Nun, geben wir seinem Sohn den ganzen Niederhof. Soll er ihn nehmen, falls es wirklich ein Junge wird. Wird es aber ein Mädchen, soll Juuli mit ihm machen, was sie will, soll sie ihm den Hals brechen, wenn sie sonst keine Ruhe findet, und dann ins Gefängnis gehen. Vater, wenn du so handeln würdest, rettest du mein Kind und mein Enkelkind, und ich und meine Alte wären dir sehr dankbar dafür, denn von dieser Sache wissen nur wir beide.«

Die Männer schwiegen eine ganze Weile. Karla wartete, Pearu überlegte. Schließlich sagte er: »Du willst also, daß ich zum Niederhof-Erben einen Bastard bestimme, dessen Vater nach Meinung der Mutter ein Lump ist?«

»Vater, Juuli sagt es nur aus Wut«, erklärte Karla. »Denn wenn es wirklich so wäre, aus welchem Grunde hätte man ihn dann getötet.«

»Er wurde wie ein toller Hund getötet, du hast es selbst gesagt«, erwiderte Pearu.

»Nein, Vater, nur die Mädchen waren wie toll hinter ihm her, denn auch die Oberhof-Elli ...«

»Steht es mit ihr ebenso?« fragte Pearu beinahe erschrokken.

»Das weiß ich nicht«, erwiderte Karla. »Es hätte jedoch nicht viel gefehlt, und sie wäre mit der ganzen Geschichte herausgeplatzt, sogar Indrek wurde aus dem Graben nach Hause geholt, damit er ihr den Kopf zurechtsetze.«

»Siehst du, mein Sohn, auf dem Oberhof hat man jemanden zu holen, wenn Not am Manne ist, wir aber haben keinen, der Niederhof hat keinen, und deswegen geht auch alles so, wie es geht«, sagte Pearu trübe, als er Indreks Namen hörte. »Und jetzt willst du, daß ich den Sohn des Menschen zum Niederhof-Erben bestimmen soll, der allen den Verstand genommen hat, bis er schließlich selbst in den Tod gehen mußte – zusammen mit unserem Jungen, der auch nicht bei vollem Verstande war. Nein, Karla, das läßt mein Herz nicht zu, ich hänge immer noch so sehr am Niederhof, daß ...«

»Vater, das ist es ja, was ich nicht glaube«, unterbrach ihn Karla. »Du sprichst vom Niederhof, denkst aber an etwas ganz anderes, so ist es.«

Pearu richtete den Blick auf seinen Sohn, und in seinen Augen blitzte das Weiße auf, als entzünde sich dort der Zorn.

»Woran denke ich denn, deiner Meinung nach, wenn nicht an den Niederhof?« fragte er.

»Vater, du denkst an Krôôt«, erwiderte Karla entschlossen, als setze er sein eigenes Schicksal, das seiner Frau und auch das seiner Kinder aufs Spiel.

Eine Weile blickte Pearu seinen Sohn an, dann wandte er den Blick zur Seite und erwiderte vorerst nichts, als habe ihn ein zu schwerer Schlag getroffen.

»Mein Sohn, das solltest du deinem alten Vater nicht sagen«, sprach er schließlich, weniger vorwurfsvoll als ergeben und gleichsam um Nachsicht bittend.

»Vater, ich hätte das auch nicht getan, wenn du nicht beabsichtigen würdest, meine Kinder von Wargamäe zu verjagen«, sagte Karla. »Dann aber hättest du uns schon früher verjagen sollen, damit meine Kinder nicht gewußt hätten, was oder wo Wargamäe ist. Den Jungen habe ich verloren, mit Juuli steht es ganz schlecht, und man weiß nicht, was mit Helene wird, wenn sie hört, daß Wargamäe uns nicht mehr gehört.«

»Ich habe dir doch gesagt, wenn du einen Erben bekommst, ob von deiner Frau oder einer anderen …«

»Vater, auch daran glaube ich nicht mehr«, unterbrach ihn Karla.

»Was soll denn das wieder, was glaubst du nicht?« fragte Pearu erstaunt.

»Ich glaube nicht, daß es helfen würde, wenn ich einen Sohn bekäme«, sagte Karla.

»Was soll das heißen?« fragte Pearu böse.

»Siehst du, Vater, als du jünger warst und eine Laune hattest oder etwas durchdrücken wolltest, dann betrankst du dich oder du tatest so, als wärest du betrunken, gingst hin und schlugst Krach. Aber das, was du in berauschtem Zustand sagtest, hast du nicht wirklich gedacht und du hast auch nicht danach gehandelt. Jetzt handelst du, meiner Meinung nach, ebenso: Du sprichst zwar von einem Erben, und sollte er dann wirklich da sein, wirst du ihm den Niederhof doch nicht vererben, du wirst schon einen Dreh finden, um ihm die Erbschaft vorzuenthalten. Du redest auch nur deshalb von einem Erben, weil du weißt, daß weder ich noch meine Alte imstande sind, ihn zu beschaffen. Und daß ich auf meine alten Tage, da ich schon erwachsene Kinder habe und mit Juuli die Dinge so stehen, nicht anfangen würde, die Ehe zu brechen und meine Alte zu betrügen …«

»Aber wenn deine Alte einverstanden wäre«, unterbrach ihn Pearu.

»Vater, du glaubst ja selbst nicht an das, was du sagst«, erwiderte Karla. »Wäre denn meine Mutter einverstanden gewesen, wenn du mit einer solchen Angelegenheit zu ihr gekommen wärest?«

»Wir hatten es nicht nötig«, sagte Pearu ausweichend.

»Na siehst du, Vater, Mutter wäre nicht einverstanden gewesen«, meinte Karla, »warum sollte dann meine Alte damit einverstanden sein. Ich jedenfalls werde damit nicht zu ihr gehen. Ich habe ihr im Laufe des Lebens genug böse Worte gesagt, soll sie wenigstens davon verschont bleiben. Denn wie meine Alte auch sein mag, sie hatte stets einen reinen Mund und ein keusches Herz, warum soll ich da ihre Gefühle verletzen. Außerdem wäre das sinnlos, denn ich fühle in meinem Herzen, wenn du, Vater, von Niederhof-Erben sprichst, denkst du nur an Krôôt, die erste Frau des Oberhof-Andres. Dein Herz hängt auch nach Krôôts Tod an ihr, sonst hättest du doch nicht eine ganze Nacht hindurch den Moordamm geebnet, damit sie ruhiger fahren könne, als sie mit Hobelspänen unter dem Kopf Wargamäe verließ. Vater, du hast mit Krôôt im Herzen die Ehe gebrochen, deshalb redest du so viel vom Niederhof-Erben, oder du hast ihr bei Lebzeiten Böses zugefügt, und willst es jetzt, vor dem Tode, gutmachen, so stelle ich mir die Dinge vor. Und sollte es wirklich so sein, dann hilft gar nichts, du würdest den Niederhof meinem Geschlecht fortnehmen und ihn dorthin geben, wo Krôôts Blut fließt – du würdest ihn Jooseps Sohn geben.«

»Ja, ich würde ihn Jooseps Sohn geben«, wiederholte Pearu. »Denn siehst du, Karla, das Glück beginnt dem Niederhof den Rücken zu kehren, so als stünden unsere Türen nicht in der richtigen Himmelsrichtung.«

»Wird denn Jooseps Sohn die Türen umstellen?« fragte Karla.

»Vielleicht stellt er sie um«, sagte Pearu.

»Ich fange schließlich an, diese Krôôt noch im Grabe zu hassen«, sagte Karla. »Und Liisis Namen kann ich überhaupt nicht mehr hören, geschweige denn aussprechen. Früher hatten wir mit dem Geschlecht von Andres und Krôôt nur an Rainen, Grenz- und Marksteinen zu tun, jetzt aber dringt es schon in unser Haus ein, so daß es nicht hilft, die Türen zu verschließen, denn das Blut des Feindes dringt bis zum Nachtlager vor.«

»Karla, in deinem Ärger redest du Unsinn«, sagte Pearu. »Wenn das Blut von Andres und Krôôt nach dem Niederhof käme, dann wäre ja von beiden Seiten der Raine, Mark- und Grenzsteine ein Blut, weshalb sollte es dann noch Ärger und Hader geben?«

»Wenn Andres' und Krôôts Blut auf den Niederhof käme, dann wäre ihr Blut in ganz Wargamäe, und von uns bliebe hier nichts anderes übrig als nur der Name!« rief Karla. »Dann würde Andres' Wunsch in Erfüllung gehen, nicht der deine. Wenn es aber auch dein Wunsch ist, dann bist du ein Verräter an deinem Geschlecht und am Niederhof, Vater!«

»Das sagst du mir, dem alten Niederhof-Pearu?« fragte der Alte und sah den Sohn mit funkelndem Blick an.

»Was soll ich dir denn sagen, wenn du an deinem Eigensinn festhältst«, erwiderte Karla. »Du redest und handelst so, als befänden sich zwischen uns bereits Raine und Grenzsteine oder als hättest du plötzlich Anteil am Blut von Andres und Krôôt, das bis auf den heutigen Tag das Blut unserer Feinde ist. Mir kommt zuweilen der Gedanke, ob du nicht in deinem hohen Alter wieder zum Kinde wirst, woher soll es sonst kommen, daß diese Krôôt und ihr Blut dir keine Ruhe geben, als seist du an ihrem Tode oder ihrem Blut irgendwie schuldig.«

»Höre, Karla, haben die letzten großen Sorgen dich vielleicht um deinen Verstand gebracht, daß du deinem alten Vater solche Sachen sagst?« fragte Pearu. »Ich an Krôôts Tode oder Blut schuldig? Krôôt starb doch im Wochenbett. Oder denkst du vielleicht, daß der junge Andres mein Sohn war? Nein, Karla, ich hatte keinen solchen Sohn. Er war der erste Sohn meines Feindes, doch ich sah ihn immer gern.

Mein Herz freute sich, wenn ich ihn sah, und mein Zorn auf Andres wuchs, weil er eine solche Frau und einen solchen Sohn hatte. Sie sind beide vor der Zeit gestorben, doch meine Wut auf Andres wurde nur größer, denn ich war sicher, daß bei mir weder die Frau noch der Sohn gestorben wäre. Ich hätte diesen Sohn zu irgendeiner alten Frau als Pflegesohn gegeben, dann wäre er als einziger Sohn vom Militär freigekommen. Verstehst du. So hätte ich es gemacht, wenn es mein Sohn gewesen wäre. Und diese Frau, wenn sie meine Frau gewesen wäre ...«

Pearu verstummte plötzlich, als wisse er nicht, was er noch sagen sollte.

»Sprich weiter, Vater«, forderte ihn Karla auf.

Doch der Vater schwieg, als hätte er nichts mehr zu sagen. Dennoch lag ihm etwas am Herzen, wovon er dem Sohn kein Wort sagen wollte. Pearu hatte nämlich auf seine alten Tage, als seine eigene Alte und auch die beiden Frauen des Oberhof-Andres schon gestorben waren, oft über sein Leben sowie über das ganze Leben auf Wargamäe nachgedacht, tat es auch jetzt noch, und war zu dem Schluß gekommen, daß Gott es schlecht eingerichtet hatte, als er Krôôt Andres' Frau werden ließ. Nach Pearus Meinung hätte seine Alte Andres' Frau werden müssen, dieses starke und dickbeinige Weib, das imstande gewesen wäre, auch einen doppelt so kräftigen Jungen zur Welt zu bringen, als es der junge Oberhof-Andres war, an dessen Geburt Krôôt starb. Und diese, ja, die hätte Pearus Frau werden sollen, so dachte er, denn dann brauchte sie nicht so kräftige Töchter und Söhne zu gebären und hätte selbst bis heute leben können als Freude für Pearus alte Augen. Außerdem, als Pearus Frau hätte Krôôt keine so schwere Arbeit zu verrichten brauchen, denn auch Pearu selbst hatte sich niemals so geplagt, wie es Andres sein ganzes Leben lang getan hat. Zuweilen kommt Pearu sogar der Gedanke, daß aus ihm, wenn Krôôt seine Frau gewesen wäre, ein ganz anderer Mensch geworden wäre und er auch ein anderes Leben geführt hätte. Seine Gedanken gehen noch weiter: Wenn Krôôt die Niederhof-Bäuerin gewesen wäre, würde in ihm niemals gegen Andres diese Wut aufgekommen sein, die er tatsächlich gegen ihn empfand. Nun, ein Rain wäre natürlich ein Rain geblieben, ein Markstein ein Markstein, doch Pearu hätte nicht daran denken müssen, daß jenseits dieser gewöhnlichen Dinge Krôôt mit ihrer hellen Stimme umhergeht, der Andres zuhören konnte. Pearu hätte dann mit ihm keine anderen ›Reibereien‹ gehabt als nachbarliche; jetzt aber kann er hinterher nicht mehr sagen, wann er mit ihm als seinem Nachbarn prozessiert hat und wann mit dem Manne, der die hellstimmige Krôôt zur Frau hatte. Ach, Pearu wollte Krôôt zuweilen so gern zeigen, daß auch er ein starker Mann war, nicht nur Andres. Doch wie hätte er es tun können, ohne zu prozessieren, wenn Andres ihm an Kraft überlegen war und er keinen Knecht finden konnte, der imstande gewesen wäre, es mit Andres aufzunehmen, so als wollte kein starker Mann als Knecht auf den Niederhof kommen oder als gäbe es überhaupt keine starken Männer mehr auf der Welt.

So dachte Pearu über sich und über das Leben auf Wargamäe. Wenn er aber Karla davon nichts sagte, so nur, weil er dann bekennen müßte: Krôôt als seine Frau hätte nur darum länger leben können, weil sie keine so kräftigen Kinder zur Welt hätte bringen müssen – Pearu wäre nicht imstande gewesen, so kräftige zu zeugen. Dies letztere konnte er selbst am Rande seines Grabes dem Sohn nicht eingestehen, als sei es die größte Schande für einen so zähen Alten wie Pearu. Also schwieg er, und Karla konnte von ihm denken, was er wollte.

XXVI

Die letzte Unterhaltung zwischen Pearu und Karla erwies sich sozusagen als Leerlauf. Pearu hätte nie für möglich gehalten, daß Karla seine geheimsten Herzenswünsche und Absichten erraten könnte, und als dieser jetzt, um sich und seine Familie zu schützen, dem Vater dies alles unerwartet ins Gesicht schleuderte, gingen Pearus Berechnungen etwas durcheinander. Zu allem kam noch Juulis Angelegenheit, auch die verlangte Überlegungen. Überhaupt fand Pearu, daß sich sein Leben auf seine alten Tage komplizierter und schwieriger gestaltete als in seinen jungen Jahren. Und zuweilen beneidete er fast seinen zähen Widersacher, weil der es verstanden hatte, sein Leben so leicht zu gestalten – allem den Rücken zu kehren, als interessiere ihn das Schicksal Wargamäes überhaupt nicht mehr.

Aber einige Tage später verhärtete sich Pearus Herz, das schon zu erweichen begann, von neuem, denn er wollte auf keinen Fall das aufgeben, was er so lange in seinem Herzen gehegt hatte. So machte er sich denn an das Gespräch mit Karlas Frau, das er schon seit Monaten zu führen beabsichtigte. Pearu wollte seine Sache mit ›Kunstgriffen‹, wie er sagte, betreiben, und deshalb holte er weit aus, um die Bäuerin allmählich vorzubereiten. Das war jedoch vergebliche Mühe, denn Ida wußte durch Karla schon längst von der Testamentsgeschichte und vom rechten Erben für den Niederhof, nur wie man letzteren zu bekommen gedachte, wußte sie nicht. Deshalb geschah es jetzt, daß Pearu sie sorgfältig vorbereitete, wo keine Vorbereitung nötig war, wo sie aber dringend erforderlich gewesen wäre, fiel die Angelegenheit Pearus wie ein reifer Apfel vom Baum. Deswegen war die Überraschung der Niederhof-Bäuerin sehr groß, so groß, daß sie zuerst meinte, Großvater habe den Verstand verloren. Als dieser aber ruhig fortfuhr, weiter zu erklären und sogar versuchte, ein Beispiel aus der Heiligen Schrift anzuführen, was ihm aber nicht ganz glückte, denn er konnte sich auch jetzt nicht an den Namen der frommen Frau erinnern, da hielt es das Herz der Bäuerin nicht länger aus, und sie begann zu weinen.

So weit war es also mit ihrem Leben gekommen, daß sie selbst ihren Alten an irgendein Flittchen verschachern sollte! Was aber, wenn der Alte Geschmack daran findet und sie nachher nicht mehr haben will? Wenn er sie später nicht mehr sehen, nicht einmal ihren Schatten ertragen will, was dann? Was soll sie beginnen, wohin gehen? Muß sie es bis zum Tode ertragen oder im besten Falle den Alten mit dieser anderen teilen? Vielleicht aber will der Alte dann nicht mehr, daß sie hier in Wargamäe lebt, und verjagt sie? Und wie sollte sie überhaupt unter den Augen ihrer Kinder leben, wenn im Hause solche Dinge geschehen würden? Juuli ist schon halb blöde geworden, soll jetzt auch sie, ein alter Mensch, ihren Verstand verlieren?

Mochte die Niederhof-Bäuerin die Angelegenheit in Gedanken drehen und wenden, wie sie wollte, es kamen nur Abscheulichkeiten heraus, so daß man überhaupt nicht daran denken konnte. Deshalb versuchte sie einfach nur zu weinen, ohne nachzudenken, als sei schon alles durchdacht und geklärt und als bleibe ihr nichts weiter übrig, als nur Tränen zu vergießen. Und damit es ihr besser glückte, verließ sie Pearu, denn der wollte noch weiter reden, wollte, daß über die Sache weiter nachgedacht werde, und ging in ein anderes Zimmer, wo sie weinen konnte, ohne etwas zu denken. Dort fand sie Karla.

»Hast du dem Vater geholfen, die Erbenbeschaffung auszuhecken?« fragte ihn Ida.

»Nein«, antwortete er, »ich nicht.«

»Ich dachte, du willst mich loswerden, sehnst dich nach einer Jüngeren«, sagte Ida.

»Liebe Alte«, sagte Karla, »überlassen wir doch die Jüngeren den Jüngeren.«

»Was ist denn in den Vater gefahren? Stecken vielleicht Joosep und Liisi dahinter?«

»Das glaube ich nicht«, erwiderte Karla.

»Vielleicht angeln sie nach einem Hof für ihren zweiten Sohn«, sprach die Bäuerin weiter. »Wie kommt der Vater plötzlich auf solche Dinge?«

»Ach, Alte!« seufzte Karla. »Das ist eine alte Geschichte, es ist eine so alte Geschichte auf Wargamäe, daß ich sie schon beinahe vergessen habe, nur durch Zufall fiel sie mir wieder ein.«

Und jetzt erzählte er alles, worüber er mit dem Vater kürzlich gesprochen hatte, und alles, an was er sich in diesem Zusammenhang erinnerte. Aber die Niederhof-Bäuerin konnte nichts dafür, sie wurde eifersüchtig und böse, nicht nur auf die selige Krôôt, die schon längst zu Erde geworden war, sondern auch auf deren Töchter Liisi und Maret, selbst auf die Tochter der letzteren, Elli, die in Juulis Angelegenheit eine Rolle gespielt hatte, wie aus Karlas Beobachtungen hervorging, eine größere Rolle vielleicht als der ganze Niederhof mit all seinen Feldern und Wiesen, Mooren und Wäldern. Die Niederhof-Bäuerin spürte plötzlich, daß die wahre Mörderin Otts die Enkelin dieser bösen Krôôt war, die, schon zu Erde geworden, ihr und ihren Kindern den Hof nehmen wollte.

Doch von diesen ihren Gedanken und Empfindungen sagte die Bäuerin weder ihrem Alten noch sonst jemandem ein einziges Wort. Das Leben wurde auf Wargamäe plötzlich so kompliziert, daß man nur stumm und still abwarten konnte, was kommen würde. Auch Karla schwieg, und deshalb begriffen weder der vor sich hin schnaufende Knecht, ein Hagestolz, noch Juuli und Helene, was mit den Alten los sei, nur soviel ahnten sie, daß wieder ein neues Unglück oder eine Schande sie betroffen hatte. Wurde vielleicht etwas über Eedi bekannt? Oder gab es in der Angelegenheit von Ott etwas Neues? Das letztere interessierte besonders Juuli. Mit erneutem Eifer sperrte sie abends die Speichertür zu, aber Schlaf fand sie dennoch nicht. Ihr Herz ließ ihr keine Ruhe, so daß sie schließlich die Mutter nach dem Grund ihrer Tränen fragte. Doch die stellte ihr nur die Gegenfrage, ob man denn nicht mehr über den vielen Schmerz und die Not, die sie in letzter Zeit erdulden mußte, weinen darf.

»Du hast etwas Neues, Mutter«, bedrängte sie Juuli.

»Und wenn es so wäre, was dann?« fragte die Mutter.

»Also handelt es sich um Eedi oder Ott?« drängte Juuli und wurde blaß.

Erst jetzt dachte die Mutter daran, daß sie über ihrem Leid ihr unglückliches Kind völlig vergessen hatte, und beeilte sich, erschrocken zu sagen: »Nein, das nicht.«

»Mutter, du verheimlichst etwas!« rief Juuli. »Du verbirgst, betrügst, lügst!«

»Liebes Kind«, sagte die Mutter daraufhin, »bei meinem und deinem Seelenheil schwöre ich, daß es etwas ganz anderes ist.«

»Sag, was es ist, sonst hat mein Herz keine Ruhe, und ich kann in der Nacht kein Auge schließen«, bettelte Juuli.

»Es ist eine alte Angelegenheit, du weißt es ja, die mit dem Testament, Großvater will sie jetzt in Angriff nehmen«, erklärte die Mutter.

»Und deshalb weinst du, Mutter?« fragte Juuli, als sei sie ein Kind, das von der Bedeutung dieser Sache keine Ahnung habe. »Liebe Mutter, sei nicht so dumm, dir wegen einer so nichtigen Angelegenheit Sorgen zu machen. Was habe ich davon gehabt, daß ich eine Bauerntochter bin, du siehst ja, was mir passiert ist. Lieber wäre ich irgendwo ein Hirtenmädchen gewesen, wenn nur das nicht geschehen wäre.«

Das war Juulis Meinung. Und wenn die Mutter auch überzeugt war, daß sie dummes Zeug redete, die Worte der unglücklichen Tochter erleichterten doch ihr schweres Herz. Sie taten es, obwohl es nicht in erster Linie der Niederhof war, der ihr Sorge bereitete, sondern die Tatsache, daß man wegen des Niederhofes versuchte, ihr persönliches Lebensglück zu zerstören, wovon die Tochter keine Ahnung hatte.

Doch die allgemeine Mißstimmung auf dem Niederhof wuchs. Pearu gab nicht nach. Er machte noch einige Male den Versuch, mit Ida zu sprechen, und als das nicht half, befahl er Karla, ein Pferd vor den Wagen zu spannen, denn er möchte wegfahren.

»Wohin willst du fahren, Vater?« fragte Karla, und er spürte, wie sein Unterkiefer zu zittern begann.

»Ins Gemeindehaus«, erwiderte Pearu.

»Also willst du doch diesen verrückten Streich ausführen und meine Kinder von Wargamäe verjagen?«

»Ich werde weder mit dir noch mit deiner Alten einig, so aber lasse ich die Sache nicht«, erklärte Pearu. »Also spanne die alte Mähre vor und ...«

»Dazu werde ich dir kein Pferd anspannen«, sagte Karla plötzlich ernst und traurig.

»Dann lasse ich den Knecht anspannen«, sagte Pearu.

»Es ist mein Knecht, ich erlaube ihm nicht, anzuspannen«, entgegnete Karla.

»Dann gehe ich zum Hinkebein auf dem Berg und lasse mich zum Gemeindehaus fahren«, drohte Pearu.

»Und ich komme gleich mit und sage Sass, daß du den Verstand verloren hast, dann werden wir sehen, ob er dich ins Gemeindehaus bringt«, sagte Karla.

»Ich geh zu Fuß, meinetwegen auf allen vieren, aber ich gehe«, schrie Pearu mit heiserer Stimme.

»Dann werden alle begreifen, daß du schwachsinnig geworden bist, und bringen dich schön wieder nach Hause zurück«, erklärte Karla.

Jetzt schwieg Pearu, als wüßte er nichts mehr zu sagen. So blieb er eine Weile sitzen. Dann fragte er ganz sanft: »Karla, wirst du mir wirklich kein Pferd anspannen?«

»Für das, was du vorhast, nicht, Vater«, erwiderte Karla. »Dafür gebe ich dir weder Pferd noch Wagen, denn, daß du's weißt, ich brauche sie selbst dringend.«

»Dann ist mein Herz völlig ruhig«, sagte Pearu, »denn nun weiß ich, daß du und dein Geschlecht es nicht wert sind, auf dem Niederhof zu herrschen. Hier muß neues Blut her.«

»Natürlich, natürlich, Vater«, spottete Karla, »der Niederhof braucht das Blut der Toten, das Blut der Erde, das braucht der Niederhof!«

»Richtig, mein Sohn«, war Pearu einverstanden, »das Blut der Erde braucht der Niederhof, und das bringe ich, bevor ich sterbe, denn ich fühle, daß anders meine Sterbestunde nicht kommen wird.« Und er richtete sich mit Hilfe seines Stockes auf, nahm seine Mütze vom Tisch unter dem Fenster und lenkte seine Schritte zur Tür. Da aber trat ihm Karla in den Weg und fragte: »Wohin gehst du, Vater?«

»Das geht dich nichts an«, erwiderte Pearu. »Oder willst du mir verbieten zu gehen?«

»Ja, sogar das, wenn du unsere häuslichen Angelegenheiten an die große Glocke hängen willst«, erklärte Karla.

»Spann das Pferd an oder laß anspannen«, sagte Pearu.

»Nein«, erwiderte Karla mit gleicher Festigkeit.

»Gut«, sagte Pearu, »dann ist nichts zu machen, dann muß ich bei Fremden Hilfe suchen. Geh von der Tür weg.«

»Ich gehe nicht«, sagte Karla starrsinnig.

»Geh aus dem Weg, du Rabensohn!« schrie Pearu in plötzlicher heißer Wut und hob mit zitternder Hand seinen Stock. Doch Karla fing ihn mühelos ab, bevor er niedersank. Jetzt begann Pearu zu schreien, als sei sein Leben in Gefahr, und die Bäuerin, die schon lange mit gespitzten Ohren dem heftigen Streit der Männer gelauscht hatte, trat in die Tür, um zu sehen, was in der Stube los sei.

»Karla, was machst du mit dem Vater?« fragte sie.

»Du geh weg«, erwiderte Karla, »das ist nicht deine Sache.«

»Nein, ich geh nicht«, sagte die Bäuerin, »das ist auch meine Sache, wenn hinter der Tür so geschrien wird.«

»Das ist eine Angelegenheit zwischen Vater und Sohn«, schrie Karla, »deshalb verschwinde, sage ich.« Karla versuchte die Frau zur Tür hinauszuschieben.

»Du kannst mich niederschlagen, trotzdem gehe ich nicht«, sagte Ida.

Während Karla sich mit seiner Frau stritt, wankte Pearu zum Bett, setzte sich auf den Rand und begann zu weinen, als sei er ein kleines Kind. Und Ida behandelte ihn auch wie ein Kind, als sie zu ihm trat und fragte: »Was ist, Vater?«

Jetzt aber wischte Pearu mit der Hand die Tränen aus den Augen und sagte plötzlich erregt wie ein Erwachsener: »Er wagt es, mir in meinem eigenen Haus etwas zu verbieten! Er schließt vor mir die Tür!«

»Vater will ins Gemeindehaus gehen, das Testament ändern, und will, daß ich ihm dafür ein Pferd anspanne, das ist alles«, erklärte Karla, »und wenn ich das nicht tue, dann will er auf den Oberhof gehen, damit Sass ihn ins Gemeindehaus fährt.«

Jetzt begriff auch Ida, worum es ging. Demnach war der gefürchtete Augenblick gekommen. Draußen war schönes, stilles, sonniges Wetter, hier aber stritten sich die drei um das Schicksal des Niederhofs – sie kämpften um das eigene und um das Schicksal ihrer Kinder. Da sagte Ida zu ihrem Mann: »Was mühst du dich hier ab«, und als der immer noch auf seinem Willen bestand, packte die Frau ihn am Arm und zog ihn ins Nebenzimmer, wo sie fortfuhr: »Laß ihn gehen! Er geht ja sowieso nirgends hin, wenn man ihn gehen läßt. Er ist doch wie ein Kind, verbiete etwas, und er besteht darauf, jage ihn hin, dann kommt er zurück.«

»Er geht auf den Oberhof, wenn ich ihn nicht daran hindere«, behauptete Karla.

»Nein, er wird nicht gehen«, widersprach Ida. »Er kehrt auf halbem Wege um.«

»Er kehrt nicht um«, behauptete Karla, »ich kenne doch meinen Vater besser als du.«

In diesem Augenblick öffnete Pearu die Tür, und als er Karla mit seiner Alten erblickte, sagte er: »Ich frage zum letzten Mal, wirst du mir das Pferd anspannen oder nicht?«

»Nein, Vater«, erwiderte Karla, »ich werde weder selbst anspannen noch anderen erlauben anzuspannen.«

»Nun, dann ist nichts zu machen«, sagte Pearu entschlossen und ging zum Ausgang.

Karla wollte dem Vater zuvorkommen, doch die Frau trat ihm entschlossen entgegen, und so konnte der Vater hinausgelangen. Karla und Ida liefen zum Fenster, um zu sehen, was Pearu tun und wohin er gehen würde. Der bewegte sich sofort auf die Hofpforte zu. Zuerst schwieg Karla, doch als Pearu die Pforte öffnete, sagte er zu seiner Frau: »Du siehst ja, daß er geht.«

»Er ist aber noch nicht gegangen«, erwiderte die Frau. »Gedulde dich etwas.«

Doch als sich der Vater schon auf halbem Wege zwischen den beiden Hofpforten befand, konnte Karla sich nicht mehr beherrschen und fing an zu wettern: »Das ist doch weiß der Teufel was! Bringt denen Knochen zum Benagen hin, weiter nichts. Daß Sass ihn ins Gemeindehaus fahren wird, daran glaube ich im Leben nicht.«

Inzwischen war Pearu schon zur Pforte des Oberhofs gelangt. Er blieb davor stehen, als schwanke er, ob er hineingehen oder umkehren solle.

»Wirst schon sehen, er kommt zurück«, sagte Ida.

»Er kommt nicht«, widersprach Karla. Und wirklich, er kam nicht. Pearu begann die Pforte zu öffnen. Das verlangte von ihm Zeit und Kraft, denn die Pforte war schwer, und man mußte sie über der Schwelle anheben. Während Pearu sich mit der Pforte abmühte, verließ Ida schnell die Stube, lief ihm schwerfällig nach und war gerade zur Stelle, als der Alte die schwere Pforte hinter sich schloß.

»Vater«, sagte Ida, »ich dachte, daß du Spaß machst, nur so mit Karla herumstreitest, wenn es dir aber wirklich ernst ist, dann komm zurück, ich werde dir selbst die alte Mähre anspannen, wenn andere es nicht tun. Es ist so häßlich, wenn du andere Menschen um ein Pferd bittest, als seien wir schon so arm, daß wir nicht einmal ein Pferd zum Anspannen haben. Auf diese Weise machen wir uns zum Gespött der Leute.«

Mit diesen Worten öffnete Ida erneut die Pforte, damit Pearu bequem wieder hinausgelangen konnte. Der überlegte etwas, als wolle er seinen Starrsinn nicht aufgeben, doch plötzlich erinnerte er sich vergangener Zeiten, als er noch ein starker und ›couragierter‹ alter Mann war, dem niemand widerstehen konnte. Damals flüchtete nicht er aus seinem Haus, um bei Fremden Hilfe zu suchen, damals flüchteten andere, flüchteten Frau und Kinder. Und als wäre es erst gestern gewesen, erinnerte er sich plötzlich daran, wie er einst auf dem Oberhof seine Alte gesucht hatte, dabei mit Andres in Streit geriet, so daß der ihn hinauswarf, wie er dann sein Schweineschlachtmesser holte, es vor der Pforte des Oberhofs schärfte und über die Zaunlatten zog, dabei Andres herausrief, um ihm Blut und Därme herauszulassen. Ach ja! Damals war es kalt, Schnee lag, und die Sterne glänzten am Himmel. Jetzt aber scheint die Sonne, die nicht mehr brennt, sondern nur wärmt, und Pearu geht selbst anstelle seiner Frau auf den Oberhof, um Hilfe zu suchen, statt des scharfen, blinkenden Messers einen krummen Stock in der Hand. Es war, als sei Pearu selbst zu einem gebrechlichen alten Weib geworden. Doch seiner Meinung nach war er noch ein Mann, der die Angelegenheiten des Niederhofs auf Wargamäe betrieb, und dabei besser, als es die anderen vermochten.

»Großvater, willst du wirklich nicht nach Hause kommen, wenn ich dir ein Pferd anspanne?« fragte Ida, als handle es sich um ganz gewöhnliche Dinge. Diese Worte rissen Pearu aus seinen Gedanken, und er trat wirklich vom Oberhof auf den Weg zurück, so daß Ida die Pforte schließen konnte.

»Ich gebe dir Helene zum Kutschieren, dann hast du es leichter als alter Mensch«, sagte Ida, neben Pearu langsam dem Hause zu schreitend. »Und wenn Helene dich fährt, dann kann man auch das junge Pferd vorspannen, es hat einen weicheren Gang und greift weiter aus, das alte Pferd ist schon zu steif, mit ihm kommt man schlecht voran.«

»Nein«, erwiderte Pearu ebenfalls in ruhigem Ton, »lieber das alte Pferd, mit ihm ist es schön ruhig, das junge ist so unberechenbar, scheut zuweilen sogar vor einem Hasen, wenn der die Ohren bewegt.«

»Schon gut«, ist Ida einverstanden, »soll es dann das alte Pferd sein.«

So gelangen die beiden in ruhigem Gespräch zu Hause an. Doch hier erwartet sie eine Notlage, denn Ida versteht nicht, ein Pferd anzuspannen, und als sie Helene ruft, die das gut kann, folgt diese ihrem Befehl nicht. Der Vater hatte nämlich inzwischen den Töchtern die Sachlage erklärt und ihnen befohlen, für das Anspannen keine Hand und kein Bein zu rühren. Ida regte sich auf und wäre fast handgreiflich gegen Helene geworden, weil sie der Mutter nicht gehorchen wollte.

»Vater ist der Herr im Hause, ich gehorche ihm«, sagte Helene.

»Vater hat den Söhnen, Mutter den Töchtern zu befehlen«, erklärte Ida.

Doch Helene hörte nicht auf sie, und der alte Pearu war schon nahe daran, wieder zur Hofpforte zu gehen, da erscheint Juuli und sagt: »Mutter, ich werde für den Großvater das Pferd vorspannen, wenn andere es nicht tun.«

Und sie geht auf die Wiese hinter dem Haus, wo das alte Pferd auf dem Kleegrummet weidet.

»Du rührst dieses Pferd nicht an, Juuli!« ruft Karla der Tochter nach, aber die hört nicht auf ihn, und keiner traut sich, gewaltsam zu verhindern, daß Juuli das Pferd vom Feld holt und vor einen Wagen spannt. Nachdem das geschehen ist und der alte Pearu schon aufsitzen will, um endlich loszufahren, als hätte er wer weiß wie große Eile, sagt Ida plötzlich zu ihm: »Großvater, so kannst du doch nicht unter die Leute gehen. Komm mit mir in die Kammer, ich helfe dir, dich in Ordnung zu bringen.« Und ohne sein Einverständnis abzuwarten, nimmt sie ihn wie ein Kind an die Hand und lenkt ihn in die Stube. »Juuli, mach dich fertig, du wirst den Großvater fahren!« ruft Ida von der Tür aus.

In der Stube leistet sie an Pearu ganze Arbeit: Sie zieht ihm die Stiefel von den nackten Füßen, holt warmes Wasser, wäscht seine Füße, trocknet sie mit einem weißen Handtuch ab und zieht ihm reine Socken an; danach wechselt sie dem Alten auch die Wäsche, fährt mit einem feuchten Handtuch über das Gesicht, wäscht die Hände ab, fährt mit dem Kamm durch sein graues schütteres Haar und seinen Bart, zieht ihm reine Kleider an, bindet ihm ein weißes Tuch um den Hals und steckt es mit einer Nadel fest, so daß es Pearu nicht einmal in den Sinn kommt, sich zu widersetzen, als sollten an ihm die Worte des Heilands wahr werden, daß ein anderer ihn gürten würde, nicht er selbst. Und erst als Pearu auch eine neue Mütze auf dem Kopf hat, sagt Ida befriedigt: »So! Jetzt sind wir fertig und können fahren.«

»Du schmückst mich wie zur Kirchfahrt am ersten Feiertag«, sagte Pearu.

»Großvater, du wirst ja auch den Kirchweg fahren, nur daß die Kirchenglocken heute nicht läuten«, erwidert Ida.

Als sie hinaustreten und zum Wagen gehen, sagt Juuli, die dort schon wartet, sowie sie den Großvater erblickt: »Großvater, Mutter hat dich wie einen Freier herausgeputzt.«

»Ja, als würde man mich auf den Friedhof bringen«, erwidert Pearu beim Erklettern des Wagens, »nur Hobelspäne fehlen noch unter dem Kopf.«

»Juuli, setz dich auch gleich hin«, sagt die Mutter, »ich lasse euch durch das Hoftor hinaus.«

Also setzte sich Juuli neben den Großvater auf den Wagen, der klappernd begann, sich zum Tor zu bewegen. Als sie bis dahin gelangt waren und gerade an Ida vorbeifuhren, fingen aus irgendeinem Grunde plötzlich die Kirchenglocken an zu läuten.

»Höre, Großvater, die Kirchenglocken läuten!« sagte Ida.

Pearu aber legte die Hände auf die Zügel und hielt das alte Pferd an, das sowieso nur widerwillig durch das Hoftor trottete, und sagte zu Ida: »Liebe Schwiegertochter, du läßt mich also wirklich gehen?«

»Ja, Großvater«, erwiderte Ida, während ihre Augen sich mit Tränen füllten, »lieber soll der Niederhof, soll ganz Wargamäe verlorengehen, aber meinen Karla gebe ich nicht anderen Frauen zum Verderben, er ist mir immer noch mehr wert als alles andere Gut auf Erden.«

Das sagte Ida laut und deutlich, daß auch Juuli auf dem

Wagen klar werden mußte, weshalb Vater und Mutter sich in der letzten Zeit mit so traurigen Gesichtern im Hause bewegt hatten. Und da Juuli um dieselbe Zeit aus gleichem Grunde sehr gelitten hatte, wurde ihr Herz von heftigem Schmerz erfaßt, und sie beabsichtigte, vom Wagen herunterzuspringen, denn wenn es um solche Dinge ging, wozu sollte sie dann mitfahren. Doch ehe sie ihre Absicht verwirklichen konnte, ließ der Großvater die Zügel fahren und rutschte oder rollte auf allen vieren vom Wagen. Ida und Juuli sowie Karla und Helene, die dem Geschehen vom Hauseingang zusahen, waren der Meinung, daß etwas Schicksalhaftes geschehen sei. Doch als Ida ihm zu Hilfe eilte, stellte sich heraus, daß ihm nichts fehlte. Er richtete sich hurtig auf und eilte ins Haus, als hätte er dort vor der Fahrt etwas Wichtiges zu erledigen. Juuli blieb auf dem Wagen vor dem Tor, während die Mutter Pearu folgte, um zu sehen, was mit ihm los sei.

Pearu aber legte sich, sowie er ins Zimmer kam, mit seinen neuen Kleidern und den Stiefeln an den Füßen auf sein Bett. Nicht einmal die Mütze nahm er ab.

»Großvater, ist dir schlecht geworden?« fragte ihn Ida. »Kann ich dir die Stiefel ausziehn?«

»Mein Herz fing an zu schmerzen«, erwiderte Pearu. »Deine werten Worte, Schwiegertochter, machten, daß mein Herz schmerzt.«

»Nicht meine Worte, Großvater«, sagte Ida, »sondern die Kirchenglocken, die gerade zu läuten begannen.«

Pearu sagte nichts mehr und hinderte die Schwiegertochter nicht daran, ihm die Stiefel und den Rock auszuziehen und die Mütze abzunehmen, bevor sie hinausging.

»Bring den Wagen vors Haus und spann das Pferd aus!« rief sie Juuli so laut zu, daß auch Pearu es auf seinem Bett hören mußte. Doch er rührte sich nicht, als ginge ihn das alles nichts an. Noch vor kurzem war er bereit gewesen, wegen des Pferdanspannens gegen Karla sogar handgreiflich zu werden, jetzt aber schien er ganz damit einverstanden zu sein, daß das Pferd ausgespannt wurde.

»Was ist mit Vater?« fragte Karla erregt.

»Vorläufig nichts«, erwiderte Ida. »Er will nur nicht fahren.«

»Komisch«, lächelte Karla zufrieden.

»Siehst du, daß ich recht hatte: Wenn du verbietest, geht er gewaltsam vor, fängst du an ihn zu treiben, kommt er von allein zurück«, erklärte Ida.

»Das ist es nicht, Alte«, widersprach Karla, »sondern deine Güte hat sein Herz erweicht.«

»Wie weit kommt man denn auf dieser Welt mit Bosheit und Eigensinn«, versetzte Ida. Aber von diesem Augenblick an war ihr Einfluß auf dem Niederhof so gewachsen, daß niemand mehr gegen sie aufkam. Mit dem alten Pearu konnte seinerzeit außer dem Sohn Joosep zu Hause niemand fertig werden, und auch der nur mit Hilfe der Heiligen Schrift, als sei er ein junger Gottesmann. Ida aber gewann jetzt Pearu nur mit ihren fraulichen Worten, als würden auch sie göttliche Kraft enthalten, denn niemand glaubte an den Einfluß der Kirchenglocken, die plötzlich hinter dem Moor zu läuten begonnen hatten und die immer noch läuteten, als Pearu schon im Bett lag, mit sauberen rotgestreiften Socken an den Füßen.

Als Karla nach einer Weile zu ihm in die Kammer trat, wollte der mit ihm nicht sprechen, er sagte nur: »Schick deine Alte zu mir.«

Aber als Ida erschien, wollte er auch mit ihr nicht reden, sondern verlangte, die ganze Familie solle zu ihm kommen. Also kamen auch Juuli und Helene und hinter ihrem Rükken Karla, der sich zurückhielt, denn er hatte erst vor kurzem den Vater geärgert. Der lag noch wie vorhin auf seinem Bett, halb angezogen, ein weißes Tuch um den Hals,

als beabsichtige er immer noch zu fahren. Doch nein, er hatte jetzt seine ›Berechnung‹ geändert. Richtiger gesagt, er hat sich Karlas ›Berechnung‹ zu eigen gemacht, als suche er dadurch Versöhnung in seinem Herzen. Deshalb sagte er: »Juuli, komm her, komm näher zu mir!«

Und als Juuli vor sein Bett trat, hieß er sie, sich auf den Bettrand zu setzen, nahm ihre Hand und sprach feierlich, als stehe er unter der Wirkung der Kirchenglocken, ohne sie anzusehen: »Heute habe ich gesehen, was für zähes Blut deine Mutter hat, was für wertvolles Blut. Ich konnte ihm nicht widerstehen, dem wertvollen Blut deiner Mutter nämlich. Es war, als sei es das Blut der seligen Krôôt, so sprach deine Mutter mit mir, als die Kirchenglocken läuteten. Zu dir, Juuli, spreche ich davon, weil auch du wertvolles Blut hast, denn du bist die Tochter deiner Mutter, und du hast einen Mann so geliebt, daß er nun nicht mehr ist. Und siehe, mein Kind, ich weiß, wie es dir geht. Ich sehe, daß du in Not bist und die Frucht deines Leibes haßt, denn sie ist von dem Manne, der nicht mehr lebt. Doch höre, mein Kind, was ich dir sage, und es sind meine letzten Worte, denn bald werde auch ich nicht mehr sein! Du sollst die Frucht deines Leibes nicht hassen, sie soll dir lieb und teuer sein, wie dir der Mann lieb und teuer war, der nun nicht mehr ist. Und auch ich will sie lieb und wert halten, das sollst du mir glauben. Denn sieh, meine Tochter, wenn aus dieser deiner Leibesfrucht, die du hassest und die du jetzt lieben lernen sollst, ein Sohn wird, dann mache ich ihn zum Bauern vom Wargamäe-Niederhof und zum rechten Erben, und keiner soll dem widersprechen. Deshalb, Juuli, meine Tochter, liebe deine Leibesfrucht, damit es ein Sohn werde, und du wirst zur neuen Wargamäe-Mutter für alle Ewigkeit. Das ist mein letzter Wunsch, und er sei euch allen heilig, Halleluja, Amen! Geht in Frieden.«

Doch plötzlich konnte niemand in Frieden gehen, denn

alle hatten infolge der Worte Pearus ihre Ruhe verloren. Juuli hatte schon lange vor Ende der Rede angefangen zu weinen und war auf dem Bett zusammengebrochen. Auch den anderen wurden die Augen feucht. Am längsten hielt sich Helene, dafür war ihr Geheul, als es dann begann, auch am heftigsten. Helene weinte so laut, daß sie das Zimmer verlassen mußte. Es war das sinnloseste Weinen, das man sich vorstellen kann. Es war so sinnlos, daß Helene es selbst nicht begriff und nur einfach weinte. Nicht daran zu denken, was sie und Juuli erst vor wenigen Augenblicken über Ott gedacht und geredet hatten, und jetzt plötzlich: Otts Sohn soll Niederhof-Erbe werden, und Juuli soll ihn lieben. Aber Juuli wollte ihn ja wegwerfen, ihm den Hals brechen oder in einer Jauchegrube ertränken – das alles wollte Juuli tun. Jetzt aber soll sie ihn lieben lernen, damit er Niederhof-Erbe werde. Mußte dann auch Helene anfangen, ihn zu lieben, damit aus ihm der Niederhof-Erbe werde? Das war der Punkt, an dem Helenes Weinen völlig unverständlich wurde. Also war es nach Meinung des Großvaters gut, daß es zwischen Juuli und Ott schiefgegangen war, denn bevor es zwischen ihnen schiefging, wollte Großvater nichts davon hören, daß Otts Sohn Niederhof-Erbe werden könnte. So sonderbare Dinge bringt der Tod fertig. Wenn es aber Helene mit einem Burschen auch schiefgehen sollte, was geschieht dann? Wird ihr Sohn auch irgendwo Erbe? Aber wo? Nein, in einem solchen Falle hätte ihr Sohn keine Aussichten, dann bliebe nichts anderes übrig, als ihn wegzuwerfen, ihm den Hals zu brechen oder in der Jauchegrube zu ertränken. So daß Helene sich mit ihrem Sohn aus einem schiefgegangenen Verhältnis verspätet hätte. Doch was geschieht, wenn Juuli keinen Sohn, sondern eine Tochter bekommt? Wirklich, was dann? Dann ist für Helenes Sohn der Weg frei, dann ist er frei. Aber warum weint Helene? Das begreift niemand, auch Helene nicht.

Juuli aber begriff sehr gut, warum sie weinte, denn sie sagte unter Tränen: »Wenn du es so willst, Großvater, dann will ich lernen, das Kind in meinem Schoße zu lieben, und es soll zum Niederhof-Bauern werden. Aber ich bin doch so unglücklich, was für ein Mann kann da aus diesem Kinde werden.«

»Ich habe in Wargamäe mit viel Glück und großem Schwung angefangen, und wie weit bin ich gekommen?« sagte Pearu tröstend. »Nichts hab ich erreicht. Du aber, mein Kind, fängst mit Unglück und Traurigkeit an, vielleicht wird es dir später besser gehen.«

So endete alles glücklich, wie Ida und Karla nachher meinten, als sie die Angelegenheit gemeinsam besprachen. Nur daß der arme Ott sterben mußte, er war ja ein ganz netter und lustiger Bursche. Und Eedi auch, ja, der ebenfalls. Doch wenn die Dinge sich nicht so entwickelt hätten, dann wäre vielleicht auch kein so glückliches Ende gekommen. Zwei gute Dinge auf einmal kann der Mensch auf dieser Welt offenbar nicht haben, und es lohnt auch nicht, sie sich zu wünschen.

XXVII

Während die Niederhof-Leute ihre Erbschaftsangelegenheiten regelten, war auf dem Oberhof Maret allein zu Hause. Sie war die einzige, die sah, wie der alte Pearu aus seiner Hofpforte trat und sich mit großer Mühe durch ihre Pforte zwängte. Maret wollte ihm zu Hilfe eilen, bemerkte aber rechtzeitig, daß die Niederhof-Bäuerin schwerfällig hinter Pearu her lief, und wartete deshalb ab, was aus der Sache werden würde. Sie hörte auch, daß Ida Pearu etwas erklärte, doch wegen der Entfernung konnte sie die Worte nicht verstehen. Darum begriff sie nicht, warum man den alten Pearu an die Oberhofpforte hatte kommen und die schwere Pforte anheben und öffnen lassen, und warum die Bäuerin ihm erst dann nachgelaufen kam und ihn zurückholte. Hatte man das Verschwinden des alten Mannes nicht eher bemerkt? War Pearu vielleicht unzurechnungsfähig geworden und wollte auf den Oberhof kommen, um sich zu unterhalten? Was hatte ihn überhaupt veranlaßt, auf den Oberhof zu kommen?

Auch was später mit dem Pferd geschah, konnte Maret nicht begreifen. Weshalb wurde das Pferd von der Weide gebracht und vor den Wagen gespannt? Wozu war man vor das Hoftor gefahren und hatte es geöffnet? Warum war Pearu plötzlich vom Wagen gefallen oder gesprungen? Wollte man ihn vielleicht irgendwohin bringen, wohin er selbst nicht wollte? Oder war etwas mit den Kirchenglocken, die gerade in diesem Augenblick zu läuten begannen? Fürchtete sich Pearu vielleicht vor einem schlechten Vorzeichen? Waren ihm Todesgedanken gekommen, als er plötzlich die Glocken läuten hörte? Ja, natürlich, das war am wahrscheinlichsten: Pearu wollte irgendwohin gehen, vielleicht das Testament ändern, als er aber die Glocken läuten hörte, hielt er es für ein schlechtes Zeichen und ging zurück ins Haus. Er wird ein anderes Mal fahren, wenn die Glocken nicht läuten, so daß keine Todesgedanken aufkommen, denn Pearu will noch nicht sterben, er will länger leben als Andres, sein alter Widersacher.

So dachte Maret bei ihrer Hausarbeit allein zu Hause, und als die anderen heimkamen, berichtete sie ihnen über die Ereignisse, und alle staunten sehr, daß Pearu auf den Oberhof gekommen war.

»Vielleicht war Otts Tod ein Versöhnungsopfer«, sagte Sass.

»Sowie der Tod ihres eigenen Jungen«, ergänzte Maret.

»Vielleicht wird Pearu selbst bald sterben, deshalb«, meinte Oskar.

»Ihr könnt von nichts anderem mehr reden als vom Tode«, sagte Elli vorwurfsvoll.

»Man soll nicht so viel vom Tode reden, sonst kommt er tatsächlich«, warnte Tiina.

»Ott hat von ihm nicht gesprochen, und doch kam er«, sagte Oskar.

»Eedi wird ebenfalls kaum von ihm gesprochen haben«, sagte Sass.

»Eedi hat davon geredet«, erklärte Tiina. »Er hat mit mir darüber gesprochen, er sagte, er dürfe töten, denn er sei nicht bei vollem Verstand. Da seht ihr, es kam wirklich zum Mord und zum Tod, beide starben. So daß diejenigen recht haben, die sagen, wenn man vom Wolf spricht, kommt er auch.«

Jetzt herrschte plötzlich Schweigen, als dachten alle infolge von Tiinas Worten abergläubisch an den Tod. In Wahrheit aber fürchtete sich niemand vor dem Tod, doch alle dachten über die kürzlich erfolgten Todesfälle nach.

»Man sollte von diesen Dingen nicht mehr reden und sie auch nicht in Erinnerung bringen«, sagte Sass nach einer Weile.

»Natürlich Bauer«, pflichtete ihm Tiina bei, »von diesen Dingen sollte man niemals mehr sprechen.«

Da sich am Eßtisch kein anderes Gesprächsthema fand, muffelten schließlich alle vor sich hin. Als man am Abend in der Kate von Pearus Abenteuern erfuhr, meinte der alte Andres sofort, daß es sich um die Erbschaftsangelegenheiten des Niederhofs gehandelt habe, denn die lagen ihm selbst sehr am Herzen. Er hätte wer weiß was darum gegeben, wenn der zweite Sohn Jooseps Bauer auf dem Niederhof hätte werden können. Dennoch glaubte er nicht sehr daran, denn Pearu war schon zu alt, um seinen Willen durchzusetzen. Früher aber konnte er keinen solchen Entschluß fassen, denn es wäre für ihn kein Leben mehr auf Wargamäe gewesen. Pearu aber wollte unbedingt hier seine Tage beschließen, als wollte er mit eigenen Augen sehen, wie das, wofür er gekämpft hatte, eher verging als er selbst. Wo sind seine berühmten Dämme, die er baute, um das Wasser zu stauen? Wo seine Kulturwiesen? Wo die Gräben am Moordamm? Wo die Raine, die er in die Felder des Nachbarn hineingetrieben hat? Wo die Löcher im Zaun, damit die Schweine des Nachbarn auf sein Roggenfeld kämen? Von all dem war keine Spur übriggeblieben. Doch Pearu selbst lebte noch!

So ergeht es auch dem zähesten Menschen auf dieser Welt: Der Zahn der Zeit frißt ihn selbst und seine Werke, und du selbst mußt zusehen und kannst nichts ändern. Andres dankte Gott, daß er so weit gekommen war, daß er nichts mehr ändern wollte. Soll doch die Welt leben! Sie existierte vor Andres und wird auch nach ihm weiter bestehen, weshalb soll er sich ihretwegen quälen und sich Herzschmerzen bereiten. Er hat einmal im Moor am Fluß Birken- und Weidensträucher gerodet, jetzt aber wuchern sie mehr als je zuvor. Sollen sie doch! Vielleicht muß es so sein!

Nur eine Sache lag Andres noch immer am Herzen, ließ ihn nicht gleichgültig, das war der Fluß, sein Wasser, das abfließen sollte. Daran denkt er und davon redet er auch ständig, sei es mit Indrek oder mit jemand anderem, darüber würde er auch mit einem Hund oder mit einem anderen Tier reden, wenn es ihm über den Weg laufen sollte, denn Andres ist so alt, und er hat in seinem Leben so viele Tiere und Menschen kennengelernt und ihre geheimen Wünsche und Gedanken – ihre ›Schliche‹, wie er sagt – durchschaut, daß er zu dem Schluß gekommen ist, daß es kein großer Unterschied sei, ob man es mit einem Menschen oder einem anderen Wesen zu tun hat.

Einst war Andres der Meinung, daß man nur mit Menschen reden solle, denn diese verstehen dich besser als irgendein anderes zwei- oder vierbeiniges Wesen, doch im Laufe seines langen Lebens hat er gesehen, daß der Mensch den Menschen oft schlechter versteht als ein Tier. Es scheint sogar, als habe Gott den Menschen die Sprache nur gegeben, um die gegenseitige Verständigung zu verwirren und zu behindern. Das ist wahrscheinlich seit dem Turmbau zu Babel so und wird auch nach Andres' Tod so bleiben.

Früher hatte Andres befürchtet, daß in Wargamäe oder sonstwo in der Welt Gott weiß was geschehen würde, wenn er sich nicht rege und schaffe, jetzt aber hat er eingesehen, mag er schaffen oder nicht, die Welt geht ihren Gang, und sie geht niemals dorthin, wohin du sie schieben möchtest, denn tausend andere schieben und zerren sie, ein jeder in seine Richtung, und so tritt sie entweder auf der Stelle, als würde sie Ton kneten, oder sie läuft im Kreis herum wie ein Verirrter.

Ja, in Andres' altem Herzen entstand oft das Gefühl, daß die Welt einem unerfahrenen Menschen gleiche, der sich hinter Jôesaare oder in dem großen Muulu-Moor verirrt habe und jetzt dort rufe. Soll er doch rufen, was kann Andres dem Rufenden antworten, um ihm auf den richtigen Weg zu verhelfen.

Andres hat in seinem Leben so beharrlich nach dem richtigen Weg gesucht und ihn seinen Kindern wie auch anderen Menschen, sogar dem Niederhof-Pearu, gewiesen, aber hat jemand auf seine Weisungen gehört, haben die eigenen Kinder seine Lehren befolgt? Und hat Andres selbst wirklich den richtigen Weg gefunden? Ist er diesen richtigen Weg gegangen, um dorthin zu gelangen, wo er jetzt ist? Wer kann diese Fragen beantworten? Niemand! Vielleicht stirbt Andres, ehe er die richtige Antwort findet.

Indrek ist in der Welt weiter herumgekommen und hat mehr gesehen als er, kann er aber Andres eine befriedigende Antwort geben, was richtig und was falsch ist? Er kann es nicht. Und wenn er es auch könnte, würde Andres ihn nicht verstehen, denn Gott hat beim Turmbau zu Babel die Sprachen und Sinne der Menschen so verwirrt, daß die Eltern die Kinder und die Kinder die Eltern nicht verstehen, von entfernteren Verwandten oder Fremden nicht zu reden.

Andres kann Indrek nicht einmal in Alltagsangelegenheiten verstehen. Er ist ihm unverständlicher als so manches Haus- oder Waldtier. Die Hasen im Walde versteht Andres, sogar die Fische auf dem Grunde des Flusses versteht er und richtet seine Fallen entsprechend ein. Wenn er aber versuchen würde, Indrek bei seinen Worten oder Gedanken zu fassen, wüßte er nicht, wie das anzufangen wäre. Ganz gleich, wovon Andres auch zu reden beginnt, Indreks Herz bleibt verschlossen, nun schon bald ein Jahr, seit sie Seite an Seite hier in der Kate hausen.

Aber Andres macht Indrek keine Vorwürfe. Es ist gut, daß er wenigstens bei ihm in der Kate wohnt, es ist unsagbar gut, daß er ihm zuhört, wenn er auch selbst fast nichts antwortet, als spreche Andres mit einem Tier. Nur in einem Falle hat Indrek immer etwas zu sagen, nämlich wenn die Rede auf den Wargamäe-Fluß und seine Regulierung kommt. Dann hat Andres das Gefühl, als rede er nicht nur mit einem Menschen, sondern mit seinem Sohn, seinem Kind, das seine Weisungen und Lehren angenommen hat. Und Andres ist dann sehr glücklich und zufrieden, daß er mit Indrek wenigstens einen Berührungspunkt hat, in dem sie sich verstehen. Das reicht für den Rest seiner Tage.

Überhaupt würde es für das Leben zweier Menschen reichen, wenn sie sich auf irgendeinem Gebiet verstehen, denn dann wären sie nicht wie zwei gepackte Kisten, gefüllt mit unbekannter Ware, mit Nägeln verschlossen, neben- oder übereinander gestapelt. Doch der Mensch ist neugierig. Er möchte jede Kiste öffnen und nachsehen, was drin ist, und wenn er sie dazu aufbrechen muß. Und je jünger und kindlicher der Mensch ist, desto mehr gefällt es ihm, Kisten aufzubrechen.

Der Oberhof-Oskar war ein solch junger Mensch, der unbedingt erfahren wollte, was in einem anderen jungen Menschen vorging, der neben ihm lebte. Ihn schreckten die letzten Ereignisse nicht ab. Er kam nicht auf den Gedanken, daß Begehren und Neugierde zwei junge Menschen ins Verderben gestürzt hatten. Er kehrte sich nicht an die Worte des Vaters, die dieser zu Tiina am Mittagstisch gesagt hatte, als vom Tode die Rede war. Wie den Worten des Vaters zum Trotz wollte Oskar mit Tiina gerade über diese Dinge reden, denn er wollte wissen, wie sich alles tatsächlich zugetragen hatte. Vor allem: Was war mit Tiina passiert? Doch sie gab ausweichende Antworten, deshalb sagte Oskar: »Die beiden leben ja nicht mehr, weder Ott noch Eedi, wozu die Dinge noch verheimlichen.«

»Sprechen Sie diese Namen nicht aus«, warnte Tiina wie vorhin am Speisetisch, »diese Namen bedeuten Mord und Tod.«

»Sind Sie wirklich so abergläubisch?« fragte Oskar.

»Das ist kein Aberglaube«, widersprach Tiina. »Ich kannte einen Menschen, der gern vom Tode sprach, und wissen Sie, was geschah: Er redete so lange, bis er selbst starb. Seitdem weiß ich, daß man vom Tode nicht reden soll. Auch nicht von Mord, denn wenn man viel davon spricht, fängt man schließlich selbst an zu morden.«

»Na schön«, gab Oskar nach, »lassen wir die Gespräche über Mord und Tod. Doch Ihre Angelegenheit im Moor mit diesem Eedi, wie war das eigentlich? Das hat mit dem Tode nichts zu tun, und man könnte ja jetzt darüber reden.«

»Ich bitte Sie, lassen Sie diese Geschichten«, sagte Tiina.

»Ich kann sie nicht lassen«, erwiderte Oskar, »ich muß wissen, was mit Ihnen im Moor geschah. Denn Eedi sagte ...«

»Nicht diesen Namen und nicht diese Angelegenheit, das bedeutet Mord und Tod!« bat Tiina, als verursache es ihr Schmerz.

»Ich kann nicht aufhören, daran zu denken, die Gedanken kommen von selbst«, sagte der Bursche. »Sie kommen auch in der Nacht im Schlaf. Ich sehe Eedi, so wie er war, und Sie unterhalten sich mit ihm.«

»Das dürfen Sie nicht sehen, denn er ist ja tot«, versetzte Tiina. »Sie dürfen nicht träumen, daß ich mich mit einem Verstorbenen unterhalte. Das bedeutet nichts Gutes.«

»Ich habe auch selbst schon darüber nachgedacht, ob es nicht etwas Schlechtes bedeute, daß ich es so oft träume«, erklärte Oskar, »und deshalb möchte ich auch alles wissen, vielleicht verschwinden dann diese Träume. Außerdem werde ich auf ihn eifersüchtig.«

»Warum reden Sie solche Dinge über sich«, sagte das Mädchen, als beginne ihr der Bursche leid zu tun.

»Ich will reden, deshalb«, erwiderte dieser. »Ich wollte Ihnen schon lange sagen, daß ich nicht nur auf Eedi eifersüchtig bin, sondern auf alle, mit denen Sie sprechen. Es scheint mir, daß Sie zu allen besser und aufrichtiger sind als zu mir. Sie scheinen etwas gegen mich zu haben und mir nicht zu trauen. Sie haben sich sogar mit diesem dummen Eedi freundschaftlicher unterhalten als mit mir.«

»Sind Sie aber ungerecht«, sagte Tiina. »Eedi habe ich gelehrt, daß er Mädchen gegenüber höflich sein muß, denn sonst werde aus ihm niemals ein Mann, ich kann Ihnen doch nicht dieselben Lehren erteilen. Aber die Burschen sind immer so, ist das Mädchen häßlich, dann sind sie höflich, kommen sie mit einem hübschen Mädchen zusammen, dann vergessen sie gleich die Höflichkeit. Eedi war auch so. Solange er mir nicht sagte, daß ich ein hübsches Mädchen sei, war er höflich und ein ganz netter Junge, sowie er aber anfing, mich ein hübsches Mädchen zu nennen, wurde er draufgängerisch, wollte mit mir die Kräfte messen. Und das zudem noch im Moor!«

»Hat er Sie wirklich überfallen?« fragte Oskar.

»Das nicht«, sagte Tiina, »doch er wollte. Und bleibt es denn nicht gleich, ob er mich schon überfallen hat oder nur wollte. Denn wenn ein Mensch etwas unbedingt will, läßt er sowieso nicht davon ab. Deshalb habe ich mich auch so sehr im Moor gefürchtet, als er auf mich losgehen wollte, habe mich bis auf den Tod gefürchtet. Schließlich habe ich sogar gedacht, soll er doch kommen, dann werde ich diese Todesangst schneller los.«

»Aber wie war das mit dem Dolch?« fragte der Bursche, »Wie geriet er in Ihre Hände? Das kann ich nicht begreifen.«

»Als ich Mulla rief, nahm Eedi den Dolch aus der Scheide, den er an der Seite trug, und fing an, vom Strauch Knüppel zu schneiden, natürlich wegen Mulla, doch dieser war fixer, er sprang ihn von hinten an, und in seinem großen Schreck und vor Schmerzen ließ Eedi Knüppel und Dolch fallen. So bekam ich den Dolch und schwups! in eine Bülte, damit er keine Knüppel mehr schneiden konnte.«

»Wo war denn dieser Mulla, der sogleich gekommen ist?« fragte Oskar.

»Das weiß ich nicht«, erwiderte Tiina, »doch so wie ich rief, kam er auch, als hätte er hinter einem Busch gelauert.«

»War das ein Glück, daß der Hund Ihr Rufen gehört hat«, sagte der Bursche.

»Das habe ich auch gedacht«, sagte das Mädchen. »Sonst hätte ich das ganze Leben lang mit dem verrückten Jungen dort ringen können.«

»Eben!« bestätigte der Bursche. »Gleich das ganze Leben.«

»Aber auch darüber sollte man nicht so viel reden oder nachdenken«, warnte das Mädchen, »denn ich fürchte, wenn jemand beständig davon spricht oder daran denkt, überfällt ihn dasselbe Verlangen: Er geht wie Eedi ins Moor, um mit Mädchen Kräfte zu messen.«

»Sind Sie aber schlau!« rief der Bursche bewundernd.

»Wieso denn?« staunte das Mädchen. »Es ist doch wirklich so. Wenn Sie ständig von derselben Sache reden, wird Sie schließlich das Verlangen danach anwandeln, und sie wird am Ende in Erfüllung gehen. Bei mir war es so, und deshalb glaube ich, daß es den andern ebenso ergeht. Ich denke ständig an ein und dasselbe, schon viele Jahre, und ich bin fest überzeugt, wenn ich weiter daran denke, wird die Sache in Erfüllung gehen. Doch meine Angelegenheit ist von solcher Art, daß weder ich selbst noch jemand anderes sich vorstellen oder begreifen kann, wie das geschehen könnte.«

»Was ist denn das für eine Sache, an die Sie seit Jahren denken«, fragte Oskar.

»Das kann ich nicht sagen«, erwiderte Tiina sofort.

»Sind Sie aber geheimnisvoll«, versetzte der Bursche. »Zuweilen möchte ich so gern in Sie hineinschauen. Und wissen Sie, warum? Weil Sie mir so schrecklich gefallen, Tiina. Schon von Anfang an. Elli gefallen Sie auch, nur wegen Ott wurde sie eifersüchtig, wegen Ott und wegen des Hundes.«

»Da sehen Sie«, sagte das Mädchen, »schon überkommt Sie das, wovon wir reden. Eedi fiel in der letzten Zeit nichts anderes ein als zu wiederholen: Tiina schönes Mädchen, und jetzt sind auch Sie bald soweit.«

»Eedi sagte das aus wirrem Kopf, ich aber habe den Verstand nicht verloren«, sagte Oskar.

»Was habe ich denn davon, wenn Sie dasselbe sagen wie Eedi«, erwiderte das Mädchen. »Warten Sie wenigstens so lange, bis seine Angelegenheit vergessen ist.«

»Hören Sie, wollen Sie mir nicht endlich offen und ehrlich sagen, was Sie mit ihm hatten?« fragte jetzt Oskar.

»Sie wissen doch selbst, was mit ihm war«, erwiderte Tiina. »Er sagte mir, daß ich ein schönes Mädchen sei, und wollte mit mir Kräfte messen, und jetzt ist er tot. Ist denn das nicht genug? Warum suchen und vermuten Sie etwas anderes?«

»Das ist es nicht«, erwiderte der Bursche. »Daran denke ich nicht.«

»Woran denken Sie denn?« fragte Tiina.

»Ich«, sagte der Bursche und schien nach den richtigen Worten zu suchen, »ich überlege mir, ob er Ihnen wirklich ein wenig gefiel und ob Sie deshalb etwas mit ihm hatten?«

»Ja, er gefiel mir«, sagte das Mädchen.

»Ist das möglich?!« rief der Bursche ungläubig, als sei er einem Irrtum auf der Spur.

»Ja, natürlich«, versicherte das Mädchen. »Was ist denn dabei so erstaunlich! Er war schrecklich dumm, und wenn ich mich mit ihm unterhielt, kam ich mir selbst sehr klug vor. Mit anderen Menschen geht es mir immer so, daß sie die Klugen sind und ich die Dumme bin. Ich wollte aber auch zuweilen klug sein, und deshalb unterhielt ich mich mit ihm. Später merkte ich, daß er gar nicht so dumm war, wie ich es zuerst angenommen hatte, und dann unterhielt ich mich nicht mehr mit ihm. Kluge Menschen jagen mir immer etwas Furcht ein, denn meist verstehe ich sie nicht so recht. Sie verstehe ich auch nicht immer. Sie fragen und forschen, und ich weiß nicht, was ich antworten soll, und so rede ich dann alles mögliche dumme Zeug zusammen.«

»Ja, und ich begreife schließlich auch nicht mehr, sind Sie oder bin ich der Dumme«, antwortete der Bursche ratlos.

»Glauben Sie mir, das bin ich«, erwiderte das Mädchen. »Das ist schon von klein auf in mir, seit der Zeit, da meine Beine begannen kräftiger zu werden. Die ganze Kraft ging in die Beine, und wahrscheinlich reichte es nicht für den Kopf. Ich selbst bin doch daran nicht schuld, das ist mein Unglück. Und auch das Unglück anderer. Sie sehen, daß ich irgendwie anders beschaffen bin als andere Leute, und denken, daß in mir wer weiß was steckt. Es steckt aber nichts, gar nichts in mir, es sind nur meine Beine, und dann, daß ich dümmer bin als andere Menschen.«

»Und doch gefällst du mir, Tiina«, sagte Oskar plötzlich herzlich. »Wenn du nur wüßtest, wie oft ich an dich denke.«

»Sehen Sie, nun ist es so, wie ich befürchtet habe«, sagte das Mädchen, als sei es den Tränen nahe. »Das kommt alles davon, daß ich ein Stadtmädchen bin und meine Beine nicht ganz gesund sind. Sie haben einfach Mitleid mit mir und wollen mir deshalb Freude bereiten. Das ist aber überhaupt nicht nötig. Denn ich habe selbst etwas, das mir Freude macht, und diese Freude genügt mir, denn ich brauche nicht viel Freude, um glücklich zu sein. Nur ein wenig – und es genügt. Ich bin gewohnt, mich mit wenigem zu bescheiden. Meine Mutter sagte stets zu mir: Tiina, denke daran, du bist krank und hast in der Welt nicht viel zu erhoffen, deshalb begnüge dich mit wenigem, dann wirst du glücklich. Und ich habe mich begnügt und habe gesehen, daß alle Menschen gleichsam krank sind: Sobald sie anfangen, viel zu wollen, werden sie unglücklich. Sehen Sie doch Ott. Er hat sich nicht mit wenigem begnügt und fand sein Ende auf dem Moordamm. Er ging zwar mit glücklichem Gesicht, doch es erwartete ihn ein Unglück.«

»Ich begnüge mich ja mit wenigem«, sagte Oskar, »ich will nur dich, Tiina, niemanden sonst.«

»So sollten Sie nicht mit mir sprechen, Oskar«, sagte

Tiina leise und vorwurfsvoll. »Spüren Sie denn nicht, daß das Unglück bedeutet? Ott fing an, so mit mir zu reden, und fand sein Ende, dann kam Eedi, und der ist verschwunden. Jetzt sind Sie an der Reihe. Das ist so schrecklich! Warum wollen Sie mich, sich selbst, Ihre Schwester und Ihre Eltern unglücklich machen? Überlegen Sie doch, was würden Ihr Großvater und auch der Herr unten in der Kate sagen, sollten sie hören, daß Sie so mit mir reden, als suchten Sie auch den Untergang. Ich bin ja nicht die, für die Sie mich halten, und aus mir würde nicht das werden, was Sie erhoffen, ich bin überhaupt nicht so, wie ich scheine. Sie glauben, daß ich gut bin, ich verstelle mich aber nur. Ich bin so still und in mich gekehrt, weil ich eigene Angelegenheiten, eigene Geheimnisse habe. Das ist meine Not, meine Krankheit, mein Unglück. Und haben Sie denn niemals darüber nachgedacht, was das für ein Leben wäre, mit einem Menschen, der ewig seine Geheimnisse hat und dem man nicht vertrauen kann?«

»Sehen Sie, Tiina, genau so ist es«, erklärte der Bursche, »wenn Sie schweigen, dann glaube ich Ihnen, so daß ich meine Seele in Ihre Hände legen könnte und dabei wüßte, daß ihr nichts Schlimmeres geschehen werde. Sobald Sie aber anfangen zu sprechen, ist mein Vertrauen hin.«

»Das ist nur mit solchen Menschen so, die heuchlerisch sind«, belehrte ihn das Mädchen fast mütterlich. »Und ihnen stößt immer früher oder später ein Unglück zu. Meinen Sie, ich hätte jemals an Eedi gedacht, wenn ich mich mit ihm unterhielt? Oder daß ich im Moor an ihn gedacht habe, als diese Sache passierte? Nein, ich dachte nur an meine eigene Angelegenheit, an meine geheime Sache. Und wissen Sie, was ich Ihnen sage – jetzt spreche ich mit Ihnen, als stünde ich vor Gott selbst, denken Sie daran – ich sage: Selbst wenn ich mit Ihnen rede, denke ich nicht an Sie, sondern an meine Sache, die nur meine Angelegenheit ist, mit der andere nichts zu tun haben. So spreche ich mit Ihnen, und deshalb sollen Sie nicht mit mir so reden, wie Sie es vorhin getan haben. Und das ist nicht so, weil Sie wie Eedi oder Ott wären, nein, Sie sind ganz anders. Und auch nicht, weil die anderen schon gestorben sind und Sie leben. Durchaus nicht deswegen ...«

Jetzt faßte Oskar den Arm des Mädchens, als wollte er es umarmen, und sagte: »Es hilft Ihnen nicht, daß Sie so reden, ich glaube Ihnen sowieso nicht. Ich vertraue meinem Gefühl mehr als Ihren Worten. Ich glaube sogar, daß Sie nur, um mich zu reizen, so sprechen. Ott hat mir das auch gesagt. Sogar Eedi haben Sie so lange gereizt, bis er Sie überfallen wollte, vielleicht auch überfallen hat, woher kann ich das wissen.«

Nun aber riß sich das Mädchen los, als hätte ein heißes Eisen ihren Arm berührt, schaute den Burschen mit großen Augen an, in denen Tränen standen, und sagte: »Über Tote sollte man nicht so reden, Sie tun mir sehr weh.«

Plötzlich glaubte auch der Bursche, daß er dem Mädchen sehr weh tue, begriff aber nicht, warum das so war. Auch sein Herz fing an zu schmerzen, und so standen sie beide mit schmerzenden Herzen einander gegenüber.

»Sie sind wahrscheinlich sehr abergläubisch«, sagte der Bursche schließlich, als wolle er bedeuten, daß er das Mädchen doch ein wenig verstehe.

»Ja, sehr«, erwiderte Tiina, »das habe ich von meiner Mutter, und das ist mein Unglück und das Unglück derer, mit denen ich in Berührung komme.«

»Das sollte man loswerden können«, sagte Oskar.

»Ja, das sollte man loswerden können, ich selbst möchte es auch loswerden. Aber auch Sie müßten sich davon losmachen, daß Sie so mit mir reden, das bringt nur Schmerzen.«

XXVIII

Es war an einem Mittwoch, als die Leute vom Oberhof bemerkten, daß der Niederhof-Karla mit einem gefederten Wagen, die junge Stute vorgespannt, ausfuhr, als ginge es zur Kirche. Wohin mochte er wohl fahren? Und dazu noch mit solchem Schwung. War vielleicht der alte Pearu erkrankt? Fuhr Karla, um Medizin für ihn zu holen? Nein, dann würden Juuli oder Helene mit dem Rad hinfahren. Wollte man vielleicht den Arzt ins Haus holen? Das würde Pearu nicht zulassen. Für ihn wurde nur einmal der Arzt ins Haus geholt, und das reicht für sein ganzes Leben. Das war damals, als es sich nicht um eine von Gott gesandte Krankheit handelte, sondern um einen menschlichen Racheakt – als man ihn zwar nicht ermorden, aber zu Tode prügeln wollte, wie die Männer sagten, die ihn geprügelt hatten.

Damals rettete ihm der Oberhof-Andres das Leben, sein Widersacher und zäher Nachbar, der für sich niemals den Arzt hat kommen lassen. War denn Pearu schwächlicher als Andres, daß er für sich den Arzt nach Wargamäe sollte kommen lassen. Nein, Pearu will nicht schwächlicher sein. Oder steht er sich mit Gott schlechter als sein unversöhnlicher Feind, daß er gegen eine von Gott geschickte Krankheit bei den Menschen Hilfe suchen müßte? Auch das nicht! Pearus Angelegenheiten mit Gott sind ebenso in Ordnung wie die von Andres, nur daß er die Heilige Schrift nicht so gut kennt wie jener.

Aber die Oberhof-Leute hatten ihre Vermutungen und Beratungen noch nicht beendet, als etwas Neues geschah, was die Aufmerksamkeit aller fesselte. Und das konnte nur deswegen geschehen, weil die Oberhof-Leute an diesem Tage den Roggen einfuhren und gerade mit ihren Fudern heimkamen – Sass und Tiina mit ihrem Fuder, Oskar und

Elli mit dem anderen. Oskar hatte wohl gewünscht, Tiina möge mit ihm das Fuder schichten, doch sie wollte nicht und entschuldigte sich damit, daß sie das Schichten nicht verstehe und Oskar lachen würde, weil sie so ungeschickt sei. Deshalb wollte sie unbedingt mit dem Bauern zusammen arbeiten, denn alte Leute lachten und spotteten nicht so leicht. Es half auch nichts, daß Sass erklärte, Oskar wäre von ihnen beiden der bessere Fudermeister, wenn sie die Kunst des Fuderschichtens erlernen wolle. Tiina blieb bei ihrem Entschluß.

»So fühle ich mich viel ruhiger und sicherer«, sagte sie, »mit dem Bauern zusammen ist das gleich eine ganz andere Sache.«

Als sie so mit ihren Fudern ankamen, Sass mit Tiina und Oskar mit Elli, sahen plötzlich alle – eigentlich bemerkte es Tiina zuerst und sagte es den anderen –, daß die Niederhof-Helene aus der Stube gelaufen kam und zum Stall jagte, dort jedoch nicht stehenblieb, sondern daran vorbeieilte, flink über den Straßenzaun sprang und die Straße hinunter verschwand, als brenne es im Moor.

›Nachbars Helene will unserem Oskar zeigen, was für flinke Beine sie hat‹, dachte Maret, die mitten auf dem Hof stehengeblieben war, um den Lauf des Mädchens zu beobachten. Es sah tatsächlich so aus, als wollte Helene jemandem ihre flinken Beine zeigen, denn unten am Felde sprang sie wieder über den Zaun, als hätte sie keinen Unterrock an, sondern nur blendend weiße Hosen, die bis zu den Zuschauern blitzten. Jetzt warteten schon alle mit Spannung, wohin Helene wohl laufen möge. Aber sie lief nur zu Kate, wo der alte Andres auf einem Holzklotz saß und einen Korb flocht. Helene hätte Andres ja über den Zaun oder die Pforte grüßen oder sich mit ihm unterhalten können, doch nein – sie trat hübsch durch die Pforte ein, ging auf den Alten zu und begrüßte ihn höflich; alle bemerkten, daß sie höflich grüßte, selbst Oskar. Nach der Begrüßung sprach sie so, als bitte sie um etwas. Sie sprach eine ganze Weile so bittend, doch der alte Andres flocht weiter am Korb, als sei die Rede von gleichgültigen Dingen, nur einmal hielt er inne und blickte das Mädchen ernst und ergeben an. Die ganze Unterhaltung endete damit, daß Helene wieder durch die Pforte hinausging und zu laufen begann, doch jetzt, als habe sie vor Müdigkeit Blei in den Gliedern. Selbst über die Zäune kletterte sie so, als seien sie inzwischen auf das Doppelte gewachsen. Es war, als denke Helene überhaupt nicht daran, daß sie von anderen beobachtet wurde und daß darunter auch Oskar war. Zurück, die Straße hinauf, ging sie, als sei sie dem Weinen nahe. Maret aber wußte jetzt sofort, was auf dem Niederhof los war, und sagte: »Pearu liegt im Sterben, nichts anderes. Man hat Andres gebeten, zu ihm zu kommen.«

»Dann würde er doch gehen, wenn ein Sterbender ihn rufen sollte«, widersprach Sass.

Darauf blieb Maret die Antwort schuldig. Statt ihrer sagte Tiina: »Muß man denn gehen, wenn ein Sterbender ruft?«

»Ein Sterbender ist wie reifes Korn, das auszuhülsen beginnt«, sagte Sass, »jeder Mensch eilt zu ihm.«

»Aber wenn er ein schlechter Mensch ist?« fragte Tiina.

»Ein Sterbender ist ein Sterbender«, erwiderte Sass. »Ob schlecht oder gut, immer wird er in einen Sarg gelegt, mit Hobelspänen unter dem Kopf.«

»Warum denn gerade Hobelspäne, Bauer?« fragte Tiina, die hinter Sass aufrecht auf dem Wagen stand und sich an ihm festhielt, denn so spürte man die Erschütterungen der Fahrt weniger.

»Hobelspäne sind sauber«, sagte Sass, »sauber und kühl. Der Tote selbst ist sauber, und auch sein Lager soll sauber sein.«

»So daß der Mensch sauber in die Welt geboren wird und sie auch sauber verläßt«, ergänzte Tiina.

Als Oskar sah, wie Tiina beim Fahren aufrecht im Wagen stand und sich mit beiden Händen von hinten am Vater festhielt, spürte er einen Stich im Herzen und sagte zur Schwester: »Was für ein sonderbares Mädchen doch diese Tiina ist, ich kann aus ihr nicht klug werden.«

»Ich nehme an, daß sie eine heimliche Liebe hat, weiter nichts«, sagte Elli.

»Wer kann denn das sein?« fragte Oskar.

»Vielleicht lebt er nicht mehr«, sagte Elli vorsichtig.

»Du denkst also doch an Eedi?« fragte Oskar.

»Warum gerade er?« wollte die Schwester wissen.

»Aber wer dann?« sagte Oskar verständnislos.

»Bist du aber zuweilen dumm!« rief Elli.

»Du meinst doch nicht etwa Ott?«

»Wen denn sonst?« fragte das Mädchen erstaunt. »Und du kommst mit deinem Eedi! Wie kannst du so dumm sein.«

»Ott war ja hinter dir her«, sagte Oskar.

»Und Tiina war hinter Ott her«, ergänzte Elli.

»Richtig, richtig!« rief Oskar plötzlich, als sei ihm etwas Wichtiges eingefallen. »Deshalb sagte sie auch neulich, man sollte diese Dinge vergessen, gemeint ist das mit Ott und Eedi, vor allem ihr Tod, denn der lastet schwer auf ihrer Seele.«

So unterhielten sich die Oberhof-Leute beim Einfahren der Roggenfuder, als wecke das reine Brotgetreide gleichzeitig Gedanken an den Tod und an die Liebe. Maret aber, die allein zu Hause geblieben war, dachte nur an den Tod – an Pearus Tod –, und ihr Herz gab ihr keine Ruhe, sie mußte zur Kate hinuntergehen und den Vater fragen, was die Niederhof-Helene von ihm gewollt habe.

»Pearu liegt im Sterben und will sich mit mir versöhnen«, sagte Andres, »Karla ist nach dem Pastor gefahren.«

»Aber gehst du denn nicht, wenn er ruft?« fragte Maret. »Sieh, selbst Sass sagte oben zu Tiina, ein Sterbender sei wie reifes Korn, das man sich beeile zu schneiden.«

»Ich habe dieses Korn nicht gesät, warum soll ich es denn schneiden«, erwiderte Andres.

»Vater, wenn ein Sterbender ruft, geht man doch«, sagte Maret. »Was auch immer gewesen sein mag, mit dem Tode ist das alles vorbei.«

»Wozu soll ich dorthin gehen«, erklärte Andres. »Ich brauche mich mit ihm nicht zu versöhnen.«

»Vielleicht will er dich um Verzeihung bitten.«

»Ich habe ihm nichts zu verzeihen, soll er seine Angelegenheiten mit Gott regeln, ist der einverstanden, habe ich nichts dagegen.«

»Ich an deiner Stelle, Vater, wäre doch hingegangen, wenn er ruft«, sagte Maret.

»Helenes wegen wäre ich beinahe gegangen«, gestand Andres, »sie ist ein so liebes Kind, daß ich mich direkt wundere, wo Karla ein solches Kind herhat, das kommt wohl von Ida, anders kann es nicht sein.«

»Wärest du doch Helenes wegen gegangen«, sagte Maret, »wenn du schon Pearus wegen nicht gehen wolltest.«

»Ich hätte gehen sollen, aber ich lehnte es ab, denn ich dachte daran, daß er schon mehrmals gedroht hat zu sterben, lebt aber bis auf den heutigen Tag. Vielleicht kommt er auch diesmal durch, dann kann man nach einiger Zeit wieder nach oben klettern, so daß es mit seinem Tode ebenso sein wird wie mit dem Abendmahl, immer nur Versöhnung und Abendmahl, Versöhnung und Abendmahl. Was soll ich mich mit ihm versöhnen, wenn alles von neuem beginnt.«

»Aber nach dem Tode kommt nichts mehr, weder Streit noch Versöhnung«, sagte Maret.

»Woher weißt du das denn, mein Kind«, sagte Andres

traurig. »Was wissen wir denn überhaupt, was Gott mit uns vorhat. Wie, wenn wir in jener Welt weiter prozessieren müssen? Selbst vor dem Richtertisch Gottes? Denn vielleicht wird Gott am Tage des Gerichts zu uns sagen: Aha, da seid ihr beiden also, Andres und Pearu. Wer von euch hatte denn schließlich recht? Auf Wargamäe habe ich euch zugesehen, aber nichts begriffen. Ich fragte meinen Sohn, euren Heiland, doch der sagte, er wisse nicht, was recht sei. Also, Andres und Pearu, legt mir alle eure Punkte vor und richtet auf diese Weise selbst über euch, ich werde euren Richterspruch bestätigen, wenn ihr euren Prozeß zum richtigen Ende geführt habt. Ja, vielleicht wird Gott es so machen, wenn wir vor seinen Richtertisch treten, denn wenn er sich in Wargamäe niemals in unsere Angelegenheiten eingemischt hat, warum sollte er es oben im Himmel tun. Deshalb ließ ich auch Helene so gehen, aber sie tat mir wirklich von Herzen leid, als sich ihre Augen mit Tränen füllten. Mein einziger Trost, daß sie noch jung ist, und Tränen junger Menschen trocknen schnell.«

»Vater, du hast selbst mehrmals gesagt, daß der Mensch, wenn ihm etwas sehr am Herzen liegt, nicht sterben kann«, erklärte Maret. »Vielleicht liegt auch Pearu die Versöhnung mit dir so sehr am Herzen, daß er nicht sterben kann.«

»Meinetwegen kann er bis zum Jüngsten Tag leben«, erwiderte Andres und zog eine neue Rippe in den Korb. »Mich kümmert es nicht. Das ist Gottes Angelegenheit. Wenn Gott der Meinung ist, daß alles, was Pearu auf Wargamäe getan und bewirkt hat, so schlecht und böse sei, daß er zur Strafe dafür ewig leben müsse, dann soll es so geschehen, ich werde dem nicht widersprechen. Auch zu Gott beten werde ich deswegen nicht, denn sieh mal, Maret, zu welchem Schluß ich hier in der Kate gekommen bin: Gott sind unsere Gebete gleichgültig, er achtet nur auf das, was wir tun und denken. Gebete aber sind für die Menschen, nicht für Gott da. So daß Pearu selbst zusehen muß, wie er mit seinem Tod fertig wird, wenn der wirklich vor seiner Tür steht.«

Und es half Marets ganzes Zureden nichts, der Vater blieb bei seinem Entschluß, als sei das Flechten eines neuen Kartoffelkorbes weit wichtiger als die Versöhnung mit dem sterbenden Nachbarn, mit dem er sein Leben lang gestritten und prozessiert hatte. Als Maret ihrem Mann darüber berichtete, sagte der nach kurzer Überlegung: »Die beiden kann man nicht einmal auf einem Friedhof beerdigen.«

»Wenn aber, dann nur an verschiedenen Enden der Friedhofsmauer ...« meinte Maret, als rede Sass im Ernst.

»Wenn das meine Angelegenheit wäre«, sagte Sass nach einer Weile, »weißt du, Alte, was ich dann täte: ich würde aus einem Kiefernstamm Bretter schneiden und aus ihnen zwei Särge fertigen und sie dann in diesen Särgen von einem Stamm nebeneinander in die Erde senken – das würde ich tun, wenn das meine Angelegenheit wäre. Sollten sie doch Seite an Seite unter der Erde liegen.«

Gerade zu dieser Zeit, als der Oberhof-Bauer so sprach, rollte der Wagen vom Niederhof an seiner Pforte vorüber: Karla brachte den Pastor nach Wargamäe. Nun warteten alle und blickten gespannt nach dem Niederhof, als wäre dort etwas Außerordentliches zu sehen. Doch man sah nichts anderes, als daß der Pastor vom Wagen stieg und man ihn ins Haus führte, wohin Karla ihm folgte. Es dauerte nicht lange, und Karla kam eiligen Schrittes wieder heraus und ging in Richtung der Ställe, und dann konnte man sehen, wie er durch den Viehhof auf die Straße trat und die Straße entlang nach unten eilte.

»Karla geht selbst unseren Großvater holen«, sagte Maret zu den Kindern, »Pearu kann nicht unversöhnt sterben.«

»Warum will denn Großvater sich nicht mit ihm versöhnen?« fragte Elli.

»Großvater sagt, da sei nichts zum Versöhnen«, erklärte Maret, »er habe Pearu nichts zu vergeben.«

»Was will den Pearu noch, daß er nicht stirbt?« fragte Oskar.

»Warum fragst du so?« sagte Maret vorwurfsvoll zu ihrem Sohn.

Inzwischen gelangte Karla zur Kate, wo Andres immer noch an demselben Korb flocht, und fragte ihn, ob er denn wirklich nicht an das Sterbebett seines Nachbarn kommen wolle, selbst der Pastor läßt ihm als Seelenhirt sehr ans Herz legen, er möge kommen. Doch Andres erwiderte, während er Karla mit seinen trüben Augen durchdringend anblickte, fast ärgerlich: »Was hat der Pastor hier zu sagen? Er kommt für Geld an das Sterbebett, will er denn, daß ich es auch so mache?«

»Dann komm, Nachbarsvater, weil ich dich bitte«, sagte Karla höflich und fast flehend.

»Karla«, sagte Andres jetzt ernst und aufrichtig, »wenn du früher auch nur ein einziges Mal im Leben mit mir so gesprochen hättest wie jetzt, dann würde ich meine Arbeit lassen und wäre gekommen, doch du hast es niemals früher getan und wirst es auch in Zukunft nicht tun, darum werde ich wegen diesem einen Mal meine alten Glieder nicht bemühen.«

»Nachbarsvater«, begann Karla, doch Andres unterbrach ihn: »Ich bin nicht mehr der Nachbarsvater, ich bin nur der alte Katen-Andres, weiter nichts.«

»Ich werde dich niemals mehr so nennen, für mich bleibst du bis zum Tode der Nachbarsvater, wenn du jetzt meine und meines Vaters Bitte erfüllst«, sagte Karla.

»Ich habe dir schon gesagt, Karla, wenn du früher nur einmal so gesprochen hättest, würde ich gleich kommen, so aber komme ich nicht. Nein, ich komme nicht. Mir ist es jetzt völlig gleichgültig, wie du oder auch andere mich nennen. Dein Vater ist Erde, und auch ich bin Erde, was bedeutet es für die Erde schon, wie man sie nennt. Fleisch und Blut wollen Recht und Barmherzigkeit, aber die Erde doch nicht! Die Erde will nur Dünger, damit die Saat besser gedeihe und wachse.«

»Nachbarsvater, ich bitte dich noch einmal von ganzem Herzen«, sagte Karla. »Vater wartet, wir alle warten, und auch der Pastor wartet.«

»Sag dem Pastor, wenn er weder deinem Vater noch einem andern Sterbenden jemals Trost für Geld spenden wird, dann komme ich«, sagte jetzt Andres.

»Das kann ich ihm nicht sagen«, erwiderte Karla. »Außerdem ist es ja sein Amt, denn ...«

»Nun, wenn er von seinem nicht lassen kann, warum soll ich es denn tun«, sagte Andres und flocht weiter an seinem Korb. Jetzt aber wurde Karla ärgerlich, daß er vergeblich gebeten und Zeit verschwendet hatte, und sagte: »Bisher habe ich oft geglaubt, daß mein Vater schlimmer war als du, doch das, was ich heute sehe ...«

»Na siehst du, Karla«, unterbrach ihn Andres, »jetzt hast du wieder deinen richtigen Ton und deine Rede, so habe ich dich immer gehört und werde dich bis zum Tode hören. Warum soll ich da an das Sterbebett deines Vaters kommen?«

Karla ließ seinen Satz unbeendet und ging, ohne ein Wort zu verlieren, zur Katenpforte hinaus, wobei er sie nicht einmal ordentlich schloß. Andres stand von seinem Klotz auf, ging und schloß die Pforte. Dann setzte er sich wieder und sagte vor sich hin: »Als Bauer hatte ich stets meine Not mit den Pforten, die niemals geschlossen bleiben wollten, jetzt muß ich mich sogar noch als Kätner damit plagen.«

Somit war die Angelegenheit für dieses Mal erledigt, so daß Andres in Ruhe seinen Korb weiterflechten und die anderen den Roggen einfahren konnten. Die Leute vom

Oberhof regte noch eine Weile die Tatsache auf, daß der Pastor recht schwungvoll zurückgefahren wurde. Andres dagegen hatte einen ziemlich ruhigen Tag.

»Die junge Stute vom Niederhof muß heute gehörig traben!« sagte Oskar, als er die Fahrt des Pastors beobachtete. »Wenn sie weiter so stürmen, wird ihr vor der Kirche der Schaum in Flocken abfallen, und die Flanken werden an den Zügeln wie mit Seife eingeschmiert sein.«

Keiner der anderen hielt es für notwendig, etwas darauf zu antworten. So standen die Dinge bis zum Abend, als Indrek von der Grabenarbeit zurückkehrte. Andres erzählte ihm von der Krankheit Pearus und daß er zweimal zu ihm gerufen wurde, in der Hoffnung, Indreks Meinung darüber zu hören. Doch Indrek meinte gar nichts, statt dessen begann er die Zeitungen zu lesen, die vom Hof zur Kate gebracht worden waren, denn der Knecht vom Niederhof, der den Pastor heimgefahren hatte, brachte auch die Post der Oberhofer vom Gemeindehaus mit.

»Karla selbst tut das niemals«, erklärte Elli dem Onkel. »Der Knecht hat die Zeitungen beim Vorbeifahren über die Hofpforte geworfen, er wagte wohl nicht, das Pferd anzuhalten, weil er fürchtete, man könnte es vom Niederhof bemerken.«

»Während Andres nun über seine Angelegenheiten berichtete und Indrek die Zeitung las, geriet der letztere plötzlich in Aufregung und sagte: »Unsere Sache ist durchgekommen! Unsere Sache ist bewilligt! Der Wargamäe-Fluß wird reguliert! Hör zu, Vater!«

Und Indrek las dem Vater die Mitteilung Wort für Wort vor, wobei ihm die Stimme vor Aufregung zu versagen drohte.

»Was sagst du jetzt, Vater?« fragte Indrek, indem er aufstand und vor Andres hintrat, als wolle er ihm genau ins Gesicht sehen.

»Kann man denn das auch glauben?« fragte der Vater. »Die Zeitungen lügen so viel zusammen, daß ...«

»Das kann man bestimmt glauben«, sagte Indrek, »niemand hat irgendeinen Anlaß oder einen Vorteil davon, diese Nachricht grundlos in die Zeitung zu setzen. Außerdem steht da, daß noch in diesem Jahr mit den Vorarbeiten begonnen wird, so daß wir mit eigenen Augen werden sehen können, wie das vor sich geht.«

Der alte Andres sank plötzlich völlig in sich zusammen und sprach kein Wort mehr. Als Indrek das sah, sagte er zu ihm: »Nun, Vater, freust du dich denn gar nicht über diese Nachricht?«

»Ich freue mich schon, mein Sohn«, erwiderte Andres, »aber mir kam plötzlich in den Sinn, daß ich doch hätte gehen sollen, als Pearu mich rufen ließ. Denn jetzt sehe ich, daß Gott Wargamäe durchaus nicht sich selbst überlassen hat, sondern daß er auch hier Recht spricht. Er hat vielleicht mein ganzes Leben lang hier Recht gesprochen, nur ich habe es mit meinem Menschenverstand nicht begriffen. Jetzt kann ich zu Pearu gehen, weil ich weiß, daß ich für eine gute Sache gekämpft habe. Wenn sie in der Stadt dasselbe wollen, was ich das ganze Leben lang gewollt habe, dann muß das eine gute und richtige Sache sein.«

Und Andres stand auf, um zum Niederhof zu gehen.

»Du gehst doch nicht zu Pearu, um von deinem Recht und der Regulierung des Wargamäe-Flusses zu reden, Vater?« sagte Indrek.

»Nein, mein Sohn«, erwiderte Andres, »diese Nachricht könnte für ihn ein Nagel zu seinem Sarg werden. Ich gehe nur einfach so zu ihm, damit er sieht, daß ich ihm alles vergeben und alles vergessen habe, was zwischen uns hier in Wargamäe gewesen ist. Soll er in Ruhe sterben! Doch ich möchte nicht gern allein gehen, vielleicht läßt man mich nicht eintreten, denn ich habe Karla vorhin verärgert. Willst du nicht mitkommen, Indrek?«

»Gut, Vater«, sagte Indrek, »wenn du meinst, gehen wir zusammen.«

Also machten sie sich zu zweit auf den Weg. Der Vater aber hatte es so eilig, daß seine alten Beine sich nicht so schnell bewegen konnten, wie das Herz gewollt hätte.

»Der Mensch ist auch ganz verrückt geschaffen«, japste Andres, »das Herz strebt noch, doch die Beine machen nicht mehr mit. Warum muß denn das Herz noch streben, wenn die Beine dazu nicht mehr taugen? Vom Herzen aus ginge es noch hüpfend und springend, die Glieder aber müssen mit dem Stock nachgeschoben werden. Was ist das Herz nur für ein Ding, daß es so lange jung bleibt? Mit der Seele ist die Sache anders, denn sie ist ewig, sie ist von Gott, das Herz aber ist Erde wie die übrigen Glieder des Körpers, warum bleibt es jung? Es liegt wohl am Blut. Das Blut will nicht sterben, es will leben ...«

»Das ist ja unsere Not hier auf der Welt«, sagte Indrek, indem er den Vater, um ihn zu stützen, fest unterfaßte, »daß wir selbst alt werden, unser Herz und unser Blut aber jung bleiben. Der Körper sinkt in die Erde, das Blut aber könnte mit der Jugend mitlaufen. Die Jungen sehen jedoch unser Blut nicht und glauben nicht daran, sie sehen nur unsere Glieder.«

»Ja, sie sehen nur unsere Glieder«, bestätigte Andres. »Wer flinke Beine hat, der wird gesehen.«

So unterhielten sich Indrek und Andres auf dem Weg zum Niederhof, und das war wohl der einzige Gewinn, den sie von ihrem Gang hatten, wenn man davon absieht, daß sie zu Häupten Pearus ein Vaterunser beten konnten, denn Pearu war schon einige Stunden zuvor verschieden, bald nachdem der Pastor abgefahren war, als sei dieser nur nach Wargamäe gekommen, um den Tod zu bringen.

Karla war vom Kommen der Katenleute sehr gerührt, hauptsächlich Indreks wegen, denn er war der Meinung, daß Indrek den Vater bewogen hätte zu kommen.

»Wärest du zu Hause geblieben, dann wäre vielleicht alles anders gekommen«, sagte er.

Indrek schwieg, denn er wollte und konnte doch nicht von des alten Andres' Siegesfreude erzählen, die der Grund ihres Kommens war. Auch Andres selbst schwieg, und alles hätte gut und ordentlich enden können, wenn Karla nicht, angetrieben durch frühere Streitigkeiten, das gesagt hätte, was er sagte. Es war nur ein Glück, daß er draußen sprach und nicht in der Stube in Gegenwart des Verstorbenen, denn sonst wäre alles sehr dumm geendet, als sei der Tod eines so zähen alten Mannes wie Pearu kein unglückliches, sondern nur ein häßliches Ereignis. Das aber konnte keiner behaupten, der gesehen hatte, wie Pearu verschieden war.

Eigentlich endeten seine Lebenstage schon am Hoftor, als er auf dem Wagen neben seiner Enkelin Juuli saß, um zum Gemeindehaus zu fahren, und als seine Schwiegertochter, die Niederhof-Bäuerin Ida, ihre ›werten‹ Worte, wie Pearu es nannte, sprach. Mit diesen ›werten‹ Worten begann sein Tod.

Er hatte viele Jahre neben seiner Schwiegertochter gelebt und an unbeugsames und ›wertes‹ Blut gedacht, das man auf Wargamäes Niederhof bringen sollte, und dabei nicht bemerkt, daß dieses ›werte‹ und unbeugsame Blut schon da war. Erst im letzten Augenblick des Lebens öffnete Gott ihm die Augen, und sein altes Herz krampfte sich schmerzvoll zusammen wegen seiner sinnlosen Plagen und Mühen. Darum ließ er auch die Zügel des Pferdes los, sprang vom Wagen und eilte ins Zimmer, wo er sich aufs Bett legte, um nicht mehr aufzustehen. Pearu fühlte plötzlich, er hatte auf dieser Welt nichts mehr zu tun, und auch für das letzte, wofür er seine Kräfte angestrengt, hatte Gott gesorgt.

Er hatte zwar noch etwas auf dem Herzen, doch er befürchtete, daß es eher Schlechtes als Gutes bringen würde, nämlich die Regulierung des Wargamäe-Flusses. Andres mit seiner Familie hatte dieses Werk in Angriff genommen, und sein Ansehen war dadurch in den Augen der Leute bedeutend gestiegen – Pearu glaubte wenigstens, daß sein Ansehen bedeutend gestiegen war und daß Pearu und seine Familie neben Andres bedeutungslos wurden. Es gab nur einen Trost, daß Gott vielleicht dieses Werk nicht geschehen ließ, daß Gott Andres und seine Familie nicht so groß und stark werden ließ, daß Pearu sich vor ihm schämen müßte, für sich selbst und für den Niederhof. Das war sein einziger Trost, und mit diesem Trost starb er auch, denn er meinte, wenn von der Sache bis heute nichts zu hören gewesen sei, würde auch nichts daraus; oder wenn schließlich doch etwas käme, so könnten das Werk andere Männer vollbringen, nicht Andres vom Oberhof und seine Familie, vielleicht der Nômmann von Kassiaru und mit ihm auch Karla vom Niederhof.

So starb Pearu im vollen Bewußtsein, daß er auf dieser Welt alles getan habe, was überhaupt zu tun war, und in dem festen Glauben, daß Gott auch in Zukunft die Dinge auf Wargamäe so lenken werde, wie er es bisher getan hatte – nach Pearus ›Berechnungen‹. Doch kaum hatte Pearu seine Augen geschlossen, als Gott seinen Sinn änderte. Er sandte eine Zeitung nach Wargamäe, in der schwarz auf weiß zu lesen stand, daß Pearus letzte Hoffnung und sein Trost nichtig waren: Der Wargamäe-Fluß wird doch reguliert, und Andres und seine Familie sind die Initiatoren dieses Werkes.

Der Niederhof-Karla wußte das noch nicht, als er auf dem Hof mit den Katenbewohnern Gedanken austauschte über das Wetter, die Heu- und Getreideernte, den Milchpreis, das Grabenziehen und den Tod des Vaters. Er wußte es deshalb nicht, weil er keine Zeitung bekam und es angenehmer fand, frische Nachrichten und Mitteilungen aus Kassiaru oder Ämmasoo zu erfahren, als diese in der Zeitung zu lesen. Und wenn er auch Zeitungen bekommen hätte, wäre er heute nicht dazugekommen, einen Blick hineinzuwerfen, denn es gab eiligere Dinge zu tun. Und deshalb hatte er nicht die geringste Ahnung, warum der alte Andres schließlich doch auf den Niederhof gekommen war, obwohl er sich anfangs widersetzt hatte, als Helene und auch Karla ihn riefen. Und da dieser Umstand seinem Herzen keine Ruhe gab, sagte er zu Andres: »Wie war doch mein Vater starrköpfig, aber du, Nachbar, warst es noch mehr. Dennoch gibt es noch Hartnäckigere auf der Welt.«

»Wer ist denn noch hartnäckiger?« fragte Andres.

»Nun, der Starrsinn meines Vaters wurde schließlich durch meine Alte gebrochen, und deinen Starrsinn brach dein Sohn«, erklärte Karla.

»Meinen Starrsinn hat noch keiner gebrochen«, sagte Andres, »meinen Starrsinn wird nur der Tod brechen, wenn es der Wille Gottes ist.«

»Aber warum bist du denn jetzt zu uns gekommen, Nachbar, wenn niemand deinen Starrsinn gebrochen hat?« fragte Karla lachend, als sei sein Vater nicht gerade erst gestorben.

Das berührte Andres schmerzlich, denn plötzlich mußte er daran denken, daß auch er vielleicht bald ebenso unter einem weißen Laken liegen werde, wie er eben Pearu hatte liegen sehen, und daß man dann ebenso auf dem Hof stehen, sich unterhalten und lachen würde, so daß es durchs offene Fenster zu den Ohren des dort in der Kammer Liegenden dringen müßte, wenn die noch etwas hören könnten. Deshalb erwiderte er: »Mein Starrsinn wurde durch die Freude, nicht durch einen Menschen gebrochen.«

Da Karla von dem wahren Grund für Andres' Freude

keine Ahnung hatte, suchte er ihn dort, wo er für ihn ärgerlich war. Deshalb sagte er: »Ist es für dich, Nachbar, wirklich eine so große Freude, daß du länger als mein Vater lebst?«

»Nein«, erwiderte Andres heftig, »sondern daß der Wargamäe-Fluß reguliert wird, das ist meine Freude, deshalb wollte ich deinen Vater noch sehen. Jetzt weiß ich, daß ich für eine gute Sache gestanden und gelebt habe wie ein Knecht Gottes.«

Karla hörte das mit offenem Munde und aufgerissenen Augen. Erst nach einer Weile fragte er: »Und du, Nachbar, bist zu meinem Vater gekommen, um ihm das auf dem Totenbett zu sagen?«

»Ja, deswegen bin ich gekommen«, erwiderte Andres.

»Vater, das ist doch nicht wahr!« rief Indrek. »Karla, glaube ihm nicht, was er im Ärger sagt! Er wollte deinem Vater nichts sagen, er wollte sich nur mit ihm vertragen, denn er hatte sich wirklich gefreut, als ich ihm aus der Zeitung von der Regulierung des Wargamäe-Flusses vorlas.«

Doch Karla glaubte Indrek nicht, glaubte nicht an seine Worte, denn dafür war in seinem Herzen kein Platz. Er wurde plötzlich still und wortkarg, und den Katenleuten blieb nichts anderes übrig, als guten Abend zu wünschen und zu gehen.

»Vater, warum hast du Karla das gesagt?« fragte Indrek auf dem Heimweg. »Du wolltest doch Pearu nichts von der Regulierung des Wargamäe-Flusses mitteilen?«

»Nein, mein Sohn, Pearu hätte ich kein Wort gesagt«, erwiderte Andres, »aber ich konnte nicht ruhig anhören, was Karla mir sagte. Du siehst doch, Indrek, er glaubt, daß ich gegen ihn und seinen Vater nichts als Bosheit im Herzen habe, und er glaubt das deswegen, weil sein eigenes Herz böse ist. Nun, soll er glauben, daß auch mein Herz voll Bosheit sei, dann hat er Ruhe.«

XXIX

Nach den Worten des alten Andres beruhigte sich Karlas Gemüt tatsächlich. Denn seine ganze lange Unterhaltung draußen mit Andres und Indrek war das Ergebnis seines unruhigen Herzens gewesen. Es erhob sich für ihn nämlich die Frage, ob man nicht jetzt, nachdem Indrek und Andres zu Pearu gekommen waren, sie zur Beerdigung einladen sollte, aber wenn man sie aufforderte, müßte man dann nicht auch die anderen Leute des Oberhofes einladen? Auf diese Frage fand er keine befriedigende Antwort, und so redete er von Himmel und Erde, von Wetter und Sorgen. Und die Unterhaltung half, da sie schließlich eine solche Wendung nahm, daß es Karla sonnenklar wurde: Zu Vaters Beerdigung brauchte man weder Indrek noch Andres, weder Sass noch Maret einzuladen, von den übrigen gar nicht zu reden. Denn wenn er sie einladen würde, dürfte er Kassiaru-Nômmann nicht einladen, sonst könnten sie wegen der Regulierung des Wargamäe-Flusses in Streit geraten. Die von Kassiaru aber konnte Karla nicht übergehen, also mußten die Katenleute und die vom Oberhof wegbleiben.

Hätte Indrek das geahnt, wäre ihm sofort klar geworden, welchen Dienst der Vater Karla erwiesen hatte. Aber er hätte vielleicht auch angenommen, daß Karla mit Absicht das Gespräch auf Dinge gelenkt hatte, bei denen ein Zusammenstoß unvermeidlich war. Wissentlich oder unwissentlich tat Karla das, was so viele Menschen auf dieser Welt tun: Wegen seines heimlichen Wunsches lud er sich etwas auf den Hals, wofür er später andere Menschen, das Schicksal oder Gott verantwortlich machte. Es gibt für den Menschen keine größere Beruhigung, als zu glauben, daß eine Sache, die er nicht tun will, nicht von ihm abhänge. Was kann er dafür, er kann doch nichts gegen Gott.

Mit beruhigtem Gefühl wurde jetzt auf dem Niederhof

die Beerdigung des alten Pearu vorbereitet. Anfangs wollte Ida ganz Wargamäe zusammenrufen, doch nachdem sie von Karla gehört hatte, wie sein Gespräch mit den Katenleuten verlaufen sei und wie sie auseinandergegangen waren, beruhigte sich auch ihr Herz völlig bei dem Gedanken, daß sie nun begründet auf ihre anfängliche Absicht verzichten konnte. Die einzige, die bei ihrer abweichenden Meinung blieb, obwohl sie niemand danach fragte, war Helene. Der alte Andres war wohl ihrer Aufforderung nicht gefolgt, aber Helene hatte es so leid getan, daß sie auch jetzt noch sein Kommen wünschte. Sie wünschte das Kommen des alten Andres und blickte dabei nach dem Oberhof, als wohne der alte Kätner dort. Das bemerkte auch ihre Mutter, so daß sie, als Helene von der Einladung an Indrek und Andres zu sprechen begann, zu ihr sagte: »Dummes Kind, schlag dir doch endlich diesen Oskar vom Oberhof aus dem Kopf, dabei kann nichts als Unglück herauskommen, denn er hat weder Augen noch Ohren für dich.«

»Mutter, du bist aber komisch!« rief Helene. »Ich spreche vom alten Andres, du aber kommst gleich mit Oskar. Ich habe ja kein Wort von ihm gesagt. Ich möchte nur noch einmal gehen und Andres einladen, ich möchte sehen, ob ich ihn denn wirklich nicht herumkriegen kann, daß er kommt.«

»Nein, Tochter«, sagte die Mutter, »mich kannst du nicht täuschen. Du sprichst von Andres, denkst aber an Oskar. Was gefällt dir denn so sehr an ihm?«

»Er gefällt mir überhaupt nicht«, erwiderte Helene. »Ein Bursche, der an einem Mädchen wie Tiina hängt, ist nicht viel wert.«

»Auch meiner Meinung nach ist er nicht viel wert, und wenn man dabei noch unser Verhältnis bedenkt, dann ...«

Ida konnte ihren Satz nicht beenden, denn die Sülze im

Kessel kam gerade zum Kochen und schwappte über den Rand, so daß es ein Dampfen und Zischen gab wie beim Dampfbad.

»Die Schaumkelle! Die Schaumkelle! Schaumkelle!« schrie Ida ungeduldig, als beende sie damit ihren Satz.

Da die Fenster wegen der großen Hitze offen standen, drangen der duftende Dampf sowie alle andern Gerüche ins Freie, und der Wind trug sie über Wargamäe und den Sumpf zum großen Muulu-Moor, von wo die Kirche zu sehen war, die zu warten schien, wann sie mit ihrem Glokkengeläut für Pearu beginnen könne. Doch die Leute auf dem Oberhof, die wohl wußten und sahen, daß man auf dem Niederhof Essen und Trinken bereitete, um Pearu zu verabschieden, hatten daran nicht teil, denn Gott ließ sogar den Wind so wehen, daß nichts von dem Geruch die Nasen der Nachbarsleute berührte. Nur Oskar erfuhr etwas vom Wirken und Schaffen der Niederhöfer, denn er mußte die auf dem Felde weidenden Pferde an eine andere Stelle bringen, und sein Weg führte ihn am Hoftor des Niederhofes vorüber. Und gerade als Oskar vorbeiging, kam Helene mit Eimern zum Brunnen – ja, genau in dem Augenblick mußte sie zum Brunnen gehen, denn obwohl sich in einem Eimer noch Wasser befand, war es trübe und unsauber, Helene zeigte es sogar der Mutter –, nun ja, Helene kam gerade zum Brunnen, und da konnte Oskar nicht anders, er mußte sie grüßen, wie es die Pflicht eines höflichen jungen Mannes ist.

»Ist das aber eine Hitze!« rief Helene Oskar entgegen. »Sehen Sie, wie mein Gesicht glüht!«

Jetzt mußte Oskar als höflicher junger Mann auch Helenes glühendes Gesicht betrachten und ebenso höflich fragen, warum sie denn so sehr haste, daß sie ein solches Gesicht habe.

»Wissen Sie, der Mutter läuft der Sülzkessel über, und

bei mir will der Weißbrotteig nicht in der Wanne bleiben«, erklärte Helene. »Doch Sie müssen nicht denken, daß es eine Wäschewanne ist und daß wir in der Wäschewanne Weißbrot machen, es ist eine ganz saubere Wanne, ganz weiß mit eisernen Reifen! Und damit sie völlig sauber ist, habe ich kochendes Wasser hineingegossen und glühende, fast weißglühende Steine hineingelegt, so daß das Wasser in der Wanne eine gute halbe Stunde brodelte, und erst danach habe ich die Wanne mit Sand schön sauber ausgescheuert und warme Milch hineingegossen. Und in dieser Wanne will mein Teig nicht bleiben, sondern er strebt über den Rand. Doch der Ofen ist noch nicht soweit, er heizt erst, ich fürchte sehr, daß es zu heiß wird ...«

Auf diese Weise war Oskar auf dem Oberhof der einzige, der etwas von den Dingen auf dem Niederhof und von Helenes schrecklichen Befürchtungen hörte und etwas von jenen Gerüchen verspürte, die der Wind Gottes über Wargamäe zur Moorkirche hintrug. Doch er sprach zu keiner Seele davon, als sei es die Sache nicht wert, daß man von ihr rede, oder als müsse man darüber schweigen, weil sie so geheimnisvoll sei.

Doch der wahre Grund war wohl weder das eine noch das andere, sondern Oskars Herz war schwer, aber nicht, weil Helenes Teig aus der weißen Wanne früher hinausstrebte, als der Ofen fertig war, sondern weil er nicht wußte, wie er an Tiina herankommen sollte.

Elli war der Meinung, daß Tiina heimlich in Ott verliebt gewesen sei und das der Grund wäre, warum sie sich entzweit hatten und bis zum heutigen Tage nicht recht zusammenkommen konnten. Ja, der Kampf zwischen ihnen beiden hatte wegen Mulla begonnen und endete mit Otts zufälligem Tod, und heute weiß keiner, womit er geendet hätte, wenn Ott nicht gestorben wäre.

Denn jetzt, da Ott nicht mehr war und Ellis großer Seelenschmerz schon etwas nachzulassen begann, jetzt sagte sie dem Bruder ihre Meinung ganz offen, damit er wüßte, wie es mit Tiina stehe. Wegen ihrer heimlichen Liebe hatte sie sogar der Mutter geholfen, auf Elli aufzupassen und dadurch das Wohlwollen aller gewonnen, beinahe auch das von Elli selbst, wenn man die Dinge hinterher ernsthaft betrachtet. Denn um Otts Angelegenheiten auf dem Niederhof mußte es sehr schlecht gestanden haben, wenn es so schrecklich endete, und was für ein Leben oder was für eine Liebe konnte es mit einem Menschen geben, dessen Dinge irgendwo in der Nähe oder Ferne so schlecht standen. Mit einem Wort – Elli begann allmählich von Ott zu genesen, und sie bemühte sich, jetzt mit aller Kraft zu helfen, damit auch der Bruder von Tiina genese.

Doch mit dem Seelenleiden des Bruders war es eine sonderbare Sache, daß es, je mehr Elli versuchte, ihn zu kurieren, desto schlimmer wurde, als gebe es auch hier keine andere Abhilfe als den Tod. Das schlimmste bei Oskar war, daß er stets zweifelte, daß ihm immerzu neue Gedanken kamen. Heute glaubte er Elli, doch morgen hatte er das Gestrige schon vergessen. Schließlich glaubte er nichts mehr von dem, was Elli ihm erklärt hatte, sondern kam mit völlig neuen Ideen: Elli solle versuchen, sich mit Tiina zu vertragen, ihr Vertrauen zu gewinnen, um herauszubekommen, was mit ihr eigentlich los sei. Das waren Oskars neue Gedanken. Bald war Elli damit einverstanden, und eines schönen Tages sah Maret, sahen auch alle anderen, daß die Mädchen begannen sich zu vertragen, so daß man sie bestimmt im Herbst zusammen im Speicher schlafen lassen konnte. Natürlich, wegen der späten Jahreszeit wird das nicht mehr geschehen, doch soviel gibt Maret nach, daß sie Elli erlaubt, ihr Bett in die vordere Kammer zu stellen.

»Ihr werdet dort die halbe Nacht durch flüstern«, sagt Maret zu den Mädchen.

»Nein, Mutter«, widerspricht Elli, »nur am Abend etwas ...«

Damit ist man bereit sich abzufinden, nämlich, daß die Mädchen am Abend vor dem Einschlafen etwas miteinander flüstern, denn Maret ist der Meinung, daß es dazu beitragen würde, Ellis Herz zu beruhigen und ihr zu helfen, Ott schneller zu vergessen. Und so flüstern die Mädchen in der vorderen Kammer jeden Abend und erwecken schließlich sogar Sass' Aufmerksamkeit, so daß er fragt: »Was für Gespräche führen denn die Mädchen dort in der vorderen Kammer jeden Abend?«

Doch Maret wußte keine Antwort darauf, sie meinte nur, daß sie wohl nachträglich Otts Geschichte besprechen. Darauf bemerkte Sass: »Elli sollte das ja vergessen, jetzt aber ...«

»Sollen sie doch schwatzen, dadurch wird die Geschichte bald in Vergessenheit geraten«, erklärte Maret.

Damit gibt sich Sass zufrieden, und sie warten gemeinsam, daß die Mädchen der Sache überdrüssig werden. Auch Oskar wartet, aber nicht darauf, daß die Mädchen der Sache überdrüssig werden, sondern eher auf einen neuen Aspekt. Aber sie alle warten vergeblich, denn Ellis und Tiinas Gespräche finden kein Ende, und es ergibt sich auch nichts Neues. Es schien, als ob die Wörter sich wie ein kompliziertes Planetensystem unentwegt um ein und denselben Punkt bewegen, ohne ihm ganz nahe zu kommen, aber auch ohne sich zu weit von ihm zu entfernen.

Was Elli auch fragt, niemals erhält sie von Tiina eine zufriedenstellende Antwort, die sie Oskar weitersagen könnte und die auch ihn befriedigen würde. Nur eins scheint Elli sicher zu sein – sollte Tiina etwas mit Ott zu tun gehabt haben, ist das nicht der einzige Grund, warum sie sich Oskar gegenüber so ablehnend verhält. Schließlich platzt Tiina eines Abends mit etwas heraus, das nach Ellis Meinung schon einiges zu bedeuten hat. Sie spricht diesmal wieder von ihrem Leiden, und als Elli daran zweifelt, sagt sie: »Ich kann nicht einmal ein Kind bekommen, so steht es mit mir.«

»Woher weißt du denn das?«

»Woher ich das weiß«, wiederholt Tiina nachdenklich, »davon möchte ich nicht sprechen, es ist nicht schön.«

Aber Elli bedrängt sie, denn sie möchte so gerne erfahren, woher Tiina solche Dinge weiß.

»Ich wollte heiraten«, erklärte Tiina schließlich, »und dabei habe ich es erfahren.«

»Also warst du schon verheiratet?« fragt Elli neugierig.

»Nein, ich war es nicht«, versetzt Tiina, »ich wollte nur heiraten, und da hielt ich es für richtig, den Mann über mein Leiden zu unterrichten, denn ich wußte, daß er Kinder sehr liebte. Als ich ihm alles erzählt hatte, kam ihm die Befürchtung, daß er mit mir keine Kinder haben werde. Deshalb überredete er mich, zum Arzt zu gehen. Ich wollte nicht, widersetzte mich. Daraufhin sagte er, daß er mich verlassen würde. Da war nichts zu machen, denn dieser Mann gefiel mir so sehr, daß ich seinetwegen wer weiß was getan hätte. Wenn er zu mir gesagt hätte: Geh durchs Feuer, wäre ich gegangen, denn ich hätte es für richtig gehalten und glaube auch heute noch, daß mir kein einziges Haar verbrannt wäre, so fest glaubte ich an das Wort dieses Mannes. Ebenso widerspruchslos wäre ich ins Wasser gesprungen, und dabei kann ich nicht schwimmen. Hast du jemals so an einen Menschen geglaubt?«

Nein, das hatte Elli nicht, und das interessierte sie im Augenblick auch nicht, denn sie wollte möglichst schnell erfahren, was aus der Sache wurde, womit sie endete.

»Sie endete mit gar nichts«, sagte Tiina traurig. »Ich ging zum Arzt, und der sagte mir und auch dem Mann, daß ich kein Kind bekommen kann. ›Niemals?‹ fragte der Mann.

›Niemals‹, erwiderte der Arzt. ›Überhaupt nicht?‹ forschte der Mann. ›Überhaupt nicht‹, bestätigte der Arzt.«

»Nun, und dann?« fragte Elli ungeduldig, als Tiina schwieg.

»Nichts weiter«, erzählte Tiina. »Wir kamen zusammen vom Arzt und gingen durch die Straßen, der Mann schwieg, ich weinte, ganz laut, denn es war schon dunkel. Aber auch im Dunkeln blieben die Menschen stehen und schauten uns nach. Wir aber gingen, und keiner sagte ein Wort, denn ich hatte nichts zu sagen, und auch der Mann schwieg. Er war in Gedanken, und als er genug überlegt hatte, blieb er vor mir stehen, so daß auch ich stehenblieb – wir waren schon in den Anlagen, außerhalb der Stadt, ganz allein unter dunklen Bäumen, so daß uns niemand hörte. Und wissen Sie, was er mir sagte?«

»Nun!?«

»Er sagte, daß er dem Arzt nicht glaube, einfach nicht glaube, und deshalb wolle er es versuchen. Er trat ganz dicht an mich heran und blickte mich im Dunkeln an, seine Augen brannten …«

»Und du?« fragte Elli, und ihre Stimme zitterte.

»Ich stand und blickte ihn an, es war ja ganz dunkel, und man konnte sowieso nichts sehen. So standen wir eine Weile; plötzlich wollte er mich am Arm fassen, doch da überkam mich eine solche Angst, daß ich mich blitzschnell umwandte und fortlief, so schnell mich die Beine tragen konnten. Ich blieb erst stehen, als ich aus den Anlagen heraus und unter einer Laterne war, wo ein Schutzmann stand. Ich dachte, wenn er auch hier versuchen würde, mich so am Arm zu fassen, würde ich sofort den Schutzmann um Hilfe bitten. Doch dieser Herr war sehr höflich, er kam mir nach und sagte, ›entschuldigen Sie, Fräulein‹ – ja, er sagte zu mir plötzlich Fräulein, weil ich ihm weggelaufen war, denn einfache Mädchen tun das nicht, nur Fräuleins, wenn es dunkel ist – er sagte, ›entschuldigen Sie bitte, ich habe wirklich nichts Schlechtes gewollt.‹ – Ich erwiderte ihm sofort so, daß es auch der Schutzmann hätte hören können, – ach, Sie haben nichts Schlechtes gewollt, was aber, wenn ich ein Kind bekommen hätte? Dann würden Sie mich gleich verlassen, denn meine Schwester hat ein Kind bekommen und wurde verlassen. Er erwiderte: ›Gnädiges Fräulein, ein Kind will ich ja gerade von Ihnen, warum sollte ich Sie verlassen.‹ Ich: Sie glauben nur, daß Sie ein Kind wollen, alle Männer denken, daß sie ein Kind wollen, ist es aber da, verlassen sie einen. Denn das können sie bequem, wenn schon ein Kind da ist. Wohin aber kann ein Mädchen mit einem Kind gehen? Nirgends. Und so machen sich die Männer davon. Weißt du, was ich dir sage: Wenn ich einen solchen Mann hätte, würde ich ihm bis ans Ende der Welt folgen, durch Feuer und Wasser, denn wenn ein Mädchen einem Mann so folgt, können ihr weder Feuer noch Wasser etwas anhaben. Solcher Art ist die Liebe. Und es ist Liebe, wenn ein Mädchen dem Manne so folgt, und gegen die Liebe vermag nichts ...«

»Aber wo ist denn dieser Mann geblieben?« fragte Elli.

»Wo alle Männer bleiben«, erwiderte Tiina wie hoffnungslos. »Als er sah, daß der Arzt von seinem Urteil überzeugt war und ich auf keinen Versuch eingehen wollte, sagte er, daß nichts zu machen sei, wie leid es ihm auch täte, aber er müsse sich eine andere suchen. Daraufhin fing ich an, furchtbar zu weinen, und weinte einige Tage hindurch, doch was half es. Er heiratete und hat mit dieser Frau Kinder, doch ich gefalle ihm immer noch. Deshalb wollte ich auch aufs Land, damit er mir nicht mehr sagen kann, daß ich ihm immer noch gefalle. So werde ich vielleicht meinen Schmerz und meine Liebe los. Aber wenn ich sehe, daß ich auch hier jemandem gefalle, so daß ich erneut Schmerz erfahren könnte, dann bedaure ich, hierhergekommen zu sein, dann bin ich eher bereit, den alten Schmerz und die alte Liebe zu ertragen, als mir eine neue aufzuladen. Und so kann ich niemals meine alte Liebe vergessen, denn alles Neue erinnert mich an das Alte. Jetzt kannst du selbst sehen, in welch schrecklicher Lage ich mich befinde: die alte Liebe werde ich nicht los, eine neue will ich nicht zulassen. Und außerdem mußt du wissen: In der Stadt geht es noch irgendwie ohne Kinder, auf dem Lande nicht. Auf dem Lande müssen Kinder sein, wenn man einen Mann hat. Wie könnte ich einen Mann haben, wenn ich keine Kinder bekommen kann? Nein, auf dem Lande kann ich keinen Mann haben. Weißt du, jetzt habe ich nur noch eine einzige Hoffnung: daß der Mann, von dem ich dir erzählt habe und der mit seiner jetzigen Frau bereits Kinder hat, sich vielleicht von dieser Frau scheiden läßt – denn heutzutage lassen sich viele scheiden – oder daß seine Frau sterben oder irgendwie anders umkommen, unter ein Auto oder eine Straßenbahn geraten oder ertrinken könnte oder daß etwas Ähnliches passieren wird, ja, wenn so etwas geschähe! Denke aber nicht, daß ich darauf warte oder Gott darum bitte, daß so etwas kommen möge, nein, das nicht, ich warte einfach so, warte auf gut Glück, daß vielleicht etwas Derartiges geschehen könnte, und wenn er dann kommen und mich am Arm fassen würde, dann ließe ich es geschehen, denn dann brauchte ich die Voraussage des Arztes nicht mehr zu fürchten, da dieser Mann schon Kinder von der anderen Frau hat ...«

»Das heißt, du liebst ihn immer noch?« fragte Elli.

»Nein, nein«, widersprach Tiina. »Jetzt liebe ich ihn nicht, denn er hat eine andere Frau, und den Mann einer anderen Frau zu lieben ist nicht ehrlich und nicht anständig. Aber sollte es diese andere Frau nicht mehr geben, dann würde ich sicher wieder anfangen, ihn zu lieben. Und darauf warte ich jetzt, daß dieser Mann vielleicht allein bleibt, denn ich würde zu gerne wissen, ob ich ihn dann wieder liebe und wie ich ihn liebe.«

Für Elli war Tiinas Roman etwas zu kompliziert, so daß er, als sie ihn später dem Bruder weitererzählte, womöglich noch komplizierter wurde, und als Oskar einmal mit Tiina das Gespräch auf diesen Roman brachte, um einige zweifelhafte Stellen zu klären, wurde er so kompliziert, daß auch Tiina selbst weder ein noch aus wußte. Es gehe ihr aber immer so, sagte sie zu Oskar, solange man keine Erklärungen von ihr verlange, sei alles klar, doch sobald man ihr Fragen stelle, ginge bei ihr alles durcheinander. Sie könne nichts dafür, daß es so sei, es komme daher, daß sie bei ihren Erklärungen ständig befürchte, daß nicht alles richtig sei, was sie gesagt habe oder noch sagen möchte, und durch diese Furcht verwirre sich bei ihr alles. Sie sei bestrebt, immer völlig richtig zu antworten, und dann komme alles falsch heraus. Und zuweilen sei es so, daß die anderen, wenn sie etwas Falsches sage, es doch glauben, und dann fange sie schließlich selbst an, zu glauben, daß es so gewesen sei.

Nun begriff Oskar nichts mehr, weder wie es gewesen noch wie es jetzt war, nur eines stand fest: Irgend etwas ist bestimmt gewesen. Zuweilen war Oskar drauf und dran, zu Onkel Indrek zu gehen und ihn zu fragen, ob er nicht eine Erklärung wisse, da Tiina längere Zeit bei ihm gedient hatte, doch er schob es immer wieder auf, denn Onkel Indrek war ein wortkarger Mann, besonders in einer solchen Angelegenheit. Nur mit dem Vater und mit dem Hütejungen hörte man ihn sprechen, als müsse der Mensch über achtzig oder unter fünfzehn Jahre alt sein, damit es sich lohne, mit ihm einige Worte zu wechseln.

Dennoch hatte sich Indrek in den letzten Tagen etwas verändert. Und zwar seit der Zeit, da die Zeitung die Nachricht von der Regulierung des Wargamäe-Flusses gebracht hatte. Das löste seine Zunge. Selbst Andres merkte das, wenn er mit ihm immer wieder dasselbe Thema besprach: die Entstehung der Flußbrücke und den von Hundipalu-Tiit aus großen Steinen geschaffenen Aufgang zu ihr. Sie erinnerten sich der großen Stubben im Flußbett und an all das, was der Küster, der Schreiber und der verstorbene Katen-Madis darüber erzählt hatten; versuchten die Wehre aufzuzählen, die an den Wiesen von Wargamäe, Hundipalu, Ämmasoo, Rava, Kukesaare, Vôlla, Aaseme und sonstwo errichtet worden waren; überlegten, welche Windungen des Flusses durch ein neues Flußbett verkürzt werden würden und wie groß und tief es sein müßte, um das gesamte Flußwasser zu fassen; bemühten sich zu berechnen, wieviel diese Arbeit kosten würde und wieviel Männer nötig wären, um die Arbeit im Laufe eines Sommers zu bewältigen; zerbrachen sich den Kopf darüber, woher man die Verpflegung für eine solche Menschenmenge nehmen sollte und wer dafür sorgen müßte.

Wegen der Unterkunft machte sich der alte Andres keine Sorgen, denn am Fluß standen genügend Scheunen, in denen man bei dem warmen Sommerwetter sehr gut schlafen konnte. Nur etwas Heu müßte im Winter auf den Scheunenböden gelassen werden, dann wäre alles in Ordnung.

Es gab noch eine Sorge: Wenn die Flußreinigung den ganzen Sommer andauern und man am Fluß ständig herumtrampeln würde, was wird dann aus dem Heu werden? Fischotter, Enten und auch einzelne Angler treten bereits breite Pfade, was wird aber geschehen, wenn ganze Menschentrupps tagelang am Fluß herumtrampeln. So oder anders, der alte Andres kam zu dem Schluß, daß in diesem Sommer die besten Auwiesen verlorengehen werden. Und wohin sollen sie die ganze Erde, den Schutt und Modder werfen, die sie aus dem Fluß herausholen. Bleibt das alles an Ort und Stelle, auf den besten Wiesen? Wird dann das

Hochwasser im Frühjahr nicht alles wegspülen? Wird nicht alles wieder in den Fluß getragen, so daß er erneut verstopft? Ach Gott! Der alte Andres hatte jetzt tagsüber so viel zu denken und zu überlegen, daß ihn seine Sorgen oft sogar in der Nacht nicht schlafen ließen. Andres war an der Sache so interessiert, als stünde ihm noch ein langes Leben bevor und als würde er es noch schaffen, die Ergebnisse der Regulierung zu sehen und zu nutzen.

Am Sonnabendabend wurden die beiden Katen-Männer auf den Hof gebeten: Liisi war mit ihren Söhnen und ihrer Tochter gekommen. Ja, Liisi kam mit ihrem Mann und ihren Kindern zu Pearus Beerdigung, und da sie am Sonntag von der Kirche nicht mehr nach Wargamäe zu kommen gedachten, trafen sie schon am Sonnabend um die Mittagszeit ein, um sich etwas daheim aufhalten zu können. Sie wollten aus dem Grunde nicht zurückkommen, weil das Verhältnis zwischen den Verwandten nicht das beste war und weil es nach der Beerdigung von Pearu unter dem Einfluß von reichlichem Essen und noch reichlicherem Trinken sich verschlechtern und sogar in Streit ausarten könnte. An dem getrübten Verhältnis waren die Erbschaftsangelegenheiten schuld, denn weil Pearu den Niederhof einem der Söhne Jooseps vererben wollte, beschuldigte Karla Joosep, daß er durch seine Frau versucht habe, ihm den Hof zu entreißen. Irgendwelche entgegengesetzten Behauptungen konnten weder die Meinung Karlas noch der Seinigen ändern. Und wenn auch die Angelegenheit für Joosep und Liisi nach Meinung der Niederhof-Leute scheiterte, verschwand der Groll nicht aus den Herzen der Menschen.

Von Liisi erfuhr man auch, daß anfangs beabsichtigt gewesen war, Pearu am Dienstag oder Mittwoch zu beerdigen, denn dann hätte man mehr Zeit gehabt, einen größeren Verwandtschaftskreis von dem Ereignis zu verständigen, doch wegen des außergewöhnlich warmen Wetters war das nicht möglich, die Leiche wäre in Zersetzung übergegangen. Wenn sie auch nur noch aus Haut und Knochen bestand, sie hätte die Hitze nicht vertragen – so stand es mit dem toten Pearu. Aber zu seinen Lebzeiten hatte Pearu die Wärme sehr geliebt, in der heißen Sauna und bei glühender Sonne lebte er richtig auf. Solch ein Unterschied bestand für ihn im Leben und im Tode.

Von Liisi hörte man auch, daß Pearu sein Testament vor dem Tode nicht geändert, sondern nur mündlich den Niederhof Juulis Sohn vermacht hatte.

»Erwartet sie denn einen?« fragte Maret.

»Vermutlich wohl«, sagte Liisi und erklärte die Angelegenheit genauer.

Als Elli das hörte, spürte sie einen Schmerz im Herzen, als beneide sie die Niederhof-Juuli um ihren künftigen Sohn. Da konnte sie nicht anders, sie mußte die anderen verlassen und sich an eine Stelle zurückziehen, wo sie laut weinen konnte. Es schien nutzlos gewesen zu sein, daß Tiina und sie so viele Abende getuschelt und die alte Geschichte zerredet hatten, denn alles war plötzlich wieder neu und frisch.

Liisi wußte nichts von Ellis Angelegenheit, und darum konnte sie nicht zur rechten Zeit den Mund halten. Maret aber bemerkte sofort, wie die Geschichte mit Juulis Sohn auf Elli wirkte, und deshalb ging sie, suchte Elli auf und versuchte sie zu trösten, indem sie sagte: »Sei doch nicht so dumm, den anderen zu zeigen, wie dir ums Herz ist. Weine später, wenn sie weg sind. Doch warum weinst du überhaupt? Tut es dir leid, daß du kein Kind bekommst?«

»Nein, Mutter, darüber freue ich mich«, schluchzte Elli.

»Aber warum weinst du dann, dummes Kind, wenn du froh bist.«

»Ich bin so traurig.«

»Warum bist du denn traurig?«

»Ich weiß nicht, warum«, schluchzte Elli, »ich bin traurig, und das Herz ist mir schwer.«

»Du mußt es schon aushalten, es wird sicher bald vorübergehen«, meinte die Mutter. »Und komm nicht so zu den anderen, wasch erst dein Gesicht mit kaltem Wasser, sonst werden sie wer weiß was denken.«

Tiina aber versuchte Elli auf andere Weise zu trösten. Sie sagte, daß sie noch niemals einen toten Mann geliebt oder um ihn geweint habe, und daß ihr so etwas ganz unverständlich sei.

»Ich weine doch nicht um den toten Mann«, erklärte Elli, »sondern um das Kind des toten Mannes.«

»Aber der tote Mann hat doch noch kein Kind«, sagte Tiina.

»Aber es kommt«, behauptete Elli.

»Du liebe Zeit!« rief Tiina, »du wirst noch Zeit genug zum Weinen haben, wenn es da ist, warum denn vorher weinen. Vielleicht kommt es gar nicht.«

»Ich kann nicht hören, wenn sie davon sprechen, daß es vielleicht kommt«, sagte Elli.

Darauf wußte Tiina nichts zu antworten, so daß Elli ruhig weiter weinen konnte, bis sie genug hatte.

Indrek saß fast die ganze Zeit schweigend da und hörte dem Gespräch der Schwestern zu, wie er es schon vor vielen Jahren getan hatte. Nur, daß die Schwestern damals ganz anders waren, und auch er selbst war wahrscheinlich anders gewesen. Damals hatten die Schwestern nicht nur geplaudert, sondern auch gesungen, jetzt aber sangen sie nicht mehr. Nicht einmal ihre Kinder versuchten, gemeinsam zu singen.

Natürlich, damals war Frühling – ja, Indrek schien, daß damals immer Frühling gewesen sei mit hellem Sonnenschein und schneeweißen Wolken am blauen Himmel –, damals war Frühling, es gab sprießendes Gras und irgendwo ein Fleckchen schmutzigen Schnees, am Straßenzaun und hinter dem Reisighaufen den Duft nach rohen Fichtenstangen, Kiefernlatten und Birkenstämmen.

Jetzt aber neigte sich die Sonne schon dem Herbst zu, die Wolken wurden von Tag zu Tag grauer, die Wälder in der Ferne dunkler, und der Fluß versteckte sich in der Niederung und in dem umgebenden Gestrüpp. Sehnte sich Indrek vielleicht nach den singenden Schwestern, den weißen Wolken und duftenden Fichtenstangen hinter dem Reisighaufen? Nein! Wozu denn? Er ist auch damit zufrieden, daß er den Schwestern zuhören und von dem träumen kann, was nie mehr wiederkehren wird.

Das ist ja an den Dingen das schönste, das Bezauberndste, daß sie niemals in früherer Gestalt zurückkehren. Stets ist entweder die Sache nicht mehr dieselbe, oder der Mensch ist ein anderer geworden. Immer gibt es etwas Neues, das von einer wehmütig-süßen Erinnerung begleitet wird. Und dann kommt der Augenblick, da das menschliche Leben nichts anderes mehr ist als eine Erinnerung. Dann wird alles zur Ewigkeit, und der Tod kann kommen, die wahre Ewigkeit hier in diesem vergänglichen Leben.

Der alte Andres war bald so weit. Wenn es diesen Fluß nicht geben würde, der im Frühjahr so wunderbar flimmert, dann wäre es schon soweit, doch das nimmt ihm noch die Ruhe. Eigentlich aber ist dieser Fluß für ihn schon mehr eine Erinnerung als eine Tatsache. Er sieht ihn mit den Augen, mit denen er ihn damals betrachtet hat, als er zusammen mit Krôôt nach Wargamäe kam. Und wenn er von der Regulierung des Flusses spricht, dann tut er es so, als unterhalte er sich mit Krôôt, der er prahlend erzählte, daß er in Wargamäe eine Stadt bauen werde mit einer großen, glatten und breiten Zufahrtsstraße, über die man auch mit dem Zweigespann fahren könne. Aber der Weg ist immer noch der alte. Der verstorbene Pearu hätte ihn zumindest ebnen sollen, wie er einst den Weg für Krôôt geebnet hat, jetzt aber gibt es keine Menschen, die das tun würden.

XXX

Andres hatte nur einen einzigen Wunsch hier auf Erden: mit eigenen Augen zu sehen, wie fremde Menschen zum Wargamäe-Fluß kommen, um hier mit der Arbeit zu beginnen, zu messen, Pfähle einzuschlagen – Andres wußte eigentlich nicht genau, was sie tun werden. Denn die Flußregulierung ist nicht dasselbe wie das Ziehen von Gräben im Wargamäe-Moor. Da gibt es nichts anderes als Erde ausheben, und so immer weiter bis zum Fluß. Und wenn sich das Wasser irgendwo staut, dann muß etwas tiefer gegraben werden, damit es einem stets auf den Fersen bleibt. So zog der alte verstorbene Katen-Madis seine Gräben, und jetzt tut das Indrek, mit dem einzigen Unterschied, daß man damals vom Madis-Graben sprach, ihn jetzt aber nach Indrek benannte.

Schon mehrfach war Andres nur zu dem Zweck an den Fluß gegangen und den weichen, schwankenden Boden am Ufer entlang gestapft, um die erwarteten fremden Menschen zu suchen. Und jedesmal, wenn er unverrichteter Dinge zurückkam, beherrschte ihn ein schmerzliches Gefühl der Enttäuschung, so daß jeder daran hätte ermessen können, wie jung Andres' Herz noch war. Doch seine alten Glieder waren schrecklich müde, als sehnten sie sich nach ewiger Ruhe. Vielleicht zog es Andres' junges Herz gerade deshalb so sehr ans Flußufer, weil die alten Glieder sich nach Ruhe sehnten. Als Indrek die Ungeduld des Vaters bemerkte, war es ihm, als sei der alte Mensch wieder zum Kind geworden, das nicht warten kann. Er versuchte ihn zu trösten, indem er sagte: »Sie werden schon kommen, sei unbesorgt.«

»Ich befürchte in der Tat, daß meine alten Augen sie nicht mehr sehen werden«, erwiderte Andres.

»Mach dir keine Sorgen, Vater, du wirst sie schon sehen«, sagte Indrek.

Doch Andres war weiterhin aufgeregt, warf sich in der Nacht unruhig auf dem Bett hin und her, während Indrek im Schlaf wie ein echter Grabenarbeiter schnarchte. Am Morgen beklagte sich der Vater bei Indrek: »Wie ist doch das Leben eines alten Menschen auch deshalb schlimm, weil er keinen Schlaf mehr findet. Man wird ja nicht mehr so richtig müde. Ein Kind läuft den ganzen Tag umher, ein junger Mensch arbeitet, was aber soll ein alter Mensch anfangen. Laufen kann er nicht, die Beine machen nicht mit, arbeiten kann er nicht mehr, denn der Körper ist schwach geworden, wie soll man da so richtig müde werden, damit der Schlaf süß ist. Nur der Tod ermüdet den alten Menschen noch derart, daß der Schlaf süß wird.«

»Warte noch etwas ab, bis du die Sache mit dem Fluß gesehen hast und dein Herz Ruhe hat, dann wird auch der Schlaf wieder süß werden«, meinte Indrek.

»Im Alter ist der Schlaf nicht mehr so süß wie in der Kindheit und in der Jugend«, erklärte Andres. »Ich begreife nicht, warum Gott es so eingerichtet hat. Jetzt hätte ich Zeit zum Schlafen, meinetwegen Tage und Nächte, doch ich finde keinen Schlaf. Früher wollte ich so gern schlafen, hatte aber keine Zeit dazu. So ist das Leben des Menschen.«

»Ja, so ist es«, bestätigte Indrek. »Ein Satter hat keinen Hunger und ein Hungriger kein Brot – und beide sind in Not.«

So philosophierten sie über das weltliche Schicksal des Menschen und warteten und warteten, daß man am Fluß etwas zu unternehmen beginne, als seien diese beiden Dinge eng miteinander verbunden. Und als das junge Herz des alten Andres fast schon alle Geduld und allen Glauben verloren hatte, daß mit dem Wargamäe-Fluß etwas geschehe und er es noch mit eigenen Augen würde sehen können, kam die Kunde, daß die Männer am Flußufer seien, doch ein Stück unterhalb von Wargamäe.

Am nächsten Tag ging Indrek nicht in den Graben, sondern beschloß, ans Flußufer zu gehen, zusammen mit dem Vater, der schon am frühen Morgen keine Ruhe mehr fand, als fürchte er, zu spät zu kommen. Doch auf Indreks Drängen verließen sie erst gegen zehn Uhr das Haus. Der Fußweg führte sie durch niedriges, dichtes Sumpfbirkengestrüpp. Anfangs ging Indrek in seinen hohen Gummistiefeln langsam voraus, und der Vater humpelte mit einem Stock hinterher. Doch bald begann er zu klagen: »Indrek, du gehst so schnell, daß ich nicht nachkomme, hör doch, wie es in meiner Brust rasselt.«

Ja, natürlich, Indrek hörte sehr wohl, wie der Vater keuchte, doch er war daran so gewohnt, daß er es nicht beachtete. Auf die Worte des Vaters hin blieb er stehen und sagte: »Geh du voraus, ich komme nach, dann ist nicht zu befürchten, daß wir einander zu viel zumuten.«

Und so gingen sie dann, der Vater mit seinem krummen Stock voraus, und Indrek in seinen hohen Gummistiefeln hinterher. Doch als sie an das Flußufer kamen, war weit und breit keine Menschenseele zu sehen. Sie setzten sich an der Ecke ihrer Scheune nieder, um auszuruhen und zu überlegen.

»Es hilft nichts, wir müssen flußabwärts gehen«, sagte Indrek.

»Natürlich müssen wir gehen, was denn sonst«, meinte auch der Vater, stand auf und machte sich auf den Weg. Doch es dauerte nicht lange, und er begann über Müdigkeit zu klagen. Indrek faßte ihn fest unter den Arm und versuchte ihn zu stützen, doch das nützte nicht viel. Sie mußten sich wieder ausruhen, nach jedem kleinen Stückchen Weges ausruhen, denn der Boden war weich und federte, es war schwer zu gehen. Als sie sich wieder einmal zu irgendeiner Scheune begaben, um auszuruhen, sagte Indrek: »Vater, mir kommt ein guter Gedanke, ich trage dich huckepack.«

»Wirst du das denn schaffen, hier auf dem weichen Boden«, zweifelte der Vater.

»Versuchen wir es. Komm her, ich helfe dir auf den Scheunenbalken, von hier ist es leichter, dich auf den Rükken zu nehmen.«

Und so geschah es: Indrek setzte den Vater auf den Scheunenbalken und nahm ihn von da auf den Rücken. So gingen sie weiter.

»An mir ist wohl nicht mehr viel zu tragen«, sprach Andres, »das Fleisch an meinem Körper ist schon ganz eingetrocknet.«

»Tut nichts«, erwiderte Indrek, »schon allein die Knochen haben eine gehörige Last. Wenn ich nicht ein ganzes Jahr im Graben gearbeitet hätte, könnte ich dich nicht tragen.«

»Fühlst du denn, daß du kräftiger geworden bist?« fragte der Vater.

»Ich bin direkt ein anderer Mann geworden«, erwiderte Indrek und legte einen Schritt zu, um schneller ans Ziel zu gelangen. Als sie so an eine größere Flußbiegung kamen, sagte der Vater: »Schau, Indrek, dort weiter abwärts scheinen Menschen zu sein, vielleicht sind sie es.«

Indrek blieb stehen, richtete sich etwas auf und hob den Kopf, denn anders konnte er nicht so weit sehen.

»Ja, sie sind es«, sagte er nach einer Weile. »Aber da sind ja so viele Leute zusammengekommen.«

Als hätte ihm die Pause neue Kraft verliehen, schritt er noch schneller aus. Beim Näherkommen stellte sich heraus, daß der größere Teil der Menschenmenge ebensolche Neugierige waren wie Indrek und Andres. Jeder der Männer wollte mit eigenen Augen sehen, was man mit dem Fluß vor seinen Wiesen zu tun gedenke. Ob vielleicht eine Flußbiegung zwischen dem neuen und alten Flußbett bleiben würde.

Unter den anderen erblickten sie auch den Niederhof-Karla und den Kassiaru-Nômmann. Um den letzteren hatte sich eine Menge Männer geschart.

»Seht doch, Männer«, erklärte Kassiaru, »ich rede nicht nur, sondern mache mich gleich an die Arbeit. Mit dieser Sache hat man natürlich viele Schwierigkeiten und große Verantwortung. Doch jemand muß das ja auf sich nehmen. Und was für einen Sinn hätte es, die Sache Fremden zu überlassen. Als hätten wir selbst keine Männer, die mit dieser Arbeit fertig würden. Das ist doch unsere eigene Sache, beinahe meine eigene Sache, denn wenn ich mich nicht dafür eingesetzt hätte, wer weiß, ob daraus überhaupt etwas geworden wäre. Die Landesregierung hätte sie im Frühjahr auch um zehn Jahre verschieben können. Jetzt aber sind Männer hier, und die Sache ist sicher, denn sie steht in der Rangordnung an erster Stelle. Im nächsten Frühjahr braucht so mancher Mann um sein täglich Brot keine Sorgen zu haben, wenn er versteht, den Spaten zu führen, und bereit ist zu arbeiten. Ich selbst werde den Wargamäe-Fluß senken, mit meinen Söhnen ...«

So sprach Kassiaru zu den Männern, in deren Nähe auch Indrek und Andres standen. Doch als der letztere das hörte, sagte er zu seinem Sohn: »Warum läßt du ihn so großtun, sage ihm doch, wer sich wirklich um die Regulierung des Wargamäe-Flusses gekümmert hat.«

»Meinst du, Vater, daß noch jemand auf mich hören oder mir glauben wird, wenn Kassiaru der Unternehmer und in seinen Händen der Geldbeutel ist«, sagte Indrek. »Schließlich ist es nicht so wichtig, wer den Fluß reguliert, Hauptsache, daß er reguliert wird.«

Doch Andres war anderer Meinung. Sein junges Herz krampfte sich zusammen, wurde augenblicklich alt, als er sah und hörte, was um ihn herum geschah. Derselbe Kassiaru, der in dem von Andres erbauten Wohnhaus alle seine Trümpfe ausgespielt hat, um die Sache zu zerschlagen, prahlt jetzt vor denselben Männern, er sei es, der die Sache begonnen und gefördert habe, und die Männer hören schweigend seinen leeren Worten zu, als hätten sie plötzlich das Gedächtnis und den Verstand verloren. Selbst Indrek hörte dem Gerede des Kassiaru-Nômmann zu, als wären es Gottesworte.

Das wirkte derart auf Andres, daß er, wenn er die Kraft dazu gehabt hätte, Indrek und alle anderen augenblicklich hier stehen gelassen hätte und ohne ein Wort zu sagen, nach Hause gegangen wäre, doch er spürte, daß er wohl kaum heute auf eigenen Beinen von hier bis nach Wargamäe würde gehen können, wenigstens nicht den ganzen Weg. Deshalb blieb er weiter traurig neben Indrek stehen und wurde immer ernster und stummer. Als Indrek sah, wie Kassiarus großsprecherische Worte auf den Vater wirkten, sagte er: »Vater, macht dir denn eine solche Sache keinen Spaß?«

»Was für eine Sache?« fragte Andres verständnislos.

»Nun, dieser Kassiaru und die Männer, die ihm zuhören«, erklärte Indrek.

»Was soll das für ein Spaß sein?« staunte der Vater ärgerlich.

»Aber gewiß doch«, meinte Indrek. »Sieh doch, wie seltsam die Dinge eingerichtet sind: Der eine tut etwas, der andere prahlt. Und was das beste dabei ist: Die dritten hören und sehen zu und folgen dann dem Prahler und nicht dem, der was geleistet hat. Demnach wittern der Prahler und seine Leutchen Beute, weiter nichts. Unsere Sache muß sicher sein. Auf der Welt gibt es keine besseren Befürworter, als solche, die nach eigenem Vorteil streben. Der Kassiaru-Bauer wird anscheinend von dem Wunsch getrieben, die Arbeiten in seine Hand zu bekommen. Mich hat hierbei nur interessiert, daß die Sache in Gang kommt. Und das habe ich erreicht. Ich habe im Winter die Männer zusammengebracht, habe Kassiaru geschlagen und kann dir, Vater, noch vor deinem Tode zeigen, daß dein größter Wunsch in Erfüllung geht. Und auch du, Vater, hast daran kein anderes Interesse mehr, nur, daß du weißt, daß es endlich geschieht. Warum, zum Teufel, kannst du denn nicht mit mir über diese Leute lachen, die ihrer kleinen Vorteile wegen sich aufblähen und prahlen? Als wir die Sache in die Hand nahmen, dachten wir an alle Ansiedler am Fluß, sie aber halten mit Zähnen und Krallen jeder an seinem Moor- und Wiesenstück fest. Aus unserer großen Sache machen sie eine Lappalie, brüsten sich und prahlen noch obendrein. Wenn Hundipalu-Tiit das gehört und gesehen hätte, würde er laut darüber lachen.«

»Meinst du wirklich, daß Hundipalu-Tiit darüber hätte lachen können?« fragte Andres.

»Aber natürlich«, erwiderte Indrek, »warum sollte er über die Kleinlichkeit der Menschen nicht lachen.«

Indrek und Andres standen einige Zeit allein da, schließlich aber wagten einige Männer, Kassiarus Umgebung zu verlassen, um sich mit ihnen zu unterhalten. Ein Mann aus Urvaküla wußte zu berichten, daß Kassiaru mit jemand anderem zusammen die Flußregulierung übernehmen wolle, um auf diese Weise seinen Söhnen Arbeit zu verschaffen. Er hatte sie viel lernen lassen, hatte dafür eine Menge Geld ausgegeben, sogar den Hof verschuldet, und jetzt weiß er nicht, was er mit ihnen beginnen soll, es sei denn, er schickt sie zu Holzarbeiten in den Wald oder zu Grabenarbeiten ins Moor. Doch das erlaubt schon Kassiarus Ehre nicht. Diese Ehre erlaubt nicht einmal, daß seine Söhne zusammen mit Knechten und Mägden auf dem Felde arbeiten. Die Flußregulierung ist feiner und sauberer, denn hier können sie, Stöckchen in der Hand, umhergehen und zusehen, wie andere arbeiten. So steht es mit dem starken Kassiaru: ihm droht der Bankrott.«

»Also wenn dem Löwen Zähne und Krallen stumpf werden, dann fängt er am lautesten an zu brüllen«, sagte Indrek.

»Ja, der Sack staubt immer am ärgsten, wenn er beginnt, sich zu leeren«, fügte der Mann aus Urvaküla hinzu.

Diese Unterhaltung verblüffte Andres ebenso wie vorhin Kassiaru-Nômmanns Großsprecherei. Was soll denn das bedeuten mit der Bildung der Söhne, daß sie nachher keine Arbeit und keine Anstellung finden? Arbeitet vielleicht auch Indrek schließlich nur deswegen im Wargamäe-Graben, weil niemand seine Bildung und seine Kenntnisse braucht? Vielleicht will er seine Notlage nur nicht offen eingestehen, weil er fürchtet, Andres dadurch zu betrüben, denn der verband ja mit der Ausbildung Indreks die wunderbarsten Hoffnungen und Träume.

Später, als sie beide wieder auf dem Heimweg waren, konnte Andres den prahlerischen Kassiaru und seine Söhne nicht vergessen und lenkte das Gespräch erneut auf sie, während er wieder auf Indreks Schultern saß.

»Wie ist denn das eigentlich?« fragte Andres fast keuchend, denn ihm fiel es fast schwerer, sich auf Indreks Schultern zu halten, als diesem, ihn zu tragen. »Mein ganzes Leben lang sagte man immer, wer gebildet ist, der hat es leichter im Leben, und jetzt plötzlich: wer gebildet ist, der kann Gräben stechen oder Flüsse regulieren. Wer hat es so eingerichtet?«

»Meinst du, Vater, daß Gräbenstechen das schwerste ist?« ächzte Indrek und wich einer direkten Antwort aus.

»Auf jeden Fall schwerer als die Arbeit eines Lehrers oder Pastors«, meinte Andres. »Ich hatte geglaubt, daß aus dir etwas Ähnliches wird – daß ich den Bodenacker bearbeiten werde und du den Seelenacker. Warum hätte ich dich denn sonst so viel lernen lassen.«

»Vater, es ist schwerer, den Seelenacker zu bearbeiten als das steinige Gestrüpp und die Moore Wargamäes«, sagte Indrek keuchend. »In Wargamäe schafft man in zehn Jahren mehr als auf dem Seelenacker in tausend Jahren, das ist der Fluch der Menschen. Der Mensch ist nicht einmal imstande, seinen eigenen Seelenacker zu bearbeiten, geschweige denn den eines anderen.«

Nach diesen Worten war Andres eine Weile stumm, als denke er über seinen eigenen und die fremden Seelenäcker nach. Schließlich sagte er: »Ich habe viel zu lange auf dieser Welt gelebt. Als ich beschloß, dich lernen zu lassen, glaubte ich, und auch Hundipalu-Tiit war der Meinung, daß es eine große Sache sei, jetzt aber schippst du Wargamäer Moorerde, und auch andere geschulte Männer kommen nach Wargamäe Moorerde schippen. Mein großes Werk war vergeblich, denn Moorerde auszuheben verstandest du auch ohne Ausbildung. Pearu hatte in Wargamäe recht, wie schon der selige Tiit sagte, nicht ich.«

»Aber Pearu sagte mir letzthin bei Jôesaare genau das Gegenteil: Du hättest in Wargamäe recht gehabt, nicht er«, erklärte Indrek.

»Hat Pearu das wirklich gesagt?« fragte Andres.

»Genau das sagte er, als er da vor mir im Sonnenschein saß«, bestätigte Indrek.

»Dann weiß ich wirklich nicht mehr, was ich von dem seligen Hundipalu und vom verstorbenen Pearu denken soll«, sagte Andres stöhnend, und er bedauerte wieder von Herzen, daß er nicht gleich an Pearus Sterbebett gegangen war, als Helene ihn so nett gebeten hatte. Aber er tröstete sich schließlich mit dem Glauben, daß es nach dem Willen Gottes geschehen sei, denn warum ließ er Andres erst nach dem Tode Pearus die Nachricht von der Flußregulierung hören. Gott handelte in Pearus Sterbestunde so, wie er sein ganzes Leben lang gehandelt hatte: er sorgte für ihn, wie er auch für Andres gesorgt hatte. Gott befürchtete, daß Andres, wenn er in seiner großen Freude an Pearus Sterbebett gekommen wäre, sich nicht hätte beherrschen können und dem Scheidenden Dinge berichtet haben würde, die ihm nur Trauer und Seelenpein verursacht hätten. Aber Gott wollte das nicht. Er ließ Pearu in der frohen Zuversicht sterben, daß mit dem Wargamäe-Fluß nichts geschehen würde, während er gleichzeitig Andres einen Sohn gab, der ihn huckepack an den Fluß trug, damit er vor seinem Tode noch mit eigenen Augen sehen konnte, daß mit dem Fluß durchaus etwas geschah.

Den ganzen langen Weg zurück dachte Andres über Gottes gerechte Wege und über Pearu und dessen Worte nach.

Indreks Gedanken gingen zur selben Zeit ihre eigenen Wege. Sie setzten die Überlegungen über Leichtes und Schweres fort. Ist es leichter, sich tragen zu lassen, oder einen anderen zu tragen? Hat es einen Sinn, einen anderen zu tragen oder sich tragen zu lassen? Nun gut! Er trägt seinen schwach gewordenen Vater, und der hat ihn einmal getragen, als er noch klein war. Folglich – der Stärkere trägt den Schwächeren. Aber in der Welt ist es doch umgekehrt: Der Schwächere trägt den Stärkeren. Das gilt für einzelne Menschen, Schichten, Völker und Rassen, und das hält man für Kultur. Also ist die Kultur etwas wie eine Schmarotzerpflanze, die von anderen Pflanzen lebt. Und doch glauben alle an Fortschritt mit Hilfe der Kultur. Und wenn es nicht klappt, dann sagen kluge Menschen, die die Geschicke der

Völker lenken: Mangel an Kultur! Verstanden? Der einzelne Mensch, die Schicht, das Volk oder die Rasse sitzen noch nicht fest genug auf dem Rücken eines anderen Menschen, einer Schicht, eines Volkes oder einer Rasse, deshalb kann es zu keiner besseren Zukunft der Menschheit kommen.

So hing jeder seinen Gedanken nach, der Träger und der Getragene. Als sie aber bei der Scheune auf der eigenen Wiese angelangt waren, wollte Andres von Indreks Schultern herunter, um etwas in der Sonne zu sitzen, sich auszuruhn und dann den Weg auf eigenen Füßen langsam fortzusetzen, denn der durch das Moor führende Fußweg war fester und für alte Füße angenehmer als der weiche Moosboden des Flußufers. Und als sie so vor der Scheune saßen, fragte Andres Indrek, was seiner Meinung nach mit der großen Flußkrümmung des Niederhofs geschehen werde.

»Sie wird bestimmt zwischen dem alten und neuen Flußbett bleiben«, sagte Indrek.

»Aber dann wird der Niederhof von der Flußregulierung weit mehr Nutzen haben als der Oberhof, obwohl er weit weniger dazu getan hat als der Oberhof. Eigentlich hat er gar nichts getan, war nur dagegen, weil wir die Sache angeregt haben«, erklärte Andres.

»Ja, so ist es hier auf dieser Welt immer«, sagte Indrek, »für den einen ist die Leistung eine Freude, für den anderen der Vorteil. Unglücklich sind die, die nichts tun und auch nichts besitzen, ganz glücklich die, die etwas tun und auch die Früchte ihres Schaffens genießen. Wir haben etwas getan, Vater, und diese Freude soll uns genügen.«

»Indrek, heute sprichst du zu mir wie nie zuvor«, sagte Andres gerührt.

»Vater, ich bin so froh, daß du mit eigenen Augen sehen konntest, daß die Leute am Fluß schon mit der Arbeit beginnen, deshalb«, erklärte Indrek.

Der Vater schwieg wieder eine Weile, als denke er über Indreks Worte nach. Dann sagte er: »Im Sonnenschein überkommt mich eine so wohlige Müdigkeit, wenn man sich doch für eine Weile ausstrecken könnte.«

»Ich helfe dir in die Scheune und krieche selbst hinterher, denn auch ich könnte etwas Ruhe gebrauchen.«

»Das meine ich auch«, erwiderte der Vater, »die lange Strecke, die du mich getragen hast ...«

»Auf einem festen Weg wäre es ja eine Kleinigkeit gewesen, aber das weiche Flußufer entlang ...«

Der Satz blieb unvollendet, denn Indrek begann dem Vater in die Scheune hinaufzuhelfen, und als der drin war, kroch er hinterher.

»Ach, wie schön!« seufzte Andres, indem er seine alten Knochen in dem weichen, duftenden Heu ausstreckte.

»Man möchte mit dem Gottesmann sagen: Herr, nun läßt du deinen Knecht in Frieden gehen, denn meine Augen haben deinen Segen gesehen.«

Mit diesen Worten schlief Andres ein. Indrek lag eine Weile mit offenen Augen und blickte durch die Ritzen zwischen den Balken auf den flimmernden Fluß und auf die umherflatternden Schwalben, die zwitschernd ihre Jungen fütterten. Irgendwelche Gräser dufteten in dem Heu fast betäubend. Ob es dieser Duft oder die Müdigkeit war, auch Indrek schlief ein, ohne es zu merken. Als er erwachte, mußte er eine ganze Weile geschlafen haben, denn die Sonne stand schon ziemlich niedrig. Der Vater schlief ruhig weiter und so leise, daß Indrek ihn nicht einmal atmen hörte.

»Ist müde, der Arme«, murmelte Indrek und beschloß, ihn noch ein wenig schlafen zu lassen. Als aber die Sonne begann, hinter dem Dickicht jenseits des Flusses zu verschwinden, meinte er, daß es wohl an der Zeit sei, den Vater zu wecken. Er fing an, ihn leise zu rufen, und als das nicht half, rief er lauter. Als auch das erfolglos blieb, rief er so laut, daß man es auch am anderen Ufer hören konnte, und fügte hinzu: »Schläft wie ein Toter!«

Sowie er diese Worte gedankenlos vor sich hin gesprochen hatte, durchzuckte ihn der Gedanke, ob der Vater nicht vielleicht wirklich gestorben sei. Mit diesem Gedanken erhob er sich leise vom Heu und kroch auf allen vieren zum Vater, um ihn zu berühren. Er legte seine Hand auf des Vaters Arm und versuchte ihn zu bewegen, dabei schien es ihm, als sei der Körper kalt und fast erstarrt: der Tod mußte schon vor einer ganzen Weile eingetreten sein, vielleicht gleich, als er sich ins Heu niederlegte.

Indrek richtete sich auf die Knie auf, als wolle er beten. Aber nein, er kniete nur, weil er im Augenblick nichts Klügeres anzufangen wußte. Er betrachtete das ruhige Gesicht des Verschiedenen und versuchte sich zu erinnern, ob er nicht in dem Augenblick, als der Vater einschlief, etwas Besonderes bemerkt habe. So schien es ihm plötzlich, als habe er sich gleich gewundert, wieso der Vater so ruhig schlafe, ohne zu schnarchen oder schwer zu atmen, wie er es zu Hause im Bett tat. Da glaubte Indrek, es käme von dem frischen Heu und der großen Müdigkeit, jetzt aber wußte er, daß es der Tod war. Schließlich glaubte er sogar, einen leichten Seufzer gehört zu haben, dem er keine Bedeutung beigemessen hatte.

Nachdem er eine Weile so gekniet und nachgedacht hatte, stellte er sich die Frage: was jetzt? Sollte er den Vater hierlassen und schnell nach Hause laufen und Hilfe holen? Ja, natürlich, schnell nach Hause! Aber schon nach wenigen Schritten blieb er stehen. Ihm kam ein neuer Gedanke. Richtig! So ist es besser! Er kehrte zurück zur Scheune. Nein, nein, er wird den Vater auf keinen Fall hier allein lassen. Bevor sie zurück sein könnten, würde es ja schon dunkel sein, und plötzlich erschien es ihm ganz unmöglich, den toten Vater allein hier im Dunkeln, im duftenden Heu der Scheune liegen zu lassen.

Er begann, vor der unteren Scheunenluke das Reisig fortzuräumen. Die trocknen Blätter raschelten so laut, daß Indrek zusammenzuckte. Doch dann gewöhnte er sich daran und arbeitete weiter. Als das Reisig beseitigt war, kletterte er durch die obere Luke in die Scheune und machte sich vor der unteren an das Wegräumen des Heus. Er arbeitete mit fieberhaftem Eifer, als fürchte er, irgendwohin zu spät zu kommen.

Sobald vor der Öffnung soviel Heu entfernt war, daß ein Mensch durchpaßte, nahm Indrek den Vater und schob ihn so weit vor die Luke, daß man ihn von außen erreichen konnte, dann sprang er durch die obere Luke hinaus und trat an den Vater, ihn auf seine Arme zu nehmen. Aber bevor er es tat, kam ihm die Frage: Was soll mit der Scheunenluke geschehen? Soll er sie offen lassen oder wieder mit Reisig verschließen, damit alles in Ordnung wäre? Wohin soll er dann aber für die Zeit, in der er sich mit dem furchtbar raschelnden Reisig (wieder schien ihm das Rascheln der Blätter furchtbar) befassen wird, den Vater legen? Sollte er ihn neben der Scheune niederlegen? Aber von da wäre es nicht so einfach, ihn wieder aufzunehmen, wie von der Scheunenluke aus. Ja, das ginge nicht gut, deshalb wird er die so schrecklich raschelnden Zweige lassen, wo sie sind, morgen wird er kommen und alles in Ordnung bringen. Nachdem er aber den Vater bereits auf die Arme genommen hatte, überdachte er seinen Entschluß nochmals, legte den Vater in das sprießende Gras vor der Scheune und verschloß die Luke. Dann kletterte er sogar in die Scheune und schob auch das Heu wieder gegen das Reisig vor die untere Luke – damit alles in Ordnung wäre, dachte er, ohne sich Rechenschaft darüber abzulegen, wozu es nötig war, noch einmal in die Scheune zu klettern.

Das Lager des Vaters ließ er jedoch unberührt, und so blieb es bis zum Winter, als das Heu abgefahren wurde. Der Hütejunge war wohl im Herbst hingegangen, um sich das Lager anzusehen, hatte es aber nicht berührt, denn er wagte nicht, in die Scheune hineinzuklettern, er schaute nur durch die Öffnung, mit der Brust auf den oberen Balken gestützt. Für den Jungen war es eine Todesscheune, außerdem noch die eines alten Mannes, was ihm viel schlimmer zu sein schien, als wenn es die Todesscheune eines Kindes gewesen wäre. Denn ein Kind wird nach dem Tode niemals böse, es kann nur besser werden, ein alter Mensch aber wird böse. Auch Andres könnte nach dem Tode böse werden, obwohl er zu seinen Lebzeiten dem Jungen kein böses Wort gesagt hatte. So dachte der Hütejunge, als er, auf einen Balken gestützt, des alten Katen-Andres Lager im Heu betrachtete.

Indrek war schließlich mit seiner Arbeit fertig, hob den Vater auf und machte sich auf den Weg. Doch kaum war er einige Schritte gegangen, als er stehenblieb. Wo war Vaters Stock? Wo war er geblieben? Er wollte ihn ja in den Sarg mithaben, denn in den letzten Jahren war er sein treuer Begleiter gewesen. Andres hatte niemals seine alten Pferde auf den Markt gebracht oder sie fremden Menschen zum Schinden oder Plagen verkauft, und so will er auch nicht, daß sein Stock anderen Menschen zur Mißhandlung verbleibe. Weiß Gott, wohin sie ihn werfen oder was sie mit ihm tun werden. Auf dem Stock sind von Andres eingeschnittene Schriftzeichen, er möchte sie nicht fremden Händen überlassen.

Indrek kehrte zurück zur Scheune, legte den Vater wieder ins Gras und kletterte in die Scheune nach dem Stock. Er lag im Heu an sichtbarer Stelle, zudem noch neben dem Lager des Vaters, wieso hatte er ihn nicht gleich bemerkt? Gleichwohl, ob bemerkt oder nicht, jetzt nimmt er ihn.

Doch wohin mit ihm? Er hat ja nur zwei Hände, und mit denen hält er den Vater. Zuweilen braucht der Mensch wirklich mehr Hände. Als er für den Stock einen passenden Platz suchte, bemerkte er plötzlich, wie kurz er war. Ja, der Stock des Vaters war erstaunlich kurz. Folglich haben ihn die Jahre so zusammenschrumpfen lassen; die Jahre, die Arbeit und die Sorgen, schlußfolgerte Indrek. Denn früher hätte der Vater einen längeren Stock gebraucht, unbedingt einen längeren, nur daß er ihn damals überhaupt nicht brauchte, und als er notwendig wurde, war es schon ein kürzerer.

Indrek versuchte, ihn mit dem krummen Ende in die untere Tasche des Rockes zu stecken, doch da konnte er unbemerkt herausfallen. Der bessere Platz wäre in der Brusttasche, doch hier würde der harte Knüppel den Vater stören. Natürlich, Indrek weiß genau, daß dem Vater das völlig gleich wäre, daß ihm jetzt alles gleich ist, dennoch sucht er für den Stock einen besseren Platz. Schließlich schiebt er ihn mit dem krummen Ende in die innere Brusttasche, und jetzt ist er beruhigt: der dicke Rock liegt wie ein Kissen darüber, so daß der Vater sich nicht beklagen kann, und Indrek kann während des ganzen Weges mit dem Arm spüren, ob der Stock noch da sei.

Er nahm erneut den Vater vom Boden auf und machte sich auf den Weg, jetzt aber ohne umzukehren. Plötzlich spürte er, daß es viel schwerer war, den toten Vater zu tragen als den lebenden. Tote sind wohl überhaupt schwerer als Lebende, dachte Indrek. Dann vergaß er seine Bürde, denn er bemerkte, daß die Wolken im Osten in flammendem Rot und Rosa glühten. Wie mögen sie wohl am Abend bei untergehender Sonne aussehen? dachte Indrek, als sei er daran sehr interessiert. Er wandte sich aber nicht nach Westen um, als genüge ihm schon das im Osten glühende

Rot. Nachdem er eine große Strecke gegangen war, setzte er sich auf eine Bülte, um die Arme ausruhen zu lassen, die zu ermüden drohten, und jetzt blickte er zurück in die Richtung, aus der er gekommen war, als wollte er nachsehen, ob ihm nicht jemand gefolgt sei, und bemerkte dabei, daß um die sinkende Sonne herum kein einziges Wölkchen war, nur der reine lohende Abendhimmel. Deshalb glühen auch die morgendlichen Wolken so, dachte Indrek, als geschähe es tatsächlich aus diesem Grund.

Als er aber seine Last von den Knien wieder aufhob und sich dem Osten zuwandte, hatten die Wolken schon ihren leuchtenden Glanz verloren und graue, braune und violette Färbung angenommen, als wollten sie die herannahende Nacht ankündigen. Vor Indreks Augen aber stand plötzlich ein dunkler nächtlicher Himmel mit seinen zahllosen Sternen, und unter ihnen eine Schar Menschen mit bestürzten, ratlosen Gesichtern, die stumm und mit entblößten Häuptern einem Menschen folgten, der einen anderen Menschen auf den Armen trug und mit trunken heiserer Stimme etwas hersagte. Die Erscheinung war so deutlich und beeindruckend, daß Indrek das Gefühl hatte, als sei auch er etwas berauscht, denn auch er trägt einen Menschen auf den Armen und geht taumelnd durch das Moor den Fußweg entlang, zwischen Bülten und Sträuchern, allerdings über sich keine Sterne, wohl aber hinter sich einen glühenden Himmel.

Unerwartet, wie die Erscheinung aufgetaucht war, verschwand sie auch, als habe es sie überhaupt nicht gegeben. Und statt ihrer erschien eine andere, ebenso deutlich und eindrucksvoll: ein elendes Mädchen schluchzt herzzerbrechend auf einem Haufen Lumpen, Indrek kniet vor dem Kinde und versucht, mit ihm zu weinen, dann aber wird das Mädchen froh, schlingt Indrek seine dünnen Ärmchen um den Hals – er glaubt noch eben diese dünnen Ärmchen um seinen Hals zu spüren – und Indrek umfaßt seinen elenden, vom Schluchzen bebenden Körper.[1]

Warum tauchten diese beiden Bilder nebeneinander auf und warum gerade jetzt? Ach ja, hier war ja vom Menschen die Rede, vom ewigen Menschen, aber Indrek war diesem Menschen in der Gestalt eines schluchzenden Mädchens begegnet, das nicht gehen konnte. Dann sprach er von Gott, von seinen Engeln und vom Heiland, sprach vom Glauben, den er selbst nicht hatte. Ja, das hatte er getan, um ein elendes Kind zu trösten. Auch jetzt hat er es mit einem Menschen zu tun, den er auf den Armen trägt. Ist dieser Mensch ewig? Wer kann es sagen? Doch sicher ist er ein Mensch, der gelebt und gekämpft hat. Und jetzt ist er gestorben. Aber Indrek tut es nicht leid, überhaupt nicht, er fühlt nur eine unendliche Zärtlichkeit in der Brust, weil er auf seinen Armen den trägt, der einmal ein Mensch war und der ewig sein wollte. Nur noch so viel ist von diesem ewigen Menschen übriggeblieben!

XXXI

Die beiden starrsinnigen Alten haben sich zu ihren Vätern versammelt, die vielleicht noch starrsinniger waren als sie, denn die Menschen werden, nach Meinung von ganz Wargamäe, von Generation zu Generation schwächlicher, auf dem Oberhof wie auf dem Niederhof. In dieser Hinsicht herrschte Übereinstimmung auf der einen wie auf der anderen Seite. Wenn aber zwei Menschen zu gleicher Zeit leben und dabei noch auf Wargamäe, wo es Schneisen und Raine, Grenz- und Marksteine gibt, dann ist es schwer, festzustel-

[1] Dieses Mädchen ist Tiina. Doch Indrek weiß es nicht. Er hat sie als Erwachsene nicht wiedererkannt.

len, wer von den beiden starrsinniger ist, und deshalb muß das geprüft werden, das ganze Leben lang. Man nehme zum Beispiel Pearu und Andres! Das ganze Leben lang haben sie prozessiert und gestritten, und am Ende wußte keiner von beiden, wer der Sieger war oder – wie Andres sich ausdrückte – wer recht hatte. Pearu war der Meinung, daß Andres recht behalten hatte. Andres meinte, es sei Pearu gewesen. Um das zu klären, müßte Gott diese beiden zähen Alten wieder auf die Welt schicken, vielleicht sogar wieder nach Wargamäe, jetzt aber Pearu an die Stelle von Andres und Andres an die Stelle von Pearu. Wenn sie dann mit vertauschten Rollen zu dem gleichen Ergebnis kommen sollten, das heißt, wenn sie wieder zum Schluß der Meinung sein würden, daß der andere recht behalten habe, nicht er, dann wäre es ganz klar, daß beide recht hatten. Da man aber nicht wissen konnte, ob Gott sich jemals die Mühe machen würde, Pearu und Andres einer solchen Prüfung zu unterziehen, blieb den Verwandten nichts anderes übrig, als den unentschiedenen Kampf fortzusetzen.

Pearu hatte keinen großen Gewinn davon, daß er vor dem Tode den Wunsch geäußert hatte, es mögen zu seiner Beerdigung alle Verwandten zusammenkommen, damit es eine richtige, ›werte‹ Beerdigung würde, denn der Oberhof-Sass und Maret taten das gleiche, indem sie die ganze Verwandtschaft einluden, obwohl Andres so unerwartet gestorben war, daß er keinen Wunsch mehr äußern konnte, als hätte er auf dieser Welt keine Wünsche mehr gehabt. Sass und Maret taten sogar noch mehr, wenn auch nicht aus eigenem Antrieb, sondern auf Indreks Rat hin, doch sie taten es dennoch: Sie luden zu Andres' Beerdigung auch die Niederhof-Leute ein, obgleich diese sie wegen des Kassiaru-Bauern nicht eingeladen hatten. Sass und Maret schienen die vom Niederhof nur eingeladen zu haben, um ihnen zu zeigen: Es lohne nicht, sich damit zu brüsten, daß Pearu

Wargamäe in einem gefederten Wagen mit zwei vorgespannten Pferden verlassen hatte, denn Andres folgte ihm im Auto – im eigenen Auto seines leiblichen Sohnes Sass, der allmählich zu einem Eiergroßhändler und Geschäftsmann aufgestiegen war. Wenn einige daran zweifelten, daß man für Hühnereier wirklich ein Auto kaufen könne, so gab es wiederum andere, die der Meinung waren, daß das nicht möglich sei, wenn man die Hühner selbst züchte und sie Eier legen ließe, wohl aber, wenn andere das tun. Nun, und Andres' Sohn Sass ließ nicht eigene Hühner Eier legen, sondern fremde, so daß er durchaus ein Auto haben konnte. Andres aber konnte nicht ahnen, daß er Wargamäe im Auto verlassen würde, denn sonst hätte er sich an die selige Krôôt gewandt und gesagt: ›Siehst du, Krôôt, meine Worte sind in Erfüllung gegangen: ich fahre über den Wargamäe-Moordamm in einer Kutsche, nur, daß ich schon gestorben bin; doch das tut nichts, denn du bist auch schon gestorben, nun, da ich dir davon erzähle‹. Ja, Andres hatte in seinem Leben viele schöne und häßliche Worte gesagt, diese schönen Worte aber blieben ungesagt, denn er wußte nicht, daß es notwendig sein würde, sie zu sprechen.

Auch mit der Größe seiner Verwandtschaft hatte Pearu keinen Grund, bei seiner Beerdigung vor Andres zu prahlen, denn wenn dem auch zwei Söhne, Andres und Ants, im Mannesalter gestorben waren, so lebten alle seine Töchter, und alle hatten Kinder; Liisi drei, alle schon erwachsen wie auch Marets zwei; Liine vier, von denen zwei etwa zehn Jahre alt waren, Tiia drei, eines noch ganz klein; Kadri auch drei, alle noch minderjährig, das vierte wurde erwartet. Auch Indrek hatte Kinder, schade, daß sie bei der Beerdigung des Großvaters nicht dabei waren, sonst wären es noch zwei Kinder mehr gewesen. Nur der Sohn Sass war Junggeselle, denn seine Geschäfte ließen ihm keine Zeit, sich fest an eine Frau zu binden, wie er selbst, gleichsam zur Beruhigung der anderen Beerdigungsteilnehmer, erklärte.

So konnte Andres fröhlich seine Beerdigung begehen, denn Kinderlachen und -kreischen erfüllte alle Räume auf Wargamäe. Weinen wollte keiner, es sei denn, weil andere weinten. Am häufigsten wurden Marets Augen feucht, doch weniger, weil der Vater gestorben war, als weil sie mit eigenen Augen gesehen hatte, wie Indrek mit ihm vom Flusse nach Hause gekommen war. Sobald aber Maret zu weinen begann, konnte auch Tiina sich nicht mehr beherrschen, denn die Tränen der Bäuerin brachten auch Tiinas Tränen zum Fließen. Ihnen folgte Liisi, und dann folgten die anderen Schwestern nacheinander. Was die Männer anbetraf, so wurden nur die Augen des Bauern Sass feucht, als wollte er den anderen ein Beispiel geben. Doch das war nicht der Fall, sondern er dachte daran, wie er für Andres den Sarg gezimmert und dabei überlegt hatte – wer wohl einmal für seinen Sarg Sorge tragen werde? Ja, das war seiner Meinung nach eine sehr wichtige und traurige Frage.

Übrigens, von dem Verstorbenen selbst wurde wenig gesprochen, abgesehen von seinem Tode, der unter außerordentlichen Umständen erfolgt war. Die Zeiten und Interessen hatten sich geändert, und es gab kaum jemanden, der sich der alten Zeiten und Dinge erinnern wollte. Es war, als gebe es auch vom alten Wargamäe-Andres nichts Besonderes zu berichten, so arm und leer erschien sein Leben den Jüngeren. Nur die Niederhof-Helene unterhielt sich mit Oskar über ihn: »Tut es Ihnen leid um den Großvater?«

»Nein«, erwiderte Oskar.

»Mir schon«, sagte Helene.

»Ihnen tut es um unseren Großvater leid?« staunte Oskar.

»Ja, mir tut es leid um ihn«, versicherte Helene. »Und wissen Sie, weshalb? Ich war bei ihm, um ihn zu unserem Großvater zu rufen, und er kam nicht …«

»Die Mutter sagte, daß nicht viel gefehlt hätte, und er wäre gekommen«, unterbrach sie Oskar.

»Wirklich?« fragte Helene glücklich und erzählte dann: »Sehen Sie, Oskar, ich dachte mir, wenn Ihr Großvater länger gelebt hätte, so daß ich ihn noch einmal rufen könnte, dann hätte ich ihn so schön gebeten, daß er meiner Aufforderung unbedingt gefolgt wäre. Deswegen tut es mir auch leid um ihn.«

Gott sei Dank, nun hatte Helene Oskar das sagen können, was ihr auf der Seele brannte. Denn Oskar sollte nicht denken, daß sie, Helene, nicht schön zu bitten verstehe, weil Oskars Großvater darauf nicht reagiert habe. Nein, Helene versteht sich darauf wohl, nur daß Oskars Großvater gestorben ist und Helene ihre Fähigkeit nun nicht mehr unter Beweis stellen kann. So steht es damit, Oskar möge sich das merken.

Aber Oskar merkte es sich nicht, er hatte Helenes Erklärung kaum zugehört, und wenn, so hatte er sie nicht recht begriffen. Jedenfalls hat er weder während der Beerdigung noch nachher daran gedacht. Er hatte selbst jemandem etwas zu sagen und zu erklären, und dabei erging es ihm ebenso wie Helene mit ihren Erklärungen: ihm wurde kaum zugehört, oder er wurde nicht richtig verstanden. Von seinen Nöten erfuhr bald nach der Beerdigung auch Indrek, der jetzt wie ein Wolf allein in der Kate hauste. Mit Marets Hilfe brachte er die Schlafstätte des verstorbenen Vaters in Ordnung und richtete sie für sich ein, als beabsichtige auch er, hier abzuwarten, bis der Tod ihn irgendwo in einer Heuscheune oder neben einer Bülte erwischen werde.

»Wird es dir hier allein nicht langweilig werden?« fragte Maret.

»Nein«, erwiderte Indrek. »Man ist sich selbst immer der beste Gesellschafter.«

»Ich habe immerfort an dich und deine Kinder denken müssen, und ...«

»Schwester, ich habe dich schon einmal gebeten, diese Dinge niemals mehr zu berühren«, unterbrach sie Indrek. »Damals lebte der Vater. Jetzt bin ich allein, und ich bitte dich erneut darum.«

»Lieber Indrek«, begann Maret, während ihr Tränen in die Augen traten.

»Nein, nein, nein«, wehrte Indrek ab, »jetzt noch nicht! Oder willst du mich aus Wargamäe hinausgraulen?«

»Gott behüte, Indrek!« rief Maret erschrocken. »Was fällt dir denn ein!«

»Höre, Schwester«, sagte Indrek jetzt herzlich, »wir sind beide doch beinahe schon alte Menschen und können miteinander ganz offen und aufrichtig sprechen. Sag mir, haltet ihr, du und Sass, mich nicht ein wenig für die Ursache all des Schlimmen, das in diesem Jahr über euch hereingebrochen ist?«

»Gott im Himmel, Indrek!« schrie Maret auf und setzte sich auf den Rand des Bettes, das sie gerade aufgeschüttelt und in Ordnung gebracht hatte. »Mir werden die Beine schwach. Woher weißt du das? Wer hat dir das gesagt? Das wissen nur Sass und ich.«

»Also stimmt meine Ahnung«, sagte Indrek. »Natürlich, so ist es. Durch mich ist Tiina hierhergekommen, und durch sie sind so oder anders all die Unannehmlichkeiten und Mißgeschicke entstanden.«

»Ja, mit ihr hatten wir wirklich unsere Not«, sagte Maret, »und wer weiß, wie das alles enden wird. Das macht mir große Sorgen.«

»Ich hatte im Frühjahr erwartet, daß du mit mir sprechen wirst, ehe du mit ihr abmachst«, erklärte Indrek, »und wenn du das getan hättest, hätte ich dir abgeraten, und jetzt wäre sie nicht in Wargamäe.«

»Und das sagst du mir erst jetzt!« rief Maret.

»Du hast ja früher niemals davon gesprochen, und ich wollte mich nicht in deine Angelegenheiten mischen«, erwiderte Indrek.

»Dann weißt du etwas von ihr?« fragte Maret.

»Das ist es ja, daß ich von ihr nicht mehr weiß, als daß sie irgendwie wunderlich und komisch ist«, erklärte Indrek. »Ich hätte sie dir aber nicht empfohlen, das steht fest. Warum? Das kann ich nicht erklären, ich hatte nur so ein Gefühl, daß es nicht gut wäre, sie als Magd zu dingen.«

»Ist an ihr etwas Schlechtes?« forschte Maret.

»Wenn ich das wüßte!« rief Indrek. »Meiner Meinung nach ist sie ein gutes, ordentliches Mädchen, und doch hätte ich sie dir im Frühjahr nicht empfohlen. Verstehe doch – schon deswegen, weil sie bei mir war, als das alles passierte: Ich hätte sie nicht in meiner Nähe haben wollen.«

»Barmherziger Himmel!« rief Maret, »warum hast du mir das nicht gleich gesagt!«

»Konnte ich denn damals oder kann ich jetzt etwas über andere Menschen sagen«, erwiderte Indrek. »Ich fürchtete sogar, daß ihr mich aus Wargamäe fortschicken werdet.«

»Nein, Indrek, daran hat keiner jemals gedacht und noch weniger davon gesprochen«, sagte Maret. Als Sass und ich damals die Dinge besprachen, sagte er über dich: Wohin soll er denn gehen, wenn er hier nicht bleiben kann, wohin sonst? Allerdings war er der Meinung, daß alle unsere Nöte durch dich gekommen seien, durch dein Wargamäe-Blut, das kranke, verdorbene Blut.«

»Vater hat mir dasselbe gesagt«, erwiderte Indrek.

»Na ja, deshalb bist du wohl auf den Gedanken gekommen, daß auch wir dieser Meinung sind, daß wir mit dem Vater darüber gesprochen haben. Aber das haben wir nicht, nur Sass und ich, wir zwei haben darüber gesprochen und unsere Gedanken ausgetauscht.«

Als Maret an diesem Tag aus der Kate wieder hinauf nach dem Hof ging, war ihr Herz schwer wie schon lange nicht mehr. Erleichterung verschafften ihr nur Indreks Worte, daß er Tiina deshalb nicht empfohlen hätte, weil sie bei ihm gedient und gesehen hatte, was da passierte. Hätte Indrek das nicht gesagt, wäre Maret das Herz noch viel schwerer gewesen, und sie hätte Tiina gefürchtet wie eine Hexe oder einen bösen Geist, der die Gestalt eines netten, freundlichen Mädchens angenommen hat. Daß solche Dinge auf der Welt vorkommen können, daran zweifelte Maret kaum, aber daß gerade Tiina ein solches Ungeheuer sein sollte, nun, das mußte noch beobachtet und abgewartet werden.

Aber Tiina war tatsächlich ein solches Biest, daß sie ihr Herz um anderer Leute willen ebenso quälte und belastete wie andere ihre Herzen um ihretwillen. Ihre Herzschmerzen wurden schließlich so stark, daß sie eines Abends in der Kate zu Indrek sagte: »Herr, ich möchte Sie um Rat fragen.«

»Wer weiß, ob ich Ihnen raten kann«, meinte Indrek.

»Wenn Sie es nicht können, dann kann es niemand«, sagte Tiina.

»Was ist es denn?« fragte Indrek.

»Es ist die Sache mit Oskar«, sagte Tiina verlegen.

»Na, mein Tiinachen!« rief Indrek halb scherzend, halb ernst, »wenn es sich um einen Burschen handelt, dann lassen Sie mich aus dem Spiel. In solchen Dingen versteht selbst der alte Herrgott den Mädchen keinen Rat zu geben.«

»Oskar möchte mich heiraten, er will mich zur Wargamäe-Bäuerin machen«, sagte Tiina, als hätte sie Indreks Worte gar nicht gehört.

»Na, was denn«, erwiderte Indrek, »schieben Sie das Ferkel in den Sack, wenn es angeboten wird.«

»Herr, Sie lachen nur über mich«, sagte jetzt das Mädchen, »aber das ist durchaus nicht zum Lachen. Ich spreche sehr ernst und bitte auch Sie, Herr, ernst zu sein.«

»Ich bin ja ernst«, erwiderte Indrek, »aber ich kann Ihnen nicht helfen.«

»Das können Sie wohl«, widersprach das Mädchen, »sagen Sie mir, was ich tun soll, und ich werde danach handeln.«

»Tiina, Heiraten ist kein Kinderspiel, wobei ein anderer etwas raten könnte. Als Sie im Frühjahr hierbleiben wollten, war ich dagegen ...«

»Nein, Herr, Sie waren dafür«, sagte das Mädchen. »Erst waren Sie dagegen, später aber dafür.«

»Reden Sie keinen Unsinn«, sagte Indrek etwas heftig. »Erst vor einigen Tagen hatte ich mit meiner Schwester ein Gespräch über Sie, und ich habe ihr ganz klar gesagt, wenn sie mich im Frühjahr gefragt hätte, würde ich ihr geraten haben, Sie nicht einzustellen.«

»Also deswegen ist die Bäuerin in den letzten Tagen so«, sagte Tiina, »ich dachte, es sei wegen Oskar.«

»Ich weiß nicht, wie meine Schwester jetzt ist«, sagte Indrek, »doch ich habe ihr meine Meinung gesagt, und jetzt sage ich sie auch Ihnen, damit Sie wissen, daß ich nicht heimlich gegen Sie intrigiere.«

»Ich bin Ihnen sehr dankbar, Herr«, sagte das Mädchen, »aber warum haben Sie mich dann der Bäuerin empfohlen?«

Indrek schaute das Mädchen verdutzt an und sagte dann: »Ich, empfohlen? Wer von uns beiden hat den Verstand verloren, Sie oder ich? Mich hat doch niemand etwas gefragt, wie konnte ich Sie da empfehlen?«

»Sie haben mir doch gesagt, daß ich ein ordentliches, braves Mädchen sei, das nur die Landarbeit nicht verstehe«, erklärte Tiina. »Diese Worte habe ich der Bäuerin und dem

Bauern weitergesagt. Ist das keine Empfehlung? Es ist eine gute Empfehlung. Wenn Sie gesagt hätten, daß ich ein verdorbenes Mädchen sei, und ich diese Worte weitergesagt hätte – und ich hätte es unbedingt getan, wenn Sie es gesagt hätten – wenn ich also der Bäuerin das weitergesagt hätte, würde sie mich auf keinen Fall gedungen haben.«

»Ich kann wirklich nicht verstehen«, sagte jetzt Indrek ratlos, »sind Sie nicht ganz bei Troste oder spielen Sie nur die Dumme. Sie konnten doch der Bäuerin vorschwindeln, was Sie wollten ...«

»Herr, ich habe ja nicht geschwindelt ...«, sagte das Mädchen bittend.

»Bitte hören Sie mir jetzt zu!« sagte Indrek ungeduldig.

»Ja, Herr, ich höre«, erwiderte das Mädchen.

»Sie konnten meiner Schwester sagen, was Sie wollten, die Wahrheit oder auch flunkern, das ist ganz gleich ...«

»Das ist doch nicht gleich, Herr«, unterbrach ihn das Mädchen erneut.

»So rede ich überhaupt nicht mehr mit Ihnen«, sagte Indrek leise und entschieden. »Wenn Sie sprechen wollen, dann bitte, ich höre, was Sie zu sagen haben. Mir macht es kein Vergnügen, mich mit Ihnen wegen jedes Wortes zu streiten.«

»Herr, ich bitte«, begann das Mädchen.

»Nein, es genügt«, sagte Indrek schroff. »Haben Sie mir noch etwas zu sagen, dann bitte schön, wenn nicht, dann ...«

Tiina begann leise vor sich hin zu weinen, und Indrek brach seinen Satz ab. Er wartete. Nach einer Weile sagte er lächelnd: »So sind Sie nun. Will ich reden, dann unterbrechen Sie mich, überlasse ich Ihnen das Wort, fangen Sie an zu weinen. Sie kommen mit Ihrer Empfehlung. Aber diese Empfehlung ist nicht eher meine Empfehlung, als bis ich gefragt worden bin und Ihre Worte bestätigt habe. Sonst sind das nur Ihre Worte, ob wahr oder gelogen, das ist nebensächlich.«

»Aber das waren doch des Herrn eigene Worte, die ich der Bäuerin sagte«, sprach das Mädchen unter Tränen.

»Das schon, doch die Schwester konnte es nicht wissen, ohne mich gefragt zu haben, ob ich diese Worte bestätige. Und wissen Sie, was ich getan hätte, wenn meine Schwester mich fragen gekommen wäre: Ich hätte meine Worte zurückgenommen.«

»Herr«, rief Tiina, und in ihrem Gesicht spiegelt sich Angst. »Sie hätten gesagt, daß ich kein ordentliches Mädchen bin?«

»Warum denn das?« fragte Indrek. »Ich würde so gesprochen haben, daß die Schwester Sie hätte gehen lassen, das ist alles.«

»Das hätte ich niemals von Ihnen erwartet, Herr«, sagte Tiina mit bebender Stimme. »Niemals.«

»Aber was hätte ich denn tun sollen? Nun, ich habe nichts gesagt, und Sie sind hier, sind Sie denn sehr glücklich, wie?«

»Sehr«, sagte das Mädchen beinahe flüsternd.

»Herrgott! Was wollen Sie dann von mir?!« rief Indrek. »Ein glücklicher Mensch fragt andere nicht um Rat.«

»Herr, ich bin noch nicht so glücklich, daß ich überhaupt keinen Rat mehr brauchen würde«, erwiderte das Mädchen. »Und Sie, Herr, müssen mir einen Rat geben, denn Sie können sagen, was Sie wollen, ich bin doch auf Ihre Empfehlung hin hiergeblieben, und wenn ich jetzt einen Rat brauche, wer sollte ihn mir sonst geben. Wäre ich nicht hiergeblieben, würde ich auch diesen Rat nicht brauchen, denn dann wäre überhaupt nichts gewesen, so daß ...«

»Wissen Sie, Tiina«, sagte jetzt Indrek, »Sie sind nicht auf meine Empfehlung hiergeblieben, sondern weil Sie meiner Schwester gefielen. Sie brauchte weder meine Empfehlung noch die eines anderen, sie hat Sie eben genommen. Auf meinen Rat haben Sie gar keinen Anspruch.«

»Sie wollen mir also nicht helfen, Herr?« fragte das Mädchen traurig.

»Ich kann Ihnen nicht helfen, glauben Sie mir doch«, erwiderte Indrek.

»Dann muß ich Wargamäe verlassen«, sagte das Mädchen ergeben.

»Warum denn verlassen?« fragte Indrek. »Gefällt Ihnen Oskar nicht?«

»Oskar ist ein sehr netter Junge«, erwiderte Tiina, indem sie Indrek den Rücken zukehrte, als sei sie im Begriff zu gehen.

»Das meine ich auch«, sagte Indrek. »Ein netter, ordentlicher und ehrlicher Junge. Von solchen Jungen gibt es heutzutage nicht viele. Aber warum wollen Sie denn fortgehen?«

»Ich bin meiner nicht sicher«, erklärte das Mädchen. »Ich dachte, wenn Sie etwas sagen würden, dann ... doch Sie sagen nichts, und deshalb kann ich nicht mehr bleiben, denn Oskar will eine Antwort haben, und ich kann keine geben. Was soll ich für eine Antwort geben, wenn ich mir nicht sicher bin. Wenn ich von hier fortgehe, vielleicht weiß ich dann, was ich tun soll.«

»Nun ja, wie Sie meinen«, sprach Indrek. »Jedenfalls, gegen Ihr Herz sollen Sie nicht handeln, das meine ich auch.«

»Nicht wahr, Herr«, sagte das Mädchen plötzlich lebhaft, was überhaupt nicht ihrer augenblicklichen Stimmung entsprach. »Das Herz ist die Hauptsache. Sie meinen also auch, es ist besser fortzugehen?«

»Ich meine gar nichts, tun Sie, was Sie für richtig empfinden«, sagte Indrek. »Mir ist es gleich.«

Da aber begann das Mädchen wieder zu weinen, als hätte Indrek sie in irgendeiner Weise verletzt, und ging auch laut weinend hinaus. In der Befürchtung, daß sie so hinaufgehen würde, rief Indrek sie aus dem Vorraum zurück und sagte:

»Tiina, Sie müssen sich mehr zusammennehmen ...«

»Ja, Herr, ich muß mich wirklich zusammennehmen, so geht es nicht«, war das Mädchen einverstanden, noch bevor Indrek den Satz beenden konnte.

»Passen Sie jetzt gut auf, was ich Ihnen sage ...«

»Herr, ich passe gut auf«, versicherte das Mädchen.

»Sie sagen, daß Sie auf meine Empfehlung hier sind ...«

Das Mädchen nickte, als wollte es wieder etwas sagen.

»Sei es: ich habe Sie empfohlen. Doch dann müssen Sie versuchen, so zu handeln, daß mir, als dem Empfehlenden, keine Unannehmlichkeiten entstehen. Überlegen Sie sich doch, wieviel Sorgen Sie der Familie dort gebracht haben. Erst die Sache mit Ott, dann mit diesem Jungen vom Niederhof, jetzt mit Oskar. Wenn Sie vielleicht auch selbst daran keine Schuld haben, so geschah das alles doch Ihretwegen.«

»Herr, was soll ich denn Ihrer Meinung nach tun? Wie wäre es am besten?« fragte das Mädchen.

»Wenn es Ihnen schwerfällt, hierzubleiben, dann gehen Sie fort«, belehrte sie Indrek. »Doch geben Sie Oskar keine endgültige Antwort, das wäre für ihn vielleicht zu hart. Sagen Sie ihm, daß Sie nachdenken und ihm dann antworten werden. So ist es am besten.«

»Soll ich ganz fortgehen oder mir hier irgendwo in der Nähe eine Stelle suchen?« fragte Tiina.

»Das hängt davon ab, ob Sie noch mit Oskar zusammenkommen wollen oder nicht«, erklärte Indrek väterlich belehrend. »Ich persönlich bin der Meinung, daß es besser wäre, weiter fort zu gehen.«

»Gut, Herr, dann gehe ich weiter fort«, sagte Tiina ergeben und begann wieder zu weinen.

»Warum weinen Sie denn, wenn Sie selbst weggehen wollen?« fragte Indrek.

»Es tut mir so leid, daß ich nicht Bäuerin auf Wargamäe werden kann«, schluchzte das Mädchen.

»Warum denn nicht?« forschte Indrek.

»Das kann ich nicht sagen, denn das ist eine schlimme Sache«, erwiderte Tiina.

»Wahrscheinlich ist es wieder dieses Geheimnis, von dem Sie schon in der Stadt sprachen?« fragte Indrek.

»Ja, Herr«, sagte Tiina und fügte nach einer Weile hinzu, als hätte sie über die Sache nachgedacht, »es ist dasselbe und noch ein anderes.«

»So daß es jetzt schon zwei Geheimnisse sind, ein Stadtgeheimnis und ein Landgeheimnis, sozusagen ein Wargamäe-Geheimnis. Ach, ihr unglücklichen Kinderchen!«

Indrek sagte das halb mitleidig und halb spottend. Doch dem Mädchen gefiel das nicht, und es sagte: »Ich bin überhaupt kein Kindchen mehr.«

»Was sind Sie dann«, erwiderte Indrek ernst, »wenn Sie so mit Ihrem Geheimnis radschlagen und dabei heulen? Nur Kinder machen es so.«

»Haben denn erwachsene Menschen keine Geheimnisse?« fragte das Mädchen plötzlich interessiert.

»Warum denn nicht«, erwiderte Indrek, »doch sie weinen deswegen nicht so! ... Ich weiß nichts von Ihren Geheimnissen«, fuhr Indrek wie ein alter Mensch belehrend fort, »und ich will auch nichts von ihnen wissen, aber einen Rat möchte ich Ihnen geben: Wenn Sie hinaufgehen und dort Ihre Angelegenheit erledigen, dann tun Sie es ehrlich und aufrichtig und ohne irgendwelche Geheimnisse, denn es sind dort alles gute, redliche Menschen, soweit ich sie kenne.«

»Ja, Herr, ich werde tun, wie Sie es wollen und befehlen«, erwiderte das Mädchen bereitwillig.

»Ich habe hierbei nichts zu wollen oder zu befehlen, Tiina, Sie selbst müssen es wollen«, sagte Indrek.

»Gut, Herr, ich will es selbst«, erwiderte das Mädchen, und mit diesen Worten wäre es gegangen, wenn ihm auf der Schwelle nicht etwas eingefallen wäre, deshalb fragte es: »Herr, darf ich, bevor ich gehe, Ihnen auf Wiedersehen sagen kommen?«

»Kommen Sie in Gottes Namen, wenn Sie wollen«, erwiderte Indrek.

»Ich will, Herr, und danke Ihnen sehr.«

Damit ging Tiina schließlich hinaus.

XXXII

Oben auf dem Hof aber wunderten sich alle, daß Tiina heute so lange in der Kate blieb, und als sie schließlich ihr verweintes Gesicht sahen, ahnten sie, daß etwas vorgefallen sein mußte.

»Tiina, wo warst du denn so lange?« fragte Maret. »Was ist in der Kate passiert?«

»Der Herr hat mir gesagt«, erwiderte Tiina, »daß ich Wargamäe verlassen soll, es wäre das beste.«

Maret blickte das Mädchen ernst an und begriff überhaupt nicht, warum Indrek Tiina gerade jetzt vom Hof forthaben wollte, da die Herbstarbeiten noch im Gange waren. Ott hatte sie verlassen, jetzt sollte also auch das Mädchen gehen. Was bedeutete das alles in diesem Jahr? Schließlich hatte Sass wohl recht, wenn er sagte, daß alles durcheinandergehe, seit Indrek mit seinem alten Wargamäe-Blut hier aufgetaucht sei, die Menschen scheinen über Nacht den Verstand verloren zu haben. Und als Tiina nun Maret, als die Bäuerin, ganz ernsthaft fragte, wann sie gehen könnte, wann sie möglichst bald weggehen könnte, erwiderte diese:

»Nein, Mädchen, so geht das nicht. Die Landarbeit ist nicht von solcher Art, daß man von heute auf morgen weglaufen kann. Es ist nicht meine Angelegenheit, wann du gehen darfst, danach mußt du den Bauern fragen, vor Ende des Monats gehst du jedenfalls nicht, sondern wirst weiterarbeiten.«

»Ich verzichte auf zwei Wochen Lohn«, sagte Tiina.

»Was helfen deine zwei Wochen Lohn«, erwiderte Maret, »die Arbeit will getan sein.«

»Ich verzichte auf einen ganzen Monatslohn«, drängte Tiina.

»Warum hast du es denn so eilig?« fragte Maret fast erschrocken, daß ein Mensch plötzlich so erpicht darauf war, ihr Haus zu verlassen, und sie beschloß, sofort zu Indrek zu gehen und zu fragen, was denn eigentlich passiert sei. In ihr kam plötzlich der Verdacht auf, daß Indrek in bezug auf Tiina etwas verberge, um sie, Maret, nicht aufzuregen, denn Indrek hatte ja mehrmals betont – er hätte im Frühjahr Tiina auf keinen Fall empfohlen. Ach Gott! So sind diese Stadtmenschen, denn auch Indrek ist schon ein Stadtmensch, dachte Maret auf dem Weg zur Kate.

Diesen Augenblick nutzte Oskar, denn er wollte seinerseits Tiina fragen, was sie so lange in der Kate zu tun hatte. Oskar brannte vor schmerzlicher Neugier, insbesondere, weil Elli mit ihrer scharfen Zunge schon in die Richtung gestoßen war, Tiina fange jetzt mit Onkel Indrek an: erst war es Ott, dann Eedi, danach Oskar, jetzt Indrek. Oskar meinte, es sei leeres Gerede und Elli spreche so aus Eifersucht, weil sich in letzter Zeit alle Interessen um sie drehten, während Elli nebensächlich geworden sei.

Und als Oskar sich jetzt an Tiina wandte, antwortete diese direkt und aufrichtig, wie Indrek es ihr empfohlen hatte: »Ich war da, um den Herrn um Rat zu fragen.«

»Nun, und was hat Onkel Indrek gesagt?« fragte Oskar bebenden Herzens.

»Der Herr sagte, daß es so nicht gehe«, erwiderte Tiina. »Daß es auf dem Lande nicht möglich sei. So werden beide unglücklich, unbedingt. Auf dem Lande müssen, wenn ein Hof da ist, unbedingt Kinder sein, und ich bin derselben Meinung. Wozu das alles, wenn nichts da ist? Was soll es, wenn keine Kinder da sind? In der Stadt wäre es noch irgendwie möglich, denn dort hat man keinen Hof, und ein eigenes Haus braucht man auch nicht zu kaufen, denn man kann ebensogut in einer Mietwohnung leben.«

»Tiina, ich bin sofort bereit, mit dir zusammen in die Stadt zu ziehen«, sagte Oskar. »Ich komme überall mit, wohin du nur willst.«

»Und Wargamäe? Und der Hof?« fragte Tiina.

»Mag Elli ihn haben«, sagte Oskar. »Was bedeutet für mich Wargamäe ohne dich.«

»Auch darüber habe ich mit dem Herrn gesprochen«, erklärte jetzt Tiina. »Er glaubt nicht, daß daraus etwas Gutes entstehen könnte. Er meint, das sei nur am Anfang so, dauere jedoch nicht lange. Es sei denn, daß beide sehr, sehr sicher sind. Und auch dann weiß man es nicht immer. Wenn es aber so ist, daß der eine Bedenken hat wie ich, dann dauere es auf keinen Fall lange, sondern man fange schon bald an, es zu bedauern. Und ich befürchte, daß es Ihnen bald leid tun wird, und dann wird es auch mir leid tun, und so werden wir beide unglücklich. Ich habe große Angst, daß jemand meinetwegen unglücklich werden könnte, weil ich selbst unglücklich bin und deswegen weiß, wie schrecklich es ist, unglücklich zu sein. Und was für ein Glück kann Ihnen jemand geben, der selbst unglücklich ist.«

»Wenn es so ist, dann will ich zusammen mit dir unglücklich sein«, sagte Oskar, »denn ohne dich bin ich sowieso unglücklich.«

»Wenn Sie wüßten, wie weh es mir tut, daß alles so gekommen ist!« rief das Mädchen und rang die Hände.

»Wenn es weh tut, dann tut es weh, was ist da zu machen«, sagte Oskar, »aber dich, Tiina, lasse ich nicht, denke daran. Du hast Angst, ich nicht. Ich fürchte nichts. Und wenn wir beide zusammen sind, dann wirst auch du bald deine Furcht verlieren, glaube mir doch endlich.«

»Nein, Oskar«, erwiderte Tiina, »so kann ich nicht. Ich kann nicht gegen mein Gewissen. Ich fürchte kein Unglück, weil ich schon weiß, was Unglück ist, doch mein Gewissen fürchte ich, denn das kann mich dem Niederhof-Eedi nachtreiben. So ist es, der Niederhof-Eedi hatte bestimmt ein Gewissen, als er verschwunden blieb. Und ich habe auch ein Gewissen, daran sollen Sie denken. Ich muß mit meinem Gewissen ins reine kommen, ehe ich jemanden unglücklich mache. Ich muß nachdenken.«

»Du hast schon genug nachgedacht«, sagte Oskar.

»Nein, nein, ich muß von hier fortgehen und nachdenken, ich muß allein sein, ganz allein, wie der Herr in der Kate, dann kann ich richtig nachdenken und mit meinem Gewissen ins klare kommen.«

»Sie kommen niemals zurück, ich werde Sie niemals wiedersehen, wenn Sie einmal fortgehen!« rief Oskar.

»Ich komme zurück, wenn ich mit meinem Gewissen im klaren bin«, sagte das Mädchen.

»Du kommst niemals zurück, ich fühle es«, beharrte der Bursche.

Nachdem Maret von der Kate zurückgekommen und in der hinteren Kammer eine Weile mit Sass beraten hatte, sagte sie zu Tiina so, daß Oskar und Elli es hören konnten: »Wenn es dein ernsthafter Wunsch ist, dann kannst du schon morgen gehen.«

»Danke sehr, Bäuerin«, erwiderte Tiina. »Ich gehe.«

So schnell endete Tiinas Angelegenheit, nachdem Maret

mit Indrek und Sass gesprochen hatte. Tiina konnte schon am Abend anfangen, ihre Sachen zu packen, um in der Frühe des nächsten Tages von Wargamäe hinunterzugehen, ob weinend oder lachend, das ging nur sie an. Doch nach Tiinas Gesicht zu schließen, wollte sie weder weinen noch lachen, sondern sich ihrem Schicksal fügen: sie verläßt Wargamäe, weil sie muß. Wozu da noch weinen oder lachen?

Aber Oskar glaubte nicht an Schicksal, er glaubte an den Willen. Tiina hatte keinen starken Willen, deshalb schied sie so. Tiina wagt nicht, zu wollen, Tiina will nicht wollen, denn der Wille verlangt Anstrengung, verlangt den Kampf mit sich selbst und auch mit anderen, ja mit der ganzen Welt. Tiina fürchtet sich vor dem Kampf, Tiina fürchtet sich vor den Menschen, Tiina fürchtet sich vor sich selbst, vor ihrem Gewissen. Oskar aber fürchtet sich nicht, er ist bereit, allem entgegenzutreten, auch seinem Gewissen, wenn er ernstlich will. Nichts vermag das Glück des Menschen zu verhindern, wenn der Mensch es fest will und wenn er ebenso fest an seinen Willen glaubt.

Das ist Oskars unumstößliche Überzeugung im tiefsten Grunde seines Wesens, und das möchte er Tiina noch einmal sagen, bevor sie geht. Doch das gelingt ihm nicht, denn Tiina bietet ihm dazu keine Möglichkeit, als mache sie sich nicht viel aus Oskars Überzeugung oder als fürchte sie sich sogar davor. Und als alle zur Ruhe gegangen sind, bringt Oskar es zum ersten Mal in diesem Sommer fertig, leise vom Boden herunterzukommen und im Dunkeln tastend zu prüfen, ob die Kammertür auf oder verschlossen ist, denn er möchte, und wenn auch nur flüsternd, Tiina sagen, was er denkt, er möchte es so leise sagen, daß sogar Elli es nicht hört, obwohl sie in der anderen Ecke der Kammer schläft. Doch die Tür ist verschlossen, ganz fest verschlossen; auch die Fensterhaken sind angebunden, damit sie beim Rütteln nicht aufgehen, das weiß Oskar. Natürlich würde Tiina es hören, wenn Oskar die Tür oder das Fenster nur etwas bewegen oder fester anfassen würde, es war aber auch sicher, daß sie nicht öffnen würde. Sie hätte einen festen Schlaf vorgetäuscht, so daß man ihr am Morgen keinen Vorwurf machen könnte. So ist es mit Tiina. Deshalb bleibt Oskar nichts anderes übrig, als auf den Boden zurückzukehren und bis zum Morgen zu warten.

Auch am Morgen fand Oskar keine Gelegenheit, mit Tiina zu sprechen, denn die jagte in ihrem Reisefieber von einem Ort zum anderen, als habe sie wer weiß wie viel zu ordnen und zu packen. Als sie dann schließlich fertig war, da war es nur ein kleines Bündel, das man auf den Rücken oder in die Hand nehmen konnte. So sind diese Mädchen, diese Frauen.

Zum Abschied erschien Oskar nicht, als sei er ihr böse. Auch Elli reichte ihr nur beinahe widerwillig die Hand. Maret begleitete Tiina bis zur Hofpforte, als wolle sie sich mit eigenen Augen davon überzeugen, daß sie nun Wargamäe wirklich verlasse und man sie endlich loswerde. Doch Maret irrte, denn als sie sich an der Pforte verabschiedeten, sagte Tiina plötzlich, die Bäuerin anblickend, in wirklicher Angst: »Bäuerin, ich fürchte mich, ich wage nicht zu gehen.«

Jetzt wurde auch Maret ängstlich, denn sie meinte, das Mädchen sei nicht bei vollem Verstand. Doch sie zwang sich zur Ruhe und fragte: »Wovor fürchtest du dich denn, dummes Kind?«

»Ich fürchte mich vor dem Moordamm, Bäuerin«, erwiderte Tiina, »ich muß immer an diesen Ott denken.«

»Bist du aber unvernünftig, Tiina!« rief Maret erleichtert, daß es für die Angst des Mädchens einen einfachen, natürlichen Grund gab. Folglich fehlte es ihr nicht an Verstand, wenn sie sich aus so einfachem, natürlichem Anlaß fürchtete, dachte Maret zum Trost für sich und fuhr fort: »Wenn du keinen anderen Grund hast als diesen Moordamm, so begleite ich dich hinüber, damit du weiterkommst.«

»Wie gut Sie sind, Bäuerin!« rief das Mädchen voll Bewunderung aus.

Und so gingen sie nebeneinander von Wargamäe hinunter, als seien sie so ineinander verliebt, daß sie sich nicht trennen könnten. Selbst die Niederhof-Helene bemerkte, wie die Bäuerin des Oberhofs zusammen mit dem Mädchen ging, das ein Bündel auf dem Rücken trug, als beabsichtige es, für immer fortzugehen, und sie konnte nicht begreifen, warum in diesem Falle die Oberhof-Maret das Mädchen begleitete. Auch die anderen Niederhof-Leute begriffen es nicht, als ihnen Helene von ihrer Beobachtung erzählte. Nur der Knecht, ein Hagestolz, den Helene ›Brummbär‹ nannte, grinste und sagte vor sich hin: »Na ja, Ott ging allein und war weg, deshalb will das Mädchen nicht allein gehen.«

»Die Bäuerin muß doch dann allein zurückkommen«, sagte Helene.

»Mit der Bäuerin ist das eine andere Sache«, schnaufte der ›Brummbär‹, »Bäuerin ist Bäuerin und kein fremdes Mädchen.«

Doch der Niederhof-Knecht irrte: Die Bäuerin kam nicht allein zurück, als fürchte auch sie sich vor dem Moordamm. Sie kam zusammen mit Tiina zurück, so wie sie vorhin mit ihr gegangen war. Folgendes hatte sich zugetragen:

Als sie den Berg hinuntergekommen waren und den Moordamm betraten, überkam Tiina instinktiv die Angst, und sie hielt sich möglichst nah an Maret.

»Fürchtest du dich denn wirklich?« fragte Maret.

»Ich fürchte mich wirklich, Bäuerin«, sagte Tiina.

»Dann komm ganz dicht an mich heran«, sagte Maret. »Von welcher Seite willst du? Hierher? Nun, dann komm hierher. Schau, ich umfasse dich, fürchtest du dich jetzt auch noch?«

»Nein, Bäuerin, so fürchte ich mich nicht«, sagte Tiina, »so ist es gut.«

»Also fürchtest du dich vor diesem dichten Wald?« fragte Maret.

»Vor dem dichten Wald«, wiederholte Tiina wortkarg, als könne sie sich immer noch nicht von der Angst befreien.

So ging Tiina in Marets Umarmung über den Moordamm von Wargamäe. Als sie dann auf die ebene Wiese gelangten und Tiinas Furcht schwand, zog Maret ihren Arm zurück und sagte: »Na, war da etwas?«

»Nein, jetzt war nichts«, erwiderte das Mädchen.

»Es wäre auch sonst nichts passiert«, sagte Maret, »selbst wenn du allein gewesen wärst. Denn ich gehe ja allein zurück.«

Das sagte Maret vor einer Scheune, die von einer ebenen Wiese mit hellgrüner Nachmahd umgeben war. Aus der Ferne trug der Wind Hundegebell und den Klang von Herdenglocken an ihre Ohren.

»So, nun kannst du auch allein weitergehen, ich kehre um«, sagte Maret und blieb stehen. Sie streckte zum Abschied die Hand aus mit den Worten: »Also dann, guten Weg! Komm glücklich in die Stadt!«

Auch Tiina streckte ihre Hand aus, doch ehe die Bäuerin sie fassen konnte, fing das Mädchen laut an zu weinen und preßte ihr Gesicht an die Brust der Bäuerin. Diese erschrak zuerst sehr, doch dann schien sich sogar ihre Laune durch Tiinas Weinen zu bessern, und sie sagte: »Höre, Mädchen, mit dir stimmt etwas nicht.«

»Ja, es stimmt was nicht, Bäuerin«, schluchzte das Mädchen.

»Was ist denn mit dir? Komm, setzen wir uns für ein Weilchen hin.«

Maret führte Tiina zur Scheune, wo eine große Kiefer mit weit ausladenden, dichten Ästen wuchs, die den Boden vor Tau und sogar vor leichtem Regen schützte. Ungeachtet der frühen Stunde war das Gras unter der Kiefer völlig trokken. Hierher setzten sie sich, die Rücken gegen den dicken Stamm gelehnt.

»Höre, Tiina«, sagte Maret und faßte die Hand des Mädchens, »meiner Ansicht nach bist du ein gutes, ordentliches Mädchen, und ich hätte es gern gesehen, wenn du meine Schwiegertochter geworden wärest, möchtest du mir nicht aufrichtig und ehrlich sagen, warum du vor meinem Sohn wegläufst?«

»Ich kann nicht bleiben«, sagte Tiina.

»Warum? Was ist der Grund dafür? Von Elli habe ich gehört, du hättest gesagt, daß du keine Kinder bekommen kannst. Elli mag das glauben, ich glaube es nicht. Meiner Meinung nach ist das einfach eine Lüge, wie alles andere, was du ihr erzählt hast. Sag mir jetzt ganz ehrlich, ist es eine Lüge?«

»Es ist eine Lüge, Bäuerin«, erwiderte das Mädchen.

»Aber warum lügst du denn so? Was ist der Grund? Kannst du es mir denn wirklich nicht sagen? Ich wollte dir gegenüber gut sein. Überlege doch, ich bin Mutter, und ich fürchte für das Lebensglück meines einzigen Sohnes, darum bitte ich dich: Sage mir, was es ist. Gefällt dir denn Oskar gar nicht?«

»Oskar ist der netteste Bursche, den ich je gesehen habe«, schluchzte das Mädchen, als bedaure sie sehr, daß es auf der Welt so nette Burschen gibt.

»Aber lieber Himmel, was bedeutet denn das?« rief Maret.

»Es ist der Herr«, flüsterte Tiina und preßte ihr Gesicht an die Bäuerin, als schäme sie sich entsetzlich.

»Indrek?« fragte Maret verständnislos.

Tiina nickte zur Antwort nur mit dem Kopf und hatte plötzlich das Gefühl, als habe sie sich von einer schweren Last befreit, die sie viele Jahre mit großer Mühe getragen hat. Im gleichen Augenblick erinnerte sie sich, daß sie Indrek um Erlaubnis gebeten hatte, sich von ihm verabschieden zu dürfen, diese Erlaubnis aber beim Fortgehen vergessen hatte, als sei es ohne Bedeutung. Geschah das mit einem Hintergedanken im Unterbewußtsein? Tiina wußte es nicht, doch sie schämte sich noch mehr, denn es schien ihr, als würde sie wegen ihres Lebensgeheimnisses nicht nur andere, sondern auch sich selbst an der Nase herumführen. Sie belog sich selbst genauso wie die anderen, sich selbst vielleicht noch mehr. Doch das hat ihr niemals Sorgen bereitet, wenn sie nur das erreichte, was ihr Herz so sehr begehrte. So war es um ihr Gewissen bestellt, das sie Oskar gegenüber so hervorgehoben hatte.

»Dann stimmt also mein anfänglicher Verdacht«, sagte Maret nach einer Weile in Gedanken. Und als Tiina immer noch schwieg, fragte sie: »Aber Indreks Sache mit seiner Frau war doch nicht deinetwegen?«

»Nein, Bäuerin!« schrie jetzt das Mädchen wie in Todesangst.

»Aber seit wann geht das denn?« fragte Maret neugierig. »Ich habe den ganzen Sommer über nichts gemerkt.«

»Bäuerin, es war doch nichts«, erwiderte Tiina.

»Du liebe Zeit!« rief Maret. »Was bedeutet das wieder?«

»Es ist tatsächlich so, daß nichts ist«, erklärte Tiina. »Der Herr weiß nicht einmal, daß es so ist, er hat alles vergessen und erkennt mich nicht. Er weiß nicht, daß ich die kleine Tiina bin, die er auf die Beine gebracht und zu der er dann gesagt hat, daß er warten wird, bis sie groß ist.«

Doch von dieser Erklärung begriff Maret nichts, das machte die Sache noch komplizierter, so daß sie wieder am Verstand des Mädchens zu zweifeln begann. Diese aber, einmal ins Reden gekommen, erzählte von ihrer Kindheit, von ihren Beinen, die schlapp waren, erzählte von der Mutter und von der Schwester und wieder von den Beinen und von den Ärzten, von den Morgen- und Abendgebeten, immer der Beine wegen, erzählte bis zu dem letzten Augenblick, wo sie auf ihrem Lumpenhaufen schluchzte, weil Indrek gesagt hatte, daß es keinen Gott, keine Engel und auch keinen Jesus Christus gäbe.

»Glaubt denn Indrek nicht an Gott und unseren Erlöser?« fragte Maret.

»Damals glaubte er nicht«, erwiderte Tiina, »aber als ich deswegen zu weinen begann, sagte er, daß er doch glaube, kniete sich neben mich hin und sagte das. Ich aber faßte ihn um den Hals, und er umfaßte mich mit seinen Armen, das ist alles.«

»Und weiter ist nichts gewesen?« fragte Maret staunend.

»Mehr niemals«, erwiderte Tiina und schaute Maret mit großen Augen an, so daß sie ihr glaubte.

»Und was willst du jetzt?«

»Ich möchte wissen, ob der Herr sein Wort hält, denn ich bin jetzt groß«, erklärte Tiina.

»Warum fragst du ihn nicht?«

»Ich wage es nicht, ich habe es niemals gewagt.«

»Und du dientest bei Indrek, als seine Frau noch lebte«, sagte Maret, »so konntest doch du an allem schuld sein.«

»Ich fing auch selbst an, das zu befürchten, und wollte mehrmals fortgehen, doch die Frau ließ mich nicht, weil die Kinder sehr an mir hingen.«

»Das glaube ich schon, daß die Kinder an dir hingen«, sagte Maret, und nachdem sie eine Weile geschwiegen hatte, setzte sie hinzu: »Und jetzt stehen wir auf und gehen zurück nach Hause.«

»Nein, nein, Bäuerin!« schrie das Mädchen und sprang

auf, als wollte sie flüchten. »Das habe ich nur dir gesagt, denn du warst so gut zu mir.«

Doch Maret faßte Tiina fest an der Hand und sagte: »Du hast es mir gesagt, und ich sage es Indrek.«

Ohne ein weiteres Wort zu verlieren, machte sie sich auf den Rückweg und zog das Mädchen an der Hand hinter sich her, das laut weinte, als schleppe man es zur Auspeitschung oder zum Schafott. Als sie dann zu dem dichten Wald kamen, wo Tiina sich vorhin so sehr gefürchtet hatte, daß Maret sie umfassen mußte, fragte diese schmunzelnd: »Tiina, du fürchtest dich wohl nicht mehr vor diesem dichten Wald?«

Das Mädchen schaute die Bäuerin beinahe vorwurfsvoll an und fing dann an zu lachen, obwohl in ihren Augen noch Tränen standen.

»Ich fürchte mich, Bäuerin, fürchte mich noch mehr«, sagte sie, fast am ganzen Körper bebend.

»Dummes Mädchen«, sagte Maret zärtlich und zog sie wie vorhin an sich.

Zu Hause staunten Elli und Sass sehr, als sie sahen, daß Maret mit Tiina zurückkam, doch ihr Staunen wuchs, als Maret Tiina direkt über den Hof zur Kate brachte, wo Indrek draußen auf einem Baumstumpf in der Sonne saß. Eigentlich mußte er schon längst im Graben sein, denn gewöhnlich begann sein Arbeitstag mit dem Sonnenaufgang. Doch seit dem Tode des Vaters fühlte er eine sonderbare Mattigkeit im ganzen Körper, als sei er immer noch müde vom Tragen der Leiche des Vaters. Deshalb blieb er jetzt des Morgens oft länger zu Hause und dehnte am Abend seine Arbeitsstunden bis zur Dunkelheit aus. Außerdem war es jetzt zu Hause ebenso ruhig wie im Graben, sogar noch ruhiger, denn dort rauschten am Rande des Grabens die Bäume, hier aber waren sie hundert Schritt entfernt. Diese Stille genossen sein Körper und seine Seele.

In einem solchen Augenblick der Ruhe führte Maret Tiina an der Hand zu Indrek und sagte: »Hier hast du dieses Mädchen, tut mit ihr, was du willst, wir können mit ihr nichts anfangen, denn du sollst sie auf die Beine gestellt haben.«

Mit diesen Worten stellte Maret Tiina vor den Bruder hin, als sollte er sich davon überzeugen, daß das Mädchen tatsächlich Beine besitze, auf die er sie gestellt habe, und verließ sie. So stand nun Tiina mitten auf dem Katenhof, die Baskenmütze auf dem Kopf, ein Bündel auf dem Rükken, in Schuhen mit hohen Absätzen, die Augen gesenkt, den etwas großen Mund wie zum Weinen oder Lachen verzogen.

»Was ist denn, Tiina?« fragte Indrek. »Was ist wieder los mit Ihnen?«

»Ich wollte fortgehen, fing aber an zu weinen, und die Bäuerin hat mich hergebracht«, erklärte Tiina.

»Das sehe ich, aber weshalb?« fragte Indrek.

»Herr, Sie haben doch gehört, was die Bäuerin sagte – Sie haben mich auf die Beine gestellt«, sprach Tiina und schaute Indrek mit großen Augen an, die sich mit Tränen füllten. Indrek blickte sie ebenfalls mit weit geöffneten Augen an und fühlte plötzlich Befangenheit und beinahe Furcht.

»Liebes Kind, ich verstehe Sie nicht«, sagte er schließlich. »Von welchen Beinen reden Sie?«

»Von meinen eigenen Beinen, Herr«, erwiderte Tiina. »Sie waren schwach und wollten nicht gehorchen, und Sie brachten sie zum Gehen, als Sie von Maurus kamen und sagten, daß es keinen Gott, keine Engel und auch keinen Jesus Christus gäbe. Und als ich anfing zu weinen, daß dann meine Beine niemals mehr gesund würden, sagten Sie, daß es doch Gott, Engel und Jesus Christus gibt ...«

»Und dann fingen Sie an zu gehen?« fragte Indrek, als erinnere er sich nicht so recht an dieses Ereignis.

»Ja, dann, als Sie sagten, daß ...« Tiina blieben die Worte im Halse stecken. »Gerade das kann ich nicht sagen«, sprach sie, und ihre Augen füllten sich wieder mit Tränen.

»Sagen Sie doch alles frei heraus, ich werde nicht böse und tu Ihnen auch nichts«, ermunterte sie Indrek.

»Das ist es ja, Herr, daß Sie nichts tun, nur immer ich«, sagte Tiina.

»Aber ich weiß doch nicht, um was es geht«, sagte Indrek.

»Herr, erinnern Sie sich denn wirklich nicht, was Sie mir damals versprochen und mit einem Eid bekräftigt haben?« fragte Tiina und musterte Indrek forschend. Doch der schaute sie ganz ruhig und offen an und sagte: »Überhaupt nicht.«

»Dann hatte meine Mutter recht, als sie sagte: die Männer sind alle gleich«, sprach Tiina in Gedanken und blickte mit großen Augen ins Leere. »Sie halten niemals ihr Versprechen und vergessen es, um keine Gewissensbisse zu haben.«

»Jetzt beginnt es mich wirklich zu interessieren, was ich Ihnen damals versprochen habe«, sagte Indrek, stand auf und trat an Tiina heran.

»Meine Beine bekamen nicht eher Kraft, als bis Sie mir versprachen, auf mich zu warten, bis ich groß bin, und als ich Sie umschlang, da ... jetzt wissen Sie, wie ich zu meinen Beinen kam.«[1]

»Dummes Mädchen«, sagte Indrek jetzt voll Mitleid und setzte sich wieder auf den Baumstumpf, »das ist doch nur

[1] Die Kellerwohnung, in der Tiina wohnte, befand sich neben der Schule, die Indrek besuchte. Er freundete sich mit der Familie wegen Tiinas älterer Schwester an. Siehe ›Indrek‹, Paul List Verlag, Leipzig 1983.

Ihre Einbildung, daß Ihre Beine davon gesund geworden sind. Wenn ich es wirklich versprochen und sogar beschworen haben sollte, dann tut es mir sehr leid, aber ernsthaft habe ich das niemals gemeint, denn dann würde ich mich daran erinnern. Wahrscheinlich habe ich es sogar gegen meinen Willen versprochen oder beschworen, denn warum hätte ich es sonst so völlig vergessen. Wahrscheinlich wollte ich Sie damals um jeden Preis trösten, weiter nichts, deshalb gab ich Ihnen auch Gott, Engel und den Erlöser und schließlich mich selbst, als Gott und Erlöser nicht genügten. So ist es.«

»Genau so, wie die Mutter immer sagte«, sprach das Mädchen, das immer noch dastand, das Bündel Indrek zugekehrt. »Die Männer denken meist etwas ganz anderes, als sie behaupten oder schwören. Aber ich sage Ihnen, Herr«, dabei trat das Mädchen einige Schritte näher an Indrek heran, »ich hätte niemals gesunde Beine bekommen, wenn Sie nicht versprochen hätten, auf mich zu warten. Deswegen wollte ich ja so schrecklich gern gesund werden, daß ich ernsthaft anfing, an Gott, Engel und Jesus Christus zu glauben, ja, Herr, gerade wegen Ihres Versprechens fing ich an wirklich zu glauben und wurde gesund. Aber wenn Sie sagen, daß Sie niemals ernsthaft daran gedacht haben, dann bedaure ich, daß ich so geglaubt habe, denn dann brauche ich weder diese Beine, noch Gott oder Jesus Christus. Gar nichts brauche ich, wenn Sie es nicht ernsthaft gemeint haben, Herr. Was soll ich denn mit meinen Beinen anfangen? Wohin gehe ich mit ihnen. Ich will dann nirgends hingehen und nichts tun ...«

Beim Sprechen schaute Tiina zur Seite, Indrek aber blickte sie direkt an. Die Augen des Mädchens waren trokken und glänzten sonderbar, während ihre Lippen bebten. Das Kinn stand etwas vor und zitterte leicht. Die Mundwinkel zuckten ein wenig.

So das Mädchen betrachtend, wanderten Indreks Gedanken in die Ferne. Sie gingen von Ort zu Ort, von Ereignis zu Ereignis, die zuweilen durch Jahrzehnte voneinander getrennt waren. Er fand sich unter einer Fichte, die einen passenden Ast zum Aufhängen hatte; er spürte in Stiefeln kalten Schnee, der dort zu schmelzen begann; er sah ein Mädchen, das auf der Suche nach ihm durch dunkle Straßen lief; er bemerkte plötzlich einen alten Mann mit bärtigem Gesicht, der vor einem vom Boden bis zur Decke reichenden Spiegel in einem Rotholzrahmen stand, und er hörte diesen Spiegel klirrend zerbrechen; er hielt jemandes magere, vertrocknete, rauhe Hand, die langsam erkaltete; er blickte jemandem in verloschene Augen und blutige Lippen; irgendwo in der Ferne sah er durch Schnee und Wind einen alten, vor Kälte zitternden Klepper, der unter einer trüben Laterne stand, und einen Augenblick schien es Indrek, als sei er mit diesem erbärmlichen Vierbeiner verwandt.

»Tiina, Sie sind ein vernünftiges Mädchen, ein ordentliches Mädchen«, sagte Indrek schließlich, nachdem er sie angehört hatte, »aber Sie wissen doch, wie es um mich steht, so daß Sie verstehen werden, wenn ich Ihnen sage: Selbst wenn ich jetzt mein Versprechen erfüllen wollte, könnte ich es nicht, denn ich brauche keine Frau, werde sie vielleicht niemals brauchen.«

»Herr«, erwiderte Tiina, »das macht nichts, erlauben Sie mir, nur einfach so bei Ihnen zu bleiben.«

»Wie denn einfach so«, sagte Indrek ratlos.

»Aber es wird doch niemand wissen, daß ich einfach so bei Ihnen lebe. Niemand wird es erfahren, wenn ich es selbst nicht sage«, erklärte Tiina. »In der Kate können wir folgendermaßen schlafen, Sie im Bett Ihres Vaters, wie immer, und ich klettere auf den Ofen, dort habe ich es gut genug. Denn wenn Sie dort schlafen konnten, warum soll ich es nicht können.«

Indrek antwortete nicht. Er dachte über sein Leben nach, so daß er nur mit halbem Ohr hörte, was Tiina sagte. Wie sonderbar! Du machst aus dem Leben ein Narrenspiel, gleichzeitig aber glaubt dir ein Mädchen und wartet auf dich, ein Mädchen, dem du die Beine gegeben hast, vielleicht sogar ein Herz in die Brust. Es könnte sogar sein, daß dieses Mädchen ganz deine eigene Schöpfung ist, und du bist sein Gott, sein Schöpfer, und doch hast du es vergessen, wie Gott sogar den Menschen auf Erden vergessen und seinem Schicksal überlassen hat, mit dem er selbst fertig werden mag. Doch er wird mit seinem Schicksal nicht fertig, er kommt und steht mitten im Katenhof vor dir, ein Bündel auf dem Rücken, als sei er schon seit langem unterwegs.

»Herr«, sprach Tiina, als sie sah, daß Indrek nicht antwortete, »wenn Ihnen das nicht gefällt, dann sagen Sie, was ich tun soll. Ich tu alles, was Sie wollen, ich bin sogar bereit, Bäuerin auf Wargamäe zu werden.«

»Das nicht, Tiina«, sagte Indrek. »Ich überlege nämlich, daß alles vielleicht ganz anders hätte kommen können, wenn ich früher gewußt hätte, daß Sie diese Tiina sind. Dann wäre vielleicht das alles in der Stadt nicht geschehen.«

»Die Bäuerin meinte, es sei vielleicht alles meinetwegen gekommen«, sagte Tiina, »und ich selbst glaubte dasselbe, darum wollte ich auch mehrmals fortgehen.«

»Nein, Tiina«, erwiderte Indrek, »das, was geschah, war schon lange vor Ihnen im Kommen, und deshalb konnten Sie nicht der Grund dafür sein, wohl aber hätten Sie verhindern können, daß es so kam. Sie hätten mich retten können, Tiina, wenn Sie gesagt hätten, daß Sie die lahme Tiina aus der Maurus-Zeit sind.«

»Ich wagte es nicht, Herr, ich habe es wohl versucht, doch ich traute mich nicht«, sagte das Mädchen. »Ich hätte es auch heute nicht gewagt, doch dann kam mir in den Sinn, was Sie gestern über Geheimnisse sagten, und da wagte ich es.«

»Auch das ist schon gut«, sagte Indrek.

»Ist das wirklich Ihrer Meinung nach gut, Herr?« fragte das Mädchen glücklich.

»Gewiß, Tiina, das ist sehr gut«, sagte Indrek.

»Sie jagen mich also nicht fort?« forschte das Mädchen, als traue es seinen Ohren nicht.

»Wenn Sie unbedingt bleiben wollen ...«

»Ich will, ganz gleich wie.«

XXXIII

Indrek war in der Absicht nach Wargamäe gekommen, hier einige Jahre zu bleiben, denn er hatte gemeint, es jenem Recken der Sage gleichtun zu können, der aus der Berührung mit der Mutter Erde stets neue Kraft schöpfte. Er glaubte es auch der ganzen Menschheit gleichtun zu können, die immer wieder enttäuscht und ermattet zur Mutter Erde zurückkehrt, um dort zusammen mit ihren Göttern neu zu beginnen.

Aber jetzt geht es mit Indrek anders, als es seine Absicht war, es geht mit ihm völlig anders. Anders sogar, als es andere mit ihm vorhatten. Dennoch, es ist schon gut, daß er wenigstens ein Jahr auf Wargamäe bleiben konnte, das genügt schon. Auch ist es gut, daß er hier auf eine Frau gestoßen ist, die sein Leben an längst vergessene Zeiten anknüpft, indem sie sagt: Hier bin ich, mach mit mir, was du willst, nimm mich, wenn du willst, als sei auch in ihr etwas von Wargamäe, etwas von der frischen Erde der heimatlichen Moore.

Tiina wäre gern gleich gegangen, hätte Wargamäe sofort

verlassen, sogar ohne das Bündel vom Rücken zu nehmen, doch Indrek konnte nicht, denn er wollte, bevor er ging, das letzte Stück seines Grabens zum Fluß hinabführen – er wollte selbst sehen und auch Tiina zeigen, wie das Wasser zu fließen beginnt. Also mußten sie noch einige Tage bleiben.

Tiina ging nach wie vor auf den Hof zur Arbeit, schlafen aber kam sie zu Indrek in die Kate, obwohl er dagegen war, denn er wollte den Leuten keinen Anlaß zu leerem Gerede geben. Tiina gab jedoch nicht nach, sondern sagte zu Indrek: »Wie sollst du denn sonst merken, daß ich so zu dir gekommen bin.«

»Ich glaube es dir aufs Wort«, erwiderte Indrek.

»Aber ich will nicht, daß du mir so glaubst«, sagte Tiina und kam zur Nacht in die Kate, denn sie hatte dafür ihre Gründe. Sie wollte Oskar begreiflich machen, daß er auf nichts mehr zu hoffen habe, denn der Bursche hatte Tiina am Tage, als sie Wargamäe verlassen sollte, gesagt: »Es war zwecklos, daß Sie die Mutter mitnahmen.«

»Warum denn?« fragte Tiina. »So habe ich mich nicht gefürchtet.«

»Ich wäre Ihnen bis an den Rand des Feldes von Võlla vorausgelaufen, dort ist auch ein dichter Wald«, erklärte Oskar.

Tiina blickte den Burschen mit weit aufgerissenen Augen an.

»Dann war meine Angst begründet«, sagte sie schließlich.

»Die Angst war begründet«, bestätigte der Bursche. »Ich habe gesehen, wie Sie mit der Mutter gingen und sie Sie an sich zog. Ich habe auch gesehen, wie sie bei der Scheune saßen. Jetzt wissen Sie es.«

»Dann muß ich Ihnen viel Böses zugefügt haben«, sagte Tiina.

»Nein, Tiina«, erwiderte der Bursche, »Sie sind lieb, doch

es schmerzte mich sehr, es schmerzt mich auch jetzt noch, deshalb bitte ich Sie, verlassen Sie Wargamäe, verlassen Sie es möglichst schnell.«

»Sie werden doch jetzt nicht in den Wald an den Moordamm kommen, wenn ich mit Indrek gehe?« fragte Tiina mit bebenden Lippen.

»Nein, Tiina, jetzt komme ich nicht«, erklärte Oskar, »die Mutter hat mir alles erzählt, von Ihren Beinen, von Gott und Jesus Christus, vom Glauben und von der Liebe, jetzt komme ich nicht. Aber ich werde den Feldhang hinaufgehen, wissen Sie, dorthin, wo der Steinhaufen ist, früher standen dort alte Kiefern, dorthin werde ich gehen, denn von dort kann ich sehen, wie Sie den Feldhang bei Vôlla hinabgehen. Schauen Sie dann zurück, und wenn Sie jemanden auf dem Steinhaufen stehen sehen, dann wissen Sie, daß ich es bin.«

»Ich kann nicht so weit sehen«, sagte Tiina.

»Nun, dann wissen Sie trotzdem, daß ich dort stehe und schaue, wie Sie den Feldhang bei Vôlla hinabgehen, denn das wird das letzte sein, was ich von Ihnen sehen werde. Wann werden Sie gehen?«

»Indrek hat noch zu graben, er möchte das Ende des Grabens bis zum Fluß führen«, erklärte Tiina.

»Sagen Sie ihm, daß ich selbst den Graben bis zum Fluß führen und statt seiner noch andere Gräben stechen werde.«

»Indrek möchte mir zeigen, wie das Wasser zu fließen beginnt, wenn der Graben im Fluß endet«, sagte Tiina. »Ich selbst möchte das auch gerne sehen.«

»Nun, dann bleiben Sie, bis das Grabenende den Fluß erreicht hat«, war Oskar schließlich einverstanden.

Nach diesem Gespräch schlief Tiina nicht mehr in der Vorderkammer mit Elli zusammen, sondern wollte unbedingt in die Kate zu Indrek gehen. Doch vorher sprach sie mit der Bäuerin, die sagte: »Tiina, es ist nicht schön, wenn du gehst, aber wenn du es durchaus willst ...«

»Nein, der Herr will es«, erwiderte Tiina und wandte den Blick ab, als schäme sie sich sehr. »Der Herr möchte die Beine sehen, die er mir gegeben hat.«

Aber als Tiina die Vorderkammer verließ, wurde es Elli dort unheimlich, auch wenn die Tür zur Hinterkammer weit offen stand. Da sie aber nicht zu den Eltern in die Hinterkammer ziehen wollte, bettelte sie so lange, bis der Bruder den Heuboden verließ und zu Elli in die Vorderkammer zog. Das gefiel auch Maret, denn sie sagte zu Sass: »Es ist gut, daß er vom Heuboden heruntergekommen ist, was hockt er da allein, wer weiß, auf welche Gedanken er dabei kommen kann.«

»So toll wird die Sache wohl nicht sein«, meinte Sass.

»Wer kann dem anderen ins Herz sehen«, erwiderte Maret. »Nimm zum Beispiel diese Tiina ...«

»Es ist gut, daß die Sache so endete«, sagte Sass, nun wird Wargamäe wieder frei vom alten Blut, vielleicht beginnen dann etwas ruhigere Tage.«

»Ja, hoffentlich«, sprach Maret.

Als aber die Niederhof-Leute sahen, was auf dem Oberhof und in der Kate geschah, wunderten sie sich sehr, und die keusche Niederhof-Bäuerin sprach sehr schlecht über Tiina. Es war schon schlimm, wenn ein Bursche in der Nacht heimlich zu einem Mädchen schlich, was sollte man aber von einem Mädchen denken, das vor aller Augen zu einem Manne geht, der dazu noch Witwer und Vater von zwei Kindern ist? Nein, von einem solchen Mädchen hält eine ordentliche Bäuerin nichts.

Selbst Helene eignete sich in bezug auf Tiina die Ansicht der Mutter an und äußerte sie bei erster Gelegenheit dem Oberhof-Oskar gegenüber, als dieser an der Pforte des Niederhofs vorbeikam, um die Pferde anpflocken zu gehen, und Helene gerade in der Nähe der Pforte zu tun hatte – sie holte aus dem Brunnen sauberes Wasser, brachte den Spülicheimer hinaus oder hängte über den Zaun Tücher, Lappen, Socken, Strümpfe und sogar solche Kleidungsstücke, die auf den Hofzaun zu hängen nicht ganz schicklich war. So fand sich auch eine Gelegenheit, Oskar zu sagen, was ihr so sehr am Herzen lag, nämlich, daß Tiina in die Kate zu Indrek schlafen gehe.

Oskar aber ging es sehr nahe, daß Helene ihm solche Dinge von Tiina und Onkel Indrek erzählte und schließlich von seiner ganzen Familie in Hof und Kate Schlechtes sprach. Darum erzählte er ihr sofort von Tiina und ihren Beinen, von Indrek, Gott und Jesus Christus, so daß er Helene schließlich mit vollem Recht über die Niederhof-Pforte hinweg fragen konnte: »Wenn Sie jemanden so sehr liebten, würden Sie dann nicht zu ihm gehen?«

Bei dieser Frage empfand Helene große Scham, so daß ihr Gesicht feuerrot wurde, dennoch konnte sie den Oberhof-Oskar nicht belügen, sondern sagte, den Blick abwendend: »Wenn ich so sehr lieben würde ...«

Weiter hörte Oskar nicht zu, das genügte ihm, denn er hatte der Niederhof-Helene klargemacht, daß Tiinas und Onkel Indreks Angelegenheit in bester Ordnung sei, jetzt konnte er ruhig weitergehen und die Pferde anpflocken. Helene aber befürchtete, daß der Oberhof-Oskar sie nicht richtig verstanden habe, deshalb hielt sie ihn erneut zurück und sagte geheimnisvoll: »Wissen Sie, Oskar, ich habe nachgedacht: Es ist wirklich so, daß man, wenn man jemanden so sehr liebt, wohl tun kann, was Tiina getan hat, man kann alles machen, wenn man jemanden so ganz furchtbar liebt.«

Aber Oskar gab keine Antwort, sondern ging zu seinen Pferden, als habe er von der Liebe gar keine Ahnung, und Helene blickte ihm traurig nach, das Herz voll schwerer

Sorge, wie sie Oskar wohl klarmachen könnte, was Liebe ist, und wie es ist, wenn man so sehr liebt, daß man bereit ist, alles zu tun.

Die Kunde, daß Tiina ihre Nächte in der Kate bei Onkel Indrek verbringe, gelangte schließlich auch zu Ohren weiterab lebender Leute – nach Ämmasoo, Soovälja, Vôôsiku, Hundipalu, Rava, Kukkesaare und auch noch weiter – bis Aaseme, Vôlla, Aiu, Kassiaru und Urvaküla, doch dort regte man sich über diese Tatsache nicht auf, sondern sagte gleich: »Was soll man über ein Stadtmädchen reden, wo doch sogar Landmädchen den Burschen mehr nachlaufen als die Burschen ihnen. Das ist jetzt so eine neue Zeit und eine neue Mode.«

Also hätte Tiina bis an ihr Lebensende in die Wargamäe-Kate zu Indrek schlafen gehen können, und es wäre gar nichts dabeigewesen, aber sie mußte fort, denn Oskar hatte sie darum gebeten. Oskar hatte ihr sogar gesagt, warum er den baldigen Weggang Tiinas wünschte: er möchte auf dem Steinhaufen stehen und zusehen, wie sie fortgeht.

Und Tiina ging auch, ging mit Onkel Indrek, wie alle sagten. Sie gingen zusammen, beide mit einem Bündel auf dem Rücken. Sass bot ihnen ein Pferd an, er selbst oder Elli waren bereit zu kutschieren, doch die Scheidenden verzichteten darauf, sie wollten zu Fuß gehen. Bevor sie gingen, rief Maret sie zum Speicher, um ihnen zum Andenken einiges mit auf den Weg zu geben.

»Wer weiß, wann ihr wieder nach Wargamäe kommen werdet«, sagte sie, »und wenn ihr kommt, ist ungewiß, wer dann noch am Leben und wer unter dem Rasen sein wird.«

Indrek blieb an der Speichertür stehen, den Rücken der Tür zugewandt, und betrachtete die den Hof umgebenden alten Gebäude, die so viele Erinnerungen bargen, auch neue, die das letzte Jahr gebracht hatte. Wie würden sie aussehen, wenn er noch einmal hierher kommen sollte? Ob sie dann noch vorhanden sein werden?

Plötzlich schreckte er wie aus einem Traum auf: Sein Gehör traf ein vertrautes Knarren. Er wandte sich zur Speichertür. Ach ja! Das war der Deckel der alten bunten Truhe, die Maret gerade öffnete – öffnete und die Stütze aufrichtete, damit der Deckel nicht zufalle. Indrek ging in den Speicher und trat vor die Truhe. Wie waren doch die Farben verblaßt und verändert. Aber aus der Truhe kam derselbe Geruch wie einige Jahrzehnte zuvor.

»Was ist das für ein Geruch?« fragte er Maret.

»Ich weiß es nicht«, erwiderte sie, »doch so riecht es schon seit den Zeiten meiner Mutter Krôôt, wahrscheinlich nach Mottenkraut und Schafgarbe. Schau, Tiina, hier gebe ich dir ein linnenes Tuch, das noch meine Mutter mit eigenen Händen gesponnen, gehaspelt, gewebt und gebleicht hat. Ich habe zwei Stück davon zur Erinnerung aufbewahrt, und eins davon bekommst jetzt du.«

Maret führte Tiina zur Speichertür, wo es heller war, um ihr das Tuch zu zeigen, von dem die Rede war, sowie andere Dinge, die sie aus der Truhe genommen hatte. So blieb Indrek allein vor der Truhe mit dem knarrenden Dekkel, die noch den Duft aus den Zeiten der Wargamäe-Krôôt bewahrt hatte. Indrek hatte diese Krôôt niemals gesehen, sie starb vor seiner Geburt, aber auf ihren Namen und auf Erinnerungen an sie traf er überall in Wargamäe. Indrek selbst hatte also keine Erinnerungen an sie, er erinnerte sich nur an die Erinnerungen anderer, er hatte sozusagen nur Erinnerungen an Erinnerungen. Als er so an der Truhe stand, schien ihm plötzlich, daß das ganze Leben nur eine Erinnerung oder Erinnerung an Erinnerungen sei, was sonst noch übrigblieb, war unbedeutend, darauf konnte man ruhig verzichten. Sogar die ganze Menschheit mit ihrem Leben und ihren Nöten, Siegen und Schmerzen ist neben den Erinnerungen nur ein winzig kleines Fleckchen. Ein schwacher Duft im Winkel einer alten verblaßten Truhe und eine Erinnerung an Erinnerungen an eine längst verblichene Frau oder einen Mann, das ist des Menschen Leben. Doch daran sollte man nicht denken, daran überhaupt nicht. Und man sollte weder in Wargamäe noch irgendwo anders vor einer alten Truhe stehen und ihren Geruch einatmen, wenn man nicht möchte, daß Erinnerungen und die Erinnerungen an Erinnerungen …

Um sich zu verabschieden, kamen auch Elli und Sass an die Hofpforte, und der sagte zu Indrek: »Nun, wie ist es, wirst du auch im nächsten Frühjahr kommen, um nachzusehen, was sie mit deinem alten Fluß machen?«

»Das weiß ich nicht, vielleicht komme ich wirklich, falls die Arbeit schon in Gang sein wird«, erwiderte Indrek. »Aber sage Oskar, daß ich meine Gummistiefel für ihn dagelassen habe, falls er beabsichtigt, wie versprochen, meine Grabenarbeit fortzusetzen.«

»Schon gut«, sagte Sass und fügte hinzu: »Wo mag er wohl stecken?«

Man ging ihn suchen, rief nach ihm, er solle doch kommen, um sich vom Onkel zu verabschieden, doch Oskar war nirgends zu finden. Plötzlich fiel Maret Tiinas Furcht und Otts Tod auf dem Moordamm ein, und in ihrer Unruhe lief sie in die Kammer, um nachzusehen, ob die Flinte an ihrem Platz an der Wand hängt. Als sie sie an gewohnter Stelle erblickte, fing sie an, über ihre dumme Furcht zu lachen, und wagte niemandem etwas davon zu sagen.

Tiina aber ging neben Indrek furchtlos von Wargamäe hinunter, und es kam ihr überhaupt nicht in den Sinn, daß sie sich noch kürzlich hier vor Furcht an Maret geschmiegt hatte. Als aber Indrek auf dem Moordamm wissen wollte, wo genau Ott gelegen hatte – denn Tiina war damals hingegangen –, erfaßte sie ein heimlicher Schauder, und sie stellte sich von der Seite des dichten Waldes neben Indrek, ihn wie ein Schild deckend.

»Du fürchtest dich doch nicht?« fragte Indrek.

»Nein, aber sicher ist sicher«, erwiderte Tiina, »wenn was passiert, so trifft es vor allem mich.«

»Warum bist du denn darum so besorgt?« fragte Indrek.

»Es wäre ja schrecklich, wenn ich jetzt wieder allein bleiben sollte«, erklärte Tiina, »dann müßte ich mich selbst umbringen. Du aber kannst ganz gut ohne mich auskommen.«

»Eine Kugel kann mich aber auch am Kopf treffen, der reicht über dich hinaus«, neckte Indrek.

»Herrgott!« rief Tiina, »auf diesen Gedanken bin ich überhaupt nicht gekommen.«

Jetzt zwang sie Indrek, gebückt zu gehen, damit sein Kopf nicht über ihren hinwegreiche. Sie tat es zwar lachend, doch Indrek spürte, daß sich hinter dem Lachen wirkliche Angst verbarg. Also ging Indrek mit eingeknickten Knien über den Moordamm, als verlange das der Wargamäe-Gott, der am Wegrande im Dickicht sitzt.

Auf dem Feldhang von Vôlla, von wo man zum letzten Male Wargamäe mit seinen Gebäuden und Bäumen sehen kann, blieb Tiina stehen und blickte zurück. Nach einer Weile sagte sie: »Schau du hin, Indrek, ich kann nicht so weit sehen, steht jemand auf der höchsten Stelle von Wargamäe, auf dem Steinhaufen, an der Stelle, wo früher die alten Kiefern wuchsen?«

»Ja, da steht einer«, erwiderte Indrek. »Doch woher weißt du das, wenn du nicht so weit sehen kannst?«

»Er hat mir selbst gesagt, daß er dort stehen wird, denn von dort wollte er mich zum letzten Mal sehen«, erklärte Tiina, und als Indrek sie anschaute, sah er Tränen in den Augen des Mädchens. Zum ersten Male empfand Indrek schmerzliches Herzklopfen wegen dieser Frau und sagte gerührt: »Tiina, noch ist Zeit, kehre um und geh zurück, wenn du willst, sieh, er wartet auf dich.«

»Um Himmels willen, Indrek«, rief Tiina, »es ist doch nicht deswegen! Es tut mir nur so sehr weh, daß es kein Glück geben kann, ohne daß jemand leidet.«

»Ja, so ist es auf dieser Welt«, erwiderte Indrek ergeben, »immer muß jemand leiden, wenn ein Glück geboren wird.«

Und er umfaßte Tiina zum ersten Male und führte sie so den Feldweg hinunter, den der Wargamäe-Andres vor vielen Jahrzehnten mit seiner Frau Krôôt hinaufgezogen war und von dem er ihr zum ersten Male ihr neues Heim gezeigt hatte – Wargamäe.

›WAHRHEIT UND RECHT‹

Dieser fünfteilige Romanzyklus, entstanden von 1926 bis 1933, ist das Hauptwerk des estnischen Schriftstellers Anton Hansen Tammsaare. In deutscher Sprache erschien es bereits von 1939 bis 1942 in einer gekürzten Fassung im Verlag Holle & Co. Berlin und Darmstadt.

Erster Band: ›Wargamäe‹, Paul List Verlag Leipzig, 1970; in zweiter Auflage 1978. Tammsaare schildert an der Familie des Moorbauern Andres Paas Leben und Schicksal der Bauern in den letzten Jahrzehnten des 19. Jahrhunderts. Im Kampf gegen eine karge Natur, gegen Naturgewalten und die Ränke seines reichen Nachbarn Pearu sucht Andres seinen Traum vom Lebensglück zu verwirklichen und sein Recht durchzusetzen. Doch er muß erleben, wie dabei die Kräfte des Menschen aufgezehrt werden. Seine erste Frau Krôôt stirbt im Kindbett, und seine Kinder, denen er eine Heimat hat geben wollen, streben vom Hof fort.

Zweiter Band: ›Indrek‹, Paul List Verlag Leipzig, 1980. Im Mittelpunkt steht Indrek, einer der Söhne Andres, der nach Tartu geht, um an der Privatschule des Herrn Maurus Bildung zu erwerben. In ernsten, heiteren und grotesk-komischen Episoden mit wundervollen Lehreroriginalen wird der Schulbetrieb im alten Estland um die Jahrhundertwende dargestellt, wobei auch die sozialen und gesellschaftlichen Zustände, besonders die Lage der kleinbürgerlichen Intelligenz kritisch beleuchtet werden. Indrek lernt Molli kennen, die mit Mutter und Schwester neben der Schule wohnt. Auch nachdem sie sich einem älteren Mann zugewandt hat, setzt er seine Besuche dort fort, sehr zur Freude der fünfjährigen Tiina, die gelähmte Beine hat und sich, oft allein gelassen, langweilt. Das Hauptanliegen ist jedoch Indreks weltanschauliche Entwicklung. Unter dem Einfluß einiger Lehrer und durch Lese- und Lebenserfahrungen wird er Atheist. Doch als er seine neue Wahrheit in einem Artikel der Schülerzeitung verkündet, verweist ihn der alte Maurus von der Schule. Seine neue Überzeugung legt Indrek auch Tiinas Mutter dar, und Tiina bricht darüber in verzweifeltes Weinen aus, wenn es keinen Gott gibt, wer soll sie dann gesund machen. Um sie zu trösten, widerruft Indrek das Gesagte, und zur Bekräftigung, wie fest er an ihre Gesundung glaube, verspricht er, auf sie zu warten und nicht zu heiraten.

Dritter Band: ›Wenn der Sturm schweigt‹, Paul List Verlag in Verbindung mit dem Gustav Kiepenheuer Verlag, Leipzig und Weimar, 1983. Indrek bereitet sich auf die Aufnahmeprüfung an der Universität vor und verdient sich seinen Lebensunterhalt durch Stundengeben, als 1905 mit Massenstreiks, Kundgebungen und Geheimversammlungen die Revolution ausbricht. Der Leser erlebt sie aus der Sicht Indreks, der wie viele andere versucht, die außergewöhnlichen Vorfälle und die neuen Ideen zu begreifen und sich im Labyrinth der Meinungen zurechtzufinden. Er begleitet einen Trupp revolutionärer Arbeiter, der von den Herrengütern Geld und Waffen beschaffen soll. Doch noch mangelt es an einer straffen Führung und Disziplin, und so kann nicht verhindert werden, daß die Güter durch den Zorn der Bauern in Flammen aufgehen. Die grausame Abrechnung der zaristischen Strafkommandos hinterläßt Hoffnungslosigkeit und drückendes Schweigen. Auch Indrek muß sich verstecken und sucht Zuflucht in Wargamäe. Als er eintrifft, sind die Strafkommandos schon durchgezogen. Er findet die Mutter todkrank und schmerzgequält. Auf ihre dringende Bitte führt er durch eine Überdosis Arznei ihren Tod herbei.

Vierter Band: ›Karins Liebe‹, Gustav Kiepenheuer Verlag, Leipzig und Weimar, 1988. Geschildert wird Indreks Ehe mit der Tochter eines kleinen Ladenbesitzers, der es zu Vermögen gebracht hat, dann aber bankrott geht. Als die Handlung einsetzt, ist Indrek bereits an die zehn Jahre verheiratet und Estland schon lange eine selbständige Republik, in der die kapitalistische Entwicklung rasch voranschreitet. Während Indrek, der als Lehrer arbeitet, das Gebaren der städtischen Oberschicht distanziert und kritisch betrachtet, tut sich Karin viel darauf zugute, zur ›Gesellschaft‹ zu gehören. Tammsaare führt vor Augen, wie die Integration in Lebensstil und Wertmaßstäbe dieser Gesellschaft Karin so verändern, daß Oberflächlichkeit und Selbstsucht sie zu echten Partnerbeziehungen untauglich machen. Eigene Verunsicherung und Passivität hindern Indrek, Einfluß auf Karin zu nehmen. In einem Augenblick höchster Erregung schießt er auf sie, nicht aus Eifersucht, wie das Gericht später annimmt, sondern aus Empörung, weil sie ohne es selbst wahrhaben zu wollen, seine tiefsten Gefühle verletzt. In Gegenwart eines Fremden spielt sie auf den Tod seiner Mutter an, der schwer auf ihm lastet. Vor seiner Ehe hatte er ihr seine Schuld daran als ein Geheimnis, das sie streng hüten sollte, anvertraut. Doch Karin wird nur verletzt und Indrek vor Gericht freigesprochen. Um die Integrität seiner Persönlichkeit zu bewahren, will er sich von Karin trennen und verläßt sie. Aus Angst, Indrek zu verlieren, stürzt Karin ihm nach, wird von einer Straßenbahn erfaßt und stirbt am Unfallort. Zu Indreks Haushalt gehört auch das Dienstmädchen Tiina, Mollis kleine Schwester, die Indrek aber als Erwachsene nicht wiedererkannt hat, so daß ihre Begegnung mit ihm in der Kindheit und das Versprechen, auf sie zu warten, ihr großes Geheimnis sind. Sie führte den Haushalt und betreute die beiden kleinen Mädchen, wenn Karin ihrem Vergnügen nachging. In ihrer Obhut und der seiner Schwiegermutter bleiben die Kinder zurück, als Indrek die Stadt verläßt.

Um sein inneres Gleichgewicht wiederzufinden, geht Indrek nach Wargamäe. Damit beginnt die Handlung des vorliegenden Bandes, in dem Tammsaare die Suche nach Wahrheit und Recht in den verschiedenen Lebensbereichen zusammenfaßt und die Quintessenz seiner Lebenserfahrungen gibt. An den Bewohnern des Ober- und des Niederhofes von Wargamäe zeigt er, wie kompliziert das menschliche Zusammenleben ist und wie die gegenseitigen Beziehungen durch Mißverstehen, Falschheit, Lüge, Egoismus und Verantwortungslosigkeit belastet werden, so daß es schwer, ja manchmal unmöglich ist, einander zu verstehen. Ein großes Glück ist es deshalb, einen zuverlässigen, liebenden Partner gefunden zu haben, wie Indrek in Tiina. Der bürgerliche Humanist Tammsaare kommt zu dem Ergebnis, daß der Mensch angesichts der kapitalistischen Verhältnisse resignieren muß, da sich seine Wunschträume nicht verwirklichen lassen. Nützliche Arbeit für die Gemeinschaft, Wahrhaftigkeit, Vertrauen, Güte und Verständnis in den menschlichen Beziehungen wie überhaupt die Einhaltung ethischer Normen ermöglichen aber dennoch ein sinnvolles Leben, in dem der Mensch sein Glück finden kann.

Anton Hansen wurde am 30. Januar 1878 in Järvamaa in Nordestland geboren, wo seine Eltern das hinter einem Moor gelegne Gehöft Tammsaare-Nord besaßen. Er besuchte die örtlichen Schulen und half in der Wirtschaft. Erst mit zwanzig Jahren ging er nach Tartu, um an dem Privatgymnasium von H. Treffner seine Ausbildung fortzusetzen. Hier wurde er Atheist. Von 1900 an, noch während der Schulzeit, erschienen seine ersten Erzählungen und Novellen aus dem Landleben. Aus Anton Hansen wurde der Schriftsteller Tammsaare. Nach Abschluß des Gymnasiums im Jahre 1903 arbeitete er als Journalist in Tallinn. Im Herbst 1907 nahm er an der Universität in Tartu das Studium der Rechtswissenschaften auf, besuchte aber auch Vorlesungen in Philosophie, Geschichte und anderen Fächern, lernte Französisch und Englisch und studierte die Werke der Weltliteratur. Während des Staatsexamens mußte er wegen einer Lungentuberkulose die Prüfungen abbrechen und eine Kur antreten. Im Frühjahr 1911 verließ er Tartu und hielt sich in der Folgezeit teils bei seinem Bruder in Nordestland, teils im Kaukasus und am Schwarzen Meer auf. Im Jahre 1919 heiratete Tammsaare und siedelte nach Tallinn über, wo er bis zu seinem Tode im Jahre 1940 als freier Schriftsteller lebte.

In dieser Zeit schrieb er seine großen Romane ›Der Bauer von Korboja‹ (1922), ›Wahrheit und Recht‹ (1926 bis 1933), ›Satan mit gefälschtem Paß‹ (1939), dramatische Werke wie ›Judith‹ (1921) und die satirische Komödie ›Der König friert‹ (1936). Wie schon in früheren Jahren übersetzte er zwischen 1920 und 1930 Werke aus der russischen und englischen Literatur. Seine Werke wurden in zahlreiche Sprachen übersetzt. Es gibt in Estland zwei Museen, die sein Andenken pflegen, das eine befindet sich in seinem Geburtshaus, das andere in seiner letzten Wohnung in Tallinn.

ISBN 3-378-00285-9

Erste Auflage
Lizenz Nr. 396/265/9/89 LSV 7201
Gesamtherstellung: Offizin Andersen Nexö,
Graphischer Großbetrieb Leipzig III/18/38
Schrift: Garamond-Antiqua
Gesamtgestaltung: Dietmar Kunz
Printed in the German Democratic Republic
Bestell-Nr. 812 262 1
01480